香港文學大系

評論卷一

陳國球 主編

商務印書館

香港文學大系一九一九—一九四九・評論卷一

主　　編：陳國球
責任編輯：洪子平
封面設計：張　毅
出　　版：商務印書館（香港）有限公司
香港筲箕灣耀興道 3 號東滙廣場 8 樓
http://www.commercialpress.com.hk
發　　行：香港聯合書刊物流有限公司
香港新界大埔汀麗路 36 號中華商務印刷大廈 3 字樓
印　　刷：中華商務彩色印刷有限公司
香港新界大埔汀麗路 36 號中華商務印刷大廈
版　　次：2016 年 2 月第 1 版第 1 次印刷

ISBN 978 962 07 4510 2

《香港文學大系一九一九—一九四九》人員名單

編輯委員會

總　主　編　陳國球

副總主編　陳智德

編輯委員　危令敦　陳國球　陳智德　黃子平
　　　　　黃仲鳴　樊善標（按姓氏筆畫序）

顧　　問　王德威　李歐梵　許子東　陳平原
　　　　　黃子平（按姓氏筆畫序）

各卷主編

1　新詩卷　陳智德
2　散文卷一　樊善標
3　散文卷二　危令敦
4　小説卷一　謝曉虹
5　小説卷二　黃念欣
6　戲劇卷　盧偉力
7　評論卷一　陳國球
8　評論卷二　林曼叔
9　舊體文學卷　程中山
10　通俗文學卷　黃仲鳴
11　兒童文學卷　霍玉英
12　文學史料卷　陳智德

總序

陳國球

香港文學未有一本從本地觀點與角度撰寫的文學史，是說膩了的老話，也是一個事實。早期出現多種境外出版的香港文學史，疏誤實在太多，香港學界乃有先整理組織有關香港文學的資料，然後再為香港文學修史的想法。由於上世紀三〇年代面世的《中國新文學大系》被認為是後來「新文學史」書寫的重要依據，於是主張編纂香港文學大系的聲音，從一九八〇年代開始不絕於耳。[1] 這個構想在差不多三十年後，首度落實為十二卷的《香港文學大系一九一九—一九四九》。際此，有關「文學大系」如何牽動「文學史」的意義，值得我們回顧省思。

一、「文學大系」作為文體類型

在中國，以「大系」之名作書題，最早可能就是一九三五至三六年出版，由趙家璧主編，蔡元培總序，胡適、魯迅、茅盾、朱自清、周作人、郁達夫等任各集編輯的《中國新文學大系》。「大系」這個書業用語源自日本，指有系統地把特定領域之相關文獻匯聚成編以為概覽的出版物：「大」指此一出版物之規模；「系」指其間的組織聯繫。[2] 趙家璧在《中國新文學大系》出版五十年後的回憶文章，就提到他以「大系」為題是師法日本；他以為這兩字：

既表示選稿範圍、出版規模、動員人力之「大」，而整套書的內容規劃，又是一個有「系統」的整體，是按一個具體的編輯意圖有意識地進行組稿而完成的，與一般把許多單行本雜湊在一起的叢書文庫等有顯著的區別。[3]

《中國新文學大系》出版以後，在不同時空的華文疆域都有類似的製作，並依循着近似的結構方式組織各種文學創作、評論以至相關史料等文本，漸漸被體認為一種具有國家或地域文學史意義的文體類型。[4] 資料顯示，在中國內地出版的繼作有：

- 《中國新文學大系一九二七—一九三七》（上海：上海文藝出版社，一九八四—一九八九）；
- 《中國新文學大系一九三七—一九四九》（上海：上海文藝出版社，一九九〇）；
- 《中國新文學大系一九四九—一九七六》（上海：上海文藝出版社，一九九七）；
- 《中國新文學大系一九七六—二〇〇〇》（上海：上海文藝出版社，二〇〇九）。

另外也有在香港出版的：

- 《中國新文學大系續編一九二八—一九三八》（香港：香港文學研究社，一九六八）。

在臺灣則有：

- 《中國現代文學大系》（一九五〇—一九七〇）（台北：巨人出版社，一九七二）；
- 《當代中國新文學大系》（一九四九—一九七九）（台北：天視出版事業有限公司，一九七九—一九八一）；

▼《中華現代文學大系——臺灣一九七〇—一九八九》（台北：九歌出版社，一九八九）；
▼《中華現代文學大系（貳）——臺灣一九八九—二〇〇三》（台北：九歌出版社，二〇〇三）。

在新加坡和馬來西亞地區有：

▼《馬華新文學大系》（一九一九—一九四二）（新加坡：世界書局／香港：世界出版社，一九七〇—一九七二）；
▼《馬華新文學大系（戰後）》（一九四五—一九七六）（新加坡：世界書局，一九七九—一九八三）；
▼《新馬華文文學大系》（一九四五—一九六五）（新加坡：教育出版社，一九七一）；
▼《馬華文學大系》（一九六五—一九九六）（新山：彩虹出版有限公司，二〇〇四）。

內地還陸續支持出版過：

▼《戰後新馬文學大系》（一九四五—一九七六）（北京：華藝出版社，一九九九）；
▼《新加坡當代華文文學大系》（北京：中國華僑出版公司，一九九一—二〇〇一）；
▼《東南亞華文文學大系》（廈門：鷺江出版社，一九九五）；
▼《臺港澳暨海外華文文學大系》（北京：中國友誼出版公司，一九九三）等。

其他以「大系」名目出版的各種主題的文學叢書，形形色色還有許多，當中編輯宗旨及結構模式不少已經偏離《中國新文學大系》的傳統，於此不必細論。

1「文學大系」的原型

由於趙家璧主編的《中國新文學大系》正是「文學大系」編纂方式的原型，其構思如何自無而有，如何具體成形，以至其文化功能如何發揮，都值得我們追跡尋索，思考這類型的文化工程的意義。在時機上，我們今天進行追索比較有利，因為主要當事人趙家璧，在一九八〇年代陸續發表回顧編輯生涯的文章，尤其文長萬字的〈話說《中國新文學大系》〉，除了個人回憶，還多方徵引紀錄文獻和相關人物的記述，對《新文學大系》由編纂到出版的過程有相當清晰的敘述。[5] 後來不少研究者如劉禾、徐鵬緒及李廣等，討論《中國新文學大系》的編輯過程時，幾乎都不出《編輯憶舊》一書所載。[6] 在此我們不必再費詞重複，而只揭其重點。

首先我們注意到作為良友圖書公司一個年輕編輯，趙家璧有編「成套文學書」的事業理想；同時，身為商業機構的僱員，他當然要照顧出版社的成本效益、當時的版權法例，以至政治審查等種種限制。[7] 從政治及文化傾向而言，趙家璧比較支持左翼思想，對國民政府正在推行的「新生活運動」，以至提倡尊孔讀經、重印古書等，不以為然。因此，他想要編集「五四」以來的文學作品成叢書的想法，可說是在運動落潮以後，重新召喚歷史記憶及其反抗精神的嘗試。[8]

在趙家璧構思計劃的初始階段，有兩本書直接起了啟迪作用：阿英（錢杏邨）介紹給他的劉半農編《初期白話詩稿》，以及阿英以筆名「張若英」寫的《中國新文學運動史》。前者成了趙家璧「理想中的那本『五四』以來詩集的雛形」，後者引發他思考：「如果沒有『五四』新文學運動的理論建設，怎麼可能產生如此豐富的各類文學作品呢？」由是，趙家璧心中要鋪陳展現的不僅止是歷史上出現過的文學現象，他更要揭示其間的原因和結果；原來僅限作品採集的「『五四』以來文學名著百種」的想法，變成「請人編選各集，在集後附錄相關史料」的比較立體的構想，再進而落實為「一套包括理論、作品、史料」的「新文學大系」。《史料集》一卷的作用主要是為選入的作品佈置歷史定位的座標，提供敘事的語境；而「理論」部分，因為鄭振鐸的建議，擴充為《建設理論集》和《文學論爭集》。這兩集被列作《大系》的第一、二集，引領讀者走進一個文學史敘事體的閱讀框架：新文學好比這個敘事體中的英雄，其誕生、成長，以至抗衡、挑戰，甚而擊潰其他文學「惡」勢力（包括「舊體文學」、「鴛鴦蝴蝶文學」等）的故事輪廓就被勾勒出來。其餘各集的長篇〈導言〉，從不同角度作出點染着色，讓置身這個「歷史圖象」的各體文學作品，成為充實「寫真」的具體細部。

《中國新文學大系》的主體當然是其中的《小說集》、《散文集》、《新詩集》和《戲劇集》等七卷。劉禾對《大系》作了一個非常矚目的判斷；她認定它「是一個自我殖民的規劃」（"self-colonizing project"），證據之一是《大系》按照「小說、詩歌、戲劇、散文」的文類形式四分法（"four-way division of generic forms"）組織「所有文學作品」，而這四種文類形式是英語的"fiction"，"poetry"，"drama"，"familiar prose"的對應翻譯，《大系》把這種西方文學形式的「『翻譯』的基準」（"'translated' norms"）典律化，使自梁啟超以來顛覆古典文學之經典地位的想法得成具體（crystallized）；所謂「自我殖民化」的意思是，趙家璧的《中國新文學大系》視西方為「中國文學」意義最終解釋的根據地。[9] 衡之於當時的歷史狀況，劉禾這個論斷應該是一種非常過度的詮釋。首先西方的文學論述傳統似乎沒有以「小說、詩歌、戲劇、散文」的四分法來統領「所有文學作品」。[10] 而現代中國的「文學概論」式的文類四分法可說是一種糅合中西文學觀的混雜體；其構成基礎還是中國傳統的「詩文」分類，再加上受西方文學傳統影響而致「文學位階」得以提升的「小說」與「戲劇」，統合成文學的四種類型。這四種文體類型的傳播已久；翻查《民國時期總書目》，我們可以看到以這些文類概念作為編選範圍的現代文學選本，在《大系》出版以前或約略同時，就有不少，例如《新詩集》（一九二〇）、《現代中國詩歌選》（一九三三）、《當代小說讀本》（一九三二）、《短篇小說選》（一九三四）、《近代戲劇集》（一九三〇）、《現代中國戲劇選》（一九三三）等等。[11] 趙家璧的回憶文章提到，他當時考慮過的「文類」是：「長篇小說」、「短篇小說」、「散文」、「詩」、「戲劇」、「理論文章」，[12] 而不是四分文類的定型思考。因此，這種文類觀念的通行，不應該由趙家璧或《中國新文學大系》負責。事實上後來出現的「文學大系」亦沒有被趙家璧的先例所限囿，例如：《中國新文學大系一九二七—一九三七》增加了「報告文學」和「電影」；《中國新文學大系一九三七—一九四九》的小說類再細分「短篇」、「中篇」和「長篇」，又另闢「雜文」集；《中國新文學大系一九七六—二〇〇〇》的小說類除長、中、短篇以外，增設「微型」一項，又調整和增補了「紀實文學」、「兒童文學」、「影視文學」。可見「四分法」未能賅括所有中國現代文學的文類。

劉禾指《中國新文學大系》「自我殖民」——完全依照西方標準（而不是中國傳統文學的典範）來斷定「文學」的內涵——更是一種「污名化」的詮釋。如果採用同樣欠缺同情關懷的批判方式，我們也可以指摘那些拒絕參照西方知識架構的文化人為「自甘被舊傳統宰制的原教主義信徒」。無論是哪一種方向的「污名化」，都不值得鼓勵，尤其在已有一定歷史距離的今天作學術討論時。近代以來中國知識份子面對西潮無所不至的衝擊，其間危機感帶來的焦慮與徬徨，實在是前古所未有。正如朱自清說當時學術界的趨勢，「往往以西方觀念為範圍去選擇中國的問題，姑無論將來是好是壞，這已經是不可避免的事實」；[13] 在這個關頭，有責任感的知識份子都在思考中國文化「如何應變」、「自何自處」的問題。無論他們採用哪一種內向或者外向的調適策略，都有其歷史意義，需要我們同情地了解。

胡適、朱自清，以至茅盾、鄭振鐸、魯迅、周作人，或者鄭伯奇、阿英，這些《中國新文學大系》各卷的編者，各懷信仰，尤其對於中國未來的設想，取徑更千差萬別；但在進行編選工作時，其相同的思路還是明顯的——就是為歷史作證。從各集的〈導言〉可見，其關懷的歷史時段長短不一；有只駐目於關鍵的「新文學運動第一個十年」，如鄭振鐸的《文學論爭集・導言》，或者朱自清的《詩集・導言》；也有由今及古、上溯文體淵源，再探中西同異者，如郁達夫的《散文二集・導言》。[14] 當然，其中歷史視野最為宏闊的是時任中央研究院院長的蔡元培所寫的〈總序〉。〈總序〉以「歐洲近代文化，都從復興時代演出」開篇，將「新文學運動」比附為歐洲的「文藝復興」運動；此時中國以白話取代文言為文學的工具，好比「復興時代」歐洲各民族以方言而非拉丁文創作文學。蔡元培在文章結束時說，「歐洲的復興」歷三百年，「我國的復興，自五四運動以來不過十五年」：

> 新文學的成績，當然不敢自詡為成熟。其影響於科學精神民治思想及表現個性的藝術，均尚在進行中。但是吾國歷史，現代環境，督促吾人，不得不有奔軼絕塵的猛進。吾人自期，至少應以十年的工作抵歐洲各國的百年。所以對於第一個十年先作一總審查，使吾人有以鑑既往而策將來，希望第二個十年與第三個十年時，有中國的拉飛爾與中國的莎士比亞等應運而生呵！[15]

我們知道自晚清到民國，歐洲歷史上的"Renaissance"是一個重要的象徵符號，是許多文化人的迷思；然而這個符號在中國的喻指卻是多變的。有比較重視歐洲在中世紀以後追慕希臘羅馬古典著述之「古學復興」的意義，認為偏重經籍整理的清代學術與之相似；也有注意到十字軍東征為歐洲帶來外地文化的影響，謂清中葉以後西學傳入開展了中國的「文藝復興」；又有從歐洲「文藝復興」時期出現以民族語言創作文學而產生輝煌的作品着眼，這就是自一九一七年開始的「文學革命」的宣傳重點。[16]蔡元培的〈總序〉也是這種論述的呼應，但結合了他對中西文化發展的觀察，使得「新文學」與「尚在進行中」的「科學精神」、「民治思想」及「表現個性的藝術」等變革相互關聯，從而為閱讀《大系》中各個獨立文本的讀者提供了詮釋其間文化政治的指南針。[17]

《中國新文學大系》的結構模型——賦予文化史意義的「總序」、從理論與思潮搭建的框架、主要文類的文本選樣，經緯交織的導言，加上史料索引作為鋪墊——算不上緊密，但能互相扣連，又留有一定的詮釋空間，反而有可能勝過表面上更周密，純粹以敘述手段完成的傳統文學史書寫，更能彰顯歷史意義的深度。

2 「新文學大系」的繼承

《中國新文學大系》面世以後，贏得許多的稱譽；[18]正如蔡元培和茅盾等的期待，趙家璧確有意續編第二、第三輯。[19]一九四五年抗戰接近尾聲時，趙家璧在重慶就開始着手組織「抗戰八年文學」的第三輯編輯工作，並邀約了梅林、老舍、李廣田、茅盾、郭沫若、葉紹鈞等編選各集。[20]但時局變幻，這個計劃並未能按預想實行。一九四九年以後，政治氣氛也不容許趙家璧進行續編的工作；即使已出版的第一輯《中國新文學大系》，亦不再流通。

直至一九六二年及一九七二年香港文學研究社先後兩次重印《中國新文學大系》；[21]香港文學研究社還在一九六八年出版了《中國新文學大系・續編》。這個《續編》同樣有十集，取消了《建設理論集》，補上新增的《電影集》。至於編輯概況，《續編・出版前言》故作神秘，説各集主編名字不適宜刊出，但都是「國內外知名人物」，「分在三地東京、星加坡、香港進行」編輯，以四年時間完成。事實上《續編》出版時間正逢大陸文化大革命如火如荼，文化人備受迫害；各種不幸的消息，相繼傳到香港，故此出版社多加掩蔽，是情有可原的。據現存的資訊顯示，編輯的主要工作由在大陸的常君實和香港文學研究社的譚秀牧擔當；[22]然而兩人之間並無直接聯繫，無法互相照應。另一方面，二人各因所處環境和視野的局限，所能採集的資料難以全面；在大陸政治運動頻仍，顧忌甚多；在香港則材料散落，張羅不易；再加上出版過程並不順利，即使在香港的譚秀牧亦不能親睹全書出版。[23]這樣得出來的成績，很難説得上完美。不過，我們要評價這個「文學大系」傳統的第一任繼承者，應該要考慮當時的各種限制。無論如何，在香港出版，其實頗能說明香港的文化空間的意義，其承載中華文化的方式與成效亦頗值得玩味。[24]

《中國新文學大系》的「正統」繼承，要等到中國的文化大革命正式落幕。從一九八〇年到一九八二年，上海文藝出版社徵得趙家璧同意，影印出版十集《中國新文學大系》，同時組織出版《中國新文學大系一九二七—一九三七》二十冊作為第二輯，由社長兼總編輯丁景唐主持，趙家璧作顧問，一九八四年至一九八九年陸續面世；隨後，趙家璧與丁景唐同任顧問的第三輯《中國新文學大系一九三七—一九四九》二十冊於一九九〇年出版，第四輯《中國新文學大系一九四九—一九七六》二十冊於一九九七年出版。二〇〇九年由王蒙、王元化總主編第五輯《中國新文學大系一九七六—二〇〇〇》三十冊，繼續由上海文藝出版社出版；二十世紀以前的「新文學」，好像都有了「大系」作為相照的汗青。這「第二輯」到「第五輯」的說法，顯然是繼承、延續之意。然而第一輯到第二輯之間，其政治實況是中國經歷從民國到共和國的政權轉換，在大陸地區社會文化曾經發生翻天覆地的劇變。「嫡傳」、「正宗」的想像，其實需要刻意忽略這些政治社會的裂縫。當然趙家璧的認可，被邀請作顧問，讓這個「嫡傳」的合法性增加一種言說上的力量。不過，這後四輯對其他「大系」卻未必有明顯的垂範作用；起碼從面世時間先後來說，比起海外各大系之承接「新文學」薪火，反而是後發的競逐者。

在這個看來「嫡傳」的譜系中，因為時移世易，各輯已有相當的變異或者發展。在內容選材上，最明顯的是文體類型的增補，可見文類觀念會因應時代需要而不斷調整；這一點上文已有交代。另一個顯而易見的形式變化是：第二、三、四輯都沒有總序，只有〈出版說明〉。《大系》原型的第一輯每集都有〈導言〉，即使是同一文類的分集，如「小說」三集分別有茅盾、魯迅、鄭伯奇的論述；「散文」兩集又有周作人和郁達夫兩種觀點。其優勢正在於論述交錯間的矛盾與縫隙，可以生發更繁富的意義。第二、三輯開始，同一文類只冠以一位名家序言，論述角度當然有統整齊一之效。再看第二、三兩輯的〈說明〉基本修辭都一樣，聲明編纂工作「以馬克思列寧主義，毛澤東思想為指針，堅持從新文學運動的實際出發」，前者以「反帝反封建的作品佔主導地位」，後者的主導則是「革命的、進步的作品」；毫不含糊地為文學史的政治敘事設定格局；這當然是第一輯以「新文學」為敘事英雄的激越發展；第二、三輯的理論集序文，大概有着指標的作用，據此可以推想：第二輯的主角是「左翼文藝運動」，第三輯是「文藝為政治（戰爭）服務」。

第四輯〈出版說明〉的文字格式與前兩輯不同，逗漏了又一種訊息。這一輯出版於一九九七年，形勢上無論出於外發還是內需，有必要營構一個廣納四方的空間：「對那些曾經遭受過錯誤批判和不公正對待，或者在『文革』中雖未能正式發表、出版，但在社會上廣泛流傳產生過較大影響的作品，都一視同仁地加以遴選」；「這一時期發表的臺灣、香港、澳門作家的新文學作品，一並列選。」於是少不了臺灣余光中的一縷鄉愁、瘂弦掛起的紅玉米；異品如馬朗寄居在香港的焚琴浪子，也得到收容。第五輯〈出版說明〉繼續保留「這一時期發表的臺灣、香港、澳門作家的新文學作品，一並列選」的句子，其為政治姿態，眾人皆見；尤其各卷編者似乎有很大的自由度決定他們對臺港澳的關切與否。因此我們實在不必介懷其所選所取是否「合理」、是否「得體」。

只不過若要衡度政治意義，則美國華裔學者夏志清、李歐梵和王德威之先後入選四、五兩輯，或者有需要為讀者釋疑，可惜兩輯的編者都未有任何說明。

第五輯回復有〈總序〉的傳統，共有兩篇。其中〈總序二〉是王元化生前在編輯會議上的發言；因此王蒙撰寫的一篇才是正式的〈總序〉。這一篇意在綜覽全局的序文，可與王蒙在第四輯寫的《小說卷•序》合觀；兩篇分別寫於一九九六年及二〇〇九年的文章，都表示要以正面、積極的態度去面對過去。王蒙在第四輯努力地討論「記憶」的意義，說「記憶實質是人類的一切思想情感文化文明的基礎和根源」，其目的是找到「歷史」與「現實」的通感類應。在第五輯〈總序〉王蒙則標舉「時間」；說時間是「慈母」，「偏愛已經被認真閱讀過並且仍然值得重讀或新讀的許多作品」；又說時間如「法官」：「無情地惦量着昨天」：

> 時間法官同樣有差池，但是更長的時間的回旋與淘洗常常能自行糾正自己的過失，時間的因素同樣能製造假象，但是更長的時間的反復與不舍晝夜的思量，定能使文學自行顯露真容。

《中國新文學大系》發展到第五輯，其類型演化所創造出來的方向、習套和格式已經相當明晰。不過，我們還有一系列「教外別傳」的範例可以參看。

3「文學大系」的「教外別傳」

我們知道臺灣在一九七二年就有《中國現代文學大系》的編纂，由巨人出版社組織編輯委員會，余光中撰寫〈總序〉，編選一九五〇年到一九七〇年的小說、散文、詩三種文類作品，合成八輯。另外司徒衛等在一九七九年至一九八一年編輯出版《當代中國新文學大系》十集，沿用《中國新文學大系》原型的體例，唯一變化是《建設理論集》改為《文學論評集》，而取材以一九四九年到一九七九年在臺灣發表之新文學作品為限。兩輯都明顯要繼承趙家璧主編《大系》的傳統，但又要作出某種區隔。司徒衛等編委以「當代」標明其時間以國民政府遷臺為起點，與止於一九二七年的趙編《大系》並非線性相連。余光中等的《大系》則以「現代文學」之名與「新文學」區辨。他撰寫的〈總序〉非常刻意的辨析臺灣新開展的「現代文學」與「五四早期新文學」之不同。相對來說，余光中比司徒衛更長於從文學發展的角度作分析；司徒衛的論調卻多有迎合官方意志之嫌。然而我們不能說《當代中國新文學大系》水準有所不如；事實上這個《當代大系》各集的編者大都具有文學史的眼光，取捨之間，極見功力；各集都有導言，觀點又起縱橫交錯的作用。其中瘂弦主編的《詩集》視野更及於臺灣以外的華文世界——從體例上可能與全書不合，但從概念上卻是當時的「中國」概念的一種詮釋；香港不少詩人如西西、蔡炎培、淮遠、羈魂、黃國彬的作品都被選入。余光中等編《現代文學大系》的選取範圍基本上只在臺灣，只是朱西甯在「小說輯」中收錄了張愛玲兩篇小說，另外（張）曉風編的「散文輯」又有思果三篇作品，但都沒有解釋說明；張愛玲是否「臺灣作家」是後來臺灣文學史一個爭論熱點；這些討論可以從此出發。論規模和完整格局，《當代中國新文學大系》實在比《中國現代文學大系》優勝，但後者的編輯團隊——余光中、朱西甯、洛夫、曉風——也是有份量的本色行家，所撰各體序文都能照應文體通變，又關聯到當時臺灣的文學生態。其中朱西甯序小說篇末，詳細交代《大系》的體例，其中一個論點很值得注意：

> 我們避免把「大系」作為「文選」，只圖個體的獨立表現，精選少數卓越的小說家作品中的菁華，而忽略了整體的發展意義。這可以用一句話來說，我們所選輯的是可成氣候的作品。如此「大系」也便含有了「索引」的作用，供後世據此而獲致從事某一小說家的專門研究資料蒐集的線索。[25]

朱西甯這個論點不必是《中國現代文學大系》各主編的共同認識，[26] 但卻為「文學大系」的文類功能作出一個很有意義的詮釋。

「文學大系」的文類傳統在臺灣發展，余光中最有貢獻。在巨人出版社的《中國現代文學大系》以後，他繼續主持了兩次「大系」的編纂工作：由九歌出版社先後於一九八九年出版《中華現代文學大系——臺灣一九七〇—一九八九》，二〇〇三年出版《中華現代文學大系（貳）——臺灣一九八九—二〇〇三》。兩輯都增加了《戲劇卷》和《評論卷》；前者涵蓋二十年，共十五冊；後者十五年，十二冊。余光中也撰寫了各版《現代文學大系》的〈總序〉。在臺灣思考文學史或者文學傳統，難免要連繫到「中國」這個概念。在巨人版《大系‧總序》，余光中的重點是把一九四九年以後臺灣的「現代文學」與「五四」時期的「新文學」相提並論，也講到臺灣文學「與昨日脱節」——對三、四〇年代作家作品的陌生——帶來的影響：向更古老的中國古典傳統和西方學習。他又解釋以「大系」為名的意義：「除了精選各家的佳作之外，更企圖從而展示歷史的發展，和文風的演變，為二十年來的文學創作留下一筆頗為可觀的產業。」他更曲終奏雅，在〈總序〉的結尾説：

> 我尤其要提醒研究或翻譯中國現代文學的所有外國人：如果在泛政治主義的煙霧中，他們有意或無意地竟繞過了這部大系而去二十年來的大陸尋找文學，那真是避重就輕，一偏到底了。[27]

這是向「國際人士」呼籲，也可以作為「中國」二字放在書題的解釋：真正的「中國文學」在臺灣，而不在大陸；這是文學上的「正統」之爭。但從另一個角度來看，對臺灣許多知識份子而言，「中國」這個符號的意義，已經慢慢從政治信念變成文化想像，甚或虛擬幻設；我們知道，中華民國於一九七一年退出聯合國，一九七二年美國總統尼克遜訪問北京。在司徒衛等編成《當代中國新文學大系》之前不久，一九七八年十二月美國與中華民國斷絕外交關係。

所以，九歌版的兩輯「大系」，改題《中華現代文學大系》，並加註「臺灣」二字，是國際政治形勢使然。「中華」是民族文化身份的標誌，其指向就是「文化中國」的概念；「臺灣」則是具體的地理空間。余光中在《臺灣一九七〇——一九八九》的總序探討《中國現代文學大系》到《中華現代文學大系》前後四十年的變化，注意到一九八七年解除「戒嚴令」後兩岸交流帶來的文化衝擊，從而思考「臺灣文學」應如何定位的問題。「中國的文學史」與「中華民族的滾滾長流」，是當時余光中和他的同道企盼能找到答案的地方。到了《中華現代文學大系（貳）》，余光中卻有另一角度的思考，他說：

臺灣文學之多元多姿，成為中文世界的巍巍重鎮，端在其不讓土壤，不擇細流，有容乃大。如果把……非土生土長的作家與作品一概除去，留下的恐怕無此壯觀。[28]

他還是注意到臺灣文學在「中文世界」的地位，不過協商的對象，不再是外國研究者和翻譯家，而是島內另一種文學取向的評論家。

究之，余光中的終極關懷顯然就是「文學史」或者「歷史上的文學」。在他主持的三輯「文學大系」中，他試圖揭出與文學相關的「時間」與「變遷」，顯示文學如何「應對」與「抗衡」。「時間」是「文學大系」傳統的一個永恆母題。王蒙請「時間」來衡量他和編輯團隊（第五輯《中國新文學大系》）的成績：

我們深情地捧出了這三十卷近兩千萬言的《中國新文學大系》第五輯，請讀者明察，請時間的大河、請文學史考驗我們的編選。[29]

余光中在《中華現代文學大系（貳）．總序》結束時說：

至於對選入的這兩百多位作家，這部世紀末的大系是否真成了永恆之門、不朽之階，則猶待歲月之考驗。新大系的十五位編輯和我，樂於將這些作品送到各位讀者的面前，並獻給漫漫的廿一世紀。原則上，這些作品恐怕都只能算是「備取」，至於未來，究竟其中的哪些能終於「正取」，就只有取決定悠悠的時光了。[30]

4 「文學大系」的基本特徵

以上看過兩個系列的「文學大系」，大抵可以歸納出這種編纂傳統的一些基本特徵：

一、「文學大系」是對一個範圍的文學（一個時段、一個國家／地域）作系統的整理，以多冊的、「成套的」文本形式面世；

二、這多冊成套的文學書，要能自成結構；結構的方式和目的在於立體地呈現其指涉的文學史；「立體」的意義在於超越敘事體的文學史書寫和示例式的選本的局限和片面；

三、「時間」與「記憶」、「現實」與「歷史」是否能相互作用，是「文學大系」的關鍵績效指標；

四、「國家文學」或者「地域文學」的「劃界」與「越界」，恆常是「文學大系」的挑戰。

二、「香港的」文學大系：《香港文學大系一九一九——一九四九》

1 「香港」是甚麼？誰是「香港人」？

葉靈鳳，一位因為戰禍而南下香港然後長居於此的文人，告訴我們：

> 香港本是新安縣屬的一個小海島，這座小島一向沒有名稱，至少是沒有一個固定的總名……。這一直到英國人向清朝官廳要求租借海中小島一座作為修船曬貨之用，並指名最好將「香港」島借給他們，這才在中國的輿圖上出現了「香港」二字。[31]

「命名」是事物認知的必經過程。事物可能早就存在於世，但未經「命名」，其存在意義是無法掌握的。正如「香港」，如果指南中國邊陲的一個海島，據史書大概在秦帝國設置南海郡時，就收在版圖之內。但在統治者眼中，帝國幅員遼闊，根本不需要一一計較領土內眾多無名的角落。用葉靈鳳的講法，香港島的命名因英國人的索求而得入清政府之耳目；[32]而「香港」涵蓋的範圍隨着清廷和英帝國的戰和關係而擴闊，再經歷民國和共和國的默認或不願確認，變成如今天香港政府公開發佈的描述：

> 香港是一個充滿活力的城市，也是通向中國內地的主要門戶城市。……香港是中華人民共和國成立的特別行政區。香港自一八四二年開始由英國統治，至一九九七年，中國政府按照「一國兩制」的原則對香港恢復行使主權。根據《基本法》規定，香港目前的政治制度將會

維持五十年不變，以公正的法治精神和獨立的司法機構維持香港市民的權利和自由。……香港位處中國的東南端，由香港島、大嶼山、九龍半島以及新界（包括二六二個離島）組成。[33]

「香港」由無名，到「香港村」、「香港島」，到「香港島、九龍半島、新界和離島」合稱，經歷了地理上和政治上不同界劃，經歷了一個自無而有，而變形放大的過程。更重要的是，「香港」這個名稱底下要有「人」；有人在這個地理空間起居作息，有人在此地有種種喜樂與憂愁、言談與詠歌。有人，有生活，有恩怨愛恨，有器用文化，「地方」的意義才能完足。

猜想自秦帝國及以前，地理上的香港可能已有居民，他們也許是越族蜑民。李鄭屋古墓的出土，或許可以說明漢文化曾在此地流播。[34] 據說從唐末至宋代，元朗鄧氏、上水廖氏及侯氏、粉嶺文氏及彭氏五族開始南移到新界地區。許地山，從臺灣到中國內地再到香港直至長眠香港土地下的另一位文化人，告訴我們：

> 香港及其附近底居民，除新移入底歐洲民族及印度波斯諸國民族以外，中國人中大別有四種：一、本地；二、客家；三、福佬；四、蛋家。……本地人來得最早的是由湘江入蒼梧順西江下流底。稍後一點底是越大庾嶺由南雄順北江下流底。[35]

「本地」，不免是外來；香港這個流動不絕的空間，誰是土地上的真正主人呢？再追問下去的話，秦漢時居住在這個海島和半島上的，是「香港人」嗎？大概只能說是南海郡人或者番禺縣人；再晚來的，就是寶安縣人、新安縣人吧。因為當時的政治地理，還沒有「香港」這個名稱、這個概念。然而，換上了不同政治地理名號的「人」，有甚麼不同的意義？「人」和「土地」的關係，就會有所改變嗎？

2 定義「香港文學」

「香港文學」過去大概有點像南中國的一個無名島，島民或漁或耕，帝力於我何有哉？自從上世紀八〇年代開始，「香港文學」才漸漸成為文化人和學界的議題。這當然和中英就香港前途問題進行談判，以至一九八四年簽訂中英聯合聲明，讓香港進入一個漫長的過渡期有關。「香港有沒有文學」、「甚麼是香港文學」等問題陸續浮現。前一個問題，大概出於與「香港文學」、或者所有「文學」都無甚關涉的人。香港以外地區有這種觀感的，可以理解；值得玩味的是在港內同樣想法的人並不是少數；責任何在？實在需要深思。至於後一個問題，則是一個定義的問題。

要定義「香港文學」，大概不必想到唐宋秦漢，因為相關文學成品（artifact）的流轉，大都在「香港」這個政治地理名稱出現以後。[36]只便如此，還是困擾了不少人。一種定義方式，是以文本創製者為念：說文學是性靈的抒發，故「香港文學」應是「香港人所寫的文學」。這個定義帶來的問題首先是「誰是香港人」？另一種方式，從作品的內容着眼，因為文學反映生活，如果這生活的場景就是香港，當然就是「香港文學」。依着這個定義，則不涉及香港具體情貌的作品，是要排除在外了。再有一種，以文本創製工序的完成為論，所以「香港文學」是「在香港出版、面世的文學作品」。此外，與出版相關的是文學成品的受眾，所以這個定義可以改換成以「接受」的範圍和程度作準：「在香港出版，為香港人喜愛（最低限度是願意）閱讀的文學作品。」先不說定義中還是包含未有講明白的「香港人」一詞，而且「讀者在哪裏？」是不易說清楚的。事實上，由於歷史的原因，以香港為出版基地，但作者讀者都不在香港的情況不是沒有。[37] 因為香港就是這麼奇妙的一個文學空間。[38]

從過去的議論見到，創作者是否「香港人」是一個基本問題；換句話說，很多討論是圍繞着「香港作家」的定義來展開。有一種可能會獲得官方支持的講法是：「持有香港身份證或居港七年以上，曾出版最少一冊文學作品或經常在報刊發表文學作品」；[39] 這個定義的前半部分是以「政治」和「法律」論文學的一例，很難令人釋懷；[40] 兼且「法律」是有時效的，這時不合法並不排除那時的「非違法」。我們認為：「文學」的身份和「文學」的有效性不必倚仗一時的統治法令去維持。至於「出版」與「報刊發表」當然是由創作到閱讀的「文學過程」中一個接近終點的環節，可以是一個有效的指標；而出版與發表的流通範圍，究竟應否再加界定？是可以進一步討論的。

3　劃界與越界

我們在歸納「文學大系」的編纂傳統時，第一點提到這是「對一個範圍的文學（一個時段、一個國家／地域）作系統的整理」；第四點又指出「國家文學」或者「地域文學」的「劃界」與「越界」，恆常是「文學大系」的挑戰；兩點都是有關「劃定範圍」的問題。上文的討論是比較概括地把「香港文學」的劃界方式「問題化」（problematize），目的在於啟動思考，還未到解決或解脱的階段。

以下我們從《香港文學大系》編輯構想的角度，再進一步討論相關問題。首先是時段的界劃。目前所見的幾本國內學者撰寫的「香港文學史」，除了謝常青的《香港新文學簡史》外，[41] 其餘都是以一九四九或一九五〇年為正式敘事起始點。這時中國內地政情有重大變化，大陸和香港兩地的區隔愈加明顯；以此為文學史時段的上限無疑是方便的，也有一定的理據。然而，我們認為香港文學應該可以往上追溯。因為新文學運動以及相關聯的「五四運動」，是香港現代文化變遷的一個重要源頭。北京上海的波動傳到香港，無疑有一定的時間差距，但「五四」以還，直到一九四九年，香港文學的實績還是班班可考的。因此我們選擇「從頭講起」，擬定「一九一九年」和「一九四九年」兩個時間指標，作為《大系》第一輯工作上下限；希望把源頭梳理好，以後第二輯、第三輯……，可以順流而下，進行其他時段的考察。我們明白這兩個時間標誌源於「非文學」的事件，卻認為這些事件與文學的發展有密切的關聯。我們又同意這個時段範圍的界劃不是確切不能動搖的，尤其上限不必硬性定在一九一九年，可以隨實際掌握的材料往上下挪動。比方説「舊體文學卷」和「通俗文學」的發展應可以追溯到更早的年份；而「戲劇」文本的選輯年份可能要往下移。

第二個可能疑義更多的是「香港文學」範圍的界劃。我們在回顧《中國新文學大系》各輯的規模時，見識過邊界如何「彈性」地被挪移，以收納「臺港澳」的作家作品。這究竟是「越界」還是隨「非文學」的需要而「重劃邊界」？這些新吸納的部分，與原來的主體部分如何，或者是否可以，構成一個互為關聯的系統？我們又看過余光中領銜編纂的《大系》，把張愛玲、夏志清等編入其中。前者大概沒有在臺灣居停過多少天，所寫所思好像與臺灣的風景人情無甚關涉；後者出身上海北京，去國後主要在美國生活、研究和著述。[42] 他們之「越界」入選，又意味着甚麼樣的文學史觀？

《香港文學大系》編輯委員會參考了過去有關「香港文學」、「香港作家」的定義，認真討論以下幾個原則：

一、「香港文學」應與「在香港出現的文學」有所區別（比方說瘂弦的詩集《苦苓林的一夜》在香港出版，但此集不應算作香港文學）；

二、（在一段相當時期內）居住在香港的作者，在香港的出版平台（如報章、雜誌、單行本、合集等）發表的作品（例如侶倫、劉火子在香港發表的作品）；

三、（在一段相當時期內）居住在香港的作者，在香港以外地方發表的作品（例如謝晨光在上海等地發表的作品）；

四、受眾、讀者主要是在香港，而又對香港文學的發展造成影響的作品（如小平的女飛賊黃鶯系列小說；這一點還考慮到早期香港文學的一些現象：有些生平不可考，是否同屬一人執筆亦未可知，但在香港報刊上常見署以同一名字的作品）。

編委會各成員曾將各種可能備受質疑的地方都提出來討論。最直接意見的是認為「相當時期」

一語太含糊，但又考慮到很難有一個學術上可以確立的具體時間（七年以上？十年以上？）。各項原則應該從寬還是從嚴？內容寫香港與否該不該成為考慮因素？文學史意義以香港為限還是包括對整體中國文學的作用？這都是熱烈爭辯過的議題。大家都明白《大系》中有不同文類，個別文類的選輯要考慮該文類的習套、傳統和特性，例如「通俗文學」的流通空間主要是「省港澳」（廣州、香港、澳門），「新詩」的部分讀者可能在上海，「戲劇」會關心劇作與劇場的關係。各種考慮，林林總總，很難有非常一致的結論。最後，我們同意請各卷主編在採編時斟酌上列幾個原則，然後依自己負責的文類性質和所集材料作決定；如果有需要作出例外的選擇，則在該卷〈導言〉清楚交代。大家的默契是以「香港文學」為據，而不是歧義更多的「香港作家」概念，尤其後者更兼有作家「自認」與他人「承認」與否等更複雜的取義傾向。歷史告訴我們，「香港」的屬性，從來就是流動不居的。在《大系》中，「香港」應該是一個文學和文化空間的概念：「香港文學」應該是與此一文化空間形成共構關係的文學。香港作為文化空間，足以容納某些可能在別一文化環境不能容許的文學內容（例如政治理念）或形式（例如前衛的試驗），或者促進文學觀念與文本的流轉和傳播（影響內地、臺灣、南洋、其他華語語系文學，甚至不同語種的文學，同時又接受這些不同領域文學的影響）。我們希望《香港文學大系》可以揭示「香港」這個「文學／文化空間」的作用和成績。

4 「文學大系」而非「新文學大系」

《香港文學大系》的另一個重要構想是，不用「大系」傳統的「新文學」概念，而稱「文學大系」。這個選擇關係到我們對「香港文學」以至香港文化環境的理解。在中國內地，「新文學」以「文學革命」的姿態登場，其抗衡的對象是被理解為代表封建思想的「舊」文化與「舊」文學；為了突出「新文學」，於是「舊」的範圍和其負面程度不斷被放大。革命行動和歷史書寫從運動一開始就互相配合，「新文學」沒有耐心等待將來史冊評定它的功過，文學革命家如胡適從《留學日記》、〈文學改良芻議〉、〈建設的文學革命論〉到《五十年來中國之文學》，都是一邊宣傳革命、實行革命，一邊修撰革命史。這個策略在當時中國的環境可能是最有效的，事實上與「國語運動」同時並舉的「新文學運動」非常成功，其影響由語言、文學，到文化、社會、政治，可謂無遠弗屆。[43] 十多年後趙家璧主編《中國新文學大系》，其目標不在經驗沈澱後重新評估過去的新舊對衡之意義，而在於「運動」之奮鬥記憶的重喚，再次肯定其間的反抗精神。

香港的文化環境與中國內地最大分別是香港華人要面對一個英語的殖民政府。為了帝國利益，港英政府由始至終都奉行重英輕中的政策。這個政策當然會造成社會上普遍以英語為尚的現象，但另一方面中國語言文化又反過來成為一種抗衡的力量，或者成為抵禦外族文化壓迫的最後堡壘。由於傳統學問的歷史比較悠久，積聚比較深厚，比較輕易贏得大眾的信任甚至尊崇。於是通曉儒經國學、能賦詩為文（古文、駢文），隱然另有一種非官方正式認可的社會地位。另一方面，來自內地——中華文化之來源地——的新文學和新文化運動，又是「先進」的象徵，當這些帶有開新和批判精神的新文學從內地傳到香港，對於年輕一代特別有吸引力。受「五四」文學新潮影響的學子，既有可能以其批判眼光審視殖民統治的不公，又有可能倒過來更加積極學習英語文學及文化，以吸收新知，來加強批判能力。至於「新文學」與「舊文學」之間，既有可能互相對抗，也有協成互補的機會。換句話説，英語代表的西方文化，與中國舊文學及新文學構成一個複雜多角的關係。如果簡單借用在中國內地也不無疑問的獨尊「新文學」觀點，就很難把「香港文學」的狀況表述清楚。

事實上，香港能寫舊體詩文的文化人，不在少數。報章副刊以至雜誌期刊，都常見佳作。這部分的文學書寫，自有承傳體系，亦是香港文學文化的一種重要表現。例如前清探花，翰林院編修，官至南書房行走、江寧提學使的陳伯陶，流落九龍半島二十年，編纂《勝朝粵東遺民錄》、《明東莞五忠傳》等，又研究宋史遺事，考證官富場（現在的官塘）宋王臺、侯王廟等歷史遺跡；他的所為，和葉靈鳳捧着清朝嘉慶二十四年刊《新安縣志》珍本，辛勤考證香港的前世往跡有甚麼不同？一個傳統的讀書人，離散於僻遠，如何從地誌之「文」，去建立「人」與「地」與「時」的關係？我們是否可以從陳伯陶與友儕在一九一六年共同製作的《宋臺秋唱》詩集中，見到那上下求索的靈魂在嘆息？他腳下的土地，眼前的巨石，能否安頓他的心靈？詩篇雖為舊體，但其中的文心，不是常新嗎？[44] 可以説，「香港文學」如果缺去了這種能顯示文化傳統在當代承傳遞嬗的文學記錄，其結構就不能完整。[45]

再如擅寫舊體詩詞的黃天石，又與另一位舊體詩名家黃冷觀合編「通俗文學」的《雙聲》雜誌，發表鴛鴦蝴蝶派小說；後來又是「純文學」的推動者，創立國際筆會香港中國筆會，任會長十年；又曾辦《文學世界》，支持中國文學研究；影響更大的是以筆名「傑克」寫的流行小說。這樣多面向的文學人，我們希望在《香港文學大系》給予充分的尊重。這也是《香港文學大系》必須有《通俗文學卷》的原因之一。我們認為「通俗文學」在香港深入黎庶，讀者量可能比其他文學類型高得多。再說，香港的「通俗文學」貼近民情，而且語言運用更多大膽試驗，如「粵語入文」，或者「三及第化」，是香港文化以文字方式流播的重要樣本。當然，「通俗文學」主要是商業運作，產量多而水準不齊，資料搜羅固然不易，編選的尺度拿捏更難；如何澄沙汰礫，如何從文學史的角度與其他文類協商共容，都極具挑戰性。無論如何，過去《中國新文學大系》因為以「新文學」為主，把影響民眾生活極大的通俗文學棄置一旁，是非常可惜的。

《香港文學大系》又設有《兒童文學卷》。我們知道「兒童文學」的作品創製與其他文學類型最大的不同是，其擬想的讀者既隱喻作者的「過去」，也寄託他所構想的「未來」；當然作品中更免不了與作者「現在」的思慮相關聯。已成年的作者在進行創作時，不斷與自己童稚時期的經驗對話，時光的穿梭是一個必然的現象；在《大系》設定一九四九年以前的時段中，「兒童文學」在香港還有一種「空間」穿越的情況，因為不少兒童文學的作者都身不在香港；「空間」的幻設，有時要透過在香港的編輯協助完成。另一方面，這時段的兒童文學創製有不少與政治宣傳和思想培育有關。部分香港報章雜誌上的兒童文學副刊，是左翼文藝工作者進行思想鬥爭的重要陣地。依照成年人的政治理念去模塑未來，培養革命的下一代，又是這時期香港兒童文學的另一個現象。可以說，「兒童文學」以另一種形式宣明香港文學空間的流動性。

5「文學大系」中的「基本」文體

「新詩」、「小說」、「散文」、「戲劇」、「文學評論」，這些「基本」的現代文學類型，也是《香港文學大系》的重要部分。這些文類原型的創發與「新文學運動」息息相關，是由中國而香港的「現代性」降臨的一個重要指標。[46]其中新詩的發展尤其值得注意。詩歌從來都是語言文字的實驗室；尤其在移走可以依傍的傳統詩詞的格律框之後，主體的心靈思緒與載體語言之間的纏鬥更加激烈而無邊際。朱自清在《中國新文學大系・詩集》的〈選詩雜記〉中提到他的編選觀點：「我們要看看我們啟蒙期詩人努力的痕跡。他們怎樣從舊鐐銬解放出來，怎樣學習新言語，怎樣尋找新世界。」香港的新詩起步比較遲，但若就其中傑出的作家作品來看，卻能達到非常高的水平。[47]這可能是因為香港的語言環境比較複雜，日常生活中的語言已不斷作語碼轉換，感情思想與語言載體互相作用的頻率特別高，實驗多自然成功機會也增加。相對來說，小說受到寫實主義思潮的引導，而香港的寫實卻又是中國內地小說的再模仿，其依違之間，使得「純文學」的小說家難以無障礙地完成構築虛擬的世界。例如理應展現香港城市風貌的小說場景，究竟是否上海十里洋場的複製，就需要推敲。與包袱比較輕的通俗小說作者相比，學習「新文學」的小說家的道路就比較艱難了，所留下繽紛多元的實績，很值得我們珍視。

散文體最常見的風格要求是明快、直捷，而這時期香港散文的材料主要寄存於報章副刊，編者重回「閱讀現場」的感覺會比較容易達成。《大系》的散文樣本，可以更清晰地指向這時段香港的世態人情，生活的憂戚與喜樂。由於香港的出版自由相對比中國內地高，報章檢查沒有國內嚴苛，只要不觸碰殖民政府「當局」，成為全中國的「輿論中心」是有可能的。報章上的公共言論，有時也會超脫香港本地的視野；香港報章轉成內地輿情的進出口。所以說，「香港」作為一個文化地理的空間，其功能和作用往往不限於本土。《大系》兩卷散文，少不免對此有所揭示。類似的情況又可見於我們的《戲劇卷》。中國現代劇運以動員羣眾為目標，啟蒙與革命是主要的戲碼；這時期香港的劇運，不計由英國僑民帶領的英語劇場，可謂全國的附庸，也是政治運動的特遣。讀《香港文學大系》的戲劇選輯，很容易見到政治與文藝結合的前台演出。然而，當中或許有某些不求外揚的藝術探索，或者存在某種本土呼吸的氣息，有待我們細心尋繹。至於香港出現的「文學評論」，其來源也是多元的。越界而來的文藝指導在中國多難的時刻特別多；尤其抗日戰爭和國共內戰期間，政治宣傳和鬥爭往往以文藝論爭的方式出現；其論述的面向是全國而不是香港；這就是「全國輿論中心」的貢獻。[48] 然而正因為資訊往來方便，中外的文化訊息在短時間內得以在本地流轉；由此也孕育出不少視野開闊的批評家，其關注面也廣及香港、全中國，以至國際文壇。這也是「香港」的一個重要意義。

6 小結

綜之，我們認為「香港」是一個文學和文化的空間，「香港」可以有一種「文學的存在」；「香港文學」是一個文化結構的概念。我們看到「香港文學」是多元的而又多面向的。我們以一九一九到一九四九為大略的年限，整理我們能搜羅到的各體文學資料，按照所知見的數量比例作安排，「散文」、「小說」、「評論」各分「一九一九—一九四一」及「一九四二—一九四九」兩卷；「新詩」、「戲劇」、「舊體文學」、「通俗文學」、「兒童文學」各一卷，加上「文學史料」一卷，全書共十二卷。每卷主編各撰寫本卷〈導言〉，說明選輯理念和原則，以及與整體凡例有差異的地方和差異的理據。編委會成員就全書方向和體例有充分的討論，與每卷主編亦多番往返溝通。我們不強求一致的觀點，但有共同的信念。我們不會假設各篇〈導言〉組成周密無漏的文學史敘述，所有選材拼合成一張無缺的文學版圖。我們相信虛心聆聽之後的堅持，更有力量；各種論見的交錯、覆疊，以至留白，更能抉發文學與文學史之間的「呈現」與「拒呈現」的幽微意義。我們期望這十二卷《香港文學大系一九一九—一九四九》能夠展示「香港文學」的繁富多姿。我們更盼望時間會證明，十二卷《大系》中的「香港文學」，並沒有遠離香港，而且繼續與這塊土地上生活的人對話。

三、餘話

最後，請讓我簡單交代《香港文學大系一九一九—一九四九》編輯的經過。二〇〇九年我和同事陳智德開始聯絡同道，組織編輯委員會，成員包括：黃子平、黃仲鳴、樊善標、危令敦、陳智德以及本人。又邀請到陳平原、王德威、黃子平、李歐梵、許子東擔任計劃的顧問。在籌備階段，我們得到李律仁先生的襄助，私人捐助我們一筆啟動基金。李先生對香港文學的熱誠，對我們的信任，在此致上衷心的感謝。經過編委員討論編選範圍和方針以後，我們組織了《大系》各卷的主編團隊：陳智德（新詩卷、文學史料卷）、樊善標（散文卷一）、危令敦（散文卷二）、謝曉虹（小說卷一）、黃念欣（小說卷二）、盧偉力（戲劇卷）、程中山（舊體文學卷）、黃仲鳴（通俗文學卷）、霍玉英（兒童文學卷）、陳國球（評論卷一）、林曼叔（評論卷二）。編輯委員會通過整體計劃後，我們向香港藝術發展局申請資助，順利通過得到撥款。因為全書規模大，出版並不容易，我們有幸得到聯合出版集團總裁陳萬雄先生的幫忙；陳先生非常熱心香港文化事業，一直關注香港文學史的編撰；經過他的鼎力推介，《香港文學大系一九一九—一九四九》由香港商務印書館出版。期間總經理葉佩珠女士與副總編輯毛永波先生全力支持，《大系》編務主持人洪子平先生專業支援，讓《大系》順利分批出版，編委會成員都非常感激。此外，我們還要向為《香港文學大系》題籤的鍾育淳先生敬致謝忱。《大系》編選工作艱巨，各卷主編自是勞苦功高；搜集整理資料的細務，有賴香港教育學院中國文學文化研究中心的成員：楊詠賢、賴宇曼、李卓賢、雷浩文、姚佳琪、許建業等承擔，其中賴宇曼更是後勤工作的總負責人，出力最多。我們相信，《香港文學大系》是一項有意義的文化工作，大家出過的每一分力，都值得記念。

二〇一四年六月三十日定稿

註釋

1 例如一九八四年五月十日在《星島晚報》副刊《大會堂》就有一篇絢靜寫的〈香港文學大系〉，文中說：「在鄰近的大陸，臺灣，甚至星洲，早則半世紀前，遲至近二年，先後都有它們的『文學大系』由民間編成問世。香港，如今無論從哪一個角度看，都不比他們當年落後，何以獨不見自己的『文學大系』出現？」十多年後，二〇〇一年九月廿九日，也斯在《信報》副刊發表〈且不忙寫香港文學史〉說：「在編寫香港文學史之前，在目前階段，不妨先重印絕版作品、編選集、編輯研究資料，編新文學大系，為將來認真編寫文學史作準備。」

2 日本最早用「大系」名稱的成套書大概是一八九六年十一月出版的《國史大系》。日本有稱為「三大文學全集」的《新釋漢文大系》（明治書院）、《日本古典文學大系》（岩波書店）、《現代日本文學大系》（筑摩書房），都以「大系」為名，可見他們的傳統。

3 據趙家璧的講法，這個構思得到施蟄存和鄭伯奇的支持，也得良友圖書公司的經理支持，於是以此定名《中國新文學大系》。見趙家璧〈話說《中國新文學大系》〉，原刊《新文學史料》，一九八四年第一期；收入趙家璧《編輯憶舊》（一九八四；北京：三聯書店，二〇〇八再版），頁一〇〇。

4 在此「文體類型」的概念是現代文論中"genre"一詞的廣義應用，指依循一定的結撰習套而形成書寫傳統的文本類型。作為一個文體類型的個別樣本，對外而言應該與同類型的其他樣本具有相同的特徵；對內而言則自成一個可以辨認的結構。中國文學傳統中也有「體」的觀念，其指向相當繁複，但也可以從這個寬廣的定義去理解。

5 〈話說《中國新文學大系》〉，以及〈魯迅怎樣編選《小說二集》〉等文，均收錄於趙家璧《編輯憶舊》。此外，趙家璧另有《編輯生涯憶魯迅》（北京：人民文學，一九八一）、《書比人長壽》（香港：三聯書店，一九八八）、《文壇故舊錄：編輯憶舊續集》（北京：三聯書店，一九九一）等著，亦有值得參看的記述。當然我們必須明白，這是多年後的補記；某些過程交代，難免摻有後見之明的解說。

6 Lydia H. Liu, "The Making of the 'Compendium of Modern Chinese Literature,'" in Liu, *Translingual Practice: Literature, National Culture, and Translated Modernity-China, 1900-1937* (Stanford University Press, 1995), pp. 214-238; 徐鵬緒、李廣《〈中國新文學大系〉研究》（北京：社會科學文獻出版社，二〇〇七）。

7 據國民政府一九二八年頒佈的《著作版權法》，已出版的單行本受到保護，而編採單篇文章以合成一集則沒有限制；又一九三四年六月國民黨中央宣傳部成立圖書雜誌審查會，所制定的《修正圖書雜誌審查辦法》第二條規定：社團或著作人所出版之圖書雜誌，應於付印前將稿本送審。第九條規定：凡已經取得審查證或免審證之圖書雜誌稿件，在出版時應將審查證或免審證號數刊印於封底，以資識別。均見劉哲民編《近現代出版社新聞法規彙編》（北京：學林出版社，一九九二）頁一六〇、二三二。

8 據趙家璧追述，阿英認為「這樣的一套書，在當前的政治鬥爭中具有現實意義，也還有久遠的歷史價值和學術價值」。〈話說《中國新文學大系》〉，頁九八。

9 *Translingual Practice*, 235.

10 自歌德以來，以三分法——抒情詩（lyric）、史詩（epic）、戲劇（drama）——作為所有文學的分類才是「共識」。西方固然有“familiar essay”作為文類形式的討論，但並沒有把它安置於一種四分的格局之中。事實上西方的「散文」（prose）是與「詩體」（poetry）相對的書寫載體，在層次上與現代中國文學的四分觀念並不吻合。現代中國文學習用的四分法，在理論上很難周備無漏，需要隨時修補。參考陳國球〈「抒情」的傳統：一個文學觀念的流轉〉，《淡江中文學報》，第二十五期（二〇一一年十二月），頁一七三—一九八。

11 這些例子均見於《民國總書目》（北京：書目文獻出版社，一九九二）。

12 〈話説《中國新文學大系》〉，頁九七。

13 朱自清〈評郭紹虞《中國文學批評史》上卷〉，載《朱自清古典文學論集》（上海：上海古籍出版社，一九八一，頁五四一）。

14 觀夫郁達夫和周作人兩集散文的〈導言〉，可以見到當中所包含自覺與反省的意識，不能簡單地稱之為「自我殖民」。

15 蔡元培〈總序〉，《中國新文學大系》，頁一一。又趙家璧為《大系》撰寫的〈前言〉亦徵用「文藝復興」的比喻，説中國新文學運動「所結的果實，也許不及歐洲文藝復興時代般的豐盛美滿，可是這一羣先驅者們開闢荒蕪的精神，至今還可以當做我們年青人的模範，而他們所產生的一點珍貴的作品，更是新文化史上的瑰寶。」《中國新文學大系》，頁一。

16 參考羅志田〈中國文藝復興之夢：從清季的「古學復興」到民國的「新潮」〉，載羅志田《裂變中的傳承——二十世紀前期的中國文化與學術》（北京：中華書局，二〇〇三），頁五三—九〇；李長林〈歐洲文藝復興在中國的傳播〉，載鄭大華、鄒小站編《西方思想在近代中國》（北京：社會科學文獻出版社，二〇〇五），頁一—四八。

17 蔡元培有關「文藝復興」的論述，起碼有三篇文章值得注意：一、〈中國的文藝中興〉（一九二四）；二、〈吾國文化運動之過去與將來〉（一九三四）；三、《中國新文學大系・總序》（一九三五）。幾篇文章對「文藝復興」或者「文藝中興」的論述和判斷頗有些差異，第一篇演講所論的「文藝中興」始於晚清；但二、三兩篇則專以「新文學／新文化運動」為「復興」時代；又頗借助胡適的「國語的文學，文學的國語」的論述。然而胡適個人的「文藝復興」論亦不止一種：有時也指清代學術（如一九一九年出版的《中國哲學史大綱（卷上）》〔北京：商務印書館，一九八七影印〕），頁九—一〇）；有時具體指新文學／新文化運動（如一九二六年的演講："The Renaissance in China,"《胡適英文文存》，頁二〇—三七）。他曾認為Renaissance中譯應改作「再生時代」；後來又把這用語的涵義擴大，上推到唐以來中國歷史上幾次大規模的文化變革。有關胡適的「文藝復興」觀與他領導的「新文學運動」的關係，參考陳國球《文學史書寫形態與文化政治》（北京：北京大學出版社，二〇〇四），頁六七—一〇六。

18 姚琪〈最近的兩大工程〉，《文學》，五卷六期（一九三五年七月），頁二二八—二三二；畢樹棠〈書評：《中國新文學大系》〉，《宇宙風》，第八期（一九三六），頁四〇六—四〇九。都非常正面；又趙家璧〈話說《中國新文學大系》〉指出《大系》銷量非常好，見頁一二八—一二九。

19 茅盾回憶錄中提到他把《大系》稱作第一輯，「是寄希望於第二輯、第三輯的繼續出版」；轉引自趙家璧《書比人長壽——編輯憶舊集外集》（北京：中華書局，二〇〇八），頁一八九。

20 〈話說《中國新文學大系》〉，頁一三〇—一三六。

21 李輝英〈重印緣起〉，《中國新文學大系・續編》（香港：香港文學研究社，一九七二再版），頁二；〈再版小言〉，無頁碼。

22 常君實是內地資深編輯，一九五八年被中國新聞社招攬，擔任專為海外華僑子弟編寫文化教材和課外讀物的工作，主要在香港的上海書局和香港進修出版社出版。譚秀牧，曾任《明報》副刊編輯，《南洋文藝》主編，香港文學研究社編輯等。

23 參考譚秀牧〈我與《中國新文學大系・續編》〉，《譚秀牧散文小說選集》（香港：天地圖書公司，一九九〇），頁二六二—二七五。譚秀牧在二〇一一年十二月到二〇一二年五月的個人網誌中，再交代《續編》的出版過程，以及回應常君實對《續編》編務的責難。見 http://tamsaumokgblog.blogspot.hk/2012/02/blog_post.html（檢索日期：二〇一四年五月三十日）。

24 羅孚〈香港文學初見里程碑〉一文談到《中國新文學大系續編》說：「《續編》十集，五六百萬字，實在是一個浩大的工程，在那個時時要對知識分子批判，觸及肉體直到靈魂的日子，主編這樣一部完全可以能被認為是替封、資、修『樹碑立傳』的書，該有多大的難度，需要多大的膽識！真叫人不敢想像。誰也沒有想到，這樣一個偉大的工程竟然在默默中完成了，而香港擔負了重要的角色，這實在是香港在中國新文學運動史上一個重要的貢獻，應該受到表揚。不管這《續編》有多大缺點或不足，都應該得到肯定和表揚。」載絲韋（羅孚）《絲韋隨筆》（香港：天地圖書公司，一九九七），頁一〇一。又參考羅寧〈《中國文學大系續編》簡介〉，《開卷月刊》，二卷八期（一九八〇年三月），頁二九。此外，大約在香港文學研究社籌劃《大系續編》的時候，在香港中文大學任教的李輝英和李棪，也正在進行另一個《中國新文學大系》的續編計劃，由中大撥款支持；看來構思已相當成熟，可惜最後沒有完成。見李棪、李輝英〈《中國新文學大系・續編》的編選計劃〉，《純文學》，第十三期（一九六八年四月），頁一〇四—一一六。

25 《中國現代文學大系・小說第一輯》序，頁一九。

26 曉風的序「散文」從開篇就講選本的意義，視自己的工作為編輯選本，明顯與朱西甯的說法不同調，見《中國現代文學大系・散文第一輯》，頁一—四。

27 《中國現代文學大系》，頁一一。

28 《中華現代文學大系（貳）——臺灣一九八九—二〇〇三》，頁一三。

29 《中國新文學大系一九七六—二〇〇〇》，頁五。

30 《中華現代文學大系（貳）——臺灣一九八九—二〇〇三》，頁一四。

31 〈香港村和香港的由來〉，載葉靈鳳《香島滄桑錄》（香港：中華書局，二〇一一），頁四。現在我們知道「香港」之名初見於明朝萬曆年間郭棐所著的《粵大記》，但不是指現稱香港島的島嶼，而是今日的黃竹坑一帶。見郭棐撰，黃國聲、鄧貴忠點校《粵大記》（廣州：中山大學出版社，一九九八），〈廣東沿海圖〉，頁九一七。

32 又參考馬金科主編《早期香港研究資料選輯》（香港：三聯書店，一九九八），頁四三—四六。葉靈鳳又提醒我們，根據英國倫敦一八四四年出版的《納米昔斯號航程及作戰史》（*Narrative of the Voyages and Services of the Nemesis*），早在一八一六年「英國人的筆下便已經出現『香港』這個名稱了」。見葉靈鳳《香港的失落》（香港：中華書局，二〇一一），頁一七五。

33 香港特區政府網站：http://www.gov.hk/tc/about/abouthk/facts.htm（檢索日期：二〇一四年六月一日）。

34 參考屈志仁（J. C. Y. Watt）《李鄭屋漢墓》（香港：市政局，一九七〇）；香港歷史博物館編《李鄭屋漢墓》（香港：香港歷史博物館，二〇〇五）。

35 許地山《國粹與國學》（長沙：嶽麓書社，二〇一一）頁六九—七〇。

36 《新安縣志》中的《藝文志》載有明代新安文士歌詠杯渡山（屯門青山）、官富（官塘）之作。我們今天應如何理解這些作品，是值得用心思量的。請參考程中山《舊體文學卷》的〈導言〉。

37 例如不少內地劇作家的劇本要避過國民政府的審查，而選擇在香港出版，但演出還是在內地。

38 上世紀八〇年代以來，為「香港文學」下定義的文章不少，以下略舉數例：黃維樑〈香港文學研究〉（一九八三），收入黃維樑《香港文學初採》（香港：華漢文化事業公司，一九八八二版），頁一六—十八；鄭樹森《聯合文學・香港文學專號・前言》（一九九二），刪節後改題〈香港文學的界定〉，收入黃繼持、盧瑋鑾、鄭樹森《追跡香港文學》（香港：牛津大學出版社，一九九八），頁五三—五五；黃康顯〈香港文學的分期〉（一九九五），收入黃康顯《香港文學的發展與評價》（香港：秋海棠文化企業出版社，一九九六），頁八；劉以鬯主編《香港文學作家傳略》（香港：市政局公共圖書館，一九九六），〈前言〉，頁iii；許子東《香港短篇小說選一九九六——一九九七・序》，載許子東《香港短篇小說初探》（香港：天地圖書公司，二〇〇五），頁二一〇—二一二。

39 《香港文學作家傳略》，〈前言〉，頁iii。

40 在香港回歸以前，任何人士在香港合法居住七年後，可申請歸化成為英國屬土公民並成為香港永久居民；香港主權移交後，改由持有效旅行證件進入香港、連續七年或以上通常居於香港並以香港為永久居住地的條件，可成為永久性居民。參考香港特區政府網站：http://www.gov.hk/tc/residents/immigration/idcard/roa/verifyeligible.htm（檢索日期，二〇一四年六月一日）。

41 謝常青《香港新文學簡史》（廣州：暨南大學出版社，一九九〇）。

42 夏志清長期在臺灣發表中文著作，但他個人未嘗在臺灣長期居留。又《中華現代文學大系（貳）——臺灣一九八九—二〇〇三》由馬森主編的小說卷，也收入香港的西西、黃碧雲、董啟章等香港小說家。

43 參考陳國球《文學史書寫形態與文化政治》，頁六七—一〇六。

44 參考高嘉謙〈刻在石上的遺民史：《宋臺秋唱》與香港遺民地景〉，《臺大中文學報》，四十一期（二〇一三年六月），頁二七七—三一六。

45 羅孚曾評論鄭樹森等編《香港文學大事年表》（一九九六）不記載傳統文學的事件，鄭樹森的回應是：「雖然有人認為《年表》可以選收舊體詩詞，但是，恐怕這並不是整理一般廿世紀中國文學發展的慣例。」《年表》後來再版，題目的「文學」二字改換成「新文學」。分見《絲韋隨筆》，頁一〇〇；鄭樹森、黃繼持、盧瑋鑾編《香港新文學年表（一九五〇——一九六九）》（香港：天地圖書公司，二〇〇〇），頁五。

46 英國統治帶來的政制與社會建設，也是香港進入「現代性」境況的另一關鍵因素。

47 鄭樹森等在討論香港早期的新文學發展時，認為「詩歌的成就最高」，柳木下和鷗外鷗是「這時期的兩大詩人」。見鄭樹森、黃繼持、盧瑋鑾編《早期香港新文學作品選》（香港：天地圖書公司，一九九八），頁三一—四二。

48 參考侯桂新《文壇生態的演變與現代文學的轉折——論中國作家的香港書寫》（北京：人民出版社，二〇一一）。

凡例

一、《香港文學大系一九一九—一九四九》共十二卷，收錄一九一九年至一九四九年之香港文學作品，編纂方式沿用《中國新文學大系》以體裁分類，同時考慮香港文學不同類型文學之特色，分別為新詩卷、散文卷一、散文卷二、小說卷一、小說卷二、戲劇卷、評論卷一、評論卷二、舊體文學卷、通俗文學卷、兒童文學卷、文學史料卷。

二、作品排列是以作者或主題為單位，以作者為單位者，以入選作品發表日期先後為序，同一作者入選多於一篇者，以發表日期最早者為據。

三、入選作者均附作者簡介，每篇作品於篇末註明出處。如作品發表時所署筆名與作者通用之名不同，亦於篇末註出。

四、本書所收作品根據原始文獻資料，保留原文用字，避免不必要改動，部分文章礙於當時報刊審查制度，違禁字詞以X或□代替，亦予保留。

五、個別明顯誤校、字粒倒錯，或因書寫習慣而出現之簡體字，均由編者逕改；個別異體字如無法顯示則以通用字替代，不另作註。

六、原件字跡模糊，須由編者推測者，在文字或標點外加上方括號作表示，如「不以為〔然〕」；原件字跡太模糊，實無法辨認者，以圓括號代之，如「前赴（　）國」，每一組圓括號代表一個字。

七、本書經反覆校對，力求準確，部分文句用字異於今時者，是當時習慣寫法，或原件如此。

八、因篇幅所限或避免各卷內容重複，個別篇章以〔存目〕方式處理，只列題目而不收內文，各存目篇章之出處，將清楚列明。

九、《香港文學大系一九一九——一九四九》之編選原則詳見〈總序〉，各卷之編訂均經由編輯委員會審議，惟各卷主編對文獻之取捨仍具一定自主，詳見各卷〈導言〉。

導言

陳國球

一、「文學評論」的意義

「文學評論」與「文學」一樣，是現代知識架構底下的一個「現代」觀念。它的名稱也是近世才見出現，用以和近代西方文學術語 "criticism" ——尤其十七、十八世紀以還由德萊頓（John Dryden, 1631–1700）、蒲柏（Alexander Pope, 1688–1744）所習用者–作對譯；[1] 例如 C. T. Winchester, *Some Principles of Literary Criticism* (1899) 就被翻譯為《文學評論之原理》。[2] 除了「文學評論」之外，另一個比較通行的譯法是「文學批評」。不過，羅根澤在比較中西文論異同時，特別指出「文學評論」比「文學批評」更合乎中國的評論傳統。[3] 更有趣的是，"criticism" 又曾被茅盾翻譯為「批評主義」。他在一九二一年《小說月報》的〈改革宣言〉中說：

> 西洋文藝之興蓋與文學上之批評主義（Criticism）相輔而進；批評主義在文藝上有極大之威權，能左右一時代之文藝思想。新進文家初發表其創作，老批評家持批評主義以相繩，初無絲毫之容情，一言之毀譽，輿論翕然從之；如是，故能互相激厲而至於至善。我國素無所謂批評主義，月旦既無不易之標準，故好惡多成於一人之私見；「必先有批評家，然後有真文學家」，此亦為同人堅信之一端；同人不敏，將先介紹西洋之批評主義以為之導。然同人故

> 皆極尊重自由的創造精神者也，雖力願提倡批評主義，而不願為主義之奴隸；並不願國人皆奉西洋之批評主義為天經地義，而改殺自由創造之精神。[4]

"Criticism"又譯「批評主義」，一方面可反映出當時對新概念的命名，還有其「不確定性」；另一方面，可見這個概念在新文學運動時期不僅指向一種文學體類或者文學活動，更是一種文學的主張（「主義」）；茅盾等人認為這是西方文學的優勝之處，國人要師法學習。由此而言，被認定為源自西方的「文學評論」，在當時具有先進和啟蒙的象徵意義；而其功能不止於評斷高下，更在於建設新文學與新文化。次年，茅盾發表〈文學批評管見一〉，繼續指摘中國傳統中文學評論活動之不足，再借「文學批評論」向羣眾宣導革新的意義：

> 中國一向沒有正式的什麼文學批評論；有的幾部古書如《詩品》、《文心雕龍》之類，其實不是文學批評論，祇是詩、賦、詞、讚……等等文體的主觀的定義罷了。所以我們現在講文學批評，無非是把西洋的學說搬過來，向民眾宣傳。但是專一從理論方面宣傳文學批評論，尚嫌蹈空，常識不備的中國羣眾，未必要聽；還得從實際方面下手，多取近代作品來批評。[5]

當是時，不少言論都認同中國有必要重視這種文學活動，望能「互相激厲而至於至善」；這種想法與傳統詩話詞話「資閒談」的非嚴肅態度截然不同。[6]例如與茅盾〈改革宣言〉差不多同時，有張友仁在《文學旬刊》發表的〈雜談：文學批評〉：

> 要曉得若欲使我們文學不歇地向前發展、進步，臻於精善，非有文學批評與之相輔而行不可；且比較尤其重要。近代西洋文學之所以發達，都是靠着文學批評的。[7]

《小說月報》率先在一九二二年第十三卷七號開闢「評論」專欄，刊載沈雁冰〈自然主義與中國小說〉一文；十三卷八號開設「創作批評」欄，一連登載三篇評論冰心小說的文章。同年郭沫若、郁達夫等的創造社，也在《創造季刊》設「評論」欄，第一號就收有郭沫若、郁達夫、張資平三篇文章。這種文學評論的風氣，連作為「新文學運動」對立面的「學衡派」也不敢輕視，例如胡先驌在一九二二年發表〈論批評家之責任〉，對批評活動的社會意義作出申論：

批評家之責任，為指導一般社會。對於各種藝術之產品、人生之環境、社會政治歷史之事跡，均加以正確之判斷，以期臻於至美至善之域。[8]

當然他們心中的「正確」與「新文學家」所追求的「開新」，方向並不相同；但對相關文學活動，仍然多所期許。此後，我們還見到一九三〇年六月現代書店出版由李贊華編輯，專門以中外文學的介紹和評論為主的期刊《現代文學評論》；三〇年代結集成書的還有范祥善編《現代文藝評論集》、劉大杰著譯《東西文學評論》、錢歌川編《現代文學評論》等等。[9]

另一方面，當時對文學評論的活動，還有一個着眼點。例如贊成「為人生而藝術」的王統照，在〈文學批評的我見〉提出：

中國以前的文壇上，只有種作為個人鱗爪式的觀察，而無有謂「文學批評」。這也許是由科學化而來的新精神，「文學批評」，乃隨了近幾年來新文壇上的創作與介紹的波浪，在後面助着「翻瀾」。……文學只是「感動」的媒介而已，此外一切都不免是題外的餘支，批評者只是在「感動」的範圍內，用明敏的眼光，去探求作者潛在的意識，或抒寫他自己真實的見地，這便是最重要的任務。不過這已是不容易担負的的任務了。[10]

可見他以「感動」和「意識」作為批評活動的線索。此外，鼓吹「革命文學」的成仿吾，在〈批評與批評家〉一文說：

文藝批評的本體，是一種批評的精神之文藝的活動。……一個文藝批評家作文藝批評的時候，是一個批評的精神在做文藝的活動；……真的文藝批評家，他是在做文藝的活動。他把自己表現出來，就成為可以完全信用的文藝批評——這便是他的文藝作品。[11]

推崇「人文主義」的梁實秋，在〈文學批評辯〉說：

如其我們把文學批評當作人類心靈判斷的活動，則文學批評與文學創作在時間上實無先後之別，在性質上亦無優劣之異。批評與創作同是心靈活動的一種方式。文學批評所表示的是人類對於文學的判斷力。文學批評史就是人類的文學品味的歷史，亦人類的文學的判斷力的歷史。……文學批評只是人的心靈之判斷力的活動而已。偉大的批評家必有深刻的觀察，直覺的體會，敏銳的感覺，於森羅萬象的宇宙人生之中搜出一個理想的普遍的標準。[12]

尤其值得注意的是：成、梁二人分屬文壇的左右翼，但都以「精神」、「心靈」之活動，來理解「文學批評」；這種講法，應該是當時的共識。[13]

「文學」本來就必然牽及作者讀者的交流溝通，讀者除了被動地接受作者發出的訊息以外，還可以主動加以詮釋、品味與評鑒；「文學評論」正是把這個受容與興發過程「前景化」的活動。由是，作為閱讀一方的批評家，可以其「專業化」的形象，擴大某種閱讀方向與判斷的社會影響力；從而面向原處於主動創發位置的作者羣，與之對話、協商，甚至發揮限制、導引的作用。這些批評活動，正如成仿吾與梁實秋所意會，與極富流動性的精神領域有絕大關聯，當「文學」被賦予國族、階級、經濟等意義的時候，「文學評論」更容易成為文化政治與意識形態的爭逐場。事實上這正是現代中國文學評論的主要發展方向。就在《中國新文學大系》當中，與「評論」相關的兩卷各題為「建設理論集」和「文學論爭集」。胡適在《建設理論集・導言》中表示：

這一冊的題目是「建設理論集」，其實也可以叫做「革命理論集」，因為那個文學革命一面是推翻那幾千年因襲下來的死工具，一面是建立那一千年來已有不少文學成績的活工具；用那活的白話文學來替代那死的古文學，可以叫做大破壞，可以叫做大解放，也可以叫做「建設的文學革命」。[14]

鄭振鐸編《文學論爭集》，更標榜戰鬥精神：

我們相信，在革新運動裏，沒有不遇到阻力的；阻力愈大，愈足以堅定鬥士的勇氣，紮硬寨，打死戰，不退讓，不妥協，便都是鬥士們的精神的表現。[15]

「推翻」、「破壞」、「紮硬寨」、「打死戰」……，烽煙莽莽的戰場氣氛，猶在胡適和鄭振鐸的回憶裏。他們親身經歷新文化與新文學運動，以當事人的身份依「正反方」作史料與敘述角度的取捨；於是，「反方」基本被消音，只遺下零落的殘蹟，成全被扭曲的敗戰者形相。另一方面，《中國新文學大系》編纂的時刻距離新文學運動已有二、三十年，這個歷史距離對於當事人自有今昔之別的感喟。鄭振鐸在〈導言〉中說：

敘述着這「偉大的十年間」的文學運動，卻也不能不有些惆悵、悽楚之感！當時在黑暗的迷霧裏掙扎着，表現着充分的勇敢和堅定的鬥士們，在這雖衹是短短的不到二十年間，他們大多數便都已成了古舊的人物，被「擠成了三代以上的古人」了。……他們反而成了進步的阻礙。無數青年們的吶喊的熱忱，只是形成了他們的「高高在上」的地位，他們踐踏着青年們的犧牲的軀體，一級一級的爬了上去。當他們在社會上有了穩固的地位時，便拋開了青年人而開始「反叛」。[16]

至於胡適的感慨，也見諸〈導言〉：

十幾年來，當日我們一班朋友鄭重提倡的新文學內容漸漸受到一班新的批評家的指摘，而我們一班朋友也漸漸被人喚作落伍的維多利亞時代的最後代表者了！那些更新穎的文學議論，不在我們編的這一冊的範圍之中，我們現在不討論了。[17]

事實上《中國新文學大系》各集的編者，這時已有不同的政治信仰；從整體而言，編輯團隊當中自是充滿多音複調。但綜觀《大系》，只有牽及文學評論活動的第一、二集，編者才在其導言清楚宣露歷史感喟。胡適和鄭振鐸以兩種不同的態度，體味歷史的變遷，固或有其個人的為文風格；然而，「評論」作為一種文學活動，更需要深入文字宇宙，游走於不同主體之間的精神領域；再加上時代又賦予淑世的責任，其間春秋之義特別容易彰顯。

《香港文學大系》的編纂意旨不離歷史的考掘，《評論》兩卷的作用，就如時間的感光紙，讓早被遺忘的「文學香港」的一段精神史樣本得以顯影。當然，比之於胡適與鄭振鐸之編纂工作，我們編《香港文學大系・評論卷》沒有親歷其事的有利條件，但處於「局外」的位置加上更長的歷史距離，說不定也能帶出另一種審視「過去」的眼光，稍減大論述中「正反方」的倫理規限。再說，正因為「文學香港」至今還未見有完整體系的歷史載記，這些感光紙上的顯影，各以其形相的象徵與聯想互為勾連或者互成抗衡，有待異日更富辯證的歷史眼光作適切的敘述。

二、作為文化活動平台的「畸形香港」

早年香港的華文文學活動，不免局限於精英士紳階層，以保存民族文化於天壤海隅的想法佔主導。然而，隨着受教育的人口增多，作為通商口岸，各方訊息輸入的渠道不缺，例如十一歲從廣州來香港的袁振英，先後在香港英皇書院和皇仁書院接受英式教育，接觸到不少西方現代思潮，與同學創立「大同社」，主張無家庭、無國家，提倡世界大同；[18]後來升學北京大學英國文學門，成為陳獨秀的追隨者，並得胡適的賞識，被邀約在《新青年》的易卜生專號發表長文〈易卜生傳〉。[19]少年袁振英在香港的生活經驗，以至所接受的外語訓練、新思潮薰染等，對他日後的思想路向顯然有重大影響。因此我們可以說，早在「五四新文化運動」時期，已出現香港的身影。袁振英日後還兩度回香港工作，曾擔任重要的香港報章副刊——《工商日報・文庫》——編輯，長期在香港的報刊發表評介外國文藝思想的文章和譯作。[20]

「新文化/新文學運動」在中國內地是以革命的形式出現，以打倒「舊文化/舊文學」的壟斷勢力為鵠的。由這種思維帶動的歷史敘述，「正方」的光源只有白話文學一端，其餘「選學桐城」、「鴛鴦蝴蝶」，全被統合簡約為封建腐朽的黑暗面。但在香港的殖民統治階層眼中，「舊文化」從來只有民間意義，與土風民俗、地方信仰無殊。換一個角度看，傳統文化其實也是抗衡殖民文化侵略的一種力量；因此，在香港的華人社會當中，新舊文化固然有其爭持的局面，但卻不似內地的殊死爭戰。比方說，魯迅一九二七年二月十八、十九日來港作〈無聲的中國〉及〈老調子已唱完〉兩場演講，一直被視為香港文學史上的大事。當時《華僑日報》的報道和論述非常多。其中署名「觀微」的一篇評論就很值得注意。這篇文章舉出在香港深具民族文化承傳意義的「學海書樓」每星期三、六的公眾演講，與魯迅兩場演講相提並論：

> 夫談詩書講禮義之演講會，香港既已有其人矣，且有碩彥鴻儒為之主持其事矣，是闡揚國學，其力已綽有餘裕矣；故吾不患舊學之無人提倡，而患新學之無人發明耳。使吾人徒知古而不知今，則世界大勢，懵然不知也；時代思潮，昧然罔覺也……尚有新學者惠然肯來，從事演講，是無異航行之星火；其所以賜益于後學者，豈淺鮮哉！

從行文風格與語氣來看，作者應是熟知「舊學」的文化人，但他的態度卻相當開放，認為現今之世，有必要接觸「新學」，瞭解「世界大勢」。他的結論是：

> 至于或新或古，同皆致其力于學術之林，吾今不能為左右袒。惟研古者不忘乎今，研今者不忘乎古；新舊同和，不作偏畸，則新舊之學，必有同時發揚光厲者；所望者在此。但不知此種妥協性，有人笑我為紳士態度否耳。[21]

這種新舊調和之論，其實中庸保守；於是他又以殖民地上的紳士（gentleman）作風自我嘲弄，可見作者不乏反思能力。

新舊文化同屆現場引發香港文壇中人的思量，早見於一九二四年羅澧銘在《小說星期刊》上發表的長篇文章〈新舊文學之研究和批評〉，細論「新舊文學派之論調」、「新舊文學之長處及其短處」、「新文學派之流弊」、「舊文學派之食古不化」等等。更早的還有一九二二年《文學研究錄》登錄章士釗〈新思潮與調和〉一文。章文原刊於一九一九年十月十日上海《新聞報》的《國慶增刊》，提出「新舊相待」、「捨舊不能言新」的主張。章士釗是胡適和鄭振鐸眼中反叛新文學的第三波惡勢力；[22]然而，章士釗「新舊調和」的主張是相當一貫的。[23]在香港出版的《文學研究錄》轉載這篇文章，應該是認同章士釗的主張。至於《小說星期刊》主編羅澧銘談新舊文學，其言說方式，極富香港特色；尤其他在議論胡適「八不主義」之「不避俗話俗字」與「不用典」時，既舉出不少廣東話為證，又羅列許多英語例子，可見他能活用兩文三語。他的結論也是盼求「不新不舊，不欹不偏。折衷辦法，庶其可乎！」[24]

新舊同列，從尊崇「新文學」的年輕創作者的角度看來，是過渡期的現象，或者說是他們企望擺脫的困擾；他們相信文學的發展，最終是通往合乎「現代（性）」的白話文學與新文化。一九二八年吳灞陵在《墨花》發表〈香港的文藝〉，覺得「香港的文藝是在一個新舊過渡的混亂、衝突時期」，「文學的新潮，奔騰澎湃，保守的文學的基礎，已經動搖，這個混亂、衝突的時期，不久就會渡過的了。」[25]然而，以新汰舊的線性「現代化歷史觀」只能說是香港青年作者羣的盼望。在香港的具體社會環境裏，「混雜」的持續卻頗見韌性。一九三六年侶倫以「貝茜」的筆名撰寫〈香港新文壇的演進與展望〉，還感到「舊文學」勢力盤踞文壇，「新文學運動是在客觀環境的幾重壓迫中，支持着命脈」。[26]如果我們再考慮後來所謂「三及第」文體（混合文言、白話、粵語）之能夠擁有廣大的讀者羣——包括知識份子以至普通小市民，而且流行久遠，大概要再進一步思考香港文化和語言中的「舊」、「文言」成分的意義了。[27]

評論香港文壇，還有兩個常用的觀念：「商埠」和「畸形」。吳灞陵形容香港「是一個商埠，只是商業發達，文藝，便不得不為環境戰勝而落後」——這是一九二八年的話；侶倫說香港是「一個商埠，而不是一個文化地點。……香港的文化是畸形地發展的」——這是一九三六年說的話；[28]茅盾一九三八年初到香港，當時就有這樣的感覺：「香港，是一個畸形兒——富麗的物質生活掩蓋着貧瘠的精神生活。」；[29]簡又文一九三九年〈香港的文藝界〉則說，如果他是漫畫家，他只畫兩件東西便可以把香港充分地表現出來——苦力工人挑擔的竹桿，以及一把商人操奇制贏的算盤；「香港原是亞洲東南的大海埠，只是個重要的商業中心」。[30]一九三三年石辟瀾（筆名「石不爛」）以〈從談風月說到香港文壇今後的動向〉為題，討論「香港社會」、「香港文化」與「風花雪月」的關係；據他觀察：

香港是交通南北的一個重要都市，卻不是現代式的工業都市，而是一個畸形發展的商業社會。在這裏看不到矗立空際的煙突，有的只是五光十色的百貨商店……。香港社會既然外面披一件摩登漂亮的大褸，而內面卻是一套長衫馬褂，它的文化脫不離風花雪月，自為不能諱言的事實。[31]石辟瀾是在廣州與香港兩地活躍的左翼文化人，有由「文學革命」到「革命文學」時代的「文化潔癖」；他的分析貼近三〇年代流行的社會主義思想並不奇怪。他認為香港的社會特性產生了「風花雪月」的文化——香港學生看的是張恨水的《啼笑因緣》、張資平的「三角戀愛」小說，欣賞電影《白金龍》。[32]一九四〇年香港文壇另有一波由左翼文人楊剛發動的「反新式風花雪月」論爭，批判對象主要也是個人主義的感傷作品。石辟瀾文章結尾提到一九三三年二月十三日蕭伯納訪問香港大學的演講，以鼓勵青年人投身革命。[33]楊剛等則提醒青年在抗戰時期應寫現實的抗戰文學。[34]

值得參詳的是石辟瀾的香港「畸形」說，比囿限於一時的「革命」呼籲更有代表性。香港被認定因為其地理環境（「交通南北」的海埠）而走在現代化的途上，但缺乏現代化都市特徵的「工業」（「煙突」）；工業革命是西化現代化過程的支柱，但香港都市建構的基礎只能是「商業」。「商業」的象徵意義與「工業」不同，是透過位置與關係不斷變換、傳移，以謀取存活及成長的空間，是無根的「非實業」、是不會持守固定價值觀的「投機」；由這些引伸義連接上「畸形」（相當於「不正常」）的定性，似乎是順理成章的。「畸形」當然是貶義，但即使是出自本土的侶倫，也同意這個判斷。事實上，「畸形」的具體涵義，非常廣泛；既可指香港城市缺乏工業之不正常的現代性，也可指香港人之市儈氣習，不同於農業社會之傳統倫理秩序，更何況「舊文化」在香港居然還與「新文化」在掩映之間。總之，香港之不合「常模」，就是「畸形」。或者我們將「畸形」置換為「他異性」（alterity），[35]思考不同位置對這「他異性」的解讀，也許能夠深入當時所謂「新」與「舊」、「本地」與「外江」等矛盾衝突與協商互動之間的微妙關係，甚至有助我們思考百年來香港文化空間的模態與演化之跡。在英帝國統治下的香港人，大都沒有作英國人的願望（或資格）；香港基本上是華人社會，認同想像中的「中國性」，但始終有不能完全企及的焦慮，也往往為中土人士視作洋奴。[36]香港的華人就在企圖「認同」與體認「他異」（otherness）之間，不斷探求身份的定位。[37]然而，香港文學往往就在探索過程中顯出它的生命力。

三、觀潮與弄潮於南國

香港的文化政治境況和地理位置，有利於各種思潮的流進流出。前面提到在香港讀英文中學的袁振英，於此間養成他的前衛思想和英語能力，日後能夠在中國新文化運動和接續的思想傳播過程中發揮重要作用。以下我們再以兩篇早期香港的文學評論文章為例，窺測文學思潮在香港流播的多種途徑和方向。首先是二〇年代末刊於《香港大學雜誌》一篇五千餘字，圖文並茂的論文〈鏗鏗派〉；另一篇是三〇年代中期在易椿年等編的《時代風景》登載，長達八千五百字的〈新藝術領域上底表現主義〉。[38]後者執筆人是二十世紀香港戲劇運動的健將，當時只有十九歲的黎覺奔；前一篇作者是香港大學教育系學生葉觀棪。兩位年輕人在香港撰寫出擲地有聲的文藝思潮論介，而取徑又各自不同。

所謂「韃韃派」現在通稱「達達主義」（Dadaism，也曾被譯作：「打打主義」、「踏踏主義」、「大大主義」、「噠噠主義」……），最早以專文介紹這一個思潮的，應該是（黃）幼雄於一九二二年四月發表於《東方雜誌》的〈韃韃主義是甚麼〉；同年六月沈雁冰於《小說月報》的「海外文壇消息」欄以〈法國藝術的新運動〉為題介紹「大大主義」。[39]西方文學思潮傳入中國，往往假道於日本，[40]幼雄的文章亦不例外，基本上是日本批評家片山孤村在《太陽雜誌》發表的〈駄駄主義の研究〉的摘要翻譯。[41]因着片山原文的重點，〈韃韃主義是甚麼〉的內容主要聚焦於這一思潮起源和發展流播的歷史，而沈雁冰的簡介更偏重達達主義在法國的文藝表現。葉觀棪的〈韃韃派〉卻未有透過日本這個中轉站。葉文開篇先介紹佛洛伊德（文中譯作弗勞特）的「潛意識」之說，作為達達主義反對思想被壓抑於意識下的根據。然後是分析達達主義的藝術表現及其引起的反應；我們發現這部分主要取材自美國藝評家舍爾頓·切尼（Sheldon Cheney）一九二二年的論文〈為何達達？〉（"Why Dada?"）。[42]切尼在文中自許為達達主義者，對達達主義的藝術思維予學院派及社會秩序的衝擊有非常內行的分析。比照原文，更可以見到葉觀棪適時添加自己的論斷，而不是僅僅搬字過紙。更值得注意的是，整篇取向與內地二〇至三〇年代對同一思潮的判斷迥然不同。內地的典型評價可以李健吾為《文學百題》寫的〈什麼是達達派〉為例；李健吾認為：

> 達達派正是這樣一種盲目而消極的力量，……他是炮火之下的一種變態的行動。[43]

較為中性的是孫席珍〈大大主義論〉：

> 牠真是藝術史上空前絕後的一個場面，是資本主義社會最後階段的破碎狂亂的小市民意

識之最後的最極端的表現。[44]

葉觀棪的見解卻是：

> 近年就有《新青年》領導着的文學革命，這革命的使命係推反古典文學的貴胄化的因襲，而建設新文學。牠的信仰：真正的文學是原始與民眾的文學……。由文學革命而至到目下呼聲最高的革命文學戰蹟追踪，靆靆主義的精神自不能掩。[45]

這種理解方式和觀察角度，要到二十一世紀陳思和提出「五四文學的先鋒性」，才再次見到。[46]如果我們認同陳思和的論說開啟了中國現代文學史的新視野，則閃爍於葉觀棪文章的光芒，也不應被遺忘。

至於黎覺奔文章的理論資源，大概是他在上海中華藝術大學——左聯在此舉行成立大會——修讀時所取得。文章結尾列出「本章參考書目」，加上正文附註所見，多是上海出版的左翼文學論著。[47]事實上黎覺奔討論的「表現主義」，從二〇年代初開始已有大量譯介。[48]再細察之，可知文章前四分一的內容大抵沿襲魯迅翻譯的片山孤村〈表現主義〉一文；[49]魯迅譯文前列重點大綱，黎覺奔也仿照列明文章要點。不過，黎文的範圍比魯迅譯文豐富，尤其在戲劇和音樂兩個藝術品類的討論更加深入細緻。文章最後四分一是對「表現主義」作出整體的評價，其判斷的基準是社會主義的唯物論，認為「表現主義」是「神秘主義的」、「唯神論的」、「個人主義底的」，是「將死的資產階級之藝術」。然而，這篇文章有趣的地方在於結論與文中的具體描述和分析並不吻合。尤其黎覺奔所專長的戲劇部分，可以見到他對「表現主義」的欣賞，比方說「索福克來斯或莎士比亞底悲劇，莫里哀底喜劇，卻帶着表現主義的性質的」，又說：

這許是表現派的演劇底最主要的價值罷。牠能夠除去了戲曲與舞臺之間的裂縫，而做了演劇底本質的、形式的統一底嘗試，還在舞臺的可能性底領域內獲得了顯著的成果。

更加內行的話是：

在表現派的舞臺上，是要藉光底手段，和演出底本質自身相融合着；同時解決一切的行動底連續，場面轉換底敏速，和力學底諸問題。……牠在舞臺上專靠配光底手段，獲得了自己底形式的統一，自己結構底充實，而完成舞臺技巧底莫大的效果了。[50]

如果我們再結合文章開首部分所據的魯迅譯文，例如說：

〔表現派〕是熱烈地一面擁抱着現實，一面依據於精神的貫澈力、流動性，和解明的憧憬，依據於感情的強烈與爆發力去征服現實制度與現實的。……

在自然派，人是藝術的客體，而表現派則是主體。就是，人行動，反抗現實，和現實鬥爭。[51]

這些評語，很難稱得上是負面。我們今天會更明白魯迅的深刻，他對藝術有通透的理解與感悟；在他眼中「表現主義」並沒有違反他的戰鬥精神，是他能欣賞的藝術模式之一。十九歲的黎覺奔未必有魯迅一樣深邃的智慧以解讀藝術與人生；他的長篇論文顯示出嚴肅面對文藝時的一種游移滑動。這種滑動，正如上文所說，是「認同」與「他異」之間的依違往返。再放寬一點來看，葉觀棪與黎覺奔兩位年輕人，其學思取徑看來有所不同；葉在殖民地大學尋得向外取經的門徑，而黎往內地就學而得到思想的挹注。資源來處或者有異，其實都有助他們各自面對種種文化政治——

葉觀棪嘗試從達達主義帶來的視角去理解他意欲認同的文學革命以至革命文學；黎覺奔投身戲劇運動時，要思量如何取資於表現主義以促進舞臺藝術，又不致違反他的政治信念。

除了這兩篇很有象徵意味的思潮論介之外，這時期香港文壇上還出現了不少別具深義的文學思想探索，而參與者身份的多元，也見證了「文學香港」廣納眾川的特色。例如在一九三四年發表〈論象徵主義詩歌〉的戴隱郎，出生於吉隆坡，後來先後成為馬共和中共黨員，實際參與抗日及反殖民統治的戰鬥，同時是詩人、木刻及水彩畫家、劇作家。他在香港停留的時間不長，但三〇年代居住在灣仔的日子，已為香港文學史留下重要文學業績。他和當時活躍於香港的文學人如李育中、易椿年、張任濤、溫濤、譚浪英、張弓都有交往；他和劉火子合辦《今日詩歌》，更創立「深刻木刻研究會」，在《時代風景》以及《南華日報．勁草》發表隨筆、劇作和詩。另一位年輕理論家李南桌在香港的時間更短。他是湖南人，在北京完成中學和大學，一九三八年二月在長沙遇上茅盾；茅盾對他頗為欣賞，開始把他的文稿發在香港編輯的《文藝陣地》。同年七月李南桌避戰禍到香港，十月就得急病去世。他主要的文學評論著述，是在香港發表或完稿；身後十篇文章結集成《李南桌文藝論文集》，也在香港出版。[52]這位出色的理論家以〈廣現實主義〉和〈再廣現實主義〉等精彩論文，照亮了香港的文壇。把這兩篇一九三八年的文章與四年前戴隱郎的〈論象徵主義詩歌〉並讀，意味更覺深長。[53]

戴隱郎以七千餘字的長文細意評述他認識的「象徵主義詩歌」的「產生」、「特徵」、「技法」，與「前路」。事實上，作為文學思潮，「象徵主義」較早受到關注與接納，傳入中國的歷史軌跡清晰。[54]無論從歷史敘事或者理論分析來看，戴文新意不多；以深度而言，遠遠比不上同一年四月梁宗岱發表的〈象徵主義〉。[55]戴隱郎的評論基準在於階級與社會分析，批判「象徵主義詩歌」之個人主義與逃避現實的趨向；但比諸翌年（一九三五）出現，採取同樣批評視角的穆木天〈什麼是象徵主義？〉一文，[56]也失色許多。反之，李南桌從現代文學思潮最為主流的「現實主義」出發，同是左翼思維方式，卻能打開「現實」的通道，可以直抵「象徵主義」的深處，得出的結論是：「象徵主義中之最高級的東西，也就是最深刻的鑽入現實的東西」。李南桌以他寬廣的胸懷和視野，在香港這個文化平台，把左翼文藝論述帶到一個新高點。[57]回看戴隱郎之謹遵現實主義教旨，卻選擇一種「唯心」、「空虛」、「病態」的文學主張來作長篇大論，我們或者應該思考他作出這個選擇的意義。戴隱郎是對「祖國」充滿想望的南洋土生「華僑」；正如莊華興所揭示，他無論身處土生地還是作為「歸僑」踏足於中國大陸，都處於一種「離散」的境況。他的人生旅程就是不斷的「流亡、流寓，以至放逐」。[58]我們相信，他同時也是不斷地作「認同」的求索。他到上海求學，固是文化認同的行為；學成來港，結合同道辦詩刊、創木刻社，與劉火子、溫濤、譚浪英組「同社」，大概是同一種心態。撰寫〈論象徵主義詩歌〉一文似乎是清洗「個人主義」思想雜質——一種「他異性」——的一項儀式。文中特別以當時不少文學青年追隨的上海《現代》雜誌詩風作批判對象，認為「象徵主義詩歌底前路」是「不會樂觀的」。所以他要向自己宣明人生的路向。他在稍後發表的獨幕劇《路》，以及與〈論象徵主義詩歌〉同一期發表的詩〈黃昏裏的歸隊〉，都寄寓了他的心路歷程。尤其詩中所想像的「旋律似的／羣的步武／……／湊成了／力的諧和／羣的交響樂／……／當力的羣／鐵的隊伍／重新出動的時候／許是陽光普惠大地的黎明」，就是他追尋的「認同」。[59]看來香港正好見證了戴隱郎尋求「認同」歷程的一個「文學」階段。據說往後他走在人生旅程上，手中所握就不一定是鋼筆、畫筆，或者雕刻刀，還可能是槍和子彈。[60]

香港作為文化空間，無論是自覺的或是不自覺的，往往被塑造成中國內地的延伸。在抗日戰爭還未正式爆發時，內地的文學論爭在香港已見到有所和應。例如一九三六年內地出現非常熾熱的「兩個口號」——「國防文學」與「民族革命戰爭的大眾文學」——之爭，[61]香港報刊也有相關議題的討論。在內地，「兩個口號」之爭直接關涉國共和中日之間的實質政治，以至蘇聯及共產國際的判斷與謀略。[62]在香港所見，雖則論者如吳華胥、王訪秋等，也是各有政治立場，仍不過是旁觀者的「吶喊」，或者「冷眼」；最具體的政治反而是因港英統治者的報刊審查而出現的「×××」或「□□□□」。[63]

及至戰火在中國大地蔓延，各方文化人如潮湧至；[64]內地政治與文化的勢力填滿香港的公共空間，一時間將之改裝成全國的廣播臺，尤其像一九三八年二月茅盾在港主持《文藝陣地》編務、一九三九年三月「中華全國文藝界抗敵協會香港分會」成立，同年九月「中國文化協進會」成立等，其活動面向都是全國；而香港報刊登載的文化政治評論，如「抗戰文藝」、「新文學與舊形式」、「文藝大眾化」等等，基本上就是中國文壇議論的一部分。當然，這時期也有一些本來屬於全國性的「抗戰」議題，卻引發了「地區性」的論爭，例如在一九四〇年十月開始的「反新式風花雪月」討論，本是南下「工作」的左翼文人楊剛為指導香港的文藝青年而提出。她批評這些青年中了「懷鄉病」，「坐進自己悲哀的囚牢，想着流水，想着風……」，她稱之為「新式風花雪月」，認為與當前「民族煎熬，社會苦難」並不相稱。她指出這現象可歸咎於「創作傾向」的失誤。[65]與之爭辯的是《國民日報》的胡春冰與曾潔孺，他們也認同香港青年要寫國家苦難，但認為這是個「創作方法」的問題，而不是「傾向」。[66]這些討論其實是內地三〇年代在蘇聯文藝政策影響下對「創作方法」和「世界觀」的認證爭論之延續。曾潔孺等雖然也嘗試操作類同的理論語言，[67]但與正統的蘇聯政策追隨者相比較，會被認為落後於形勢。根據左翼文化圈的報道，這場辯論是以楊剛及其盟友「大獲全勝」結束。[68]然而，對於香港的文藝青年來説，這場辯論其實是一種「離地」的「革命啟蒙」。

一九四〇年在香港發生的另一場論爭，是「和平文藝」與「抗戰文藝」的對壘。這時期《南華日報》與上海的《中華日報》互相呼應，同為主張「和平、反共、建國」，與日本「共存共榮」的南京汪精衛政權作政治宣傳；《南華日報》創立副刊《一週文藝》（後來改為《半週文藝》），推動「和平救國文藝運動」。[69]香港的參與者包括娜馬、李漢人、陳檳兵、揚帆、李志文、朱伽、蕭明、何洪流、沈克潛、許衡之等，從署名看來人數頗不少，但是否個別作者化用不同筆名，就難以考究了。當中的言論重點是反對「八股的、淺薄的、虛偽的『抗戰文藝』」，鼓勵作家「衝過在他周圍的，虛偽的，兇惡的政治勢力，真真正正的為現實去創作」。[70]對於以政治文宣為主要任務的「和平文藝」論者，這種主張實在極富反諷意味。在他們的對立面，支持「抗戰文藝」的左右翼文人，如戴望舒、施蟄存、徐遲、葉靈鳳、胡春冰、陸丹林等都發表文章譴責，《星島日報・文協》

還組織過《肅清賣國文藝特輯》痛加抨擊。[71]雙方互相批駁的言論，都是政治話語，只能算是各懷目的的時評。反而這時期《南華日報》文藝副刊之中種種駁雜的文學評論，或者可以帶來一些審思的角度。例如當中不少文藝評論借用當時主流的「現實主義」論述，鼓吹戰鬥、革命；但另一方面，又有從「非戰思想」細論古典詩詞，更不乏「唯美」、「虛無」文學的頌揚。[72]站在文化多元的角度而言，這些異樣的論述其實頗見深度；並置合觀卻有一種詭譎的感覺。至於許多「曲終奏雅」的言說，究竟是「敷衍交差」，還是「真誠信仰」，因為缺乏「知人論世」的基本資訊，我們實在沒有辦法辨識。無論如何，這部分的文藝評論又是香港曾經出現的「他異性」畸形論述之一。

處於邊沿位置的香港，文學人要作「觀潮者」，比起充當「弄潮兒」的機會多得多。香港的報刊文章，不時出現世界各國文學的述介；前述袁振英主持的《工商日報・文庫》，已見到許多西方文訊。再以三〇年代一本重要的文學雜誌《紅豆》為例，在一共四卷二十四期中，就有好幾個專號系統地介紹外國文學；例如二卷三期《世界史詩專號》譯介希臘、芬蘭、羅馬、法國、德國、英國、俄國、西班牙、印度九個國度的史詩傳統或重要作品，應是當時華文世界中對史詩文學最深入的介紹；[73]二卷六期《當代英國小說特輯》專論赫胥黎（A. L. Huxley）、喬也斯（James Joyce）、武爾夫（Virginia Woolf）的作品；三卷一期《英國文壇十傑專號》評介喬叟（Geoffrey Chaucer）、斯賓塞（Edmund Spenser）、莎士比亞（William Shakespeare）、密爾頓（John Milton）、菲爾丁（Henry Fielding）、華滋華斯（William Wordsworth）、拜倫（Lord Byron）、狄更斯（Charles Dickens）、白朗寧（Robert Browning）、喬也斯等十位英國作家；三卷四期的《吉伯西專號》更別具心眼，專門介紹歐洲的吉卜賽文學與文化。雜誌上還出現中西比較文學探索，如一卷五期風痕的〈王漁洋——中國的象徵主義者〉，二卷二號梁之盤的〈詩人之告哀——司馬遷論〉等。[74]其他各期討論過的外國文學作家和作品也不在少數，如柯爾律治（S. T. Coleridge）、海涅（Heinrich Heine）、亨德（Leigh Hunt）、左拉（Émile Zola）、曼殊斐兒（Katherine Mansfield）、蕭伯納（George Bernard Shaw），以至《浮士德》（*Faust*）、《羅密歐與朱麗葉》（*Romeo and Juliet*）等；翻譯更廣及英、美、德、愛爾蘭、西班牙、俄羅斯、波蘭、印度、日本等國文學作品，可見其視野之開闊。這種開放的視野和敏銳的觸覺，於三〇、四〇年代香港報章副刊可謂常態：大量外國作品透過評介和翻譯傳送到讀者面前。更值得一提的是，當中國內地和歐洲已是漫天戰火，而香港還未捲進太平洋戰爭的一九四〇年到四一年，報刊上出現了追蹤戰時外國作家的專稿，如林豐（葉靈鳳）〈動亂中的世界文壇報告之一——他們在那裏？〉、林煥平〈第二次大戰與世界作家〉；後者又撰寫長文講述〈戰時日本之文化動態〉，刻畫當時日本官方與民間文人於文學和文化的不同態度。[75]戰爭於人類固然是不幸，但又會催逼人們更深切思量在生死存亡的危急關頭，精神文化可以有多少的承擔能力；詰問文學究竟向誰負責。而香港就在歷史的縫隙中，提供了省思的空間。

四、新文學體制與新政治境況

無論作者或者讀者，要進入「文學」的經驗世界，必先要對文學的體裁格式有所認知，從而在相應的體制（institution）內開展活動，或優游其中，或嘗試變奏革新。[76]中國文學傳統中，「辨體」可說是基礎功夫，從《典論．論文》的「奏議宜雅，書論宜理，銘銖尚實，詩賦欲麗」開始，累積了大量規範的以及演繹的文體論說。[77]然而，新文學運動帶來文學體制翻天覆地的變化，作者讀者面對的不再是過去「集」部的詩、騷、詞、賦，或者章、表、策、論等，而是「新文學」定義底下的詩歌、小說、散文與戲劇；必須調整知識結構，重設辨體門檻，才能在新的體制內有所創發開展。在香港，這個新舊體制替換的過程，未必與中國現代文學史所描述的一樣勇猛突進、破舊立新。我們只要細讀二〇年代香港刊物上幾篇屬於「文體論」的文章，就大概可以理解這個轉換過程的迂迴。先看一九二五年刊於《小說星期刊》，由何禹笙原著，何惠貽錄刊的〈四六駢文之概要〉。文章的「弁言」提到前面討論過的羅澧銘〈新舊文學之研究和批評〉，宣示自己維護傳統的立場。他更指出民國以後「詩、聯、詞、賦，清新艷麗之文，竟即應運而起」，筆錄者是因應社會的需求，刊佈這篇「為駢文之捷徑」，以「貢諸社會」。正文先有「總論」，以下教人「定氣習」、「謀篇局」、「修詞」、「儲詞藻」。[78]說來頭頭是道，順理成章；似乎作者讀者共同擁有許多基本知識。但今天重讀，卻仿如隔世；非大學中文系的專門學者不能輕易進入。這種陌生感，大概同於二〇年代香港人接觸「新文學」各種文學體式的感覺。我們再參看與〈四六駢文之概要〉同刊同期出現的許夢留〈新詩的地位〉一文——這是香港早期的重要詩論。許夢留用唐詩、宋詞、元曲，一代有一代之文學的「現象」，來說明「新詩」的合法性。這是正統的「五四」文學史觀。但許夢留的另一策略則別具「本土性」，更值得注意。他明白「南方人」面對使用國語的「新詩」

會有疑點；他的解疑方法是指出：南方人可以作「文言文」，為何不能作「國語文」？[79]言下之意，新文學的語言與傳統文學的文言，對於使用粵語的香港人來說，同樣是有隔閡的。再依此推論，操粵語創作而期望至於通達，其難易程度可比之於現代人以文言文來寫作和閱讀，又或者明清人之讀寫秦漢唐宋的古文。這個觀點對我們理解「香港文學」的語言模態和書寫策略，非常重要。

再對照一九二八年由筆名雲仙所寫的〈最近的新詩〉，和一九三〇年吳光生的〈概談國詩的過去及將來〉，就會看到兩位作者都非常支持新詩的格律化走向，認為「詩」與「文」在形式上要有所區別。[80]雲仙對這現象的解讀更直白，他認為新詩格律化可以顯出它和舊詩的連續性（continuity）關係。其實兩篇文章都是循舊以入新，以大家熟悉的舊文學為基礎，以理解「新文學」的體式。

香港文壇早期對現代文學的另一個重要文類——小說——的認知過程，也可以從相同的角度觀察。吳灞陵於一九二八年發表〈香港的文藝〉一文，明顯以新文學為正宗；但回看一九二五年他撰寫的〈談偵探小說〉，其「小說」的定義和評價標準，卻在新舊之間。據他的研判：「言情小說」追求「詞華」，「偵探小說」講究「結構」。[81]前者正是晚清小說的主要審美標準；而「結構」（或作「結構」）則是胡適推動「新文學」之重要觀念。[82]至於一九二八年杜若（杜其章）的〈短篇小說緒言〉，又是胡適寫於十年前（一九一八）的〈論短篇小說〉的簡明註疏。當時胡適的「建設的文學革命論」，就是向國人推介西方文學觀念和文體類型，「短篇小說」是其中重點之一。他認為西方短篇小說（short story）表現出兩項特色：一、「事實中最精彩的一段或一方面」，二、「最經濟的文學手段」。[83]杜若再演繹為六點：

> 短篇小說是描寫人生的片斷——採取最精警的一段，作一個焦點，要一是描寫一剎那間的一事一人；二是作者當時情感的表現；三是一種有個性的描寫；四是在緊縮的範圍內令得全體印象活躍；五是有唯一的作意，在簡短的描寫演出適合邏輯的結論；六是要在短縮中構成完美的輪廓。[84]

杜若本身是書畫鑒賞者，所以他又借用畫幅限制和繪畫寫生採景的道理以助解說。文雖簡短但論理清晰生動，對慣讀傳統鴛鴦蝴蝶派小說的香港讀者認識這種新文體很有幫助。不過，弔詭的是同刊《非非畫報》本期有杜若署名「其章」的小說〈花項公子〉，下一期又載杜若〈畫俠〉，都是以文言文撰寫的舊派小說，[85]完全沒有展示現代短篇小說的觀念與技法。由此可見文學之「新」與「舊」在當時香港，有一種畸異的拉鋸與並存的狀態。

不過文體「新」與「舊」的周旋，在三〇年代中後期香港的主流文學論述中基本上消聲匿跡。其中重要的理由是因為這時文壇的主導者都是有名望的南來文人；尤其抗日戰爭爆發以後，香港成了全國輿論的中心，南來的文化精英在香港延續他們對國家命運的關懷。報上少數文章會觸碰舊文學的議題，如劉京〈舊文學的存廢問題〉，主要是從「國防文學」的「統一戰線」角度出發，認為當時中國還有「一班封建人物浮遊在社會的各個階層」，「為了要促成全民族的救亡陣線的完成，……對於這一羣是不能遺忘的吧？」[86]事實上，這時的論述重點離不開文學如何服務政治、支援抗戰。一九三八年從上海南來的徐遲，在香港這個文化平台完成了個人文學航道的轉向，從

「現代派」的追隨者，變成「文學大眾化」的擁護者。他在戴望舒主編的《星島日報・星座》副刊發表〈抒情的放逐〉一文，正是這個轉變過程的一個重要標記。[87]這篇短文先引來陳殘雲撰寫〈抒情無罪〉、〈抒情的時代性〉等文反駁，[88]繼而參與討論的人更多，就着「詩」的政治承擔、「抒情」與公眾領域／私人領域的關聯等議題，掀起了又一場全國性的的熾熱爭論。[89]這或者是「文學香港」成為「中國文化中心」的意義吧。於其時，即使是在香港成長的本地作家，如果要參加主流的公共論述，也必然同樣的「感時憂國」；例如陳靈谷（陳白）與李育中（李燕）對「詩」與「歌」之體類意義的討論，少年舒巷城（王烙）與彭耀芬對於「詩人」與「詩」的懷想，都以迎向現實，奔赴國難為總方向。[90]其他文體的討論，如小品文、雜文、戲劇等論述，大體相同。

在這些「最強音」之外，也有些變調偶爾響起。例如一九四〇年先後有柳木下的〈詩之鑑賞〉、路易士（即後來的紀弦）的〈關於詩的定義〉，都可算是異響。前者申論「詩」能「訓練我們的感受力，擴展我們感受的世界，知道得更多奇異的和美好（的）」；後者指出今日之詩「不是單是感情之素朴的表現」，而是「一種有意識的意識的努力……，從那單純的、原始的、無意識的意識之狀態躍出，昇華於一主知的活動，作全新的系統之創造。」[91]這些意見，在當時或者被視為旁門邪道。可是，香港還留有這樣的空間讓它們出現。

當時自北南下的文學家，很少在意香港的讀者，因為在他們眼中，香港小市民的精神生活是「貧瘠的」。[92]但也有南來作家想過，為甚麼他們的作品「不賣座」。例如來港不久的王幽谷，就有〈怎樣在華南寫小說〉的一問。他探知「華南讀小說的人，歡喜曲折而離奇的事實」，又看到當時

「最紅的小説名手傑克」，説他「能深稔讀者心理，而文筆妙曼像個好女子」。[93]我們在此不討論王幽谷的觀察是否正確，但據之我們可以意會在「新文學正統」主導的公共言説以外，還有一個不怎麼見於記載的，龐大的作者和讀者的世界；傑克（黄天石）寫的通俗小説是其大宗，但還有其他不入新文學「法眼」的文學類型，生氣勃勃地存活於香港。[94]又如一九二九年從廣州遷移到香港的雜誌《字紙簏》，一派「達達主義」的風格，聲明：

我們把無名的作家看得比那些革命文藝家和所謂什麼新古典主義者強得多了。[95]

雜誌內用的語言也是語體文、文言文兼容並蓄；例如雜誌中經常出現之寫手萊哈，就同時在不同欄目分別運用文言及白話，其中〈嶺海文學家列講〉以文言文批評當代古文家豹翁、黄崑崙、落花和李啟芬，寫來完全沒有保守的味道，反而顯得非常前衛。[96]

「文學香港」一直在體認「他異」與企盼「認同」之間往復游移。這一點在評論家直面文本，與自己的精神理念、思想感情周旋時，更容易顯露。一九三五年一月劉火子在《南華日報》以連載七天的萬字長文〈論《現代》詩〉，細論上海《現代》雜誌的詩歌。正如幾個月前他的詩友戴隱郎對《現代》的象徵主義傾向的反省，是朝向「認同」的清滌儀式；劉火子在文章結尾引述穆木天——從「現代主義」走向「現實主義」的楷模——〈詩歌與現實〉的話，勸導《現代》的編者和詩人，努力於調整「個人的感情的真實」以接近「正確的社會現實」；同時也是自勉，表明個人的文學志向，不再遲疑、不會徬徨。[97]他自己創作的詩，在同道黎明起眼中，正是「明朗、健康、率直，一如其人」。[98]同年李育中（筆名白廬）在同一副刊發表短論〈戴望舒與陳夢家〉，卻還守着

「純粹的詩不外傳導美的經驗」的信條，認為這是「詩所以存在的理由」，他說：

如果離開這個，他的價值必然是降落的，如與政治起伏同化，與說教因果結合等。[99]

三年後，他發表〈抗戰文學中的浪漫主義質素〉，指出在戰火當前，「中國一切的年青文藝工作者和學習者，都集中在現實主義的大旂幟下邊」，他宣言：

從今天開始，便要向文學要求，要帶有革命性、英雄性、樂觀性、戰鬥性。這是一個亢昂期，革命前夕和革命在火熱進行中，是須要這些作品的。[100]

或者可以說，李育中在「現實」面前覺醒，認同於文藝的主潮。不過他稍後另一篇實際批評〈評艾青與田間兩本近作〉，卻仍然在詩篇的情緒與語言上研摩。[101]看來，我們還要再推敲三〇年代李育中的文學信念如何與「現實」協商。

我們可再多看一個例子。杜文慧一九四〇年評論陸蠡散文集《囚綠記》，「試潛進作者的思想領域去作一會迂緩的散步」，文章的結語是：

總之，《囚綠記》是陸蠡先生底心靈起伏的痕跡，內心抱怨的紀錄，但是，不管他怎樣巧妙地用文字的美麗的綵衣裝扮起他的靈魂，對於這艱苦的時代和多難的祖國似乎是一點多餘的感傷罷了。我不敢推薦這本《囚綠記》於廣大的讀者之前，只想以這顆寂寞的心，公諸同好而已。[102]

杜文慧為甚麼「不敢」？究竟他站在甚麼立場說話？作為讀者，他如何與陸蠡的心靈溝通？他心中的「廣大的讀者」和「同好」之間為何有距離？如果我們再參看杜文慧在評論何其芳《刻意集》

（詩文集）、嚴文井《山寺暮》（散文集）時的欣賞態度，又對照他在〈抗戰戲劇的內容與形式〉一文呼籲「一切戲劇工作者都能夠站在時代的『抗日』大旗幟之前哨，手携手地團結起來和×人拚命！」[103]可以想像與戰火為鄰的香港，在大時代大浪潮底下，其間文學心靈所經歷的折騰，或者說磨煉。支持「抗日」，與過去支持「革命」一樣，在香港是一種「認同」的姿態。其抗爭的對象顯然不是香港當下的殖民統治、現實的種種黑暗。然則這些「反抗」的行為、「認同」的方向，是不是需要一種更深層的關聯，才不致於凌虛離地？

當香港文壇的「認同」以中國新文學的主流思潮和確立的文本為對象時，我們可要細察當中有沒有立異的空間。另一方面，也可留意在「上升」為「全國文化中心之一」的香港，本地的文學創作有沒有得到更多評論的關顧。如前文所述，本地「非新文學」的寫作活動一直相當蓬勃有生氣，卻都在「新文學」的主流論述視野之外。今天要作相關評論的回顧，根本就「文獻不足徵」！至於努力於「新文學」創作的本地作家，大概只有侶倫受到較多的關注。我們將一九四一年兩篇評論侶倫的文章並置閱讀，或者可以揭示當時本地創作與文學評論之間的緊張關係。先是夢白以侶倫多年朋友的身份所寫的〈《黑麗拉》讀後——侶倫其人及其小說〉；另一篇〈論侶倫及其《黑麗拉》〉的作者署名寒星女士，文中沒有提及與侶倫的關係，但看來作者對他的創作歷程頗為熟悉。[104]兩篇文章都提到侶倫不願意跟隨他以往的文友改寫流行小說以營生，堅持「新文學」的寫作。夢白認為《黑麗拉》是「個人主義的感傷作品」——以三〇、四〇年代來說，這可以是一個非常負面的評價；但夢白似乎要為侶倫辯護：

他的寫作是為忘卻痛苦。所以交織在他小說中是另有一番纏綿動人的情調，淡素如秋月，溫煦如春風，……他的小說是一首甘甜的哀歌，不濃不淡。

寒星女士卻不同意視侶倫為「個人主義的傷感作家」；他認為《黑麗拉》寫的都是生活的真實，是「現實主義」的作品。我們得要明白，這時一個「現實主義」的標籤是多麼的重要。當然，「現實主義」的定義是動態的，對於要遵從蘇聯官定教條的評論家來說，可能要不斷推翻過去的「我」；但寒星女士顯然是以個人的詮釋，盡量擴闊「現實」的範圍。寒星女士在文中指出當時是「文學武器論」盛行的時候，侶倫的作品「曾被批評為不革命的、落後時代的東西」；但他卻認為侶倫小說可比左拉、巴爾札克、高爾基，或莫泊桑——都是左翼評論的正典，他的評斷是：

我從沒有看過中國有別的作家可比得上侶倫。……我驚異中國新文藝作家中有侶倫的天才。

這個評價會否過高，是可議論的。但寒星女士把侶倫置於中國新文藝評價系統之內立論，是深具意義的；這是以侶倫的成就去衝擊當時的主流評論體系；最低限度說明現行評論的基準之可疑。至於夢白的申述方向並不相同。他形容當世是「鐵血主義風靡一時的年頭」，那些「職業批評家們」：

設下一個刀圈，穿得過才能夠被認為合格，許多人因此遍體鱗傷。

夢白沒有借用「現實主義」的槓桿為侶倫加力，他只是說：

這樣的一個人如果做點紀念自己的事也不可以，這個世界真正可哀了。

夢白抗衡的姿態一點都不高，但可能更具震撼力：如果文學評論沒有帶來人性的寬厚上揚，反而成為文學心靈的桎梏枷鎖，則「世界可哀」！我們的後見之明，照見中國文學評論的主潮流向，正是如此的可哀。

這兩篇評論面世一個月後，太平洋戰爭爆發。一九四一年十二月二十五日香港總督楊慕琦向日軍投降，香港進入三年零八個月的淪陷時期；文學評論活動再難如平常日子般進行。自此及以後，社會、文化、歷史不絕若線，甚而斷裂、崩毀；緣是，「文學香港」的記憶變得更加支離破碎。

五、餘韻

本卷選輯的內容重點是在香港出現以至發生作用之文學理念思潮以及相關之評論實踐。選錄時會估量入選篇章之作者曾否與香港有密切的關聯；如果作者其人之文化養成的主要階段在香港，或者曾在此地居停相當時間，而其文化活動又與香港相關，會優先考慮載錄。然而，我們選錄的材料主要來自香港報刊雜誌，而報刊文章署名方式令考察作者其人非常困難，更不要說追查其履歷行跡。因此部分入選篇章作者生平不詳，則以同一署名是否經常在香港而非北京、上海等其他地區報刊出現為主要依據。由於香港早期報刊資料非常繁富而龐雜，取捨不易；另一方面這些資料又往往缺漏殘損，不少值得選取的文章因為未能集齊全篇而被迫放棄，部分雖非全篇而不影響讀者對文義之理解者，以節錄或存目方式收入。

本卷正文分兩輯，大體以三〇年代以前或以後為界線；第一輯收錄的資料最早為一九一八年，而以一九三〇年為下限；第二輯由一九三一年到一九四一年。這個分劃主要是根據搜羅所得的資料分量和性質而作的安排。輯內再依大概範疇分類。第一輯分「文壇新與舊」、「文體認知」、「作家與作品」、「西方文學思潮」四類；第二輯分「香港文壇評議」、「文學論爭」、「文藝理論與思潮」、「文體論」、「作家與作品」、「古典新論」、「世界文壇概況」七類。部分類別之內再略按內容排序，如第二輯「作家與作品」各篇再依詩、散文、小說、戲劇、舊體文學分列。因篇幅所限，部分入選篇章只能以存目方式處理，依時序排列於該類之後，不再細分。

本卷正文之後再有附錄，收入評論四篇作為正文內容之延伸。其中李志文〈和平文藝論〉與戴望舒〈詩論零札〉是日據時期的文論樣本；前者是香港淪陷前的「和平救國文藝運動」之餘波，後者是曾經在香港發揮重大影響的副刊編輯在艱難時勢的文學沉思。徐遲〈圓寶盒的神話〉則記錄一位南來文人在香港經歷文學航道轉向以後的夕暉返照，可與〈抒情的放逐〉等文對讀。冬青（黃谷柳）〈從一個人看他的作品〉則延續本土作家侶倫的評論累積，作為觀察香港文學接受史的線索。

本卷編選過程中，曾得《大系》副總主編陳智德大力襄助，提供不少文獻資料和意見；編者又曾受益於黃仲鳴教授、黃子平教授、樊善標教授、危令敦教授、陶然先生、須文蔚教授、莊華興教授、王鈺婷教授、山口守教授，長堀祐造教授等先進同儕的指教和提點；王德威教授、陳平原教授、藤井省三教授更時相關懷與鼓勵，心中感激，言說難盡。本卷的資料搜羅、編目整理、文獻校對等實際編務，由香港教育學院中國文學文化研究中心各成員：孔健、姚佳琪、張春田、曹苑、許建業、郭博嘉、陳穎聰、楊彥妮、雷浩文等承擔，又李卓賢的文獻補給、楊詠賢的外文資料核證，賴宇曼的全方位支援，皆是本卷編輯工程得以完成之關鍵，併申謝意於此。又：本卷相關研究部分獲香港研究資助局優配研究金（RGC: 840513）資助，此誌。

註釋

1 參考 René Wellek, "Literary Criticism", in Paul Hernadi ed., What is Criticism? (Bloomington: Indiana University Press, 1981), pp. 297-298; Philip Smallwood, *Reconstructing Criticism: Pope's Essay on Criticism and the Logic of Definition* (London: Associated University Presses, 2003), pp. 143-158。

2 溫徹斯特著，景昌極、錢堃新譯《文學評論之原理》（上海：商務印書館，一九二三）。

3 羅根澤〈怎樣研究中國文學批評史〉，《說文月刊》，第四卷（一九四四年），頁七七七—七九五。

4 茅盾〈改革宣言〉，《小說月報》，第十二卷一號（一九二一年），頁三。

5 朗損（茅盾）〈文學批評管見一〉，《小說月報》，第十三卷八號（一九二二年），頁二—三。

6 歐陽修在《六一詩話》卷前說：「居士退居汝陰而集以資閒談。」見鄭文校點《六一詩話》（與《白石詩話》及《滹南詩話》合刊：北京：人民文學出版社，一九八三），頁五。《六一詩話》是中國最早以「詩話」命名的著作，原只題《詩話》。

7 張友仁〈雜談：文學批評〉，《文學旬刊》，第十六號（一九二一年），頁四。

8 胡先驌〈論批評家之責任〉，《學衡》，第三期（一九二二年），載《胡先驌詩文集》（合肥：黃山書社，二〇一三），頁三三九—三五二。

9 范善祥編《現代文藝評論集》（上海：世界書局，一九三〇）收入文章包括〈文學與時代〉、〈文學與革命〉、〈中國文學不能健全發展之原因〉、〈文學上的個性〉、〈從文學中發現之哲學思潮〉、〈文學觀念與其含義之變遷〉、〈革命文學與自然主義〉、〈論第二次文藝復興〉、〈近年來中國之文藝批評〉、〈革命的人生與文藝〉、〈伊卜生的思想〉、〈寫實小說的命運〉、〈詩與散文的境界〉……。劉大杰著譯《東西文學評論》（上海：中華書局，一九三四）收入〈中國思想文藝的生路〉、〈現代英國文藝思想〉、〈美國的新文藝運動與劇壇〉、〈俄國文藝潮流的轉變〉、〈劉易士小論〉、〈論托爾斯泰的戰爭與和平〉……。錢歌川編《現代文學評論》（上海：中華書局，一九三五）收入〈純粹的宣傳與不純的藝術〉、〈近代文學的特徵〉、〈文學科學論〉、〈美國戲劇的演進〉、〈最近的愛爾蘭文壇〉、〈九一八與日本文學〉、〈劉易士在美國文壇的地位〉……。由這幾個例子大概可以知道當時「文學評論」的內容、牽涉的面向與範圍。

10 王統照〈文學批評的我見〉，《文學旬刊》，第二號（一九二三年），頁一。

11 成仿吾〈批評與批評家〉，《創造周報》，第五十二號（一九二四年），頁一〇。

12 梁實秋〈文學批評辯（續）〉，《晨報副刊》，第一五六號（一九二六年十月），頁五七—五八。

13 鄧騰克（Kirk Denton）指出左翼批評家成仿吾、郭沫若，都重視文學的精神層面，與自由主義者的梁實秋有不少共通之處，都有精英主義的面向。見 Kirk Denton, "General Introduction", in *Modern Chinese Literary Thought: Writings on Literature, 1893-1945*, ed. Kirk Denton (Stanford: Stanford University

Press, 1996), pp. 21-26。

14 胡適〈導言〉，《中國新文學大系》（上海：良友；香港：世界文學出版社，一九七二年重印），第一集《建設理論集》，頁三一。

15 鄭振鐸〈導言〉，《中國新文學大系》，第二集《文學論爭集》，頁二一。

16 鄭振鐸〈導言〉，《中國新文學大系》，第二集《文學論爭集》，頁二〇。

17 胡適〈導言〉，《中國新文學大系》，第一集《建設理論集》，頁三〇。趙家璧在上世紀八〇年代回憶當日商量各卷主編人選時說：「當鄭振鐸提出胡適之名時，我又驚又喜，驚的是胡適就是鄭振鐸對我所說擠成三代以上古人中的五四戰士，現在已一步步擠上高位成為一位風雲人物了，喜的是，如能找他來編選一集，對一般讀者既有號召力，對審查會也許能起掩護的作用；這個審查會從五月掛牌，什麼書刊都要經它這一關，我們的出版物已深感壓力。這樣一套規模大、投資多的《大系》，完全找左翼作家編，不來一點平衡，肯定無法出版。」見趙家璧〈話說《中國新文學大系》〉，《新文學史料》，一九八四年第一期，頁一六九。可見胡適和鄭振鐸之言，是實有所指的。

18 參考袁振英〈發掘我的無治主義的共產主義的思想底根源〉，轉引自李繼鋒、郭彬、陳立平著《袁振英傳》（北京：中共黨史出版社，二〇〇九），頁一〇—一五；孫秀芳、曹至枝〈自由的追求——無政府主義者袁振英的政治信仰歷程〉，《南京林業大學學報》，第十二卷第二期（二〇一二年六月），頁七五。

19 袁振英〈易卜生傳〉，《新青年》，第四卷第六號（一九一八年六月），頁六〇六—六一九。胡適在文前加上按語：「替易卜生作傳，不是一件容易的事。袁君這篇傳，不但根據於 Edmund Gosse 的《易卜生傳》，並且還參考他家傳記，遍讀易氏的重要著作，歷舉各劇的大旨，以補 Gosse 缺點。所以這篇傳是狠可供參考的材料。袁君原稿約有一萬七千字，今因篇幅有限，稍加刪節。」（見頁六〇六）。胡適還在文中若干地方加註，說明他對某些論點的看法，或者文章部分經他修改的原因。

20 例如一九二九年二月間香港《大光報》副刊《光華》連載袁振英介紹康德、黑格爾以至哲學方法的〈談談現代哲學〉；他又曾主編《工商日報》副刊《文庫》，用不同筆名發表文章，能考出的包括一九三〇年七月到十月間連載《托爾斯泰的社會思想——愛的哲學》各章；一九三二年二月連載〈世界的女性主義〉，一九三二年四月連載〈法蘭西之自然主義〉；其他未能考定筆名的一定更多。由此略見他在香港的文化活動。

21 觀微〈學者演講〉，《華僑日報》，一九二七年二月二十一日。

22 第一波以林紓為首，第二波是胡先驌、梅光迪等「《學衡》派」，第三波由章士釗在一九二三年八月二十一日至二十二日於《新聞報》發表〈評新文化運動〉一文掀起。參考鄭振鐸〈導言〉，《中國新文學大系》，第二集《文學論爭集》，頁一四—一五；章士釗〈評新文化運動〉，載《中國新文學大系》，第二集《文學論爭集》，頁二〇七—二一三。胡適曾為文嘲諷，題〈老章又反叛了！〉，載《中國新文學大系》，第二集《文學論爭集》，頁二一五—二一九。

23 章士釗早在一九一七年《東方雜誌》第十四卷第十二號發表〈歐洲最近思潮與吾人之覺悟〉，就認定「創造新知與修明古學，二者關聯極切，必當同時並舉。」（頁一—九）

24 羅澧銘〈新舊文學之研究和批評〉，《小説星期刊》，第一期至第六期，一九二四年九月二十七日—十一月一日。

25 吳灞陵〈香港的文藝〉，《墨花》，第五期，一九二八年十月。

26 貝茜〈香港新文壇的演進與展望〉，《香港工商日報・文藝週刊》第九四、九五、九八期，一九三六年八月十八日、八月二十五日、九月十五日。

27 參考黃仲鳴《香港三及第文體流變史》（香港：香港作家協會，二〇〇二）。

28 貝茜〈香港新文壇的演進與展望〉，一九三六年八月十八日。

29 茅盾是在八〇年代回憶剛到香港的印象，見茅盾〈在香港編《文藝陣地》——回憶錄（二十二）〉，《新文學史料》，一九八四年第一期，頁二。

30 簡又文〈香港的文藝界〉，《抗戰文藝》第四卷第一期（一九三九年四月），頁二三；後來陸丹林也呼應這個說法：「香港屬於華南出入口的樞紐，吸收外來的文化，或輸出本國的文化，按理應該比較其他商埠來得活躍和成績好，然而事實上卻相反。從前有人描寫香港的心臟，只寫一個算盤和一根扁擔。無疑地是說它是商業和運貨工人，就可以代表香港，其他可以推想了。」又馬耳說：「離開政治來說，香港是一個中國城市。這裏百分之九十以上的居民是中國人。而這個城市的繁榮，也是中國人造成的。但提起文化，這兒卻是一個奇怪的地方。香港住的『華民』讀不通英文，但似乎也讀不通中文。」見陸丹林〈香港的文藝界〉，《黃河》創刊號（一九四〇年二月），頁一八；馬耳〈香港的文藝界〉，《今日評論》，第四卷第十五—十六期（一九四〇年），頁二三九。

31 石不爛講，楊春柳記〈從談風月說到香港文壇今後的動向〉，《大光報．大觀園》，一九三三年十一月十六日。

32 《白金龍》在一九三三年上映，是第一部有聲粵語片，非常賣座。參考方保羅《圖說香港電影史》（香港：三聯書店，一九九七），頁一二。

33 一九三三年二月十三日蕭伯納訪問香港大學，對學生說：「如果二十歲的時候你是一個赤色的革命者，那到了四十歲你還可以有不落伍的希望，但是若果在二十歲你不是一個赤熱的革命者，那末到了五十歲的時候你便會成為不堪設想的化石了。」不過，蕭伯納在同一場合說：「今天的幾句話你們聽了，在你們能夠統通忘掉最好。」看來他的說話，有不少言外之意有待細味。參考陳君葆《陳君葆日記全集》（香港：商務印書館，二〇〇四），頁三六。

34 楊剛〈反新式風花雪月——對香港文藝青年的一個挑戰〉，《文藝青年》，第二期（一九四〇年十月），頁三—五。下文第三節續有討論。

35 參考 Brian Treanor, *Aspects of Alterity: Levinas, Marcel, and the Contemporary Debate* (New York: Fordham University, 2006)。

36 參考康以之〈關於香港文壇〉，《出版消息》第三十—三十一期（一九三四年三月），頁三一—三三；簡又文〈香港的文藝界〉，頁二三—二四；陸丹林〈上海人眼中的香港〉，《宇宙風》，乙刊第三期（一九三九年四月）；王幽谷〈怎樣在華南寫小説？〉，《國民日報・新壘》，一九三九年八月十八日；森蘭〈關於反映香港〉，《大公報・文協》，一九四〇年五月二十日；許菲〈一個公開的控訴〉，《國民日報・新壘》，一九四〇年十月九日；馬耳〈香港的文藝界〉《今日評論》，第四卷第十五—十六期（一九四〇年），頁二三九—二四〇。

37 這個時期香港還有另一種尋求「認同」與體認「相異」的奇異辯證，如在殖民地勇於求仕的「遺民」賴太史說：「幸香江一島，屹然卓立，逆燄所不能煽，頹波所不能靡，中西之碩彥，宏達之官商，咸有存古之心，皆富衛道之力。……官禮得存諸異域外，鄒魯即在海濱。存茲墜緒，斯民皆是周遺；挽彼狂瀾，其功不在禹下矣。」見賴際熙〈籌建崇聖書堂序〉，載程中山編《香港文學大系・舊體文學卷》（香港：商務印書館，二〇一四），頁一七九。同一事況，不同的認知可舉一九三四年〈香港小記〉的話作對照：「香港為商業之地，文化絕無可言，英人之經營殖民者地者，多為保守黨人，凡事拘守舊章，執行成法，立異趨奇之主張，或革命維新之學説，皆所厭惡，我國人之知識淺陋，與思想腐迂者，正合其臭味，故前清遺老遺少，有翰林、舉人、秀才等功名者，在國內已成落伍，到香港走其紅運，大顯神通。……蓋中英兩舊勢力相結合，牢不可破，一則易於統治，一則易於樂業也。」友生〈香港小記〉，《前途》，第二卷第五號（一九三四年五月），收入盧瑋鑾編《香港的憂鬱——文人筆下的香港（一九二五—一九四一）》（香港：華風書局，一九八三），頁五一。

38 葉觀棪〈靆靆派〉，《香港大學雜誌》，第二期（一九二八年九月），頁六七—八一；黎覺奔〈新藝術領域上底表現主義〉，《時代風景》，第一卷第一期（一九三五年一月），頁二七—四六。

39 幼雄〈靆靆主義是甚麼〉，《東方雜誌》，第十九卷第七號（一九二二年四月），頁八〇—八三；沈雁冰〈法國藝術的新運動〉，《小說月報》，第十三卷第六號（一九二二年六月），頁二—四。

40 參考 Bonnie S. McDougall, *The Introduction of Western Literary Theories into Modern China* (Tokyo: The Centre for East Asian Cultural Studies, 1971), pp. 209-210; 251-252。

41 片山孤村〈駄駄主義の研究〉，《太陽》，第二十八卷第二號（一九二二年二月），頁七六—八一；而片山則是參考許爾善伯 Richard Huelsenbeck, *Eine Avant Dada: Eine Geschichte des Dadaismus,* 1920；英譯見 Ralph Manheim, "En Avant Dada: A History of Dadaism," in Robert Motherwell, ed., *The Dada Painters and Poets: An Anthology* (2nd edition; Cambridge, Mass.: The Belknap Press of Harvard University Press, 1988), pp. 21-48。

42 Sheldon Cheney, "Why Dada? An Inquiry into the Connection between the War's Ruins, Peace-Time Insanity, and the Latest Sensation in Art," *The Century* Magazine, 104.1 (1922.5): 22-29.

43 李健吾〈什麼是達達派〉，《文學百題》（上海：生活書店，一九三五），頁一三二。

44 孫席珍〈大大主義論〉，《國聞週報》，第十二卷第二十七期（一九三五年七月），頁一一。

45 葉觀棪〈靆靆派〉，頁八〇—八一。

46 陳思和〈試論「五四」新文學運動的先鋒性〉，《復旦學報》，二〇〇五年第六期（二〇〇五年十一月），頁一—一七；陳思和〈五四新文學的先鋒性〉，《新地文學》，第二十一期（二〇一二年九月），頁一七九—一九六。陳思和之新觀點頗受德國理論家彼德比格爾《前衛的理論》及其英譯前言之影響；

見 Peter Bürger, *Theory of the Avant-Garde* (*Theorie der Avantgarde*, 1974), Michael Shaw trans., (Minneapolis: University of Minnesota Press, 1984); Jochen Schulte-Sasse, "Foreword: Theory of Modernism versus Theory of the Avant-Garde," pp. vii - xlvii。

47 黎覺奔應是深受魯迅影響，其徵引包括魯迅據尾瀨敬止轉譯盧那卡爾斯基《文藝與批評》（上海：水沫書店，一九二九），魯迅追隨者馮雪峰譯蒲列漢諾夫著《藝術與社會生活》（上海：水沫書店，一九二九），馮雪峰譯馬查著《現代歐洲的藝術》（上海：大江書鋪，一九三〇）等，此外還有劉伯英譯布哈林著《史的唯物論》（上海：現代書局，一九三〇）、胡秋原《唯物史觀藝術論：樸列汗諾夫及其藝術理論之研究》（上海：神州國光社，一九三二）等。

48 參考徐行言、程金城《表現主義與二十世紀中國文學》（合肥：安徽教育出版社，二〇〇〇），頁五七—八〇。

49 片山孤村著，魯迅譯〈表現主義〉，魯迅先生紀念委員會編《魯迅全集》，第六卷（烏魯木齊：新疆人民出版社，一九九六），頁三五〇—三五八；文章選譯自片山孤村一九〇八年出版《最近獨逸文学の研究》（最近德國文學之研究）。

50 黎覺奔〈新藝術領域上底表現主義〉，頁三五、三六。

51 黎覺奔〈新藝術領域上底表現主義〉，頁三一、三二。

52 李南桌《李南桌文藝論文集》（香港：生活書店，一九三九）。

53 戴隱郎〈論象徵主義詩歌〉，《今日詩歌》，創始號（一九三四年九月），頁五—一六；李南桌〈廣現實主義〉，《文藝陣地》，第一卷第一期（一九三八年四月），頁一三—一五；李南桌〈再廣現實主義〉，《文藝陣地》，第一卷第十期（一九三八年九月），頁三二六—三二八。〈廣現實主義〉一文成為這時期的文論經典之一，後來被收錄於眾多選本之中；例如蔡儀主編《中國抗日戰爭時期大後方文學書系》，《第二編：理論・論爭》（重慶：重慶出版社，一九八九），頁一〇三〇—一〇三五；孫顒、江曾培等編《中國新文學大系一九三七—一九四九》（上海：上海文藝出版社，一九九〇），第二卷，頁五〇一—五〇五；王運熙主編《中國文論選・現代卷》（南京：江蘇文藝出版社，一九九六），下冊，頁五—一〇。

54 參考吳曉東《象徵主義與中國現代文學》（合肥：安徽教育出版社，二〇〇〇）；陳太勝《象徵主義與中國現代詩學》（北京：北京大學出版社，二〇〇五）；張大明《中國象徵主義百年史》（開封：河南大學出版社，二〇〇七）。

55 梁宗岱〈象徵主義〉，《文學季刊》，第一卷第二期（一九三四年四月），頁一五—二五。

56 穆木天〈甚麼是象徵主義？〉，載鄭振鐸、傅東華編《文學百題》（上海：生活書店，一九三五），頁一一〇—一一八。早年穆木天對象徵主義非常推尊，參見他的〈譚詩：寄沫若的一封信〉，《創造月刊》，創刊號（一九二六年三月），頁八四—九二。

57 李南桌對「現實主義」的討論之所以受茅盾重視，實有其具體的語境脈絡。從「五四」以降，「現實主義」已經歷多次文化與政治辯論的洗禮。參考溫儒敏《新文學現實主義的流變》（北京：北京大學出版社，一九八八）；艾曉明《中國左翼文學思潮探源》（長沙：湖南文藝出版社，一九九一）；Chen Xiaoming, "The Disappearance of Truth: From Realism to Modernism in China," in *In the Party Spirit: Socialist Realism and Literary Practice in the Soviet Union, East Germany and China*, ed. Hilary Chung, et al. (Amsterdam: Rodopi B. V., 1996), pp. 158-165; Marston Anderson, "'A Literature of Blood and Tears': May Fourth Theories of Literary Realism,", in Anderson, *The Limits of Realism: Chinese Fiction in the Revolutionary Period* (Berkeley: University of California Press, 1990), pp. 27-75。

58 莊華興指出：「戴隱郎隨時面對殖民帝國的搜捕與拘禁，遭受驅趕或被強制遞解出境。……縱使南洋是他的生身之地，面對的卻是更嚴峻的現實。當化外歸來的僑胞回到了老帝國的懷抱裏，心靈上仍不得不繼續流離。因此，流亡、流寓以致放逐，成為東亞邊緣左翼知識者——文人的宿命，從一種生存的姿勢發展成一種精神符號。」見〈帝國—殖民與冷戰重疊架構下的跨區域文藝流動：以戴隱郎、胡愈之為中心〉，臺灣清華大學臺灣文學研究所主辦「臺灣文學研究新視野：反思全球化與階級重構」國際研討會（二〇一四年十月二十四—二十五日）論文，頁一一。

59 戴隱郎〈路（獨幕劇）〉，《南華日報・勁草》，一九三五年一月六日、七日、九日、十二日、十三日；〈黃昏裏的歸隊〉，《今日詩歌》，創始號（一九三四年九月），頁二〇—二二。此外，他在一九三五年發表的隨筆〈抬頭・舉目・開步走〉，也寄託了同樣的心懷；見《時代風景》，第一卷第一期（一九三五年一月），頁八四—八七。

60 莊華興〈帝國—殖民與冷戰重疊架構下的跨區域文藝流動：以戴隱郎、胡愈之為中心〉，頁一。

61 參考李何林《近二十年中國文藝思潮論》（上海：生活書店，一九三九），第四章〈「國防文學」和「民族革命戰爭的大眾文學」的口號之爭，與魯迅逝世前後文藝界的大團結〉，頁四一一—五七六；中國社會科學院文學研究所編《「兩個口號」論爭資料選編》（北京：人民文學出版社，一九八二）。

62 參考陳炳良〈國防文學論戰——一筆五十年的舊賬〉，載陳炳良《文學散論——香港・魯迅・現代》（香港：香江出版公司，一九八七），頁一四五—一七二；王宏志〈魯迅與「左聯」的解散及「兩個口號」之爭〉，載王宏志《思想激流下的中國——魯迅與「左聯」》（台北：風雲時代出版公司，一九九一），頁九七—一三九；陳順馨〈「國防文學」論爭與社會主義現實主義接受的考驗〉，載陳順馨《社會主義現實主義理論在中國的接受與轉換》（合肥：安徽教育出版社，二〇〇〇），頁一三三—一四二；丸山昇〈關於「國防文學論戰」〉，載丸山昇著，王俊文譯《魯迅・革命・歷史——丸山昇現代中國文學論集》（北京：北京大學出版社，二〇〇五），頁一二〇—一六五。

63 一九三六年十月三日《大眾日報》載〈「言論自由」尚待努力，港督改善華報檢查四辦法〉，列明當時禁刊的四類文字：（一）凡於效忠大英帝國之事而有所紊亂者；（二）凡可損害英國對於中國或其他友邦之友誼者；（三）所有宣傳共產主義之文字；（四）凡屬挑撥文字以致擾亂治安者；見盧瑋鑾《香港文縱——內地作家南來及其文化活動》（香港：華漢文化事業公司，一九八七），頁六二。據知當時居港的柳存仁（柳雨生）曾經從事港英政府之書報審查工作。

64 參考盧瑋鑾《香港文縱——內地作家南來及其文化活動》；黃康顯《香港文學的發展與評價》（香港：秋海棠文化企業，一九九六），頁三四—四一；侯桂新《文壇生態的演變與現代文學的轉折》（北京：人民出版社，二〇一一），頁二一一—四七。

65 楊剛〈反新式風花雪月——對香港文藝青年的一個挑戰〉，頁三—五。

66 參考胡春冰〈關於新式風花雪月的論爭〉，《國民日報・新壘》，一九四〇年十一月八日；潔孺〈錯誤的「挑戰」——對新風花雪月問題的辯正〉，《國民日報・新壘》，一九四〇年十一月九日。

67 參考潔孺〈論民族革命的現實主義〉，《文藝陣地》，第三卷第八期（一九三九年七月），頁一〇五四—一〇五六。

68 參考松針〈「反新式風花雪月」座談會會記——團結・求進步・文藝工作者的大聚會〉，《文藝青年》，第六期（一九四〇年十二月），頁七—九。又有關由蘇聯「拉普」（RAPP）提倡的「唯物辯證法的創作方法」演變到「社會主義現實主義」，以及中國左翼理論家對這些主張的承納過程，可參考艾曉明《中國左翼文學思潮探源》，頁二五〇—三二三；陳順馨《社會主義現實主義理論在中國的接受與轉換》，頁三三—七五；Herman Ermolaev, *Soviet Literary Theories 1917-1934: The Genesis of Socialist Realism* (Berkeley: University of California Press, 1963); A. Kemp-Welch, *Stalin and the Literary Intelligentsia, 1928-1939* (Basingstoke: Macmillan, 1991)。

69 參考秦孝儀等編《中華民國重要史料初編：對日抗戰時期》，《第六編：傀儡組織》（台北：中國國民黨中央委員會黨史委員會，一九八一），頁六五〇—六五二；九三九—九四〇；轉引自陳智德〈《南華日報》副刊與日治時期香港文學〉，「香港亞洲研究學會第八屆研討會」（二〇一三年三月八日至九日）

論文。

70 參考娜馬〈建立我們的和平救國運動〉，《南華日報・一週文藝》，一九四〇年三月二日；李漢人〈藝術創作的現實（性）和真實（性）〉，《南華日報・一週文藝》，一九四〇年六月一日。

71 陳畸、黃魯等〈肅清賣國文藝特輯〉，《星島日報・文協》，一九四〇年五月十四日。

72 例如：克潛〈芸窗漫錄〉，《南華日報・一週文藝》，一九四〇年七月十三日、七月二十九日、八月十二日、九月二十三日；朱伽〈唯美派的研究〉，《南華日報・半週文藝》，一九四一年五月十五日、十九日、二十二日、二十九日；何洪流〈中國文學之虛無主義〉，《南華日報・半週文藝》，一九四一年五月十九日、二十二日。

73 「中國為何缺乏史詩？」是近代以來中國文學史論者深感遺憾之事；然而從晚清直至二十世紀三〇年代，各報刊對外國「史詩」的介紹卻不踴躍；例如鄭振鐸曾在《文學旬刊》對史詩有簡單的介紹，見西諦：〈史詩〉，《文學旬刊》，第八十七期（一九二三年九月），頁二；其他零落的介紹有黃穀山：〈法國史詩溯源〉，《史學雜誌》，第一期（一九二九年），頁一〇二—一〇三；譚仲超：〈史詩的誕生〉，《文藝》，第三卷第五、六期（一九三五年），頁一三—一五。

74 將清代王漁洋（王士禎）之「神韻説」與西方象徵主義並置類比，風痕之作可能是最早的先例。後來余煥棟、錢鍾書都有類似的論述。見余煥棟〈王漁洋神韻説之分析〉，《文學年報》，第四期（一九三八年四月），頁一四七—一五八；錢鍾書《談藝錄》（一九四八初版，北京：中華書局，一九八四），頁二七四—二七五。

75 林煥平〈第二次大戰與世界作家〉，《文藝陣地》，第四卷第十期（一九四〇年三月），頁一五三五—一五三八；林豐〈動亂中的世界文壇報告之一——他們在那裏？〉，《星島日報・星座》，一九四一年四月十三日；林煥平〈戰時日本之文化動態〉，《筆談》，第二、三、四、五、六、七期（一九四一年九月），頁一八—二一；一〇—一三；二五—二八；二八—三〇；二〇—二一；一四—一八。

76 參考 David Fishelov, *Metaphors of Genre: The Role of Analogies in Genre Theory* (University Park: The Pennsylvania State University Press, 1993), pp. 85-77; John Frow, *Genre*, 2nd edition (New York: Routledge, 2015)。

77 參考吳承學《中國古代文體學研究》（北京：人民出版社，二〇一一）。

78 何禹笙原著，何惠貽錄刊〈四六駢文之概要〉，《小說星期刊》，第二年第一期（一九二五年三月），頁一—三；第二年第二期（一九二五年三月），頁一—三；第二年第三期（一九二五年三月），頁一—三；第二年第四期（一九二五年三月），頁一—三。

79 許夢留〈新詩的地位〉，《小說星期刊》，第二年第一期（一九二五年三月），頁四—六；第二年第二期（一九二五年三月），頁四—六。

80 雲仙〈最近的新詩〉，《香港大學雜誌》，第二期（一九二八年九月），頁四九—五八；吳光生〈概談國詩的過去及將來〉，《非非畫報》，第十二期（一九三〇年七月），頁二八—二九。

81 吳灞陵〈談偵探小說〉，《小說星期刊》，第二年第五期（一九二五年四月），頁一。

82 參考胡適〈建設的文學革命論〉，《新青年》，第四卷第四號（一九一八年四月），頁二八九—三〇六；胡適〈論短篇小說〉，《新青年》，第四卷第五號（一九一八年五月），頁三九五—四〇七。此外，在上海翻譯「福爾摩斯」和創製《霍桑探案》的程小青，與吳灞陵在同年發表題目相同的文章，認為福爾摩斯諸作「結構描寫皆合文學原理」；見小青〈談偵探小說〉，《新月》，（一九二五年），頁四—七。可見「五四」以來，新的「文學」觀念的影響。

83 胡適〈論短篇小說〉，頁三九五—三九六。

84 杜若〈短篇小說緒論〉，《非非畫報》，第三期（一九二八年八月），頁四〇。

85 其章〈花項公子〉，《非非畫報》，第三期（一九二八年八月），頁三八—三九；杜若〈畫俠〉，《非非畫報》，第四期（一九二八年十月），頁三七—三八。

86 劉京〈舊文學的存廢問題〉，《工商日報・文藝週刊》，一九三六年九月二十九日。

87 徐遲〈抒情的放逐〉，《星島日報・星座》，一九三九年五月十三日；文章又載《頂點》，創刊號（一九三九年七月）。

88 陳殘雲〈抒情無罪〉，《中國詩壇》，新三號（一九三九年九月），頁一—二；陳殘雲〈抒情的時代性〉，《文藝陣地》，第四卷第二期（一九三九年十一月），頁一二六五。

89 從〈抒情的放逐〉發表以後到一九四二年間的討論或者批駁的文章，除了陳殘雲的兩篇以外，最低限度有以下幾篇：胡風〈今天，我們的中心問題是甚麼？——其一：關於創作與生活的小感〉，《七月》，第五卷第一期（一九四〇年一月）；錫金〈一年來的詩歌回顧〉，《戲劇與文學》，第一卷第一期（一九四〇年一月）；穆旦〈《慰勞信集》——從《魚目集》說起〉，《大公報・文藝綜合》，一九四〇年四月二十八日；艾青《詩論》（桂林：三戶圖書社，一九四一）；胡明樹〈詩之創作上的諸問題〉，《詩》，第三卷第二期（一九四二年六月）；胡危舟〈新詩短話〉，《詩創作》，第十三期（一九四二年七月）；伍禾〈生命的胎動・題記〉，《詩創作》，第十期（一九四二年十二月）。有關在香港引發的這場爭論的意義，可參考陳國球〈放逐抒情：從徐遲的抒情論說起〉，《清華中文學報》，第八期（二〇一二年十二月），頁二二九—二六一。

90 陳白（陳靈谷）〈對於詩歌上的一個建議〉，《工商日報・文藝週刊》，一九三七年一月二十六日；李燕（李育中）〈詩與歌的問題〉，《南風》，出世號（一九三七年三月），頁二六—三〇；王烙（舒巷城）〈關於詩的二三事〉，《立報・言林》，一九三九年六月十三日；彭耀芬〈新詩片論〉，《文藝青年》，第九期

（一九四一年一月），頁一六——一七。二人撰文時，均為十八歲。

91 （柳）木下〈詩之鑑賞〉，《華僑日報・華嶽》，一九四〇年六月三日、四日；路易士〈關於詩之定義〉，《國民日報・文萃》，一九四〇年九月十一日。

92 參考茅盾對香港的回憶：「一九三八年的香港，是一個畸形兒——富麗的物質生活掩蓋着貧瘠的精神生活，……用『醉生夢死』來形容抗戰初期的香港小市民的精神狀態並不過分。」見茅盾〈在香港編《文藝陣地》〉，頁二。

93 王幽谷〈怎樣在華南寫小説〉，《國民日報・新壘》，一九三九年八月十八日。

94 我們可以再引用茅盾的回憶作為負面意見的補充：「香港的報紙很多，大報近十種，小報有三四十，但沒有一張是進步的；……大量充斥市場的小報，則完全以低級趣味、誨淫誨盜的東西取勝。」見茅盾〈在香港編《文藝陣地》〉，頁二。

95 見編者〈字紙簏底〉，《字紙簏》，第一卷第三號（一九二八年七月），頁一六。

96 萊哈〈嶺海文學家列講〉，《字紙簏》，第二卷第二號（一九二九年八月），頁八七。

97 劉火子〈論《現代》詩〉，《南華日報・勁草》，一九三五年一月十八日、十九日、二十日、二十一日、二十三日、二十六日、二十七日；又參考穆木天〈詩歌與現實〉，《現代》，第五卷第二期（一九三四年六月），頁二二〇——二二二。

98 黎明起〈《不死的榮譽》讀後〉，《華僑日報・華嶽》，一九四一年三月二十三日。

99 白廬（李育中）〈戴望舒與陳夢家〉，《南華日報・勁草》，一九三五年三月十九日。

100 李育中〈抗戰文學中的浪漫主義質素〉，《華僑日報・文藝》，一九三八年三月十九日、二十六日。

101 白盧〈評艾青與田間兩本近作〉，《中國詩壇》，新三號（一九三九年九月），頁一一——一二。

102 杜文慧〈《因緣記》〉，《華僑日報・華嶽》，一九四〇年八月二十八日。

103 杜文慧〈《刻意集》〉，《華僑日報・華嶽》，一九三九年十一月二十二日、二十三日、二十四日；〈《山寺暮》〉，《華僑日報・華嶽》，一九三九年十二月十七日；〈抗戰戲劇的內容與形式〉，《華僑日報・華嶽》，一九三八年十一月二十四日。

104 夢白〈《黑麗拉》讀後——侶倫其人及其小說〉，《華僑日報・華嶽》，一九四一年十一月四日、五日、六日；寒星女士〈論侶倫及其《黑麗拉》〉，《國民日報・新壘》，一九四一年十一月二十五日、二十六日、二十七日。以下引文同見此。

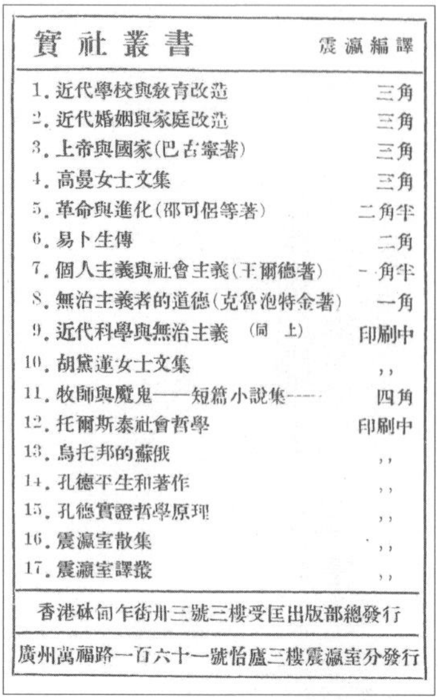

實社叢書　震瀛編譯

1. 近代學校與教育改造　三角
2. 近代婚姻與家庭改造　三角
3. 上帝與國家（巴古寧著）　三角
4. 高曼女士文集　三角
5. 革命與進化（邵可侶等著）　二角半
6. 易卜生傳　二角
7. 個人主義與社會主義（王爾德著）　一角半
8. 無治主義者的道德（克魯泡特金著）　一角
9. 近代科學與無治主義　（同上）　印刷中
10. 胡黛蓮女士文集　,,
11. 牧師與魔鬼——短篇小說集——　四角
12. 托爾斯泰社會哲學　印刷中
13. 烏托邦的蘇俄　,,
14. 孔德平生和著作　,,
15. 孔德實證哲學原理　,,
16. 震瀛室散集　,,
17. 震瀛室譯叢　,,

香港砵甸乍街卅三號三樓受匡出版部總發行

廣州萬福路一百六十一號怡廬三樓震瀛室分發行

• 袁振英《易卜生傳》（香港：受匡出版部，一九二八）書影。受匡出版部創辦人孫壽康為袁振英父親袁居敦的學生，曾為袁振英出版一系列「實社叢書」

• 一九三〇至三二年袁振英主編香港《工商日報．文庫》。袁振英說：「因為避免人家罵副刊為『袁家文庫』，所以天天更改名字，避免包辦。」

《非非畫報》社長杜其章（一八九一——一九四二）

《非非畫報》於一九二八年五月二十六日創刊，圖為第十二期封面，蔡元培題字

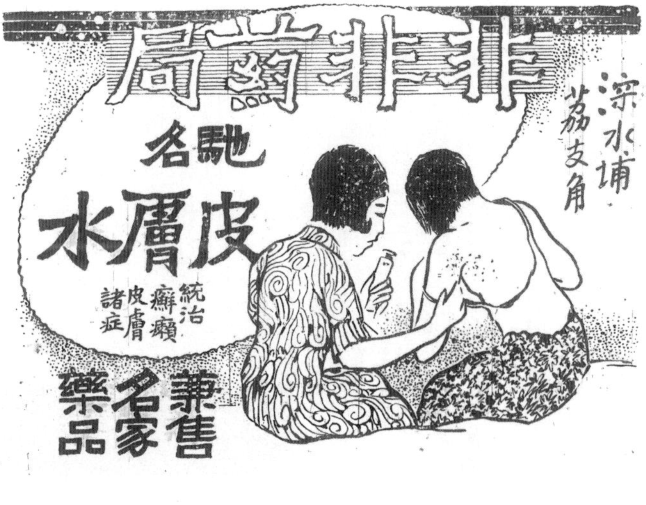

非非藥局廣告。據版權頁所示，《非非畫報》發行處為荔枝角道一百四十八號非非藥局

《非非畫報》還刊有梁國英等多間藥局廣告

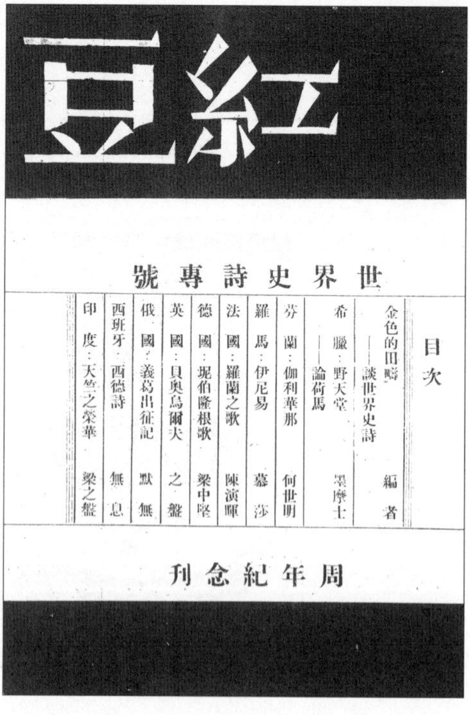

一九三三年十二月十五日，梁國英藥局少東梁晃及梁之盤兄弟創辦《紅豆》，至三六年八月十五日停刊，共出版二十四期。圖為一九三四年十一月十日《紅豆》二卷三期「世界史詩專號」封面

秋之灣

風景

少女像

暮春

● 梁晃擔任《紅豆》經理，時有發表攝影作品

• 侶倫（右）與黃谷柳攝於一九二八年

• 豹翁（一八九四——一九三五）

• 戴望舒（右）與徐遲一九三〇年攝於香港

• 黎覺奔（一九一六——一九九二）

• 劉火子（一九一一——一九九〇）

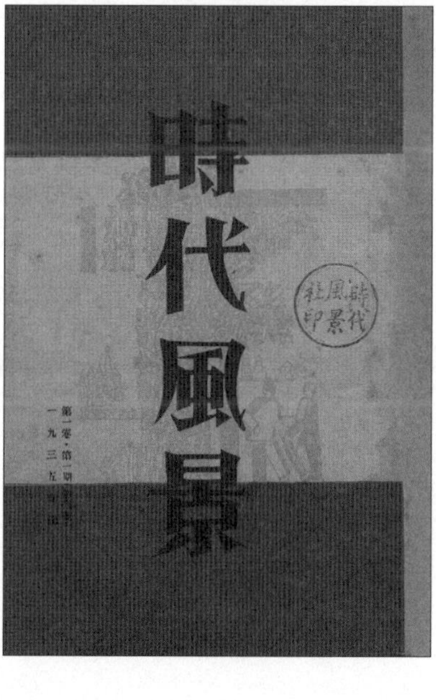

- 一九二八年九月《香港大學雜誌》第二期封面
- 杜格靈《秋之草紙》（廣州：金鵲書店，一九三〇）書影
- 一九三五年一月一日《時代風景》第一卷第一期初刊號封面

一九三六年至三七年刊行的《朝野公論》，黃天石擔任社長，謝晨光任總編輯

一九三八年茅盾在香港主編的《文藝陣地》封面

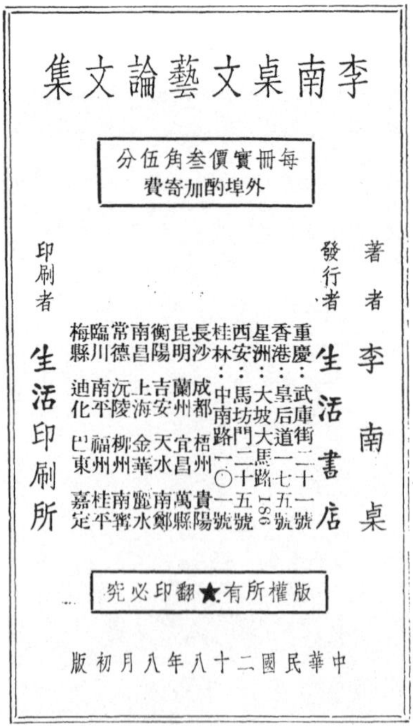

李南桌文藝論集

每冊實價叁角伍分
外埠酌加寄費

著者 李南桌

發行者 生活書店

重慶：武庫街二十一號
香港：皇后道一七五號
星洲：大坡大馬路186
西安：馬坊門二十五號
桂林：中南路一〇一號
長沙 昆明 衡陽 南昌 常德 臨川 梅縣
成都 蘭州 吉安 上海 沅陵 南平 迪化
梧州 宜昌 天水 金華 柳州 福州 巴東
貴陽 萬縣 南鄭 麗水 南寧 桂平 嘉定

印刷者 生活印刷所

版權所有★翻印必究

中華民國二十八年八月初版

茅盾編《李南桌文藝評論集》（香港：生活書店，一九三九年八月）版權頁

（第二張）（第一張）中華民國二十八年五月二日 大公報 （星期二）（第八版）香港

文協

第一期

文藝工作的開展

一個月的報告

關於諷刺

作品與現實

魯迅式雜文之再建

- 一九三九年中華全國文藝界抗敵協會香港分會成立，機關刊物「文協」週刊在《大公報》、《珠江日報》、《申報》、《星島日報》、《立報》、《華僑日報》、《大眾日報》和《國民日報》輪流刊載
- 「文協」屬下的文藝通訊部（簡稱「文通」），於一九四〇年創辦《文藝青年》，為本地青年提供發表園地

目錄

文體認知

作家與作品

西方文藝思潮

第二輯　一九三一至一九四一年

香港文壇評議

文學論爭：抗戰文藝・和平文藝・反新式風花雪月

文藝理論與思潮

文體論

作家與作品

古典新論

世界文壇概況

附錄

第一輯

一九三〇年及以前

文壇新與舊

新舊文學之研究和批評／羅澧銘

近日社會人士。提倡新文學之聲浪。日高一日。試向數千年前源源本本一考之。文體變化。或駢或散。體格雖殊。派別雖異。仍未有新舊之分。卽文體縱有變化。而各有嫡派餘宗。各自為力。未有若今日提倡新文學之聲浪。若斯重大者。忖今日之趨勢。則似乎新文學獨出冠時。舊文學將在過渡時代。學者復茫無頭緒。不知何從。此亘古未有之文學界革命。不期然而於今日產生。吾試一抒愚見。與學者商榷其可否。

於此文學大革命之時期內。學者各行其是。各持主旨。新文學固未盡行。舊文學亦未盡廢。其派別可約畧成為三種。

第一類　主張新文家派

第二類　主張舊文家派

第三類　折衷派

一二兩派。其宗旨可知。折衷派者卽模稜兩可之一派。擇其善者而學之。其不善者則不學之。玆三派者。幾成為鼎足之勢。再約畧鼓計之。折衷派之勢力。尚弱於以上之兩派也。當此千鈞一髮之際。吾人其主張新文學乎。抑主張舊文學乎。因是而生研究與批評之觀念。并發生幾種感覺如下。

（甲種）　新舊文學派之論調

（乙種）　新舊文學之長處及其短處

（丙種）　新文學派之流弊

（甲種） 新舊文學派之論調

胡適先生為提倡文學革命之最得力人。讀「建設的文學革命論」一篇當可得其端倪。其大旨約可如下。

（一）不做「言之無物」的文字。
（二）不做「無病呻吟」的文學。
（三）不用典。
（四）不用套語（爛）調。
（五）不重對偶。——文須廢駢詩須廢律。
（六）不做不合文法的文字。
（七）不摹倣古人。
（八）不避俗話俗字
……便把這「八不主義」都改作了肯定的口氣。又總括作四條如下。
（一）要有話說。方纔說話。這是「不做言之無物的文字」一條的變相。
（二）有什麼話。說什麼話。話（怎）麼說。就（怎）麼說。這是（二）（三）（四）（五）（六）諸條的變相。
（三）要說我自己的話。別說（別）人的話。這是不摹倣古人的變相。

（四）是什麼時代的人。說什麼時代的話。這是不避俗話俗字的變相。

以上新文學家之論調。皆將其意旨簡單括言之。至於舊文學家之論調。不外謂「古學為我國之國粹。萬不可廢。彼提倡新文學者。無非畏難而退避」……等語。

新舊文學家之論調如此。余試運腦以思。乃生出（乙種）新舊文學之長處及其短處之問題。并將其論調畧一批評之。

（乙種）新舊文學之長處及其短處

新文學之長處。固在乎能獨闢奇論。為文學界放一異彩。如「不做言之無物的文字」「不做無病呻吟之文字」「不用套語（爛）調」等。俱可稱為確切不磨之論。舍此以外。紹介歐西學說。使國人耳目為之一新。思想為之一變。及「大凡文學的方法可分三類」（見建設的文學革命論）之幾段。都得寫實之精神。亦為新文學家之特長處。

其餘如「三」「八」兩條。余皆不敢謂然。尤以「三」條為最有討論之價值。茲為批評論調如左。

（八）不避俗話俗字　今日之中國。國語未能統一。語言複雜至不堪。俗話俗字。南北各地不同。北方有北方之俗話俗字。南方有南方之俗話俗字。又為兩兩所不可諒解之。北方之俗話俗字。吾或未盡知其眞相。不敢遽下一斷語。試就廣東一方言之。俗話俗字之多。至於無人盡識。甚而無字可寫。亦往往有之。（如冧。啫。嚡。……等俗字。如電燈胆。衰過偷貓。贅過陳顯南。……等俗話）倘合南北之俗話俗字。而成為一篇大文字。豈非令人如對悶葫蘆。無從打破耶。吾知胡適先生所言。或非此類之俗字俗話。而為雙方諒解之俗字俗話。（如做一日和尚敲一日鐘。嫁鷄隨鷄。嫁狗隨狗。……等類）但未有範圍阻止之。沒眞有此聰明過敏之人。持「是什麼時代的人。說什麼時代的話」之主旨。發生此種令人拍案叫絕之大文章。又將若之何。吾故謂當有小小範圍以阻止之。庶免發生斯種流弊。宜於不避俗字俗話之下。畧加「指有意義之俗字俗話而言等字樣。」或引喻一二以証明之。又或加「關於風土人情之俗話俗字。雙方俱用諒解者始可。……等字樣。」中文如上述。復引英文數語為譬。

（一）終日食小薯（阿爾蘭語）you eat potatoes all day long. 盖小薯為阿爾蘭出產地。故世人以此語譏阿爾蘭人。如吾國人「生在蘇州。食在廣州。着在杭州。死在柳州。」等語是。

（二）青魚塘 Herring Pond 美人謂大西洋也。如港僑謂太平山曰扯旗山等是。此盖風土人情之俗字類也。

（三）食所釣。釣所不能釣。（加拿大語）They eat what they Can and can what they Can't 此盖如我國做一日和尚敲一日鐘之類是也。

不然者。倘用及陳顯南（言其人太贅。此語知之者甚多。余亦無從知其用意。及陳顯南為何許人。）等語。豈非令人皇皇然求典故。或用之為文。豈非成為一件僻典耶。抑胡適先生主張不避俗話俗字。又引英國文學家以中部土話變成英國標準之國語。又謂到十六十七世紀。莎士比亞伊里沙白之無數文學大家。都用國語創造文家——余意以為英國於五百年前。雖用中部土話。成標準國語。但不知所指是何種土話。是否卽胡適先生所謂俗話俗字。如其然也。則吾上文所說之廣東俗字俗話。都可以入選矣。豈非又如上文云云。成為一篇拍案叫絕之大文章乎。若指全國人皆能諒解之俗話而言。（中文如雖鞭之長不及馬腹。主人公。不敢當。不中用。乳名。少見多怪。……等語。英文如 A friend indeed, all my eye and Betty Martin, home sweet home. There is no place like home 之類。）古人用之。後人亦沿用之。遂成為司空見慣語。則不用典一條。未免有些未合也。

吾今再引証一二。以討論（三）不用典一條。

典也者。典故也。出處也。不用典。殆廢除典故。不講出處也明矣。若此說無差。余極不表同情於胡適先生。何則。盖全用白話作文章。必不足用。胡適先生言。——有不得不用文言的便可用文言來補助他——文言亦有出處。有典故。胡先生又何以說不用典耶。余嘗見白話文字。有「笑到箇不亦樂乎」一語。不亦樂乎一語。何莫非出論語典故耶。卽如上述。「少見多怪不敢當」等字句。亦何莫非時人所用。大可以為白話中文言之補助。又何莫而非用典耶。縱中文所說。或有吹毛求疵之弊。試再用英文証明之。

(1) All my eye and Betty Martin 是語盖由拉丁之祈禱文 O mihi Beate Martine 一語而來。Betty Martin 人名。用人名與司空見慣等語。如出一轍。抑由拉丁而來。又所謂「用典上之用典」也。

(2) As meek as Moses 譯言之。為摩西之溫和。此亦用人名典與宗之瀟灑等語。同一類也。

(3)…… how like a God he looked! the curls of Apollo, the forehead of Jupiter, the eye of Mars, and a posture like Mercury newly lighted on a heaven-kissing hill 則全段幾用人名典也。

(4) love me and leave me not 則用成語典也。

(5) Attack is the best form of defence 亦用成語典。如眾志成城之類是。

(6) Flora 一字。作花解。盖完全由花神 Flora 一字而來。

(7) Stoical 一字。典出 Stoics。Stoics 者。生於耶穌三百年前。遵 Gens 為一教。其教旨以保道德能忍受為旨。Stoical 一字。卽作能忍受解也。

(8) Xantippe 一字。作潑婦解。盖因 Xantippe 乃希臘哲學家 Socrates 之悍妻。故名。

上述數端。足徵不用典之不能實行。抑尤有說焉。胡適先生又引「意大利大文學家 Dante 極力主張用意大利話。來代拉丁文。他説拉丁文是已死的文學。不如本國俗語的優美」一事為証。此説未免講不去。意大利近羅馬古地。自然多用拉丁文。五百年前。歐州各國。亦多用拉丁文。此則如胡適先生云云。「但有方言。沒有國語。既有國語。自然視拉丁文為死文學。」試考古今所稱為文學大家者。又幾人不識拉丁文耶。拉丁文既是死文學。何以當幾次文學復興時期內。仍無人提倡廢除拉丁文也。莎士比亞之文學。以詞句太近高深一方面。而有 Lamb 之譯作出世。雖較易於明瞭。惟程度尚非顯淺了了。運用人名典及成語典亦不少。十五六世紀時代。古典主義 Classicism 浪漫主義 Romanticism 修辭學 Rhetoric 等復層出不窮。蓋皆重雅飾以增文字之美感。就以修辭學一道而論。已興於希臘羅馬時代之文學家。繼起者尚源源而來。亞里士多德之修辭學 Aristotle's Rhetoric。其著焉者也。諸文學家如 Longinus, Buffon, Voltaire, Goethe, Coleridge, De Quincey, Schopenhauer 等。皆群起宗之。可見文學一道。縱發生巨大革命。萬不能純用白話。而竟廢除文言。或不能不用而用之也。緣文學為美術之一種。加以少許詞藻典故。卽加以最好之色澤以渲染之。若謂「古文完全為假文學和死文學。」何以文體奧妙之莎士比亞。文字典雅之林氏 Lamb。尚大得近人所崇拜而稱道之也。又如已死去仟餘年之拉丁文學。何以至今尚有 i.e.（原文為 Id est）N. B.（原文為 Nota bene）Ult.（原文為 Ultimo）Etc.（原文為 Et cetera）P. S.（原文為 Post Scriptum）等字。區區數字。豈不能更改。而必沿用至今焉。上述種種。可見不用典一條。萬不宜實行。宜於不用典之下。加「不用擬非其倫之典」等字樣。較為的切。

胡適先生於不重對偶一條之下。加「文須廢駢詩須廢律」等字。此層亦未盡然。蓋駢文一道。實令學者運用腦思。以精益求精。又為文學中之另一格式。雖使人難於索解。亦可存而不廢。緣文學一道。既如美術。譬以畫。有花卉。有人物。有山水。種種不一。五花八門。各盡其妙。又如古典主義修辭學焉。雖未盡適乎時宜。要可存而不廢也。律詩亦然。亦為詩學之一種格式。如英文之有韻詩無韻詩等類然。詩。所以遣性情耳。若適合乎自然。要亦可存而不廢。若堆砌而為偶句。則洵如胡適先生言。不重對偶之為愈也。其餘為「不做不合文法的文字」一條。茲問題最為重大。非詳細討論之不可。「不摹倣古人」一條。徵諸上文所言。亦非盡是。若徒摹倣古人。使文字絕無生氣。則不如「不摹倣古人」之為愈。此則在乎學者箇人之智愚。不能一例論之也。

以上所批評「不避俗字俗話」及「不用典」兩條。即為新文學之短處。至如全用白話。不用文言。亦為新文學之短處。在提倡白話者。以為文字一層。特使人人皆知。始稱便利。故有提倡白話文之舉。吾知民眾文學。英法文學界。方蓬蓬勃勃而興。所謂民眾小說 **Folk-novel**。也極一時之選。然縱提倡者極力鼓吹。種種主義亦乘時并起。此其一也。考古學者。各國恆不可少。設舊文學盡廢。新文學大行。時人對於古學。茫茫無所知。寧非使考古學失存耶。此其二也。吾又再引世界語 **Esperanto** 為証。世界語於四拾年前。已在萌芽時代。學者一時蜂起。咸願使世界之人。盡識世界語。世界語之為文字。顯淺可喜。(世界語與英法德美諸國文字。殊有關連。讀之。易於通曉。使其大行其道。可為通商、外交、等情事。或免習世界各國之文字。其利益為何如也。)殆與白話一途。相接近矣。使世界之人。泰半識之。稱利便矣。無如事與願違。不三五七載間。聲浪竟寂然無聞。近數年來。北方學者。受盲詩人愛羅先珂 **Vasili Eroshenko** 之導引力。學者甚夥。顧讀本無多。參考書無多。專門學書籍更無多。則其文字縱通順易曉。學者設大有其人。蓋學得之後。除非本人有創作能力。以為國人宣傳。試問學者縱逾萬人。有創作之能力者。有幾人哉。參考書專門書之著述品。吾不知經歷若干年。始有出現之一日。余雖不才。對於研究文學。每孜孜靡倦。初。余鑒於世界語之盛行也。乃購世界語書籍多種以研究之。其文字確通順可喜。不如拉丁文之深奧。法文之緊嚴。英文之典雅。殆所謂與白話文相接近。可無疑義。使世界之人盡讀之。自可免費無數光陰。以習各國之語言文字。計誠良得。

用是悉心研究。頗得其端倪。雀躍之餘。思為南方之響應者。以紹介國人。於是有「世界語研究法」之編著。盖收集腋成裘之效。而抒管見。叙其字源或解釋法。使讀者易於了了。書已成十份之二三。卒又恐未嘗學習。而謬謬然著書作紹介人。（余之意本欲使學者將世界語三字。入於腦根。學者不少有創作能力者。或曾學習者。將有以教我。所謂抛磚引玉。非敢自信有特殊聰明也。）焉敢自信。卒又與二十年前曾習世界語之學士某君領教。某君曰。汝曾讀拉丁英法諸國文字。對於世界語文字。細心瀏覽。自易通曉。然敢信世界語必難實行於世界。何則。細察近日英法各國之人。讀而識之者尚罕。比之拉丁之古文學。尚有愧色。再聆某某學士言。當今之世。英文之流傳至廣。全世界幾佔一大部份人。學習英語。世界語而欲奪英文一席。不綦難乎。余又再四思量。覺各國之人。靡不習本國文字。而後從而習他國文字。或有研究古學者。或有研究本國文字使之精益求精者。未必人人舍本國文字。而專習世界語。習之。當居少數。正如近日吾國人之研究世界語者。實寥寥如晨星也。則是。設吾國人盡通世界語。與英人（不講他國。獨講英語最流通之英國而言。）相往來。英人不識世界語。吾國人又不識英語。格格竟不相入矣。準是以觀。英人其因吾國人盡識世界語。而學世界語以就我國人耶。此斷然可無之理。或者曰。據子所言。然則吾國人當從歐西人之後。人云亦云。以從眾耶。曰。然。別樣不應從人後。惟舍習吾國文字外。當從眾。何以言之。東西之文字。殊相徑庭。東方惟日本文字。字母筆畫。與吾國相類似。歐西則否。則是。為能普遍故。當從人後。即如近人之多諳英語。職是故也。不然者。其流弊豈非如上段所云乎。白話之未能流暢全國。與世界語之不能流傳。義理無大差異。此其三也。

（附誌）古之世界語。一為 Volapük。而 Monoglot Volapük 亦為世界語之一種。所謂 "World Speech" 者是。卒不行。而今日之世界語 Esperanto 繼之。創之者固謂能於八句鐘內可以畢業也。

「著者」

舍此以外。白話之短處。在乎不用文言。文言之長處。又在乎能用白話。何謂文言之白話。試引一二為証。

曹劌論戰

春。齊師伐我。公將戰。曹劌請見。其鄉人曰。肉食者謀之。又何間焉。劌曰。肉食者鄙。未能遠謀。遂入見。問何以戰。公曰。衣食所安。弗敢專也。必以分人。對曰。小惠未徧。民弗從也。公曰。犧牲玉帛。弗敢加也。必以信。對曰。小信未孚。神弗福也。公曰。小大之獄。雖不能察。必以情。對曰。忠之屬也。可以一戰。戰則請從。公與之乘。戰於長勺。公將鼓之。劌曰。未可。齊人三鼓。劌曰。可矣。齊師敗績。公將馳之。劌曰。未可。下視其轍。登軾而望之。曰。可矣。遂逐齊師。既克。公問其故。對曰。夫戰。勇氣也。一鼓作氣。再而衰。三而竭。彼竭我盈。故克之。夫大國難測也。懼有伏焉。吾視其轍亂。望其旗靡。故逐之。

孔子過泰山側

孔子過泰山側。有婦人哭於墓而哀。夫子式而聽之。使子路問之曰。子之哭也。一似重有憂者。而曰然。昔者吾舅死於虎。吾夫又死焉。今吾子又死焉。夫子曰。何為不去也。曰無苛政。夫子曰。小子識之。苛政猛於虎也。

右所引証。為最古之文。亦為最簡潔而最有議論最寓深意之文。試讀之。何莫而非白話文。讀之。亦不覺其艱澀不易上口。同易了了耳。何必另創一格以辨別之。抑白話文尚有短處。即犯冗長之弊。關於作義理之文字。便難使人明瞭。謂予不信。請醉心白話文學者。試以上述二篇。譯作近日之白話文。如能簡潔過之。色彩過之。吾乃敢心悅誠服也。

（丙種）新文學派之流弊

新文學之長處及其短處。既如上述。茲更擇其流弊之尤者。以批評而研究之。

新符號　現時新文學家頗好用新式符號。所謂新式符號。無非一仿英文，；！；？－等標識。意為此種符號。可使閱者易於明了句讀之語。實則此種所為。未免太新。試思未有此種符號之前。吾人對於句讀。是否絕不明瞭。且凡讀過數年書之人。當無不知何句為一句。何句為一讀。又何須多費此一舉耶。故鄙意對於所謂新式圈點。概宜刪去。又嘗考數千年來中西文學界之大革命。從未有從根本推翻者。原文學之盛衰。關繫於國家之強弱甚大。文字亡。國亦亡。此固自然之理。今竟將文字從根本推翻。其危險實甚。此其流弊之大焉者。其次。紹介學術。為新文學派之長處。天下事。有利必有害。學說繁雜。種種不一。將其可取者以範囿人。則國人庶受其益。其不可者。則國人耳濡目染。受害非輕。蓋國人思想進步。尚在幼稚時期也。其他弊端。請參觀上文「新文學派之短處」。可見一斑。姑不贅。

（丁種）舊文學派之食古不化

舊文學之長處及其短處。經約畧為之討論。今再述其弱點。以與閱者諸君相商榷焉。

（一）思想無甚推陳出新之點。

（二）有我觀太重。彼輩既以文人自命。又犯自以為是之弊。如好用古奧文字。以相酬答。直令根底薄弱之學者讀之。不易了了。（按。此為新文學發達之一大原因）辭語堆砌。偏謂詞藻華貴。資料豐富。文字艱深。閱者弗喜讀之。偏謂博通古籍。出類拔萃。凡此種種。殆其倫也。

綜論

余非新學家。余亦非舊學家。特以近日潮流。多喜新厭舊。新者固非盡佳。舊者亦非盡美。爰以眼光所得。供其一得之愚於閱者。願彼此商榷之耳。

更進一層以余意所及。以為文字一道。乃使社會普遍人士通曉。太新太舊。都非所宜。試再將上文所言。再加申論。卽如舊文學而論。佶骨敖牙。確令閱者有難堪之處。又如新文學之好用新式圈點。設為種種符號。俾閱者易明句讀。再三思之。終覺其有弄巧反拙之處。盖新式圈點。非由本國原有之符號而來。乃取材於外國者。吾知發明此事者。其意有二。令閱者易明句讀。此其一。近世人世。靡不了了英文。則此種符號。不難實行。此其二。綜是以觀。設有人不諳西文者。又若之何。文字求普遍社會耳。當今之世。似乎居大半數處於城市之人。無不稍解西文。其奈在窮鄉僻壤者何。使用新式標點之白話文盛行。則令彼不識西文之學者。費一番手續。以研究此種符號。雖不致令人人趨向西文。然非文字之正軌。則何不廢除而不用耶。

管見既畧陳其梗概於閱者諸君之前。余更願以愚者之一得。供獻閱者。竊以為文字求顯淺。貴乎使平民易於了了。太新固不可。太舊亦不宜。則不若如上文云云。實行所謂白話中之文言。文言中之白話。不新不舊。不欹不偏。折衷辦法。庶其可乎。願高明者有以教我。

選自一九二四年九月二十七日，十月四日、十一日、十八日、二十五日及十一月一日香港《小說星期刊》第一至六期

學者演講／觀微

香港學海書樓。每星期三六。延聘老師宿儒講談經學。有志于古學者。常往聽之。當此國學淪亡。斯文已墜之秋。得此為之振揚。于國學前途。不無少補。顧吾以為當今之世。研古之道。彼闡揚古學之功雖不可磨滅。但其于新時代之人生觀念。未嘗盡量發揮。似非時代切要之事。然彼所研究者為古學。目有好古之士。聞聲趨集。相與研思。考古可以知今。發揚古道。即所以求新知。自此種講學。當亦為古香古色之中國所不可少者。夫談詩書講禮義之演講會。香港既已有其人矣。且有碩彥鴻儒為之主持其事矣。是闡揚國學。其力已綽有餘裕矣。故吾不患舊學之無人提倡。而患新學之無人發明耳。使吾人徒知古而不知今。則世界大勢。懵然不知也。時代思潮。昧然罔覺也。則雖國學寢饋功深。登峰造極。亦不過成其為古學淵深之人而已。非新時代之人物也。吾嘗論之。古學猶古董也。新學猶日用之器皿也。古董之為物。以之玩賞。自有其相當之價值。不能譭之。然以之為用。則不如普通器皿之適宜也。故平情而論。吾人對于古學。行有餘力。專精研究。事乃至當。惟在人事衝繁。求學時間無多之時。則與其求古。無寧求今之為愈也。蓋古為過去而今為未來。吾人抱殘守缺。祇獲得一硜硜自守之名。而研求新知。則聲光電化之宇宙觀。可以明其理。社會問題哲學問題之人生觀。可以識其義。了然人生價值。不致將生我有用之軀。等閒渡過。努力為新人。不為時代之落伍者。如此做人。較有意義也。然當此新陳代謝之秋。我輩少年。徘徊歧路。莫知所從者比比焉。尚有新學者惠然肯來。從事演講。是無異航行之星火。其所以賜益于後學者。豈淺鮮哉。或曰。吾人研究學問。可以于書本求之。不必于聽講時方始得之。孰知不然。聽講所獲之益。較諸于書本所得者。幾有一與十之比。俗諺所謂三年讀書。不如一朝聽講者。此言是矣。然而學者宣傳文化。惟筆與舌。但有口若懸河。滔滔不絕。而滯于筆者。有筆下千言。倚馬可待。而期期艾艾者。宣傳之道。須擇其所長。以嘉惠後學。至于或新或古。同皆致其力于學術之林。吾今不能為左右袒。惟研古者不忘乎今。研今者不忘乎古。新舊同和。不作偏畸。則新舊之學。必有同時發揚光厲者。所望者在此。但不知此種妥協性。有人笑我為紳士態度否耳。

選自一九二七年二月二十一日香港《華僑日報・香海濤聲》

聽魯迅君演講後之感想／探秘

周魯迅君的作風。他未到港之前。我曾經畧為介紹了。他這囘到港。本來祇演講一天。後來因為與他同約偕來的孫伏園君。因有別故。未克到此。（聽說他前赴韶關）。所以周君除於禮拜五晚在青年會演講「無聲的中國」之外。還於禮拜六日再在那裡演講「老調子已唱完」一題。當他那晚演講「無聲的中國」時。聞說往聽的人太多。聽講券不敷分派。致多有向隅之感。我那晚又為冗務所羈。未能前往。我因此非常抱憾。故于他再復演講之時。決意跑往一聽。我這囘聽他演講。實在獲益不淺。但是又不禁感慨系之。我以為當日聽眾和我表同情的必不少其人。我們從當日他演講到最興會淋漓之時。座眾的鼓掌聲裡。便可測知了。他初始登臺時所演講的話。什麼堯舜呵。唐呵。都很像沒有什麼精妙。及復說到宋朝王安石的變法一段議論。我便領會他的意思了。本來王安石之行新法。實在很合「窮則變變則通」的道理。但是他卒至失敗。這就並非新法之不可行。他不過行之不得其法罷了。宋儒對于王安石很多不滿之論。今囘魯迅替他鳴不平。實獲我心。魯迅君批評宋朝王安石之後。接着批評元明清。他這些議論。都是說當時君主「愚黔首」的政策等不可行。其立論之點與批評唐宋同。都是發揮題中老調子唱完了的意義。但是這點我都不覺得他精妙。因為這些話是人人所能道得出的。但是沒有這些話。又不能引申出他末尾的幾句議論。他說。坐監是安全的。是沒有被人搶窃不虞的。但雖是安全。可是他失却自由了。這些話是很深刻的。我以為魯迅君非經過監獄修養。嘗過鐵窗風味、斷不能為此言。他說到這裡。便告演講終止。可知千里來龍。都是結穴在此處也。他這囘演講。對于文藝。很多發揮。從唐宋元滿清的文藝。說到歐洲大戰後的各國文藝。都加以批評。都深致不明。

他說這種貴族式的文藝。于民間的痛苦。漠不相關。實非眞正的文學。這種文學是老調子。已經唱完了。不宜再彈。必須另彈別調。創造一種新思想的新文藝。與社會民眾生有密切關係的。然後文學前途。方有一線曙光。這種文學的革命論。本來中國自從五四運動後。已有很多人說過。不是魯迅君所創言。但是近年來香港的言論界。還少新的傾向。魯迅君今囘來港。以這些為禮物。敬贈于青年。我又覺他頗為適合。魯迅君演講的姿勢。頗有崖岸自高的氣象。不作溫和的表情。大抵他是血性的人。所以所講的話都含有嚴肅之氣。這種神態。合于演講的姿勢。可不深論。但是他所發揮的話確有意在言外之妙。這是很可喜的。末了。我還有一句話。這囘魯迅君演講。是得一位中山大學助教許廣平女士為他翻譯。許女士畢業于北大。對于國語。素是研究。故為他作舌人。勝任愉快。聽講的人很佩服她。感激她。惟以演講者又中國人。聽講者又為中國人。而須中國人為之翻譯。這真是笑話之極。國語之提倡。實不容緩了。魯迅所穿的衣服。是愛國布袍。所穿的鞋。是中國式的布鞋。茸茸的鬚子。長長的頭毛。道貌盎然。活現一學者的容貌。觀其狀。頗〔類〕抱殘守缺的冬哄先生。決不是趨新之一流。但他的言論。都是極端的趨新的。以貌取人。真失之子羽了。

選自一九二七年二月二十三日香港《華僑日報・香海濤聲》

藝術與革命／張詩正

藝術：在世俗一般人，都大多以為他是一種虛無的東西或更謬解的説，他是遣興，裝飾的東西，可嘆。

我們當站在藝術園的大門口徘徊着的時候，都異口同聲地贊道：「呵，多麼的美麗呀，多麼的趣緻呀，那紅的花，綠的草，直的幹，彎的枝……」怎知道，走進了去時，便同化了為園裏的花，的樹，的……簡直忘了未進來時底觀感了，而且漸漸的領畧到那裏面的意味。

人生的旨趣，除却了無意識之外，就祇有積極，和消極的兩端。消極方面説來：賓感恩賜於藝術却不少。放量的説句，無論那一個人，處於任何時間，與空間的地位，幾乎無時不處於藝術的中央，不過往往不自覺吧了。若近來提倡藝術的論調，積極方面，我們走向積極的路途時，説無論幹甚麼工作，都要跳入革命的戰線上。不革命，就沒有出新，沒新奇，就是不積極。

藝術就是積極大路中之明燈，就是革命戰線上資本的帮助，因為他的革命力量，是直接授事於精神，引導思想的方向。

我們知道人事的變化，就是思潮。言革命，也是根據思潮，思想，——沒有更變，精神不能貫一，就許有多麼大的武力，革命是不能成功，藝術的進展，——就是精神，和思想的改革。

若文藝復興期的拉非爾，他能把一切舊派掩蓋，創出新派，而使法國的思想，得受美化的改革。這就是藝術園裏，一個革命的現象。

昔德法之戰：德人之所以能成為團結的國家，就是當代藝術家的暗示，和〔諷〕刺的宣傳之功」〔。〕

本來藝術是革命之先車，為甚麼當現在正革命思想澎湃之時；竟沉沉寂寂？我國行革命，已有十七年來，但藝術不但不有振興，及見一日一日的墮落，真是藝術園裏的黑暗，藝術界的抱愧了！

應為革命前車的藝術工作，而今反隨事後，怎樣得對？但知道裏面的原因，點有幾點：（一）社會上不了解。——原因：就是政府沒有奮興的提倡和保障〔，〕（二）藝術界的人們，不肯努力。——原因：就是沒有適當的環境和機會〔。〕總言之，實緣因於社會一般人未了解，用功藝術者努力之不足。

以上的幾點，就是加上了我們責任的使命，尤其是撫今追昔的想起來，更覺藝術的展進，是急不容緩的事了，使一般人認識的責任，還倍重要。

選自一九二八年七月香港《藝潮》第二期

最近中國文壇三大派之我觀／周洪

如果要嚴格地說，所謂中國文壇的最近，或最近的中國文壇，自然要包涵了中國文壇最近一兩月來的現象；不能單就我個人所要談的——大約是截止於去年上半年的，我所能記得的事情去着筆。不過，這篇文章本來就是純粹注重我個人的主觀去觀察。絕不是四方八面圓滑的論調，所以，在下筆之先，我却以為不必太過在時間問題上〔嚴〕範自己。因而，在我的標題裏的所謂三大派以外，也許還有不少的其他派別，不過那不在我的眼光範圍內，或者不是我所愿意討論的，也就不談及了。

年來有許多人說，中國文壇？中國那裏有什麼文壇？古腐無生趣的古文學被革退了，五四以後，所謂中國新文學作品不是一天一天的多起來嗎？然而，有什麼作品可以和外國文壇爭光？俄國正在有了一個高爾基，法國有綠蒂和哇梨麗，日本有菊池寬等一班人；中國，中國有誰可以教外國人欽仰呢？我們衹看見書店裏頭滿堆着新出版的野鷄書；這個出一本新詩，那個出一本小說，弄來弄去，不見在世界文壇上放一異彩。說這種話的人，先別論他們的眼光如何的向射，也不論他們的欣賞程度如何的高超，我以為終古未免對新抽芽的中國文壇苛責了。

然而，普泛底觀察起來，他們或許也不致無的放矢，近來的中國文壇，實在也頗令人覺得糟糕了。不過在我以為决不能對作品方面的幼稚去嚴施貶責，我們還得要讓作家們一天一天，一步一步地走到他們的成熟的園地。中國文壇最近的糟糕現象，不在乎作品的幼稚，而在乎作者們太重虛名而不重實際。或許那在一部份人有了生活上的種種問題做背景，然後勉強擠出不願寫的文章來，說起不願說的話來。可是，從現在上去論現象。那就不能免於惹起我們一般愛好文藝者的失望了。

穩當地說，或許他們絕不為了虛榮和生活問題，而是從藝術良心上把他們的特見提出來。但在他們的成績上看看，却教我們不敢一下子〔給〕與同情，雖然提倡一種事業的人不必要在那事業裏頭做出好成績，但我們同時也得要看看他們的立論的根據，與他們的對待異己者的態度。當然同時最要緊的，還要從公平的理論上分判分判。

然而，一個人的偏見是最容易養成的，尤其是拿起筆墨去做工夫的人，對於他們的關於筆墨的事。就在我現在寫起來，實在也不敢說自己純粹沒有偏見。所以，對於他們——最近中國文壇的作者們的是是非非，雖然我以為自己看得很眞確，談得很公平，到底我還不敢恝然地棄掉「我見」兩字在我的標題內。何況他們各都要獨樹一幟，張立門戶呢!?

現在偶然還記得到的中國文壇的前事，自然是新文學與古文學之爭。從這裏想起，我們當得還好像在目前宛現當時傾向新文學者們的踴躍，與古文學家們的對於他們所追念的舊物的痛惜；林紓的拍胸頓足，寫信罵人，胡適陳獨秀的作品之暢市。我們也當得還看過胡適那本嘗試集。然而，那個時期漸漸地過去了，新進者一天一天的寫出他們的進步的篇章，胡適的嘗試集在新詩壇裏也成為下材。無論譒譯與創作的小說，也漸漸地較為蓬勃而且豐潤了。胡適的翻譯小說集也成為九牛中之一毛了。文學論文漸漸增多材料，擴大討論範圍，題材的採取也不止於對古文學下攻擊，而說到外國作者，討論外國文學，都成為文學論文界的一個很普通的現象，在讀者方面，也絕不覺得怎樣地新奇了。接着，獲得成名的作家也一天一天的多了起來。魯迅憑着他的阿Q〔正〕傳和尖鋭的短文受一部份人認為中國文壇的第一名好漢。郁達夫郭沫若張資平之流以能寫大礙舊禮教的作品獲得多數青年的崇仰，中國文壇，一時大活潑起來，在文學論文方面，差不多大家都崇於介紹外國作家。誰想就在這樣的趨向中，在最近產生了最近的一場大爭論來，而自然地形成文壇上的三大派。

成仿吾郭沫若和蔣光赤一班人據着創造月刊，要唱革命文學的調子，跟着此廢彼興的出了無數的小刊物，也都是替那所謂革命文學喊口號的，他們攻擊的主要對象是貫了盛名的魯迅。錢杏邨在太陽發表那「死去了的阿Q時代」便惹起了是非。對於魯迅，他們一班革命文學家實在不留半分餘地。同時對於盛倡「文人有行」的梁實秋，也時施攻擊。

魯迅在這時候起，漸漸地減少而近於停止了他的創作；郁達夫脫離了成仿吾們的隊伍，跑到魯迅那邊去，和成仿吾們成為仇敵，而重重地受他們的攻擊。

梁實秋創造出新月雜誌來，大吹他的「康健文學」，否認了傷感，頹廢，激烈，尖厲等等文藝的價值，而以為文藝應該要像人體一樣，以能夠莊嚴康健，不偏不過為文藝的條件。

放下這三大派的論爭的勝負不講，尋求出各派的精神來，大概革命文藝派是最重「時代」，魯迅派是最重「自然」，新月派最重「理性」。然而，革命文藝派之注重時代，不過以為現在不特中國的時代是個革命時代，便是全世界也當得革一回命了，文藝是不能和時代精神背馳的，而且文藝家當然要負起革命的職責的。文藝不能當做知識階級和騙人們的獨有品，而要走到下層社會去，所以要寫無產階級文藝。可是，結果，他們的所謂走到下層社會去的文藝，却並沒有給阿Q的替代者讀着，而事實上，中國的阿Q還並未曾死了。他們有他們提倡，寫作，而阿Q自是阿Q。他們的時代，祇單單成為他們幾個作家的時代，而並不成為他們的理想的讀者的時代。在這，我們不能不對於他們所認定的時代精神發生了懷疑，而自然地明白了現在中國的時代並沒入切合着他們的理想。

新月派之注重莊嚴康健，可又太把時代忽過了；他們要莊嚴，而現代的中國人並不莊嚴，他們要康健，而一般讀者都是處着最不康健的環境。他們絕對認定文藝作品不必是情感的產物；就是得到了悲哀的遭遇，也不要寫悲哀的文章。同時，做了文藝作家，應該要對社會負了個倫理上的責任，不要顛連失德。這種論調對於郭沫若的喀爾美羅姑娘，張資平的苔莉等著作，處在極不相容的地位。總言之，他們是要把文藝當做理性的產品，完全不顧情感在文藝上的地位。他們固然把時代忘掉了，同時也忘記了藝術精神與原素。

我不敢強他人同情，然而讓我說我自己的話；我以為文藝純然是情感的產物，不靠情感而先立主義，後作文章的，既是文藝以外的別一類文章。而時代精神，也不必在創作之先故意認定了，然後循着自己所認定的去寫作。如果你是一個眞正的革命家，同時也富有着文藝天才，那你做起文藝工夫來，自然成就了革命文藝。如果要勉強遷就，沒有好材料，沒有眞情感，那極其量你衹能寫出幾首與革命標語無異的詩，那早有做標語的人在你之前了！還是寫感到見到的事物，倒能夠切實地抓着你的時代與情感。所以魯迅的「野草」雖然過於悽冷，然而悽冷正是他的時代，他的情感。至於要莊嚴康健，那就等於要死了父母的孝子作喜悅的狂笑了！

選自一九三〇年七月香港《非非畫報》第十二期

存目

香港的文藝／吳灞陵

選自一九二八年香港《墨花》第五期，缺出版日期，料為一九二八年十月，內文可參《文學史料卷》頁三一一

文體認知

新詩的地位／許夢留

文壇下走卒的我，勉強也來搖旗吶喊，南方的文壇當沈寂時，或可以引些高興，但自然是唱得不好聽，或簡直不會唱什麼，只得先說聲獻醜了。

這個大題目，本不是這篇短少狹窄的文字，可以清楚介紹的，但我恨找不到較適合的題目來代替，也惟有巃統一些了。新詩已到了小孩時期，生長了十幾年了，在東北方的人，假使留意新文學的，大多已很明瞭。——曾經過很熱烈的，長時間的辯論與創作之後，我不妨開罪說，只有我們南方的文士沒有注意這嬰孩，那麼，我們的誤解與固執，至少也成了一種錯覺，我們受了傳統思想盤據，常會模糊的懷疑，自自然然走到反對方面去了。

「新詩是平庸的，淺陋的，俗的，無韻的，不整齊的，……」這種反對的論據，是我們常聽到的。我們倘若想為新詩辯護，使反對派忻然冰釋，就要費點精神去研究了。我們想明白新詩的界說，新詩的意義，新詩的現狀，……那又要進一步考究一些歷史上詩的沿革。

上古沒有文字以前，大約就有了詩歌的傳說。因為詩歌不單是用文字可以表現，還有言語的功用，但留傳下來的很少，只有極少的普遍在民間的幾首，到後來方才用文字記下，——網罟之歌，擊壤歌等，但不可盡信——有系統的古詩，要算詩經了，詩經是周時的民歌組成的，後來有許多人倣屈原的離騷的作風，又別成一派叫做楚辭，漢代已開始創造五言七言詩體，直至那南北朝時，詩的變化已很顯著了。唐詩分為律詩，絕詩，稱做近體，唐以前的詩稱做古體，那近體詩已盛極當時，這是唐代大詩人所以獨眾的原故呵，後來再一變而為宋詞，又一變而為元曲。我們詩的變化，在這數百年間已絕大了，明清兩朝只有模倣唐宋的詩詞，沒有偉大的作品，却已是末流了，詩既到了這沈默時代，那有不一變再變呢？民初，錢玄同，胡適之等提倡文學革命，努力于國語文學的創作。畢竟是適應時代需要的產物，就發榮滋長，造成一種新文學。新詩就對待以前的詩詞的命名，表示牠不同從前的風格，是一種沿革新生的產品，上文對于歷史的沿革，自然是因陋就簡的，但我不是專論歷史只得取其綱要罷了，以下再用簡約的文字舉出各時代詩的風格。

漢代以上的古體詩多數是無韻律的，不拘字數的長短，如詩經裡雖多用四言句，但例外的也很多呢。楚辭也是一樣，且牠的作品每用「兮」字來結在句尾。這個字，我以為便是當時普通的感嘆語氣。由漢至晉的詩雖有了五言七言的束縛，但一任自然，也不講求聲韻，不注意雕琢的。沈約倡言「四聲譜」後，那韻律已成，從此做成了一個固定的格式。律詩除叶韻外，最要的是對偶排整，絕詩，就是在這裡畧解放一點。宋詞又另闢一種形式，與唐詩不同了，但牠的詞，字，韻，又有牠不可變易的定則。做詞的只能在其中去塡罷了。元曲又創造成一種劇詩，中國的劇詩實到元朝始完成呢。我因為時間的關係，也懶得將各種代表的傑作介紹給讀者，我實在也不願白費工夫去翻書架，而且我相信讀者們也肯耐性去精詳的檢閱，假若是關心這方面的人們。

我們試看那不講究音韻練句的目為淺易的古體詩——除了南北朝的作品外——也可以寫出那代表時代的民歌，作者的個性，思想，感情，和自然的色彩，怎樣的樸實而自由，和諧的自然的音節，反觀那近體和宋詞就異常的束縛，由其是律詩，強那作者活潑而生氣蓬勃的詩思，來求遷就那固定的有限的格式，一件怎樣昏愚的迷惑呀！雖然唐代的詩人，有許多也不死守成法，假若當時沒有這重障壁，或會更走到無限的遼闊的詩國，成功些更偉大的不朽的作品呢。我們現在的新詩不是要做復古的運動，對古體詩言，因那古體詩的自然音韻，以時間距離過久的關係，言語的音節自然有了變態，我們不必去做擬牠，只要努力去創造個新領域。如漢人創造五七言，唐人創造近體詩，宋人創造詞，元人創造曲一樣。反對者毀謗新詩是反叛麼？這大錯了，除非那不認清楚歷史上事實的存在，照這樣說，你們也同樣罵元人為反叛麼？罵宋人為反叛麼？罵唐人為反叛麼？因為他們都不守成法，捨棄成法，就罵他們有反叛的行為麼？但這反叛的沿革（，）正是我們每個新時代所必需的力量，正是那偉大的寶貴的生命的創造！

我們再拿那正確的詩的意義做標準，解決那「什麼是詩？」的問題，試看那詩經的詩序中有一段說：「詩者（志）之所之也，在心為志，發言為詩，情動于中，而形于言，言之不足，故嗟嘆之，嗟嘆之不足，故永歌之，永歌之不足，不知手之舞之，足之蹈之也。」嗟嘆之便是詩，永歌之便是歌，手之舞之足之蹈之便是跳舞，古時詩歌是混合的，即舞也合着詩歌，所謂「嗟嘆之不足，故永歌之」，實是一種更深切的表情，現在詩歌雖是漸漸有些分離，但牠們同屬于情意的表現，有根本上的關聯，一定不會完全脫離的。

近人胡懷琛論詩應該包含有兩種要素：「詩是表情的文字，詩是有音節能唱嘆的文字。」他的意思說，單能表情而無音節唱嘆不是詩，單有音節能唱嘆而不能表情也不算是詩，詩能表情，才可以明白說出鬱于胸中的各種複雜的情緒，詩能唱嘆，才可以婉曲微妙的將感情發洩無遺，詩歌合一，我們的情緒方能完全無碍的吐露，那劇詩的體裁不是最好的工具麼？至于他所說的音節，不是遵守舊詩的格律，是用那字句裡自然的音韻而成的，俞平伯更伸說：「詩是人生底表現，并且是人生向善的表現，詩底效用，是傳達人間底眞摯，自然，而普偏的情感，而結合人和人底正當關係。」他說的比較更清楚，更充足，人生底表現，是充分的表現那複雜的個性，和宇宙，向善的表現，即將那人生自然化，理想化，感情化，我以為即是「自我的表現」，因為表現的「自我」，就是那無限的純一的感情的眞我，也自然是包括那向善的意義，詩要眞摯，我們的情緒方不流為虛偽，要自然方不受那死板的格律所梏、要普徧方能使那自我表現的詩，有留傳久遠的可能，互助，同情，愛與和平，就是人間應該結合的正當關係呵！

我并不是否認舊詩的價值，而且很羨慕舊詩中有這麼多傑作，但不能因這緣故，就否定新詩的產生，如不能因為古體中有傑作，就否定近體詩，不能因唐詩中的名著，就否定宋詞，也不能因詞中的佳品，就否定元曲，一樣道理，這完全是時代潮流所支配，每一時代中自然各有牠的需要，詩歌自然也要適應這環境而新生相異的狀態，況且舊詩中因束縛的阻碍，變成呆板的，勉強的，虛偽的，狹窄的作品，沒有詩的眞意義，任牠怎樣工整美麗，怎樣雕琢修辭，也不過是些死偽藝術罷！我并不專來辯護新詩，倘若只應用那近代的文字如記事文的叙述，失却詩的意義，固然不能叫做新詩，固然是淺陋庸俗的。說了許多話，讀者大概也得到些光明的印象了，懷疑的焦點也漸漸會隱滅了罷。以下就開始談談新詩了，詩的意義本來沒有新舊的區分，如上文引出的意義的解釋，——至少我是認為眞實的，可靠的，——無論舊詩，新詩，以至各國的詩，都不出這個無限的原則，新詩既是一種新的組織，自然是另有牠新的形式內容了，新詩是打破一定的字句，打破平仄，不見對偶，不要押韻的，用現代的言語——國語來表現的，有韻無韻不成問題的，一種自由詩體，假如我們想用那體現的感情，奇妙的想像，豐富的材料，自然的節奏，具體的描寫，來表現人生的眞，善，美，新詩也許是能當此重任呵！現在新詩裡規模粗備了，——抒情，叙事，劇詩……的文體也有了許多作品了，據我已經看過的詩集，有嘗試集，草兒，冬夜，繁星，將來之花園，舊夢，女神，雪朝，這幾部創作，雖然未有什麼可驚的偉大傑作，但其中作品，我認為也有些滿意的成功，將來有時候，我很願意介紹幾篇給讀者們來研究，我們能夠興奮的貢獻，無限的創作，那麼，這個寧馨兒，就自然的由幼稚期進化到成熟期了，生活在這新時代！

我們南方人對于新詩還有一個疑點，因為方言的隔膜，是的，新詩用國語來寫的，南方人——由其是廣東，自然感覺到困難，但國語練習縱然沒有很多的機會，而那國語文的作法，只要留心些，實在沒有多大困難的，就以我來說，國語也不見得怎樣高明，但我從來沒有因此灰心，雖完全不懂國語的，也能看得懂國語文，且比較文言的費一周折工夫解釋的明白些，文言難道是我們的方言麼？那有能作文言文，不能作國語文的，能解文言文，不能解國語文呢？我們扯破這隔膜罷！我的新詩人們呀，我贊美你，祝福你，這偉大而有價值的勞働，趁着那將來的春的力量，遍播這新種子，培植這新萌芽，使那甜的果，美麗而香溢的花，繁繁密密的收成在這個新興的詩園裡！

選自一九二五年三月十四日及三月二十一日香港《小說星期刊》第二年第一及二期

概談國詩的過去及將來／吳光生

從文學革新至到現在，我們未有喧傳過一首偉大的新詩，也未有喧傳過一個偉大的新詩人。有時偶然有幾首觸動着讀閱界一部份人的心情，偶然寫幾篇讚美的論文；究之，巍然瑰麗的新詩，還沒有撼動起全部的讀閱界。

談到詩，我們自然會聯想到格律問題，談到新詩，我們便會敏銳地尤其想到格律問題，即使想不到格律上的存廢與束放等等，至少也要意識到「格律」兩字上去。自從文學革新，在新文學界裏，一切舊體詩，無論是律是絕是古，一同失掉了原有的普遍通行的地位。可是，所謂新詩，到現在，却又還未眞個振作起來。現在這時候，是上不清，下不明，前者不盡死，後者不盡生。這時候，詩實在應是一件拿出來大家討論討論的東西。

本文大意要把現在的中國詩壇約略地觀察觀察，同時對未來的詩壇抱了個希望。在入題之前，我們先得要談談詩大概是什麼東西。

根據古代和現代學者的對於詩的概念，我們可以概定的條件為二：一，詩是純然情感的表現而超外於一切科學理解和通俗習慣。二，詩在內容與外形上都對文處於有異的地位。

上邊兩條，前者是對詩的性質言，後者是對詩的形式言。自然，如果我們注重實際工夫，要把前者特別注重，而對後者可以忽略一點。反之，我們如果太注重形式美，便把後者看重了。漢代的不大注意格律，尤其是漢代以前的「采薇歌」，「虞歌」和「項歌」都能彀表現出天籟的聲調。至於三代間的詩經裏頭的詩，越發找不出如今日的舊詩一樣的詩了。這因為那時的詩人並沒有當自己做專門的詩人，偶然感情衝動了，便隨便呻了出來，絕沒有翻過韻書——而且那時也沒有韻書。他們的詩自然地成為婉轉，溫柔，敦厚，沉雄的詩。總言之，在那時代，詩的產生是自然的，不雕琢的；即使偶然有了齊整的格律，和拍和的聲韻，也純然保存着天籟的眞面孔。到了六朝，漸漸地固定了詩的格律，而幾於人人單在外形方面用功夫了。有力的詩人如謝靈運等，還能苦心雕琢而不留斧鑿的痕跡，至於那些比較弱一點的，便有了好材料，也不能做出好詩來。弄到初唐四傑手上，越發糟糕到不堪了。幸而，以後還有我們的詩仙李太白，詩聖杜甫，把死去了的詩壇救了起來。盛唐時代，是中國詩極盛的時代；然而，經過初唐四傑以後，卽使詩壇中興起來，究竟已經過重傷的摧毀，又復遺留了無論如何不可破的習慣，便是有天馬行空，不受束縛的詩仙在用着功夫，而五言七言的定律，差不多已成為不能磨滅的方式了，到了唐末，詞曲盛行了，而人們却不乘機擴大詩的範圍，反要把詞牌規定了，辛辛苦苦的去填。結果，盛唐時代的成功，漸漸地便給後人弄糟了。清代詩壇，差不多成了一個紀律森嚴的軍營，偶然弄錯了一個韻，便成為奇羞大辱，為一般讀者和詩人們所不容。能夠用險韻的，便得到特殊的讚美，簡直把作詩看作製象牙球，極其量，相類於一種美術工業，完全忽略了情感方面了。

文學革新後，人們把詩的靈魂喚起來，把古人傳下來的格律索性抹掉了，同時也棄了韻的必要條件。然而，我們且看這麼弄下來，所造成的中國詩壇怎樣。

胡適的嘗試集的時期死去了，接着有朱自清的「毀滅」曾經受過一時的榮譽。又有劉大白等一班人也得到了相當的讚賞。直到郭沫若的「瓶」發表了，新詩的地位似乎一天一天的穩當起來。然而，他們仍是有他們的格律，至少要把詩句排列成式。對於韻，有時也很不忍心拋棄，而一勉強，便累了全首。但人們大概不能絕對捨棄形式美，雖然合了上述的第一條件，但一拿起筆來，總覺得不能絕對放棄了第二條件。所以自然的哦出了韻來，也自然地把句子排列成式。

到現在還沒有宏偉瑰麗的作品出來，這大概是在乎新藝壇現在還在幼稚時代，我們還得慢慢地等待着，不過現行的詩式，却不能不令人覺得有點不妥。有韻的固然時時害意，無韻的逐句排列成式，却又不免令人覺得排列成為多事的一舉。到現在，如果要用韻取長，似乎時代早已過去了。不用韻，而真確有了富厚的情感，那就不如索性做成散文，至多因為他不合於第一條件而叫他做散文詩。

陶淵明的散文如桃花源記，歸去來詞，都是極好的散文詩，至於龔定盦的病梅館記，蘇曼殊的一部份短札，都是切近於詩的散文，到了魯迅的「野草」裏頭的一部份散文，就簡直是詩而不止詩化了。這樣做下去，似乎中國詩壇在最近的將來，要實現一個散文詩的時代。而有韻詩將要成為理想的新劇的劇曲了。

選自一九三〇年七月香港《非非畫報》第十二期

談偵探小說／灞陵

自從英國柯南道爾做福爾摩斯探案後，我們中國的小說家就大譯特譯起來。同時便引起了讀者的注意，也大看而特看，幾乎連吃喝和睡覺都統通忘記。這個原因；為的是現在的小說作者注重了言情小說，你也做，我也做，情節差不多是「千篇一律」，沒有怎樣特點。倘然你文字不好，沒有那樣好的「詞華」，那就更不能得讀者的歡迎了；所以得了這樣離奇怪誕的情節的偵探小說出來，你說讀者怎不要「廢寢〔忘〕餐」的去看呢？

外國的偵探小說，不上幾個年頭，差不多給我國的人譯個乾淨。什麼「福爾摩斯」呵，「貝克」呵，「南森李」呵，「樊德摩斯」呵，「桑伯勒」呵，「海衛」呵，……等等偵探案。做小說的有一篇就譯一篇，有一段就譯一段；看小說的也有一篇看一篇，有一段看一段。如此看來，供給既是幾乎沒了來源，那末，這一輩子做小說的人，少不得就要想條良計，跟着自己也要產生一個某某的偵探案來咧。

外國最聞名的偵探小說，第一要算是福爾摩斯探案；中國聞名的偵探小說，第一要算東方福爾摩斯探案。東方福爾摩斯探案，裡便的主角是霍桑，是程小青做的。他第一案就是「江南燕」；結構的工夫，來得很週密，不媿叫東方福爾摩斯呀。可是也有很平庸的；像「窗外人」和「怪別墅」那兩篇便是了。除了這幾篇之外，他的作品還多得很，據說好的有「斷指黨」，「箱屍」，「五福船」，「自由女子」，「？」，「試券」，「冰人」，「霍桑的小友」，「黑鬼」，「神經病」，「險的循環」，……等等。此外他的譯品也有好幾種，像「福爾摩斯探案」和「大偎斯探案」等。

上海的小說家，真不知產生了多少的私家偵探。據我所知道的；有張無諍做的「徐常雲」，陸澹菴做的「李飛」，何僕齋做的「衛靈」，張碧梧做的「宋悟奇」，姚賡夔做的「鮑爾文」，黃轉陶做的「史述齋」，王雪影做的「王守禮」，李雲子做的「劉雲」，王天恨做的「康卜森」，趙苕狂做的「丁立功」，沈禹鐘做的「燃犀生」，……等等，眞是不可勝數。據此看來，可見得一般人注重偵探小說的熱度，已是達到沸點咧。

南方的小說家，統通聚在廣州市和香港島兩個地方。能彀名聞南北的，興業何諏要算第一個。說到做什麼偵探案的，却大少而特少。但是，這二三年來，廣州繼禹做的「狄克探案」，很得讀者的歡迎！同時崑崙的「李穆探案」出，就和他「并駕齊驅」。接着還有李綺芬「東粵健兒」……等幾個來做，可惜沒有多大毅力！一篇做完，便不見再做下去，也可見偵探小說的難做哪。

做偵探小說的，總不能脫離柯南道爾的法子。他是假定一個人做偵探的主角，更有一個助手，一連破獲幾十件案子，案情都是由這個助手表述。我記得徐桌呆說：「用一個偵探，連破數十件案子，像福爾摩斯式，我以為太呆板了。」據我看來，除了用這個法子來做之外，〔簡〕直沒有別的好法子，卽使你另創一種新法子，讀起來，沒論你情節怎樣變幻而曲折，總覺得很少趣味的。我是一個愛讀偵探小說的人，對於這種滋味，總可以大概辨別一下的。因此我也大着胆子，硬着頭皮，拿這種法子來做「伍涵探案」。

做偵探小說，雖然是憑着一個理想；但也不能糊糊塗塗，出乎情理，倘然你沒有種種的學識，和種種的經歷，往往會弄出笑話。并不同平常的小說，可以隨便敷衍得來的啊！并且柯南道爾要做這種小說的原故，不過因為警探不很可靠，不能為治安上謀點利益！因此他要做一個理想的偵探，要有這般才能，那般人格，才可以「勝任愉快」，用心很是細微的，如果我們不能體貼這點意思，并不憑自己的學識和經歷來做；弄失了偵探家的人格，那就遺禍非輕咧！

福爾摩斯探案，一般讀者都以為眞有這一個萬能的偵探家，其實，那裡有這一回事。但是一般人不把這悶葫蘆揭穿了以前，我信得過一輩子下去，也迷信眞有這一個人呢。做小說而具有這種魔力，能彀要讀者相信不疑的，除了柯南道爾，還有誰呢？他的文字上功夫，本來已經有這樣的魄力，何況他還添上幾幅照片呢？他每一件案子，總有些插圖，圖裡的密司忒歇洛克福爾摩斯，和他的助手密司忒約翰華生，沒論那幅，也是一樣的；所以他感人的魔力就更大了。雖然，倘使柯南道爾先生沒有這樣學識和經歷，又怎會有這樣的好結果呢？因此我所以最佩服他！

胡寄塵對於小說，很有研究，它最拿手的，要算短篇小說。并且它是注重白話，而非注重文言的。我在「偵探世界」裡，見過它一篇五分鐘小說，叫「鴿子案」。內裡說鴿子的失踪，偵探的察勘，說的有情有理，令人稱奇！通篇不過八百個字，能夠結搆得這樣，眞是佩服！

何樸齋做的衛靈偵探案，心思週密，結搆離奇，而且常常加上一點香艷的色彩，尤其是令讀書們高興了！我見過他那篇「毒針」，眞是福爾摩斯的探案一般，不期而然的使我暗暗叫好！

張無諍的徐常雲探案，有人說他「結搆很曲折，不過用筆嫌枯率些」這話很合。我在「偵探世界」中，見過他一篇「斧」，和在「半月」的偵探小說裡的那篇「×」，內裡情節倒能弄得不可捉摸，可是要講一個情的時候，却平鋪直叙，不能弄得「躍躍紙上」。這樣一來，就覺得沒有怎樣的興味了。

陸淡盦的李飛探案，有人說他不甚曲折，據我看來，不但不甚曲折，而且很沒有道理呢。我在「半月」中，見過他一篇「煙波」，內裡說一間煙廠的紙煙，許多是用木屑來做的。他主要的眼光，就是要探明白這件事，然後煙廠的名譽才可保留，不則就要不堪設想的。可是他的結果，竟落了在題外。祇破了別方的盜煙，却不曾查出製造木屑假煙的是誰。不能顧到結局這一方面，豈不是很沒理由嗎？

做偵探小說，不論事實奇不奇，總要會結搆。若果你結搆的次序好，便可以連那平常事實也弄得奇怪不可思議起來；若果你結構的次序不好，便連那最奇怪不可思議的事實，也弄得平淡無味了。我常見福爾摩斯的探案，有時一件很平常的事實，往往起初弄得滿〔天〕神佛，不可收拾。等到山窮水盡的時節，忽然大放其光明，原來平常如此，眞是讀到那裡要不期而然的拍案叫絕的！因此我常把「山窮水盡疑無路，柳暗花明又一村。」這兩句話來形容他的探案。

福爾摩斯案的譯者，我以為太多了。卽如第一案，據我所知，已有三個人譯過。一個是周瘦鵑。譯名就是叫做「血書」，其餘那兩個，我却一時記不清楚了。因為那兩部是單行本，是僅僅在書局裏畧畧瞧過的，一部叫「空屋奇屍」；其餘的一部和那兩個人名，却忘掉了。

我又見柯南道爾做那篇 The Disappearance of Lady Frances Carfax 也有兩個人譯過，一個是周瘦鵑，一個是程小青。瘦鵑譯的叫「柩中人」，是在「半月」發表；小青譯的叫「郡主的失蹤」，是在他「福爾摩斯新探案」裡面發表的。據我看來：瘦鵑譯的流利些。小青譯的累贅些。瘦鵑的是在十二年十二月發表，小青的是在十三年七月發表，是瘦鵑先譯。（未完）

選自一九二五年四月十八日、五月九日、六月十四日及七月二十日香港《小說星期刊》第二年第五至八期（連載至此為止）

短篇小說緒言／杜若

一，短篇小說在文壇的位置

中國舊式小說，多半是章回體小說，開首必用句「話說」「却說」，每回之末，必用句「欲知後事如何，且聽下回分解」，祇要在每回結處，故作驚人之筆，並且有詩為証，便是牠唯一義法了。雖然有一兩部石頭記，水滸，這偶然不可多得的作者天才罷。其餘長篇小說，也是多這樣抽象的記述，像營業的帳目，死板的一柱一柱交代出來，一般讀者厭了，便有愛讀短篇小說新趨向。又人們在經濟支配之下，於生活問題，惟日不足，營營擾擾，沒有安閒優逸的時候去流連領畧長篇的作品。近來出版界，雜誌盛行，為着篇幅體裁的關係，也多刊載短篇小說，更因此，閱讀的習慣成了時下的嗜好，于是短篇小說在文壇上占了特殊的位置，得了世人寵幸了。

二，現在所謂短篇小說

小說長篇短篇，形式不同，描寫結構自是不同了：良好的長篇小說長處，能彀描寫繁複駁雜的人生；短篇小說，沒有這樣的可能，譬如繪小幅的圖畫，限于畫面的尺寸，畫具畫材的使用，不能收視域廣濶的景物，不過小說的定義及其重要，有共同之點，小說是描寫人生，以人生為對象，也同一切的文藝作用，是一種人類的活動力，經過了作者的閱歷情感，描寫出自己的人格，使別人也起了同一的情感，並且具有求永久性普遍性，關于這點，非本題所及，但以此為前題，可批評現在的所謂短篇小說：現在的所謂短篇小說，每每作者的人生觀不自明瞭；經驗淺薄，沒有深刻觀察，豐滿生活，健全想像力；不知構造的原理及其細節，一種是字數上的短篇，一件很廣很大甚至百數十年的始末的，也縮寫到千百字寫完了，這樣粗率的文字，祇可作應用的記事文罷。一種是中西合璧的用外國小說情節來穿插中國人事物，還說甚麼作者人格呢？一種是游戲文章，如用自命香艷駢儷的字句；幽情風景，或珠簾繡幔做兩個男女一段情話的背景，究與一切人生何關？即所謂名士派的作品，祇供全無心肝紈袴子之流玩賞罷。

三，短篇小說的特質

上面說過了短篇小說不是指字數多少，不是像聊齋誌異今古奇觀，一般長篇小說的縮寫，這樣祇可叫做長篇小說的雛形罷。長篇小說是敘述一事的首尾、一人的始末、有幾個焦點，描寫得面面俱到，各有其主意的。短篇小說是描寫人生的片斷，採取最精警的一段，作一個焦點，要一是描寫一剎那間的一事一人；二是作者當時情感的表現；三是一種有個性的描寫；四是在緊縮的範圍內令得全體印象活躍；五是有唯一的作意，在簡短的描寫演出適合邏輯的結論；六是要在短縮中構成完美的輪廓；俱備了以上種種條件、才算成功了短篇小說、可知短篇小說、自有她的特質、與長篇小說不同。

四，短篇小說的構造要點

短篇小說的特質既是這樣，於構造上自要有斟酌之處：短篇小說在粗描中，要表出特性，使作者思潮情感得充分的發揮表現，不要誤認粗描是籠統的記敘！我偶然翻看一短篇小說，「不可思議的良覿」，裏頭說：「黃越人和陳碩倫從小兒是很親密的朋友，因為他們既是鄰居，又是同學，越人天資魯鈍，所以只讀了六年書，……過了五年……又過了四五年……這樣又過了四五年……」不但不能使情感傳語別人，怕作者本身也沒有情感，這是人描寫得籠統之故了。——其實簡直不成描寫——像近描寫美人的用「穠纖合度，修短適中」，「眉清目秀，齒白唇紅」，「腰如楊柳，貌比桃花」的一類話，在長篇小說以長勝，還可令讀者從他方面聯想得較明瞭的觀念，在短篇小說是不能的了。其次，人事物片段的截取法，為要合于需要的條件，較適當的譬喻：像繪畫寫生的採景，畫面內不使其他沒有關係的景物侵入；同時也沒有感覺欠缺未採入的景物為不滿足；且有一定的焦點，使景物不散漫模糊，不論甚麼題材，體式，構造不出以上的要點。

選自一九二八年八月二十一日香港《非非畫報》第三期

存目

四六駢文之概要／何禹笙先生原著、何惠貽錄刊

選自一九二五年三月十四日、三月二十一日、三月二十八及四月十二日香港《小說星期刊》第二年第一至四期

南音與鍾德／勞夢廬

選自一九二八年五月二十六日香港《非非畫報》第一期

屈原之小說學／其章

選自一九二八年六月二十六日香港《非非畫報》第二期

最近的新詩／雲仙

選自一九二八年九月香港《香港大學雜誌》一九二八年第二期

觀察中歐戲劇史下對於粵劇的貢獻／冷紅

選自一九三〇年七月香港《非非畫報》第十二期，料由第十一期連載至十三期，惟此二期缺刊

作家與作品

中國新文壇幾位女作家／冰蠶

關於衣飾新裝和家庭佈置這些問題，我們中國的婦女界肯分一部份工夫去注意和考究，那是再好不過的事，因為這樣纔能叫糟透了的現社會得到一些美化。可是單看重肉體的享樂讓精神枯死，那也不行：整個人生總要靈肉兩方面都得到舒服才是對的。因此，婦女們也不能忽視文學；在現今的蕪雜龐亂的生活上，你想獲到靈的慰安嗎？請你讓出一點餘時去注意文學。

對於一個作品的批評，在沒有獨具隻眼的天才出現之前，就讓那許多自以為是的人作那不着邊際的饒舌去罷！我所說的只是作者的名字和她們的作品，意思是想介紹給未知文學的女朋友們的，因為這樣一來許能給她們以直接去賞鑑作品的機會，而不至於白費工夫。（編譯同列）

冰心女士

在她去國之前，最初試作過幾個短篇小說，現收在北京晨報叢書小說第一集，這幾篇作品都還沒有達到成熟期。後來她續出短篇結集超人（商務）列為文學研究會叢書之一，這纔在新文壇佔到一個很牢固的地位，不愧為一部傑作；她的深刻的思想和那細致的筆尖，會使你情不自禁的歌頌着一個天才之發見。她的詩集出過兩冊：（一）繁星（商務）文學研究會叢書之一。（二）春水（北新）北京新潮社叢書之一，都是一些小詩。在一九二六年她印行了一部寄小讀者（北新），這是一冊最使人愛讀的書，那裡有着一個冰雪聰明的世界。那是在她去國時漫遊中的寫作，花的生活，水的生活，雲的生活全部的描寫，只有這一冊小書攤在我們的眼前，我們還有什麼旁的可以要求於這位作者的呢。

盧隱女士

她和冰心都是小說月報的撰稿人，所以她的作品大部分是在這個報上發表的。她的小說結集是海濱故人，列為文學研究會叢書之一。詩和散文都少見。她的創作上的意見是：創作家對於社會的悲劇，應用熱烈的同情沉痛的語調描寫出來，使身受痛苦的人一方面得到同情絕大的慰藉，一方面引起自覺心努力奮鬥，從黑暗中得到光明。

近芬女士

她的著作署名 CF 女士。第一個作集是浪花（北新）一九二三年出版。同時她把南非須萊納爾女士的小說結集「夢」譯成中文，列為陽光社文藝小叢書之一。在一九二四年她又譯了法國孟代的紡輪故事，列為新潮社叢書之一；內容是一些娓娓動人的浪漫故事，在這裡她的譯筆眞有驚人的流麗婉媚，就像創作一般自然，是現今譯品中有數之作。

沅君女士

她的大作是卷施（北新）列為有名的烏合叢書之一，一九二七年出版。內容是四個短篇；卷頭題上：

擣麝成塵香不滅，

拗蓮作寸絲難絕。

從溫庭筠達摩支曲這兩句警句去玩味，你可以會得作者筆尖所透露出來的消息，現於再版時添上一個新作，最近她又出版一冊春痕，那是五十個情信連貫成的長篇。

沄沁女士

她的著作漫雲（海音）一九二六年出版，列為北京海音社叢書之一。內容是小說，散文，小詩等。小說和詩都還幼稚，可是十四封給亡友的信就很好，很使人愛看。她的天份很高，我們期待着她第二個作集的出現，給我們些更進步的作品。

學昭女士

她在一九二五年出版第一冊倦旅（梁溪），我們從她文學上這個雛兒看來，她許是有一些天份的作者。去年續出煙霞伴侶（北新）和寸草心（新月）已經有着很大的進步，如其作者能誠實的往下努力，我們將見其能蒸蒸日上。

雪林女士

她在一九二七年出版了一冊李義山的戀愛事跡考，那是一個可驚的發掘工作，她把義山詩中的戀愛事跡詳為考據，精密而且明確。千年來讀者認為難懂的錦瑟詩，同時在我們這位新女性的手上被解剖得纖毫畢現，我們是應該對這個勞苦的發掘者表示一些敬意的。聽說她的創作集將出版。

君箴女士

一冊很美麗的童話集天鵝是她編成的，只有這一個厚冊，就給了孩子們以不少精神的糧食。在小說月報上發表過頗長的一篇天眞的沙珊，她是小說月報主編者鄭振鐸的夫人，得到出版上的鼓勵的。

林蘭女士

她一向留心於搜集各種民間故事，出版了不少小冊子，譯過一個丹麥安徒生的童話集旅伴，她也得到出版上的鼓勵。

白薇女士

她是一個戲劇作家。出版過一冊有名的歌劇琳麗；另有一個訪問曾刊在小說月報上，從這兩個劇本的出世她的聲譽就跟着騰起。現代評論的西瀅稱琳麗是現今中國文藝上最好的十部書之一，但同時去年狂飈的向培良却在極力的攻擊她，說那些都是欺偽的作品；可是她以十分聰明的筆力惹起國內文學界的注意，如冰心的小說和詩一樣，到是實在情形。最近她在魯迅和郁達夫主編的奔流月刊上發表一個劇本打出幽靈塔，第一期還沒有刊完。

綠漪女士

本年三月她出版一冊綠天，我們讀綠天，就會覺得自己也在綠天深處享清閒的野福一般滿意。她說：「你想於溫馨之外，更領畧一種清健的韻致，和幽峭的情緒麼?你應當認識秋花。」我讀綠天一過，以為有想那麼樣辦的人，他在秋花之外更應該去認識綠天。她現在的作品多在北新半月刊上發表。

在上述十一位女士之外，還有景宋女士曾在幾年前北京的莽原周刊上，發表過許多雜感，是很賺人愛的一些小品文字。小曼女士和徐志摩合編一個五幕劇卞昆岡在最近新月雜誌發表，還有一冊海市蜃樓將出。叔華女士新出的小說集花之寺，衡哲女士的小雨點和露絲女士新出版她的詩集星夜(良友)也好。此外還有英昌女士性仁女士等好幾位，她們多在現代評論發表東西，也出版過作集，可是我沒有拜讀過，所以留待後來介紹。

中國的新女性在新文壇上所佔位置，你可以從她們的作品上估量出來。這兒只是一個簡單的題名錄似的的介紹而已。其次，這些作者只限於我個人的管見，而手頭又是一冊書也沒帶，憑我薄弱的記憶豈但有滄海遺珠之憾而已哉。本刊篇幅有限，恕我不能較詳細的去述說，——就此。

一九二八，七，廿五，於太平山麓。

選自一九二八年八月十五日香港《伴侶》第一期

茶花女與蘇曼殊／稚子

不久之前，偶爾在街頭見到影畫戲院開映茶花女的街招，那時就想花一角八分走到那一片漆黑的處所，去領畧一會馨芬的茶花味，可是回頭一想，在小仲馬給與我們的小說和劇本裡頭的那一朵茶花，不還很深刻的在我的腦際印着十分幽麗的影子嗎？還是不去看的好；於是，我信步繞到荷理活道來，走到一家書店的門前，我所期待着的曼殊全集就風致灑然的站在書櫃裡，實際上我衣袋裡有限的幾塊錢，已經是劃入這個月頭的柴米的預算上去的了，不能買，就信手的翻兩翻，走出來。

這一天，就只是這兩位已經作古了的一男一女，在我的心頭出進。晚上，妻和孩子睡覺了，我悄悄的從牀上爬起，擰光電燈，喝過一杯熱茶，坐看，攤開原稿紙，正想做一點活計，但是呢，老是想不出什麼來，預定了的題目惹不起我一點興趣。我想，「烟士披里純」走了，還是「擠」罷，但是呢，擠也擠不出一點什麼來了。

可惡的勾欄中人，可惡的裝模作樣的狂僧，為什麼深夜來此搗亂，把我的活計平白地誤盡了。好！就這樣寫下來，我打定了主意的時候一口氣就寫到這裡。

茶花女原來實有其人，——呃，這且不提，橫豎在小仲馬的筆下她是已被人格化了的，你實在不能說是沒有這樣一個。

這「苦惱的女孩子」，她那嬝娜的仙姿，瑩澈的靈竅，傷心而偉大的結局，尤其是她與茶花這一點，是有着使人難忘的魅力的。

她僻性單愛茶花，她說，「我碰着了別種花的香氣我就病。」她愛聽戲，塲裡的人一見到握着一叢茶花的就知道那是馬格哩脱。她愛許多樣的茶花，每一個月，拈白色的二十五天，拈紅色的五天，賣花的人叫她茶花女，許多人也跟着叫她茶花女。近來有位文人說：「茶花女愛撚茶花的原因，而且伊愛紅茶花，因為這是伊唯一定情紀念物，伊在和阿芒相見的初夜，不是送給他一朵紅茶花麼？」這文人說的這原因，我不能同意，就因為茶花女愛茶花原是她自己的癖性，沒有其他原因，人們叫他茶花女，就在她合阿芒見面之先，我們可以決定的說她并非為了阿芒才去愛茶花，那位文人是說錯了話；雖則她在和阿芒相識之後更愛茶花也未可知。

費話，且不多說。

茶花女，她用錢用得很多，為什麼她要這樣揮霍，就因為這才能支持她那苦惱生涯，這一點，和曼殊很有點相像：曼殊口不言錢而揮金如土，他花了不少的錢，為什麼一個和尚也這樣浪費起來？怕也是因為這才能支持他那苦惱的生涯罷？柳亞子說：「他沒有錢，他的錢，大抵朋友供給他的；但他身邊一有錢就亂用起來，用完為止。用完了，怎樣辦？他睡在牀上，蓋了被頭不起來，任肚子饑餓着。」聽說，曼殊每回東渡，老是向他的媽媽河合夫人要錢，錢一到手就跑到海上來，三五天又依然破衲一件，什麼也沒有了，一回，兩回，這樣辦，後來河合夫人也很有點不自在，竟常常躲着不見他。這個傳聞如果不錯，益足以見曼殊之所以如此浪費者，正因為他有着許多所謂「難言之恫」，他想把痛苦埋藏在一時的狂熱生活裡，好過一些，這，和茶花女之浪費的用意是差不多罷。

其次，茶花女之欲存阿芒與曼殊之欲存雪梅，其用心之苦，也很不兩樣。

茶花女鍾情阿芒，她正在想度平淡的生活以終身託諸她的愛人的時候，突然阿芒的父親杜法爾這樣給她以一個難解決的問題，杜法爾要求她離開阿芒，除下產業問題之外，他說：

「……單說我女兒栢朗熙，她現在已經愛上了一個誠實的人，而且已經許配給他。她不久就要到別一個家庭裡去。這是個清白的家庭；因其清白，所以對於我的家庭，不免要苛求責備。這是社會的風氣如此，在外省尤其利害。你，你的情感如此高貴，在阿芒眼睛裡和我眼睛裡，都是純潔到極處，而在社會上一般人的眼睛裡，可就大不相同。他們所看見的，只是你的過去；他們對於你，老是關緊了門，半點兒憐惜之心都沒有。現在是我那女婿家裡，已經知道了阿芒和你同居在一起，而且向我聲明，要是阿芒這樣的繼續下去，那麼退婚的責任，就要由我担負。這樣說，不是一個和你無仇無怨的女孩子的終身大事，許就要破壞在你身上麼？馬格哩脱，請你想想你自己的愛情，再在我女兒的幸福上設想設想。」

茶花女，她悲哀地大度地，為了阿芒的將來及其妹子的婚事，她決計把自己的幸福犧牲了，他離開阿芒，並且教他憎恨她。

說到曼殊之於雪梅，我們可以在公認為他的自傳和戀史的斷腸零雁記第四章見到：

「雪梅之父亦為余父執，在余義父未逝之先，已將雪梅許我。後此見余義父家運式微，余生母復無消息，乃生悔心，欲爽前約。雪梅固高抗無倫者，奚肯甘心負約？顧其生父繼母都不見恤，以為女子者，實貨物耳，吾固可擇其禮金高者而鬻之；況此權特操諸父母，又烏容彼纖小致一辭者？雪梅是後，茹苦含辛，莫可告訴，所謂庶女之怨，惟欲依母氏於冥府，較在惡世為安，此非躬歷其境者，不自知也。余年漸長，久不與雪梅相見，無由一證心量，然覘此情況，悲慨不可自聊，默默思量，衹好出家皈命佛陀，達摩，僧伽，用息彼美見愛之心，使彼美享有家庭之福，否則絕世名姝，必鬱鬱為余而死，是何可者？不觀其父母利令智昏，甯將骨肉之親付之蒿里，亦不以嬪單寒無告之如余者，當時余固年少氣盛，遂掉頭不顧，飄然之廣州常秀寺，哀禱贊初長老，攝受為驅烏沙彌，冀梵天帝釋愍此薄命女郎而已。」

曼殊之做和尚，似乎全是為了雪梅的緣故，他說：「用息彼美見愛之心，享有家庭之福。」和茶花女對阿芒的父親說的：「我必使公子恨我，而我兩人之情，當鑄精鐵為欄杆以戒斷之無使凌越。」又說：「此即為郎君覓佳處也！」的話，口吻髣髴相同，他們似乎都具着很偉大的心胸，犧牲自己來保存自己所愛着的人，茶花女為阿芒，曼殊就為了雪梅。

蘇曼殊似乎很能夠賞識茶花女，酷愛茶花女，他給某君書曾說：「日食摩爾登糖三袋，此茶花女酷嗜之物也。」他愛吃茶花女所愛吃的東西，在他廿九歲那年，竟想把茶花女再譯出來，（見柳無忌的蘇曼殊年表）則其對於茶花女之同情，很可以想見了。

曼殊非常愛吃，意思似乎想早點吃死了，免得再去受彌天的幽恨，這一點，和茶花女是一模一樣。柳亞子說：「他歡喜吃，竟至貪吃。記得辛亥秋冬，我與他一同在上海時，家鄉有麥芽塌餅寄來，他竟一口氣吃了二十四個，情願吃到肚痛生病。我還到家中以後，寫信去叫他來玩，他還問有沒有麥芽塌餅吃。他是被人稱為工愁善病者，但是要曉得他善病的，乃是食病。就是他的死，也是起於貪食而成的不起的腸胃症。」

他為什麼貪吃至此？這大約很有點自促死亡之意罷！他受不起許多難言之恫，他願意早死以了結之，這怕不會說得太過。

茶花女也是自促死亡的一個，她鎮日拚酒，欲早戕其身以求速死，她說：「含此萬種苦心，託為醺醉以自解。」她說：「全己身力俱瘁，毫無生趣。」

如上所言，則他們倆之死，都無殊於自殺。

末了，我總覺得曼殊要較茶花女為弱，他是一個無端地否定人生，逃避人生，想免掉生的苦痛的弱者。他為了娶不到雪梅走去做和尚，說是年少氣盛，倒不如說是天性柔懦；他欲雪梅得到家庭之福，但是他又不曾顧慮到雪梅的前途之險惡；他後來得到雪梅的百金之贈而東歸省母，但是雪梅所含淚叮嚀的終身大事，却又無解決之能力，彼對靜子能夠聲明他是三戒俱足之僧不容與女子共住而走，對雪梅則毫無表示，以致雪梅終於為他而死。這原因，仍然只是柔懦。逃避人生而又思慕着生的歡喜，又恐陷身情網為清淨法流障碍而又想到鄧尉山力行正照，做和尚以後，又重新還俗，投身苦行中既不能澈底，處身人世間又復潦倒無能，柳亞子氏給以「神龍見首不見尾」，「賢者不可測」的傳讚，我則只能給以這樣兩個字：「柔懦」，雖則他的學問是值得流芳百世的。

茶花女也是在困苦中掙扎着的人，但是她能夠以她那僅有的一點生的力量，去鼓舞她澈底的懺悔與犧牲的精神以自度度人，而獲得含有無限喜歡分子的悲哀的結局。

這苦惱的女孩畢竟較潦倒半生的蘇和尚還要聰明，還要偉大呵。

選自一九二八年十月一日香港《伴侶》第四期

存目

談談陶晶孫和李金髮／謝晨光

選自一九二七年五月一日上海《幻洲·十字街頭》第一卷第十一期

看了「可憐的秋香」以後的感想／自强

選自一九二八年六月二十六日香港《非非畫報》第二期

秋之草紙／杜格靈

選自杜格靈《秋之草紙》，廣州：金鵲書店，一九三〇

西方文藝思潮

易卜生（Henrik Ibsen）傳（節錄）／袁振英

替易卜生作傳，不是一件容易的事。袁君這篇傳，不但根據於 Edmund Gosse 的「易卜生傳」，並且還參考他家傳記，遍讀易氏的重要著作，歷舉各劇的大旨，以補 Gosse 缺點。所以這篇傳是很可供參考的材料。

袁君原稿約有一萬七千字，今因篇幅有限，稍加刪節。（適）

少年時代之易卜生

易卜生名亨利克（一）一千八百二十八年三月二十日生於那威之士堅城（Skien），是城甚小，居民多以林木為業。其父為商人，家頗豐，有子女數人，亨利克其最長者也。其先固航海家，五代以來，或娶丹麥人，或德意志人又或蘇格蘭人，其種嗣固非純粹之那威人，其母亦為德人。其祖父之船，為暗礁所觸，己身亦溺死，易氏曾為 Terje Viken 一詩，以紀其事。

易卜生年八歲，家忽中落，其父盡售其家產，以償債主，所餘者，祇城郭間茅屋一椽耳，一家居之，其樂固自融融也。家計困苦，如是數年。易氏常蜷伏家中之一小閣，或至一私立中學校肄業，其教師授以拉丁文，及神道學，惟其性樂繪畫，欲成一美術家；但為貧所困，至一千八百四十三年，即輟學，年僅十五耳。數月後，逐傭於格林斯達 Grimstad 之某藥房，將及六載，友人或勸之業醫，及製藥，然終無成。年十九，乃專攻詩學，勤苦自勵，忽忽又數年，抑鬱不得志，乃舍而之克利宣尼亞Christiania，年已二十三矣。入大學肄業，處境清貧，常賴文字以自給，暇輒為詩歌，鼓吹革命，并著「格鐵林拿」Catilina一悲劇，共分三幕，為有韻體。當此之時，那威之獨立，雖已三十五年之久，文學之提倡甚力，然對於劇曲，則寂寂無聞；一千八百五十一年，久以遭時不遇，憤而實行革命，改投共和，事敗，幸以身免，自後終身不入政治漩渦，而致力於社會主義。其時國民舞臺National Theatre已成立於柏根Bergen城。是年，其友人薦之於該舞臺，担任劇曲，每年薪金，祇七十磅，另得旅行費，往來通都大邑間，以研究臺景之布置，其處境猶無異於前日也。易氏少年時代，至一千八百五十五年，可為一結束，今更畧言之，以補以上之不足。當易氏幼時，常聞城人借瀑布之力以踞木，其聲若婦人之怨慕泣訴者。氏嘗云，余偶聞斷頭機之聲，頓憶往昔怨音，其不忍之心，愈久而愈甚也。氏又嘗寫其家中落之境遇，彼謂當其家興盛之日，朋友趨之若鶩，及至衰落，今反落井下石焉。氏自少時，卽難合寡歡，言笑不苟，從無交游，雖處家庭之中，彼亦如是，惟常以道德自處，貧苦亦無改常度，其對於士堅城，則惡之尤甚，其視同窗師長輩，有如笨伯焉。婦女輩尤視易氏為魔鬼，無敢近之者；蓋其一雙怪眼，不足以表其智。且常於晚景涼天之時節，獨遨遊於悲涼岑寂之荒郊，不惟為無識無知之婦女所不喜，卽普通社會亦作如是觀也。當此之時，革命潮流，瀰漫全歐，而氏之文思亦同時俱進，氏以社會革命家自勵，且其時革命之澎湃，為從前所未見，維也納也，米蘭也，羅馬也，無處無之，日耳曼之革命潮尤甚，柏林城盡染平民之血，威慝士亦宣布共和，教皇出奔嘉達（Gaeta），氏之革命思潮大展，其著格鐵林拿一劇，其初句卽有「之死靡他兮，從吾良心之所之」，其氣慨可想見矣。易氏稔知舉世熱誠，咸趨向共和，其所為詩歌，純以自由思想，灌輸於平民。當一千八百四十八年，思潮洶湧之秋，少年之士，感趨一致。氏尤以勤苦自勵，愛惜分陰，以為詩歌劇曲等。諾爾曼人“The Normans”，奧拉夫“Olaf T.”等劇，亦於是時脫稿焉。

易氏之居柏根也，數年之久，所為之劇曲，不下十數篇，而其佳者不過一二。「奥斯特拉」之「英加夫人」“Lady Inger of Ostraat”一劇，其最著者也。「戰士車」“The Vikings’ Barrow”一劇，亦於其時重訂，易氏之以寫實家自命，始於此時矣。

壯年時代之易卜生

一千八百五十六年六月二十六日，易氏與托拉生蘇聖拿女士 Suzannah Thoresen 結婚於柏根，余之叙易氏之壯年，亦始於此時矣。時氏已二十八齡；而蘇聖拿則年僅二十。易氏與其妻之繼母，交情甚篤，往來函札，稱誦一時。而二人之交情，終身不渝，乃易氏平生之韻事，蓋彼兩人之年齡，僅差數載耳。蘇聖拿之父，亦為柏根知名之士，故其女之才學，乃冠絕羣芳；又通數國文言，其有助於易氏，固自不少，其翻譯法文劇本頗多；且善於著述，故柏根之舞臺往往演其劇本。易氏之得賢內助，與托爾斯素略同。托氏之妻，曾手鈔「戰爭與和平」凡七次者也。當易氏未與蘇聖拿結婚之前，嘗遇一少女於劇場，於終身所難忘者：蓋彼少女以花球擲於其面，欲與之訂終身焉。卒為女父所阻，事乃無成。易氏以結婚之故，為債務所迫；致不能久留柏根。舞臺之職業既失，乃返克利宣尼亞，以賣文為生活，此區區之報酬，又常不足數，其獨一無二印行本之「戰士」一劇，盡售之亦僅二百餘元耳。一千八百六十三年，有一悲劇之名著出版，蓋其最先流行於社會者「僭竊者」The Pretenders 一劇是也。是劇叙兩公爵同爭帝位，殘民以逞；適足以自殺。其構造之妙，心思之巧，有可觀者處。Sturm and Drang「亂世潮流」以易氏性質之鋒鋭，終變為「諷世著作家」Satirist，其對於時人之迷妄，冷嘲熱笑，不留餘地，本其悲天憫人之誠，而對於社會所謂道德者，及各種制度，肆行謾罵。其他如倫理及政治之罪惡，更不能逃其筆尖。曲高和寡，社會通病；氏知之稔矣。然社會之心理，終不能迎合之也，故寧受世人之非難，斥其著作為沒趣，而氏終不顧。其初以散文著作，其戆直之筆，不宜於粗鹵社會之那威。且凡著諷世文章，體裁須適當，此時易氏之筆力，仍未達於白話文章之境，故易氏此時尚未能有滿意之成效也。其時氏已占「不道德」"Immoral" 著作家之名。以記者觀之，誠可為氏之榮譽；諒氏亦心同此理。其著「戀愛喜劇」一戲之希望，亦不外如是：其先一年，曾著一諷世文章，為劇曲有韻體者，曰「戀愛喜劇」Love's Comedy。是劇之構造甚精，趣味濃厚，而世人對之，目為鹵莽，無足怪也。其提倡自由戀愛，反對社會隨俗婚姻，對於一夫一妻制度，多所論列。婚姻問題，氏亦以嘲笑出之，其謂男女之區別，禮教之防閑，逐使男女交際之美感，滅絕殆盡。其表明社會戕賊愛情之美緻，如鳥以人手曾近其卵，逐擊破之。其對於女子問題，主張恢復其完全自由，其對於社會，則留心觀察，剖白是非；而未嘗若講經傳道者之所為也。此劇既脫稿，而煩惱疊來，各舞臺莫肯為之排演，而印刷所亦不允代刊。後有一少年小說家，以三十五磅，售其版權，附登於日報，風潮驟興。該報乃為社會一致反對，株連內幕，幾為社會所封禁。易氏遂成「社會公敵」。且其時（一千八百六十二年）第二舞臺又倒閉，負債壘壘。惟其於克利宣尼亞舞臺，曾獲有名譽薪金：每星期僅得一磅，決不足以圖存。北歐各國，本有「詩人補助年金」。一千八百六十年，易氏請之，而不可得，後兩年，三月，乃得二十磅之遊費；旅行本國之西域，搜集歌謠野史，以備印刊，然終無成，此樂遊祇留印像於「白蘭特」及「伯爾根」二劇耳。

其於一千八百六十三年，度歲之情境，危機四逼，既不能得國家之補助而又為當局所忌，蓋其鼓吹自由，謾罵官吏，為社會所仇視，為政府所不容。〔潦〕倒數年，依然故我。其所得之經驗，祇戲劇之實習耳。自以性情孤介，那威決非容身之所，其自甘放逐之意，已定於此時矣。是年三月，重得游費補助年金九十磅。此消息傳至克利宣尼亞；而社會之侮謾攻擊，亦因是而更盛。週年之中，無一歡愉之時刻。有之，則五月中之柏根「詩歌賽會」"Festival of Song"耳。易氏奮其雄才，詩歌傑出冠時，乃備受歡迎。不寧惟是，其文場敵手之勃爾生。Björnson氏向與易氏不睦，今亦捐棄前讎，言歸於好。蓋勃爾生氏乃當日盛名鼎鼎之大文豪，為舉國所欽仰；其名已駕乎易氏之上者也。

一千八百六十四年四月，乃易氏去國之期也。一別二十五載，祇有兩次短期返國。其初四年，伏處羅馬；研究詩學。其對於羅馬之花月、遺跡、石像、音樂等，較之己國，誠有霄壤之別。其初居羅馬數月，心神頗覺不爽；乃不久感其天然之美境，人事之和諧，精神為之一振。是年九月，即着手作「白蘭特」一詩劇。十月，其妻子亦至。明年夏秋之間，是劇之大概已成。至九月底，而厥功告竣矣。

「白蘭特」Brand一劇，易氏以其揶揄之筆，寫其怨憤奚落之情；謾罵祖國。痛斥社會，而對於當日之道德宗教問題之觀念，尤肆力攻擊。是劇內容，含有寫實主義與神秘主義，似出於兩人之筆，並有表象主義存焉。其體裁與伯爾根相似，而亦與哥推Goethe之浮斯特Faust相同也。是劇之主人翁，為一嚴肅之牧師，其居處行檢，俱倣效天主，以為靈魂之主宰。後為思想自由之朋儕所諷勸，乃得歸眞返樸。其情感之優美，為易氏最有名最流行之著作；誠可躋之世界傑作之列也。一千八百六十六年，出版於哥伯哈根Copenhagen。是年即出版四次，不久即盡，而更為丹麥社會所歡迎。自此以後，蜚聲祖國，四海咸驚。曩日曾有人請於那威國會，以「詩人年金」賜易氏，而不可得，今乃不勞而自致矣。

一千八百六十六年，氏以羅馬城中不便於著述，乃離去而處於深山窮谷之間，伯爾根Peer Gynt亦基於此時。不久即回羅馬，專心致志，以成是書，寫那威近代農民之生活，而以神怪及理想之筆出之，成一巨帙。是劇略似「白蘭特」，而亦以詩體為之。其寫那威社會之弱點，是劇較為詳盡。那威國民常妄自尊大，猶豫不決，醉生夢死等劣性根，難逃其筆鋒。斯篇一出，而那威近代之文學，遂躋於歐洲十九世紀詩學之林。

易氏以意國內亂頻仍，非久居之所，乃於一八六八年，舍意國而之德國。先至苗匿克 Munich〔，〕後居德列斯頓 Dresden，著「少年會」The League of Youth 一劇，明年三月脫稿，寫少年黨之精神，與夫光怪陸離之政治生活，為那威文學史上散文劇曲之發創也。

明年，易氏因蘇彝士運河之開幕，而至埃及，而「少年會」一劇，開演於那威，國人大譁，易氏乃作 At Port Said 一詩以報之，其駁論抒情詩之最雄壯者也。

法意之爭，易氏乃離羅馬，普法之戰，氏又因之而去德列斯頓矣。往遊丹麥後，返哥白哈根不久仍返德列斯頓。又明年，乃搜其抒情詩以成集，亦為一巨帙。此篇既竣，乃專心致志以從事一空前之劇曲「皇帝與加利利人」Emperor and Galilean 是也。是劇成於一千八百七十三年，為雙本悲劇，為氏之歷史劇之最後者，其叙朱麗安皇 Julian，奮其一世之雄威，欲重興希臘文明以代方興未艾之耶教，而創一新紀元，眾生雖擾攘，而不為世俗所轉移，然終不能達，所望亦可悲矣，是篇乃易氏由韻文變為散文過渡之試驗。

以上二劇所表示之性質，不免有理想主義之存在，且略有玄秘主義存焉。數年後，易氏始免此病，至暮年，乃復舊觀；亦如托爾斯泰晚年，欲建設一理想的宗教同也。觀易氏之「建設家」The Master Builder 一劇，可知矣。

一千八百七十五年春，易氏由德列斯頓移家至苗匿克，其上年返克利宣尼亞，誠非幸事；蓋國人對之，仍懷惡感，乃為「告國人」一詩，以抒其懷抱焉。其時氏之經濟仍未為寬裕，家室之累，仍無已時，而年將五十矣，幸而天假之年，以竟其未成之志。「夕陽無限好」，黃昏時節，仍未若是之速也。

選自一九一八年六月上海《新青年》四卷六期

韃韃派／葉觀棪

在未談及韃韃派的定義之前，我先要談一下精神分析的心理學，因為牠們有密切的關係，這個不明白，那個也就不能認識。現在精神分析的學說的袖領，我以為要算奧國維也納大學的心理學教授弗勞特（Freud），他創造的定則不但可析出歇斯迭里亞（Hysteria）的病理，而且可移來研究文藝的創作的心理，如近年出版的沙士比亞劇本之分析，威爾士（H. G. Wells）思想泉源的研究等等，就是他賜給我們的。

據弗勞特學說說，則在一個人的「意識」（Consciousness）及「潛下意識」（Sub-consciousness）之外，另有居於兩者中間的，名叫「前意識」（Pre-consciousness）。「前意識」的機能是阻止「潛下意識」的內容跑到「意識」外面。譬如一個人有了一些為社會習慣，道德，因襲不許可的思想，牠自然不能明明白白地造出來給人家看。因不能表現出來，他自己亦以為腦海裏不應存有這樣思想，於是竭力把這思想的記憶排之心外，免得惹起懊惱，消滅了一部分思想的存在不是一件容易的事，牠表面上好像不存在腦海內裏，其實牠不過被逐出意識域外而在潛下意識徘徊着。意識，換言之，即腦海受社會因襲支配的思想境地。

在白天醒覺狀態時，因受着前意識的壓迫，那些為人不容的思想不能自由地在意識中出頭露面；惟到前意識弛緩的當兒——即睡眠的時候——那〔些〕思想便乘着機會跑到意識的世界來，這樣就變成人們所謂夢。專司析夢的人常說，夢是滿足人的慾望的境地：如不分晝夜拚命地奮鬥於戰溝的兵士們，每一合眼便見倚閭的慈母，渴念着的嬌妻。一切夢境既是欲望的滿足，但就有些夢中的情形看來，竟尋求不出原因，又怎樣解釋呢？弗勞特以為夢有兩種徵象：一種是顯現的，即夢者有了欲望，而這欲望直接在夢境可得滿足；一種為潛藏的，卽夢者的欲望要改裝換形方能表現出來。在潛藏這一種，因為夢者的意識壓迫那些有厭惡性的欲望在前意識之下，被壓抑的欲望要衝過前意識的城垣，只有兩種方法：第一要牠們的勢力狠大，能戰勝城垣的衛兵；第二要化裝打扮為別種東西，使哨兵不覺得而騙入「意識」的城中，而營滿足欲望的工作，像第一種的情形雖然有時發現，但其結果往往使睡者醒覺，夢亦不能成功。聽説往南北極或荒遠的沙漠探險的人們，在缺少食物的時候，所夢見的東西多是山珍海味，這樣又何以不必化裝而可直接得到的滿足呢？因為渴飲饑食是社會的習尚許可的，夢者在清醒的時候有此需求，即直接滿足之，不必將這欲望壓抑，所以前意識亦許可牠在意識裏行動，我們既認識了夢境是給欲望滿足的機會，進一步，我們便可研究文藝的創作了。

伏在心境的深處——潛下意識的底裏——蠢動着的欲望，受着極痛烈的壓迫，在夢出頭露面就要改裝；在文藝的創作上便要借重人生日常各種事象方能表現出來。被上一襲沒人反對的衣服始蒙蔽過社會而得以存在。拍拉圖的理想國，麼爾的烏托邦（More's Utopia），歌德的浮士德（Faust）與少年維特底煩惱，美爾敦的失掉的樂園與復得的樂園，豈不是因思想受社會的制裁的壓迫而借夢見天國之美滿以達到表現他們的大苦悶嗎？易卜生，左拉（Zola），陀思妥夫斯奇（Dostojevski）等的作品不是藉象徵主義來繙譯他們的被壓迫的思想，精神的東西，與感情嗎？象徵主義之於他們的作品猶之乎化裝技倆之於夢境呢。

思想受社會的因襲的壓迫而至到影響及文藝的創作的過程既明白，我便要回到本題——鞑鞑派。Dadaism 是反對思想被壓抑在「潛下意識」裏面而產生，而盛行的。牠主張將思想赤裸裸地隨着自己的眞的感情，不受社會縛束而表現出來：換而言之，文藝的創作是生活基調的反映，牠要人們一看文藝的創作便可知道產生這種文藝的生活基調，牠以為文藝家卑怯地把自己思想打扮改裝寫出來，這樣便是跑入了「為藝術的藝術」（Art for art's sake）的歧路，他們的創作除供他們的同伴鑑賞外，別人就不容易懂得，不容易學得。加米諾夫在莫斯科攻擊假借革命頭銜的藝術家說：「我們對於立體派未來派想像的援助，已經足夠有餘了；現在我們非和他們脱離不可。他們並不是藝術家，他們的藝術，不是我們無產階級所要的藝術，不過是貴族藝術的頹廢產物。我們的階級所要的藝術是眞正民眾所了解的藝術，我們要創造這些藝術，才是現在的急務。能夠眞正使民眾感到興味的新藝術家，國家應獎勵而補助他，至不為民眾全體着想的藝術則應排牠。」加所說的話，是知到內心與自我的表現的要求而發的。在這裏可總括説「出了象牙之塔（tour d'ivoire）到民間去」就是靆靆派的口號。

靆靆派的發展現下多歸功於羅馬尼亞之特沙拉（Tzara）。他遇辟嘉披亞（Picabia）於瑞士，蘇力克的時候，兩人合力找尋一個在世界各國上普遍而有意味的名詞來命名這個民眾精神的新趨勢。最後他們倆就選擇到 Dada 這一個字。「靆靆」這個名詞不是我譯的，牠是商務印書館出版的小說世界的編輯葉勁風先生譯的。我記得他前三年在一段補白説過一下，故此仍舊用牠罷。Dada 這一個字的聲音在世界各國言語上，都是嬰孩最初叫他們的父親的名稱。在我國爹爹二字也與 Dada 同音，所以靆靆派又可稱為爹爹派。特沙拉將這字來命名這個趨勢後，積極地在歐洲遊説，宣傳，現下牠慢慢地侵入全世界民眾的心坎中，好像 Dada 的用途在世界上一樣普遍；那末，我們可說特沙拉有超人的選擇眼光。

在巴黎，羅馬，柏林，靆靆主義在各方面都醞釀起來，而尤以在美術方面所標出的旗幟為鮮明。所舉行的展覽會，發出的刊物，對於各種文藝的態度，無一不令人驚歎的。從各處的批評看來，我以為這個現象有三個解釋：

（一）靆靆派的信徒係有狂怪舉動的，他們的想像〔完〕全無理的或像魔鬼的，他們所謂創作與狂人偶然得到的怪思想沒有什麼分別。這一類批評多出於反對派；他們不以牠的精神，而以牠的結晶為攻擊的對象。他們抵擋不住人家的來勢，故衹得出於罵之一途。

（二）鞑鞑派怪狂地，不負責任地，無一定的目的地運用牠的致命手腕來挖掘文明的基礎，別言之，即破壞藝術，文化，宗教，及武力。西門特士（Simons）在詩家谷評論報上說：「鞑鞑派係一種最有普及性，恐怖性的戲謔。牠的目的就是要推反歐洲頹廢的社會。」這一類批評多是出於表同情的人們。

（三）鞑鞑派的信徒確有的出人意料的行為，但他們以自己的眼光來看，則內裏自有天經地義的道理，沒有錯誤的。若旁人看來，則視為幼稚，狂怪，故此世人要大量些原諒他們，不應專取反對與譴責的態度。鞑鞑派要反對僅供慰樂的藝術，而主張使人類一切活動滿足的藝術，於是就引出戰鬥的機能來消滅一切「藝術之宮」的果實。他們不取尊嚴的態度而採用狂怪的行為來當唯一利器，以為非這樣不能表示不信任貴胄化的文化，學院派的專權，與社會的衰頹份子。這一種批評多來自無產階級（Proletariat），他們不能獨力與貴族階級在文藝戰場上對抗，故有擁護這新派的傾向。

鞑鞑派的產生別派儘罵牠是淺慮的舉動，文化上的恫嚇，又牠儘有什麼訛謬的地方，但我們要承認牠不是伏在黑陬的地方來放冷箭的。這派的信徒的手段比較立體派，未來派，愛因斯坦派還來得光明磊落，目下歐洲各國政府每取高壓手段來禁止牠的發展，這就是文化史初見的一回事；然而他們亦不過入牠冒瀆最高治權者的尊嚴之罪罷。壓迫者以為這樣便可將牠禁絕，可是有民眾思想的社會學學者則積極地認牠是文化上的適合步驟。鞑鞑派的集會和展覽會雖是常常在進行中被人解散，然牠發出的刊物——無論用何國文字刊印都有——內裏的意義說得奇妙，郵務局的檢查員也沒法入牠們以罪來收沒他們。

在於美術界裏，韃韃派不能避免與學院派及其他學派齟齬，惟結果牠必佔優勝的地位。巴黎的學院派常在報章侷促地自認售畫不及韃韃派之多，間有售出亦討不着應當的代價。他們以為這現象係因眞有經驗及鑑辨美術的才能的貴族，已在歐戰時候傾家蕩產；目前購畫的人都是庸凡的暴富家，他們沒有眼光來賞識好畫，不過人家彈起高調來，他們也就附和着罷。學院派在于失敗的當兒，用這個見解來安慰自己也是人情之常，獨他們要到社會革命的空氣瀰漫着，纔知到自己的立足點有傾倒之虞，這點煞是可憐了。學院派不認退化，衰落，尚要與新派爭勝，惟自己平時絕無做過「到民間去」的工夫，又常自高為人類選拔的俊傑，祇有俊傑方能享樂藝術，到現在求人援助的時候，自然號召力微乎其微，然而人急智生，他們不惜自低人格，污衊人家是社會搗亂暴徒，慫恿官廳來禁止這個新派。這樣牠就比不上韃韃派的光明的手段呢。

處於這個手足不知所措的環境，學院派不管張三李四老七老八也要搜羅來壯聲威。前時認為敵人之立體派，未來派，到現在也要拉來站在一幟之下，大聲疾呼，韃韃派是馬騙子，無識之徒，不懂甚麼美術的原則和要素的，不過徒作驚人舉動。這樣謾罵可收效嗎？不！當立體派和未來派產生的時期，他們罵學院派是頑固老朽的，不識改善的；到這兒人家見得牠們腐化，再趨一步來改善，牠們不追隨也罷，反要拿前時學院派攻擊牠們的技倆來一逞，這樣焉得不令人據着文化戰場中心來竊笑牠們的幼稚的技能呢。

在「耶教科學評論報」裏面，有一位法國的美術批評家說：從前的批評每謂立體派和未來派的出品好像一盆「雜碎」。這句批評對那兩派似乎不適，倘移以評韃韃派反較妥當。韃韃派的雜誌刊出美國斯蒂拉，赫特黎，俄國簡田斯基的出品可拏來證明他的話是沒錯的。然而雜碎不雜碎，我們也應以旁觀態度研究一下，格羅斯（Grosz）的畫最有意味，這裏不妨介紹一兩幅，這幅題「暗殺」的特點是仿

"Factories" by George Grosz

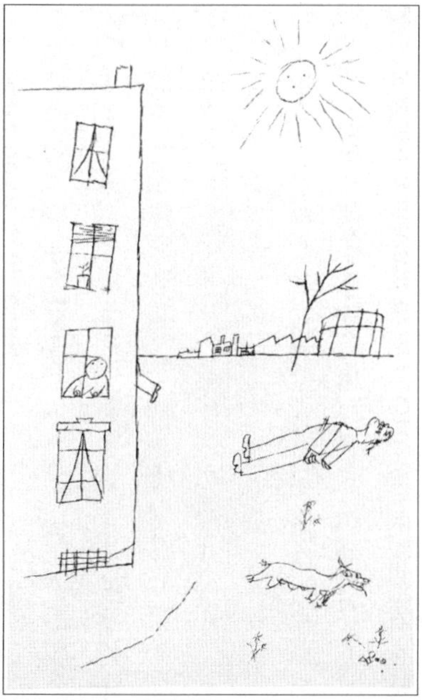

"Murder" by George Grosz

效稚子的手筆，科學些說一句，牠是「稚子氣」（Infantilism）狠濃厚的。從這幅看來，我們獲得美術要復回到最低的基礎來改造的暗示。兇手逃避的怱遽，配景的寂寞，橫臥的死屍，無情的目光，各般都令人由惹笑性裏得深刻的印像。這幅名叫「工廠」的，若以學院派眼光來批評，可謂最有鼗鼗色彩。牠內裏表示不良的生活，惡劣的社會制度，城市的喧囂，確比別派的寫意來得情切。佛連特（Flint）評這新派說：鼗鼗作品是療治世界人類一切渾淆的心境的瀉劑，作者隨着自己意識所感悟的苦悶赤裸裸地呈現出于大眾之前，不惟給自己精神上愉快，而更啟示別人以新的路途——容易地表現他們自己的苦悶，而從那表現的可能得到眞趣。

佛連特又評論特沙拉的詩，他說鼗鼗詩自有牠的特點，牠的作者好像愚昧無知，惟其以誠懇的態度來表現那不受拘束的個性，那不耐壓迫的慾望，我們沒法不說這風格是適合的。這新派詩不論好劣祇貢獻心裏深處的聲音於表同情者面前。

a e ou o youyouyou i e ou o
youyouyou
drrrdrrrgrrrgrrr
bits of green duration flutter
in my room
a e o i ii i e a on ii ii belly
shows the center I want to take it
ambran bran bran and restore
center of the four
beng bong beng bang
by Tzara

---

boo
ker
xel
Prrr
joo jun joo korr rru
n n n n n n n n n

m m
m m
m m
m m
haaaa

by Schwitters

"When I knew him first he was looking looking through the glass and the chicken. When I knew him then he was looking looking at the looking at the looking. When I knew him then he was so tenderly then standing. When I knew him then he was then after then to then by then, and when I knew him then he was then we then and then for then. When I knew him then he was for then by then as then so then to then in then and so."

"Ah what a glumy day, at feef ocluck
I gloan about my trask there sungs the phnone"

這兩段詩和這一段文字是由最有韃韃色彩的一部選出的，而又是學院派罵牠們是最無理性的夢囈。對于這般的謾罵韃韃派不獨不辯駁，反受之不疑，因為在夢囈中纔可表出眞實的情操。現在舞臺上所唱的曲，聽者不是徒得其聲嗎？然而人們也要趨着去聽；蓋以富有表現性的配景及動作，抑揚頓挫的音節與和諧出之，則人們不由主地陶醉着。詩歌兩個字普通常常用在一起，但仍是迴然兩物，靆靆派在這處就要當詩歌係二而一的東西，又是在得了生命的自由解放和昂奮跳躍的時候，給與愉悅和歡樂的東西，也就是出於離了日常生活的壓抑作用的時候，藉此脫離人間苦的一種痛切的需求。末了，這些「聲詩」（有小數人賜這名號給這新派詩）的最明顯的特徵，是在不要在寒窗下挨過十年也可將「潛下意識」裏的情操的苦悶抒出來，這是靆靆詩的唯一願望，亦即是民眾文學的急迫的要求。

據上面的解釋和競爭的過程，靆靆主義已明白。現下我們觀察我國一下，看這新趨勢在這裏進步到甚麼田地。在文學方面，近年就有「新青年」領導着的文學革命，這革命的使命係推反古典文學的貴冑化的因襲，而建設新文學。牠的信仰：眞正的文學是原始與民眾的文學；從秦漢到明清實際上只有模仿民眾文學而變態為古典文學的文學，用古典文字不能暢說你心裏所欲說的話，假使說出也沒有得到民眾了解的可能，文學革命的青年要認定那戰線進攻。由文學革命而至到目下呼聲最高的革命文學戰蹟追踪，靆靆主義的精神自不能掩，惟我國教育尚未普及，弗能得多數識字者的擁護與頑固派對抗，故文學革命家衹採折衷辦法，不仿透徹的革命。那文學革命所以衹可稱為半靆靆。在美術方面，傾向這個新派衹有狠不重要的表示，不過陶元慶，葉靈鳳等輩無聊地繪幾幅書面及扉畫罷。原本我國的彫塑，音樂，歌戲，戲曲都是藝術因襲性狠固，藝術自尊性（Art's snobbery）狠濃的，這個新主義未能影響到牠們，我以為國人的眼光與注意已集在文學，政潮，內爭，外侮那幾方面，未能照顧這方面。靆靆主義在文學方面可算成功，繼續着向前成功。在美術方面目前也有三數人執住上了刺刀的槍枝向那烏煙瘴氣瀰漫着的黑暗衝鋒和指揮。但我最希望這主義的勢力在外交方面澎湃起來，那末，國內的封建制度背後的靠山，及一切縛束民眾自由的惡勢力可以掃除，鐵蹄下輾轉着的中華民眾也就可以解放。我寫這篇文的欲望在這裏，更希望那欲望在最近之將來得到滿足。

民十七，八，二十，完稿

選自一九二八年九月《香港大學雜誌》第二期

托爾斯泰主義／袁振英

托爾斯泰反對現代的耶教，因為不是純正的耶穌的學說；他要消滅強權，反對以暴易暴，主張無抵抗主義。基督耶穌與教會絕對不同：他要反對迷信和玄學，并且反對來世的生活，因為耶穌跟摩西一般，不談來世的；又很像孔子所謂：「未知生，焉知死。」人類有兩種生命，一種是個人的，別種是人道的，頭一種是暫時的，後一種是永久的。耶穌的學說不是一種人道的理想，注重遙遠的未來的，只注重目前的工作。托氏以為純正的基督教簡單概括于兩句說話：（一）互相愛敬，（二）不以暴易暴。這兩句格言就是托爾斯泰主義底樞紐了。

不以暴易暴，就是常常要注意愛情，抵抗罪惡是必要的，但不要拏罪惡來抗拒，只要拏善行。無抵抗底原理，是古代宗教底基礎，如婆羅門教一般，不要拏一些罪惡施于別人，所謂己所不欲，勿施于人。這個格言又是托爾斯泰宗教底基礎。他有自己的宗教，〔不〕是非宗教的。他曉人類是向前進的，趨向于一種高尚的東西，這種高尚的東西就是良心底呼聲，為善底呼聲，博愛底呼聲，倫理底呼聲。托爾斯泰底宗教，就是倫理。

托氏以為無抵抗主義又是社會問題底基礎。如果我們忘記了這個格言，社會底罪惡就會產生了。人生底痛苦和疾病天天增長起來，所以人類日趨于墮落。現在的人類不論是主人或奴隸，統統覺得良心與事實相反。越有覺悟的人，覺得這種矛盾越痛苦。怎麼樣救濟這種事情？進化麼？不對！托氏底解答還是一樣：無抵抗主義。他反對政治的專制或戰爭都是拏這一個格言做基礎。如果有人見得暴力，仇恨，刼奪底事情，就要拏和平和愛情來做對付。罪惡只能夠由善行弄到消滅。我們的理想就是勞働和戀愛，無論如何用不着暴力，社會倫理底改造完全是在于我們自己。托氏以為生活狀況底改造，要符合于良心和事實；不要拏暴動來改造社會，只要由于個人的覺悟和個人的努力。人類不要孤獨生存，新生命才可以達到，拏愛情底學說做基礎。

托爾斯泰沒有什麼教育底系統，不過他的教育的思想，散見于各種著作中，常常有矛盾的；他的教育的原理，很像倫理底原理。他反對學校有權干涉少年底意識。我們要讓這種意識自由發展。托氏很像盧梭一般，以為人性本善的，只有自己的性情才指導自己達到完成自己的信仰和觀念。自由是各種教育底基礎。教育不要一個階級來專利，不要遺忘了一般民眾。人類是生而求知的；人類對于教育，很像人類對于空氣一般重要。

模範是學校中最大的勢力。由這一種原理，托氏明白家庭對于教育是非常重要的。他說：「家庭是人類最好的學校。」家庭底墮落摧殘教育，並且消滅了社會的意識。托氏底思想對于家庭，戀愛，和兩性的關係常常是矛盾的和片斷的。他起先要反對家庭不是拏愛情做基礎的，只是拏權利做基礎的。但他不願意根本取消婚姻制度，只要弄到牠倫理化。到了晚年，他像忘記了戀愛底心理的和生理的元素。他要男女堅持貞操主義，但他不反對兩性的關係是必要的，很像他不反對科學和藝術一般。托氏以為兒女是婚姻底目的。科學和藝術底目的在于為人用。

現代的科學絕對不（ ）得人生底問題。人生和科學是不可須臾離的。托氏不是反對藝術，只反對現代腐敗的藝術。他要區別藝術底眞假。眞藝術底目的在于明白人生有一種高尚的東西，尋常日用所不可少的，并且在于聯絡人類的善意。托氏不喜歡個人主義的藝術，只喜歡社會的藝術。托氏不明白藝術家越保存自己的個性，他的藝術越是社會的，藝術家表現一種個人的理想，做成社會的精神，建設人道底整個。托氏美學底要旨就是在于完成人類底倫理和博愛。

托爾斯泰主義不是一種大破壞的學說，絕對沒有一些悲觀主義者的隱遁。托爾斯泰主義要人人有自己的行為弄到自己完善。托爾斯泰在俄國虛無主義的潮流中，能夠拏科學來研究人生底現象。他明白個人和社會一切事情。如果托氏不是一個俄國人，他斷不會獲得這一種信仰。只有俄國人〔才〕有純正的耶教的信仰。托爾斯泰底「藝術是什麼？」中的思想，很像法國居友（Gayao）底「社會學的藝術」一般。

現代科學底第一原理，就是供給人生一種意義。托氏底哲學產生達爾文主義發達的時候，以為倫理的或自然的定律只有生存競爭，弱肉強食，優勝劣敗，適者生存。托氏不要我們拏勢力來抵抗罪惡，以善攻惡，以德報怨，這是唯一的方法和確實的勢力能夠停止罪惡的。托氏以為耶教是戀愛和人道底宗教。猶太主義是世界博愛學說底眞源流。托氏的學說是當代最純粹的倫理底表示，并且是自然的呼聲。托氏是一個愛情底改造大家，對于人道，和平，社會和諧，世界團結有很大的影響。有人以為托爾斯泰是一個宗教的倫理學者，不是一個哲學家。他又很像盧梭一般，主張回到自然，反對哲學和文化，注重鄉村生活，恢復手工，反對機器。

托氏確然受了盧梭很大的影響，所以他在一九〇五年三月寫了一封信給日內瓦盧梭學會：「我做了你們社會一個會員，覺得非常榮幸。……盧梭是我的師傅，自從我十五歲以來。盧梭和福音是我平生最大的兩種影响。……我在少年時候，數次讀他的著作，大足以振奮我的精神。」雖然是如此，但托氏還是當代一個最大創造的思想家。托爾斯泰底重要的宗教的思想完全是近代正義底觀念，人類意識底新思想和新進步，影响現代的社會，并且弄到社會和平。托氏要我們的思想和行動一致，要根據自己的學說而生存，他又要我們有達到至善的意志。

托氏的著作還不能够解決一〔切〕黑暗和懷疑；光明還不能够照到眞理底境域，但是我們要相信有這一種眞理存在，人道常常需要正義和團結的，天賦人權是人類頭一種希望，我們的目標還沒有達到：文化和進步來得很慢的。十九世紀下半截產生許多學說，大家都有同樣的目標，實現社會的愛情，正〔義〕，團結。托爾斯泰主義就是一切學說底綜合。

選自一九三〇年七月二十三至二十四日香港《工商日報・文庫》

編者案：原文總題為〈托爾斯泰的社會思想——愛的哲學〉，〈托爾斯泰主義〉選錄自第二章，各章於〈文庫〉斷續刊載；作者所列大綱悉附如下：

緒論——托爾斯泰主義——托爾斯泰與社會問題——托爾斯泰底宗教和倫理——托爾斯泰底藝術觀——托爾斯泰底科學觀——托爾斯泰底人生觀——托爾斯泰底婦女觀——托爾斯泰底小說——托爾斯泰底文學——結論——托爾斯泰舉證——附托爾斯泰著「愛國主義與政府」

存目

易卜生底女性主義／袁振英
選自一九二八年上海《泰東月刊》第二卷第三期

文學的兩大陣線／靈谷
選自一九二九年二月十六日至三月五日香港《大光報・大光文藝》，共十六篇

論藝術的發生及其効果／杜格靈
選自杜格靈《秋之草紙》，廣州：金鵲書店，一九三〇

辛克萊呂維斯／佐勳
選自一九三〇年十一月二十五及二十六日香港《工商日報・文庫》

第二輯

一九三一至一九四一年

香港文壇評議

從談風月說到香港文壇今後的動向〔節錄〕／石不爛講、楊春柳記

（一）開端

最近香港大光報的大觀園提供出一個重要的問題——應否談風月的問題來，無疑的，在這個沉寂冷靜的香港文壇，出現了這個似乎不甚嚴重而實際是萬分嚴重的問題，實在值得我們充分的注意和探討。

因為大觀園在香港是比較接近青年分子，是比較屬於進步的園地，所以我們頤以十二萬分的誠意，來在這園地商討這個一向不為香港人士所注意的問題，希望因此引起香港的青年分子的注目，共同起來負起當前的任務，打破過去暗淡無聊的環境，在文化上另闢一條活躍蓬勃的生路來。

當然，我們的精神是注重批判的，我們是青年，我們當然免不了錯悞，我們應該有改正錯悞的精神；錯悞不是耻辱，錯悞是前進的教訓，活動的前車，所以，每一個青年不怕錯悞，只怕不知錯悞，不能改正錯悞，因此，在這個問題尚未開展以前，我們很誠懇地希望香港的青年分子來加以熱烈的評判和探討，指出錯悞，做成一個有力的理論方針，在香港文化上發生出它的力量來。

（二）風花雪月的產生

最近的以前，上海有一部分人提議少談國事，多談風月，這也不過一種感於目前的黑暗，環境的

惡劣的不得已的發憤之詞，猶之乎林語堂先生所主編的一部「論語」，受到大部分人的歡迎，是有其政治與社會的背景一樣。卽是說：文壇上表現了消沉，玩世，而發為無可如何之詞，正是那個社會已走到了窘悶欲絕，哭笑不得的境地，像中國目前一部分文化之消沉，暗淡，正是中國現階級的政治已走〔到〕了黑暗時代的法西斯蒂的反映的緣故。

為了環境的殘酷，敵人的逼脅，而發為無可如何之詞，那無論他是發憤是有心是無意，都不過是一個弱者，暫時請勿論他，我們看看風花雪月是什麼東西。

風花雪月（風花雪月在這裏包括自然界的自然現狀和社會裏的一種文化形態，以下同），無疑的，是封建社會確立了以後，一般特權階級的子弟們，酒後茶餘的消閑的玩物。因為他們住慣了高樓大廈，嘗飽了酒味肉香；無事生愁，因愁善病，更由愁與病生出對風花雪月的感戀，所謂「對月傷懷」「因花生恨」便是從這一個生活方式發生出來的產物。它建築在農業社會之上，農業社會的主人是地主階級，它的被治者是農民，所以風花雪月的佔有者是士大夫，是讀書人，而不是胼手胝足的農夫，我們只要看佳人往往是深居侯門的宰相千金，而才子不是落魄文人，便是落難公子，便可知建築風花雪月的社會基礎是什麼了。

（三）現階段的風花雪月

自從西方的資本主義文明把這老寂死靜的中國關門打破以後，數千年的封建社會便給這一道活力衝成個七零八落的地域，中國的民族資產階級在這個大潮流的包圍之下，沒有力量担負起建築資本主義社會的責任，而服服貼貼地做起外國資產階級的附庸來。

中國社會既已成為資本主義社會統治下的殖民地，因此，中國社會的外形是資本主義，而內在却還是本質的封建化。生產的方式，決定了文化的過程，中國的風花雪月在目前尚有它的相當的勢力，便是這個緣故。

而另一方面，在這個中國整個的政治，已經深刻地陷入買辦化的當兒，它的文化產物——風花雪月也唯有附着它的驥尾去服侍外國的資產階級去。在封建時代的才子佳人是士大夫的子女，殖民地時代的才子佳人便捨××階級的子女莫屬。因此，我們又不能不承認：連現階段的風花雪月，也趁時髦地去跟隨外國的資產階級了。

(四) 香港社會是什麼？

現在我們應該說到風花雪月和香港文化的關係了。可是，不明白香港的社會形態是什麼的當然不配談論香港文化是什麼！因此，我們不能不先看清香港是一個什麼社會。

香港是交通南北的一個重要都市，却不是現代式的工業都市，而是一個畸形發展的商業社會。在這裏看不到矗立空際的煙突，有的只是五光十色的百貨商店，……湧現在表面的有高等華人，有正牌××，有××××，有……，這些這些，尤為×××應運而生的產物。惟其有這些產物，所以才熱鬧地湊成這個××社會來。……因此，在中國久已失了氣的孔老二，只有在香港才有他的權威——是否孔老二本來的權威，請勿論它——我們只要看八月廿七孔誕日的舉港如狂，張燈結綵，便相信香港之於孔誕，是無異復活節聖誕節的隆重了。至於教育，除了必須認識的文字——英文外，便是與現代生活毫無關係的古國的倫理觀念，至於前清的翰林進士，也惟有來到香港，才有他的出路。人們為什麼需要這一批老先生呢？這一批老先生對廿世紀的西方文明有何裨益呢？這四書五經對現世紀的社會生活有何關係呢？而人們必如此厚遇他，用意何在，不問可知了。

因此，香港雖然是一個極其發展的都市，〔但〕實際上還脫不了一套長衫馬褂。

（五）香港文化與風花雪月

香港社會既然外面披一件摩登漂亮的大褸，而內面却是一套長衫馬褂，它的文化脫不離風花雪月，自為不能諱言的事實。其實，純粹的風花雪月，還要比無根無據的「怪力亂神」要勝一籌，固然我們不是在目前還想替什麼風花雪月捧場，可是香港文化到目前為止，初期的低級趣味的神奇怪誕的羈絆，還不能完全掙脫。各報的副刊（當然有少數的例外）在竭力模倣向愷然的江湖奇俠和新封神榜之類。迷戀的讀者，非有此類的小說不看。

其次，比較進步的便是本段所說的香港文化有密切關係的風花雪月了。香港學生（當然有少數的例外）人手一編的不是張恨水的「啼笑因緣」，便是張資平的「三角戀愛」。他們以為非如此，便不能趕上香港文化的水平線似的。香港學生於揮霍了父兄的金錢，認識了幾隻西文，梳梳了光滑的頭髮，擦擦着發亮的皮鞋之餘，較有錢的吃吃大飡，看看「白金龍」的電影，談論起樊家樹的手法，去慰藉和收買心目中的愛人來——當然這情形，除了香港以外，其他也多少在表演着。可是不能不說特別以香港學生為尤甚，何以故？因為××環境，決定了他的文化生活故。

除了學生界和新聞帋得以作為文化的論據外，有的正在初期的萌芽中，所以我們觀察了新聞帋和學生界的讀物以後，便斷定風花雪月在香港有重要的地位。

〔（六）與（七）從缺〕

（八）尾聲

我們的精神是注重批判的，我們是青年，當然免不了犯錯悞，我們應該有改正錯悞的精神。錯悞不是耻辱，錯悞正是我們前進的教訓，活動的前車。如果沒有改正，沒有辨別，沒有理解，那，社會才是死的，枯硬的不進化的東西。

因此，我們很希望青年們熱烈地來探討這個問題。來指正這裏的錯悞。來修正成一個進步的有力的方針。

朋友！烽火已焚燬我們的象牙宮殿了。我們不起來努力，不起來找尋我們前進的必走之路。整天的躲在迷惘昏噩的被窩裏，必要等到火光已焚及我們的肚臍，然後始起來奮鬥嗎？

路，是我們無論如何都必得走的。

今春正月，蕭伯訥先生在香港怎樣啟示我們，我們還不快快醒嗎？（完）

十一月五日膳於香港塔外社

選自一九三三年十一月十四日至十七日及二十日香港《大光報・大觀園》，其中十八、十九日缺報

關于「香港文壇今後的動向」／水人

一

「從談風月說到香港文壇今後的動向。」這個問題，在現在的我們確是急需大家來發表意見，互相討論，使能夠得一正確而系統的結論，貢獻與「香港文壇上」，推動「香港文壇」底巨輪趨向新底道途去的。

這個問題：日昨曾有「石不爛講楊春柳記」一文披露于本園，我相信凡是關心香港文壇方面的人們，每個定必很興奮而細心的閱及；然而，我覺得石不爛君那篇文章，主要的內容，祇對香港文壇做一檢討；在最後的一段，尚未能很明晰的指出「香港文壇今後的動向」與「正路」。然否？

這一層我很希望本園主編先生能讓幅位置給關心「香港文壇今後的動向」諸作者來連續表示意見，好給那談「風月」的作品（一一）清算。進而使之消滅。（）拓闢起香港文壇的新路。——這，我且把個人意見附帶說說。

香港誰都知道是××××××××××底四通八達商港，位處太平洋重要商港之一，居民複雜在經濟上操縱着四鄰許多商業交通的區域的咽喉。如印度，南洋，中國……等來往船隻必經于此，政治上是×國在太平洋上一個主要後備軍港，文化的建設除去××式的學校外，還有中英各日報，圖書館……。

這裏我們所要說的便是關于文化方面——「文壇」。

香江目前的文壇，老已被各日報的副刊與塞篇幅的報屁股佔去，其間所登載的作品除「劍俠神怪」，「封建式的鴛鴦蝴蝶派」，與肉麻的甜哥哥親妹妹之類外，想找出較有重要性的時代作品，這眞是等于晨星。至那東拉西扯的小刊物之類更不必說。——這，因為人們正把文學當消遣品。

這最大原因自然是香江一般執筆的文人們尚陷在「黑色古井」中游泅；不，也許是鑽在象牙寶殿裏醉生「夢死」地歌頌。

二

文學是什麼？

「文學是時代的反映」！不！在一九三三年的年頭文學，已經發展到「經過客觀環境現實具體的表現」。

試問現刻是什麼「時代」？什麼是「現實環境」！

自資本主義國際經濟恐慌影響全世界，工廠，商店，關門倒閉；到處可見失業大眾的浪潮，在業的人又感生活日益惡化，市情蕭條，……這已經成為現社會的普遍現象，香港處于遠東之一角，自然難逃出這例外。你試把過去被人們歌吟的香港，和現在冷淡的市情一比，定會使你悵然三嘆！這就是說……跟着「恐慌」的浪潮日趨蕭條。

（畧）……

記着，這就是我們的時代，這就是我們的環境。

三

以上我已畧將我們的時代與環境指出。這裏就是每個作者都應認清自身所負的偉大的時代文學的使命。

喂！努力于創作的朋友們：你既已處于火山將爆裂的時境，你還有心情去唱歌調曲，談風吟月嗎？不！——我們應該清醒腦袋，整齊着步武向前跑呀！我們該衝向時代的前頭去！你不跟時代跑，是始終必遭時代的巨輪輾死的。不進則退，它决不讓你有徘徊十字街頭的餘地！

來，加緊深入垢面蓬頭，露體赤膊的「地下層」去，去親近時代的產兒，從中探悉人生眞理；並充實你的文章內容，煆煉你的時代的意識……這樣寫出來底文章，才是大家眞正需要的文學。

在各刊物上應集合着力給予那些頹廢的作者以嚴格的清算，奮勇的奪取；把它糾正過來……。

起來；香港諸作家。快運用你尖銳的筆鋒，用力推動今後香港文壇應急進的巨輪，向着時代邁進，邁進……！

十一月二十日晚草于廣州

編者按：前刊石不爛君「從談風月說到香港文壇今後的動向」一文，詞意本甚圓滿中肯，惜間有因形禁勢格，未能刊出者，以致讀者頗以未能獲窺全豹為憾。——然此中原委，編者已于日前致石不爛楊春柳兩君代郵中畧為陳明。茲承水人君不棄，提出此點討論，謂：「我覺得石不爛君那篇文章，主要的內容，祇對香港文壇做一檢討；在最後的一段，尚未能很明晰的指出『香港文壇今後的動向』與『正路』。」想係未審此間言論界之環境所致。查石君原作第七段「今後香港文壇應有的動向」，對「香港文壇的當前急務」，本曾提出四點，徒以環境關係，當時衹能刊出第四節，餘均抽去，〔或〕以××××補代。為解釋水人君及讀者誤會起見，特附述其原委如右。

選自一九三三年十一月二十九日香港《大光報・大觀園》

關於反映香港／森蘭

我們不常看到反映香港的創作，而我們正迫切地要求着反映香港的創作。

作家來到香港，多數是暫時居留，帶來的一身烽火氣味，纔給海風吹散了，也許就要重上征途。二十世紀殖民地都市給他的是一個迷離的印象。幾條大馬路，浮華而艷冶；幾間小民居，侷促而污穢，如此而已，他沒有能够寫什麼。也許他並不如此，留下來多些時間，然而祖國大地的戰鬥生活，交給他以沉重的記憶，檢點行篋，也不無一些寫作的資材。他的筆鋒不願觸到大馬路的浮華和艷冶，小民居的侷促和污穢。他要從事一個「大時代的創作」，離開祖國的狹小的香港不在他的筆下。

自然，也不是沒有一些作家，居留香港不少時日，他沒有我們上面說過的那種沉重的記憶，——也許未嘗沒有一點，但都化為文字，寫光了。憶無可憶，而又不得不憶，當然是一件苦事，要迴避的。於是他企圖寫一點關於香港的東西了。是的，僑胞的生活，有富裕，也有貧窮；有荒淫，也有嚴肅；有黑暗，也有光明。不值得我們去反映嗎？然而他自己的生活，卻是那樣的偏狹，那樣的淡然無血，寫點關於香港的東西，却還是一個極大的困難。我們的作家不得不暫時放下「創作」的筆了。

於是我們就不常看到反映香港的創作。

反映香港是需要的，但「不能由於責任所在來寫這樣的東西」，一個作家沒有體驗到生活的步度，沒有從這裏興起一種熱情，勉強執起筆來創作。那末他所描寫的並不是「他所非常熟悉的，經歷過的，深思過的，再三感覺的」，他的作品一定是粗陋的，無血色的。他祇能抓住一些小市民圈子的生活表象，加以排列，加以渲染；或者來一套巧合的情節，名之曰「技巧」；來一套滑稽的詞語，名之曰「諷刺」。這樣的作品，當然是沒有什麼價值的。我們所要求的反映香港的創作，也當然不是這些。

香港有的是一座太平山，這太平山就是「太平」的象徵吧？香港到現在還是安全地帶，港口之內看不到波濤。然而事實上，快打上三年的中日戰爭，以及半年多的歐洲烽火，都嚴重地影響到香港。抗鬥、掙扎、貧困、詐偽，煽惑，沒有一樣不在加劇着，加深着。僑胞大眾的人力、物力、財力的消和長，損失和加強，又都關係到祖國的抗戰，關係到民族的前途。香港的社會現實，一樣是等待發掘的鑛層。所謂反映香港，便是要揭露大眾生活的實態，抗鬥掙扎的眞貌，而寄與熱烈的憎愛。

最近我看到不少青年寫作者的生活報告。在那些生活報告中，我們發現了藝術的閃光，我們更發現了生活鬥爭的閃光。香港社會的好些角落，平時我們沒有注意到；那些生活報告却給反映了。我們驚異於社會裏面有這樣的事實，有這樣的生活。因而我們一方面感覺到熟練作家補救生活空疏的必要，一方面看到好些青年寫作者前途的光輝。生活實踐是創作實踐的保證。

上海的一些文藝雜誌，經常的刊載青年寫作者反映當地生活的作品。那些作品，正和我們在這裏看到的青年的生活報告一樣，都有着一個粗糙的形式與內容，作者缺乏的是藝術的表現手法。貧弱的創作能力限制着他，使他不能把所經歷過的生活，所孕育了的題材，充分的恰好的表現出來。這缺陷在初學寫作者想來是一定免不了的，而這些初學寫作者正是文藝創作上的新的一代，他們將堅實地成長起來，熟練的作家也應該給他們以大大的助力。聽說香港文協有文藝指導組之設，它似乎首先就要引起一般青年寫作者來反映香港，也就是描寫他們自己所熟悉的生活。

選自一九四〇年五月二十八日香港《大公報・文協》

一個公開的控訴／許菲

在我們祖國抗戰影响下的香港，一切都起了變化，商業的呈出空前的蓬勃氣象，自然是商港的本色，不足為奇；只是文化一向落後的香港——應該説是畸形發展的——七七以後的文化事業，忽然也顯出非常活躍的姿態，這眞是值得注意的進步。

隨着香港文化的劃時期的發達起來，從來老是充滿暮氣的香港文壇，在某一時期也特別表現了一片新的氣象，一洗從前那種奄奄欲絕的病態。除了若干雜誌之外，作為文藝作者活動地盤的大小許多報紙的副刊，也隨着祖國抗戰浪潮而表現得虎虎有生氣。而且當時的許多進步的副刊，還有一個並無異致的特點：執筆的除了少數的有名作家之外，大部份都是一般寂寂無名的愛好文藝的青年作者。雖然他們的好些作品，還説不上完全成熟，然而，這並不是沒有希望。假如能够假以時日，和得到正確扶植的機會，這一批青年的作者必然會成為文壇上一支強有力量的新軍，一定是毫無疑義的。

然而，值得婉惜的却是，這個進步的現象，並沒有像一般青年期望的一樣，朝着更高的方向發展起來，相反的，却一天天的表現出來一種倒退的象跡，特別是最近的一年半載的過去，這種象跡更加趨向明朗方面發展，儼然成為一種「流行症」似的公式，除了很少數開明的副刊編者之外，都不約而同的採取了一種排斥新的青年作者的陰謀，絕少有讓一般非編者親友的青年的作品得見天日的機會。這麼一來，便可以無形的給予一般滿腔熱血而努力寫作的青年以一種冷酷可怕的打擊，要是意思不堅的青年，鑒於自己的努力徒成浪費。此〔路〕仍是不通，自然不得不知難而退，或者竟是從此擱筆，永作文壇外人了！

有了計劃，便要有執行計劃的手段，但因為一些副刊編者愛惡異趣，所以運用手法也各有不同，下邊介紹的幾種手法，只限於幾個賣文討活的朋友遭遇的彙集而已，當然不能概括其餘的花樣了：

（一）宗派和地方主義的排斥　編者選稿，以同一鼻孔出氣的作品，或是同一地方的人為標準，符合這個標準，便可以發表，否則儘管你的「佳作」和「抗戰有關」也無濟於事，一位朋友便是因為「外江佬」的理由，而被某報的編者把他的作品擯之門外。

（二）關門主義的包辦　愈是陰險的人，愈是會裝笑臉。有些副刊明明只是編者拉幾個熟人一手包辦的，但它的編者却偏要掛上「本欄公開，歡迎投稿」的堂皇招牌，以亂耳目，事實上，外稿只限於「歡迎」，但本欄園地，却絕不公開。

（三）風月主義的獨佔　不少的編者，一則因為保持飯碗於不破，二來也因為市場上有出路，便不惜把副刊應有的作用漠視，全版儘量選載風月文章，以供讀者消遣，對於現實批評或者報導，比較有戰鬥性的稿子，却一篇也不選用。

（四）壓殺主義的威風　有些好擺「名」作家架子的副刊編者，一方面像煞有介事似的為青年特闢專欄來發表作品，另一方面却看不起青年，看不起青年的作品，任意擱置。青年以為編者眞個愛護青年，不惜日以繼夜的拼命寫稿投去，誰知名作家的編者却連稿子瞧也沒有瞧過一眼，要是作者不識趣至於追究編者，唯一的答覆只有一個簡單的臨時稿約，寫着「來稿例不退回，附寄回件郵票，無効」的字眼而已！

文壇的壁壘森嚴，宗派紛紜，誰不知道由來已久，但也只限於對付文壇上的敵人才是這樣吧了。而且，自從七七抗戰以後，全國作家早已捐棄一切前嫌，精誠團結的組成全國作家的統一戰綫去做民族解放的鬥爭了。不料暴發戶似的香港文壇，在全國文壇的進步中間，還是不肯進步和阻撓進步的在弄這些落伍的把戲，眞是可痛可哀的不幸！

不可否認的，一個報紙副刊的編者的責任，必然的是應該服務於廣大的社會文化，社會羣眾。因為服務文化便必須提拔更多新的青年作者；因為服務羣眾，便必須給讀者提供更多的教育，意義的作品，這幾乎是一個起碼的常識了。然而，為什麼今日的香港文壇裏面，偏又有些編者把有用的心力用到排斥青年作者和壅塞香港華僑文化進步之路，而不肯正確地費在更有意義的工作和自己的責任上面呢？

整個社會還沒有達到合理地位的今日，許多可痛可哀現象的存在現社會的黑暗裏面，當然也無法避免，但是像上述那些不合理現象，如果讓它存在所謂「時代前衛」所謂「社會領導」的文化界裏邊，這不僅是痛心的，而且根本也不應該寬恕的！香港文壇有這樣的現象存在，又豈止足為文壇之羞而已！

為了扶植眞理和正義；為了愛護千萬的努力青年和香港文壇的前途，我們不能容忍文壇上的劊子手，我提出一個公開的控訴！

編者的話：許菲先生這篇文章，代表了無數的文藝青年，向不合理的制度，與傳統挑戰，動機是眞摯而純潔，使我們讀了很感動，所以卽使有什麼過火或不留情面之處，也值得我們不去計較他了。這是一個存在着的現象，這是一個活生生的問題，賢明的雜誌和刊物編輯人老早就感覺到了，可是根本的改革一時並不容易實現。這問題也是多方面的，社會經濟，人事關係，思想，組織樣樣都可以影响一個編輯者的方針與選擇。有時候，編輯人只是一個大機構下的小人物，是魚肉而非刀俎，譬之為「劊子手」，似乎不必，而且也不配。我們的同感，是門户行幫主義的餘毒在抗建的現在必須加以掃除，為了民族解放的前途，偏見和自私應該為理智和良心所克服。我自己是一個編者，可是我也覺得這控訴是代表着眞理與正義，與文藝國防的前途有着莫大的關係，所以不能不公開發表，使他成為一個眞正的公開的控訴！

（从众）

選自一九四〇年十月九日香港《國民日報·新壘》

存目

香港新文壇的演進與展望／貝茜
選自一九三六年八月十八日、二十五日及九月十五日香港《工商日報·文藝週刊》，內文可參《文學史料卷》頁三三一

香港的文藝界／簡又文
選自一九三九年四月十日重慶《抗戰文藝》第四卷第一期，內文可參《文學史料卷》頁三六六

文學論爭：

抗戰文藝・和平文藝・反新式風花雪月

國防文學與戰爭文學／華胥

當民族解放的呼聲正在高呌的時候，文藝界中也有人提出「國防文學」的問題來了。當這個問題被一班進步的有正確意識的青年作家提出來之後，它馬上成為文壇中爭論的中心。一般前進的刊物，接着就發刊着「國防文學」的專號，可見文藝界中對於這個問題的注意了。這是一件可喜的事情，同時對於民族運動中，是具有重大意義的。

中華民族目前實在是走上最危急的關頭了。瘋狂的日本××主義者，他們侵畧的慾望是沒有止境的。自從一九三一年九月東北事件開始以後，他不斷把魔手向關內伸長：東三省是不够的，繼之以熱河；熱河是不够的，繼之以華北；華北還是不够的，必然要繼以華中華南。總而言之，非完全佔領整個中國，實現「大陸政策」的夢，他們是不饜足的。在過去事變發生的過程中，經驗已經告訴我們，中華民族現在只有兩個前途：一個是俯首帖耳任其宰割，準備做奴才的前途；一個是團結起抗敵的力量，作英勇抗爭的前途。明白説一句：擺在我們面前的，只有一條死路和一條活路。不願意走上死路，惟有堅决的抗爭！

生路和死路很明白的擺在我們面前，我們相信除了漢奸和賣國賊之外，誰都會認取鬥爭的生路，而不至盲目地走上死路。

在這從事抗爭的過程中，中國無論任何階層的人們，都應該「敵愾同仇」，在共同目標之下，在一致救亡的口號之下，與東亞唯一的侵略者——××××主義者作堅决的鬥爭。因此，一般從事文藝的前進作家們，自然應在這鬥爭當中盡了他們應盡的任務。

「文學」，是一面反映最真實的現實的鏡子。而現階段的「國防文學」的特質，它不但要最忠實地表現當前的現實，同時還要負起煽動與組織大眾的任務。他的反映現實的積極作用，是要造成集體的傾向，來應付非常事變或局面。換句話說：就是要捉住當前民族解放鬥爭的形勢，配〔合〕着政治行動的密切的關聯，使一切參加鬥爭的人們認取應走的道路。

當「國防文學」還沒有被提供出來之前，我們的前進作家們也曾經在文藝上盡過反×的任務的：以萬寶山事件作題材的，有李輝英的「萬寶山」；以九一八後的學生運動和一二八的上海戰爭作題材的，有張天翼的「齒輪」；以上海戰爭中工人義勇軍的活動作主題的，有林箐的「義勇軍」；以一二八的前線與後方及戰爭中社會生活的各方面作題材的，有黎錦明的「戰煙」和周楞伽的「煉獄」；以東北義勇軍的活動為背景有田軍的「八月的鄉村」，蕭紅的「生死場」；其他還有許多短篇小說，戲劇，詩歌等等，都是一些具有正確意識的前進作家們所苦心創作的。這些作品，雖然因為作家們為實踐生活所限制，不能臻於完善，但具有積極地反×的情緒則是一致的。

文學上反×情緒日見膨脹的進程中，由「反×文學」進展到「國防文學」的階段上，文藝的園地中，已經開着燦爛的花朵了！以描寫東北人民抗敵的壯烈行為最正確最動人的作品——「八月的鄉村」，已經為「國防文學」奠下基石了。如果我們的前進作家們能够從那些偉大的為鞏固國防的鬥爭中——像學生運動，市民救國運動，對敵人的抗爭，漢奸和警察與羣眾的搏鬥，……等等事實，去捉住鬥爭的形勢，去抓取時代的意義，創造出鼓動大眾抗敵的熱情的「國防文學」，則對於民族解放的鬥爭上是有重大的意義的。

因為「國防文學」是要切實地担負起反映現實的積極任務，同時，又要負起鼓動大眾抗敵的熱情的任務。就難免要歌頌民族英雄，要讚美為正義而戰的英勇行動，因此，「國防文學」，也許會被人看做「戰爭文學」；而「國防文學」的創作者，也許會被人誤認為像第一次世界大戰的謳歌者一樣。叫青年為「祖國」，為「正義」，去戰死；其實，這完全違背了我們「國防文學」的意義！

第一，我們不是狹隘的國家主義者，我們的「國防文學」，是鼓動民族的自衛戰爭，我們的目的，是解放自己；並不是想殺人家；也許免不了要殺人和被殺，那只是「血的壓迫」的反射。決不像「穿着美學的外衣」的「戰爭文學」一樣，公然主張「吸人血」，「吃人肉」，公然擁護吃人的政治和經濟，主張摧殘弱小者！

第二，提倡「國防文學」者，也決不是有着種族的偏見的。我們不誇張自己是個頂文明的國家，同時也不承認自己是個野蠻的民族；我們不看輕人家，我們也不看輕自己；我們為捍衛自己，為抵抗侵略而提倡「國防文學」；決不像意大利的老作家一樣，公然說慕沙里尼進軍非洲是開化蠻族，傳播文明；也決不像「肉彈三勇士」的作者一樣，公然讚美光榮的侵略戰。

我們「國防文學」固然也讚美英雄的戰鬥，但讚美者，決不是隔岸觀火者，同時也是英雄事業的參加者。我們「國防文學」者眼中的英雄，應該是：為了民族解放，同時也是懂得愛自己去執行一代的神聖使命的；他的行動應該是自覺的而不是被動的。決不像戰爭文學者一樣，專門鼓吹國內的青年和勞苦者替他們上火綫，替他們送死，從事盲目的戰鬥。

提倡「國防文學」者，應該有着主義和信念；是悲劇吧！應該流溢着勝利的樂觀氣分；是災難和困苦吧！應該要有勝利的預期；我們應該相信侵略者是漸漸走近他們的墳墓，而有勇氣謀民族解放者，是有着他們光明的前途！

一切為民族正義而奮鬥的文藝作家，現在雖在到處遍佈羅網的環境工作着，好的作品都遭查禁，民族文化受到了空前的災難。在這災難底下，有的是犧牲了，有的是背離了，有的是消極了，但歷史的演進，却使整個的反×的文藝戰綫仍然在不斷地加強與擴大，奔騰的洪流，是會越過一切礁石，險灘而奔放的。

我們為着民族的解放，為着個人更有意義的工作，應該停止一切無聊的寫作，一致的努力創造起「國防文學」，那麼，將來的中國文藝一定會結下燦爛的美麗的成果！

選自一九三六年五月十二日香港《工商日報・文藝週刊》

文藝零感之一——國防文學／王訪秋

夜深，無人可語時，聽半山的蟲聲，也能遣去一些寂寞。心境，眞是最不可究詰的東西。這時固然感覺寂寞，還寂寞得易受，有時在酒綠燈紅的歡讌席上，在歌聲琴韻的交響聲中，萬人歡笑，你偏寂寞得可憐，這却從何説起。自己的心境，原只有自己能體會，「各適其適」是再聰明不過的話。人類的大目的，雖只有一箇，為了這大目的雖必須集體的奮鬥，此外就不妨各幹各的了。能够説盡人類心上話的，自然要推我們的詩人，而詩人所表現的，也只是他個人乃至代表一部分人的趣味。「千秋萬歲後，誰知榮與辱？但恨在世時，飲酒不得足！」這是陶淵明的自挽，榮辱無所關心，到死却忘不了酒罎子的滋味。「少年雖亦薄湯武，不薄秦皇與武皇，設想英雄垂暮日，溫柔不住住何鄉？」這是龔定菴的感慨，事業不足輕重，女人方面却到老還要去廝混。「酒與女人」，雖説是詩人的特嗜，其實，需要濃烈的刺戟，却為人類通性。所謂心境寂寞，説破了，原只是缺乏刺戟而已！所以據日本已故文學教授廚川白村的意見，文學上的創作衝動，原屬心境受了某種壓廹的「白日的夢」的搬演。王爾德名著「沙樂美」，是描寫戀愛佔有慾的瘋狂心理。曹雪芹的不朽傑作「紅樓夢」，反覆於「意淫」之説，若用現代的術語來解釋，便是靈肉衝突的悲劇。又如唐代詩人王維孟郊的寄情於山水，歌詠着自然，何嘗不是感覺現實生活的苦悶，而游心物外的一種寄託。前幾年有所謂左翼文人，眩於唯物史觀的理論，以為只有描寫勞苦大眾的生活，才是最時髦的普羅文學。於是題材必採階級對立，背景必用農村工廠，結果則作者對於這種生活本無體驗，亦無情感，濫造一大批沒靈魂的作品，虛糜紙墨而已！現在普羅文學漸漸沒人提起，國防文學的旗號却又招展起來。究竟國防文學有什麼高深的定義，恕我沒有研究，顧名思義，則內容應極簡單明瞭。昨天偶然讀到沈茅盾先生的「給青年作家的公開信」，有幾句值得注意的話：「一箇作家，儘管一方面寫戀愛詩，寫游記，作無關國防的考據，而一方面是要求和爭取愛國的言論自由的志士，——他並不矛盾，他是對於救國運動有極大的幫助的！」從前普羅文學的失敗，左翼作家的令人討厭，誠然是因為他們沒有好作品折服人家，而同時却因否定一切的獨尊氣燄，和統制文藝的專制面目，十分難看！假如國防文學的倡導者，仍然走着普羅文學的錯誤底舊路，一定要江南才子來描述白山黑水間的沙場生活；一定要唯我獨尊的打倒其他的文藝價值；那麼我們來賭箇東道，國防文學和普羅文學的運命，决不會兩樣。茅盾先生在倡導聯合戰綫時，先來一箇尊重各派文藝的聲明，不失為聰明人的話。然而，國防文學也好，普羅文學也好，我們的作家總該忠實地審察自己的心境，如果對於農夫的流汗沒有深切的同情，對於亡省後的同胞根本沒有想到，那你的口號越叫得響，聽起來越使人難受！舊俗臨嫁的女子在先一天要裝假哭；家裡死了人，要僱人在堂前乾號；這類沒有眼淚的哭聲，只有聽了起反感。好的文藝作品是要讀後能發生共鳴和共感的，我不知道我們國防文學的作家，是否眞有了眼淚纔來號哭？

選自一九三六年九月五日香港《朝野公論》第六期

口號之爭與創作自由／華胥

如果不是毫沒良心的中國人，誰都明白在目前的新形勢底下，敵人是集中一切軍事外交經濟文化種種力量對中國作全面的侵略，我們應該集中一切人力物力，採取聯合陣線的方針，一致和敵人作全面的抵抗，才能够把垂危的民族拯救起來。

中國的文藝界，老早就看清楚這一點，所以目前的文學運動，就採取聯合戰線的方針。「國防文學」口號之被提出，就是為着團結起一切不願做亡國奴的作家們參加到抗×救亡的統一陣線來，這個口號提出來以後，我們可以看到全國各地很熱烈地擁護，熱烈地響應，就可以見這個口號是適合時代的需要，是正確的，因此，凡是愛好文藝的都在熱烈的期望，期望一切文藝家都能够在抗×救亡的目標下，為着國防而努力於文藝的活動。但是，不幸得很，大家正在朝着聯合陣線進行的時候，文藝界竟因口號論爭，而發生內戰起來，這次內戰綿延了三閱月，至今還未見停止，眞是未見聯合，先見分裂，使敵人拍手稱快，不能不算是文藝界一種不幸的現象。

我們遠處華南，離開火線是很遙遠的，不獨看不見雙方的陣容，而且聽不見砲聲，本來用不着搖旗助戰。同時，目前一般從大處着眼的文藝家，是希望這種內戰趕早結束，以便全力對外，無論那一方面，是不需要援軍的，好在我們的論調，並不是挑撥內戰，而是要求息爭，所以參加論列，自信並無重大妨碍的。

目前文藝界論爭中最中心的問題，是兩個口號——「國防文學」與「民族革命戰爭的大眾文學」。因為這兩個口號的糾紛，實在是費了不少文藝家的筆墨的。

根據多數文藝家的意見，對於「國防文學」這個口號，都是認為正確的。因為大家認定民族已走進極端危險的關頭，目前的抗×救亡運動，應該是不分階層，不分黨派，大家聯合起來為保衛民族而奮鬥。所以政治方面，有國防政府的建議；而在文化方面，有國防文學，國防戲劇，國防音樂，國防電影，國防……因此，「國防文學」的提出，是配合目前新形勢一個最正確的口號，這只要看這個口號已獲得全國廣泛的響應，便可以証明了。

但反對這個口號的，他就把那重大的意義忽畧了。他一方面從字面上去找牠——國防文學——的缺點，說牠太籠統，欠明確，一方面說：我們有國防，帝國主義也有國防，我們提出「國防」，不是很容易和帝國主義的國防相混麼？

這種類於吹毛求疵的反對論，對於已經成為大眾化的「國防文學」，自然不能成為有力的否定「國防文學」的理由。最不幸的，就是當國防文學這個口號已經獲得大家擁護的時候，突然又有胡風提出一個：「民族革命戰爭的大眾文學」的新口號來，然而胡風為什麼會提出這個口號來呢？據魯迅先生在「答徐懋庸並關於統一戰線問題」裏面說：「這個口號不是胡風提的，胡風做過一篇文章是事實，但那是我請他做的，他的文章解釋得不清楚也是事實。這口號，也不是我一個人的『標新立異』，是〔幾〕個人大家經過一番商議的。茅盾先生就是參加商議的一個。」因為這個口號是魯迅先生主動提出來的，越加使人重視，因之論爭也益劇烈起來。

贊成這個新口號「民族革命戰爭的大眾文學」的說：民族革命戰爭的大眾文學，明確，不會被誤會，曲解，且為反動者流所利用；而「國防文學」是籠統，容易被誤會，曲解，且為反動者流所利用。但反對的，則認為「民族革命戰爭的大眾文學」的口號，如果是為無產大眾提出來，那自然是對的，如果為不分黨派，不分階層，不分身分的聯合戰線提出來呢，那是不適宜的。因為這個口號，只適宜於號召左翼作家，而不適宜於號召一般的作家。魯迅先生在「論現在我們的文學運動」說：「……民族革命戰爭的大眾文學，是無產階級革命文學的一發展，是無產革命文學在現在時候的眞實的更廣大的內容。」他又在「答徐懋庸並關於統一戰線」這樣說：「『民族革命戰爭的大眾文學』主要是對前進的一向稱左翼的作家們提倡的，希望這些作家努力前進。……」這就充分說明這個口號是適用於左翼作家的立場，而茅盾先生也說：「『民族革命戰爭的大眾文學』，可以是創作的口號」，但既不是代替「國防文學」，也不是創作的一般口號，而是對左翼作家說的。

因為獲得各方面對於兩個口號充分的說明，問題是越加明朗化了。

我認為一個新口號之提出，應該配合着時代當前的客觀需要。如果不配合時代當前的客觀需要，那就等於無的放矢。因此，在這兩個口號的論爭當中，我是認「國防文學」這個口號比較「民族革命戰爭中的大眾文學」更為切合現階段的客觀需要。在現階段的文學運動中，既然採取聯合戰線的方針，那麼，我們不單要團結一般前進有正確的世界觀的作家，就是一班比較落後的，沒有正確世界觀的作家，只要他不是漢奸的作家，都應該設法他們來參加抗×救亡的聯合陣線。所以，我們就不應拿着適用於號召左翼作家的口號「民族革命戰爭的大眾文學」，作為號召一切不同階層不同派別的作家的口號。因為那是很容易使落後的作家嚇走的。同時，我們要明白：在民族的立場中，固然還有各階層的原有立場，但目前，民族的立場，是比階層的立場來得重要。不能把垂危的民族救起來，各階層的利益是無法談到的。所以我覺得現階段文學運動的口號，應該是「國防文學」而不是「民族革命戰爭的大眾文學」。

就是支持「民族革命戰爭的大眾文學」這個口號的魯迅先生，他對於抗×救亡的態度，和擁護「國防文學」這個口號的，一點都沒有二致。他在「答徐懋庸並關於抗×統一戰線問題」一文中，是很鮮明的表示着：

「中國目前的革命的政黨向全國人民所提出的抗×統一戰線的政策，我是贊同的，我是擁護的，我是無條件地加入這戰線，那理由就因為我不但是一個作家，而且是一個中國人。」

「我贊成一切文學家，任何派別的文學家，在抗×的口號之下統一起來的主張。」

「我以為文藝家在抗×問題上的聯合是無條件的，只要他不是漢奸，願意或贊成抗×，則不論叫哥哥妹妹之乎者也或鴛鴦蝴蝶都無妨。」

大家對於抗×救亡的目標與方針既然一致，那麼，再拿兩個口號作糾纏不清的論爭，實在是沒有意義的。目前一切非漢奸作家所應該為民族努力的，斷不是空洞的口號而是能夠反映現實的好的作品。而廣大讀者所要求的，也是好的能夠反映現實的作品而不是打着旗幟的空叫。

跟着兩個口號論爭之後，又有創作自由的問題來了。究竟在「國防文學」口號之下，創作會不會受到束縛呢？有人恐怕作家會懷疑到這一點，預先明白解釋着。郭沫若先生說：「國防文藝應該是多樣的統一而不是一色的塗抹。這兒應該包含着各種各樣的文藝作品，由純粹社會主義以至於狹義愛國主義的，但只要不是賣國的，不是為××主義作倀的東西。因而，國防文藝最好定義為非賣國的文藝，或××的文藝。」茅盾先生尤其細心，更以詳細解釋着：「……這就是說，不用國防的主題的作家，仍可參加民族自救的國防運動！應當是『一切文學者在國防的旗幟下聯合起來』，而不是『在國防文學的旗幟下聯合起來』；因為後者是束縛人的，是要把一些不寫國防主題的作家關在國防運動之外去的。」又說：「我們所希望的是全國任何作家在抗×的共同目標之下聯合起來，但在創作上需要有更大的自由」。（關於引起糾紛的兩個口號）

然而另一方面周揚先生却主張：「國防的主題，應當成為漢奸以外的一切作家的作品之中心的主題。」「國防文學的創作，必需採取進步的現實的方法。」「國防文學的口號，應當是創作活動的指標，它要號召一切作家都來寫國防的作品。一個文學的口號如果和藝術的創造活動不生關係，那它就成為毫無意義的東西。……」「……在參加聯合戰線的每個作家的身上是課了抗敵救國的義務的，那末希望他們寫國防的作品，就不能算是過高的要求。……」

周揚先生因為對於一切作家期待過高，因之引起主張「創作上需要有更大的自由」的茅盾先生大〔大〕不滿，一方面罵他是關門主義和宗派主義，一方面又用譏笑的態度說周揚有意在文藝家聯合陣營的大門上高懸一塊木牌，濃墨大書：「本營創作規例，計開：一，國防主題，二，前進的現實主義方法，三……」

我覺得茅盾先生那種態度，未免太會為落後的作家打算了。郭沫若先生說他那種主張，是「想寬大的替作家排解，這結果會消滅了一種運動在號召方面的效果……」倒是很對的。

在國防文學旗幟之下，自然不應該抱着宗派的成見，一定要人家以前進的思想，用進步的現實主義的方法去描寫國防的主題。但一切集中到國防旗幟底下來的作家，多少都應該課以抗×救亡的相當義務的。事實上他的能够盡的特殊任務，也惟有一枝筆，創造一些對於國防有裨益的作品。因此，我們要求一般參加國防運動的作家履行他們所應盡的義務，自然不算是過苛的要求。假使一個作家名義上是國防旗幟下的一員，而實際上却專門寫些純戀愛和神怪的作品，或不關大體的瑣屑的東西，那對於國防有什麼裨益呢？吉爾波丁說：「如果代替了有社會意義的主題，而正面地擺出了戀愛的個人主義的主題，那末，無論怎樣的天才，也不能從創作之瑣屑的低劣中，把作家救拔出來的。」（辛人譯的現實主義論）所以我是同意國防文學不單是作家關係間的標幟，同時應該是創作上活動的指標。固然「我們不能設想凡有愛國熱情而願聯合起來的作家一定也有合於國防文學的生活經驗；我們同樣不能設想凡有愛國熱情的作家一定有覓取這種生活經驗的環境上的自由；……」（引茅盾語）但我們對於一切的作家不能不有相當的期待的。這種期待，難道謂之束縛創作的自由？

新近有人主張過：「文藝領域應當像一個花園，讓各種花草自由的開放，無論什麼種類，無論什麼顏色，都有自由開放的權利……」這是一個極端自由論者的見解。這種見解是不適合於現階段的。目前的文學運動是反對「漢奸文學」的。所以這個文藝花園，應該不允許開着有毒的花。

誰都會明白：在社會裏生活，不能離開社會而自由；想離開現實，代文藝創造起極端自由的領域，那簡直是夢想！

好了，我個人對於上列兩種論爭，算是表示一點相當的意見了。我在寫這篇文章的當兒，一面從報紙上看到北海事件，上海事件……事件相繼爆發，時局的危機，日加嚴重，想到文藝界還繼續內戰，是極感到悲痛的。我相信一切熱心於國防運動的人們，應該同樣感到悲痛。所以我們對文藝界的要求是：馬上停止內爭，一致對外！

選自一九三六年十月六日香港《工商日報・文藝週刊》

抗戰文學中的浪漫主義質素／李育中

一，浪漫主義作什麼解其歷史及意義

浪漫主義，可以說在牠被名詞確立以前便存在了，在古典主義主宰一切的時候，浪漫主義的質素，便有過他的活動，浪漫主義在歷史上佔據位置而能夠把古典主義推倒，那是有社會根據的，沒有資本主義的抬頭，浪漫主義的興起，却不是一件易事，古典主義是適應貴族們的趣味，但浪漫主義却不然，他們要標榜平民的精神，這平民就是當日的新興資產階級。

浪漫主義在文學佔着優勢，那是十九世紀初年的事，在法國或其他地方，浪漫主義運動也就是文學革命的運動，一七八九年法國爆發了政治的大革命，跟着浪漫主義便於一八二零年怒放了第一顆花朵（指拉馬丁啟悟一詩），這一思潮的澎湃，乘着資本主義的發展是一發不可收拾了，盧梭，雨果，斯丹達爾，拉馬丁等，便是法國代表人物，他們的精神狀態都是勇敢熱烈的，在他們的作品裏便有了烙印。浪漫主義一語有着「廢墟的繫戀」，「抒情的熱感」，「憂鬱或熱情的激動」等意義。

提到浪漫主義，自然我們不能忘記英國，法國的浪漫主義是受着英國的影響而〔孕〕育出來的，在詩歌，英國的浪漫主義負有不可磨滅的光輝，拜倫，雪萊，和吉茨，是誰也不能忘記。而德國也在浪漫主義的影響下，而出現了狂飈運動，歌德，席勞，萊辛都是這時期的巨頭，餘外意大利及西班牙也同一樣被浪漫主義所稱霸，那恰好說明這種產物，是有社會的經濟政治作着它的背景的。

古典主義所受人不滿和缺欠的，浪漫主義都補足了，浪漫主義就是進一步豐富了文學的內容，把藝術的容積擴大了的。為什麼我們要説浪漫主義是符合資本主義的初期呢？因為資產階級在那時期政治上是肩起自由主義的旂幟的，浪漫主義在文學上也是要求並實踐了自由主義，更具體的説明，浪漫主義裏是靈感「自由」的，藝術上「博愛」的，文體混合「平等」的。法國革命有人權宣言，浪漫主義也有雨果的克林威爾序文（一八三零年），他們也一樣要求自由解放和眞理正義。

浪漫派眞正的歷史是始自英國，而繼盛於德意志，至於法國便登了最高峯。更早期的偉大浪漫主義者是沙士比亞和但丁，一切的浪漫主義都有以下的特徵，即是抒情的，自由的，創造的，新奇的，壯美的，反抗的，火熱的，想像的，誇張的，流動的，牠與陳腐因襲，冷酷保守對立，英國的丕德説浪漫運動是浮士德（智）與海倫（情）的結婚。

浪漫主義雖然後來遭遇到寫實主義的否定，但浪漫主義的精華是留存下來的，而他的質素也將永遠存在的，特別是在一個變革期裏。

二，現實主義與浪漫主義的關聯

浪漫主義全盛期是十九世紀和初葉的事，但到了十九世紀中葉却又有另外一種主義與它對抗了，結果這新主義——現實主義，便逐走了頹廢的浪漫派，因為那時期資本主義穩定而燦爛了，新的科學發明不斷產生，手工業已沒有位置，一切都以機械代替了，現實主義正配合了這個時代。

眞實而至科學化的程度，乃是市民的現實主義的基調，是實際的而不再像浪漫主義那末空想了，他們如實地描寫這個有缺憾的社會，只會暴露黑暗與罪惡那一面，這現實主義的手法，是無批判的，悲觀宿命的，調子是凝滯沉悶的，一切都是煩瑣與乏力，雖然出現了巴爾扎克，佛羅貝爾，狄更斯，左拉等較偉大的作家，那不過是盡了紀錄的任務，而不能作鼓動和領導的任務。

歌德雖然稱頌現實主義作家為健康者，浪漫主義作家為病人，但這時期的現實主義者未必是健康的。而舊現實主義的末期也成為不可救藥的頹廢派。可見十九世紀後半的現實主義確是比衰微了的浪漫主義進步，不管它還是不充分，因為現實主義的提倡是努力想接近現實的生活，對偉大的現實來觀察來描寫作為基礎的，它補足浪漫主義的空虛，兩者同樣是資本主義的產物，不過先後的時間不同，和任務不同，但最終却不能脫離開資本主義社會的地盤，從空想到實證，從自然農村到社會都市，從亢昂到平伏，那是必經的歷程。

何以現實主義終究是越過浪漫主義而佔優勢呢？因為現實主義無論在什麼的藝術文學內，多少都有它的質素的，文學唯一的材料，就是現實與社會諸關係的世界。完全脫離現實的文學形象是無意味的，所以反映現實便成為唯一的課題，浪漫主義沒有那樣能力，所以要沒落了。說過浪漫主義是政治上自由主義，究竟是放浪的，而寫實主義便變成民主主義，帶點理性的約束。而浪漫主義作為現實主義的啟蒙是必須的，沒有了浪漫主義的階段，是不能引渡出現實主義。

故意把浪漫主義與現實主義對立起來是不對的，像一些人所理解，浪漫主義與現實主義的判別，一個說是主觀的，美的，情的，靈的，個人的；一個却是客觀的，眞的，智的，肉的，社會的，這樣的說法，實在不切事實，進步的現實主義是包羅一切的，浪漫主義已溶化在它裏邊，現實主義向更高度發展，必然是要借助於浪漫主義的。

布爾喬亞的現實主義的發展是有限度的，在世紀末的時候，便會有新浪漫派的產生，那時候舊寫實主義已由全盛而至衰落，所以新浪漫派才會奪得了位置，但它仍然是薄弱的，活動不多久，終給現實主義所克服了，現實主義便更向前進。

三，目前抗戰文學的一般現象

在中國，新文學的歷史雖然短，但它接受外來的影響，却是敏感的，而且是加速着的，各種各式的文學式樣，也在中國出現過提倡過，而最近這幾年不能不說是現實主義主宰了全面，浪漫主義却成為可憐地衰退，甚至被人排斥。現在中國的文學倒算走上正確的大道了，那就是進步的現實主義作為中心，這一主流是溶匯了各流派的，用了更深大的積蓄。

抗戰的前夜，即是從九一八到八一三，那六年間，文學的發展是加速度的，替現實盡了許多批判的報導的任務，這現實主義是戰鬥的，擁護民族利益，來反抗強暴的壓迫與侵略的，文學理論的重工業建設是進行着，各種新型的文藝輕騎隊在試驗着，新進的青年作家不斷地在產生，那一切都是值得樂觀和預示了他的偉大前途的。

蘆溝橋事件激起中華民族英勇地抵抗了，跟着八一三事變，全面抗戰的局勢是形成了，全民族在緊張與奮發的情緒中，艱苦地支持這自衛生存，爭取解放的戰爭，各地都在動員着了，許多落後的民眾都醒覺憤怒和參加戰鬥。

敵人對我們的文化機關和文化事業，不絕加以轟炸和摧毀，而平津和上海的失陷，兩個文化中心是崩潰，文化人因此都直接或間接參加那偉大的戰爭，四處奔他們的前程去了，出版中心轉移，出版物受到打擊，質量上都較以前差落，但是有一點是可喜的，就是一切都轉入緊張而有力，從前消閑軟弱的東西，不能再復出現了，最活躍的，却是鋒利小巧的作品，取着報告文學，〔牆〕頭小說，街頭劇，諷刺詩，各地通訊和速寫的形式，在作者的態度和手法上，採取的不約而同是循着現實主義的大道，急速的反映現實，報導現實，不容有一點空想和一些微的悲觀，這趨勢實在是極可喜的，但是他們仍然存有缺陷，他們雖然把握着現實主義作為創作活動的指針，多的只有淺狹的理解，以為現實主義之外，是沒有什麼東西可以存在的，並且蔑視形式，藝術的加工不够，使到作品沒有吸引人的地方，形成大量的報章文學，於是在集納主義的控制下，好的作品是難於產生的，現在一般的缺乏多樣化，缺乏文藝上所必須的深度，闊度和強度，牠的根源，自然還有着許多其他的原因，而作者只是如實地去寫便算盡了責任，這顯然是非常不够。

四，革命底浪漫主義的必需

高爾基人們只知道他是蘇聯文學的創立者，現實主義的偉大模範，但是高爾基曾經是革命的浪漫主義者，關於這點，是值得細味着的，那要從他的初期作品看得出來，為了表示反抗現實，便從空想傳説或流氓的世界裏找出他勇敢的人物來和自私胆怯的對照，那時候，他注意特殊的事物，比日常一般的事物更多，作品裏往往有誇張的人物，和鮮明的色彩，這些特性就是浪漫主義的特性。但是高爾基的，却是屬於革命的浪漫主義，是動的，鬥爭的，把作品革命化了的。

在今天，中國一切的年青文藝工作者和學習者，都集中在現實主義的大旂幟下邊，但是只會固定在圖式和教條裏，並不是妥當的，現實主義的法規不是用來束縛人，而是叫人尋求更新鮮的路向，可以向着這個目標，而走不同的道路。為什麼革命的浪漫主義成為今日所必須呢？這是此時此地決定了的，浪漫主義到過中國來，從未得到完全的發展，雖然中國是一個複雜的社會，像歐西一樣翻造過是不允許的，但是到今天這是要進行民主的革命，爭取民族的獨立解放，這一次抗戰是置在存亡的契機上，這社會已加速在變革羣眾的熱情，不願做奴隸的反抗性是強烈的，中國要乘這機會走上一個新的階段，再無可遲疑了，文學家便要鼓勇全民族的向上，鼓勇全民族的戰鬥了，革命的浪漫主義是可以担當了這一任務的。

從今天開始，便要向文學要求，要帶有革命性，英雄性，樂觀性，戰鬥性。這是一個亢昂期，革命前夕和革命在火熱進行中，是須要這些作品的，我們不是說要回復到浪漫主義時期，羣眾是代替自然了，戰場是代替田園了，人物不是旖旎的，風光不是靜穆的，揚棄了它的神秘性和個人性，浪漫主義的質素，在這時候是須要發揮的，好義，任俠，輕生，追求自由，自尊自信，這些精神是值得提倡。

革命的浪漫主義與進步的現實主義不生矛盾的，並且是正當的，有益的，特別是抗戰文學是激進的，勇敢的，醒覺的緣故，如馬克斯所說：「勞動層的青年時代——尚未充分成熟的時代，是傾向空想的」，中國文學正是新生的尖銳的文學，在初期必然是如伊里奇所說，站在「現實的空想」上邊，只要他是有未來的，以歷史的認識，潑刺的典型，藝術的理想，前衛的意欲，來教育讀者，我們不排斥這英雄主義和理想主義。

我們的任務，便是依據所已表現的健全諸過程和傾向促其發展。

逃避現實，否定現實的浪漫主義，只會沉溺在幻夢般的空想，我們根本加以鄙棄，我們還是站穩現實的地基上，多發揚未經揭露的浪漫主義質素，取其極好的一面，這是當前抗戰文學所應留意的。

我寫這篇文章並不是有意提倡浪漫主義，不過只想說明一下，就是在抗戰的文學中，也用得到浪漫主義而已，抗戰文學容納了浪漫主義，這與現實主義並不矛盾，它會是作為有機的構成部分，而進入於現實的主義。

選自一九三八年三月十九及二十六日香港《華僑日報・文藝》

新文學與舊形式／施蟄存

自從抗戰以後，許多新文學作者都感覺到他們的文章不够下鄉，不够入伍，於是乎「此路不通」，便紛紛「碰鼻頭轉彎」。這個彎兒，一轉便轉到一條老路上去，叫做：「利用舊形式」。

所謂舊形式者，是些什麼東西呢？這裏邊包含着三字經，千字文，平戲脚本，彈詞開篇，章回體小說，大鼓書詞，五更調，四季相思之類的俗文學。當然，對於一般民眾和士兵，一齣套襲失街亭的槍斃李服膺平劇比一個獨幕新話劇更易於接受，一篇抗戰大鼓或彈詞比一篇抗戰新詩更易於接受，一篇精忠説岳全傳式的小説比一篇「柏林之圍」，「愛國童子」之類的都德式的小説更易於接受。所有的新文學家，在平時，祇會得寫作他們的小説，詩歌，戲劇，雜文，這些東西，出於意外地，一到了抗戰時期，全失去了作用。文學家之愛國抗敵，不敢後人，然而他們所有者祇是一枝筆，他們所能者祇是以寫文章盡其宣傳之責，然而寫出來的文章竟盡不了宣傳之責，這當然是一個大悲哀，於是抗戰後的新文學家分走了三條路；一，擱筆不做文章，從別的方面去作抗戰工作。二，改行做戰地通信，完全變了一個新聞記者。三，卽於放棄新文學之路而遷就俗文學，寫那些彈詞，大鼓，五更調之類的能够被民眾和士兵所接受的東西。

走這第三條路的文學同志們底勇氣也許是可以佩服的，他們所寫的這些充滿了新內容的舊式俗文學底宣傳效力也許是相當大的，但在這裏，我想提出的一個警告，乃是：「不要把這現象認為是新文學大眾化的一條康莊大道！」

文學到底應該不應該大眾化，能不能大眾化，這些問題讓我們暫時保留起來。因為「大眾」這一個名詞似乎還沒有明確的限界。但若果眞要做文學大眾化的運動，我以為祇有兩種辦法：（一）是提高「大眾」的文學趣味，（二）是從新文學本身中去尋求可能接近「大眾」的方法。這兩種辦法，都是要「大眾」拋棄了舊文學而接受新文學，或者說得更明確一點，是要「大眾」拋棄了舊形式的俗文學而接受一種新形式的俗文學。新酒雖然可以裝在舊瓶子裏，但若是酒好，則定做一種新瓶子來裝似乎更妥當些。

我們談了近二十年的新文學，隨時有人喊出大眾化的口號，但始終沒有找到一條正確的途徑。以至於在這戎馬倥偬的抗戰時期，不得不對舊式的俗文學表示了投降。這實在是新文學的沒落，而不是牠的進步。我希望目下在從事寫作這些抗戰大鼓，抗戰小調的新文學同志各人都能意識到他是在為抗戰而犧牲，並不是在為文學而奮鬥。

八月二日

選自一九三八年八月九日香港《星島日報・星座》

再談新文學與舊形式／施蟄存

因為本刊編者索文甚急，所以一到香港就寫了一點關於最近文學界利用舊形式作抗戰宣傳意見。昨天承茅盾先生送了兩本最近的「文藝陣地」，又借給了一份全國文協會的「抗戰文藝」，此外又看到了幾種別的文藝刊物才知道對於這個問題目前正有着各方面的論辯，而我的那一點意見，却已有鹿地亘君痛快地先表示過了。我與鹿地亘君素昧平生，他以前曾用中文發表過怎樣的文藝理論或見解，也不很留心，但是，在他這回的「關於藝術和宣傳的問題」的那封給適夷君的信中，他對於目下中國許多對於文藝熱心過度而事實上甚欠瞭解的批評家，創作家，乃至政治家所發的慨嘆，我以為全是一針見血的。完全可以同意的。他那篇文章中所牽涉到關於文藝的課題甚多，我覺得都有特別提出來討論一下的必要，但我在今天所想談的，還是關於舊形式的問題。

「在這生氣蓬勃的大時代的中國，又對於這舊形式來重複盛大的討論，我是發夢也想不到的。」鹿地亘君這樣感喟地說。不錯，我也做夢都想不到在這生氣蓬勃的大時代，我們的作家們還得乞靈於平劇，鼓詞，小調，三字經來做抗戰的利器。原來二十年的新文學運動，連「一個」足以收大眾化效果的「形式」也沒有創造出來。現在倉卒之間，要文章下鄉，要文章入伍，不得不亂拉一些舊文學中的破爛衣裳往身上一披。作家們和批評家們還沒有一個人肯承認是「政治的應急手段」，却偏要以為是替文學的宣傳手段和藝術性打定「永久的基礎」，這眞是應該被鹿地亘君所齒冷的。

我們若把這種錯誤的現象與二十年來新文學與舊文學搏鬥的經過情形互相參證一下，就不難發見一種潛意識的矛盾。原來新文學家一方面儘管在斥責舊文學是死文學，而另一方面却也私心地感到新文學是更死的文學。一方面儘管說舊文學是貴族的少數人的文學，而另一方面却也不免懷疑新文學是更貴族的，更少數人的。一方面儘管說舊文學的形式不足以表現新時代人的思想與情緒，而另一方面也不免常常為舊文學的形式所誘惑。在平時，新文學的創作家和批評家，都還能勉強把持住他們的堅定的意識，把新文學抬到九天之上，把舊文學打到九地之下。儘管是抹煞不掉「讀紅樓夢的比讀現代小說的人多」這事實，但可以說那種小說是「低級趣味」，是「鴛鴦蝴蝶派」。儘管忘懷不掉舊詩歌的音律節奏，但不要緊，我們的詩也可以「朗誦」。當時的壁壘，至少在表面上看起來，是何等地森嚴！但現在呢，隄防完全潰決，狐狸尾巴整個地顯出來了。郭沫若先生回國以後，寫了一些舊詩，就有幾位新文學作家寫信去要求他不要再做舊詩了，其理由有二：（一）舊詩是迷戀不得的骸骨，（二）倘若做了舊詩，他們就不便刊登在新文學的刊物上了。這恐怕是他們為新文學的最後奮鬥了吧！

擁護新文學而不能完全信任牠的效能，排斥舊文學而無法漠視牠的存在，我們文學界之所以會發生這種矛盾現狀者，追本求源，大概還是由於多數的作家及批評家對新文學要求得太多，並且同時還把文學的大眾化誤解了。

新文學終於只是文學，雖然能幫一點教育的忙，但牠代替不了教科書；雖然能幫一點政治的忙，但牠為當不來政治的信條，向新文學去要求牠可能以外的效能，當牠證明了牠的無力的時候，擁護者當然感到了失望。文學應該大眾化，但這也是有條件的。一方面是要能夠為大眾接受的文學，但同時，另一方面亦得是能夠接受文學的大眾。

新文學運動的第一個手段是解放舊文學的形式。何以要解放舊形式？因為要表現新思想。但是在解放了舊形式以後，應該是建設一個新的形式，可惜在大眾文學這方面，却是一向沒有完成這建設工作。所以一旦要使新文學在大眾面前發生影響的時候，就感覺到牠不如舊文學的形式了。這實在並不是舊形式本身有獲得大眾的魅力，而是由於新文學者沒有給大眾一個更好的形式。然而我們的那些前進的作家們及批評家們却早已在厭惡我們的同胞大眾了。為什麼你們不願意一讀我們的大眾文學呢？

我們有賽拉斐莫維支的「鐵流」，我們有富瑪諾夫的「夏伯陽」，那是早已在蘇聯成為行銷數十萬本的大眾讀物了，而何以你們這些沒出息的同胞大眾還是耽着讀「紅樓夢」和「三國志」呢？於是來一個文學的啟蒙運動，要「克服」他們的「落後」。

「蒙」沒有「啟」好，八一三的炮聲響了。愛國的作家們要為國家做一點有效的工作，而他所有的僅是一枝筆，他所能的祇是寫一篇文章。於是他們「用文學的形式來抗戰」了。然而在積極的方面，一篇文章到底退不了日本的飛機大炮，於是祇好走消極的路：宣傳。但是宣傳也不容易，所有的一九三七年式最新進口貨文藝武器，例如集體創作，牆頭小說，報告文學，還有嶄新的朗誦詩之類，全體都施用了出來，可是還沒有一個眞正大眾够得上資格來「接受」。只才感到眞沒有辦法了，倒底是舊形式偉大，牠是有「歷史的價值」的，蓬子先生於是果決地宣言着：「只有通過舊的形式才能使民眾接觸文學」。

如果作家們及批評家們堅執不肯承認這是鹿地亘君所謂「政治的〔應〕急手段」〔，〕則這種傾向，將來一定會把二十年來的新文學所建設好的一點點弱小的基礎都摧毀掉的。至於當前，我以為新文學的作家們還是應該各人走各人的路。一部分的作家們可以用他的特長去記錄及表現我們這大時代的民族精神，不必一定要故意地求大眾化，雖然他底作品未嘗不能盡量地供一般人閱讀。技巧稚淺一點的作家們，現在不妨為抗戰而犧牲，編一點利用舊形式的通俗文藝讀物以為抗戰宣傳服務。但在抗戰終於獲得了最〔終〕勝利以後，這些作家們最大的任務還是在趕緊建設一種新文學的通俗文學，以代替那些封建文學的渣滓。

（八月五月）

選自一九三八年八月十二日香港《星島日報・星座》

論新文學與舊形式／林煥平

幾年來的文藝大眾化運動，就曾經注意到利用舊形式的問〔題〕。接受文學遺產的潮流起來以後，其原〔來〕的含義，固然在乎西洋的古典文學；但對我國舊文學的注意稍為提高了些，〔也〕是不可否認的事實。不過因為客觀的主觀的條件之制約，〔並〕沒有把這〔個〕問〔題〕推〔到〕用實踐來解決它的階段，也是不必諱言。

抗戰軍興後，客觀的現實要求文學工作者更積極地服務於抗戰，於是文學大眾化才被推〔到〕更高的實踐階段。是文學大眾化中的一問題的利用舊形式問題，到這時，才被現實要求着作實際的解決。

和抗戰開展一樣，利用舊形式問題也展開討〔論〕了一年了。但還各〔人〕有各人的意見，熱烈地討論着，未曾得到決定的結論。

大概有三方面的意見。

第一是主張毫無問題地利用舊形式，

第二是主張有所取捨地利用舊形式，

第三是認為利用舊形式卽是新文學向舊文學投降。

主張毫無問題的利用舊形式的人，其理由很簡單：就是認為我國是一個半封建的老大國家，到處都是文盲，卽使〔識〕幾個字，他們看慣讀慣的東西都是充滿封建意識的舊東西，新文學他們一點都不慣。但是在這個民族革命戰爭的偉大時代，是需要動員全國廣大的工農大眾參加抗戰，才有最後勝利的把握。而動員民眾之前，必須作宣傳民眾，教育民眾，喚醒他們的國家觀念，民族意識的工作。藝術（是）易接近大眾，感動大眾的。但他們所能接受的是舊藝術。因此，在文學方面，不能不利用舊形式。

主張不能隨隨便便地亂用，須要有選擇地利用，批判地利用（的）人，他們的理由是：舊形式有許多純粹（是）封建東西。它一點也不能夠裝到新內容去。我們是用新的思想，新的意識去宣傳民眾，教育民眾，那些絲毫不能裝進新內容的舊形式，當然無從利用起。但有許多舊形式，其封建毒汁較稀薄，很可以利用，如平（劇），鼓詞，若干民謠小調等。而且不是停留在消極的利用，而是積極的利用，卽是，在不斷的利用中，提高它的質素，使它漸漸革新，成為一種新的形式。對於舊形式的利用問題，最多人贊成這個意見。卽如鹿地亘先生，也說「我贊成諸位先生的主張『利用』」，因為「實際上是作為對於緊急的現代的政治文化生活的橋樑工作，對大眾實施初步的文化教育」。

利用舊形式就是「否定」新文學嗎？

有一部分人（例如在本月九日十二日連續在某某日報發表關於此問題的意見的施蟄存先生）卻完全反對利用舊形式。同時對於新文學的效用也起了懷疑。理由也是很簡單。因為他認為：利用舊形式是對「舊式的俗文學表示了投降。這實在是新文學的沒落，不是它的進步。」而新文學呢，不但是「小說，詩歌，戲劇，雜文，這些東西，出於意外地，一到了抗戰時期，全失去了作用。」卽如「所有的一九三七年式最新進口貨文藝武器，例如集體創作，牆頭小說，報告文學，還有嶄新的朗誦詩之類，全體都施用了出來，可是還沒有一個眞正大眾夠得上資格來『接受』。」

在這裏，最低限度地似乎有展開當前文學運動上兩個重大問題來討論的必要。

第一，利用舊形式，是否就是否定新文學？

第二，五四以後的新文學運動的路，是否是正確的路？

第一個問題，如果是無條件地去利用，亂用，而且那個利用的作家又是不注意選擇題材，不注意內容的意識的話，我也贊成這種論點：它否定了新文學。如果那個利用舊形式的作家，是站在現代的，更具體地說，是站在民族革命戰爭的觀點與立場，對於被利用的舊形式，有所選擇，有所取捨，而尤其注意內容的意識，站在積極的立場，一方面是利用舊形式「對大眾實施初步的文化教育」，一方面是從接受文學遺產的觀點，改造舊文學的素質，使它發展，如果是這樣的話，則我認為，利用舊形式，不是否定新文學。何況，討論和實踐利用舊形式的作家，評論家們，從沒有任何人主張過棄絕了新文學而去專事利用舊形式。

第二個問題，五四以後的新文學之路，是西洋文學的現實主義之路，一直發展到今日的「最新進口貨」如集體創作，牆頭小說，報告文學，乃至嶄新的朗誦詩等，它是沿着一條正確的路發展下來，這恐怕是沒有人能够否認的吧？假如有人懷疑這條路是不正確的，那麼還有那一條路是最正確的呢？是我國的舊文學嗎？但是一討論到利用舊形式時，即杞憂為「新文學沒落」了，遑論完全走這一條路？是理想主義的道路嗎？但是五四以後輸入的象徵主義，唯美主義，新感覺主義等，在我國文壇上所占的地位又如何？請問說冷言譏誚者自己算是「新文學」隊伍中的一份子呢，還是所謂「禮拜六派」？請問他否定了他自己沒有？

駁否定新文學論者

在這裏，我們有更進而分析文學的讀者對象的必要。

我在上面已經説過，我國是一個半封建的半殖民地國家，一切比西歐的先進國家落後了兩個世紀。全國的人民有百分之八十以上是文盲，即使是懂得幾個字吧，他們所能够接觸的，也只是地方性的舊文學（如京戲，崐曲，川戲，湘調，粵曲之類）。他們的文化教養之傳統，更正確地説，社會教育給予他們的文化教養，只能够到達理解這種東西的程度。這以上，他們是無法接受，新文學，更不用説。所以説到這裏，我們敢肯定地説：大眾未能接受新文學，不單純是新文學的罪過，不單純是新文學作家走錯了路，這不僅是文學上的問題，實際上，是整個的文化問題，社會問題。在文化問題，社會問題沒有得到一個具體的解決之前，而説大眾未能接受新文學，完全是新文學作家應負的責任，是過分的。這是第一。

在這民族危亡的關頭，喚起每一個中華的兒女起來為自身的生存與自由而鬥爭，是當前文化界（包含文學界）的神聖任務，的天職。而抗戰建國的大業之是否能克底於成，也只有看這百分之八十以上的大眾能否覺醒，起來武裝自衛。在宣傳民眾，組織民眾的難苦工作中，凡是最有效的工具，我們就必須多用它。否則，那是民族的損失。如果有人不顧這種民族的損失而主張不用那效果較大的工具，則他的發言態度，是很值得我們懷疑的。在這一種觀點下，我們認為舊形式可以利用，而且應該利用。這是第二。

藝術文學是歷史的發展。東西文學皆然。而到了這一切都日漸國際化的二十世紀，文學已完全帶上了國際性，這也是不可否認的事實。法俄英德意等歐洲文學，雖有其獨自的民族性，但亦常互相交流；美國文學受歐洲文學，特別是英國文學的影響；明治維新以後發展到今日的日本文學完全是受歐洲十九世紀自然主義文學的影響；我國五四以後的新文學，也是沿着這歐洲文學的線發展，這已在上邊說過。歐美各國大眾，能够接受，不，愛讀近代文學之最高峯的東西，如巴爾扎克，托爾斯泰等的小說，理由很簡單：教育普及，人民文化水準高。日本情形却與我國略有相同之處。日本明治維新以後的自然主義文學，與我國五四以後的新文學，其發生的根源與發展的歸趨，略為相同。但日本的自然主義文學，却與中國的新文學一樣，並不能深入大眾，反是以「富士」，「King」，「主婦之友」等雜誌為中心的大眾文學，能深入於中下層民眾中間。這些大眾文學，恰似我國某著名作家的某一部作品那樣的性質，而有許多大學生都喜歡讀那一種作品，恰是有深刻的社會根據在的。但是，日本的大眾文學，却是較我國某作家那樣的大眾文學為進步，它的形式已逐漸接近新文學。從這種事實，證明某種可以利用的舊形式，在新的作家用新的內容去配合它時，它會逐漸走上質的變化，而發展的道路。因此，利用舊形式，未可遽爾肯定為新文學的投降，的沒落。這是第三。

我國雖然是半封建的半殖民地的國家，雖然有百分之八十以上的文盲，却也同時擁有着人數極眾的智識階級。他們中間，有智識水準非常高的專門人材，有中學畢業以上在各種分野服務的人員，也有正在大中學讀書的學生。像中國這樣的國家，它的自由解放運動，智識階級常是担負着最大的任務。這是已由我國及各弱小民族的解放鬥爭的鐵一般的事實證明了。我國的新文化，新文學，不但為一般智識階級所能接受，而且我國五四運動以後，特別是九一八以後的新文化，新文學鬥爭，是整個民族解放鬥爭的一環，是民族解放鬥爭的推動力量的一環。我記得，在八一三全面抗戰發動後，我國第一流的文化巨子們歇了一口氣說：幾年來的文化鬥爭收到效果了。又在上海失陷以後，經過一個短期間的混沌，租界裏的救亡工作又極度的緊張起來了。我們文化界的先輩們也肯定地說，這是從前的鬥爭播下了的種子。即如現在，也經常有廣大的學生智識份子羣眾，為文化，為文學所激動，所誘導而走上抗戰的第一線。從這種事實去觀察，我們實在未可厚非為抗戰以後新文學完全失了效用。這是第四。

文學大眾化的正路

在這裏還有一個問題有稍為詳細申論之必要。那就是：「文學到底應該不應該大眾化？能不能大眾化？」假如應該，而且可能的話，究竟怎麼樣使它大眾化？

頭兩個問題，早已有人解答了，得到了決定的結論了。現在再提出這樣的問題，再解答這樣的問題，似覺浪費筆墨。第三個問題，倒是問題的中心點，也是我們所須虛心探討的當前重要課題。九一八以後，從大眾化問題到語言問題，都有過熱烈的討論，且都得到過怎麼樣使文學大眾化的結論。這種成果，我們沒有理由完全推翻它，毀棄它。我們只有站在新的階段上，用新的客觀的主觀的現實內容去充實它，把它推到更高的實踐階段而已。

在這新階段下，這個問題的基本理解與根本解決，在「七月」第三集第一期座談會上鹿地亘先生的發言，及同誌第三集第五期鹿地先生的「文學雜論」，雖然如鹿地先生所虛心地承認一樣，發言有點兒粗暴，而在我看來，多少有點兒公式主義之嫌，但仍就足以供我們參考。

「提高『大眾』的文學趣味；從新文學本身去尋可能接近『大眾』的方法。這兩種辦法，都是要『大眾』拋棄了舊文學而接受新文學。或者說得更明確一點，是要『大眾』拋棄了舊形式的俗文學而接受一種新形式的俗文學。」

誰不希望這樣，誰不想做到這樣。但這只是一種希望，一種理想，不是一種實踐的辦法。因為問題的中心，正是在於：怎麼樣提高大眾的文學趣味？怎麼樣使新文學可能接近大眾啊。大眾的文學趣味提高了，大眾可能接近新文學了，那麼，這個問題不是已不復存在了嗎？

理想主義的人們，脚不踏實，當然是容易發見這樣的「天外的雲影」了。

老實說，讓我也再來重複一次公式主義的濫調：提高大眾的文學趣味，使新文學本身可能接近大眾這種偉大事業之完全的成功，只有在抗戰建國的大業完全成功以後，才有可能。因為它不是單純的文學的問題，同時是文化的問題，社會的問題。那麼，在抗戰建國未成功之前，我們就不做這種提高，使其接近的工作了嗎？那又絕不然。今日的文化，正是過去的文化精華之總和，我們沒有那樣愚蠢，棄置它。而抗戰建國的大業，正是需要文化各部門的工作者用各部門的新新舊舊的工具，去為它的最後成功而努力。在這一鬥爭過程中，抗戰建國的大業會一步一步推進，大眾的文化水準，文學趣味會一天一天提高，可能利用的舊形式在偉大時代的試煉中，會一天天變更素質而進步，新文學也因為能够接近大眾的機會多，而使他們一天天的熟習，順眼，而實際地，成為大眾自己的東西。這是大眾化的正道吧。我這樣想，特寫出來就教於海內賢明。

八月十五日

選自一九三八年八月十九日至二十二日香港《立報・言林》

抗戰文藝與政治／杜埃

文藝的政治性，就一般講，近代比之古代，色彩更為濃厚，這是由於近代的個人與社會關係，更比古代密切的原故。中國情形，也不能例外。就中國古代講，在中國直是經過了幾千年的農業社會經濟，經濟組織是散漫的，人的居住也是散漫的，生產力還很薄弱，且都是過着自給自足的經濟生活，人的文化水準也很有限，所以對於政治是不發生很大興趣的，且時時覺得政治問題與老百姓是不相干的問題，其實，老百姓還是生活在政治的管束之下的，從前的人民對國家政治的不關心，固有許多原因，但統治者的愚弄，也是原因之一。因為人民的不關心政治，政治就可由幾個獨裁獨行的人來任意操持了。舊文學中那些樸素的田園風味，固然是當時比較單〔純〕而安定的社會生活的反映，但也存在着政治的關係的，這些政治的關係就被上述的經濟生活的巨掌和統治者的愚弄之下，隱藏起來的。但在另一方面，統治者的御用文學，那裏所包含的政治作用可就不同了，它們是曉得政治的人，曉得統治人民的人，這種文學是作為統治者的一個政治工具，專門歌功頌德，宣揚皇恩，粉飾罪惡……來欺騙人民。統治者既然佔有特殊的地位，可以任意操縱社會，任意壓迫人民，那麼它所需要的人民當然是不關心，不管政治的順民了。這現象就在抗戰的今天，也還或多或少的存在着，譬如某些地方當局及某些頑固份子之不開放民運，不許談民主等等，他們對老百姓說：「政治問題用不着你管，你專管勞作和納稅的事够了。」對救亡的青年則這樣：「你們無須向工人農民宣傳，因為今天的抗戰不比北伐時之須要宣傳，因為今天的抗日救國，是人人所深知的了。」所以與其說從前的人民不關心政治，不如說人民沒權過問政治，還要妥切些。

人與政治的關係既如此息息相關，那麼文藝作品之與政治的關係也就可想而知了。現代的革命文學，須具有更大的政治意義，那已不祇是文學本身的要求，而是人民非要有目的意識，打（一）政治，生活不能獲得解放的客觀形勢下的迫切要求。

目前政治上已有了一個新的趨勢，抗日民族統一戰線已發展到一新的階段，假如作家對政治還表示着不關心〔的〕態度那是嚴重的錯誤，文藝作品裏的政治作用，不但不會破壞作品之藝術的價值，不但兩者不是截然對立的東西；而是有機地聯繫起來，統一起來的東西，作品裏之有政治的價值必然更大地提高了作品之藝術的價值。抗戰與政治是不可分離的，抗戰文學與政治作用，也是不可分離的，目前把數萬萬的人民，有目的，有計劃，引導進抗戰政治的圈內來，使他們變成抗戰力量之不竭的源泉，是抗戰文藝工作者今天的重大任務。

一〔九〕三八年，十二，十七晚

選自一九三八年十二月二十一日香港《申報・自由談》

也談「抗戰文藝與政治」／黃繩

文藝，和其他一切人類的文化產物一樣，是給生產力的發展所決定了的一定的社會的，階級的關係的產物。文藝創作的原動力是由一定的社會的，階級的關係所造成的社會的，階級的要求。我們也可以簡單地說，文藝是社會的產物，他是具體地形象地表現社會，批判社會，從而推進社會的。這是很顯淺的道理。

現在中華民族遭遇着一種空前鉅大的苦難，因而爆發了展開了亘古未有的解放鬥爭，這偉大的解放鬥爭是在聯合一切黨派一切階級的民族統一戰綫之下進行着的，這統一戰綫的解放鬥爭的開展，抗戰建國的同時並進，必然作用於社會的諸關係，而成為中國社會向前發展的重要契機，現實的要求決定着文藝要成為武器的一種配合着統一戰綫下一切軍事的政治的經濟的文化的力量和要求，為抗戰建國的偉大事業而邁進着，以達成推進社會的目的。

文藝現階段的任務，決定着當前的文藝必須是抗戰文藝，並以推進抗戰，加強抗戰力量為目的，所以一切頹廢的悲觀的個人主義的文學都失却了被給予評價的價值；所以當前的文藝問題是祇有一個，那就是「抗戰文藝政治」的問題，對於這問題的重視和探究，我們如上地說明了兩者的必然關係是必要的，然而是不够的，就是進一步指出「文藝作品裏的政治作用，不但不會破壞作品之藝術的價值，不但兩者不是截然對立的東西，而是有機地聯繫起來，統一起來的東西。作品裏之有政治的價值必然更大地提高了作品之藝術的價值」，雖然是尤其必要的，然而也還是不够的，「抗戰文藝與政治」的問題的核心是抗戰文藝如何達成政治的任務。

現在朋友們寫抗戰文藝，雖然不能說絕對沒有「為寫抗戰文藝而寫抗戰文藝」的，可是想來總要佔少數，他們總希望着自己的作品是一件武器，能夠有某種政治作用，寫了一篇作品就算為抗戰建國盡了一份力量，所以問題是在他們的目的有沒有達到和他們該如何以求達到目的這些問題上。

無可諱言的，抗戰十八個月間的文藝收穫太不豐饒，作品的數量雖然相當的可觀，但質量却沒有達到大家預期的水準，寫作者企圖以作品說明「時代的偉大，中國人民的決心與勇敢，認識與希望，對目前犧牲之忍耐與對最後勝利之確信」；然而他們往〔往〕衹有了一些抽象的概念，而沒有親切的體認；他們往往構造了固定的故事底子，格式的架搭，而去表現那些抽象的概念，他們往往沒有體認到新的人民領袖，新的草澤英雄，也沒有體認到「新的人民欺騙者，新的抗戰官僚，新的發國難財的主戰派，新的賣狗皮膏藥的宣傳家」，因而寫不出「典型」；這樣，便長養作品的公式性虛偽性概念性，換句話說，就是對於讀者的不親切性。

寫作者往往呆板去認識「作品裏之有政治的價值必然更大地提高了作品之藝術的價值」這道理，他們心中想着要寫出有政治作用的作品，等到寫成功了便以為有政治的價值，因而有更高的藝術的價值；而不知道那作品必定同時有藝術的價值，才為讀者所歡迎與接受，才眞正有政治的價值，作品裏的政治的價值和藝術的價值是這樣「有機地聯繫起來」的，在同一的作品這兩種價值是不能分開的，極端點說就是：不是全「有」便是全「無」，他們不了解這點，滿肚子「政治作用」，却衹放出一些氣，沒有生得出孩子來。

前幾天在一部選集裏翻到郭沫若先生的題作「人類進化的驛程」的一首詩，他要在那首詩裏表達他的政治意見，他有一段這樣寫道：

畫一個十字，再畫一個十字

漢奸遍地使我們前敵將士寒心，
但這樣漢奸之多正是一個教訓，
是說制裁漢奸的民主機構掃蕩無存，
工農生活的最低保障化為了泡影，
聰明的資產家們也委實過於聰明，
乘着抗戰的開始便窖藏資本，
成千成萬的失業者無人過問，
畫一個十字，再畫一個十字。

我們誠懇地希望着大開民眾解放之門。這可以說是百分的「政治詩」了；它提示着詩不應是口號呼喊，應有結實的政治的內容，是值得尊重的，然而它比散文句子相去得多遠，這是值得討論的問題。

這裏要補充一點，我們所謂「藝術價值」絲毫沒有意味着「唯美」之類，我們是把他當作達成作品的政治任務的條件看的，在現在階段上首先為讀者所歡迎和能接受，他要求着作品的眞實性典型對於讀者的親切之感，和對於讀者的形式方面障碍的排除。——具備了「藝術條件」的抗戰文藝才能担當起政治的任務。

選自一九三八年十二月二十九日香港《申報・自由談》

建立我們的和平救國運動／娜馬

現階段的中國新文藝運動，已經因為給那八股的，淺薄的，虛偽的「抗戰文藝」那一惡流而沖進最黑暗，最貧弱的領域去了，我們試把全國的文壇作一個總檢討的話，就會發覺出這裡完全是一幅大戈壁，這裡既沒有風，又沒有火，更沒有泉水，草原，生物……。

這，就是說明了目下中國的新文藝運動，已經跑到最低潮了！我們的文藝工作者那裡去了呢？在許多人的心坎中都似乎有這一句問話的存在。不錯，我們的文藝工作者羣，大部分人已經投身入那「抗戰文藝」的惡流中了，他們正進行着把那建築了不久的，美麗的文藝領土拆燬了去把他變成一幅沙漠的工作。我們也不否認還有一部分對新文藝有眞正愛好的人，他們還能潔身自愛地不肯參加那拆燬美麗的文藝領地的工作，而且還很為那被拆燬的美麗的文藝領地而表示惋惜！或更在高舉遠引地去自己經營，耕耘，灌溉他自己想像的小小的「文藝園圃」。以冀在那片一望無涯的大戈壁中，點綴幾塊「文藝的綠洲」在裡面，這就是證明在今天還有人不同意把那年青的中國文藝拉進那沒有太陽的黑夜期裡。周作人先生的：「復興中國文藝」的喊叫，就是這種現象的一個較明顯的例子。

在今天，我們每一個忠實於文藝本身的文藝工作者，固然很應該絕無條件地同意着周作人先生那一個呼喊！同時更應該拿出行動與工作來實踐這一個口號，關於這一點，近來似乎漸漸多人已經注意到或者已經實行起來了，覩於從那「抗戰文藝」的惡流中，漸漸地自覺起來而跑回那正確的文藝旅途而從事創作的作家一天比一天多的事實，已經充分地証明了我以上所說的話，並沒有什麼不對吧！

然而我們是否因為這樣便可以說中國的新文藝已經復興，或已經和復興的終站非常接近了呢？

不！我們決不能作這樣地過份的樂觀的。這正像一個每天都喝着數十口毒藥的人，偶然有幾天喝少了幾口，或偶然喝進一兩口沒有毒的開水，我們決不能說這個人已經痊愈，或快要痊愈的；因為，他還要把一切的毒藥都拒絕喝進口裡之外，更要喝上多量的有益的藥水，才能囘復他的健康呢！目下的中國新文藝，正與這一個例子相類，所以我們決不能說她是已經踏上了復興之途徑啊！

當然我們也決不會因此就感到悲觀或絕望，因為從歷史上告訴我們：「永久黑暗時期，自有人類到今天是從來沒有過的！」所以我們必需堅決地認定，黑暗只是黎明的前夜而已！

不過我們要更清楚地知道，這黎明之降臨，並不像自然界的晝夜往復般地自然而然的，在他未降臨之前，是需要許多作為有力的助產士的文藝工作者支付過相當鉅大的努力才可以達成的。

然而今天我們的文藝工作者所應該努力的方向是怎樣呢？在這個問題未討論之前，我們先要承認：在「抗戰文藝」一天沒有被全部打倒以前，中國文藝復興的果實便始終還不能成熟的，所以與其在今天來談如何復興中國文藝？還不如先談「如何打倒中國今日的抗戰文藝」？這一個問題來得急切，有人以為，基於時下抗戰文藝的內容的空洞，主題的虛偽，創作方法的公式，粗劣，是不必打而自倒的！這種理論還是犯了未能觀察現實全面的毛病！我們雖然同樣地承認時下一般抗戰文藝的空洞，公式，虛偽，粗劣……等存在的病態；但，同時我們也應該知道它那種種的病態已經廣泛地蔓延在全國的文藝界中，還種下了不少的基礎，「抗戰文藝」這一支中國文藝的逆流，已經氾濫到差不多整個的文壇裡。許多人已經「習非成是」了，假如不是遭受到嚴重的打擊與革命，它是決不會絕無條件地「告老歸田」的。

打擊，革命，這便是今天我們每一個眞正的文藝工作者，對時下那些抗戰文藝所應採的態度，這是絕無疑問的。然而我們要採用怎樣的方式與什麼的武器去進行那打擊，革命的工作呢，在這裡，我們先得把這〔些〕問題弄個明白，我以為，我們要從事這一件艱鉅的工作，固然非要每一個盡忠於文藝的工作者大家都付出最大的努力不可，而且這一羣的工作者，假如他們還是這麼地散漫的，沒有統一的大家各自為戰地去幹着，其效果也只是徒然的吧了！

我們必先要從這一羣文藝工作者中，建立起一個作為大家中心思想的統一理論，然後根據這統一的理論而組成一個龐大的組織，然後從這個組織出發，策動一個目前所需要的文藝革命運動，這是最必要的了。

我以為根據目前的需要，似乎先要建立起一個偉大的「和平救國文藝運動」的必要，固然這個「和平救國文藝運動」是與那「抗戰文藝運動」相對立的，然而我們要明白，它決不如「抗戰文藝」的那麼八股的，宣傳品式的；因為我們今日所提倡的「和平救國文藝」，它的本身是眞理的，現實的，美麗的，同時因為它本身要負上了歷史的十字架，所以先要強調他那和平救國的特質，然而決不會因為這樣而損害了它文藝上的本身價值的。

我們每一個忠實於文藝的文藝工作者，每一個有志於復興中國文藝的同志們，起來吧，請大家集中到「和平救國文藝運動」的鉅流中來〔，〕從事於復興中國文藝的鬥爭吧，黑暗就要從那文藝的大野逃跑了，準備迎接光明之重降吧。

選自一九四〇年三月二日香港《南華日報・一週文藝》

藝術創作的現實（性）和眞實（性）／李漢人

（一）

現實主義的文藝理論者告訴我們，藝術創作的根源是人類勞動的發展，人類在不斷的生活勞動過程中，發覺了眞理，知道了知識，更懂得創造和學習，藝術創作是作為這些成果的紀錄和更高的表現。所以，藝術創作的現實性，是成為現實主義的一個基本範疇了。

對於藝術理論的理解，亘古橫今大家都鬧着一個嚴重的問題，這就是作為藝術創作以及上層意識形態的基礎的「現實」，普通人對於「現實」的解釋，似乎都是限於時間，空間及人類感覺所觸着日常生活的形態，這樣顯然是不够的。如果照着這個說法來看，則人類的思維，都是非現實的意識形態了。同時，依照這個規定，世界上許多偉大的文藝作品，都應該認為非藝術作品了。如仲夏夜之夢，浮士德等的作品，以及巴爾札克，左拉，柴霍甫等，全都有問題了。

「現實」的解釋應該是廣義的，世界上沒有非現實的東西存在，然科學中的原子電子固然是現實，但人類發生的「神」或「仙」的幻想也是根源於現實的發展的。大抵凡是根源於現實個體中的意識形態活動及普通所講「烏托邦」之想，這些都是現實範圍中的事物。

文學史上有所謂古典主義，理想主義，浪漫主義及寫實主義，各個主義的規律和對創作感召的原則雖然是各各不同，不過，他們都是有一個極其顯著的共同點——就是他們的現實性。各個主義都是歷史階段的紀程碑，都是建築在體會現實生活上面的。但丁神曲是完全囈語，虛言，暴風雨是一篇充滿了虛構的作品，但這也是現實的作品，和高爾基的母親，魯迅的阿Q等，同是配合着整個時代歷史現實的要求而所發出的。所以，整部文學史，我很可以大胆地說一句，都是現實主義的演進紀錄。當然，這個現實主義的解釋是擴大起來的了。

自然科學的對象是自然和社會，這所謂定型的，有形的直接現實，文藝科學的對象就是這一現實的複製的成果。他是永遠不會毀滅的，但科學家的論文是要被歷史所（拋）棄的。牛頓的機械理論體系，現在顯然是被相對論及原子論取而代之了。但是神曲及浮士德，詩經及離騷在今日文藝活動過程上還是佔着一個極其重要的寶座，這是什麼道理，原因是「現實」的製造及複製的不同。

自然科學的眞理是簡單機械的，沒有他的永久的歷史性，文藝科學的創作是複雜的，非常屈折的。同時，更存在永遠不會毀滅的人類生活主題及藝術的鼓舞。由此，我們更可以明白，文藝上的現實，決不止是限於簡單的直接有形的東西。

人類腦子的活動，總不會失却現實性的，藝術文學的創作也決不會有非現實性存在的，所以，我們不必管古典主（義）是如何看重形式規模，是如何讓理智的發展駕淩在感情之上，是如何把人與自然的鬥爭過程詩化，但他仍然是不失為對「人性」的激發和體現的鼓舞。其他浪漫主義，（寫）實主義及今日的現實主義，自然是站在現實鬥爭的前哨上來發展了。

藝術創作決不會與現實各自為家，因為，脫離了現實便沒有物的存在，唯物論固然是以現實發展為其主要的基礎，但唯心論及機械論也並不是在「烏托邦」來建立的。這是非常容易明白的道理。

眞理是現實發展的成果，藝術文學創作的現實性，我以為是在於「深入」或「淺薄」這兩個問題上面。如果能够深入，則他接近眞理就更近，否則，對現實只有淺薄的認識，自然與眞理的距離更遠了。有許多對於這一個問題的解釋，反轉來却着眼在「歪曲」與「正確」上，其實，深刻的「歪曲」有時是會比淺薄的「正確」更接近眞理的啊！所以，我們今天向作家們號召，深入現實，在文藝創作活動上面，我們要強調藝術的現實性。

（二）

文藝是命定以形象為工具。直接從現實中吸取材料的；但我們要明白，文藝對現實的反映是整個社會現實的反映，並不是個人瑣事的簡單紀錄。雖然，藝術作品的內容是對於人的表現的努力，但我們又要明白，人是社會的一個構成份子，人決不是絕對沒有社會關係存在的簡單的動物。雖然人能夠思維，人有感情，有意志，有意識活動，但這決不是單純地由自己的精神上產生出來的，是通過了社會生活和意識形態的活動而產生的。這很可以引福古斯在小說與民眾中所說的話來証明：

「人生變革自然和創造經濟力的過程中，也改造了自己；因為物質力可以改變人，而改變物質勢力的又原是人，故在改變物質勢力的過程中，人也改變了自己。」

所以，人的生活，是要受社會的，政治的制約的。自然，藝術創作也是要受一定的政治的制約了。藝術與政治的關係，如果單從作品的性質的問題上永遠都不會尋出他的根源，藝術有時雖然會有機地成為政治勢力的一環，但這決不是由藝術家本來的能力發生的，他本身的活動力量固然受政治勢力的影响及引導，而且更會受政治勢力的壓迫和受藝術政策的限制。所以，郭德曼在第一次世界大戰時咬着心腸來大倡愛國戰爭文學，果戈理也只好硬着心腸把煉塲毀滅。這種人類間的無恥的壓迫，亘古以來就有了。所謂文學革命，所謂藝術戰鬥，完全是在於作家能否衝過在他周圍的，虛偽的，兇惡的政治勢力，眞眞正正的為現實去創作，去完成藝術創作的最高功績——眞實性。

文藝創作是要受政治的制約，但必得是合理的制約，文藝作品是直接地表現人的個性典型和社會生活及政治鬥爭。但必得是合理的政治鬥爭。

政治的統治者們往往是把握住歷史來玩弄的，為了個人的利益往往不惜犧牲人民及社會，而至於掀起社會的大暴動。威廉二世為了自己的利益去發動第一次世界大戰，以野蠻的政治勢力去制約國內一切現實生活的發展。這樣，在眞正的文藝戰鬥上面是要極力反對的。

現在，重慶政府為了維持國民黨少壯派軍人的利益，掀起了「抗戰」，三年來喪師失地，把中國四千年的歷史文明付之一炬。在「抗戰」的賣國害民過程中，也和威廉二世一樣製造了野蠻的無恥的政治勢力來制約一切現實生活的發展，不少眞正郭德曼者流甘心在這一制約下去為賣國者們宣傳效力，這就是以毀滅中國文化，撲殺中國文明為己任的「抗戰文藝運動」的公開活動。

「抗戰文藝作家」顯是受了重慶獨裁者收買，毫無掙扎地向野蠻的政治勢力投降。在這種情形之下，就算他們怎樣高唱現實主義或民族形式，決不會眞眞正正去為完成文藝創作的眞實性努力，結果最多也是等於郭德曼在歐戰時的愛國戰爭文學一樣收塲罷了。

這是和平救國文藝運動的最大仇敵，我們為了中國文藝過去的遺產，為了建立中國文藝偉大前途，向「抗戰文藝」迎頭痛擊！

文藝創作的眞實性是對現實作更深入的感召，它顯然是凌駕在文藝現實性這問題之上。為着完成文藝創作的眞實性的成果，我們在創作過程中必得接受和平建國的政治勢力的領導，因為，只有和平建國才是今天中國國民革命運動的正確策畧！

選自一九四〇年六月一日香港《南華日報・一週文藝》

反新式風花雪月——對香港文藝青年的一個挑戰／楊剛

近來托了一個青年副刊的福，常常讀到許多青年們的文章。對自己說，這正是一場幸運的認識。沒有到過香港的人，或到了香港不久的，大都容易對這地方的後生們抱一點懷疑心理。覺得香港地位特殊，人也不免特殊；老的固有些潮氣氤氳的籬下人味道，少的也正是圓頭圓腦，一付天真未鑿的公子態，可憐可掬。其到過香港稍有時日的人們，若沒有多少機會，也找不出門路對於香港老少發生新觀感。當然，這裏所說的外來觀察者指的是智識份子，只有他們才會像敏感的狐，到一處嗅一處的氣味，在幾丈開外用第六或第七感去探出他的同類。別的外來人雖在其他方面靈敏甚至於超過了靈魂，而對於這一層大都是無動於衷的。

讀了這些青年文章以後，就曉得用公子態或殖民地人物這些看法來概括香港的青年是有問題的。即使不能說香港大部分年青人都已超過了上面那兩個範疇，一小羣所思所講的少年正在蠕動着，抬頭着，而且有人在呼喊，在叫。

這種現象不足奇異，也不足為文化界特殊的驕傲。任何都市有牠的等層生活，也就養出等層的青年。社會繁榮趨於一邊，社會苦難與抗議趨於另一邊，有些人擁在繁榮脚下，把自己做成繁榮花燈上走馬串戲的西洋景，也必有有些人在另外一邊用破蓆頭把自己蓋在牆腳下，用剛才剜了自己的膿瘡的污膿手抓起臭鹹菜來往嘴裏送。你以為他縮在牆根下面，舔自己的膿血是甘心的嗎？你以為他想着「哦，我是該死的！」嗎？不！他的疑問累積起來了。他的憎恨爬上去了。他對自己的肯定雖然一天天被失望咬得七零八碎，但也是一天天被憎恨錘鍊着，繁榮散放了公子的花朵，苦難却熬出了不平的心，追求的心。香港自己在替自己培養兒女，我在一羣青年的文章裏，似覺看到了這類兒女的胎芽。

人是條永不知足的鱷魚。看見了胎芽還嫌胎芽不夠壯，也是情理中的事。從每天收到的幾十封信裏，我常常讀到與民族煎熬，社會苦難，不大相稱的文章。這不是說文章的技術不好，感情不夠。誰也不會一開始就寫好文章，誰也不能夠只管埋頭躲着寫，寫，一直等到寫成了，技術上沒有了問題才拿出去問世，就這樣等他拿出世時，他的文章也許還是會有問題的呢。而我所要談到的這些文章，却都屬於有了相當運用文字的力量的人們。他們的筆顯出他們是眞其喜歡文藝，下過一些工夫，至少讀過不少中國新文藝書籍。你可以說，假如有如此如彼的條件存在，假如寫這些文章的人們能夠如此如彼的話，他們能夠做出反映中國社會的事，至少反映這個畸形的小角落，牠是中華民族吊在海外的一塊病。

可是事實上讀了這些文章却不能不有些失望。我所讀到的大都是抒情的散文。寫文章的人情緒，大都在一個「我」字的統率之下，發出種種的音調。多半的人是中了懷鄉病的，想着故鄉。跟着一個故鄉的題目，或是含了懷鄉意味的題目，很自然很流暢的就來了嘆息，思慕和悲哀。在這裏，故鄉的柳絲，故鄉的蟬兒，或者，故鄉落日的餘暉和微風全應景而至。這時，文章裏的人物常常有了爸爸，媽媽，還有的就是愛人和姐姐。文章通常有眼淚，通常有向故鄉的凝望，有流亡的心。還有，就是幾聲天眞的對鬼子的怨恨和咒罵。最後的結束似乎是一致的，那是回家的願望。懷鄉病如果不寫到人筆下時，那麼他很容易地就會找到自己的憂鬱。他會閉起眼把手背上來，他像個寬袍大袖的秀才似的，感嘆起來，他會坐進他自己悲哀的囚牢裏，想着月亮，想着流水，想着風，他覺得月亮，水和風全不管他，全把他拋棄了。他好像他自己已經活了有六十年，好像他至少已挨了六百頓皮鞭子，而後就落在那無情的風與月眼下了一樣。他只有恨，只有孤獨和悲哀。從自己的憂鬱，有時候，年青的寫者會來一些小斷片。似乎有一種情緒管制住他，叫他連把自己的憂鬱連成一片都不耐煩，他於是來了游絲，來了飛絮，斷片簡語，三行兩句。他模仿一個老於世故的中年，撈着他們厭倦地吐出來的烟圈子，把自己稚嫩的感情片片插進去，使人苦悶地看到一種仿造的少年老成，心裏發急。我說這少年老成是仿造的，因為我有一個信念：我不相信世上有少年老成這樣物事。凡有如此都是仿造，有的雖已仿造成了習慣，但到了文字底下時，少年思想與感情無論如何是老不起來的，結果白糟〔蹋〕了自己追求的心，反而鑽到死路裏去了。這一類抒情文字中最好的一種是對於祖國的渴望和呼喚。文章在這種情緒之下，常常高昂急迫，文字中不少的血與火、紅色、喊叫、暴怒、十足的說明了寫者是性急不耐煩的少年人。他時時把感情綳張得像一片撐緊了的雞皮，任一條絲線碰上去，也能發出聲響。他呼風喚雨，十分不耐地用一支細筆寫着小小的字，依他，最好是掀起墨瓶一潑就成文章。

以上那幾種文，我不想簡單的用抒情兩字來概括。自然牠們都是發抒感情的文字，本人的感觸就是文章的泉源。在打着一場生死戰的中國，英雄主義的歌唱是事實的自然也是客觀的需要，這是上述最後一種文的價值。所以抒情文眼前原是需要的。但是感情這種東西不能憑空產生，牠由工作裏發芽，由讀書與思索裏培養，更由生活經歷中鍛鍊，牠才能夠濃凝強力得和我們的國產桐油一樣，不但自身不會流散，且能凝固其他的東西。上面幾種文章雖是抒情的性質，很顯然，寫者在動筆挖掘感情以外，似乎沒作其他的事。他只是在那裏挖他自己，拉緊他自己的神經線老是去敲那在單調工作裏的線條要牠發響。其中除了對祖國的呼喚在某方面能夠引起相當的共鳴而比較有意義以外，別的都可以風花雪月式的自我娛樂概盡。風花雪月，憐我憐卿正是這類文章的酒底。不過改了個新的樣子，故統名之曰新式風花雪月。

香港文藝青年之表現出新式風花雪月風氣，自然不是這裏青年人不長進，突如其來的。香港的文化生活還是一隻幼芽。北平有了二十年的新文化運動，上海有了十數年的社會科學和新興文藝運動，香港的文化生活開始了才不過僅二三年而已！有了目前這樣的成績已經可以自慰但卻不值得滿足。

困於個人情緒和感覺中，是五四時代的流風。這種流風如何養成，我想和香港教育的畸形不能不有關係。一般香港中學多以四書五經，詩詞歌賦教學，其有些有新文藝書籍的，大都只有些五四時代前後的作品作少年人的精神飯食，無形中少年們便走上了那一條路。這話說來長，且在題外，只好暫時不提。但少年們已經走了這條路，或者順了一時感情的起伏，有傾向走這條路，就應該自己所在的此時此地，想想此時此地對我將有何需要，而把自己從那條陳舊的長滿了荊棘的小路上拉出來。抗戰是富有魔力的兩個字，同時也是賦有神力的創造的能手。人處在牠的時代裏，僅僅心裏眼裏手上全和牠靠得緊緊的，就可以發現許多生命的奇蹟。這奇蹟不一定全可歌，卻往往眞可泣。我們拿今日的香港和三年前的香港比來，就知道這小島已經有了極大的改變。倘若我們再耐心煩一些，對於一人一物一事常常精細的去注意，也可者發現抗戰所造的奇蹟。三年以前，一個中國女人見了外國人，不敢提起中國，聽見外國人提起中國，她會恥得半個月不敢出門。但是三年以後，她不但高高興興的對甚麼人都講着她的祖國，並且她還在中外人的會場裏對外國人為她的祖國辯護，香港何處不是生活？何處不是材料？好的正可供感情的激勵，壞的也恰恰需要暴露。表現香港的視野非常廣闊，我們亦何苦專刳自己的空心腸！

我的手套已經抛出去了，敢請香港文藝青年接受一場挑戰。

選自一九四〇年十月一日香港《文藝青年》第二期

「反新式風花雪月」座談會會記

——團結・求進步・文藝工作者的大聚會／松針

儘管這一夜，這裏拍麻雀的聲響，湊起來會響過前線的砲火；儘管這一夜，這裏舞場傾瀉的香檳，匯起來會多過戰士流的鮮血；儘管「和平賣國文藝」的狗在旁看得喜滋滋，狗舌吞吐。但在淡黃的街燈掩映下的矮門，不（斷）地走進一個，三個，兩個的年青的影子。沒有一襲相同的衣裝，但都有一顆共同的心，大家迎着「反新式風花雪月」這戰鬥口號的喚召，來解決自己切身的問題！

廳堂的中央，擺着一張圓桌，上面劃着一條有着鋼鐵氣味的首尾緊接的鐵鍊。每一個出席者都鄭重地在鐵鍊裏寫下了自己的名字，同時就是向着旁邊的得意忘形的狗沉重的一擊！

鐵鍊貫串起七八十個名字，有些是文藝戰線上的老將，有些是文藝營壘的新兵，而更多的是陌生的年青的名字。有什麼比這意義更大呢？先進作家與文藝青年團結在一起，向「新式風花雪月」這壞傾向鬥爭！

一陣熱烈的掌聲，楊剛先生首先起立解釋她提出這個口號的動機和經過，並給「新式風花雪月」下了定義：

一、跟過去二千多年傳統的封建文學一樣，借自然界來寄托，表述自己個人的感情。

二、作者把自己關在自己的書齋裏，看不到生活，看不到鬥爭。

三、愛自己超於愛別人、愛民族、愛國家、愛人類——自私的情感。

四、悲哀的、傷感的、空虛的、呻吟的……。

「……我們的討論要有結論，但不是文章的結論，爭辯的結論，而是生活的結論。假如不充實我們的生活，擴大我們的生活，我們生活的根本態度不改變，那我們的討論是白花的！」

這是她向大家指出了大家的腳頭今後應該踏上的路向！

人是越來越多了，廳堂彷彿小了起來，有些竟然攀上去，坐在門楣。

又一陣掌聲，胡春冰先生發言了。首先他認為這個口號是個「很好的指示」：

「這口號的提出最少起一個批判的作用……不僅對於香港青年文藝運動是有利的，而且對全國抗戰文藝運動是有利的！」

於是他把抗戰初期的「打殺主義」作品分析到現在的「新式風花雪月」：

「新式風花雪月這傾向是存在的！在我的短文裏，不知是否技巧太壞，致引起一些誤會。我以為提出一個口號要在自己陣營應付敵人進攻，加以警惕，加以注意。我們承認這種傾向是抗戰文藝運動當中一種病態；但並不是把它排除在抗戰文藝之外，我們要從正面的，反面的，態度嚴肅的來討論這個問題。我們要通過這個討論得到進步，使這問題更充實，給漢奸一個打擊；一方面通過這討論來正視現實，加強抗戰文藝的力量！」

他接二連三的強調這傾向是事實的存在，確實，誰還能抹殺這傾向不是在青年寫家裏泛濫？

現在，曾潔孺先生，他主張這是「創作方法」的問題而不是「創作傾向」的問題的，發言了：

「我覺得這新式風花雪月不是一個簡單的問題，而是複雜的問題。這問題包含兩方面：一個是變態，一個是病態。青年走上抵抗力最弱的路線，如寫詩、散文、透露個人感情的，這是變態。但青年作者因修養的不夠，連這條抵抗力最弱的路也應付不了，反映自己也不能反映，變成了空虛，遠離了時代，這是病態。它們是一個問題的兩面，而不是一個問題。」

最後，他就把這「變態」和「病態」歸結到「創作方法」的問題上。

「我聽到變態和病態的說法，我要說幾句話。」

喬木先生的高個子站起來了。他從李南桌先生的「廣現實主義」的批判說起，說寫故鄉、寫椰絲，似乎是錯解了現實主義。單是創作方法的問題——

「這話是不是含有眞理的呢？是的！可是問題來了，我們青年為什麼老是寫這些東西呢？一次是偶然，二次就是必然。這雖是一個創作方法的問題，但主要的，主要的却是創作傾向的問題！我們雖然已有不少前進的文藝理論，正確的創作方法，但為什麼寫不出好的作品來呢？因為在生活上不能嚴肅也是徒然的！方法只能幫助我們工作，但不能代替我們的工作！所以新式風花雪月，主要的還是創作傾向的問題！」

他說，「新式風花雪月」雖比舊的「風花雪月」進了一步，但在我們今天的環境看來是不夠的，不單不夠，如果停止在這一點，其結果是危險、可怕的！

「主要是在我們的生活態度，更嚴肅一點！主要是在自己的前進的、積極的生活態度，而不單是學習方法，一個有良心的作者，不要以為回到國內就可以反映現實；在香港，也何嘗不所以反映？所以，主要是我們生活態度的不正確！」

「對於喬木先生的意見，我有點補充」，曾潔孺先生接着說：「所謂創作方法與方法論的方法有點不同，創作方法不僅幫助工作，而且包含了生活態度，對現實的觀察，題材的處理……」

於是討論集中到「創作方法」和「創作傾向」的定義上。曾潔孺先生認為「創作方法」包括了作家的生活態度和寫作態度。胡春冰先生認為創作方法是包含了作家的世界觀，文學的創作方法是要求作家有一種科學的正確的世界觀。作家通過這世界觀來處理生活，觀察現實和選取題材。黎覺奔先生認為進步的現實主義應該把創作方法和世界觀都包括起來。

「照曾先生的説法，即是有了文藝就有了生活」，楊剛先生却認為創作方法不能完全包括了作家的世界觀；「但是創作不過是作家全部生活的一部份，除了創作，作家還有別的很多的生活，還可以做很多的工作，創作不能概括作家的人生。」

她還舉出了托爾斯泰，杜益退也夫斯基等的世界觀與創作方法矛盾的例子。

「新式風花雪月的問題，使我頭痛啦！」

黃繩先生接連的幾個「頭痛」，在嚴肅的會場裏引起了輕快的笑聲。

「請容許我講得滑稽一點。我寫了一篇很壞的文章，想不到給人批評是平凡的，而且是庸俗的……」

哈哈哈哈……會場又輕快的爆出年青的笑聲。

「曾先生在他的兩篇文章裏，認為把新式風花雪月説是傾向的錯誤，是不對的、庸俗的，認為説是方法的錯誤，才是非庸俗的、對的。但今晚曾先生好像已將意見修改了，認為是問題的兩面。」

跟着黃繩先生指出「新式風花雪月」已成為青年學生們寫文章的風氣，已成為一種傾向。要糾正這種傾向，就是要方法，就要學習對現實的看法，這就包含了世界觀和生活態度。

「世界觀是要以生活實踐為基底的，不知這句話能不能包括這問題的意見？」

他歸結了這個問題之後，跟着就指出「新式風花雪月」這種傾向現在已漸少發見，已在克服過程中，所以——

「現在提出這個問題，説是克服這傾向，不如説是一個警惕，要大家當心，加強自己的生活實踐！」

「加強生活實踐！」這應該是今晚的一個重要的收穫！馮亦代先生認為香港的文藝青年雖不在祖國，但肩頭仍要負起偉大的任務的。我們的生活絕對不是個人的生活。我們的生活不是敷衍今天，而明天也是我們的！

葉靈鳳先生認為「要從人羣中看到自己，不要從自己看到人羣！」

「現在討論的結果」，楊剛先生大致是下了這樣的結論：

「（一）新式風花雪月是存在的；（二）是一種傾向，在心理上是一種傾向，在寫作方面也是一種傾向。要克服它，必須加強生活實踐，改善寫作方法。今後寫作的問題不在寫不寫抒情作品，只在抒什麼情，懷什麼念……現實主義的寫法是最好的出路，怎樣接近現實呢？一、觀察到深一層的階級思想；二，透到大眾的經濟環境；三、不要只在書齋裏生活，要多到社會，認識人，觀察人……至於浪漫主義，這時代還是需要的。革命的浪漫主義是一種願望，一種憧憬，我們要把對祖國光明遠大的願望，切切實實地擴大起來，成為感情最眞實的東西！古典作品我們也可以學習，古典作品都是崇高的，尊嚴的，我們借用歷史上崇高偉大的鬥爭，來作我們鬥爭的指標，寫出我們民族的偉大的願望，……」

「現在討論第四項，香港青年文藝運動的開展問題。」主席把會場的熱力帶到這最重要的課題了。這是青年自己切身的問題啦！怎樣用自己的力量來開闢自己的前路？但時間已經夜深了，週密的方法已不可能，大家只有原則地提出：

多研究進步的社會科學！

更重要的加強實踐！

香港文藝青年在一個目標下團結起來！

多開闢給青年寫家練武的園地！
把文藝的利刃推入工廠，推入下層的羣眾！
多教育青年！多照料青年！
文藝青年把全體的力量集中在一起！
最後，大家一致的通過，全港的青年文藝團體召集一個聯席會議，來解決未解決的問題！
今晚這個會應該不只是克服弱點的清算，而且是文藝青年團結起來，邁步向前衝的起點吧！

一九四〇，十一，廿六日

選自一九四〇年十二月一日香港《文藝青年》第六期

存目

關于文藝大眾化的二三意見／黃繩
選自一九三九年三月十六日香港《文藝陣地》第二卷第十一期

再斥所謂「和平救國文藝運動」／葉靈鳳
選自一九四〇年四月三十日香港《大公報・文協》，內文可參《文學史料卷》頁四一六

略論「懷鄉」文章／艾秋
選自一九四〇年十月二十九日及三十日香港《立報・言林》

錯誤的「挑戰」——對新風花雪月問題的辯正／潔孺
選自一九四〇年十一月九日香港《國民日報・新壘》

兩地書／娜馬、揚帆
選自一九四一年一月十三日香港《南華日報・半週文藝》

文藝理論與思潮

論象徵主義詩歌／隱郎

題前

我們在着手研究任何一種學問之前，必須先找得適當的研究方法。因為方法適當了，在研究的進程中，不但事半功倍，而且在研究的結果，最少也不致得到過于差誤的定論。

關于研究藝術上的某主潮，流派，我以為不應只從作品或作家入手，應先從形成那主潮，流派的時代底社會背景入手，然後，才能得悉整個的，具體的主潮，流派的真相。而且，當着手研究的時候，還要辯證法地去把握社會現象的一切動的發展，而去決定那主潮，流派之所以形成的原因。

這麼說來，藝術上的主潮，流派，無疑的都是時代的社會的產物了。所以，我們對于某一主潮，流派的形成，應該不要忘了它是被限制于它底時代下的「空間」與「時間」的條件。所謂「空間」的限制，是指形成那主潮，流派的社會，環境而言；所謂「時間」的限制，是指形成那主潮，流派的時代而言。當形成它的「空間」與「時間」的條件尚未完全消滅時，那主潮，流派仍是可以安然地存在的。因此，我們可以說：一切藝術上的主潮，流派，都不是憑空產生的，它之能够產生，必然有形成它的「空間」與「時間」的客觀條件。這原則，我們在着手研究藝術上的主潮，流派之前，也是應該把握到的一點。

同時，因為環境與國度的不同，雖然在同一時代所產生的同一主潮，流派，形成它的客觀條件也往往會有多少出入的，于是在這情形下所產生的藝術品，質和量，形式和技法，也難免無大同小異之處。所以，我們在研究藝術上的主潮，流派之餘，還要把同一主潮，流派下的作品，加以客觀的比較。至于作家的研究，只要能把顯著的，確能代表那主潮，流派的，抽出幾個來分析，敘述外，其餘的，都可從畧。

其次，還有一點須注意的，就是：當研究了那主潮，流派之所以產生和它底本身存在的意義和價值後，便應該歷史地，辯證法地從「時間」「空間」底動態中，去認識它底前途，和決定它未來底壽命。

關于象徵主義詩歌的發生，存在，和它底前路問題。我是準備在這些法則下去論述的。為便于着手起見，把這論述的行徑分為五個階段。即：

1. 象徵主義詩歌的產生
2. 象徵主義詩歌鳥瞰
3. 象徵主義詩歌的特徵
4. 象徵主義詩歌的技法
5. 象徵主義詩歌的前路

象徵主義詩歌的產生

象徵主義詩歌的產生，是在十九世紀末葉，廿世紀初年。那時期的歐洲，是布爾階級握取了政權，奠定了基礎之後。這期間，資本主義依着歷史的法則，經已發展到最高形式，最後的階段了。因此，它自身底內在矛盾，也異常劇烈，而日益尖銳化起來。罷工戰禍，風起雲湧，一切固有文化或文明，也被它自己搗成粉碎，猙獰的面目畢露人前，社會上的一切問題都不能再以溫情主義，或協調的手段去解決，于是一般社會狀態，也呈混亂不安之象。社會的各階層跟着而分解沉淪，個人生活失去常軌。個人主義的思想極度高張，每個人的腦根中都感到無出路，極度的苦悶。因此一般知識份子都厭惡都市生活，每想超出現實，可是結果仍跳不出現實的圈子。在這樣的情形下，便專向幻想中去找尋安慰了；剎那間的心靈上的刺戟，醇酒婦人所賜與的片刻的快樂和興感；總而言之，他們不外想擺脫一切苦悶，不問事，不管事，只求心靈上能過剎那慰安的生活。這種純個人主義思想之流行，反映到藝術的領域裡，便偏于唯心的觀念的方面，痙攣地對于「新花樣」之探求——然而，總不能發現普遍的適合大眾的新形式——以是那理想的，感覺的，意象的，神秘的，未來主義，意象主義，神秘主義，象徵主義的藝術上底種種流派便應運而生了。

這些藝人對于社會生活的一切，完全盲無所覯。存在他們底腦根中的，全是空虛的個人的經驗與病態的幻想，和一切全無依據而混亂的東西。而這些東西在藝術的範疇中表現出來，便是所謂未來主義，意象主義，神秘主義，象徵主義……的作品。雖然我也明白，這些主義之形成，理論上，技法上，難免有多少異同之處，可是，以個人主義的情緒或病態的幻想去寫自己的作品，這些，恐怕在各流派中都是一致的吧！

在統治階級的人們看來，唯心觀念——精神支配物質的觀念，——愈能深入被治者的頭腦，便是愈好的。因為統治者獨占了一切，精神支配物質之説愈普遍，它底寶座便愈能堅固的。所以，以唯心的，觀念的去完成作品的象徵主義，及一切在理想主義旗幟下的主義之能够在十九世紀末葉產生，便是適應了當時的「時間」與「空間」的客觀條件。

我們已找到了象徵主義之所以產生的一般根據，現在便可以敘述它底產生的情形了。不過，為了便于敘述起見，除了以象徵主義詩歌為主題外，決不涉及其他枝節的問題。

在談象徵主義詩歌產生之前，應該先闡明和象徵主義有關的「托斯加」和「頹加蕩」的兩種思潮底來源及其意義。

當十九世紀末期，法國國民的大部份的拉丁民族，每年減少下去，在這些民族間，便起了一種恐怖，以為十九世紀將近終結，而這民族也要跟着而消滅了。這麼一來，便產生「世紀末」（法語 Fin de siecle）之語。在此語背後，却潛伏着一脈厭世思想，有對于自己民族不久便要跟着這宇宙中絕滅的以悲觀做根底的厭世的絕望思想。而且這種思想，一出法國國門，瀰漫了全歐；尤其是文人為烈。

如果把這 Fin de siecle 的思想，細別起來，可以分為兩種。即一以法國為中心而成為西歐文壇一特徵的「頹加蕩」，一是在俄國文學中常見的一種思潮——「托斯加」。前者是 Fin de siecle 的積極方面，後者是其消極方面的表現。

「托斯加」俄語是 Toska 英語可譯作 World Sorrow 德文叫做 Weltschmerz，直譯起來，就是「世界苦」的意思。日本文學家本間久雄對于這思想，曾引用過英人提龍（Dillon）的解釋來說明。提龍說：

「原名的托斯加：就是完全沒有盎格魯薩克遜（Anglo-Saxon）的健全思想的意思。在英文沒有適當的譯語：所以只好用 Heart-Ache 或 World-Sorrow 等語來代替。這種托斯加的心理狀態，是厭世思想和神經過敏等各種原素雜然混和時所生的結果，不論什麼人走進了這種狀態，便會對于現世一切事物，失却了穩健的興味，對于目前的實際目的，拋棄了追求的慾望，而只是苦心焦慮的要解釋人生的啞謎。他們只是焦慮而毫沒有整然的理路，所以結果是一方厭惡現世，他方毫無目的地憧憬虛無，終至痛感于人生的無常悲慘，將一切成敗，當作鷄蟲蠻觸，而澈悟到最後面的死滅。在這一點，可以看作一種宿命論的狀態，所以到了這種階段，似乎上述的厭世思想，可以完全消滅，實際上却并不如此。這種宿命論可以比做一種湖上的冰結一般，時機一至，這宿命觀念像冰解一般溶化，而回復到原來的暗淡索漠的心情，元氣銷沉，幻象消失，對于實際生活的一切潑剌的感覺，完全絕跡。它的結果，不外乎終于發狂沉溺于絕望的深淵。」

我們對于「托斯加」的意義已經明瞭了，現在再把「頹加蕩」的意義伸說一下吧。前面已經說過，「頹加蕩」雖是 Fin de siecle 的厭世的一面，但比之「托斯加」則比較自覺而積極的。現在先說「頹加蕩」之所以產生，然後再闡明它底意義。

「頹加蕩」（Decadants）是在法國產生的。當一八八二——三年間，巴黎拉丁區的某咖啡店的地下室中，集合許多青年文藝者，批評着當世的文壇。為要鮮明地表現出自己，以是這一群人便為自己集團取了一個名稱，這名稱叫做「希獨洛拍斯」（Hydropalhes）。他們這個自取的名稱，本來是沒有多大意義的。一般世人在不甚滿意這名稱之下，便替他們換了個名稱叫「頹加蕩」，意思是墮落的人。後來他們便以「頹加蕩」自稱了。這集體的人有波特來爾，（Charles Baudelaire 1821 – 1868），魏侖（Verlaine 1844 – 1896），尤思曼（Joris Karl Huysmans 1848 – 1907），馬拉爾枚（S. Mallarme 1842 – 1898），孟代士（C. Mendes 1841 – 1909），列尼埃（Henry de Regnier）諸人。這般人後來多變為象徵主義的詩人，尤以波特來爾，魏侖更為著名。

「頹加蕩」的藝術之特徵，可分為四點。即：

1. 是重情調之神經的，不是思想或感情的。
2. 是始終重人工而迴避自然為主旨。
3. 是渴求神秘的，而常表現潛在于事象裡面的神秘。
4. 是竭力尋求奇異的，憎惡一切平凡陳腐的東西。

總而言之，「頹加蕩」的藝術，是由神經過敏的近代人之貪求強烈的刺激而發生的藝術。以上四點特徵中，除了第四之「奇異」外，其他如「人工的」，「神秘的」，「重情調的」三者都是構成象徵主義藝術內容的。

正因為這樣，當「頹加蕩」這名稱又給世人嫌厭的時候，在他們底同志中的穆雷亞斯（Jean Moreas 1858 – 1910）就提議改用 Symbolism 的名稱，于是象徵主義便存在當時社會了。

象徵主義詩人著名的有魏侖，馬拉爾枚，蘭波，波特來爾，穆雷亞斯等，現因篇幅所限，不能逐一介紹出來。

象徵主義詩歌鳥瞰

這一段亦因篇幅所限，從略。

象徵主義詩歌的特徵

這裡，我準備把象徵主義詩歌的特徵，作一個概括的叙述。不過當叙述之前，還得把「什麼是象徵」這一意義加以闡明。

象徵，英文寫作 Symbol，據一般的解釋，是表現法之一，同時也就是廣義的聯想（Association）。即眼前所見聞到的事物，引起從前經驗過的事物再現，這新舊兩種因子互相結合，而再生出感情思想的意思。不過，普通的聯想是事物與意義間有一種必然的聯絡關係，象徵則不然，事物與意義間相隔非常懸殊，例如看見玫瑰花便想起某一時期和某女士在某名園觀賞時的情景，這叫做聯想。（而且這種聯想，只限于有關係的個人的，若另換了一個人，那所得的聯想，便又不同了，所以這只可以叫做狹義的聯想）假如把玫瑰花用來表示熱烘的愛情，那便成為象徵了，譬如白色象徵純潔清淨，黑色象徵悲哀與死亡，黃金色象徵光榮與權力；鷹象徵權威，蛇象徵罪惡，筆象徵文，劍象徵武，桃花象徵美人，櫻樹象徵英雄，這都是很恰當的象徵例子。

明白了象徵的意義後，現在可以敘述象徵主義詩歌的特徵了。

象徵主義詩歌第一個特徵，是非客觀的。純以個人的主觀觀感，在心靈上幻築玄虛飄渺的樓台，歌詠那離開現實的迷糊彷彿的幻境，以求剎那的感興和慰安。因為這樣，象徵主義詩歌便往往會迴避現實，對現實不敢作正面的觀察。詩人深信靈的境界底存在，所以他們的理想便和現實如水火之不相容的，時相衝突。其次是：在象徵主義詩歌中，理性和意志都是不適用的。因為它對現實是以不直說不實敘為主旨的，所有的情緒多寄于幻象的靈境，所以理性和意志，在象徵主義詩歌中是極端排斥的。第三，象徵主義詩歌的意義是內在的，不是表現于外面的。它是不主張把詩的內容顯露，不，它根本是不能把內容顯露。因為它的內在是模糊的弄不清的，而且它常以模糊的句子去表現這模糊不清的內容，藉以表示它的詩歌本身底存在。第四，取材的平凡。象徵主義詩歌的取材。多半是平凡的事物如樹木，橋樑，房屋，沙灘，野草閒花，幽谷浮雲，都可以作它底題材。這些事物，在詩人看來，都是有意義的，他想把不可見不可說的靈的境界，借這些平凡的事物，用暗示方法具體地表示出來，以冀喚起人們的共感。第五，是注重形式，放棄內容。這點，也是象徵主義詩歌的特徵。它對詩歌的造句是異常講究的，且最喜歡運用新的句子；最好是不曾給人用過的句子，去填寫幻象的內容。而且常因找到一句新欵的而和內容全無關係的句子，便硬裝進詩去。所以在象徵主義的詩歌裡，往往會發現許多和詩的本身全無關係的句子，便是這個緣故。第六，是打破詩的節奏，掙脫一切固有形式的束縛。象徵主義詩人是主張以音樂的震動而寫詩的，只要能够把自己心靈的幻想，或事物所反映于內在的音响，不加修飾地寫了出來，便成象徵主義的詩歌。所有因循的韻律和節奏，以及一切固定的形式，他都棄如敝屣的。第七，是具有色，味，音底感覺的。這些感覺的交錯，在象徵主義詩歌中，也是極端地表現着。

總之，象徵主義詩歌的特徵，不外是：瞬間的情調，唯我的意識，心靈的幻境，朦朧的詞句，和不可思議的內在吧了。

象徵主義詩歌的技法

關于這技法的問題，我得先引廚川白村氏的話來作一個引子，雖然所引的不過是廚川氏解釋浪漫主義，自然主義和象徵主義的差別，可是對象徵主義的技法問題，却是多少曾涉及的。他說：

「我們假定，一個愛人在很遠的地方不意地死了。這個題目來悲歌深切的苦痛的，是浪漫派，他們往往誇大感情，用以表示自己的思想。將戀人死去前後的事情，以及接到報告當時的情況，毫不洩漏地精密地描寫出來的，這是自然派。但是象徵派的詩人們，却絕不取這種手段，他們為着要再現出這種情調，往往描寫出一種和戀人之死毫不相關的事實，而使讀者也產出近似的情緒。例如在一個陰暗的傍晚，獨自走過一條很冷的道路，這時候，在森林的彼方，一點風也沒有地折斷了一支樹木。他們僅僅叙述這一點事情，已經可以使讀者在心裡感到一種和死了戀人同樣的情調，這便是象徵派的技巧。」

現在，為便于叙述起見，我把象徵主義詩歌的技法分述如下：

1　暗示的，不可思議的。象徵主義詩人的腦神經，是異常地鋭敏，他們的思想感情和普通人根本不同，他們自有他們的幽玄神秘的境界。他們感覺得普通用慣了的暴露或直叙的語言文字，是不足表現他底內在的生活，——所謂精神生活的，于是便非借重暗示不可，他們先用官能的手段，刺激人們的神經，因為這種刺激而產生的情調，便可以暗示出非官能的事象。這即是説詩人把心靈上震動着的情緒直接地用暗示的技法傳給讀者使讀者的心靈和詩人共鳴。不過，有時因為暗示的技法太超出現實了，所以往往令讀者得到不可思議的結果。

2　努力于色，味，音方面的描寫。象徵主義詩壇的巨星波特來爾曾説過：「色，味，音三者是一致的。」這些感覺的交錯，這些感覺交錯的描寫，也是象徵主義詩歌中常有的技法。所以，象徵主義詩歌和音樂是很接近的。

3　表現剎那間的感興。因為表現剎間的感興，印象自然不是完全具體的，所以在寫完了一篇詩之後，對于意思便常常失去一貫的聯絡，同時，也免不了一些類似的謎語，令人不可捉摸的語句，因此整個詩篇的組織自然也寬弛鬆懈了。然而，表現剎那間的感興，却是象徵主義詩歌固有的技法。

此外，對于造句的新穎，用語的朦朧，結構的任情不拘，都是象徵主義詩歌技法的異人之處。

象徵主義詩歌的前路

在這條小標題底下，我打算對象徵主義詩歌的前路作一個預卜。但，因為不想把範圍擴大，所以只就限于我國的詩壇。

然而，我國的詩壇到底有無象徵主義的詩歌呢？這問題，只要我們能够虛心地把近年來的詩歌，打一個迴視後，便無疑地會承認在這許多詩群中，是有象徵主義詩歌底存在的。以集體來說，如「現代」每期所載的詩歌，便有許多具有象徵主義詩歌的成分。以個人說，如李金髮，施蟄存，侯汝華，林英強，鷗外鷗，林庚……之輩的詩，多少總染有象徵主義的色彩的。雖然，像曾有人說過，中國目前尚無純粹的象徵主義詩歌產生，可是，事實所給與我們，在整個詩群中，并不是全無純粹的象徵主義成分。遠一點來說，如《現代》一卷二期刊載的施蟄存的「衛生」那篇，便是一個好例：

玄色的華爾紗，
遂做了夜的一部分嗎？

以隕星的眼波投射過來的
那個多血質的少婦
是只有兩支完全的藕
和一個盛在盤裡的林檎。

已經是豐富的 DESSERT 了，
對于我知足的眼的腿。
如果華爾紗的夜透了曙光。
我是要患急性的胃加答兒的。

願玄色的華爾紗，

永遠是夜的一部分吧。

只看這首詩的標題，已經是够象徵了，而詩裡的「是只有兩支完全的藕，和一個盛在盤裡的林檎。」「我是要患急性的胃加答兒的」的句子，更加令人讀後難以解索了。雖然，「只有兩支……」那兩句我是意識到他是指少婦的手臂和嘴，但也是離不了象徵主義的技法，何況還有些地方令人確是難以捉摸的哩！

近一點來說，如最近的「現代」五卷四期載的禾金的「二月風景線」一篇，更可証明象徵主義詩歌已達成熟期了。原詩錄下，以供讀者自己觀賞：

淡綠的風吹起
溶解了濃味的朱古力，
翻開心上的青色的一頁，
吟味着二月的戀詩。
培養那青色的戀的花朵，
四月的煖房是必需的嗎？
迎着清冽的綠風，
愛嬌的百合也浪費地呼吸着呢。
在多少二月的陽光中，
我僅讀了一對灰色的眼睛。
像一個辛勤的老學者，
從深奧的古籍中發現了眞理，

他將用多輕快的心情，
來記住這光榮的季節呢？

算了，像這些例是引不了許多的，總之，我們從以上的引例中，已明白象徵主義詩歌在中國的目前詩壇，確已佔有了相當的地位，然而，象徵主義詩歌是怎樣存在的呢？它底前路是否必會樂觀？這兩個問題，我們是需要探究的。

在解答這問題之前，我們必須先把握到中國目前的社會現狀。中國目前的社會現狀，誰都曉得是異常混亂的。農村經濟的日益崩潰，都市的工商業給外來經濟侵襲的影響，和自身的過量發展底雙重矛盾，以是也跟着世界現狀不景氣起來；社會隨地充滿了失業群，社會的各階層亦日益尖鋭化，矛盾地對立。因此罷工運動，社會運動的謀整個變革的現象時有發生，統治者為欲維持社會安寧和自身穩健計，對于這些現象底發生，便不惜施予酷辣的政治手段去彈壓，解決。藝術本來是時代反映下的產物，而正因為這樣，能夠找到現實做題材的，意識比較前進的，都不能幸免地遭到消滅摧殘！而且以各階層的矛盾更尖鋭對立的目前為甚！

象徵主義詩歌是以靈境的幻象為出發點的，取材已迴避現實，表現技法更主張用純暗示，和不可思議的詞句。這麼一來，它底本身特徵對目前的統治者是萬分適合的，所以自然是應時而存在了。

在象徵主義詩群中的詩人，總離不了以下三種：

1　藝術範疇中的遊離分子。這種人對于藝術是有特殊的嗜好的，不過，因不能把握到歷史的必然性，和對現社會不能有深刻的認識，而致只會感到苦悶，不安；不能找到現實來作自己詩歌的題材。于是便在藝術範疇中左傾右袒，成為藝術的遊離分子。

2　是公子歌兒們。這類人多是有閒者的子孫，而對藝術發生深切的愛好者。他們目覩詩壇的傾向是這樣，以是也如法炮製地起來湊湊熱鬧。

3　是在浪潮中遭到創傷而餒了氣的一群。他們是有明確的意識的，不過，因懼于對立階層的壓力過大，在進不能，退不得當中，便像迴避現實似地躲在象徵主義旗幟下去寫他的聊勝于無的詩歌。

我們對于象徵主義詩歌之所以存在的社會根據已找到了，那麼，現在便不難確定它底前路是否樂觀底問題。

藝術是跟着它底時代，社會底客觀條件而存在的，這于本文上面，已復説過。而對于象徵主義詩歌的前路是否樂觀底問題，也只有待決于目前中國的社會前路。目前中國的社會前路是否樂觀呢？這問題之解答，恐怕是否的一面；而象徵主義詩歌底前路問題，也無疑地是不會樂觀的。

理由是：它跳不出「待決于自己時代自己社會」底鐵則！

一九三四，八，十四晨脱稿于同社。

選自一九三四年九月香港《今日詩歌》始創號

新藝術領域上底表現主義／黎覺奔

目次：

表現主義（Expressionismus）是近代流行於歐洲藝術諸流派中的一種主義。尤其是在德國的文壇上和一般思想界的勢力，大有火山爆炸之勢。無論在詩歌上，繪畫上，彫刻上，音樂上，小説上，戲劇上，到處驚着人目。有人說，將來的大文藝，是必在表現主義原野上結果的。表現派的演劇學底理論家們更狂呼曰：「一切好的眞實的演劇都是表現主義底的。」這意思上，可見表現主義底勃興是到怎樣的瘋狂了。然而表現主義這怪物究竟是什麼一種東西呢？

表現主義云者，原發起於德國歐戰之前（1912）的幾位非戰論者、人道主義者、和平主義者、國際主義者之羣。他們藉了雜誌「行動」（Aktion）發表對於當時的政治否認的意見。一直至 1914 年大戰爆發，他們便在文藝的作品上發表非戰論的文章，及進而從戰爭所喚起的人生問題。待到 1918 年戰爭終結，及革命之際，表現主義的具體底理論就能在德國文壇上公然出現了。今者，表現主義之旗幟滿佈德國，表現主義之創作，也無月不有，於是〔這〕主義便成了歐洲藝術新動向上流行的中心。

飲水思源，考其表現派最早作品，還算是康定斯基（W. Kandinsky）和弗蘭茨・瑪爾克（Franz Marc）底「青騎士集」（Der Blaue Reiter）。這作品出版後，影响於當時底社會的非戰論思想很大，當然反對非戰論的理想主義者大有人在。——原來德國國民是理想主義的，但一時受了物質主義的影响，遂掀起了世界大戰，其慘敗的結果，使國民再追求理想主義，而產生這種表現主義。質言之：這種主義是自然主義（Naturalismus）印象主義（Impressionismus）的正反對的極端的主觀主義（Objectismus）。

這裡試展開表現主義，分析其究竟罷：

美術上的表現主義，是後期印象派以後的造型美術、尤其是繪畫的傾向的總稱，這派畫家不甘於自然或印象的再現，想借了自然或印象以表現自己的內界，或者竭力要表現自然的精神，更重於自然的形相的。但到後來，以為模倣自然乃是藝術的屈服及滅亡，終至如「印象主義和表現主義」（Impressionismus und Expressionismus）的作者蘭培格爾教授（Franz Landsberger）所說那樣，說到自然再現（或描寫）是使藝術家不依他內底衝動，而屈服外界的自然，是將那該是獨裁君主的藝術家，放在奴隸地位的。「拋開一切自然模倣罷！拋開生出空間的錯覺來的遠近畫法罷！藝術用不着這樣的騙術。」藝術的眞，不是和外界一致，而是和藝術家的內界一致。

表現派的美術之與印象派的不同的地方，是因為印象派的畫家是委全心於自然所給與的印象的；而表現派畫家，則因為要遂行內界表現的意思，便和自然戰，使牠屈服，或則打破自然，將其破片來湊成自己的藝術品。誠如蘭培格爾所說：「藝術是表現，並非再現。」（Kunst ist Gabe, nicht Wiedergabe）

表現派者，是一邊否定着現象底外面的姿態，而且只注意那形而上學的意義；一邊如由藝術家底精神所感到似的，努力着要將「世界底內面的本質」表現到外面來的藝術。（算是表現主義的定義罷——著者）。

至於文壇上的表現主義的主張和傾向又怎樣呢？不消說，也是移植了美術界的主張和傾向的。他們——文壇上的文士之羣，將畫家所欲以色彩表現的東西，代用言語來做。他們「是除去求客觀的價值的一切；形式者，不過是表現的自然底態度。而這表現，則無非是在客觀底外界的最內者（主觀）的必然的描寫，從了客觀的法則，生長着的有機體的活動的表面，是從熾熱的核心出來的溫暖而有了生的氣息，是Protuberanz（日蝕盡時的邊緣的紅光。）「唯感情的『恍忽』（Ekstase），唯作用於本身心靈飛躍力的反動，才造成新藝術」。「詩的職務是把現實從其現象的輪廓裡解脫出來的，是克服現實的。然而既不是以現實的自身作手段，也不是逃避現實，却是更熱烈地一面擁抱着現實，一面依據於精神的貫徹力，流動性，和解明的憧憬，依據於感情的強烈與爆發力去征服現實制度〔與〕現實的。」

表現主義和新浪漫主義有相同之處嗎？在「崇尚主觀」，「輕視現實」看來，表現主義是和新浪漫主義很相像的。但和新浪漫派之「避開自然」不同，表現主義却是極力對於現實的鬥爭，克服，壓倒，解體，變形，改造。表現派又排斥象徵，他們是在搜求比起「奇怪的花紋」似的象徵來，更其熱烈，深刻；有着詩底効力的簡潔，直截，濃厚的言語。這也是新浪漫派傾向之一的象徵主義不同的地方。

無論在詩的領域或小說的領域，表現主義都主張描寫的目標是生活（Leben），並非先前似的是藝術（l'art pour l'art）。忽德那說：「文學要干涉人生，即要對人生的形成，給以影響。」他又說：「舊的小說家想由他的著作，給與興味和娛樂；新的小說家則給與感動，且使向上。前者描寫外底現實，後者改造實在，而造成高尚的現實。」惠爾弗勒（Werfel）說：「世界始於人！」「人不是被造物，而是創造者。」由此，我們便明白表現派之看重「為人生而藝術」了。不過他們與自然派和寫實派之要曝露人間的機制，探究使牠發動的諸原動力，即刺激和神經和血，所以解剖人間不同。表現主義者並不想發〔現〕心靈的秘密，而以心靈的發展為目的。他們並不敘述個人的受動狀態，而使人行動。在自然派，人是藝術的客體，而表現派則是主體。就是，人行動，反抗現實，和現實鬥爭。

德國表現派詩人曾諷刺過自然主義者甘心做自然的奴隸，在舞臺上高呼云：

自然空自繅長絲，
百世不易把在錘頭上運轉，
萬彙只是噪雜的集團，
百無聊賴地相互擊攢。
是誰區分出這平勻動靈節文，
永恆生動着一絲不亂地動顫？
是誰喚集萬散而成一，如
調和音雅地鳴彈？
是誰使狂風暴雨驚叫怒號？
是誰使落日殘暉散成綺照？
是誰投美麗的春花於彼情人並步的中道？
是誰組織無謂的碧葉使成

榮譽之冠冠彼人豪？
是誰奠定峨嶺普司之山
聚集神祇？
呵，人生之力，全由我們詩人啟示！

從這首詩看來，可知道表現派詩人是怎樣的自為誇張，怎樣的篾視自然主義啊!?

關於這，斷言托爾斯泰和襲察洛夫（Goncharov）是象徵主義者的梅壘什珂夫斯基（D. Mereschkovsky）說着，他以為演劇的本質，不外是藉悲劇的或喜劇的激情底形式的那唯一的「世界感」（Weltgefüge）之集中的表現。在這意思上，索福克來斯或莎士比亞底悲劇，莫里哀（Molière）底喜劇，却帶着表現主義的性質的。

但這不過單單的自負而已。馬查（I. Matsa）在「新演劇領域上的實驗」一文較完滿地解釋表演主義的演戲底本質說：「表現主義的戲曲：第一，乃是想創造人類生活底形而上學的本質之『最淨化了的』而又『最完全的』戲劇的綜合的欲求；第二，乃是想發見專從行動底諸要素而成立的這綜合底形式的欲求」。（馬查著：新演劇領域上的實驗——著者註）

對於表現主義底戲劇的本質，我們便可得到一個統一而且清楚的概念。其次，當論及牠的「形式」和「內容」：

形式的領域上——表現主義除了保守着根本的形式——行動——以外，其餘對於舊的戲劇一切形式的要素差不多都放棄了。因為表現主義的戲曲不外是戲劇的行動底不斷的激情底繫聯，即積極的感情底互相關係之表現的緣故；所以和這原則相矛盾的一切東西，是非放棄不可的。所以牠絕對不利用象徵派，印象派底藝術的方法。這樣，表現主義的戲曲是不講說的，不分析的，不象徵化的；因戲曲，不外是宇宙的綜合之綜合的行動底集中的的結構。

內容的領域上——表現主義老老實實地拋棄了在寫實主義（Realismus）的，自然主義的，象徵主義的演劇學底意思上的一切情節。而且拋棄舊的戲劇的性格。因為戲劇的要素的性格，乃為分析底結果；在舞臺上的性格，並非豫先所給與的東西，而是藉心理的分析底手段在我們底眼前生出且發展着的。一切的性格，一切的典型，都和「學院派的演劇」的「性格」和「典型」同樣，是和現實底物質的生活有關聯的。然而表現主義的戲曲底主人公，並不是現實的的人，也不是現實的的人底象徵，而是生活自身，是生活底形而上學的內容。牠包含着一切的「生活」現象。

這裡應該特別筆記一下的，就是表現主義的演劇學底理論家們對於舞臺和戲曲底分離的鬥爭。這許是表現派的演劇底最主要的價值罷。牠能够除去了戲曲與舞臺之間的裂縫，而做了演劇底本質的，形式的統一底嘗試，還在舞臺的可能性底領域內獲得了顯著的成果。這大概因為表現主義的演劇學底理論家們是適應着那希望着「世界的統一」的「表現主義的世界觀」，所以從這裡鬥爭而開始的緣故。「戲曲愈加是抽象的的，則舞臺愈加需要着種種技巧的的效果。」在這關係上，表現派的舞臺完全負着效果和技巧底重荷。革命的布爾喬亞階級底戲劇樣式，已經必然地要求着自然性底或種效果——浪漫主義則拖出了舞臺底美學。象徵派則倘沒有裝置，衣裳，配光底遮掩，便不能出現於舞臺。然而表現派的舞臺，是概無裝置，只在有顏色的羅紗之中行演着；其次最重要的就是光線。

表現派演劇要在光線上獲得舞臺效果。

光線問題，在印象派的舞臺，象徵派的舞臺，寫實派的舞臺那裡已經盡了非常顯著的任務了。然而在表現派的舞臺上，是要藉光底手段，和演出底本質自身相融合着；同時解決一切的行動底連續，場面轉換底敏速，和力學底諸問題。這樣，放棄了古典主義的及自然主義的底一切舊的演劇學底全組織及全構成的表現主義的戲曲，牠在舞臺上專靠配光底手段，獲得了自己底形式的統一，自己結構底充實，而完成舞臺技巧底莫大的效果了。

這裡著者不得不多費筆墨，而說到從表現派底美術上文學上及戲劇上而且進展到音樂上的新的領域了。

提到音樂的時候，牠也是和美術，文學，戲劇同樣的走着發展的路，由斐路祺奧・布左尼（Ferruccio Buzoni）的「音樂立體派」，與及克羅特・台布西（Claude Debussy）的「音樂印象派」，發展到最近許多年青音樂家之羣為了「音樂革命」而開始做了他們自己的工作，建設了「表現主義的音樂」。他們最可以代表為努力份子的，有斯忒倫培克（A. Sternberg），珂達爾（Z. Kodel），望・迭倫（Van Diren）和擺爾托克（B. Bartok）等。這些新的作曲家們底作品之一般的特質，是在那「音樂的小畫景（Miniature）」所集中着的形式上的感情底集中的綜合之原始的表現。

表現派音樂家根據台布西所主張「和聲底美的原則之解放，律動底積極的意義底加重之欲求」與及布左尼所主張「音樂體系及長音短音底音階底分析的指正」底態度之支配的的原則，創立了「依然要找尋出某等完成的表現形式，來代替和聲的結構底破壞的完全的形式；安置着某等別的音響的體系，來代替長音短音底音階」的新的理論。

表現派音樂要在那上面組立着「無論在形式上或內容上都完全被解放了的。」表現派音樂家們學習着古代希臘音樂，舊的教會音樂，與及斯脫拉文斯基（Stravinsky）底影响之下的俄國及一般地東洋底民眾音樂了；而且經由這種路程，達到了民眾的原始的的音樂。於是他們發見了作為音樂底獨立的，基本的要素的旋律，及作為結構之基礎的那原始的的五音音階（Pentatonik）的體系。

這樣看來，這表現派音樂是極度地帶着無政府主義的性質的，是在一切體系外的「有機的地無關聯的」音響底「騷音」而已，是形成着節奏的地叫着的野蠻人底野性的感情底不調和的反映，或許是類似古代舞蹈底單調的原始的的音樂吧？

馬查氏批評表現主義的音樂底語論是——

「和社會底心理及意識形態（Ideology）底一般的發展相關聯的新的音樂，是作為我們已經在藝術底別的領域上看見牠底藝術的反映的那個人主義的神秘主義底表現而顯現的。惟其如此，所以新的音樂非把為集中的神秘主義（基督教）底音樂的反映的發展之長的路程的結果的那和聲底「紀念碑的建築物」，加以破壞不可。惟其如此，牠所以回到五音音階的體系，回到民眾音樂底原始性去了。」（馬查著：「新音樂發展底一般的輪廓」，二二五頁——著者註）

然而這新的音樂（表現派的音樂），在另一方面，是向着差不多不得不感到生活底力學的的特質的那種工業生產底急速的發展底時代而進的。而且音樂作品底節奏的的組立纔在其中被張大着；律動纔在其中描寫着和在原始民族底勞働與頌祭底音樂中所具着的同樣的意義。

我們從這見地來走近表現派音樂，那麼牠在我們看來當不是「騷音」了吧！那本質將不在不協和之中，而在反映着想尋出自己底感情和自己底「生活」底均衡來的資產階級小市民底不安的感情的音樂的體系之中了。

（著者註：有所謂「騷音主義」（Bruitismus）者，是一種新音樂的主義。牠在西歐未來主義者們之反映着都會主義和機械主義的一種嘗試。牠想尋出現代生活實力學性之眞實的音樂的表現，將那浪漫主義和感傷主義完全破壞掉。）

上文只是著者把美術的，文學的，戲劇的，音樂的表現主義的簡單底概說而已。

關於表現主義的評價又如何呢？一般藝術理論家都認定表現派是藝術上的小布爾喬亞意識形態漸

次的頹廢之最為性格的的現象。在「未來派」（Futurismus）及「同時主義」（本章第二節以後再論「未來派」及「同時主義」——著者註）底出現上，資本主義即生產及商業底資本主義的體系底物質的力，是演着顯著的積極的的角色的。表現派底發生，乃純是小資產階級的東西。資本主義社會底物質的力，在這裡不過演着消極的（Negative）角色；因為表現派對於物質的力是持着完全〔否〕定的見解的。牠只創出了由小布爾喬亞所引出的諸問題之藝術的表現的，便是此等諸問題之前最終的藝術的解決。最後的東西是踏踏主義（Dadaismus）。

「在現代資本主義末梢的時代，藝術上的流派眞是風起雲湧，你一個ism，我一個ism，眞有所謂目迷五色之觀……而每種主義之中，又有新舊，前期，後期之別，這眞是五花八門了。然而這些離奇古怪的主義，一言以蔽之，如盧那卡爾斯基（Lunacharsky）說的，都是發生於樓層上有閑的文藝家，而興旺於賣販商人和好奇富翁的。」（胡秋原著：「唯物史觀藝術論」，二九三頁——著者註）

這是——胡秋原氏對現代頹廢期之藝術的批評。他認為晚近各種流派的藝術（表現派包含在內），是資本主義沒落期應有的現象吧。現在著者再引布哈林（Boukharine）的名著「史的唯物論」其中第六章述及「上層建築與意識形態」裡之說罷：「人們天天在戰戰兢兢尋求一種『新的體裁』，尋求一種新的形式，然而始終不能找着，雖然每天都有一種什麼新的『主義』出現，但馬上又衰落下去了。繼印象主義而起的有新印象主義，未來主義，表現主義等，有無數的企圖與傾向，有無數的空洞的理論，但是找不出一種比較固定的合題。這無論在圖畫方面，在音樂方面，在文學方面，或在彫塑方面，——總而言之，在一切的藝術當中，都是如此。守舊的資產階級對於他們的文化，他們的階級之崩潰，是非常害怕分析的；他們對這種過程的描述大約如下：現在對於神秘的信仰非常發達，對於魔

術，降神術和唯神論之信仰日見增加。」（布哈林著：「史的唯物論」，二七三頁，劉伯英譯——著者註）

表現派是神秘主義底的，唯神論的。

德索爾在「新的神秘學與新的藝術」一章說着：「所謂神秘研究社的首領天天都在著書立說，努力宣傳，——有力的唯神秘論者或降神術者亦敘述了不少的事實，但是這不獨自己不能了解，而且同樣使人家不能了解。……」（德索爾著：「現代藝術入門」，一三〇頁——著者註）難怪日本著名藝術理論家片山孤村下筆批評「表現主義」時，對於這一個神秘曖昧的東西，尚且不能為其詳論——即不能了解，他在最後的幾句糊塗地結說：「……彷彿要令人覺得來論表現主義，時期還未免有些太早似的。現在且暫待形勢的澄清，再來作澈底的研究罷」。（片山孤村著：「現代的德國文化及文藝」之「表現主義」章，有魯迅繹文——著者註）

表現主義是這樣的曖昧着，並非大眾所能理解的東西。（更談不到什麼大眾化藝術）。藝術家便委身於神秘的來世的觀察，酣醉於這種奇異的創造之歡樂中。近有一種酷愛神秘的「情感共產主義」者——這都是資產階級整個階級的崩潰之徵兆。他們可以盲目地不看見「社會」，要求神秘的開發為「藝術佔領宇宙之條件」（羅曼英）。這完全是個人主義底的。

德意布勒（一位表現派理論家）對於這種各自分散的社會份子眞正極端個人主義的觀點，說得非常顯明：「宇宙之心中即在每一『我』之中，即在每一『我』所認為正確作品之中。」（德意布勒著：「新的觀點」，一八〇頁——著者註）這種觀點自然要引入神秘主義。「現在我們處處都聽見一種呼聲：「從自然中解放出來呵！」表現派的詩和畫之意義在什麼地方？我們是知道的：牠只是要舉得自覺的東西脫離關係，牠只是要超越五官的經驗而高舉物事到神秘之境。」（仝書，一四二頁——著者註）

塞林論到表現派的音樂說：「在音樂方面，一變而為「超音樂」，或「反音樂」，這不獨沒有音韻，

而且沒有音律的。」（塞林著：「音樂之表現派的運動」——著者註）

究竟表現派為什麼這樣盛行着呢？關於這，著者首先想引用布哈林說以解答：「……現在要來考察將死的資產階級之藝術，以資對照。這種藝術在德國表現得最明顯，在德國，因為一方面經過了軍事的戰敗和凡爾塞的和約的縛束，他方面又有無產階級之革命的恐嚇，所以資產階級的生活情調是非常陰沉的；德國資本主義的機械體崩潰一天比一天迅速，因之階級分化的過程亦進行得非常猛烈，資產階級的智識份子眼見得要受這個巨變的支配從生活軌道中趕了出來而變成『顛連無告的人』了。這種窮窘狀態之表現，就是個人主義和神秘之日見增強。」（布哈林著：「史的唯物論」，二七三頁——著者註）

其次，再舉匈牙利著名理論家馬查（I. Matsa）的解釋罷。他說：「現代各種藝術流派——表現派，新原始主義，未來派，立體派，踏踏主義，觸感主義及觸覺主義——乃在小資產階級的絕望的時代所引出的各種藝術運動。首先第一，乃是曝露着破壞的傾向的……他們底形式和方法，是過去底藝術及文學底形式和方法底意識的，或無意識的（表現派正是）底分析，或者不過是過去底藝術及文學底形式和方法底單單意識的或無意識的底嘲笑而已。」「這些諸流派底適生活性，那分析底結果是被建設所利用，或即被建設汲盡了。在這裡，『流派』是死去，只有為發展之手段的那形式和方法留下。」「這些形式的，方法論的結果，只獲得新的內容是——無政府主義的個人主義，空想的社會主義，及被理解壞了的共產主義的口號……像表現派的遺產，像神經質的激情，表現底浪漫諦克的『激發』似的純由小資產階級的強制的力而引出的諸形式，是和那危機一同地衰退了。」（馬查著：「無產階級與新藝術之形式的方法論的到達底辯證法的意識」——著者註）

從這樣見地，他們指摘出表現主義只知描寫「宗教的」的神秘的熱情，個人的憧憬，及在色彩與形底自由的遊戲的形而上學的感情底自由的遊戲，而毫沒有社會觀念，意識的。照以上所述，這種沒落的藝術，對於無產階級的人們不能不說是毫無干係的。

蒲力汗諾夫（G. V. Plekhanov）也以為現代藝術正經過一個頹廢時期。資本主義頹廢期的一切無限制個人主義，混沌的神秘主義，都是由無思想而來的。發生的根源在此，其基本缺陷的資產階級生產出來的。但是資產階級如今正在其痙攣的發達之降落底部分，正在經過沒落的時期。在現在，對於資產階級，它的前進就是說在向下墮落，而其一切觀念，也同墮入可悲的命運。他們之中所謂最前者，就是比其先行者更較墮落的人們。）（蒲力汗諾夫著：「藝術與社會生活」。引用於胡秋原著的「唯物史觀藝術論」，一九六頁——著者註）

關於表現派哲學底「自我」這意思上，蒲力汗諾夫則以為「人類要把自己本身的『自我』當作唯一的現實之時，他不會承認在『自我』與一方面包圍着他的外界之間，有客觀的『理智底』，亦即合理的關係存在的。外界對於人類，必定認為是全然非現實的東西，或者僅一部分——即僅在它的存在是依賴為唯一現實的『自我』的程度上——是現實的東西。」（蒲力汗諾夫著：「藝術與社會生活」，馮雪峯譯——作者註）

蒲力汗諾夫又於歐戰之前（1912），鑒於歐洲藝術日漸走近頹廢的路；那時表現主義正稍露頭角了。終至於是年十月他在巴黎及列日朗讀一個「報告」中，他却發出以下的警告：

「……於是藝術上遂發生極端底主觀主義（作者在上文已説過『表現主義是極端底主觀主義』——作者註）。於是遂發生對於時代之偉大的社會問題之侮蔑。資產階級沒落時代的極端個人主義，對於藝術家將眞實靈感的泉源蔽塞。這個人主義使他們藝術家對於社會生活上的一切，完全渺無所覩。而將他們藝術家，導於全然空虛的個人的經驗與病態的幻想之無益而混亂之命運。這樣紛擾亂的最後結果所得者，不僅是對於任何美都沒有什麼干係的一個東西，而且發生只能藉觀念論底認識論之詭辯底強詞奪理來辯護的明白的愚昧」。（仝書——作者註）

這是意味深長的教訓——就作為此節之結論罷。

本章參考書

布哈林著：史的唯物論

德爾布勒著：新的觀點

蒲力汗諾夫著：藝術與社會生活

馬查著：現代歐洲的藝術

盧那卡爾斯基著：文藝與批評

塞林著：音樂之表現派的運動

德索爾著：現代藝術入門

蒲力汗諾夫著：二十年間

片山孤村著：現代的德國文化及文藝

胡秋原著：唯物史觀藝術論

Landesberger, Fr. Impressionismus und Expressionismus

Edschmid, Kasimir: Expressionismus in der Literatur

"Sturm"（柏林出版的主要的表現主義者的雜誌）

其他論文等。

選自一九三五年一月一日香港《時代風景》第一卷第一期初刊號

再廣現實主義／李南桌

曾經有一位戲劇史的名教授說過，一部文學史只要三個字就可以通統包括在內了；當時受教的學生都大為詫異，等候這奇蹟一樣的下文，——可是所得到的是非常之平凡的三個字，人人口邊上都掛着的三個字，即：古典主義（Classicism），浪漫主義（Romanticism）和寫實主義（Realism）。這好像是一句漂亮話或是一句費話，所以大家聽完，都笑起來了。其實，在他，這是當做一句實話說的。

自己也曾胡亂看過一些作品。由於興趣的不能專一，這些作品是既不同宗，又不同派，既不同國，又不同方。看完之後，大約都覺到有可喜的地方，也都難免覺到有不可喜的地方。基於一種人類的天性，總願意把自己所愛好的聯在一起，於是發現這些地方都有一個共同點，——就是他們的眞實性。所以如果要我用少數的字眼來概括一部文學史的話，那我的答案比那位教授的還要簡單。只須一個字就行了，這個字就是「現實主義」，——可是這裏所說的「現實主義」究竟不與傳統所說的完全相同。可以說是廣義的多了，他的容積擴大了。

一般人差不多都有一個無形的見解，以為「現實」就是一般日常生活中最容易使人聽到，看到，嗅到，覺到……的物，事，……這就是現實主義者應該活動的範圍；出了這個範圍，就是非現實了。然而依照這個規定，却有許多偉大的作品會被擯於文藝的領域之外，「浮士德」（Faust）中除了浮士德同瑪格麗（Margaret）戀愛的部份以及其他的少數幾個場景之外，就幾乎全有問題；同海倫（Helen）的戀愛已經一錢不值，更不要提那些幻景了。「仲夏夜之夢」（A Midsummer Night's Dream）則完全是囈語，虛言，華而不實，比較差強人意的恐怕只有波塔姆（Bottom）一羣手工業者的描繪吧！同樣的

「暴風雨」（The Tempest）也是一篇充滿了虛構的東西。至於純象徵的作品當然更是一種逃避，沒有一顧的必要了。

有一個時期，莎士比亞只是一個貴族的奴役，歌德不過是魏瑪的小宰相，巴爾扎克同王國維一樣的想復辟，左拉是個只知道悲觀的大夫，托爾斯泰則是庸俗的，沒有勇氣的教徒柴霍甫固然不積極，易卜生也欠正確，——這同責問孔孟為什麼不懂ABC實有異曲同工之妙；至於對付當代的文人則更加嚴厲，有早就預備下的尺寸！大襟一尺七，領口二寸五……是有一定的。最後，自然正確的只剩下偉大的批評家和他的偉大的法寶，——一些機械的，只知取消的，關門的公式，觀念了。過去這種理論也曾盡過一些作用，「去舊生新」。現在是已經過去了。「舊」不止應「去」，而且還該選擇，吸收，「新」也是要「生」才行。光只打好圖樣，孩子恐怕還是不一定有的。

直到現在，我們還是不能不承認，許多文藝上的「古典」沒有正確的，深刻的解釋。我們還未能把這些最可寶貴的遺產——人類的光榮，從觀念論的學究們手裏接收過來。我們從前只知道侮蔑，輕視，現在知道尊重了；然光只尊重是不够的，主要的還是融化他們，使他們變成我們的骨肉。他們可以使我們更加強壯，更加健康。

在自然科學上，我們也可以看到類似的現象。現在是相對論量子論的世界，比靜止的機械的牛頓體系要接近眞理多了，也可以說是辯證的多了，然而這還不是意識的舉動。如果將來辯證法經過意識的，大規模的天才的應用到自然科學上去，那所獲得的成績一定更驚人。但這種艱巨的工作決不是從社會科學已有的成果中，抽出幾條死規律，再向自然科學的成果上一套就成功的。這樣做的結果，一定連既有的這些也套不上去，更不用說一個更新的體系的創造了；因為新體系的建立不是別的，乃是更新，更廣的，對新事實的包含。

這是兩件恨事：卡爾沒有寫一篇莎士比亞論，或一篇巴爾扎克論，——據說他曾想過：又恩格斯未生在相對論的現代，給自然科學一個更新的面目。可是他們的遺範猶在，可資學習；除了在他們的著作中尋找一些社會科學的例證來順便尊重一下一些「古典」外，應該更進一步，做一點藝術上的研究，完成他們之所未完成的，這是每一個後生的責任。

科學的對象是自然，社會，——直接的現實；文藝科學的對象則是那些作品——複製過的現實。科學著作經過一個時期，便成過去，只有歷史的意義了；而文藝作品則常流芳萬世」。

文藝上的「現實」，決不止是限於簡單的直接的有形的東西，而是非常繁複，非常屈折的，舉一個假設的例吧！

有一天一個科學家——無神論者，他獨自走進一座陰森的樹林。他聽到梟鳥叫，碰到蝙蝠的翅子，看見古墳上的「鬼火」，一團團的，或東或西的在滾，而他是一個在幼年時聽過許多神怪的故事，成年時也讀過許多這一類小說的，這時，他雖然在意識界還是不承認恐懼，但他的毛髮却豎起來了，一些幻象會像電影一樣在他的腦中活動着；但同時這位科學家的意識是清醒的，他知道梟鳥同蝙蝠是晝伏夜出的兩種動物，「鬼火」不過是死人骨頭裏的燐質，同自己夜光錶錶針上塗的東西並無多少差異，森林呢，則大部份是由松杉科的樹木組成的，時間是距離天亮還有六小時另四十三分半，不錯，這都是「現實」；可是儘管他這樣分析着，鎮壓着，一些虛幻的影子還是出現了；——我認為這些幻象也是現實，因為他們的產生不但有歷史的根源，而且如前面所說的幾種自然現象的組合，也確會使人發生一種陰森的感覺。最後，他跑起來了，到家，他發現丟了一隻靴子，那是他新近用那嚇過他的樹林的杉木，經過化學變化後製成的，最後因為他還會寫詩，譜曲，在自嘲之餘，寫下一篇「魔的舞蹈」。

我常想，假如有一個人能把人類的頭腦的各種活動澈底的究明，那他一定是文化史上的一個大功臣；因為許多纏夾多年的問題，如像哲學上的本體論，認識論，文藝上的理論與現實，古典與浪漫，心理與生理……都可以迎刃而解了。

卓別麟曾在一個片子（大概是 Modern Times）裏面，描寫一個窮漢的痴想（：）他把一間一進門天花板同地板都會從上下起來迎接他的小房間幻作一個小天堂；粗糙的桌子上有美麗的花瓶裝飾着，葡萄一直生在門口，可以隨手採摘，無須選求；有母牛從門前過，自然會停下，等候這位機械工人只消像壓抽水機的柄一樣的壓兩下她的尾巴，便有鮮奶流到下面放好的杯子裏去，杯滿牛又自然的走了；——這種幻想是很可憐的，當然也不是「現實」，而且他頗有導人入迷，引人做夢的嫌疑，可是這段情景，我總忘不掉。牠只增加了我對現實的憤慨，他的要求是多麼微薄，而他得到的是什麼呢？這部片子也曾觸及手與腦的對立，機械反倒治理人……等等問題，當然都欠正確（，）但終於比淺薄的，正確的作品有力的原因，我想是在牠比牠們現實。

有些人的着眼點只在「正確」與「歪曲」。我的意見却是深刻的「歪曲」常比淺薄的「正確」更接近眞理，更現實一點，更正確一點。當然，對深刻的「歪曲」的正確的批判是非常必要的。

主觀與客觀的統一是眞理的實證，也是藝術成功的實證。「眞理」是從現實來的。有時他們簡直是一樣的意義。所以入現實越深，入眞理也越深。卡爾說：「若干經濟學家所未能完成的理論，巴爾扎克却以他的小說達到了。」——這個奇蹟恐怕只有在他的現實主義這一點去解釋才成。一切藝術的大師之所以歷時愈久而愈光明燦爛者，恐怕也是同一的理由，文藝是命定的以形象為工具，直接從現實中吸取材料的，這一特點可以說明為什麼牠可以走到比更下層的經濟學還要前邊的地方去。

在把現實的意義加了新的規定以後，底下想用這個觀點來看一看文藝史上的主潮。依照前面說過的某教授的分法，只要「古典主義」，「浪漫主義」，「寫實主義」這三個名詞就够了。在十九世紀以前，這個看法是相當恰當的，如果一直敘述到今日，我認為至少還要加上一個「象徵主義（Symbolism）」——關於這個名詞，我是當做弗理采（V. Friche）用過的「未來主義」（廣義的Futurism）的同義字用的。因為往長一點看，「未來」是也會過去的。再説，「未來主義」的傾向也不足以代表其他近代的諸流派，而「象徵主義」的意義如果擴大一點，却能夠包容他們〔。〕底下想從兩方面來攷察：一是這些主義的本質，二是這些主義如果盡量擴展，將成怎樣的東西。

「古典主義」的特色可以説是在規範的，形式的着重。講和協，講統一，求普遍，是理智淩於情感之上的；牠把人對自然的鬥爭過程，詩化了，英雄化了，——當然這些英雄都有光榮的門第，平民是不能踏進詩的天國的。牠的功績可以説是在「人性」的發現和體現。

「浪漫主義」的特色，則正相反，是在同那些既成的規範的搏鬥。求特殊，是直接的情感之流的崩潰，是情感超過理智的。牠把人同人在社會中的鬥爭引進藝術的園地裏去。牠的英雄是單人對社會的反抗，所以特別着重的是單獨的「個性」——普通即是作者自己。

「寫實主義」的發展比較的是更密切的適應着社會的發展的。消極的寫實主義象徵着舊的衰落，積極的寫實主義象徵着新的勃興；消極的比較客觀，積極的比較主〔觀〕，積極的寫實主義也可以看做是寫實主義同浪漫主義結合後的產物，——社會各階層的廣泛的描繪至此方有端倪。特別着重的是「典型的情勢中的典型的性格的創造」。

「古典主義」同「浪漫主義」是相反相成是兩個對立物。我曾用孔子的兩句話來代表這兩種傾向。後者是以「從心所欲」為理想，前者是以「不踰矩」為依歸，——然如欲達到這兩者的極致，不論從哪一端開始，一定會走到其另一端。過去「浪漫主義」的作品實在都未能做到「從心所欲」，結局多半都是悲劇，或假想的喜劇。而「古典主義」的「矩」呢，雖然自己以為是已够崇高，偉大，其實是頗為狹窄的，如想前進，擴展，則非用浪漫的精神——「從心」之「所欲」——來補救不可。特殊的與普通的合起來才是現實的。人性同個性合而為一，才能產生典型。

「古典主義」的精神被現實主義融化的，還是非常之少。我想這正同人的遺傳一樣，有些是直接付與的，有些要隔代才會顯現。

關於象徵主義，我想將作品分為三類來攷察：

第一類是品格劇，寓言童話（一部份）——特色是把一些品格給人格化了，使他們之間發生鬥爭，糾葛，來象徵那些抽象的原素間所發生的，例如，斯賓塞爾（Edmund Spenser）的「仙后」（Faerie Queene），「列那狐的故事」，「伊索寓言」等等。

第二類就是普通所謂象徵主義的東西了。主要是雰圍的製造，情緒的感染，多半活動於「有」「無」之間，「潛」「明」之際，例如梅特林克的「青鳥」，霍普特曼的「沉鐘」。

第三類——也可以說是最高級的象徵；最好的代表是哥德的「浮士德」。這個文藝上的偉象是非常多面的。有人說「浮士德」是一個猜不破的謎語不斷的長謎；這句話是可以當做牠的象徵的豐富的感嘆語來看的。理臣伯格（Lichtenberger）教授甚至說：「因其謎語的程度愈深，而使讀者的興趣也愈濃厚」；歌德自己也說他「好像是一個在幼年擁有很多銀幣銅幣的人，一點一點的兌換，到老年都換成了金幣」。——這種「兌換」依照吉爾波丁，就是「把形象（？）替換為象徵」，由此我們可以看出「象徵主義」中之最高級的東西，也就是最深刻的鑽入現實的東西。這些最可貴的「金幣」不是憑空來的，是花了時光，由那些「銀幣，銅幣」兌換成的；這些「銀幣，銅幣」是現實，也就是「浮士德」這個不斷的長謎的謎底。

「象徵主義」的長處是典型的情勢的創造，短處是典型的性格的糢糊。（雖然意指有時是很明顯的，然因出自觀念，不易具象），同「寫實主義」的分合，於此可以看出。

至於近代文藝上的諸流派，那多半都有點楊朱氣味；大都不大求懂，——且多少有點標奇立異，所以不好懂。然而不是不可懂的。不可懂的東西在藝術世界中不能存在。達達派的畫在局外人看了，莫名其妙，但他們的同志看了，却會嘖嘖稱讚，而且還可以說出個所以然（，）這證明牠還是現實的。因為眞正離開現實，人同人是無法交通的。這些流派有一個同點，都想利用一點新技巧，探求一點新形式，用一些新的符號來把內面的，新意義象徵出來，在這一點講來，他們都是象徵主義的，——他們所表現的大都是近代的，動的主題。他們的成績是把靜的文字，部份的動化了。

這些流派的繁多恐怕是空前的，色彩的光怪陸離恐怕也是空前的，——但如果把這些作品通統抹殺，那人類的活歷史上一定要現出一段空白。近代人複雜的心理過程，一定得不到一個完善的表現。他們在技巧方面，形式方面的功績是不可磨滅的。吉爾波丁說帕索斯（John Dos Passos）的作品中的新技巧，如「電影眼鏡」（Kinoglass）是他的弱點；我想說他在那部「第四十二平行線」中用的不當是可以的，究竟這不失為一種新表現方法的探求。

蘇聯的名導演愛森斯坦曾有將「資本論」電影化的企圖，日本一位銀行職員坂本勝出版過一本「戲曲資本論」，都未成功。我想如果有人再做嘗試，除掉「現實主義」的手法以外，「象徵主義」以及近代文藝諸流派的表現方法也是非借鏡不可的。

在「廣現實主義」一文中，我說，「主義的門限是不必要的」，現在我還要重覆這句話。當然這並不是說不需要批判，只要盲目的胡撞就行了，有一個原則是必需遵守的，——就是擴展之後的現實主義的強調！

古典的，浪漫的，寫實的，象徵的，從縱的方面看，是一整部文藝史；縱橫的方面綜合起來看，或者是一個表現全現實的一個較全的方法。

選自一九三八年九月一日香港《文藝陣地》第一卷第十期

唯美派的研究〔節錄〕／朱伽

序論

唯美派的文學，在今天是走到了那魔難重重的刼運了！那些從莫斯科紅場裏受訓出來的批評家們，一個個都帶著了一副紅色的眼鏡，恨恨的死（　）著她，張開了他們那兩片「新道學型」的嘴唇，放出了許多光怪陸離的，似通非通的，教人難懂的名詞和理論，蠻橫無理地咒罵著她，根據著他們自己紅場裏的法律條文，來宣佈著她的死刑。

記得在童年時候，曾經看過一個悲慘的故事，那時候那一顆小小的心靈，就受到了一點的創傷，直得今天，我這心裏的創痕，還沒有平服過來，反而，隨著了歲月而擴張了它底面積，那故事是這樣的〔，〕在秋天的田野間，有一個面目猙獰舉動粗（　）的牧羊人，一天，他喝了很多的酒，他醉了，他醉得非常的兇惡，忽然地指著一頭美麗的小羔羊大罵起來，他說牠的毛色長得太美麗了，是下流的東西，於是，他便在亂樹林中，折了一根荊棘作為鞭子惡狠狠的向它拚命地抽著；小羊兒的慘叫聲與鞭子的「虎虎達達」聲，極不和諧地混成一片。當時我看得心裏隱隱有點痛楚，也就走開了，當時的我，並不是單純的替那一頭美麗的可憐的小羊難過，同時更聯想起了宇宙間許多和這一個故事相類的東西，唯美派的文學在今天，不正是遭遇著和那一頭美麗的羔羊同一的命運麼？

時下之「前進」的批評家對於唯美派的文學所採的態度，我是並不同意的，那正如我的不同意於這個酒醉的牧羊人的行動一樣。我知道，他們有他們自己的為紅色文學的「六法大全」，還有他們黨裏的懲辦非黨文學的「緊急治罪條例」；不過，這些法例之被搬到我的眼前，是一定要招致到一個最強硬的抗議的。原因是：我既不是一個什麼「社會主義的現實主義」的作家，我沒有要給他們牽著鼻子走，跟著他們的尾巴去唱口號喊「打倒」的義務，而且我更一向都不值其所為的。

或許是因為我貧乏的生活與淺薄的修養與枯渴的思想力局限著我的胆量的馳騁吧，對於曾經存在過於歷史上的一切文學思潮，我是從來不敢給與以一種大胆的咒罵的。對於一切的文學，我自己正如一個苦行的行腳僧，我非常困步的旅行於那遼闊的文學的國度中，那其中的山脈，河流，湖沼，村莊，田舍，花草，飛鳥，昆蟲……。那一切的一切，都足以使我驚心駭目，心曠神怡，對於它們，我只能給以一種熱烈的歌頌與贊嘆，雖然它們的本身一定還免不帶有多少的弱點，然而，這我也只能從贊嘆中寄與一些善意的批判，那惡毒的咒罵與無情的打擊，我是從來也沒有運用過的。

唯美派文學的種子，是播種於十八世紀末葉的英國，而蒂落於世紀末，到今天，它已然是變成了一個歷史的名詞了！所以，我寫這篇文章，顯然並沒有那什麼「宣傳唯美主義」的企圖，或想把那唯美主義的旗幟，再插於東亞大陸的地殼上面；那正如，介紹古羅馬的建築的藝術家，並沒有企圖使人〔令〕全部的文物制度〔都〕羅馬化的企圖一樣！而且，唯美主義曾經在一個世紀裏，建立開一個輝煌璀燦的王國，則其流風遺教，到今天自然還有許多足以為吾人取法者。我寫這篇文章的動機，就在這一點而已！說一句較為時髦的名詞，就是「清算文學遺產」。

翻開一本英國文學史，我們可以看到一個比玫瑰花更芬芳，比貝殼更（ ）耀的名詞；這一個名詞，就是唯美運動，它之在英國文學史中，與浪漫運動同是一個上帝所寵愛的兒子，許多文學之團的遊客，曾對她們致過兩個衷心敬羨的敬禮；他們認為前者是英國文學第二次的「驚異的再生」，而後者是第一次「驚異的再生」，其實，它們都是同一母胎的姊妹花，雖然它們誕生日子有先後，而後頭的教養各自微有差異，畢竟，它們先天的禀賦是沒有兩樣的！因此有些批評家，又把她們視為一個思潮的兩個階段，而替這位美麗的小妹妹（唯美主義）起立個淑號，叫做「新浪漫主義」。但究竟它冰肌玉骨，蕙質蘭心，並不無其獨特之處而異於浪漫主義的地方；所以，這一個淑號，對於它本身，我以為還是十分恰當的；我以為還是讓它，就爽爽直直地叫做「唯美主義」吧！

世上不少具有傳教士一般頭腦的批評家，他們嘲笑「唯美派的文學」是世紀末的淫娃，布爾雪維克的哈叭兒們又呵斥它是布爾喬亞的（ ）子！然而只管仇視它的人如何的對它深惡痛絕，恨得牙癢癢的，立誓要把她送上到路易十六的斷頭台去，但，無論如何，一切反對她的人，仇恨它的人，都沒有力量從英國文學史甚至世界文學史上抹去了它那一個光輝的名字，因此，它之存在，也一定是自有其存在的價值的吧！

唯美主義的思潮，大概是浪漫主義的新的更高度而進到另一形態的發展，它批判地接受了法國象徵主義的精英而建立起來的一種新的文學思潮。它的發生，是遠在一七五七年的時候，這時它的墾荒者的天才者勃萊克，就誕生於倫敦，他以一具天才的巨斧，在當時的沙漠般的英國文壇中，開闢了一個美麗的文學的王國，唯美學的種子，就在這個時候播下了！直至十九世紀之初，還有一位短命的詩人基茨，就踏著了勃萊克底墾荒者的足跡，在這國度裏建築起了一個象牙之塔，不久，先拉飛爾派的唯美主義的先覺者羣，便開始在這個國度裏灌溉著那裏一切的奇花異草，一直至十九世紀的後期（即所謂世紀末）唯美主義的鮮明的旗幟，纔開始飄揚於這王國的上空，唯美主義底花朵，纔璀燦地遍開於英國的文壇上。

我們不必是一個英國文學的研究專家，也不必是一個唯美主義的崇拜者，只要我們是一個起碼的文藝的愛好者，而不是一個文學的門羅主義者，不是一個學術上的義和團，那麼，我們對於英國文學上第二次的驚異之再生的唯美派文學，是不能漠然一所無知的，我的動筆來寫這篇文章的動機，就在這裏，是為序。

（一）一枝反古典主義的旗幟

有人說：十八世紀是英國文學史上的一個低潮的時期，顯然，把那十八世紀來與莎士比亞的十七世紀及維多利亞詩人的十九世紀來比較，乍然的從外表上看去，那眞如螢火之與月亮爭光，野草之與牡丹競秀，三家村毛丫頭之與狄安娜賓萍賽美了。

不過，這現象顯然是憑我們那一雙直覺的肉眼所看出來的現象吧了，假如我們能夠用如來佛祖的那一隻慧眼，或天文學家的測天器來觀察的話，便會覺得以上的結論，只有相對的眞實性而已！因為，這一雙慧眼的視野中，除了一幅平沙萬里的大戈壁外，顯然這中間還有一幅令人神往的綠洲，在一具精確的測空器玻璃在照見的。除了那冷冷清清的黑穹中，還閃爍著一顆噴射著神秘的光芒的彗星呢！

因為，在這個時候，有一枝青春而又典麗的革命的旗幟，早已默默無聲地在盎格魯撒遜民族建國的地方豎起來了！這是一枝唯美主義的旗幟，也就是一枝反古典主義的旗幟！這旗幟所遮蔽下的地方，雖然並不遼闊，而且，這一枝旗幟，在這個時候，還比不上古典主義的那一枝旗幟，那麼的高，那麼的大，那麼的為庸流俗人的拜倒，但他的值得驕傲處並不在這個地方，他之勝於古典主義的那一枝的地方，就是他的姿態是更青春的，他的色彩是更典麗的；因之，比起那一枝衰老的，殘舊的古典主義的旗幟來，正如一朵含蕾的嬌卉與一朵將謝的殘花了！

我們知道，今日的殘花，也就是前日的含蕾的嬌卉，那卽是說，就算是一朵色香衰老的殘花，也曾有過其含蕾欲放的黃金時期的，自然，古典主義他有過這一個「春風得意馬蹄疾」的時代，可是，他究竟是一個歷史的產兒，他便不能不依著歷史的法則，去走著他一定的道路，——發生，發展，到消滅——那正如一個「少年十五二十時，步行奪得胡馬騎」的游俠少年，終於無法避免其將來的「而視茫茫，而髮蒼蒼，而牙齒搖動」底命運之一天！這時候，也已消失了他可寶貴的青春，他已消磨了少年的壯志，他消失了青年人最可寶貴的一切，他已是前後判若兩人，他多了些什麼呢？他只多了些年老人所獨有的不合時尚的脾氣和行動，這時候，他過去的一切光榮，已變成一些歷史上的名詞了，這時候，他自然再不能對社會發生了什麼的影響，於是那啓後承先，推進社會的任務，便不得不移轉於他的第二代的子孫的手上了。

唯美主義與古典主義兩者之間的關係，大概是跟這一個例子差不多吧！不過，有一點我們在這裏要特別聲明的就是唯美主義與古典主義的第二代的子孫而出現於文壇的時候，他並不是一個「三年無改於父之道」的孝子，他是乖巧的，聰明的保存了前一代若干的美質，揚棄了其中不合時宜的成份，更從其遭遇的環境中去吸收外面一切良好教育，而創造了自己的獨立的人格來。於是二者之間，就顯示出兩個完全的人格：假如有人要問：那麼究竟二者之間孰優孰劣？那麼我們的答案是：「皆聖之時者也」。比方：我的祖父會讀教士錄，自耕齋，而我却會讀三民主義，五權憲法，其實却是各自適應其時代環境的，好像我在今天而去讀教士錄與自耕齋，便將到處都遭遇到一種大聲的非笑，假如我的祖父在他的時代去讀三民主義與五權憲法，他就會遭遇到有殺頭的危險。

所以，古典主義之到十七世紀而衰微，唯美主義之到十八世紀而崛起都是各自有其歷史的原因的。更明顯點說：就是把古典主義移到十八十九世紀來，把唯美主義移到十七世紀去，結果都會弄得一團糟的。這是什麼原因呢？原因是：古典主義是一種貴族的封建的文學思潮，而唯美主義則是一種反封建貴族的民主的文藝思潮，大家都是一種時代的產物，其間有一道歷史的鴻溝，儼然如楚河漢界，決不能容許任誰去「飛象過河」或張冠李戴的，所以在民主政治還沒有抬頭以前，則古典主義必不肯向任誰去「推位讓國」。但，在封建貴族的政治崩潰以後，則唯美主義更不必多事客氣而惟有「承接大器」；所以，唯美主義之所以能夠打倒了古典主義，不特是他的本身代表著一種民主的思潮，與一種反古典的革命的力量，而且是多謝了歷史給他以「黃袍加身」。

說到這裏，我們對於由古典主義到唯美主義兩者之間的因果關係早該明白了吧！然而，或許有人以為筆者嘮嘮叨叨的說了一大堆，說到這裏，還沒有說明古典主義與唯美主義兩者之間的不同的特徵，那未免太不高明了吧！不錯，那只能怪筆者的技巧太拙，一味拖泥帶水地，說得毫不簡潔吧了！然而，這也有筆者自己的苦衷；因為筆者從不願意擺出了一副教授的氣概來說理論，一開口便是一串難懂的名詞，讀下去又是重重疊疊的不清不楚的術語，筆者不是專家，這把戲是弄不慣的！因之，就只得隨手拈些俗言俗事來作為我的工具，所以便弄成這「四不像」的東西了。然而，我自己是竊有偏愛這四不像的東西，所以在下面談到古典主義與唯美主義兩者之間的特徵的時候，也是仍然不願意拋却了那「四不像」的工具呢！

孟子曰：「矢人惟恐不傷人，函人為恐傷人」。這是什麼原故呢？那無非因為那二者間的地位不同，因而便利害各異，因為利害各異，於是好惡亦各異了；古典主義與唯美主義之所以各自有不同的特徵，就是這個道理，因為古典主義是封建貴族的文學，因之，他本身特徵，就是封建貴族的特徵，這關係是如影隨形的，封建貴族的特徵是怎樣的呢？可惜我們生當今日，對於古代封建社會的貴族士大夫們是「不得而見之」了；然而，在落後的鄉村中，我還有機會看到了一些封建殘餘的紳士階級，他們的特徵是：思想富於保守性，凡事高談義理而不達人情，一切都講究中庸之道。

古典主義的特徵和前者是正復相似的，他默守成法（如戲劇上之三一致律），他崇尚冷靜的理智，他崇尚自然，反對著新奇與刺激，那方面的特徵，是正和前者彷彿類似的，現在更引一些古典主義的理論家波阿羅的對於古典主義所下的定義以證吾說，其言曰：（一）理性之崇拜，（二）自然之崇拜，（三）古典之崇拜，（四）藝術的完成之崇拜。

唯美主義是反乎是的，他是一個年青的充滿自由的思想的青年，他有豐富而熱烈的感情，偉大的飛躍的幻想，自由而奔放的個性……。因之，他與十八世紀之間的民主政治思潮正是志同道合的，其實何只是志同道合，而且是兩位一體的了。

歸納起來，唯美主義的文學的特徵是：（一）在描寫的情趣上，具有著神秘，渴望，愛美，傷感，憂鬱，幻想等特色；（二）在題材上，個人的零碎生活等於社會的集體生活，異常的現實生活，超現實的怪誕神秘的中世時代的民間傳說是重要的象徵；（三）在文體上，有破格的，濃烈的色彩的，誇張的暗喻的……特色。

他這一切新的特色，便形成了他有一副新的姿態，這新的姿態，是恰恰適應著一個新的時代「民主政治時代」的要求的。

選自一九四一年五月十五日及十九日香港《南華日報・半週文藝》

存目

革命的藝術／林離

選自一九三三年五月二十四日香港《南強日報・電流》

黑之學說／鷗外鷗

選自一九三四年五月及六・七月上海《婦人畫報》第十八及十九期

行動主義的文學理論／林煥平

選自一九三五年七月十五日東京《雜文》第二期

精神分析與文學／何玄

選自一九三七年十一月十三日香港《華僑日報・文藝》

廣現實主義／李南桌

選自一九三八年四月十六日廣州《文藝陣地》第一卷第一期

論情感的纖細——詩隨筆之一／潔孺
選自一九四一年二月十一日香港《國民日報・木刻與詩》

形象化——我將嘗試「形象化」之形象化／唐瑯
選自一九四一年九月一日香港《筆談》第一期創刊號

文體論

抒情的放逐／徐遲

關於近代詩的特徵的説明C．台．劉易士在他的「詩的希望」裏所説艾略脱開始放逐了抒情，我覺得這是最中肯的一句話。因為抒情的放逐是近代詩在苦悶了若干時期以後，始能從表現方法裏找到的一條出路。

有詩以來，詩與抒情幾乎是分不開的，但在時代變遷之中，人類生活已開始放逐了抒情，這個放逐而且並不見得困難，（關於這一點，我不知道是否還需要説明，但是，自人類不在大自然界求生活而戀愛也是在舞榭酒肆唱戀愛的 Overture 以來，抒情確已漸漸的見棄於人類。久居都會的人，當然更能感到抒情心靈與境界的缺乏而難堪苦悶，你會説，無疑科學是這一切的最初的原因。）於是詩跟着走，這自然也是沒有什麼稀奇的事了。

艾略脱詩的放逐抒情，最初大概並不是意識的。夏芝説他所以能「對他這個時代創造出這種詩的效果來，是因為他描寫了一種以睡眠或覺醒視作僅係習慣的男人和女人。」這個時代裏，生命僅是習慣，開始沒有意義了。而這便是艾略脱的詩裏面，抒情潛意識地被放逐的，悲劇的開始。但他雖已點破了這個時代的詩的新方向，似乎夏芝等等還沒有意識到。然而一般年輕的詩人如C．台．劉易士他們卻立刻意識到了。於是他們的一羣都寫了已放逐了抒情的詩。

然而人類雖然會習慣沒有抒情的生活，卻也許沒有習慣沒有抒情的詩。我覺得這一點，在現在這個戰爭中説明它，是抓到了一個非常好的機會。因為千百年來，我們從未缺乏過風雅和抒情，從未有人敢詆辱風雅，敢對抒情主義有所不敬。可是在這戰時，你也反對感傷的生命了。即使亡命天涯，親人罹難，家產悉數毀於砲火了，人們的反應也是忿恨或其他的感情，而決不是感傷，因為若然你是感傷，便尚存的一口氣也快要沒有了。也許在流亡道上，前所未見的山水風景使你叫絕，可是這次戰爭的範圍與程度之廣大而猛烈，再三再四地逼死了我們的抒情的興緻。你總覺得山水雖如此富於抒情意味，然而這一切是毫沒有道理的，所以轟炸已炸死了許多人，又炸死了抒情，而炸不死的詩，她負的責任是要描寫我們的炸不死的精神的，你想想這詩該是怎樣的詩呢。

西洋的近代詩的放逐抒情並不像我們的，直接因戰爭而起，不過將間接因戰爭——尤其因納粹的恐嚇政策——而使這個放逐成為堅硬的事實。除了英國三鼎足的奧頓，斯班特，和C・台・劉易士之外，許多新詩人所寫的詩都是冷酷地放逐了抒情的，他們也不覺得這是不得已而然的事情，因為他們生下來已在一個不安的社會裏了。

我們自然依舊肯相信，抒情是很美好的，但是在我們召回這放逐在外的公爵之前，這世界這時代還必需有一個改造。而放逐這個公爵，更是改造這世界這時代所必需的條件。我也知道，這世界這時代這中日戰爭中我們還有許多人是仍然在鑑賞並賣弄抒情主義，那末我們說，這些人是我們這國家所不需要的。至於對於這時代應有最敏銳的感應的詩人，如果現在還抱住了抒情小唱而不肯放手，這個詩人又是近代詩的罪人。在最近所讀到的抗戰詩歌中，也發見不少是抒情的，或感傷的，使我們很懷疑它們的價值。

然而這並不是我所要說的，我扯遠了。我寫這篇文章的意思不過說明抒情的放逐，在中國，正在開始的，是建設的，而抒情反是破壞的。

選自一九三九年五月十三日香港《星島日報・星座》

關於詩的二三事／王烙

如果說詩歌在一個時代裏，是有其政治的作用的，詩歌是離不開現實的話，那麼在這兒，我就不得不率直地說幾句要說的話。

近來，曾經在報紙的副刊上，看見很多詩，寫出來，大都是那麼輭弱無力的東西。我們不是叫那些詩歌作者，一定跑到前線去嗅嗅火藥味，寫出一些轟轟烈烈的偉大作品來，但是在後方——尤其是這「世外桃源」的孤島，很多埋藏在「笑」的後面的東西，總得暴露的。像無數的逃難的窮苦人過着顛沛的生活的痛苦，像很多有錢人做着苟安的夢，逃避現實，以及業主們的「趁火打劫」，戴着假面具的大人先生們的「國難欺騙」……這些，這些不是最現實的題材，而等待詩人們用鋭利的筆尖，去暴露，去同情，去批評，去諷刺嗎？又何必偏要寫些不必要的個人抒情，脫離現實，充滿了幻想的詩篇呢？

現實，要詩人們能够切切實實地參加羣眾的現實生活鬥爭，才能把握得緊的！單單坐在房間裏，知道現實有那麼，那麼些東西，也是不行的。結果：暴露不出現實裏那些人的弱點，寫不出現實裏那很多人的痛苦，而却暴露出自己的弱點，顯示出個人的痛苦來；在他們的作品裏，有的是空虛，不眞實，勉強從腦裏擠出來的要不得的東西。這樣寫出來又有什麼用呢？留給誰去看呢？羣眾只有覺得牠們離得他們實在太遠了，那是「詩人」的「幻想」，與他們無關的。——這樣，我們就可知道，一首詩是缺不了現實性的。要的，也不能成為一首好詩。因為缺少了它，詩歌就失去了這一時代的政治作用。

由此我們也知道，一個生活不充實，單靠想像力的詩人，寫出來的東西，是怎樣的失敗！所以說：一個〔現〕實生活的鬥士，才是一個眞正的詩人！也就是這個原故。

最近一個前線的朋友來信，最末，他說了這麼一句：「給你一個立正敬禮！」我就為它深深的激動着。那個朋友說出來也許覺得很平凡的！但是那種從〔現〕實生活鍛鍊出來的眞實性和深刻性，却正是那麼有力地創造着這麼一句偉大的詩句！所以在我的覆信裏頭，就寫了這樣的一段：「朋友，當我看到了『給你一個立正敬禮！』這麼一句充滿了活力的話的時候，你知道我是怎樣的興奮着呀。雖然相隔這末遠，而我好像親眼看見你們一個個穿着軍裝，怪活氣而又嚴肅的在舉手行禮而站正在我的面前呀！」

好了，在這個時候，作為詩歌的作者，該怎樣的努力現實，把握着現實，而拿起他的筆桿作有力的鬥爭武器呢。光明面的英勇抗戰的事蹟，固然要謳歌，黑暗面的種種弱點也不放過，這才是現階段詩歌工作者應負起的任務。

在這時候，一個詩人還在他的房間裏做着清高的「詩人」之夢，是一件可恥的事！而那些：「在這香海成為沉澱的滓渣」的詩人，就應有自覺。

選自一九三九年六月十三日香港《立報・言林》

從緘默到詩朗誦／徐訏

戰爭常常使詩人變得緘默。一個戰爭起來了之後，受到最大驚惶的，常常是我們稱他們為「詩人」的一種人。因為這種人，他們的任務開始於感受在這個世界上，那在微妙中運行着的，人和宇宙之間的關係的。當人和宇宙的關係協調的時候，他歡喜，他讚美，他能來完成他的任務了。當人和宇宙的關係是互相悖逆着的時候，他驚惶，最驚惶，常常使他緘默下來，覺得這世界已超越了他的任務的範圍。如果有一個與戰爭意義背道而馳的字眼，這字眼不〔是〕和戰爭的意義往同一方向平行進行的「和平」。這字眼應是「詩」。詩是我們僅有的一個代表協調的字眼，而戰爭是一種最大悖逆的行為。

（註）我對於詩人的這種看法，一個朋友的意見就不表示同意。在讀了本篇的原稿後，他說，我還是把詩人看作「了不起」的一個人。在社會中，個人是沒有價值的。詩人不一定，也不應該像我所說微妙而脆弱，而把戰爭，過去歷史上的與及未來的戰爭，等是齊觀，他也認為我的意見是太機械了。我認為戰爭對宇宙而言是一種悖逆，不分清（例如）侵略戰爭與被侵略者的抵抗戰之不同，他也不能同意。

因為我們的立論的出發點有着根本上的不同。他是從「左」面看過來的，我却企圖着從「正」面看。在這篇文章裏，我也覺得沒從「左」面觀看考察，是一個遺憾。但希望我能有另一個機會。因為有人說過，「多末好啊，許多偉大的思想，雖這樣的不同相抵觸，然而他們都是好的」。而這就是我的態度。

戰爭使詩人緘默，又可以有另一個看法，這看法且容易使人明瞭。在戰爭時詩人即使有不緘默的，或不甘緘默的，而詩人有了朗誦，詩人有了抒詠了，但戰爭的聲音太響亮，能蓋住相形之下，愈見微弱的詩的聲音。不但如此，戰爭時已是如此荒蕪不振的詩，當戰爭一過去，就這些詩也跟着過去了。這是一個自古迄今，不可否認的事實。在人類歷史中，戰爭是不停地出現的，而有什麼戰爭詩是流傳了，如歌頌人與宇宙的協調的詩的流傳了吧，請舉出幾首歐戰詩來。雖舉出幾首空空洞洞詩人的名字來不是不可能，但他們的作品早已被棄遺於人的記憶了。這一點，原因當然很複雜，但這樣解釋是不錯誤的：是戰爭，把當時的詩和詩人加以殺戮——根本地，把詩弄得微弱得幾乎等於緘默了。

把這種緘默，口供出來的文章很少，也沒有詩人為了這緘默而坦白地寫過懺悔錄。但我可以抄錄奧國詩人里爾克，（Rainer Maria Rilke），一個偉大的近代詩人，寫於一九一五年七月的一封信，因為他把他的緘默描寫得這樣好，這樣眞：

「……昨天，日曜日，你的信來了。我應該當天的晚上就答覆你的，可是，在我能夠說服我的一枝禿筆之前——動筆抒寫現在似乎是一件超乎個人的能力的事情了，因為，寫什麼好呢？當一個人所接觸的一切是這樣子不可伸述的，不可認識的，當沒有什麼是屬於我的，沒有了感覺，沒有了希望；當苦難，失望，犧牲和不幸，當糧食，餓肚子的時候，彷彿每一個人是在另一處的羣眾之中，而單個的人是無立足之地的，而個人的心，可用以作為天，地，一切浩限和深淵的單位的，也無法用以繩準什麼了。」

這不是一個英雄的口吻，却也不是一個懦夫，漢奸，主和派的論調。這是一個詩人的懺悔錄。却也不是一個詩人的悲哀，而只是一個詩人的緘默的自述。

我所以把這緘默最先的提出來的原因，明知道這個困難是先決的困難，是在詩人的歌喉中梗着的骨頭，却非最先克服牠不可，非最先吐出牠不可。否則還寫什麼詩，還談什麼詩？六月十四日十五日兩天，香港大公報文藝欄有孫毓棠先生的「談抗戰詩」，曾深入地接觸到了這問題，而深入地達到了抗戰詩的問題的核心了。孫先生的結論，不幸是非常地荒謬的。他屈服於他的困難了。他像一個名醫師的診斷却跟着一個殺人當兒戲的外科醫生，我不願把寶貴的篇幅虛擲於和他爭辯之上。但我保留了他那個可貴的診斷。

前面證實戰時詩人的緘默已是一個司空見慣的事實，我想也不再需要我多說了。在現階段的中國新詩的情況裏，我甚至要説，抗戰之初若未曾感到這種緘默的詩人，也許他的詩才是很可懷疑的。

詩人這種緘默，考察起來，是詩的傳統的觀念有以致成的。所以，前面我説的詩人的任務是感受人和宇宙的協調，於感受後，抒詠并表現這種協調；這是我們對於詩的一個傳統的觀念。這傳統的觀念有歷史做背景，你是輕易搖動他不得的。詩的最初是某種「抒詠的要求」吩咐他開始的。悖逆值得咒詛，咒詛不能成為文學，因此協調應予讚美，如人類的創造神話中的天堂，於是詩包辦了協調而排斥了悖逆。詩人把悖逆貶逐了。這種傳統繼續了只不過幾千年，時候並不算長久。直至今日這傳統的觀念自然仍然支配着我們。

只要世界是好的，這種傳統的觀念是好的，美學的。只要時代並不悖逆宇宙的原則，那末這觀念也是值得抓住的。但這個時代是走上了人類的歷史的轉變時期了，若死抓住傳統的觀念而不能變通，詩人只有緘默。若然這緘默只是一時的，十年廿年後仍有協調的日子，則這個緘默還是可以忍受，不妨的了。可是像詩人里爾克的緘默，開始於歐戰時的，實際上是至今尚未過去。表面上，歐戰以後，西洋的抒詠協調的宇宙的詩重又回來了，且是如何地燦爛了，其實那協調也只是虛飾的和平。而到了今日再看那些詩，也能發現他們只是自欺欺人的作品。如宇宙正有着一個悖逆而詩人則抒詠協調，這決非詩產生的本意。這樣的協調的抒詠，還不如那些緘默着的詩人。

但這緘默，並且已繼續了這末久長了的，應該是一個新的詩傳統的序幕。如白話詩的興起，抒詠協調的宇宙的吾國古詩詞，早已緘默，待進行至清末，已呈現了完全靜止的緘默狀態，而遂逼使了白話詩的序幕拉開。開始於抒詠的要求的詩是不甘過久的緘默的。所以詩雖然永遠的是詩，他常常要換過一個姿態而出現。是一個更合適時代的姿態，却也是一個從緘默中產生的姿態。

如果詩是人類的一種需要，則這一種緘默是極可怕的，極不可忍受的。那末，一個變換之來，也不會太遲緩的。這固然是樂觀的論調，但是，時勢造英雄，英雄造時勢，這並不是一個雞先生蛋，蛋先生雞的問題。總是時勢造英雄，時勢造詩，然後英雄意識地造時勢——而在這個過程中，他仍然是為時勢所造。

所以我向時勢屈服了，說詩也是時勢所造。所以，在我們抗戰之初的詩人的緘默中，這個緘默代表什麼意思呢？新興的序幕的白話詩沒有能够適用於我們的時代，在這個時代裏，新興的序幕的白話詩也只等於緘默。新興的白話詩從未成功過，因為他只是抒詠協調的一個工具上的變換。然而這個神聖抗戰爭給了我們政治上的覺醒，給了我們詩的覺醒。現在的一種緘默是什麼意思呢？

協調是不可抒詠的了；因為他已經不存在。讓這方面緘默吧。現在在人與宇宙的悖逆的關係中，却已分裂了善與惡，道德與不道德，是與非，正與邪，侵略與抗戰……詩人的抒詠在這時代是對了這些而發的，他必須把這新傳統下的詩作為武器，他必須用準確的政治理論武裝他自己的詩。他立刻會覺得，他並不再感到那種緘默在壓迫他了。在從前，詩是「超乎善與惡」的問題的，所謂「Beyond Good and evil」。現在却必須趕快建立新傳統，使詩發生正義感，使詩從抒詠協調改變到抒詠正義的鬥爭。那末這樣說起來，只建立新傳統的方法問題是僅有的重要的問題了。

我相信詩朗誦——牠將是我們的新的方法，新的途徑。而我們的新傳統，將因這個方法，循這個途徑而得到礎石，得到完成。

目前，我反對「朗誦詩」一個名目，而贊成「詩朗誦」一個名稱。這個意見，是詩人戴望舒於談笑之間說給我聽的，當下我立刻同意。但現在我從望舒說的時候的一個狹義的意見又擴張到一個廣義的意見，望舒當時只以為詩總是詩，分不出朗誦詩與眼讀詩來的。朗誦詩若立為一個專門名稱，豈不笑話，這先僅僅是一個狹義的意見。

我擴大了牠，認為將來的詩，在一個新的詩的傳統的觀念之下，將取詩朗誦的方式，而不取每冊定價幾角幾分的詩集的方式來傳達——從詩人，經過朗誦者，到聽者——將取這樣一個程序了。那時候，詩集儘可存在，但這種存在，將如音樂的樂譜的存在一樣。一本詩集，根據今日的樂譜的經驗，仍可銷幾千冊，而聽詩的人，則他們在留聲機，無綫電錄音機，詩朗誦會，還有，必然的，在電視（Television）的前面聽，將是一個幾十萬，幾百萬人的聽眾。在英國的新詩（New Verse）雜誌上，赫倍・里德（Herbert Read）已在分析了詩的衰落與詩集銷數的降跌之後，說出無綫電是今日明日的詩的出路。這裏有一點是頗可以伸述的，這詩的朗誦問題，不只在中國被討論着，試驗着。西洋各國，也同時，也感到了緘默了，而詩人們朝了朗誦的方向，他們討論着，並更熱烈地試驗着。因為是詩，「沒有不可以朗誦的理由。詩本來是發源於朗誦的。當中國的古詩詞還活着的時候，沒有人「寫」詩，只有詩人「吟」詩。莎士比亞的詩是上舞台的。曾有一個人因為他朗誦密爾頓比密爾頓自己朗誦自己的詩還好，而自詡〔他〕與密爾頓同樣的天才。惠特曼（Walt Whitman）的詩是被朗誦的，是為朗誦而譜寫的。接受惠特曼傳統的詩人如林德賽（Vachel Lindsay）在美國旅行，朗誦他的「中國夜鶯」，「剛果河之歌」與「聖泰飛的旅程」，賣門票，這還維持了他的生活。桑德堡（Carl Sandburg）也到處朗誦表演。印度詩人泰戈爾（R. Tagore）灌了好些詩朗誦的唱片。法國詩人若望・高克多（Jean Cocteau）

的唱片裏，我聽到了他朗誦他自己的詩。最近歌林唱片公司還在「牛津詩朗誦節慶會」監製之下灌了一套「詩的聲音」（The Voice of Poetry 唱片號碼 DB:1854-9），計十吋唱片六張，由一位著名女伶伊文斯（Miss Edith Evans）小姐朗誦，被選的詩有莎士比亞的，華茲華茨的，濟慈的，及近代詩人梅殊斐爾，勞倫斯・賓榮（Laurence Binyon），德拉美爾（Walter de la Mare）及阿爾弗來・諾以斯（Alferd Noyes）的等等。更近的事，勝利唱片 B.8870 號，惠特曼的「夜在海灘上」（On the Beach at Night）及最新的英國詩人迭萊・湯麥司（Dylan Thomas）的「死將沒有領土」（And Death Shall Have No Dominion）是一個許多人合在一起朗誦的一個試驗，置有朗誦隊的指揮師。這樣的詩朗誦的消息，如果稍加注意，每星期可以有幾則。

現在我只要接觸幾個切合實際的問題就夠了。而成為問題的，我認為都可以迎刃而解。

第一，詩與宣傳的問題。前面已說明，新的詩傳統將是一種為正義的鬥爭的抒詠，則詩應不應該用為宣傳的工具，已可不必討論，則既然詩已經上口，她比她在鉛字的時代更接近了民眾，作為宣傳的工具也更犀利。

第二，詩大眾化問題。我認為這不是詩本身的問題，只是詩的推行的問題。詩不必改變他的本身的要求以牽就大眾的要求。詩可以教育大眾，然後使大眾自己接受詩。在文字裏，這一點，詩誠然難以做到，但只要詩能上口，剩下來的問題，只是如何利用廣〔播〕或話匣子，或詩朗誦的集會及演出，只是如何推行「詩」的問題了。

第三，我感到有一個可愛的希望在我們前面，我們可以得到眞正的史詩了。這一種文學形式我們是完全缺乏了的，這裏我要補充最前面本文的第二節我問的，什麼戰爭的詩是流傳了？當然，荷馬的史詩是流傳了，為什麼荷馬的史詩流傳，最基要的原因是因為托洛城的攻守戰經過了口口的相傳，他的詩句溷了一個民眾的浴，經過了一番洗練。我感到這個可愛的希望在前面顯露，我且這樣說出來，以待後驗，只要我們意識地試驗詩朗誦。

同（一），抗戰詩的各方面問題也可以圓滿解決的。這問題，同其他的一些問題（自然還多着呢）我希望在另一些題目，另一些文章被再談。我不妨附一個希望，在緘默中受苦的詩人孫毓棠，也能參加我們一起來做詩朗誦的試驗。

選自一九三九年七月十日至十一日香港《星島日報・星座》

詩之鑑賞／木下

當代英國大詩人，同時又卓越的批評家的愛略特（Eliot）在「詩的用處與批評的用處序說」裏說：「……如果說有人能知道什麼是一個科學批評家應有的條件，那麼知道這個的應該是理却慈先生（I.A. Richards）了，他告訴我們的話是：要有『詩的熱的智識和一種冷靜的心理分析能力』。理却慈先生同每一個態度嚴肅的批評家一樣，同時也是一位嚴肅的道德家，他的道德論或價值論我是不能接受的，我要說，任何建築在這種純『個人心理』基礎上的價值論都是我不能接受的。不過他用以解釋『詩的經驗』的心理學是根據他自己的詩的經驗，正如他的價值論是根據他的心理學一樣。你可以不滿意他的哲學結論，然而仍信任他（如我一樣）在詩這方面的精微的趣味（Taste）。」我似乎應該有一點解釋：所謂「詩的熱智識」，即是詩的「感受」或「領會」，要以詩的特殊活動去讀詩；所謂「冷靜的心理分析的能力」，即是冷靜地分析那種領會的經驗，詩在心理上所引起的反應狀態。有一種人，能領會一首好詩，但他却說不出覺得這首詩是一首好詩的理由；另外一種人，他能領會一首好詩，同時又分析讀這首詩時的心理上的反應狀態，說出他覺得這首詩是一首好詩的理由——這就是批評家。「一個批評家要分析我們對一首好詩的欣賞和感到的快樂，他自己必須經驗過這種快樂，他的趣味必要使我們心折。」愛略特這些話，對於理却慈的話，實在是一種很好的註釋，也顯示出由了解到批評是批評所應該經過的路徑。我承認批評是一種科學的冷靜的工作，我也和愛略特先生一樣，不同意於理却慈先生的「建築在純『個人心理』基礎上的價值論」，但我却相信心理學的分析可以補足社會的分析的不足，檢查了「詩人的心靈」和檢查了「讀者的心靈」，我可以更了解詩。

我就這樣開始我的叙述，但在這裏我只想論述詩與讀者的關係，和詩所給予讀者的是什麼，其他，在別的文章裏再說。

一九三五年，我寓居江灣一農家中，我的一位友人是一個喜歡看競技的人，每逢有什麼足球網球……比賽的時候，他總是遠遠地走去看。還有當時使我驚異的，在這許多觀眾之中，有一部份是工人，而門券都是相當貴的。他們是貧困的人，為什麼要將這些難得的錢化在溫飽無關的事情上？為了自己要做選手，在別人那裏學習一點技巧嗎？又不是。還有別的理由麼？似乎又找不出。就是我自己，為什麼要去看呢？又不是想做選手，為什麼常常看得不肯走開呢？

「人不單依靠麵包而生活」，這似乎是最好的答覆。我們的聽覺，我們的嗅覺，都要得到滿足，我們的生活才能過得更加豐富。我們要去看一場名手的競技，就是那種傳遞的迅速，射擲的準確，聯絡的嚴密，或突擊的巧妙，這些選手們的動作把我們迷住了，這些活動使我們的視覺愉快，在這活動上我們作着一種從日常呆滯的生活的韻律中解放出來的視覺運動，在那裏我們感覺到一個準確的世界，飛躍的世界，充滿着生命力的世界，不然我們為什麼要去看一場足球賽，為什麼我們看五場名手的競賽不會討厭，而看一場技術拙劣的競賽就會覺得沒趣？為什麼我們願意出錢看一場好的競賽，而不高興看不必出錢的拙劣的競賽？

有些人喜看一二種競技，但多數的人是喜看許多種競技的，而善於鑑賞的人却能欣賞多種競技的好處，在不同的種類中得到更多的愉快。羅惠兒女史（A. Lowell）有一段關於棒球的話，在這裏正好引用一下：

> 「人不能單憑着物質而生活，而且他也決不能單憑物質而生活，那麼每一家書店都要關門，每一家戲院子都衹好停鑼，每一家花鋪子和書館都衹好收歇，甚至連棒球場也衹好取消了。除了作

為人類的敏捷與準確的史詩，除了以一種運動的法悅去施展他所有的最大的沉着與勇力之外，棒球還有什麼其他的意義呢？至於那些看打棒球的人，乃是被這種法悅從他們的呆板的日常生活中移誘到一個體力的浪漫境域中去了。……否則，倘若沒有這種法悅的移誘作用，那麼僅僅乎拋一個在地上，用一根棒去打一下，實在也沒有什麼趣味。一局棒球是荷馬（Homer）在他的『伊利亞特』中所描寫的一幅活動畫。……」

若說大多數人去看打棒球並不是想預備去做棒球選手，那麼，讀詩也並不是要做詩人。也許有人為着別一種目的而去讀詩的，但他先得領會詩，得到詩的情感，得到一種情緒的操練，然後他再得到他的別一種目的。一個眞正會欣賞詩的人，他是要營養他的心靈，擴大他的感性，從這個作家跳到那個作家，從這個時代跳到另一個時代，這樣作着精神的體操，這就是他的目的。「我們之所以要讀詩，就祇因為我們可以從這兒懂得別人的各方面——懂得心裏的最美的思想，懂得他最深邃的想像，懂得他的愛情的溫柔，懂得他的心靈對於這個可怕而奇異的宇宙所顯現的坦白和驚慌」。在那裏吸取我們心靈的營養，訓練我們更廣泛去感覺這世界。

萊登在一篇序言裏有這樣的話，雖然我不完全同意，但許多是令我首肯的，現在引在下面，再加以申說，對於我的叙述，怕更加清楚：「詩人想像（Imagination）的第一稱心事。正確講來，應是發明，或者說，思想的發現。第二是幻想（Fancy），或者說，思想的變化引申，或鍛錬。第三是叙述，或者說，把那發現的變化為思想，而用切當的，有力的而響亮的字眼裝飾起來的技巧。從發明上可以看見詩人想像的迅速，從幻想上可以看出他想像的豐富，從表現上可以看出他想像的準確。」

以上所說的，說是詩人稱心的事情，我覺得能讀到這樣的詩，也是讀者感到稱心的事。不是麼？讀到那些沒有獨創性的詩，沒有猛狂的想像力的詩，不完整的詩，不忠實的詩，該是多麼晦氣啊！不論是敘述詩，抒情詩，諷刺詩，不論是歌詠革命，戀愛，或什麼的詩，不論它是想達到宣傳或教訓的目的，一首好詩能給我們快樂的感覺，能給我們一種驚異的閃光，這一點是不容懷疑的。

根據我自己讀詩的經驗，有些詩使我喜歡是它發見了已經存在而我尚未發見的，有些是它捕捉了難以捕捉的東西，有些是它表現了我不能表現的東西，有些是想像的豐富使我吃驚，有些是聯想的敏捷使我贊嘆，有些是文字的巧妙的運用使我心折……現在就我所讀過的作品中，舉些具體的例罷。

A. 難以捕捉的，如惠勃（Max Weber）的「夜」（Night）：

Fainter, dimmer, stiller each moment,

（這首是描寫由黃昏變成夜的瞬間的情景的，這樣迅速即逝的東西，却給作者捕捉着，並表現出來，而且只用〔五〕個字，不能不使人嘆服。這首詩先說後一剎那比前一剎那，更加糢糊，更加暗淡，更加靜，於是夜遂來了。）

B. 太平常，有如呼吸空氣，我們不覺得，那裏也有詩的，如杜甫的——

朱門酒肉臭，
路有凍死骨，

鄭板橋〔見編者案〕的——

昨日入城市，
歸來淚滿襟，
遍身綺羅者，
不是養蠶人。

C. 已經存在，我們當去發現，或不知如何去表現的，如堀口大學的「少女對瑪利的祈禱」——

聖母瑪利亞
不受污而懷孕的
請聽我的祈願
我的祈願是相反的
縱使我受了污
聖母瑪利亞
也別給我懷孕啊

D.

想像豐富使我吃驚的，如克林保格（A. Kreymborg）的理想家（Idealists）——

樹兒兄弟：
怎麼你伸了又伸？
是否你夢想有一天觸着天？
溪兒兄弟：
怎麼你走了又走？
是否你夢想一天盛滿了海？
鳥兒兄弟：
怎麼你唱了又唱？
是否你夢想——
青年：
怎麼你說了又說，又說？

E. 聯想敏捷使我贊嘆的，如西條八十的「海上」——

數數星兒有七顆，
金的燈台有九盞，
白牡蠣雖在巖陰，
無限地生，
但我的戀只有一個，
寂寞啊！

看競技不能沒有一點競技的智識，同樣，讀詩也得有詩的智識與訓練，讀者選擇詩，詩也選擇讀者，詩的製作已用去許多思索，要認識一首詩自然也得用去許多思索。看的人當然有權利說他喜歡什麼，但他沒有權利要求一個網球選手去作跳水的表演，而〔選〕手也不必假充內行眞的從跳台上跳下去，弄得自己吃漲了一肚子的水，網球選手自然可以變成游泳選手，不要有兩個條件：一要檢查自己的身體，看是否合格，二要經過相當的訓練。若是沒有資格，不必去冒險。

詩與哲學同樣是一種精神上的體操，哲學訓練我們的思考力——分析的精細，應付一個問題的沉着與迅速，詩却訓練我們的感受力，擴展我們感受的世界，知道得更多奇異的和美好。愛略特在「詩與宣傳」一文中有一段是說及詩和哲學的，引錄於下，以供參攷——

「我們還要記着，詩對於人類的『用處』和哲學對於人類的用處是一樣的，我們研究哲學，當作一種很精緻的訓練時並不祇於挑出一個哲學來認為是對的，或把一切哲學拿來，配合成一個自己的哲學。我們這樣做大都為練習假設的能力或容納思想的能力，試行鑽入一個人的思想，照他們樣子想，想過丟掉，再另換一種經驗——這樣子來擴展並訓練我們的心靈，只有這樣，在可能範圍以內，運用我們的理解而不去信仰，纔能使我們充分意識到什麼是我們信仰而又了解的幾點。詩的經驗對於我們也是一樣。」

從讀詩上去認識詩，再去認識詩在心理上的過程，比之誇張與蔑視，這怕是較好的辦法，從那裏我們可以發現那變的，怎樣變的，和為什麼變的，並在這上面漸漸了解什麼是不變的，這樣，我們可以希望破除我們的陋塞，並把我們從偏見中解放出來。

選自一九四〇年六月三日至四日香港《華僑日報・華嶽》

編者案：應為北宋張愈。

關於詩的定義／路易士

「詩乃感情之自然流露」這句話，記不清是在何處看到過或從什麼人聽到過的了，總之，這是時常可以看到，時常可以聽到，因而予我以頗深的印象的一句話。

固然，我們反對一切感情虛偽的詩。但如果說「感情之自然流露」就是詩的定義，則我個人是不能緘默的。

然則——你一定會問——詩是什麼呢？

要給詩下一個具體而又滿意的定義，實是異常困難而又近乎機械，同時像「詩乃感情之自然流露」這一類的簡單的一句話，亦復是很難說得沒有絲毫遺憾的。

一個從事於詩的事業的人，在他作了差不多滿一百首詩，並古今中外地博覽了羣籍之後，他就可以獲得一個相當的詩的概念，而他自己的詩學之塔，也就一層一層地建築了起來了。

但是一個開始學詩的人，他是往往憑着自己的幾分稟賦而目空一切的。他也許知其然，然而却不知其所以然。他模倣少數一兩個前輩詩人從而接受其影響。慢慢的他又撇開了它們而趨向於獨創的風格之追求。他驕傲於他的「自我表現」之偶然的成功而大有不可一世之氣概。但是如果你問他詩到底是什麼，他就很費躊躇了。為了保持他的自尊心起見，他也許答以「詩是天才的產品」，或其它近乎幼稚的一知半解，或甚至遠離問題的本身而步入玄妙荒誕之途。

眞的，我們要給詩下一個定義，並且是必須用不多的幾句話來概括地完成這件事實遠比寫一首五百行的長詩還要少有把握而且多費躊躇。

保爾・梵樂希説「詩」這個字含有兩層意義：第一，它表示一種情緒，一種特殊的情緒的狀態。第二，它表示一種藝術，一種非常的技藝。而這種藝術的目的是在於喚起第一層意義中的那種情緒的。我覺得他這幾句話實在是説得既明瞭而又中肯，值得鼓掌。

無論如何，一首好詩總應該是一座出自神工鬼斧的大理石的彫像，而絕不是小孩子隨便用手捏出來的簡單泥人。當然，那些近乎矯揉做作的鑽牛角尖之作，亦是不正派的，要不得的。我的意思是説，作為詩的要素的感情自身，必須是一種眞情，但單是憑了「自然流露」是不夠達到詩的目的的，頂多只是一種在於歌謠狀態的東西而已。其實，就是山歌民謠之類的通俗作物，也還是少不了一些相當的技巧的。至於作為高級藝術之一的詩，那是更其不用説的了。

今日之詩，不是單是感情之素朴的表現的東西。一種〔有〕意識的意識的努力，對於一個二十世紀的詩人，乃屬必要。首先，他必須從那單純的，原始的，無意識的意識之狀態躍出，昇華於一主知的活動，作全新的系統之創造。

如果我們反對詩的進化，那麼我們儘管可以停滯於一種無意識的意識的狀態之下，只要一遇機會感情激盪了起來，就把它自然地流露出來好了。但是我們怎麼能夠這樣做呢？與其一任詩這藝術因了遠離時代而日益陷入於衰老之境，不如索性從此放棄了詩的寫作倒還好些。要是我們對於自己所從事的這種特殊的，終身的事業還感到眞正的興味及抱有嚴肅的態度的話，則我們就應該立即認清了並把握着它的進化的趨勢，而首先把那些淺謬庸腐之見予以一脚踢開的處分。

選自一九四〇年九月十一日香港《國民日報・文萃》

新詩片論／彭耀芬

詩不是靈感的東西，不過它却是情感的產物，情感越迫眞，反映生活現實便越明朗。抒情不能空洞，空洞便流於傷感，傷感化的東西，它衹有走入個人主義的道路，成了頹廢的渣滓。愛大衆，甚於愛自己；愛社會，甚於愛家庭；愛生活，甚於愛你的閃亮的鈕扣，把愛擴大，把愛組織人類。

想自由，就要扭斷枷鎖，想表現了詩的眞，就要擺脱了生活的虛偽。讓你的靈魂和泥土相觸，和大衆相觸，甚而至擁抱。

不要避開他們，不要憎恨他們，他們是最純潔的，最曉於生活和眞理，你的材料，就是從他們裏面獲得。

憎恨他們，不惜和他們挑戰，那些奴主，那些紳士，那些大肚子的老闆，那些用一切方法去搾死人民的一切底人們，那些用腥血用臭錢來築高他的勢利者。

愛他們吧，幫助他們吧：那失去生存權利的人呵，那受欺騙壓迫的人呵，盲者，跛者，窮者，病者，工人，乞丐，盜賊，娼妓，小販，……一切被排洩在社會圍牆外的人，他們是愛光明的，所以他們就在黑暗的邊緣上尋求。

不要害怕皮鞭，不要害怕鎖鏈，不要害怕磔刑，不要吝嗇痛苦，這將會更表現了你的美德。——只要你反抗！

說話吧，歌唱吧，工作吧，燃起你生命的火，卽使敵人在你的身邊，也毫無所懼的繼續着，說得更大聲，唱得更大聲，工作得更起勁，答覆他們的仇視，答覆他們的鄙夷，答覆他們的獸慾。

即使是單衣，也要把它染滿生活的痕跡，即使是棉襖，也要印上厚厚的泥污，這時代，除了埋身在骯髒，就沒有清高的企求，祇要靈魂不會向眞理的泥土叛變。

你如果到了流血的地方，你就要撲前去問一問流血的兄弟，他們的血是美麗的，足以渲染你的詩篇。

不祇做一個詩人，要做一個戰士，受四方八面的創傷，你的創傷愈深，你的生命愈發韌。

不要做律師，受罪惡的賄賂，不要做法官，受律師的慫恿，應該做一個忠實的見證者，毫不隱匿地吐露你的眞誠。

如其說是一個詩的創造者，毋寧說是一個詩的紀錄員：把生活紀錄，把語言紀錄，把時代的每一種行動紀錄，這樣的把紀錄累積，便做成了人類的一冊詩史。

挺進呵，向生活，挺進呵，向戰鬥，挺進呵，向你一切熟悉和還未熟悉的地方！

選自一九四一年一月十六日香港《文藝青年》第九期

小品文的閒適觀／文博

幽默文學的大師告訴我們：小品文的要素是「閒適」並且與小品文相當的英國字 Familiar essay，其中的 Familiar 就應當翻譯作「閒適」二字，這樣一來，小品文就等於「閒適文」了。所以寫小品文的前提是先要有一種「閒適」的生活，那就是「要有一個安心工作的書房，要有幾套不甚時髦的長褂，冬天有火爐、夏天有浴房，要一個小花園的好家庭，要有幾個不拘成法的朋友，無拘無礙的談天，有好厨子，好老僕，要有明人小品，李香君畫像，要有幾顆竹樹梅花，要有我個人的自由……」（見論語四十二期）：這些條件自然只有有閒階級才能具備的，而一般要靠「做生活」才能生活下去的大眾自然沒有和小品文發生關係的資格。這樣，「小品文」又成了「小眾文」了。

小品文如果依照大師的定義，便只是特殊階級的玩弄品，只有給少爺小姐們消閒悶的用處，其價值和鴛鴦蝴蝶派的作品沒有兩樣，因之，寫小品文用語錄體也好，用「文言的白話」也好，即使用更「古色古香」一些的「典謨誥誓」的文體和甲骨文鐘鼎文的字體寫了出來，也沒有問題，橫豎和大眾不相干。不過，如果眞的如此，小品文本身也將要隨着特殊階級的沒落而走向它的末路了。

小品文的前途果然要是這樣麼？我想並不一定是這樣。固然小品文在過去曾是有閒階級的玩弄品，現在也還有幽默大師之流製作他們的消閒小品，然而這是即使在「大品文」也一樣的要經過的過程：文字的本身終於是跟着時代前進的，不過是舊內容要被揚棄了，「閒適者羣」的意德沃洛基西被大眾意識「取而代之」。

如果從字面上來下定義，我覺得小品文並不見得等於閒適文。與其着重閒適，不如着重「親切」。

為什麼呢？「親切」便是沒有客氣，沒有拘束，平常人雖然沒有明窗淨几的書房和小花園浴房之類，但是總有幾個親密的家裏人和朋友可以無拘束的談天，因此可見「親切」可以普遍化，大眾化，和「閒適」不同，那是傾向於特殊化，「小眾化」的。英文的 Familiar 我想也可以譯成「親切」。雖然我不是語言學家，但是從字典著作家們那兒可以找出這樣的譯語來。

小品文的筆調固然是個人的，但他的應用可以不限於少數特殊的個人的範圍，這是從上文已經證明了。小品文應當是「親切的」而可以不是「閒適的」，也已經證明了。我們的任務便是揭破小品文的閒適而使小品文大眾化。

選自一九三四年九月二十五日香港《工商日報・文藝週刊》

魯迅式雜文之再建／杜埃

曾有人認為：諷刺的時代已經過去，文藝上的諷刺作品，變成了歷史的東西。原因是：新的政治環境，及全民族抗戰代替了舊式的可詛咒的生活。因此，文藝上的針砭工作，無須繼續。這見解在某點上說，是對的。但不是全對。所謂「對」的理由應該是：國內政治上的紛擾和民族感情的抑鬱的日子，已被偉大的統一戰線及全民戰爭所克服，於是，曾針對着某一歷史時期的現實的諷刺作品，在今天看來，是成了過去的東西（但某些部份也還是現存的東西）。所謂「不是全對」，理由在於特定的歷史時期，雖已成為過去，但這不能得出「今後文藝上的針砭工作無須繼續」的結論。因為在今天，為整個統一政府，為整個抗戰所不容的事物，正需要文藝界執行諷刺工作的戰士們努力的。

所以，諷刺工作，在整個抗戰文藝上仍然是需要，且必須以更大的努力，發揮它特有的戰鬬作用。所不同的，今天的諷刺對象有了轉變，諷刺的原則有了新的根據。我們所要無情地加以諷刺的，不是同一戰線的友黨友軍，而是戰線之外的×人和障碍物。然而，抗戰以來，這方面的工作，是非常落後的。這現象固然由於主觀努力的缺乏，但對於這工作發生懷疑，也是重要原因之一。在這裏，我們覺得「魯迅風」這刊物在上海的出版，是十分值得注意和推崇的。然而，這工作還未遍及於整個文藝戰線。那麼，目前再次的强調提出「魯迅式雜文之再建」，不是無益的吧？

自然，所謂雜文這東西，不一定都是諷刺的。但我們這偉大時代所要求的，是有着輕騎隊和匕首似的，有着機敏的突擊似的高度戰鬬特質的東西，而這東西，在我們的國度裏只有用「魯迅式」三字，才足以代表。「魯迅式雜文之再建」口號的擴大的提出，在目前的戰爭中，有着它更豐富的客觀根據：

第一，戰爭到了極端緊張的階段，這要求了文藝上的極端緊張的戰鬬。第二，××托派親日漢奸的一切醜惡伎倆，須加以迅速的無情的揭發和針刺。第三，抗戰中的落後的社會生活，封建的、自私的、偏狹的、頑固的、貪婪的、愚蠢的、奸狡的、兇暴的、悲觀的、麻木不仁的一切有害於抗戰的國民的意識形態，也在緊張的戰爭中起其緊張的進步或緊張的退步的演變。魯迅式雜文就是打擊這些退步和推動這些進步的有力武器。第四，新的世界大戰的火把正在點燃中，法西斯匪黨袒露了他們自己毛茸茸的胸脯，這正需要利刃無情地直刺進去。第五，在複雜緊張的戰鬬生活中，對於瞬息發生的事件（如叛徒汪精衛的通電，文章；××的一舉一動等等），一般的文藝作品很難即刻加以打擊，把它反映出來。而魯迅式雜文就最能負起這個任務。第六，一般的讀者在戰爭中，閱讀長篇的著作是困難的，而雜文正具有一般文藝作品所無的特點，使讀者在極少時間內得到明快的指示。

所以，站在擁護政府，擁護統一戰線，擁護抗日利益，堅持長期團結，抗戰到底的立場上，魯迅式雜文應有其十分輝煌的工作的。

魯迅所留給我們的遺產，魯迅式雜文之再建工作的實踐，首先須我們向這猛鷙似的戰鬬家學習，特別是他那表現在雜文裏頭的高度的政治警覺性，尤為工作「再建」的必要條件。

把魯迅的基本風格，及其戰鬬的傳統，在當前這新的歷史階段上盡量的發揮出來，將是整個文藝兵團之戰鬬力的增加，是沒有疑義的。

一九三九・四・十二・
（赴東江淪陷區之前日）

選自一九三九年五月二日香港《大公報・文協》

怎樣在華南寫小說？／王幽谷

來港兩年，的確未曾聽見過本港人談起一篇惹人注意的小說。接讀本稿，恰是一語破的，赤裸裸的自白。

我並不是顧慮作家來講「生意經」。我刊載此文的希望是——在這樣一個環境下，創作的途徑應該如何？

編者敬識

的確，沒有寫過小說，猝要您寫成一篇比較像樣的小說，那是一件挺困難的事。

兩年來香港綜合了南北小說名作手，他們對寫小說，簡直像吃生菓一般，那裏會感覺困難；只是一層，他們對于迎合華南讀者旨趣，使其作品得以賣座，則又似乎要費點巧思，不期然也會喊出「寫小說難」來！

尤其是北方的名小說作者，為了不熟習風土人情，對于那所謂「迎合」，只好從「觀察」得之。就令那南方寫小說的，為着一板其面孔，死而不變，於是始終不能賣座。

同時，為了迎合，也並不一定不能談到文藝的，尤其硬性的抗戰小說，有方法，自然能迎合于華南大多數的讀者。

記得，廣州劇人李殊倫曾這麼說過：抗戰劇本現在是太多了！可是都脫不了有漢奸，有日本軍人，有英勇的中國青年等等角色！所以，觀眾看國防劇，都感覺有點苦濍，差不多是千篇一律，只是事實有點不相同處而已。

他很能把握着華南人心理，觀劇者如此，讀報的人也何莫非如此。

家兄香琴，是華南小説作者之一，他曾有這麼説：

「華南讀小説的人，歡喜曲折而離奇的事實，尤其，言情以及社會寫實的小説，最會得歡迎」。

華南讀者有點特質，便是偶像崇拜，先看作家所署，然後讀你的作品的內容。更有看標題是否醒目？始定那篇小説堪讀否？

寫小説定標題也有相當研究，華南國防小説表表者沈懺生先生，是以為不能先得題目然後着手內容，這每每為題目所囿，場面不能開展；但也不能得其內容，然後思量題目，那麼，題目便可以移動，不十分穩固于該篇小説上。

小説場面愈廣愈佳，人物愈多愈妙，以前，張恨水的「啼笑姻緣」能在華南討得大部份讀者，也是這個緣故！

華南人是挺不歡喜文藝性的執着一點事物來描寫，最要事實多，雖然一篇短短一二千字的小説，卻要有説不盡的事實。

現在香港最紅的小説名手傑克先生，據説是一個外江人，但能深稔讀者心理，而文筆妙曼像個好女子，這也是最受華南讀者所歡迎的。

可以統而言之，在華南寫小説，不論文言白話，只要大眾化，有場面，事實廣而曲折，對上中下人都能有所描寫，尤其，注意一點總標題，要醒目，能引人入勝，那自然博得讀者去看！

謹以此篇，獻給北方的小説作家！（八，一二，三九于香港仔）

選自一九三九年八月十八日香港《國民日報・新壘》

怎樣展開香港戲劇運動／陳丹楓

暴露現實，反映現實，以光明的力量打擊黑暗，這是三年來戲劇鬥爭底主要任務。環境越艱苦，鬥爭越堅決，如果誰要為了環境的特殊而逃避起來，那他就是罪惡的擁護者。

上海這人間黑暗的場所，然而這三年來戲劇底鬥爭的偉大是無可否認的，牠以獨立作戰的姿態天天在支持着一個艱苦的戰鬥，□□□□□□□□□□□□□□□□□，天天在迫害着，但是戲劇的力量反而一日日的澎漲起來，每天，牠教育着整千整萬的孤島上的羣眾，不管上層和低層的份子都堅決地在藝術鬥爭的旗幟下，保衛這一支戰鬥的主力軍。

上海的劇運在艱苦的風雨飄搖中支持了三個多年頭，可是香港的劇運底情形，究竟怎麼樣呢？反映在三年來的香港劇運是零碎的，首先，沒有經常的職業劇團的演出，這是香港劇運低落的一個主因，但不能說是有決定因素的，因為香港戲劇團體是不算少的，比較上力量較大的還有好幾個，像業聯和工聯等。不過由於香港的戲劇歷史今天還是處在一個幼年時代，大多數的團體是缺乏導演和演員人才的，這樣條件不充足的團體就往往不敢作較大的社會露面，同時還有一部分人認為環境的關係却是一個決定的因素。

根據以上兩個事實，我們發現出香港劇運的結瘤點，固然上海和香港有很多地方是不同的，上海比較上還有幾個固定的舞台劇場，在演出方面經常得到很多的便利，同時牠是中國戲劇的歷史發源地，鬥爭上有着很深的基礎，很多有名的戲劇先進，都經常地指導着工作的進行，然而上海的環境是比香港惡劣的，為什麼香港連一半也追不上上海戲劇的鬥爭道路呢？

這是目前香港劇運一個迫切的問題，要說明香港的戲劇運動的發展與擴大，決不是我個人所能勝任的工作，還有待於留港的戲劇先進和戲劇工作同志的熱烈參加討論，但問題是應該有點意見的。

據我所知，香港劇運最大的阻碍是大多數劇團本身的窮困，單就應付一個小規模的演出，也常常發生金錢上的難題，友團的幫助是不够的，物質條件的限制，造成一個演出的致命傷。為了針對着這一事件，我以為香港的戲劇團體在一個鬥爭的統一戰線下，聯結起來，成為一個戲劇的整體，（不過名稱上是可以保留的），在每個月內輪流作有計劃的上演，同時指定一個固定劇場，作為每天演出的地點。至於金錢上，也由於劇團本身的强大，可能會得到社會上部分的幫忙而不發生困難，這樣香港劇運也許能够有一個大規模的發展。

同時技術上的加緊訓練也是必要的，精湛的藝術，就是吸收羣眾的最大資本，這早有事實上的証明，「中旅」和「中救」是一個模範。

以上幾點是比較重要的，雖然我這樣寫是不會充分。但是時間和學識已够限制着我。不具體的地方希望全港的戲劇先進和同志加以補充和指正。

選自一九四一年二月十七日香港《立報・言林》

舊體文學存廢問題（註一）／劉京

配合着民族的救亡聯合陣綫而來的國防文學（註二）無疑的是現階段中國文學的主潮，也無疑的是中國文學的一個總稱。他不單祇範疇着新文學領域內的各個部門分野和各種式樣的作品，而且更廣泛地包括着舊體文學的全部。只要牠不是替敵人或漢奸張目，而是對現實有所反映，不管牠是新文學或是充滿之乎者也的舊體文學，例如傳記，傳奇，詩賦之類，也應是國防文學領域內之一部。

這種說法是有人反對的。第一以為舊體文學是封建的殘餘品物，第二是太深奧，大眾看不懂，所以不好担負這個重大的國防任務。

不幸這一個對舊體文學力量輕視的估計，是非常錯誤的。大概這是由于不了解聯合陣綫的意義吧。我們知到在政治上聯合陣綫是被當為整個漢奸以外的中國人大聯合而解釋的。在文學上亦然，牠不妨包含着各式各樣的文學工作者，無論左翼右翼，同路人，自由人，甚至舊體文學的創作者，只要他不是漢奸，便都是我們可以聯合的人。在這麼廣泛的複雜的聯合裡，配合着而產生的國防文學，我們根本就沒有權利說某一種才是它的主體，某一種不是。牠裡面應該有而且必然有很複雜的各種或新或舊的文學的存在，這是作為各科階層的意識形態而表現的。

而且上邊說的封建殘餘品物和深奧難看問題，這只是內容與形式問題。我們罵牠是封建的殘餘，因為牠一向是被用作記載林黛玉式的愛情故事，神話式的俠士行徑，或社會的荒淫，離奇，怪誕的瑣事，這當然是有害的。即使牠不是之乎者也的封建殘餘品物，而是新文學創作，這樣的內容，我們也不會給以同情。可是我們誰也不敢肯定這內容是一成不變的。到今天我們可以承認一個封建遺志改變他的主張而參加救亡運動。那麼這被作為封建殘餘的舊體文學也未嘗不可以改變內容而作為國防文學之另一支軍。我們希望他能够改變內容，這內容必須是偉大現實的反映，而對國防運動又有直接間接的補益，如其這樣，便是很健全的國防文學了。

說到形式那更無問題。在聯合陣綫底下，我們不獨不能擯棄牠，恰恰相反，我們必須要利用它，好好地把握着它作為我們有力的工具。到今天，為了救亡必須成立一個全民一致的聯合陣綫。單獨的孤軍作戰，無論那一個領域都好，因為力量分散而單薄，遲早是要給敵人消滅的。如果萬一給敵人乘機挑撥而發生內訌，或乘機收買漢奸，那更是危險十分的事。因此在文學的本身除無分派別，新舊而團結外，為了要促成全民族的救亡陣綫的完成，牠必須憑藉着牠的偉大的煽動力，提高民眾的救亡情緒，集中民眾的救亡目標。舊體文學無疑是十足的封建殘餘品物。牠的深奧難懂，因為牠是士大夫階級的專用品。但今日的中國社會是一個畸形的社會，客觀條件還給以封建殘餘很大的存在理由。那一班封建人物浮遊在社會的各個階層，佔着很不少的數目。他們有很多在現實的挾持下是轉變了。可是頑固地彷徨着的依然還有不少。我們為了加強我們的救亡力量，對于這一羣是不能遺亡的吧。這一點，文學是應該負起這一個責任，因此就用得着舊體文學的幫忙了。但因為先天的傳統的保守觀念，使他們愛好着舊體文學而成見地憎惡着「的麼那了」的新文學，你要煽動他們，使他們參加救亡陣綫麼，那就非用舊體文學不可。誰想用新文學担起這責任，誰就等于做夢。

有了上述的這幾個理由，舊體文學依然是需要的。當然這并不是毫無批判地像一般人提倡復古一樣，死命的搬運古董，或力求深奧，而是應該給牠來一個精密的揚棄的過程。更不是說它是國防文學的主要部分，而只是說它與國防文學沒有什麼衝突，是國防文學的友軍。

註一：舊體文學是指今人創作之各種文言文學而言，古老的不算。

註二：不一定指國防文學，民族革命戰爭的大眾文學或其他的救亡文學，筆者也表同情。這裡只是為了簡便而寫下的。

選自一九三六年九月二十九日香港《工商日報・文藝週刊》

存目

對於詩歌上的一個建議／陳白
選自一九三七年一月二十六日香港《工商日報・文藝週刊》

詩與歌的問題／李燕
選自一九三七年三月香港《南風》出世號

論近代的報告文學／李育中
選自一九三七年三月香港《南風》出世號

新聞雜誌對於近代小說的影響／劉慛
選自一九三七年五月二十日香港《朝野公論》第二卷第九・十期

「真正文學的詩」新解／林煥平
選自一九三九年九月二十日廣州《中國詩壇》新三號

抒情無罪／陳殘雲

選自一九三九年九月二十日廣州《中國詩壇》新三號

抒情的時代性／陳殘雲

選自一九三九年十一月十六日上海《文藝陣地》第四卷第二期

詩朗誦——記徐遲「最強音」的朗誦／袁水拍

選自一九四〇年三月二十二日香港《星島日報・星座》

談香港戲劇運動的新方向／殊倫

選自一九四〇年六月七日香港《立報・言林》

作家與作品

論「現代」詩／劉火子

（一）

這是一個不幸的消息，「現代」雜誌決計停刊了。

這，在目前的中國文藝界裡，無疑是一件巨大的損失。原來自從一二八戰役發生後，中國的文壇在砲彈與火光中被破壞了基礎。最顯著的事實，就是有着長久歷史的小說月報及幾種有名的刊物都飲彈身亡。停戰後，至今已是三年了。小說月報迄無復刊消息，其中雖然也有幾個刊物不怕艱苦地出現過，但到底因為種種客觀條件的苛刻，大都不能賡續幾期，便溘然長逝了。（註一）

但話雖如此，在滬戰後，能够辦理得比較認眞而又不至中途夭折者卻有一個，這就是「現代」。牠發刊于一九三二年，滬戰發生的那一年五月一日。直至如今（一九三四年十二月）已發刊的有六卷一期，合卅一冊。編者最初是施蟄存，四卷一期後，又多添一個杜衡。在發刊之初，施蟄存也曾宣示過他辦刊的態度和主張，他說，我「對于以前我國的文學雜誌，我常常有一點不滿意。我覺得牠們不是態度太趨于極端便是趣味太低」。為了這個原故，便打算「把本誌編成一切，文藝嗜好者所共有的伴侶。我不希望我的讀者逐漸地離開我。（除非他是不了解文藝本身精神的）故我當盡我的能力來幹」。（註二）在這樣的文藝觀光下，「現代」是一天天的走上繁榮之路去。雖然每期的銷數我們得不着正確的統計，但是牠在中國文壇上面卻有着優越的地位和多量的讀者。固然，這并不是完全由于施蟄存努力所得的結果，主要的原因，還是由滬戰後，社會情形的變換，以及文藝界的災荒，使嗜好文藝的青年飢不暇擇。

「現代」在辦理的精神上，我們找不出理由加以非難，就是內容質量的估計，也不至使我們過于失望，當然，其中的作品還有很多須待斟酌的地方。

對于新詩運動的努力及其勞績，我們是不可抹殺的。原來我國的新詩運動，自從胡適之的「嘗試」失敗後，直到如今，都不曾立下牠的基礎。在過去，差不多每一部刊物都不曾給牠一個比較重要的地位。詩之刊登祇是當為一種補白而已。但是「現代」卻不然，牠對於新詩是十分看重的，雖然牠也曾一度的對於詩不肯發給稿酬，實在有點歧視（註三）。但是詩之刊登，能够給以非補白的地位，以及新詩人的提拔，都足以補過。

在這種情形之下，所以牠自發刊至今，不過區區數十冊，但是陌生的或是熟稔過詩作者的名字，在牠上面出現過的不下九十多人（譯者除外）。詩作共計二百數十篇：這數目不能〔不〕算驚人。

由于牠對于詩有着獨特的見解，所以被刊登的詩大部分都有着一種獨特的風格，題材，為了這而引起微小的論爭，也曾有過好幾次。總之「現代」是一個對于詩旨加以提拔而又有着牠本身的見解的刊物，這平時稍為注意到牠的人，都不會否認的吧。

惟其如此，在文學在鬥爭上顯現着重大作用的今日，牠的勞績，我們自然要表示敬畏；但是因為牠對詩太看重和擁有多量讀者的原故（註四），所以為了恐怕這多量讀者走錯了路途，對于牠底詩的見解和題材形式等等，還得要加以清算的功夫。

這是所以要寫這文章的原因。

（二）

首先考察牠的詩派之成因及見解。

這樣說法，也許有很多人覺得詫異，因為牠在發刊之時也曾說過「本誌并不預備造成任何一種文學上的思潮，主義，或黨派」這幾句話。如果我硬說牠是一派，硬說牠是有着獨特的見解，這豈不是奇怪嗎？然而事實偏是這樣；因為牠「不是同人雜誌，故本誌所刊載的文章，祇照着編者個人的主觀為標準。」（註五）因為編者于詩是有着另一種見解的，所以在取捨方面，便往往會有意無意給自己的見解所包圍，結果對某種詩（編者愜意的詩）便予以刊登的便利。同時一般從事文學的新進青年，對于刊物編者往往會發生一種盲目的信仰，至于把編者的作品當作自己寫作的臨本，也大不乏人，據施蟄存說，他自從發表了幾首「意像抒情詩」後，在紛紛不絕的來稿中，他讀了許多（可驚的許多）意像派似的詩（註六）。雖然編者想極力把「現代」造成為中國現代作家的大集合，各方面稿件都盡可能登載，但到底給那「可驚的許多」所包圍，無意間又不能不表示妥協，除非是根本不登載詩。

作品已是如此，牠底詩的見解又怎樣？

詩的見解編者雖沒有具體的露布，但也曾有過一篇簡短的宣言。

為了堅強牠自身底理論基礎，第一他便要說明「現代」的詩是怎樣的詩。他說：「現代」中的詩是詩。而且是純然的現代的詩。牠們是現代人在現代生活中所感受的現代的情緒，用現代的詞藻排列成的現代的詩形。

「所謂現代生活，這裡面包含着各式各樣獨特的形態；匯集着大船舶的港灣，轟響着噪音的工場，深入地下的礦坑，奏着 Jazz 樂的舞場，摩天樓的百貨店，飛機的空中戰，廣大的競馬場

……」（註七）

什麼才是現代的詞藻呢？他說「衹要適宜表達一個意義，一種情緒，或甚至是完成一個音節」，便「採用了一些比較生疏的古字，或甚至是所謂『文言文』中的虛字」了（註七）。

在形式上，牠反對與填詞沒有分別的十四行詩與方塊詩。因此現代中的詩是「大多數是沒有韻的，句子也不很整齊」的。同時，他也反對，「一部分詩人主張利用『小放牛』、『五更調』之類的民間小曲作新詩，以期大眾化，這乃是民間小曲的革新，并不是新詩的進步」（註七）。

由于作者一方面受了編者的影響，同時又受了編者理論的維護（註八），「現代」中所刊登的詩便不謀而合地大部分都是同一風格同一意識，同一題材的了。根由于此，雖然編者在發刊之初，并不曾預備造成任何一種文學的思潮，主義，及黨派。但是「現代」派卻曾確立起來（註九）。當然，這個派字是有範圍的，其他很多以不同的風格題材而出現的詩，我們卻沒有理由把牠列入「現代」派之範圍。

現在我們再來看看這種理論是否正確。

第一，所謂「現代詩是現代人在現代生活中所感受的現代情緒而用現代詞藻排列成現代的詩形」。這原是相對的正確，正如施蟄存生長在現代，生長在都市而又幸運地是一個編者，才會寫這理論一樣。現代人在現代生活中的所感受現代的種種情緒才會寫成現代的詩，一些超時代的或是古典的，如果自承一個現代人，誰都不敢從這方面冒險，這理論，并非施蟄存才會申說，稍具常識的人都已知曉的了。

可是現代生活是極其複雜的。牠裡面包含着各種形態，正如施蟄存所列舉的一樣。（雖然他忘記了列舉農村破產這一回事。）在這種複雜的生活上面，便建立起各種不同的階層，每個階層有每個階層的意識，因面對于客觀現實（所謂現代生活）的觀察，也就有着其本身的階級意識在作用着。「同樣，文學的認識也是為作家的階級條件所限制的認識。每個作家都是戴着他自己的階級的眼鏡去看現實的。」（註十）譬如一些市民階級的詩人，因為本身生活的優異，同時也受着本身的階級意識所制約，對于客觀現實的認識，便祇能看見事務的表皮，看不見客觀現實底眞實性。叫他們寫詩嗎？他們祇會歌詠都市的文明摩天樓的崇高，跳舞塲的熱鬧，或者自身的哀憐，夢的憧憬——至于都市的黑面，下層人的痛苦，在他們的耳目中完全不感覺到。如果蟄存所說的是合邏輯的話，那麼他們所寫的詩也是「純然的現代的詩」了。

但我們以為純然的現代的詩決不是這樣簡單。

我們曉得，現代詩是現代生活的反映；因而現代是怎樣的一個時代，我們是亟須要知到。現代是一個極大其混亂處處都充滿矛盾的時代，換一句話說，就是鬥爭的時代。要是我們不會否認文學在鬥爭上面會發生作用的話，則我們便不能不承認現代詩是應該負起一點時代的任務的。所以單是由于現代人在現代生活中所感情緒而寫的詩，決不是純然的現代的詩。祇有那些能夠把握着客觀現實，（現代生活）底眞實性，能夠暴露現社會的矛盾的詩，才得配稱為「純然的現代的詩」啊！

第二，關于「現代詞藻」。他說，為了要適宜表達一個意義一種情緒或完成一個音節，便採用了一些生疏的古字或文言文的虛字。

這一點，我覺得應該堅決地表示反對。

我們知到，時間的遷移，社會的變換，現代人的生活跟上代人的生活根本不同，因而現代的文學與上代的文學自有其特殊差異之點。在上代，一切的文學都是建築在王公貴族上面的，一般下層人根本就沒有半點緣份去高攀這種貴族的文學。而貴族文學便用不着去求大眾了解。因而表達功夫也力求深奧，字眼也特別喜歡採用艱深的生疏的古字，因為非這樣不足以表現其作者的功夫。但是現代不同上代了。作為從前王公貴族的專有品的文學該歸還大眾享用。如今為着適應大眾的需求，為着要履行文學在時代的任務，那些艱深的古字或文言文的虛字，都須要求減少；這即是說，我們應當去運用一些大眾能夠容易了解的文字去從事文學的寫作。詩自然也是應該一樣。這除了一些喪心病狂的人不計外，也許再沒有人加以反對的吧，但是自稱為「純然的現代的詩」的「現代」派詩人竟然冒天下之大不韙，還去提倡在詩作中運用古字或文言的虛字，真有點令人不解。

或者為了要完成藝術的最高峰，為了表達一個意義，一種情緒或音節，才去採用，「那我卻無話可說了。」現在且隨手舉出一首詩來（註十一）看看他們怎樣去表達意義情緒和音節：

鏡銘　　金克木

「見日之光，長毋相忘，」
則雖非三稜的菱花，
也應泛出七色來了。

「明月無常，星辰流轉，」
切莫濫寄你的信心，
須知永刼衹憑一念。

「見日之光，長毋相忘，」
惟陰霾時才成孤影，
願人長壽，記憶長春。

這首詩恕我不能多說了，因為我讀完了之後，正在渾身打戰，毛骨悚然哩。也許讀者讀完之後，亦有這樣的感覺吧。

第三，他們反對人家做方塊詩，十四行詩，又反對人家用「小放牛」「五更調」之類的形式去作詩，說這并不是詩的進步，乃是民曲之革新等語。關于前者，我覺得應當表示同情，關于後者在施蟄存沒有具體的說明怎樣才是進步的詩以前，我們總覺得還有說話的地方。

文學是社會的產物，而社會又常在變動中，在上代，因為文學是王公貴族的專有品，自應採取嚴謹的形式去供自己吟哦。但現代不同上代，因之文學也就跟從來都不曾親密過的大眾親密起來。因為大眾教育水準的低下，我們為着要求他們更易于了解，為着容易完成教育大眾的任務，大部分詩人都主張採取最能深入大眾的民曲底形式去作新詩的形式。這雖然還有很多值得商討的地方，可是原則上卻是這樣。

當然，在唯美主義的「現代」詩作者羣，是認為退步的表現。

夠了，作為他們寫詩的理論基礎，已是這麼一回事，現在進而看看他們的詩又是怎麼的臉相。

（三）

在「印象批評」快要淪于破產的今日，我們免得再蹈前轍，對于任何一件作品都不該再翻亂的批評，因為這不特不能弄巧，徒見反拙而已。

所以，在沒有下筆之前，就打算先從作者的生活環境着手，但是批評一本雜誌與批評一本單行本不同，單行本是個人的，因而容易去體察作者的生活環境，可是雜誌就不能了。查「現代」裡面的詩作者共有九十多人，如果從作者的生活，環境方面入手，那是一件大難事，幸而詩是社會生活的反映，也是詩作者個人生活的反映，我們如果肯冷靜地去體味這九十多人的詩作，便不難洞悉這一羣人的生活來，換言之，就是不難知到他們的階級立場以及意識背景。

當我看完了全體的詩作後，我知到這一羣所謂，「現代」派詩人，大部分都是典型的小市民層，當然其中有一小部分人是不能歸入這一層的裡面的。

目前中國社會是一個極其混亂的社會，這一羣小市民層在兩個極端矛盾的壁壘正在衝突中，自然使他們種種的美夢給客觀現實打破。最初他們以為都市原是一個樂園，可是事實偏不如此，在遼闊的都市中，他們卻沒有立足的地方。可是他們不曾明白，這是社會制度之不良，衹會用着一種懷疑的眼光去胡亂的揣摸，結果便衹有茫然。

「說世界是廣闊的吧，
他的噉飯地呢！
說世界是囹圄般的侷促吧，
他卻有茫然于大漠的悲哀啊。」（註十二）

都市既然沒有立足的地方，于是徬徨，結局便打算回到自己的家鄉，由是便掀起了無限的「鄉愁」，（註十三）在偶然的「聽到了，在故鄉曾經聽過的那明笛」的聲音時，馬上便記憶起故鄉的美景，「那故園旁邊的小池塘，在風中的，池塘上的蘆荻。」于是他們說：

「我原是農家子呀
嗅得出那是田舍中
晨炊的滋味。」（註十四）

那就快點囘到農家去吧。但他「祇是個無家的歸人」（註十四）因此，當着：

「海上微風起來的時候，
暗水上開遍青色的薔薇，
——游子的家園呢？」（註十五）

便不期然地會這麼感嘆一句。

這麼一來，在走頭無路的時候，小市民層的劣根性又發作了，便破口大罵道：

「容納着鬼魅與天使的都市呀！
古世紀的 Chao 將在你懷裡開始了，
你猶裝出樂觀者之諂笑，
欠伸着如初醒之女兒。」

「你已滿足于我的不幸罷！
無靈如蕩婦的誘惑者，
我將在南國的山川之垠，
宣唱你巫女似的不可宥之罪過。」（註十六）

眞的，他們果然走到南國的山川之垠來了，然而卻不是宣唱都市之醜惡，而是呻吟：

「我久已投袂離去紛擾的人羣，
我如今更勇武地離去我的愛者，
不問是嬌兒愛婿與慈親。

我是孤獨地，孤獨地
徘徊在蒼碧的南海之濱，
我要披示給自然以這
從自然裡來的原來是孤獨之身。

檢討罷！這遍身
歡愁的烙印，
啼笑的遺痕。
我要把它們通通埋葬，
葬在這蒼碧的江濱。」（註十七）

這是必然的結果，小市民層從現實中失望出來，而打算「投袂離去紛擾的人羣」，是常有的事。可是其中卻另有一部分人，雖同樣地也感覺到本身的幻滅，但還有一些奢望存在他們的心，奢望在：

「暖和的陽光下，
蘆花飛了，
飛起一斑斑的希望。
我將這希望之花，
綴成一件新裝，
想披一披以禦這寒風的猖狂。」（註十八）

但可惜這奢望卻變成「瞬間即逝的泡影」（註十九）。這樣，他們才開始知到自己原是「弱者，套在生活的黑圈裡的」一個。（註二十）

為什麼自己老是碰壁呢？在神志稍為清醒的時候，必然地令這樣地自問。哦，經過一回思索後，他們知到了，原來社會上所謂

「聰明人，得意地，
唱出別人的血的歌，
愚蠢者，呻吟地，
唱出自己的血的歌，
（該憬然了吧！該憬然了吧！）
笑與哭不能再給我以笑與哭，
因它存在這人間裡！」（註二一）

所謂聰明人的眞面目既然給他們看清楚了，照理自應揭竿而起，但由于他們本階級意識的阻撓卻又希望自己是一個聰明人，去：

「唱出別人的血的歌，
償答我曾唱的自己的血的歌啊！」（註二二）

這種帶着復仇意味的觀念，正是小市民層所共有的意識。

由于在都市虛度着時光，事業之毫無成就，他們也會嘆息自己的年華：

「年華像豬血樣的暗紫了！
再也浮不起一星星泡沫，

祇冷冷的凝凍着，
——靜待宰割。」

「——啊，我的年華！」（註二二二）

撫今追昔，覺得自己的，「色彩的生命」自從「青春塗下了一抹嬌紅」之後，「生命遂由之而煩困了。」（註二二三）便不禁惋然太息，唉：

「一紙的悲哀追縱着過去的光陰，
苦之囘味是是拌了胡椒的辣味的。」（註二二四）

過往已是如此，目前又是這樣，那應便該囘到農村去吧，可是卻又捨不得都市的繁華，那麼怎樣好呢，幸而他們還會造夢，而且小市民層的：

「夢會開出花牀的，
夢會開出嬌妍的花來的；
去求無價的珍寶吧。
在青色的大海裡，
在青色的大海的底裡，
深藏着金色的貝一枚。」（註二二五）

然而他們知到「鬢髮斑斑了的時候」「金色的貝」才會「吐出桃色的珠」來。這實在太長遠了，還是抵着目前這一刻的時間享樂好。于是又沉迷在「夜的舞會」裡了：

「Jazz 的音色染透了舞侶，
在那眉眼，鬢髮，齒頰，心胸和手足。
是一種愉悅的不協和的鮮明的和絃的熔物。」

「并剪樣的威斯忌。
有膨脹性的 Allegro 三拍子 G 調。
飄動地有大飛船感覺的夜的舞會哪。」（註二六）

他方面又有一部分人喜歡弄珠娘。在「月在空中，月在水中」的晚夜，走到「載着正熟的葡萄味」的紫洞艇尋開心說。

「像這樣的夜，
温柔的夜，
我正要看你馥郁的眼，
聽你馥郁的話。」（註二七）

唉，人家正為了生活的積壓而吐不出苦，我們的小市民層的詩人，卻瞎着眼睛，絲毫不曾體驗到人家的痛苦，還說要聽什麼馥郁的話，眞是活見鬼了。

照這樣觀察，那些在地獄下過活的人們，在他們的眼中，一定看不見的吧。但卻不然，在某一個時間裡，他們又似乎會為着一些「剩餘的人類」（註二八）而歌嘆。不過他們的觀察力十分貧弱，對于這些人類，衹是從個人的見地去理解，而不從社會學的見地去理解。同樣，一些「街頭的女兒」（註二九）的慘苦，江湖賣藝者的日暮途窮，（註三十）「拾煤撿的姑娘」（註三一）的生活不良，……他們都衹會作人道主義的無謂的吁嘆；至于指示一條他們所應走的路給他們去走，是他們永遠都不曾想到的事。

綜上所說，我們可以大畧地窺見「現代」詩的輪廓了。其餘未經列舉的，大多數都與此沒有十分差別。這即是說，其餘未經列舉的大部分都是：如果不是愴傷的便是呻吟，不是愛情便是發夢之類。如果施蟄存所說的現代詩是現代人在現代生活中感受現代情感，而寫成的話是正確的，那我就得要這樣地問：為什麼「現代生活」是這般狹隘？下層的眞實的痛苦農村破產的日益加深……是否不是現代生活？為什麼這些生活于他們毫無影響？

但是在全體詩作中，卻有兩首可以作為全體詩的「詩拔萃」的：郭沫若的「夜半」（註三二）和許幸之的「大板井」。（註三三）

這裡我們實有推薦的義務。

在漫漫的長夜裡，當着「狂暴的寒風怒號」的時候，一些畏難苟安的小市民層的動搖分子，自然不敢前進。可是在「夜半」的詩裡，卻完全沒有這般氣分，祇有充分表露着一個時代推進者的精神：

「我們在隴道上并着肩走，」

「『我的手，你看，是在這樣地發燒。……
哦，你的冰冷，和我的卻成對照，
讓我替你温暖罷』——『怕不把你冷了？』」

「我們在寒風中緊緊地握着兩手，

在黑暗的夜半的隴道上顛撲不休；
唯一的慰安是眼前的燈光紅透。」

在這裡我們找不出半句呻吟或發夢的字句。牠蘊藏着很大的希望，而希望卻又不像小市民層的靈幻。自然，在黑暗的長夜過去了的時候，便會有一個光明的太陽到來。

「大板井」是一首一百三十多行的長詩，寫兩個學徒在基爾特制度下不幸的慘死。作者能從這方面去找題材，是可喜的事。而且作者對于學徒生活體驗之深刻，更是難能可貴。故事是寫「兩個生死冤家的皮匠」「為了營業競爭，互相敵視」而演出的一幕悲劇。我們看看他怎樣去寫兩個學徒吧：

「不幸的是大頭和毛狗，
他們是這兩家皮匠的學徒；
整天的相罵又挨打，
誰肯相信那是他們的生路？」

「他兩個貧苦的孩子，
在兩家皮匠店裡已經過了三年，
但為了兩個老板的私怨，
他們，從沒有對街交過一言。」

「大頭，他從日間做到夜晚，
老板用皮刀禁止他閉眼，

毛狗呢，因為他太過貪頑，
他的師傅拿麻繩教他天天學縫地板。」

「三年來，他們并沒有學會做鞋，
卻學會了掏米，洗菜，挑水和跑街，
學會了洗刷尿壺與馬桶，
學會了一切牛馬都不願嘗試的苦差。」

這種刻意的描寫，如果作者不深入下層去觀察，是決不能辦到的。至于故事的動人，結構的嚴謹，用語的純熟，遠非其他所謂「意像抒情詩」之流所可及。

末了，這裡無庸再多饒舌，如果「現代」詩是眞正的，「純然的現代的詩」，那就衹有這兩首才配得接受這樣的稱謂。

（四）

這裡順便談一談楊子英的詩。

在神秘主義文學風行一時的今日，「現代」詩便中了很深的毒，楊予英是其中之一個。這種神秘的朦朧的詩風行的原因，是由于作者生活的空虛。所以在一些生活充實的高明的讀者看來便不甚贊同。在五卷二期的「社中談座」裡我們就發現了一個崔多。他對于楊予英的詩（註三四）抱着很大的反感，他說：

（上畧）如「簷前」一首中所寫：

「駱駝的足音似的遼敻的北風。」

北風加以遼敻那樣的形容詞已嫌不妥……而另外一個形容詞（駱駝足音似的）更是笑話，……況且駱駝的足是軟的，慣行路的，又沒有釘掌，根本走起路就無音之可言，怎樣會與北風連在一起？……

「穿過嗚咽的風鈴，」

「風鈴」成了一個名詞，……鈴大概為金屬物，又何以能穿過？

「塵埃撲空」殊奥秘難解。……

「過路人雖投以喜悅的顧盼，

但聽不見跫然的足音。」

……上句既說有過路人，下句一個「但」字，何以竟會轉到聽不見「跫然的足音」了呢？難道那過路人是乘着飛機的嗎？

「卻似海上鮫人的夜語。」以此來狀「可煩躁的晚樂」也是滑稽得緊。（下畧）

在我看來，這樣的質疑，眞是精明之至！

再來看看編者的答詞。他說：

（上畧）「駱駝足音似的遼敻的北風」

……「簷前」是一首懷鄉的詩，詩人想到北風都有家，因而起了自己的漂泊感。北風是從遠處吹來，因可用「遼敻」這形容詞。詩人因北風而聯想到沙漠（北風的故鄉），因沙漠而聯想到駱駝；因此，他聽到北風的聲音，便想像牠是帶着故鄉的聲音來……至于先生說駱駝步行無聲，誠然；但假如這一種普通的擬想在詩歌中都不允許，那麼所有的修詞法都應該廢去。

「穿過嗚咽的風鈴」

「風鈴」？的確是一種東西，……牠不用人去搖，風吹着就會響，故曰「穿過」。……

「塵埃撲空」

這一詞是絕對通的。……

「過路人雖投以喜悅的顧盼，

但聽不見跫然的足音。」

這是雖有人亦似無人之意。

「卻似海上鮫人的夜語。」

……以「鮫人夜語」喻「晚樂」，蓋狀其「飄忽」。……（下畧）

這樣的解答，我完全不敢贊同。

第一，關于聯想。我覺得由北風聯想到故鄉來，聯想意味還未十分充分，應當改為由北風聯想到「現代」編者大便，方可以表現作者聯想力的豐富。舉例看：因北風想到沙漠，由沙漠想到駱駝，由駱駝的聲音想到故鄉洗馬桶的聲音，又由洗馬桶的聲音想到洋抽水馬桶抽水的聲音，又由這聲音想到編者大便的聲音。所以由北風想到故國的一切（甚至編者大便），這才是懷鄉詩人應有的本色，而且又用着這樣經濟的表現法，更合乎「現代」詩的原則。

第二，關于擬想。如果詩歌中絕對允許擬想的話，我便有權利去把「駱駝的足音似的遼敻的北風」改為「駱駝的高跟鞋音似的遼敻的北風」，或者更當于擬想的意味吧。然而，這是不通的啊！

第三，「穿過嗚咽的風鈴」、「塵埃撲空」、「但聽不見跫然的足音」、「卻似海上鮫人的夜語」等句，雖經編者的自圓其說，但畢竟這是朦朧難解。我不明白他們偏喜歡走向牛角尖去找出路。

雖說是「詩的朦朧性」，這是全世界詩壇上都成着問題的，固然反對者有他的理由，但到底也不能定論（註三五）。可是「如果在作品中所表現出來的感情，就作者自身說是無偽的，是眞實的，而對于客觀現實是欺騙偽造的感情的話，是沒有正確的，現實感認識之空想的感情的話，那應則失掉了客觀的眞實性與進步性，詩人為了對于自己忠實起見，是必須對于客觀的現實忠實的」（註三六）。不知道「現代」編者，詩人！曉得這話的意思嗎？

（五）

「你們要走到大眾這方面來！」（註三七）

借古久列先生的話作本文的收場。希望「現代」編者「現代」詩人，不要辜負了寫那篇「為現代而作」的文章的人底一片苦心！

一九三四，十二，廿日于今日學社

（註一）滬戰後，文藝界曾盛極一時，但不能持久，瞬間停刊者，不知幾許，如文學月報，北斗等是。

（註二）見創刊號「編輯座談」。

（註三）見三卷四期「本刊徵稿規約」。

（註四）現代發刊剛過四期，投寄詩稿的人佔全部稿件十分之七八。寫詩的人已如此，其餘讀詩的人更不可數了。參看一卷四期「編輯座談」。
（註五）創刊號宣言。
（註六）一卷六期「編輯座談」。
（註七）四卷一期，施蟄存「又關于本刊中的詩」。
（註八）編者替作詩者維護不止上述一文，在四卷四期，五卷二期的「社中談座」裡，也曾有過。
（註九）在現代下面加一個派字，似乎有很多不甚贊同。但是他們以同一的見解題材風格，而又同一的喜採用古字或文言文虛字，而出現一個雜誌之內，我們除了用一個派字之外，還有什麼更好的字眼？
（註十）三卷一期，周起應：文學的眞實性。
（註十一）見六卷一期。
（註十二）四卷五期，李心若：失業者。這裡我應該介紹，這是一位「現代」派詩人之典型，他與金克木同時受過編者贊許的，可參看四卷一期：告讀者。
（註十三）一卷六期，曦晨：鄉愁。
（註十四）六卷一期，王云凡：煙。
（註十五）一卷三期，戴望舒：游子謠
（註十六）二卷一期，李金髮：憶上海。
（註十七）二卷四期，伊湄：獨遊。
（註十八）六卷一期，莊啟東：蘆花。
（註十九）五卷二期，莪伽：泡影。
（註二十）五卷三期，謝文耀：弱者。
（註二一）四卷一期，李心若：無題。
（註二二）四卷一期，金克木：年華。

（註二三）六卷一期，趙玲瑜：色彩的生命。
（註二四）六卷一期，蘇洛：贖。
（註二五）二卷一期，戴望舒：尋夢者。
（註二六）五卷三期，錢君匋：夜的舞會。
（註二七）二卷四期，侯汝華：迷人的夜。
（註二八）二卷三期，李金髮：剩餘的人類。
（註二九）四卷四期，蘇俗：街頭的女兒。
（註三十）四卷六期，蘇俗：燕市。
（註三一）五卷三期，劉影皜：拾煤撿的姑娘。
（註三二）見二卷一期。
（註三三）見五卷四期。
（註三四）見四卷六期，共三首：冬日之夢，旅人，簷前。
（註三五）五卷二期，社中談座。
（註三六）五卷二期，穆木天：詩歌與現實。
（註三七）四卷一期，古久列：告中國智識階級。

選自一九三五年一月十八日、十九日、二十日、二十一日、二十三日、二十六日及二十七日香港《南華日報・勁草》

編者案：本文所引詩文與《現代》原刊頗有出入，今據原刊校正。

戴望舒與陳夢家／白盧

早期的新詩人中，到現在還不復寂寞的，雖然死去已有三年，那個就是徐志摩，至若出現稍晚一點，在叫作新詩「沉點時期」裡，走出兩個清新的詩人來中興詩壇，毫無舊詩舊詞裹脚的痕跡，則無不知有戴望舒與陳夢家兩名字。

那時候望舒在「小說月報」露面（一九二八），為編者所擊節稱賞，夢家則在「新月」（一九二九）受到師長的胡適與聞一多的愛戴和讚嘆。

第一回結集：戴望舒的是一本「我底記憶」，陳夢家的「夢家的詩」。

稍後（一九三三）戴望舒以「望舒草」來代替「我底記憶」，而陳夢家（一九三四）有第二本時，名「鐵馬集」。

戴望舒近法國詩派，那是說近於象徵的，在中國他不是念接李金髮，而能獨個一路，平白尚含蓄，不講求音節，而重在詩的韻味上做工夫。

他在詩論零扎裡第一條就說：「詩不能借音樂的成分」，因是他極邀時譽的那首「雨巷」，到出版「望舒草」時（一九三三），竟不收進這一首及其類的詩，他已到極端反對押韻的決心，認為徒費氣力，說是不能幫助詩情，甚而是妨碍詩情的，他要貫徹那主張，便這樣刪法，但他仍然是愛着「煩憂」那樣奇巧的製作。依我看來，雨巷確是首好詩，她韻味深長，情緒亦極抑揚頓挫，「冷淡，淒清又惆悵」的調子的表現是够的。有了刻意的湊韻不一定壞，我們在夢家詩裡更多側重韻律的了，夢家有駕御它的力量。我們不能排斥詩裡音樂的成分，則如不能排斥兼有繪畫的長處一樣，胡適很早說過——「詩的音節全靠兩個重分子：一是語氣的自然節奏，二是每句內部所用字的自然和諧，至於句末的韻脚，句中的平仄，都是不重要事。語氣和諧就是句末無韻也不要緊」，到現今仍有它的真理。詩有了形式的整齊與字句的押韻，我們也是不能排斥牠不是詩，我們只要問寫得好與不好，却不必問有沒有音樂。（因為詩與歌是有點分別的）如果從舊詩中解放出來，再又講求音律，這不是叫人向前，而是叫人倒後，新古典主義我們是不須要的，夢家情形有這樣。詩論零扎第五條——「詩的韻律不在字的抑揚頓挫上，而在詩的情緒的抑揚頓挫上，即在詩情的程度上」，這宣言十分勇敢，而另開了一箇後來的局面，望舒作領路，他的步跡有人在後頭尋找，現在風靡詩壇的，那方向就極匆。在聲勢比較上，陳夢家是不及戴望舒了，然而詩的成就上，是各有面目的。

陳夢家沿住徐志摩聞一多所走過的路，講求音節，雕飾與整齊，形式近於英國十九世紀以來的浪漫詩派，甚而至氣且上也這樣挹接着。夢家的詩是美麗的，他不能不講求音節，在鐵馬集內發一首「我望你來」那末穠艷，在兩集內都罕有其匹。這一首詩好像從夏芝的「Cloths of heaven」得到啟示，他從這個啟示來運用他的手法。但其他的詩就不再這樣穠艷了，他保有着腴淡，而他的嗜愛與長處，我看出是停留在描畫的風景上：鐵馬集內如「焦山」，「夜漁」，「太平門外」，「鷄鳴寺的野路」，「海」，「西山」，「西山夜遊片斷」，「塞上雜詩」，「秋江」，「雨中過二十里舖」等都是極好的寫景詩。

至於自我表現上，戴望舒是更不隱諱的，他告訴人他有抑鬱，他告訴人他拈花惹草的歡狂。而夢家的世故，看來比望舒更輕更天眞，望舒是尋歡的少年，有時又懼老之將至的，於是回憶成為他的至寶，他的苦惱因之就更深，他是一個寂寥的夜行客。夢家常常是一個孩子帶着淚又嵌着歡笑，對於犯罪看得分明，因為他是牧師的一個好兒子，同時有宗教的遺傳，常流露宗教一般的虔敬。而戀情的詩篇仍是佔盡青年詩人的產量。我們不能以為只是一點男女私情，而把牠侮衊，因為那是人間的至性至情，自來情詩就佔到詩歌最高的地位，為人類最大情緒的表徵。那些是抒情詩，是純詩，我們不能在政治上或道德上說他的壞話，問題只在表現得够不够，而不是有利益沒有利益的，純粹的詩不外傳導美的經驗的詩，阿諾德說過「詩歌傳與思想，但却連結着美，由情緒把它提高」，這件事是重要的，亦是那首詩所以存在的理由，如果離開這個，他的價值必然是降落的，如與政治起伏同化，與說教因果結合等。

是以戴望舒與陳夢家在當時紛擾的詩壇下，兀立在他的位置，詩只是詩，在千古同一個題目內裡，他去找表現方法，從一粒沙裡看出天堂，從一枝小草裡吟諷他的生命，那是他的責任，那是他的尋求，這裡是詩，不是詩以外的，他們是比較純粹的兩個。

把兩人作一比較，戴的神氣近似秋天的氣質，有時低氣壓滿佈，有時朗朗爽爽，亦灰亦白；陳的神氣近似春天，亦紅亦綠，有眼淚也有笑。

然而時光又轉變着一切的，夢家不能永遠向海天歌頌，戰場上，他竟然奔騰他的熱血，可惜拜倫擬希臘的雄風是往跡了，夢家的在前線回首，已不見得重要，我直覺到成為徒然了。以觀旁者的哀憐，以民族仇恨作出發，是要不得的。

在大時代下望舒做人越來越多苦惱，最後的詩，平白婉麗的已不經見，直竄進秘裡去了，從「燈」從「尋夢者」到「樂園鳥」，俱是拗澀，沒有內容，可以從前部流暢的語體轉到生硬的文言運用可以知得道，於是感到無可再寫，應來一次擱筆了。那兩人都好像停留着，在未顯示更新的收穫以前，我們仍然只在翻着「望舒草」與「夢家的詩」及「鐵馬集」。

依目下詩壇的形勢，從形式上講，李心若侯汝華是近於戴望舒的：臧克家卞之琳則近陳夢家。

選自一九三五年三月十九日香港《南華日報・勁草》

評路易士之「不朽的肖像」／蕭明

一九三九年十二月詩人社出版

文藝批評的意義和任務，是在於幫助文藝作家在創作上的發展和進步。所以，文藝批評，決不能落後於創作，有如文藝創作決不能落後於現實一樣。

文藝創作並不是機械地來進行，自然，對於路易士之「不朽的肖像」，決不能用一把批評的尺子來度的。

由於和平文藝界作品的恐慌，「不朽的肖像」一時也曾被人們注意。而擁有「愛雲的奇人」，「煩憂的日子」，及「不朽的肖像」的路易士，無可諱言地，他對於和平文藝運動是抱有重大的熱情和決心的。而他的詩，或許他自己認為是一點可貴的作品罷！

在不朽的肖像中，我們眞驚嘆作者感覺的敏銳，就算是對於一件極其平凡的事物，在作者的詩句中〔表〕現出來的已經不是平凡的了。同時，作者語言藝術的修養和鍛鍊，也有他獨特的地方，雖然，這些地方有時未必能够盡善盡美。但假如我們回頭看看目前中國詩壇的零亂狀況，詩作者對於語言藝術的忽略，我們對於路易士這方面的成功，是沒有什麼道理加以非難的。但或許仍感未足，乃是有道理的。

作者的長處，就是這方面；但作者始終失敗的地方也是因為受了這種長處的局限。原因是作者太過於注重美麗字句的堆砌了。一味從形式上面來用功夫，力求形式上的美；結果，便形成了內容的空泛，內容不能與形式取得有機的配合，反為要被形式限制。所以，當我們讀了「不朽的肖像」，眞不知作者是要告訴我們一點什麼了。例如：

遁世吟

我必須到遠方去生活，
城市的騷音我聽够了！
我將愛一個如意的巖穴。

在萬山環繞之深山裏，
雖有炎夏來到了人間，
山中却異常的涼爽！
冬天亦無須擁一爐火，
我已有一個温暖的家，
於是我將聽曉了梟（一）的歌唱，
亦無拒於蛇蝎與豺狼之來訪；
渴飲淙淙的流泉，
飢餐松實之纍纍，
我終於忘記了世界的輪廓，
人類之文明於我遂成了生疏。

作者在技術上的成功，是相當可取的；但是，他委實說不出一點什麼來。「決鬥的日子」，「我之塔形計劃」，是有名的兩首，但只是限制在形式主義的牛角尖裏罷了。

詩是文學藝術的最高形式，所謂詩的樸素美，是比其他一切小說，散文來得有價值的，但是，這裏的所謂美！是「藝術的大眾化」，而且是「藝術大眾化」的更高的發展，決不是如路易士所努力創造的形式主義的美一樣。

大概，路易士至今還陷於個人主義的束縛中，更因為他沒有對革命現實的正視精神，沒有勇氣迎接鬥爭，忽略了文〔學〕與現實的關係，所以，他便無力地作他的「遁世吟」了。但是，這又是極其幼稚的啊！

他在「決鬥的日子」中這樣寫著：

「他們的嘴巴上，
掛滿了法寶；
唯物論，辯證法，
邏輯，正反合……
他們開步走，一二一，
咳！這些御用的狗！」

除了極力表示其智識的貧弱之外，還帶了十足的阿Q精神。這在和平文藝運動當中，是決不能容許其存在的啊。

作者逃避現實，因之，沒有了戰鬥的勇氣，就是連理解力，智慧都是極其貧弱的。他不明白和平革命運動的本質意義，更不明白在和平建國中反共的工作是應該如何開展。辯證法唯物論決不是共產黨所私有的，這是人類思想進步的成果。作者拚命的向後轉，死要回到個人主義的墳塲裏去，眞是無怪乎他要失敗了。

在「決爭的一日」作者又這樣寫著：

「我也揮著手杖抵禦著，
並以擲手榴彈的姿態，
把我心愛的望遠鏡，
朝著他們擲去。
但是終於我倒了；
遍體創傷，一息奄奄」。

作者簡直是想導人迷信。他不怪自己沒有學識，不怪自己沒有理解反共的集體戰鬥的策略。他犧牲在布爾什維克之下，是應該的。

路易士對於詩的語言藝術的成功，是有不少價值的，但其世界觀的錯誤，戰鬥精神的薄弱，眞是出乎我們意想之外，如果作者不馬上勇健起來，他的前途自然是非常可悲的了。

選自一九四〇年七月二十日香港《南華日報・一週文藝》

「不死的榮譽」讀後／黎明起

火子把他第一本詩集「不死的榮譽」送給我，而且希望這本小書能使我們的友誼得更進一步的瞭解。不錯，要瞭解一個人是艱難的，要了解那個底詩篇更顯得困難；所以我常常覺得目前流行的文學批評大都祇是片面的感想和印象罷了。

在戰爭以後，我沒有讀到一本像樣的詩集，雖然愛好詩的人和詩人們都瘋狂地讀着詩和創造了許多詩篇，而事實却令我感到一片荒涼，一片莫名的空虛，如果稱之為沙漠一樣寂寞的也不為過罷。

當然，「不死的榮譽」的出版並不能填補了我們詩壇的失望，但牠倒可稱得上是荒蕪的沙漠上的一株小青草，牠是那樣孤獨，然而又是那麼岸然地（一）視着青空和曠野，的確，這一根小草是帶有無限的冀望的，牠望在旁邊長出牠底同伴來，牠望這空廓的世界給牠以回聲和慰藉。

「不死的榮譽」一共有二十二首詩，當然，不是每一首詩都是優秀的，但是有大半都能達到水準底邊沿了。

我們第一點發現到火子的詩底好處，那就是氣勢雄厚，比如說那一首最優越的「海」吧：

我是海
無數水族寄生於我的碧蒼的海啊！
太陽在我的胸中
月亮在我的胸中

星星在我的胸中
和那浮游於太空的無軌的白雲列車
——在我的胸中！
我是熱愛明朗的
我以甜笑迎迓明朗的呀！……

的確，火子是愛明朗的，而明朗和健康也就是他的詩篇中的另一種長處。正如其他詩人一樣，火子也曾做過不少底英雄夢，你聽他在「海」裏邊唱着：

我祇愛一頭斑鷹
他矯捷地睜着金色的眼飛翔
而且常把翅膀的羽毛輕拂着我的臉！……

在火子的詩裏散文味異常濃厚，沒有迴旋的旋律和含蓄。而火子的詩裏底文字色彩也很濃，雖然濃但不至於化不開。

除了「海」之外，我最愛「寄」和「無名英雄之墓」。這是兩首短短的抒情詩，沒有其他的那樣愛拖長，雖然短短的却把最眞摯之情感流露出來了。尤其是「無名英雄之墓」，你且看罷：

有一個人
靜靜的躺在路旁——
有一個人

知道他的生死
為他豎下一塊木頭
寫着「無名英雄之墓」
有一個人
採擷了一些野生的花草：
百合，菖蒲，洋白蘭……
放在藏埋着他骨殖的亂土上邊；
有一個人
（這就是我啊）
幽幽地給他寫下短短的詩篇。

我曾重重復復地唸着，我一點也不厭倦，這首所表達給我們的是人類最崇高的一點靈性，雖然詩人「幽幽地給他寫下短短的詩篇」，但是所有的讀者都給這短短的詩篇所感動了。

其餘如「筆」「公路」「紋身的牆」「喬木」「晚禱」「獨輪車」「海燈」「不死的榮譽」和「井」都是相當好的詩篇，我再沒有甚麼可說了，總之，火子的詩明朗，健康，率直，一如其人。

選自一九四一年三月二十三日香港《華僑日報・華嶽》

讀銀狐集／黎明起

從出版日期來看，「銀狐集」已經不能算新書了。最少，現在的作者和過去有所不同，據說李廣田近日的散文又換了一個新的方向。無論環境如何變遷，如何走向新的將來，然而，我始終感到「銀狐集」所給以我的印像永恆是新的。

李廣田最初的散文集叫做「畫廊集」，「銀狐集」是第二冊。「雀蓑記」是第三冊，前者我沒有讀過，後二者都閱過一通，「雀蓑記」的文章是較近的，但是它已漸漸地接近於何其芳的玄學的路上去。以前的親切的絮語般的文體，在「雀蓑記」裏是絕少發現的。

我還是愛「銀狐集」，我深深地愛着「銀狐集」裏的人物，或者可以說，我同情於這集裏的人物。正如李廣田自己在題記裏所說的一樣：「……然而我對我文章中的人物却是愛着。我也並不是立意只揀了我所愛的人物作為我的文章材料，然而當那些人物一跑到我的筆下時，或當我已經把那些人物寫完時，我才感覺到我對於我所寫的人物已經愛了一場，而且還更加愛惜起來。」

這裏一共十六篇散文，但是沒有一篇不是寫別人的。是一種比較客觀的寫法。然而「因為我愛我寫出的人物，或者還不如反過來說，我文章中的人物被我深愛的緣故，這些文章依然有我的悲哀，我的快樂，或者說這裏邊就藏着一個整個的『我』」。(見題記四頁)

在「銀狐集」裏的許些人物和我們是稔熟的，他們或者就是我們的朋友，或者就是我們的親人。比如「鄉虎」裏的無賴惡徒武爺，比如「上馬石」中的宿命論的三個老人。「老渡船」中的被妻兒所唾棄的可憐的老人。「銀狐」裏的孟先生和孟太太，「五車樓」的稚泉先生，「花鳥舅爺」中的舅爺，「看坡人」和「生活」裏的兩個瞎子。這一群都是被命運一時戲弄着的一群小人物。他們有的從此消極下去，有的則安於天命，有的則仍舊頑強地和命運掙扎。

「看坡人」的故事是使我看了心悸的，一個結實有美麗的圓眼睛的年青人，為了戀愛而被仇人挖了眼睛，於是成了瞎子，瞎子依舊為生活而奮鬥啊！寫得最成功的是「五車樓」，是「銀狐」，是「花鳥舅爺」。「五車樓」裏稚泉先生的未完成的歸隱夢，和「銀狐」裏的孟先生夫妻的淡泊的晚年是一篇慘怨的哀歌啊！「花鳥舅爺」很有點陶淵明氣地的安逸閑散的風度，頗使我們有另一種感想的。

「銀狐集」裏的人物有些和阿左林筆下的人物差不多，但是，李廣田的行文沒有阿左林那末輕快，美麗。而且，在李廣田的散文裏有許多多餘的事他不厭其詳地寫下來，這樣不但無效反而損害了文章本身的好處。李廣田有一個長處，就是「渾厚」。聽說他是山東人呢！

選自一九三九年十月十四日香港《華僑日報・華嶽》

散文二種／巡禮人

一・還鄉日記　何其芳作

何其芳的「畫夢錄」，和最近出版的「還鄉日記」，是多麼不同？前者是夢，是幻，是作者空靈的思想的縹緲，是不着實地的無根的花；後者却是現實的，人間的。

作者在這本書代序「我和散文」中告訴我們，以前的夢幻是由於孤獨，是一種頹廢，悲觀。當他向現實社會踏進一步，所憧憬所懷戀的夢幻，都失去了，「再也不能繼續做着一些美麗的溫柔的夢，而且安靜的用心的描畫它們」。他感到自己不是一個驕子，而是「被搾取勞力的工人」，整個人間更不是所曾憧憬的那般美，那般溫柔，而是醜陋，殘暴，貧苦，不合理的壓搾，無聲的掙扎與死亡的，半殖民地半封建的社會，沒有一個人能經諦視而不流淚的。

「現實的鞭子」，使個人主義的何其芳，丟掉他的夢幻，頹廢，開始了個人主義的憤怒和非議，更進一步感覺「一個誠實的個人主義者只有用他自己的手割斷他的生命，假若不放棄他的個人主義」，因此他開始他的新工作，因為「活着終歸是可讚美的」。作者從個人的幻想，眞實人間的漠視，到「對於人生，現在我更要大聲的說，我實在是有所愛戀，有所憎惡」，「最關心人間的事情」，那過程是很曲折的。

「還鄉日記」是面對現實的，第一次關心着人間，對這人間憂憤的控訴的作品。這一部行紀，作者所給予的只有憂憤，只有控訴。長江的嗚咽，街道的冷清，縣城的破敗，鄉下的凋零，他自己說未能

「描畫出那一角土地的各方面」，但他所反映的一眉一髮，也好令人深切感着大地的逐漸荒蕪，這人間非死亡便要有大變革，大創造了。

他自己說他的「情感粗起來了」，人或因而以為情感和現實是不能溶和，但我覺得以前有人批評「畫夢錄」時的一句話，「先濃後淡，漸漸走入平康大道」，才是適當的說明。這或出乎那位批評者的本意。何其芳的情感因為落在實地而生根，就是踏入「平康大道」的喜慶。

二・看人集　蘆焚作

這是蘆焚在抗戰期中（一九三七——一九三九）所寫的散文集。題為「看人」，不是「看人眉眼」之意，却是作者預料這集子只好站在書店的櫃子內沉默地看着人們，意思是它的不會時行，不會像流行書籍一樣得人愛好，得大多數讀者有若療飢止渴般翻閱的。在背面，那自然是「藏之名山，傳之其人」的意思。這誰不說是作者的倨傲，實在顯出了作者的矯情。

這本集子在技巧上，可說是成熟的，有着作者獨特的風格，情趣。在內容上，也有一貫的性質，作者所寫的是城市和鄉村中的中產份子。在他的筆下，有敗落的農村，有農村中各式各樣的中產份子的沒落，死亡，有都市裏糊塗灰色的角色，也懷憶着一點舊事，慨歎着人心的殘忍……

這裏有明顯的線索，看到作者懷戀着的是過去的鄉村的那種田園恬靜風味，但那到現在已經破爛了：作者同情於他的人物，但他又不得不責備他的人物，因為他們的糊塗，沉悶，不長進與沒落。他不滿意於他的人物，但却又不肯加以鞭撻。這形成了作者的憂鬱。他又感到他所熟識的人物，已遭逢了沒落的命運，其中能够掙扎的或是得到較好的際遇的，又已變成灰色和不道德的，總之，是作者所不滿的人了。這形成了作者的，「生死無常」，「命途多舛」的，命運論的概歎。

特別提起他那篇「方其樂」來談吧。這是有最濃的抗戰背景的一篇，方其樂也是小市民中最容易碰到的一個。他的冷淡，猶豫，苟且的意識形態，也是很普遍的一種。可是當方其樂要到內地去幹點事時，作者就無辜的，他無情的給他以一顆流彈結果了他。這顆流彈，在作者的意識言，是並不希奇，且是不得不爾的。因為方其樂眞的到了內地去，那麼，他的故事便不成為故事了，而方其樂也成為他所不認識的人。作者的心裏就是缺乏一種定見，他對一些同輩的指責，只停留於微末的不滿，等到他需要鞭撻他們和替他們指出一條路來時，作者便猶豫了，躊躇了。他覺得茫然。他便想到一顆流彈。

作者的思想找不到條出路。沉悶，憂鬱，頹喪之態可掬。作者已喪失了他的世界，但他不知道喪失之由。想不到，抗戰的濤潮也不能使他一移足步！

聽說作者在寫「一二九」鬥爭的中篇小說，這應該是他的新消息，我們有的是企望。

選自一九四〇年一月十三日香港《國民日報・文協》

「囚綠記」／杜文慧

陸蠡先生作　文化生活叢刊第六輯

「人是在自然中生長，綠是自然的顏色。」——（囚綠記）

「綠色是多寶貴的啊！它是生命，它是希望，它是慰安，它是快樂。我懷念着綠色把我的心等焦了。我歡喜看水白，我歡喜看草綠。我疲累於灰暗的都市的天空和黃漠的平原，我懷念着綠色，如同涸轍的魚盼等着雨水！」

在「囚綠記」一文裏作者曾說過如上的懇切的話語，因此，祇要有一枝之綠，他都視同至寶，他會快活地坐在窗前，度過了一個月，兩個月，留戀着這綠色，他開始了解度過沙漠者望見綠洲的歡喜，開始了解航海的冒險家望見海面飄來花草的黃葉的歡喜，因為：「人是在自然中生長的，綠是自然的顏色。」這能怪作者的苦寂麼？這能怪作者的癖行麼？在這烽火連天的祖國誰不是被囚的「綠友」？誰又不希望有天重睹這被囚的「綠友」哩？

作者這樣寫着：「起來觀看這被幽囚的『綠友』時，它的尖端總朝着窗外的方向。植物是多固執啊！」它永遠向着陽光生長，永遠向着光明茁芽，無論人們怎樣摧殘它，幽囚它，它始終還是有冒頭的一天。

讀者，這還不是够作為「囚綠記」的題解麼？

「囚綠記」已是陸蠡先生第三部散文集子，也是他底思想表白得較為透澈的一本。我們並不知道作者的年齡，但他對人生世却能有敏感的體驗，對自己有強力的爭執。他說：——

「我是一個不幸的賣藝者。當命運的意志命我雙手擎住一端是理智一端是感情的沙袋担子，強我緣走窄小的繩索，我是多麼戰兢啊！為了不使自己傾缺，我竭力保持兩端的平衡。在每次失去平衡的時候便移動脚步，取得一個新立足點，或則是每次移動脚步時，要重新求得一次平衡。就是在這時刻的變換將失未失的平衡中，在這矛盾和轇轕中，我聽到我內心抱怨的聲音。……」（序文）

這內心抱怨的聲音，這心靈起伏的痕跡，作者用文字的綵衣給它穿扮起來，猶如人們用美麗的衣服裝扮一個靈魂；但是，作者這文采的衣裳眞的能逃避開評判者銳利的眼睛麼？能逃避開讀者底忠實的鑑賞力和坦然的要求麼？這我是並不相信的。

我們且慢管序文是「自白的意思」或是「告罪的意思」，我們試潛進作者的思想的領域去作一會迂緩的散步罷：——

對於「光陰」他曾經說過如下的話語：「如若人們開始愛惜光陰，那末他的生命的積儲是有一部份耗蝕的了。」作者拿了這句話作為他底光陰的標尺，且不是一種偶然的事體。因為他曾在歡笑之中驅趕了童年的歲月，他也曾用一根尺，一只鏢來計算陽光的足在他的桌面移動的速度，有時「也慣用雙手交握成各種樣式，遮斷它的光線，把影子投在粉壁上，做出種種動物的形狀，如一頭羊，一隻螃蟹，一只兔；或則喝一口水，朝陽光噴去，令微細的水滴把光線散成彩虹的顏色。」他青年時代曾這樣譏笑惜陰人之不智，所以他終於也讓別人來譏笑自身了。

到他一朝醒來，他開始把自己嵌在如下的方程式：「光陰的深度等於年齡的正切的微分」裏。從此，他開始如同擁資鉅萬的富家子，等到黃金垂盡便吝嗇起來而懊悔從前的浪費了。

因為一個人過份得如守財奴的惜陰了，所以便會自墮於感傷和孤獨的深淵，他會見到一片樹葉或日曆紙的撕落便感到人生的遲暮，他會對着「池影」便遐想起往昔無數春秋的記憶，甚至於面對着一扇大門他也會從中發掘一段人生的道理。因為他有的是「空閒」，他能够支配他的時間如同浪費他的光陰，因為他有多餘的空閒去和自然及人類接近，所以他能够知道人生中一些極瑣碎的隱祕。

起初，他會帶着乞丐一般坦誠的祝福去接近人羣，但尋獲的却是冷漠。因此，當一切美麗的夢想都已幻滅，當幸福和歡樂給他一個巧妙的嘲弄，當年和月壓彎了他的脊背的時候，使他不得不躲在被遺忘的角落，度着厭倦的朝暮，這時作者便體貼到一個特殊的伴侶——寂寞。作者既在寂寞中度過不少的歲月，因此他對於寂寞是有着過深的體驗，您試看如下的話語：——

「寂寞是怎模樣？我好像能看到它，觸摸到它，聽到它。它好像沒有光波的顏色，沒有熱的溫度和沒有聲浪的聲音。它接近你，包圍你，如水之包圍魚，使你的靈魂得在它氛圍中游泳，安息。」——見〈寂寞〉

眞的如同水之包圍魚，而作者的靈魂便在「寂寞」的氛圍中游泳，安息了。而作者所給讀者的也只是一些「內心抱怨的聲音」，一些人生的怨艾而已。

「囚綠記」共三輯，除了第一輯如上所述外，二輯是：「昆蟲鳥獸」，寫的是作者童年在故鄉的回憶。三輯是：「私塾師」和「獨居者」，在此我不欲多道，以礙篇幅。

至於陸蠡先生的技巧，相信讀過他底「海星」和「竹刀」的當能有所體悟。尤其在這本「囚綠記」裏作者的技術似乎更親切可愛。他揚棄了舊文字的殘滓和典故的運用，只以平淡得如清溪淪淪的感情，冷靜的理智來駕馭着他的思想，在冗長但不費解，輕寫但不浮躁的筆調來寫下他的散文，尤其在「池影」和「寂寞」兩文裏，眞有點使讀者駭異它的清新。正如「寂寞」裏所說的——

「音樂是銀的，無聲的音樂是金的，寂寞的是無聲的音樂」。

這段話正好恰切地來形容「囚綠記」底技術上的成功。

總之，「因綠記」是陸蠡先生底心靈起伏的痕跡，內心抱怨的聲音的紀綠，但是，不管他怎樣巧妙地用文字的美麗的綵衣裝扮起他的靈魂，對於這艱苦的時代和多難的祖國似乎是一點多餘的，感傷罷了。

我不敢推薦這本「因綠記」於廣大的讀者之前，只想以這顆寂寞的心，公諸同好而已。

選自一九四〇年八月二十八日香港《華僑日報・華嶽》

國內藝壇碎論——沈從文的小說／何厭

帶着彷彿疲倦于人生的「幽鬱」又像是超然地抱着「玩世不恭」的態度，實際上對于世故沒有深刻的認識，這作者，沈從文先生，便以一種輕飋的筆調寫成散文詩風格的小說。作者曾經大量地生產過在文體上有着「千篇一律」之譏刺的創作，很多的文藝批評家曾嚴刻地指責他是「一個空虛的作者」。但在讀者方面，特別是青年的讀者，他所給與的影响是頗為有力的，大家曾經深深地讚賞他，讚賞他是一個小說的天才，許多蠢才還極力模仿過這稱為天才的人底文體。

具有這樣的魅力鼓動讀者的心足兩三個年頭，絕不能看作文壇上偶然發生的事，也無謂盲目地嘲笑作者不知走了什麼紅運。須得把作者與讀者之間的關係分析清楚，從而研究其社會的情況，于是探討得當時的「生活的傾向」，便會明白作者何故產生出輕飋的文體，便會明白這文體如何誘惑着青年讀者的嗜愛。我不同意于韓侍桁先生的意見，謂多數的讀者都因他們對于文藝的智識不足，常常不能分別它的好壞，致被其輕飋的文體所誘惑，遮蔽了鑑賞的眼。這是〔過〕于牽強的指責了。侍桁先生只明白他的誘惑力量在文體，但不明白這文體何故產生這誘惑的力量。這力量是青年人給與他的，也可以説是社會給與他的，如其提供出當時社會的情況影响于青年人的情感與意志〔是〕怎麼樣，而形成青年人的「生活的傾向」又是怎麼樣，便不會有所置疑了。

青年人嗜好着沈從文的小說的時候，正是青年人的「生活的傾向」在追求，幻滅，動搖而至于悲哀地沒落。從一九二九至去年九一八之前，社會的環境壓廹着青年人，使他們八面碰壁，熱情的血漸漸淪于心灰意冷，這是不必説明的事實，也是無可否認的事實。遂將其生活的傾向一變革命的方式，而為消極的厭世觀。正如沈從文氏一樣的帶着彷彿疲倦于人生的「幽鬱」，又像是超然地抱着「玩世不恭」的態度，日惟尋求低級的趣味的享樂。沈從文氏便以這樣生活的傾向所形成的文體喧赫于當時文壇。因為讀者對于文藝作品及作者本身，其關係完全建築在「共鳴」的意義上，沈從文氏的小說既足以適同他們的口味，使讀者用輕飃飃的心讀着輕飃飃的文體。彷彿從文藝獲得生活消遣的慰藉，這就引起了「共鳴」的意義，而為青年讀者所特別嗜好。而作者產出這文體的原故，也正因為他生活的傾向是如此。欲証明，請翻開他的近作「記胡也頻」。

但是，為什麼生活的傾向有影响其文體的理由，這解釋很簡單：

A 個人表現于外形者如何，即說明其情感與意志之變幻如何。譬如演劇。

B 個人的情感與意志受生活環境之影响，而形成「生活的傾向」。

C 個人的「生活的傾向」，多數為社會環境所形成。

弗理契 Friche 在其藝術的社會之意義裡說，藝術的「風格」僅僅（）某一時代的社會生活或社會心理的特性中生長出來的，他還旁徵博引的將歷史事實給這理論以証明。在這裡「風格」二字意義足以包含文體的意義而有餘，所以說沈氏的文體受其「生活的傾向」影响，完全是小資產階級智識分子的劣根性的表現，不能謂不合理。

最近兩年來，作者的小說却被青年的讀者厭惡得棄諸腦後了，這理由，原因青年人生活的傾向為着九一八事件的發生又沸騰着革命的熱血了，他們不再求低級的趣味與無聊的慰藉，再需要着熱辣辣的革命文學了，而沈從文氏當起了大學教授，生活安適，社會的狂潮沒有改變他的生活的傾向，于是他依然寫着幾年前的輕飃飃的文體，而其文壇上的價值，遂成為歷史的陳跡，再不為青年所嗜愛。

上文只就他的文體——形式上說，其實研究文藝，形式與內容是不該分提別論，不過大家都熱中于其獨特的文體，故就此先論，本來他的內容與形式也有着一致性。

作者用輕飈的文體寫小說，目的是冀圖以單純的美表現在字裡行間，作一種精緻的叙述，「時時構造出自己以為頗有深刻意味而又精警的辭句」。作者當受了這創作的意念所限制，故其取材偏于瑣碎的故事，而不適宜于處理複雜的內容。所以長篇的小說他是寫不好的，他的「阿麗思中國遊記」，就証明他沒有學會結構謹嚴的手法。這一個缺憾，他恰像在雨絲上寫文章的廢名，文體亦相似。

至于作品的內容，侍桁把他分為四種：一・描寫城市青年男女的性的誘惑與戀愛的關係。二・描寫鄉村沒有教育的男女的本能的性的衝動。三・帶着游戲的顏色眼鏡來觀察，將士兵的痛苦的生活變成了滑稽。四・便是如作者替他自己一篇小說所起的名稱的平凡的故事。

如其看過他的「第一次作男人的那個人」，「雨後」，「入伍後」，「平凡的故事」等就分析得其內容與形式是有一致性的。

我對于作者的結論是，在某一個時候，這作者曾經獲得了在表現上〔某〕種的成功，而且造成了一種風氣。但他忽略了文藝在社會上的意義除了「表現」之外，還負有「創造」的使命。

這作者，終于沒落在大時代下了。

選自一九三二年九月二十三日、二十四日及二十六日香港《工商日報・文庫》

論幻想的美——徐訏的「鬼戀」／明之

徐訏是年來國內新起的小說家，他的小說，頗受國內外青年人的歡迎，因為他有纖柔的美，同時也有幻想的力，那種帶着熱情與纖細的風格，有類乎過去的巴金，但也不全同於巴金，青年人許多都是巴金狂者，對於與巴金的作品同型的小說，當然就趨之若鶩了。

在這個時代，現實是如此地艱苦，也像一具千鈞的重担一樣壓在人們的肩頭，誰不願意在可能的時候逃開一下，暫時在幻想的王國中享一點無愁的清福呢？這樣，年青的人們就有如野牛之渴飲江水一樣，發狂地吮吸那些充滿了熱情和幻想，佈滿了眼淚與悲哀的小說了。

「鬼戀」是徐訏許多小說中之一部，徐訏是善於幻想的，但這却是他幻想得最美麗的一部，他描寫一個人怎樣在冬的寒夜中，碰到了一匹素白而美麗的女鬼，從此竟在彼此之間發生了友誼，他們不時地在夜深約會，其後，因為避雨的關係，女鬼又把他帶到了自己的住處，這中間，男的對女的遂滋長了愛情，而由此，人鬼之間的界綫問題起來了，男的疑惑而煩愁，女的痛苦而退避，但是經過了幾度的曲折以後，男的竟發現了她不是鬼而是人，是一個曾經以生涯獻給戰鬥，亡過命，殺過人，嘗過極度深刻的悲歡的女子，她因為厭倦於人間的生活，所以匿伏起來，自許為鬼，而現在，她的安靜的生活和心境都為男的所攪亂了，於是終於出之以逃避，男的因此就患了一場大病，而在病中，她還每天送花到醫院，一直到他病好了然後再留下禮物飄然遠去。這其間，所用的是第一人稱寫法，他的結構佈置得那樣靈巧，情調那樣幽緻而緊張，描寫那樣纖細而柔媚，的確是一幅優美的幻想的圖畫。

這幻想的故事是美的，非常美的，甚至於它的美遮蓋了人們的眼睛，使人們粗眼無從看出它底許多不合理的地方來。比方說：一個女孩子，雖然她已經自許為鬼，但要這樣地每晚深夜出去，天亮回來，整個夜裏同着人在郊外散步，在中國的社會環境，無論如何會不容許吧？又比如說：男的和女的之間的交遇，只有他們兩個人自己才曉得，而女的底行動，又如是其秘詭，那麼，當男的生病進了醫院時，她怎樣能够知道了而又每天送花去呢？這些，是小說之中現出了破綻的地方。然而由於它的美，讀者會不再攷慮它是否合乎常情，也會失去了理性地去追隨着它的幻想，這是 Fantasia 的力量，也是文藝的力量。

充沛於「鬼戀」中的整個情調是美的，是一種幻想的美。在荒漠的人間，有這樣一種徘徊於黑夜中間的愛，這愛以人與鬼的歡逢開始，却以人與人的唏噓終結，組織的力量，使人不自覺地跌入於笑與淚的交融之中，跌入於與作者相同的幻覺之中，不復能够以眼睛向眞正的現實作注視，因為奇幻的色彩炫奪了他們。這種炫奪，如果是作者對於讀者羣的第一個目標，那他這目標是已經成功了的；又如果讀者讀着這部小說，是企圖在其中得到若干輕鬆的刺激，若干色彩的炫耀，那他們也是容易成功的，這部小說是的確具有了充分的美啊。

然而幻想的美，在現在我們的社會，常常是富有着官能主義（Sensualism）的色彩的，徐訏的小說，特別這部「鬼戀」，它底纖微和細巧，大大地迫近於近代的文學上的官能主義。靈鬼一樣的少女，疑是〔坟〕墓化成的樓房，黑夜的清談，晝間的迷惘，夢之秘，生之謎，鬥爭之退落，這一切是構成了一幅中國風的官能主義的圖畫，它有力量招致都市青年人的眼淚，也有力量震撼脆弱的知識分子的靈魂，然而，這樣的作品，雖然為時代的感傷的青年人所愛讀，却實在不能為鬥爭的時代和鬥爭的國家所歡迎，一個有想像力，能够征服複雜的幻想的作家，他不以其幻想的明日性來照耀歷史的前途，却只能以官能主義或感傷主義來逗引人家的笑淚，雖然比較容易成功，却總是不能永久的。

所以我們對於這樣一個新起的作家，除了驚異於其幻想的美麗之外，更大的願望是看到他的幻想之日趨健全，藝術的道路是永久的，只有和歷史相依連，藝術才能夠獲得了他的永久性，對於幻想，這也是一樣。

選自一九四一年五月八日香港《國民日報・新壘》

「黑麗拉」讀後——侶倫其人及其小說／夢白

當我讀完朋友的小說集「黑麗拉」，想提筆寫下一點讀後感之類的東西的時候，我充份意識到，做着這種工作，即使自己絲毫沒有替朋友義務宣傳的意思，(作品的本身已經好好地宣傳了自己）也很容易被指為多事的。一本小說集子算得甚麼，儘管文壇有人喊着荒涼，讀者在這方面至少還未感到饑渴；何況「黑麗拉」，一個如此不屬於抗戰時代的名字！故事又不過薄薄的幾篇，都用一樣細緻深沉的筆觸，清冷愁絕的情懷，如同在咖啡座面對一位知音，低低地，無隱藏地，傾訴幾段人世的哀音。情濃如酒，中人欲醉。祇是（　）（　），沒有甚麼了不得的地方。在這文學上的鐵血主義風靡一時的年頭，它決然不會為時下的職業書評家所接受，那是明如白日的事情。

但我仍甘冒被目為多事的危險。別人禁止我說話的困難，正如我禁止別人說話之不容易。

我認識侶倫許多年，說交情，並不怎樣深。由於大家生活環境的不同，過從的日子很少，頂多祇在喝茶的約會上見面，就連這些可追記的日子也不多：具備着這種條件，我們祇能稱得上普通的朋友，然而不妨碍我獲得一個認證。祇是和侶倫見過面和傾談過的人，都會同意我說他有獨異的趣味和性格，是那麼劃然出眾的，在最初的印象上便可得到。許多年來，從少得可數的見面機會中，我留心觀察他這種趣味與性格。這是他的本色。環境，心境，有時都會變，可是他的特性却始終如一地保存下來。這是他人格的化身，任何一種試驗不能令他改變。要形容他，我找不出適當的字眼。對待朋友，固然有矜持，但不會冷却空氣，有熱情，但不會僭越自己的本份。我可以用「不卑不亢，宜俗宜雅」這八個字。而這也僅就他的態度來說，還未深入到他心靈，這方面我更自愧於語彙的不够。如果用一個書中的舊式才子比擬他，他同樣有着不為世俗賞識的才華，半生顛簸於坎坷的命運裏，守着寂寞，也慨嘆着寂寞。（我是為寂寞而活着的！見黑麗拉第六頁）他沒有一般士子的過重頭巾氣。為人並不拘泥，也不愛賣弄聰明和率情任性。永遠都恰如其份地保持着自己。如果用一個藝術家比擬他，他同樣有着身份的莊嚴和製作的忠實，不取悅俗眾，不向時尚低頭，寧可更加不得志，不肯稍稍貶損自己。這兩三年來，我比較熟知他的境遇。

他週圍的世界變了，變到不容許一個忠於自己的文人有生活上的餘裕，饑餓的陰影緊跟住他，日益擴大它的威脅。當許多朋友，親切的或不親切的，舊的或新的，都先後放下自己的高調，改唱別人的高調，做了文學上的投機買賣，因而撈到名利雙收時，他是如何痛苦的在抵抗這種可怕的誘惑。不寫，決意隻字不寫！於是生活更見彷徨，人更消沉，消沉得幾乎不像有過他的存在。生活的担子壓在雙肩，不得已賣點稿子，也祇是一些文藝逸話，這充份表現他的趣味和特性，也是他的悲哀。在生活的意義上說，他面對的困厄，足够令任何一個人氣餒，但不是侶倫，侶倫有着無比的倔強。如果祇有坊間流行的小說纔（　）得錢，他寧願終身擱筆，空着肚皮，等待比較認識他的文字眞價的日子。一個電影界裏的朋友公開對人說，他不明白侶倫用甚麼捱過這兩三個年頭。自然，你可以相信侶倫沒有辟穀的仙方，他祇是用倔強來尅制饑餓。艱難不能令他變志，唯有一段像「黑麗拉」的戀情，却深深地傷害了他的靈魂。看看他的自供吧，他是「常被過份濃厚的情感所支配」（見黑麗拉序）。這件事不難理解的。當一個人開始了解他，願意分担他的寂寞，用人類最崇高最眞摯的同情滋潤他，但又像宿命地讓他得到一點溫暖便遺給他以更大的寂寞和痛苦時，他支持不來了，他沒有勇氣接受悲劇性的結局，如同過去之接受各式各樣的 Challenge 一般。我不知道事件的底細，侶倫沒有對我說，今後怕也不會，但我知道他至今還未平復心上的創痕，我沒有看過他縱笑一刻，祇是負馱着偏和這種人結緣的青春的刼運，默然走着一段人生最黯澹的路程。每次見到他，我幾乎也染上他的憂鬱，一種被播弄於命運的無可奈何的神氣，清楚地寫在面上，使人覺得他對你的言談歡笑，無非想藉此忘却哀痛的心事罷了。

我所以這樣不嫌詞費地說到侶倫的為人，正好準備來解釋他的小說。侶倫的小說恰如其人。一般地說，這是個人主義的感傷作品——我祇能給予這一個評價。那裏沒有偉大的人物，也沒有複雜的結構，可以令醉心於英雄主義的人們讀了歡喜。他沒有要奪得時下書評家喝采的野心，記着他的話：他的寫作是為忘却痛苦（見黑麗拉序）。所以交織在他小說中是另有一番纏綿動人的情調，淡素如秋月，溫煦如春風，一個沒有侶倫這樣經歷的人，決然不能領略得到。讀他的小說有如咀嚼一顆橄欖，要過一些時候纔得出味兒來，但人們往往急於吐出，他的小說是一首甘甜的哀歌，不濃不淡。

我承認他的情感祇差一線便成頹廢，雖然沒有當面對他表示過，私裏却希望他能夠堅強些，用較大的勇氣而對磨刼。然而我的心事成了虛願，這幾年來，繚繞在侶倫筆端的，還是脫不了那一片淡淡的哀愁，環境改變人的性情，有時竟大到這般地步！

讀侶倫的小說，我時常都會讀到忘我的境界，它的故事佔我全部的精神，使我一心一意追隨它的發展，祇有明白了它的結果，我纔覺得釋然，但往往因了書中主人公的悲慘的身世，引起我對於侶倫的同樣際遇的棖觸。他好像寫着自己。我知道「黑麗拉」一篇滲和有他的眼淚。「我的命運是連阿芒也不如的」（見第十八頁），讀到這一句時，我震抖了一下，彷彿看到侶倫那個憂鬱的面孔，那雙憂鬱的眼珠，如影如夢地無言立在我的面前。

這些，恐怕不是對侶倫有着比我更疏遠的關係的人所能感受。他們不了解他的生活，他的性格，以及他的精神狀態，自然無法了解反映他這種生活，性格，以及精神狀態的作品。不過撇開這些不談，任誰都會驚異於侶倫小說的特點：嶄新的風格，哀而不怨的情調，細緻而不流於瑣屑的心理描寫，精警風趣的對白，和清新流麗屬於侶倫個人所有的語句，這些構成了他的小說的成功。而這些成功的因素盡量收蓄在「黑麗拉」一篇之內，這可以說是侶倫小說的代表作。侶倫筆下永遠流出不完的美，他創造自己的格調，甚至自己的語句，拿他的小說和現在流行的小說相比，一個多麼大的難以估計的距離呀！

然而他衹能够躲在自己的小天地中，咀嚼着心靈的寂寞。文章無價，壯志消磨，要他改裝出來，和人家爭點短長，他纔眞的認為多事。而且，在這個時候，批評家多於過江之鯽。他們設下一個刀圈，穿得過纔能够被認為合格，許多人因此遍體鱗傷。侶倫沒有那麼傻，他不肯拿出自己的作品來染紅他們的刀鋒，於是認沉默為聰明，一直沉默到現在，朋友替他印出「黑麗拉」來。當這本書到達讀者的手中時，我請求讀者不可用那些批評家的尺寸來量度它的大小，細心地逐行逐句讀下去，從文字上認識侶倫是甚麼樣的一個人，憑良心說句寫出這樣的文字是不是一種罪孽，然後再想一想：這些小說是那些批評家所不容許的！

讀完「黑麗拉」我覺得侶倫毋需過份謙虛地「原諒自己」。他已經消磨大部份的生命於筆墨生涯之中，正應該替自己留下一點紀念。這樣的一個人如果做點紀念自己的事也不可以，這個世界眞正可哀了。

但我所不能已於言的，朋友，你過份軟弱了，堅強點吧！

選自一九四一年十一月四日至六日香港《華僑日報・華嶽》

論侶倫及其「黑麗拉」／寒星女士

作為文藝作家的侶倫——創作精神的一致——文藝思想及其奮鬥精神——島上社數代——「黑麗拉」底藝術價值——「迷霧」的人生——「綫線衫」，「鬼火」，與「西班牙小姐」——苦悶的象徵底「永久之歌」與「母親說的故事」——詩人色彩的濃厚——一條小說創作的道路——現實主義的創作方法。

（一）

在時代浪潮的激盪澎湃中，在南海之濱，這裏有一位擁有廣大青年男女讀者的作家，他矗立在島上，從事十五年的文藝創作生涯，緊站在新文藝的戰鬥崗位沒有動搖過，他的名字就叫做侶倫。侶倫原名李霖，十年前曾常以原名投稿於「現代小說」雜誌，及滬上各文藝刊物。其後則以侶倫筆名陸續發表作品。十五年來，他有一貫的創作精神，嚴肅地為文藝工作而奮鬥；創辦刊物，領導海外文藝運動，和努力不斷地寫作。

在侶倫的作品上，充滿豐富的眞實感情。而那感情是纏綿動人的；有時則帶有濃厚的傷鬱氣氛的。所以有一個時候，當「文學武器論」盛行的時候，他的作品曾被人批評為不革命的，落後時代的東西。可是我們的小說家，他不以可怕的批評而放低自己的筆（事實上當時亦有不少優秀的作家曾被武器批評家嚇走了，眞是一件可痛心的事！）相反地，他更積極的鼓其勇往精神結合海外文藝同志如謝晨光，杜格靈，哀倫女士等，組織「島上社」出版「島上雜誌」，及「島上社叢書」。他自己更在極度困難的環境下從事寫作生活。他的「紅茶」就於一九三五年在香港出版。

但是我們不能污辱小說家謂其沒有文藝思想的；其實他的文藝思想在他的作品上已經表現出來。侶倫作品在其深度的眞實情感裏，常常流露出反抗舊封建，舊社會，舊制度底革命思想；我們考究他每一篇作品，都可以發覺其批判現實人生底深長的意義。不過侶倫的文藝思想，是蘊藏在革命底情感裏的，並不如一般晚近淺薄的作家衹死死地在文字上呼口號那樣；侶倫正如莫泊桑，左拉，歌德，屠格涅夫那樣，衹有忠實地描寫自然，反映人生。我們並沒有看到那些大作家在作品的尾巴上加插一枝革命的旗幟罷？

（二）

如今「黑麗拉」又在我們之前出現了。

「黑麗拉」小說集包括七個短篇小說，那就是：「黑麗拉」，「迷霧」，「絨線衫」，「鬼火」，「西班牙小姐」，「永久之歌」，和「母親說的故事」。現在我先說「黑麗拉」：

「黑麗拉」是寫一種人生給殘酷的命運播弄着。它裏面所寫的幾種人物——除了寫過慣一種孤寂生活的作家自己外，其他所寫的咖啡店裏的女侍，女侍之父與兄，這些典型的可憐人物在現實社會裏是鐵一樣地存在着的。拿女侍黑麗拉說罷，她就是那麼一個在生活鞭撻下不得不將寶貴的身體廉價出賣的都市女性。然而她有優秀底靈魂的；她自己也是一個聰慧而有學識的人；她曾抱有很大的人生希望；她也有一顆熱誠的心，和有忠實的愛情。可是在這個黑暗底社會制度的重重壓迫下，她終於不可避免地從瘦弱而跑到死亡的綫上，說到黑麗拉的父親，從前是軍械廠的工人，因空氣不好而染上肺病，才抽上了大烟；後來因扛子彈失手，壓斷了脚脛，工廠自然不需要他，也沒有別的地方需要他了。黑麗拉的哥哥，因為失業許久，喝酒闖了事，給官關在牢裏。黑麗拉，黑麗拉的父親，和黑麗拉的哥哥，在現社會裏恐怕不止千百萬個，這種人物是眞實的，假如人們不是瞎眼的話，就明明白白地可以看出這幾種命運悲慘的人生在今代社會中浮動。

「黑麗拉」是一篇現實主義的作品。作者通過了對〔於〕現實社會的體驗和認識，〔從〕活生生的現實社會生活中攝取主題，題材，所以能够寫出這樣可歌可泣的動人作品，我讀「黑麗拉」，正如讀「茶花女」一樣，忍不住地流出眼淚——讀了四次哭了四次。我知道侶倫，並非如人所説的是一個個人主義的傷感作家——雖然他於寫作上「常被過份濃厚的情感所支配」着，他的筆「幾乎是為忘記痛苦的而提起來的」；但我敢相信，侶倫的情感眞實的，而那情感的發生却繫於作者所接觸生活環境的事物，沒有實在的生活便沒有眞實的情感，所以我得稱呼侶倫是現實主義的進步作家，侶倫的作品是優秀的作品。

偉大的作品是要有其時代底價值，同時也有其永恆的輝煌的藝術底價值。我們當不否認「主義文學」，「口號文學」在某一個時候有其宣傳和組織的意義，但我們主要需求於作家的，還是作家的生活實踐，作品上寫出了他們的實感。因而我們不能忽略藝術底美的價值。古往今來的偉大作家他們的作品所以不朽，恐怕並不是因他的寫出了什麼「主義」什麼「口號」吧？自然我們是徹底地反對藝術至上主義底舊見地的，這裏我們需要的所謂「藝術底價值」純然是指那一種作品有其豐富的實感和完整的藝術底美而言。侶倫的「黑麗拉」，顯然是有其高度的藝術底價值。

（三）

其次說「迷霧」。

「迷霧」寫另一種都市女性底悲慘命運的人生。「迷霧」的女主人公正枝正如「黑麗拉」的一樣，彼此都有忠實的愛情和優秀的靈魂，還有相同的地方是大家都為了生活（別人的生活和自己的生活）而不得不摧毀了完整的肉體而換來一種低微的金錢代價。正枝是一名舞女，她為了抵受不住人們的欺侮而忽然離開舞場，但她為了自己的生活和愛人的生存最後也不得不重新忍痛決意跟舞客到酒店去。作者侶倫描寫出這種痛苦的人生生在「瀰漫着滿空的濃霧」裏，她的「眼睛也蓋上一層濃霧似的迷濛」。「迷霧」是人生的啟示，它啟示迷霧的人生。

（四）

再〔說〕到「絨線衫」，「鬼火」與「西班牙小姐」這三個短篇創作。我讀「絨線衫」却覺得很有意味。它所寫夫婦感情的變化，並不一定是作者虛構吧？雖然它底結局是喜劇的；而全篇小說却是一齣悲劇，使人看了感受到無限心底辛酸和痛苦，我自己就是受到感動的一個。

「鬼火」寫都市女性的遊戲生活。作者投以一種輕快的心情，寫出愛與偽愛之眞諦。「西班牙小姐」寫愛底幻滅，暴露着一種愛和道德觀念，異國觀念的衝突。兩者都是反映現實人生的佳作。

（五）

我得以我底筆推崇「永久之歌」與「母親說的故事」。我看「黑麗拉」小說集最滿意的是此兩篇。「永久之歌」有比「黑麗拉」的一篇更寫得動人的地方，它底內容材料，故事的發展，描寫手法與技巧等等，圓熟的地方都過於上者數篇。我讀「永久之歌」，像讀一篇左拉的或巴爾札克的法國自然主義小說。寫「永久之歌」這樣的深刻細緻的筆調，刻劃出戀（愛）與友誼的矛盾心情，和人世悲觀的心理狀態，我從沒有看過中國有別的作家可比得上侶倫。「母親說的故事」，差不多我又像讀高爾基的或莫泊桑的作品，我眞佩服侶倫的文稿可比羅丹的畫布或蘇別德的樂譜，我驚異中國新文藝作家中有侶倫的天才。

「永久之歌」和「母親說的故事」却同樣的立在地球上放號，喚起詩人的壯歌——作者有意把詩人寫成一種悲慘的人物，以黯淡的色澤塗在人生的臉譜上，期引起了千萬人對這種「心被遺棄底人」的憧憬與追求；哈策與羅道夫顯然還存在於世界上沒有死去的，我們為什麼一定要把這種人冷落和擯棄了呢？這是人生底苦悶的象徵喲！然而人生底苦悶終有一天會解放，作為苦悶的人底侶倫他是懂得這個道理的，他以及不少的他正在那裏高鳴和吶喊啊！

（六）

總括說來，侶倫的本質是詩人，看過他的「紅茶」散文集就可見侶倫的筆就是一張歌唱的嘴和一副會吟詩的嗓子。侶倫的作品有其眞實的感念和動人的情調。他的每一篇小說都帶有濃厚的詩底美。

文章體裁、風格、對話、心理描寫……等等，侶倫都有自己特長的成就。

然而在今日的文壇上有一種人甘心走向「新鴛鴦蝴蝶派」的歧途上為迎合低級趣味的需求而「努力寫作」，又有一〔種〕人在大呼其「主義文學」「口號文學」之際，侶倫是新文藝創作的健將。我們不能謂「黑麗拉」與某某等名作家的黃色小說並論的，一種是藝術的結晶，另一種是偽藝術的商品，兩者有天淵之別，我們不能污辱侶倫是一個沒有前進世界觀的作家，而其實侶倫在創作的實踐上已反映出於作品上有正確的時代意識！新中國文藝創作運動，正要走這一條康莊的大道：一個創作的人，祇要他能生活在現實中，寫出他最熟知的而最眞實的一點，我們就得推崇這一種「並非無病呻吟」和「並非有病而不吟」的作品為相當優秀的作品。侶倫的作品自然還有缺點的地方，如題材的處理上，故事發展的平衡與否上，作者還當加以洗鍊和用功的。不過侶倫還年青，他創作的生命是很長的；而現在，可喜的是他已把握住現實主義的創作方法。

選自一九四一年十一月二十五日至二十七日香港《國民日報·新壘》

啞劇的試演——「民族魂魯迅」／馮亦代

一

香港文協在籌備慶祝魯迅先生六十誕辰時，就立意用一種最莊嚴的戲劇形式，將先生一生的奮鬪史來表現出來。啞劇的形式在中國似乎尚未見採用，但在西方演劇史上特別是宗教演劇方面牠却有過牠的地位的。牠以沉默、莊肅，表情動作的直接簡單勝，最適宜於表現偉大端嚴，垂為模範的人格。以牠來再現魯迅先生，似乎能於傳達先生的崇高以外，更與觀眾一種膜拜性的吸力，使先生生活史的楷模性，更能凝定在我們後輩人的生活樣式裏面。因此便決意把牠實現了。起初，文協戲劇組請了最熟習魯迅先生生活的蕭紅女士來寫這個劇本。蕭女士費幾晝夜的功夫完成了一個嚴密週詳的創作。可惜格於文協的經濟情況，人力與時間的侷促，這劇本竟不能與觀眾見面。而由文協和漫協同人參照了蕭女士的意見，寫成了這一幕四場的啞劇「民族魂魯迅」。

二

「民族魂魯迅」的主題在於表現先生終身不屈的對封建殘餘，買辦資產階級以及帝國主義侵略作戰，終能以他的戰鬭精神復蘇了新時代的中華青年，使之投身於民族解放的鬭爭中。魯迅先生一生偉大的成就，決不能祗囿於文學的領域裏，而必須將他的工作和中國民主革命的史底發展互相連繫起來。我們所紀念的魯迅先生，決不是魯迅先生個人，而是他那種代表中華民族傳統的革命精神。

這支劇所包括的年代是一九一八年起到一九四〇年止，在這二十三年裏，含有了中華民族為自由作鬬爭的各階段——「五四」、「五卅」、一九二七年大革命、「九一八」、「七七」，和「八一三」。

第一場的年份自一九一八起到一九二九年，這是中國的反帝反封建的革命高潮上昇鼎沸循至消沉的時期。在這裏表現的是中國青年的覺醒、徬徨、吶喊、碰壁，而敗退了下來，走入頽廢。然而他一接觸魯迅先生的著述之後，立即奮發向前了。

第二場年份在一九三〇年後，那時戰鬬的青年正受着勢力的大批摧殘。魯迅先生眼看着熱血英勇青年們一個個倒了下來，沉痛悲憤，發為詩歌，劇中乃以獨唱的插奏，傳出了他那首有名的七律：

慣於長夜過春時，
挈婦將雛鬢有絲。
夢裏依稀慈母淚，
城頭變幻大王旗。
忍着朋輩成新鬼，
怒向刀叢覓小詩。
吟罷低頭無寫處，
月光如水照緇衣。

用這首詩來刻劃魯迅先生對於青年的共鳴。

第三場寫先生寄跡上海時以鋒利深刻的雜文，攻擊當時文字界的惡勢力，如麻醉青年的三角戀愛小説，專事風花雪月只求個人「文藝自由」的第三種人，以及破壞團結的奴隸走狗作家等等。而魯迅先生與他們短兵相接，將青年從他們的惡劣影響底下救了出來。

第四場寫「九一八」到「七七」「八一三」的時期。因為歷年辛勞工作，先生健康到了一個極度危險的地步。在病中猶振筆直書，刻刻不停。同時又慇懃不懈的教導青年。無奈畢竟意志鋼鐵，而身體血肉，先生以肺病之身勞瘁過度，竟在一九三六年太早地離開了我們！然而他的精神則永遠灌注全時代青年的血液裏，當「七七」盧溝橋砲聲一震，嶄新的中華民族遂像一個人似的由先生筆下跳起來，為民族解放而作戰了！

在抗戰第四個年頭開始的今天，我們在烽火瀰漫的戰場中，看見先生滿面紅光巔巍巍的站了起來，臉上流動着偉大而溫仁的微笑，那裏顯露出一個剛猛慈愛的靈魂——那是中華民族之魂。

三

關於啞劇的創作，在我國還沒有什麼作品可以作參考，當我們在幾次集體討論，將牠寫成定型時，我們所顧慮到的——第一，劇的演出必須是莊穆嚴肅；第二，在演員的動作支配中必須不引起觀眾的反效果；第三，一切的舞台的裝置和人員必須是最經濟的；第四，希望以最簡單的表演，能啓發觀眾使之對於演員動作有最大暗示的理解。

所惜者是我們沒有充分的時間排練；但憑了文協漫協文通和文藝講習班大家的努力，才使這幕啞劇得以上演，而且意外地得了好評，這不是我們預計所及，而特別感到興奮的。但我們却並不以這些好評為滿足，我們始終感到抱憾的，是：

第一，因為物質條件的限制，我們不能用幻燈將年份清晰地映出來，公演時所用的紙標，不醒目，不能為觀眾所注意。但這却是全劇的關鍵，特別是第一場動作是完全依賴於年份的進展的。

第二，因為時間的忽促，後台效果的配備和訓練，沒有達到水準；因之，演出時，不是顯得淩亂，便是發生了相反的效果。

第三，第一場的 Tempo 太慢了一點，而且青年甲的表演，如果能更誇大一點，觀眾的印象當更深。

第四，第三場的醜類的表演，還不够強調，因之，使魯迅先生給予他們的打擊顯得軟弱了。

第五，第四場魯迅先生逝世時的燈光沒有配備好，而且最後青年們在後台所唱的「義勇軍進行曲」，要是能和前台的觀眾聯合唱，那末全劇的效果，為更能有良好的表現。

但，使得我們欣喜的是飾魯迅先生的張宗祜君，他不但在面相上有着相像處，同時以他的沉着的表演，給予了觀眾一個深刻的印像。而小丁的青年甲也是部分成功的。我們最感到興奮的，是文藝講習班同學所給予我們的幫忙。他們差不多是沒有舞台經驗的，但他們是努力地幫助了演出。

四

我們正在參照了這次演出的經驗重寫這個劇本，希望各方面能給予我們批判和指示。因為這是青年人自己的創作，集體力量的表現，願每個青年人能參加工作。

最後，謹以郭沫若先生的話，作本文的結束。

「魯迅的全部偉大，我們固然學不到，但他的部分偉大，我們只要努力，總可以學到的。我們要用集體創作的方法，來構造許許多多部分的魯迅，湊合起來，就可以成一整個魯迅了。這是最好的紀念魯迅的方法。」

選自一九四〇年八月十一日香港《大公報・文藝》

嶺海文家列講／萊哈

百越乃神靈之地，人多奇瑰之才，海氣鬱漫，蛟龍如在；河光掩映，明珠若浮。其為革命之策源；文章之薈萃；交接萬邦，震炫一國，論早定矣；事亦豪哉！是以政治偉人，乘氣運而反正；文章老手，因時世而趨鹹！此江浙之人所難踪，而歐美之士故樂來也！余嘗縱目於香珠兩江之上，求學於大小各報之間；覺其文彩輝煌，幽光熠燿；興懷不淺，獲益良多。是烏可以無讚美之文，見感恩之心！然而所見無多，祇範圍於報紙；堪評有限，僅資料於聞名。豈云吾省之無人？實余知之太狹也！頗懼出言不妙，開罪應多。願諒錯口無心，捧場有意。固知下筆多艱，彼巍巍者文豪之座；復念出心本善，此慇慇者賤子之懷。

眞言作社論，人謂縱橫其筆。市井之輩，讀之流涎；擺腦搖頭，適其節調。而彼盱衡政局，發其測詞；偶有相侔，則大書「記者不幸而言中」。讀報之人，從而譟其卓識。有好事者，疵其少中而多差；則贈以新詞，曰「不中而記者之言有幸。」顧眞言未嘗以此句入其文也！余謂差差侔侔，責在時世，多事者徒多事矣！此而可以疵人乎？有以其文但求文字之姿整，而無科學理論為之基，謂非時代所需求。嗚呼！此姑勿論！其得名矣，豈徒然哉！得名之士，必有其得名之材！無科學理論云云，直節外而生枝耳！

豹翁學為蒼勁古樸之文，而但成拗戾；可使垂髫初學，屈舌扭思，備抄一類之詞，強記一類之字，然後敷寫成文，則功當倍出。然以之發為謬論，狂誇越倫，表驚人之妄，又頗可資。其足取者，如此而已！

黃崐崙為小説家言，初具清筆。尋學語體，而輕於嘗試，新藝壇建設之義，未能領會。於是庸其命意，誤其造詞，不白不文，畫虎類犬。神經過敏之輩，謂非出其手，原代庖於子弟。此謬説也，余未信焉！

落花為散文，實饒詩意；舒其哲想，動起人不盡之情懷；瑰麗沉凄，固詩人畫人之文也！然製多思少，漸見沙蕪；趨赴應酧，漫漶無專，又駢又散，又歐又韓。如此而往，則寖寖失其眞本。蓋謂人殊心手，各自成家；枉志從人，雖過班馬亦非自存生命之作，古者大文家之所不為也！落花嘗曰：「使余今死，愛余者為集落花名下之文以傳之，則余頓作冤魂矣！」聽其是語，則落花之文，猶有其未見之生命乎!?

李啓芬亦曰健兒，自號黑旋風。豹翁謂黑豹專號一出，世人驚之。黑也者，此公也！時余雖在世，而偶有逃禪之想，乃得幸而無驚。若夫世人之驚狀何如，余又不遑訪問世人也。余友葉子謂彼固曾驚，然另有所由。是則雖同一黑，而驚出兩途矣！葉子云：「啓芬小説滿珠江流域，而篇中『曰』字，太倉之粟莫能比。謂其能濟民飢乎？言其多至難數也！是以啓芬小説，如不畏其酸鹹，可直取而作劇。則對答之話，不勝材用焉！」檢閱今古聞人説部，善用曰字如啓芬者無有也！是乃開曰派之先河，而不奇葉子之驚之矣！諛墓祝壽之文，古者廉直君子且憚為之，啓芬巍然於此道著其名，蓋亦難能而可貴也已！

選自一九三二年五月一日香港《字紙簏》第三卷第一號

豹翁述學〔選錄六則〕／豹翁

林琴南先生教人作文，以用科學術語及一切新名辭為大忌，余力守其說，不復敢渝，蓋吾人既學為古文辭，其神理氣味，格律聲色，必師前人成法，乃有佳構，如雜入打倒解放民七民九等字，讀之便覺其棘耳而不雅馴，故余每因避用此等字句，殊梏文思也。日者徇某官人請，為勸捐啟，酬俗文字。本不屑為，然碍於交誼，因潦草塗抹，以塞其請，自意不以文目之也，文中有逮捕解嚴字句，已刊矣，其僚某因大詆余，蘇某矢言為文不用新名辭，乃今胡以有此，余因曉之曰，新名辭三字，本有語病，實則安得謂新，舍科學術語，餘多見於故籍，不過當時訓詁，與今釋多有不同，於是竊舊者遂亦以為新耳。若逮捕二字，見於史記項羽本紀，項梁嘗有櫟陽逮捕，解嚴則見於歐陽修所為尹師魯墓誌銘，西兵解嚴，其故訓與今無異，豈古人亦用所謂新名辭。史記與文忠集，幾為人人必讀之書，而君乃不知之何也，某語塞，而余則自幸記憶力之不爽也。

* * *

古今能文之士每為其功業或穢德所掩蔽，於是後世幾不復知其能文，如蜀之諸葛亮，唐之裴度權德輿李德裕，匪不賢於文章，宋之范仲淹司馬光亦然，而後世全其大者，遂不復稱其能文，而貧學者不讀全史，乃不知彼立德立功者固亦能立言也，明之嚴分宜，其行誼為後世唾罵，目為大奸，然分宜固能詩文者，唐荊川撰鈐山堂詩集序，盛稱其詩文各極其公，又稱其詩雄深古雅，渾密天成，有商周郊廟之遺，荊川能文任道之士，雖畧其德不言，而傾倒至此，不為無因，林琴南先生亦稱分宜之文，頗窺道源，有時魄力過於歸震川，然數百年來，後人研論有明一代文學，甯談竟陵公安，而不數及分宜，鈐山堂集且有不知舉其名者矣，余常謂梁啟超之文章，雖未造於古人瓊絕之域，亦一時之選，然天下後世，語梁氏者必不重其文，第知其為善變之熱中者流而已，夫亦其涼德使之然也，故為人不可不聿修厥德，否則學如分宜，亦不為弱，而終於不傳，傳之也惡，況其學乃萬萬不逮分宜，而才又不足以濟其奸者哉。

＊＊＊

近人論文之書，佳者不可多覯，惟林紓柳文研究法，及畏廬論文二書，深博恢宏，一時無偶，吳曾祺涵芬樓文談，亦議論淹通，顧達體明義，終遜林撰，蓋寢饋不逮其深醇，而取法又朝代有別也。林氏論文，力主史漢，次及韓歐，吳氏雖亦主韓歐，實則趨重於方姚一派。此外則有文典之書。如馬建忠文通，章士釗之中等國文典，王文濡之文法發微，鍾卓京之國文法，皆字爬句梳，號為精審，而格律過密，反在在導人於迷，實則文章者，法可授人，而神韻則其所自領會。若斤斤於一定法式，則先已拘牽其神志，而不果從橫馳驟以發其思，文字縱通，必陷庸絮，曾湘鄉文章，氣勢恢宏，為清代第一，其論文，以剽竊前言，句摹字擬為大戒，又曰，一篇之內，端緒不宜繁多。否則首尾衡決，陳義蕪雜，滋足戒也，識度曾不異人，或乃競為僻字澀句，以駭庸眾，斲自然之元氣，其言眞知文中甘苦矣。

＊＊＊

港督金文泰，余夙昧於其人，惟其新近一二瑣事，余所身見，頗足以勵吾國人向學者，因畧述之，蓋余雖不能詳金文泰前此之歷史，但知其能粵語，五年以來，且肆力吾國詩文詞，居然撰小品文字能通順，最崇拜周易與尚書，誦數以貫之，李佳白，乃未能逮此也，其平昔與吾國人通書問，恒用吾國文字，開歲以後，東華醫院鄧黃兩君，示余以金氏賀年信，雖不脫秋水軒尺牘窠臼，然實難能，兩君浼余為書謝之，余為文遂多用澀僻辭句，不審金氏讀之作何感想也，去年羅旭和女嫁，余實以賓客詣賀，金氏演說，暢論往之女家，必敬必戒，毋違夫子，以順為正之理，雖未能大闡吾禮教精微之蘊，然新人物聽之，當羞死也，其後大呼燕爾新婚君子偕老兩語以為祝，聞者多稱其立言得體，金氏雅好馳馬，每日黃昏後，必輕車減從，挾其老妻兩女一子，馳於跑馬地，妻則側身安座而行，兩女年不過十四五，髮澄黃如金，子則甫十齡耳，而皆能縱轡疾走，據鞍顧盼，雄姿逼人，恒歎遠西人之尚武也，金氏馬術尤佳，稱霸一時之騎師美蘭氏，乃未逮也，金氏尤重禮，見中國人必恂恂多讓，李樹芬云。

* * *

今之嫉新文化及其一切戀愛自由邪說者，謂宜絕滅其書，以正天下耳目，見有辭而闢之者，亦不以為然，彼其意蓋謂闢之不得而轉章之也，又有謂不必放而絕之，然天下偽學，安可以久存者，聽其自然消長可也，何闢之為，凡此爭議，各右其說，余聞之多矣，實則絕滅事不可能，任其遷流，亦未為得計，善乎曾南豐論戰國策之言矣，其言曰，君子之禁邪說也，固將明其說於天下，使當世之人，皆知其說之不可從，然後以禁則齊，使後世之人，皆知其說之不可為，然後以戒則明，豈必滅其籍哉，放而絕之，莫善於是，此可解上二者爭持之惑矣。

健按，豹翁所指之新文化，乃謂一時之邪說，非謂新文化皆足以害人，然而一般白話文家亦當少負教誨未周之責，猶憶胡適陳獨秀之徒首倡以白話為文之時，其始實緣大學生多務嬉戲，為文輒不經心，以故每當考試國文一門，多拙於下筆，甚至有不能呈卷者，於是彼徒身為教師，乃倡為白話文，倘學生應試，其不能為文言者，准其以白話應，因有白話文之稱，其實文便為文，話卽是話，滋不能混，猶之一疋布，裁為中服，便為中服，裁作西服，卽為西服，彼徒以話與文混而為一，殊為不稱耳，且胡陳二氏深於國學者也，以深於國學之人，其為白話，自高人一等，猶如宋元人之撰詞曲然，宋元人詞曲中何嘗不參入白話哉，然與今時之所謂白話詩文相去遠矣。

＊＊＊

昔先王陳詩以觀民風，是詩之關係於國家，不為不重，上焉者所謂詩史是也，故詩之作，其恉深且遠，必有感而後言，不惟吟風弄月，陶冶性情而已，每見近今士人，甫鮮操觚，便騖聲律，下焉者無論矣，所謂霸橋立冷斷髭嘔心者，彼其長諷短吟，窮旦暮而為之，亦惟馳騁藻繪，自矜風雅，寄無聊於梅柳，馳閑情於臺榭，藉口於宓妃薜荔以文其淫，萃神於無題斷字以賈其妖，何嘗有憂思旨遠，使人讀之興感者，余自維無詩才，故向不為詩，蓋不肯自鄰於無病呻吟之譏也，南海伍君雲粟，粵雅堂主人曾孫，而十年前小畫舫齋之詩鐘友也，年來守官於北京鹽署，官事暇則萃力學為宋詩，名聲大振，京華人士，乃以陳衡恪比之，或為余誦其近作卽景兩句云：跳雨橫塘蛙盡出，背風危樹鳥相依，言中有物，寄託深遠，綴辭之妙，世不多見，所謂怨誹而不亂，比事屬辭，能晦而不能顯者也，若是者始可與言詩，同時順德龍小雅，詞華之士也，論學與余不合，而私誼至篤，邇者避匪來居州治，寓西關十二甫，顏其室曰慕隨如齋，余不審其命名之意，因見問之，始知南宋詞人劉鎮學者稱為隨如先生者，嘗居於是，小雅慕之甚，故以是名，鄉土事余乃不知，書此所以志余儉學之恥也。

選自豹翁著、李健兒編訂《文豹一覼》，香港：儉盧文學苑，一九三九

存目

評聖母像前並論王獨清／李育中

選自一九三二年七月二十一日至二十二日香港《南強日報・鐵塔》

看了現代劇團公演「油漆未乾」後／任穎輝

選自一九三四年十一月四日香港《南華日報・勁草》，內文可參《文學史料卷》頁三一五

詩問答／杜格靈、李金髮

選自一九三五年二月十五日上海《文藝畫報》一卷三期

搬戴望舒們進殮房／鷗外鷗

選自一九三七年廣州《廣州詩壇》第一卷第三期

評艾青與田間兩本近作／白盧

選自一九三九年九月二十日廣州《中國詩壇》新三號

對於「木蘭從軍」的評議／揚帆

選自一九四〇年三月九日香港《南華日報・一週文藝》

莫里哀在中國／胡春冰

選自一九四一年一月十二日香港《國民日報・青年作家》

論人民之歌——「而西班牙歌唱了」讀後感／黃繩

選自一九四一年六月二十九日香港《大公報・文藝》

古典新論

王漁洋——中國的象徵主義者／風痕

四庫提要上說明王漁洋在我國詩壇中底位置道：「我朝開國之初，人皆厭明代王，李之膚廓，鍾，譚之纖仄，於是談詩者競尚宋，元。既而，宋詩質直，流為有韻之語錄，元詩縟艷，流為對句之小詞，於是士禎等以清新俊逸之才範水模山，批風抹月，倡天下以『不着一字，盡得風流』之說，天下遂翕然應之。」

又說：「詩自太倉，歷下，以雄渾博麗為主，其失也膚？公安，竟陵，清新幽渺為宗，其失也詭；學者兩途並窮，不得不折而入宋，其弊也滯而不靈，直而好盡，語錄，史論，皆可成篇。於是士禎等重申嚴羽之說，獨主神韻以矯之，盖亦救弊補偏，各明一義。」

這是就我國的詩風底蛻變上來批評王氏的「神韻說」，自然是很有見地的。然而，單是這樣來評量王氏，我以為還未能把王氏的全部價值說出。王氏的全部價值要怎樣才能說出呢？那只須簡單的一句話：王氏的詩歌底價值便是我國的詩歌底主要價值。我國詩歌底好處是和歐洲詩歌底好處恰巧對立的：歐洲的是質實而我國的是空靈。

這樣的互相歧異當然是各有原因的。

西洋人的文明，是紹述希臘和希伯來的。希臘思潮，和希伯來思潮一樣，都脫不了「神」底觀念。不過，希臘思潮中的神，是韻美底代表，而希伯來思潮中的神却為良善所依歸。這兩種思潮底目的，都是想把「人」來超度，都是以人為本位的。但是因為所趨就的途徑各不相同，所以便形成兩種歧異的生活——藝術的生活和宗教的生活。西洋人接受了這兩種思潮，所以他們所尋求的是人，所執着的也是人，心目中除了人便沒有其他，因而，一切藝術，——詩當然沒有例外——都帶着很濃厚的現實主義底煙火氣。至於我們東洋人，（可以拿我國，日本和印度來作代表）因為所居處的地理上底優越，衣食容易對付，豐足之餘，生活力便自然比較可以拿到形上那方面去發揮。因此，我們東洋人的文明，的確像施愚山批評王漁洋的話，是「仙人五城十二樓，縹緲俱在天際」的。特別是我們中國，魏晉之間，受到政治的壓迫，詩人們更不得不相率「游仙」起來；輾轉流傳，輾轉影響，所以我們的詩歌便家數「範水模山，批風抹月」。範水模山，批風抹月底結果已經要遠離塵俗，深契自然，飄飄若仙，往往入禪了，何況固有的「逍遙」思想和外來的「涅槃」思想又在那裡浸漬鼓盪呢？

司空表聖標舉的是「遇之匪深，即之愈稀；俯拾即是，不取諸鄰；神出古異，澹不可收；不着一字，盡得風流；采采流水，蓬蓬遠春。」嚴滄浪提倡的是「不涉理路，不落言筌；羚羊掛角，無迹可求，透徹玲瓏，不可湊泊，如空中之音，相中之色，水中之月，鏡中之象，言有盡而意無窮。」梅堯臣以「含不盡之意，見於言外」為詩歌底理想境。劉克莊宣言：「漢魏以來，音調體製屢變，作者雖不必同，然其佳者必同。繁濃不如簡澹，直肆不如微婉，重而濁不如輕而清，實而晦不如虛而明：不易之論也。」明朝的陸仲昭也提出了明確的條約：「氣太重，意太深，聲太宏，色太厲，佳而不佳，反以此病。」又道：「詩不患無材，而患材之揚；不患無情，而患情之肆；不患無言，而患言之盡；不患無景，而患景之煩。」這些話都是深得我們中國人首肯的。因為要這樣才適合「中庸之道」，才不違背「溫柔敦厚」底本旨。理想的詩歌，自然不必一定是含蓄的。然而我們中國人所最能欣賞的，所願意要求的確是這欲吐還茹的陰柔一派。上面各人的話，固然是為作詩的人樹立標準，而更其是想替讀詩的人指示途徑；與其說是演繹的推斷，毋甯看作歸納的報告。

三百篇是我國詩歌天才底第一次大展覽。其中被人傳誦的是「蕭蕭馬鳴，悠悠旆旌」，「昔我往矣，楊柳依依」，「我來自東，零雨其濛」，以及「蒹葭蒼蒼，白露為霜，所謂伊人，在水一方。」一類丰神搖曳的句子。芳草的人的屈靈均是我們詩壇之父。他的湘夫人底「帝子降兮北渚，目眇眇兮愁予。嫋嫋兮秋風，洞庭波兮木葉下」，「沅有芷兮澧有蘭，思公子兮未敢言。荒忽兮遠望，觀流水兮潺湲」，和山鬼底「雷填填兮雨冥冥，猿啾啾兮狖夜鳴；風颯颯兮木蕭蕭，思公子兮徒離憂！」也開了「送君者皆自崖而返，君自此遠矣！」那一種言盡意不盡的機杼。於是，後來李青蓮夜泊牛渚懷古底「明朝掛帆去，楓葉落紛紛！」固然以不着一字，盡得風流擅勝，而杜子美底「雞蟲得失無了時，注目寒江倚山閣。」也追求那種「拈花微笑」底境界；而主張「為時為事」才作詩的白居易底「冥漠重泉哭不聞，蕭蕭暮雨人歸去。」更顯著地模仿蘊藉！

是呀，我國人所最能夠欣賞，所最願意要求的，確是這種餘甘子一般的言外之意。所以，王氏是我們中華民族底肖子，他深切地了解到我們民族底胃口，要供給我們以梅，鹽以外的妙味！

然而，王氏是僅僅這樣的一個復古運動者嗎？我以為他的成功決不止此。他除了紹述前人的意見——「含不盡之意，見於言外」是詩底理想境這種意見之外還另有主張。他主張把微妙的感覺寫入詩裡。所以，他很心折王右丞底「興闌啼鳥緩，坐久落花多」，和蘇東坡底「盆花浮紅，篆煙繚青；無問無答，如意自橫。點瑟既希，昭琴不鼓；此間有曲，可歌可舞。」這樣地同時提倡含蓄和微妙，是很有主宰的，決不是簡單的復古。簡單的復古決不能叫「天下翕然應之」！你看，後來反神韻的龔定庵也繼承他這方面的步趨，吟出「不似懷人不似禪，夢回清淚一潸然；瓶花帖妥爐香定，覓我童心廿六年。」這樣精巧纖細的感覺來哩。

王漁洋的最大價值便是他生當十七世紀，却遙遙地領導了十九世紀的象徵派運動！

所謂神韻——王漁洋底神韻——是甚麼這問題，把國內外的研究者弄得不是莫明其妙，便是絮聒了千百言還得不到領。其實，一言而決，那不過和象徵派的作品一般，是情調底表現和感覺底描寫罷了。

我們知到文學是訴於情感的，詩歌更特別是情感底結晶。然而厭故喜新又是我們的通性。所以，我們不單常常要求文學外形底變異，也常常要求文學內容底變異。我們對於強烈的情感底表現看得厭膩了，便熱切地追求新鮮的，強烈的情感以外底變異。但是，變雖然要變，却不能太離其宗，把情感完全拋棄。因此，結果便要讓情調和感覺來出頭。因為感覺是情感底引端，而情調則是情感底尾聲。近代生活把我們品味餘甘子的舌根磨錬得更加敏銳了，所以我們甯取這更加微妙的欣賞。

古典派轉變而成浪漫〔派〕，浪漫派轉變而成寫實派，寫實派轉變而成新浪漫派，以及巴那山派轉變而成象徵派，這都是作品中所表現的情感底放縱或抑制底轉變；漢魏轉變而成六朝，六朝轉變而成唐，唐轉變而成宋，宋轉變而成元朝，以及格調轉變而成神韻，這也不過是作品中所表現的情感底濃強或淡薄底歧異。

含蓄和微妙的作品可以在我國詩壇特別地揚眉吐氣，這雖然是意中事，但在王氏之前，却沒有人曾經這樣同時也覺悟到，極力地承認，提倡，那麼，我們又怎能不稱讚王氏是豪傑呢？

選自一九三四年四月十五日香港《紅豆》一卷五號

詩人之告哀——司馬遷論／梁之盤

子長純史而麗縟成文，亦詩人之告哀焉。

——劉彥和・文心雕龍

文學底興衰，總和政治情形底好壞背道而馳的。中國文學，自從言志思潮雄霸戰國文壇，到了漢代，為着政治安定，社會富裕，上層階級崇尚儒術，罷黜百家，儒家思想統治了思想界，文學也就陷入載道思潮底泥塗了。漢代文學作品之能反映而再現人生的，遂如鳳毛麟角，除了司馬遷等少數人外，所有的文章差不多都比不上晚周，也不及後來的魏晉。這雖然是一個英雄時代，卻不多產生不朽的文學。

所以，兩漢文學既局於儒術底狹籠，一泓之水，澄之易清；萬頃之波，揚之不濁。——文壇上也就故步相循，沒有了活潑飛躍的姿態。漢代的韻文，除掉民間文學中無名作家底作品如古詩十九首及孔雀東南飛等能以樸素的文字表現豐富的情感，成為詩歌中的不朽傑作外，自從屈靈均底餘影印於文壇，揚雄開了模擬風氣，凡是辭賦作品，總處處帶有模擬色彩，以堆砌美辭為務，並無一毫情感的表現。漢代文學中心的韻文，不過是載道思潮造成的——雕琢的阿諛的貴族文學，迂晦的鋪張的古典文學。染上載道色的散文也自然失掉文學本色了。

作為中國文學史上嚴冬期之一，漢代文壇已瀰漫着載道的妖霧；但，正如博學的波利嘉普・黎塞 Polycarp Lyser 將黑暗時代無人過問的拉丁文學苦心研究之後所說「從沒一個世紀絕對沒有天才的詩人。」這全灰色的背景上卻也映着一個偉大的傑出的人物——司馬遷。司馬遷不是載道思潮所能拘束的奴隸。他作品裡伴着豐富而常有生氣的想像力而生的喬皇的文詞，崇高的意象，入神的描繪與精微的思致，都足証他是漢代文壇的第一人，是中國散文故事之父呢！茅鹿門先生說：——今人讀游俠傳即欲輕生；讀屈原賈誼傳即欲流涕；讀莊周魯仲連傳即欲遺世；讀李廣傳即欲立鬥；讀石建傳即欲俯躬；讀信陵平原君傳即欲養士；若此者何哉？蓋具物之情而肆於心故也，非區區句字之激射也。屈宋以來，渾渾噩噩，如長川大谷，探之不窮，攬之不竭，而蘊藉百家，包括萬代者，司馬子長之文也！

司馬遷字子長，夏陽人。先世世典周史，父談為漢太史令。談將卒，命遷宜論著史記。卒三歲而遷為太史令。太初元年始著手論次。越五年，而當天漢二年，李陵降匈奴，遷稱其才，為之剖。武帝怒，下遷腐刑。於是益發憤著書。遷之史才，皆先人所次舊聞。其文則所謂詩書隱約者，欲遂其志之思也。遷沒後，其書稍出，宣帝時，遷外孫楊惲，祖述其書，遂宣布焉。

這是司馬遷一生之極粗糙的輪廓，想深澈地了解他底生平，則漢書的司馬遷傳，太史公自序，報任安書，都很有一讀的價值。

關於司馬遷底生平，卻頗與一生都坎軻於他底悲苦的境遇之文藝復興期西班牙蓋世文豪西萬提斯近似。西萬提斯是世界文壇上的一個巨人，但以他俯仰一生，以他有力的作品撼動歐陸的人心，以他對於社會形相之暴露，卻博不到一個凍餒無憂的生活，且不獲身見其名之成立。他如今已高踞西班牙文壇無敵的寶座了。可是他的一生，曾為鋌而走險的軍人，曾作摩爾海盜的俘虜，曾在戰場弄成殘廢，曾嘗鐵窗風味。然而種種造化底播弄都改移不了他溫良的氣質，雖在縲絏之中，他還把全副精神與感情灌注在他底永久風行的傑作吉訶德君 Don Quixote。這樣的一個西萬提斯 Cervantes 不是很像司馬遷嗎？司馬遷是蹭蹬一生，鬱抑以終的。當他忍辱負重地從慘無人道的蠶室重又落到這人間世時，宮刑已替他注射了一種新的血液，使他興奮地以全盆心血灌進他底不朽的傑作——史記。

未說司馬遷底作品之前，且談談他的文學理論。

史記的自序上評詩人：「夫詩書隱約者，欲遂其志之思也。」又「詩三百篇，大抵皆聖賢發憤之所為作也。此人皆意有所鬱結，不得通其道也。故述往事，思來者。」

這抒情論，在蕭瑟而黯淡的漢代文壇上是司馬遷鍼對載道論之言志的創見。

他在屈原傳中論離騷：「屈平之作離騷，蓋自怨生也，憂愁幽思而作離騷。國風好色而不淫；小雅怨誹而不亂；若離騷者可謂兼之矣。其文約，其辭微，其志潔，其行廉，其稱文小而其旨極大，舉類邇而見義遠。其志潔，故其稱物芳；其行廉，故而死而不容自疏，濯淖污泥之中，以浮游塵埃之外，不獲世之滋垢，皭然泥而不滓者也。推此志也，雖然與日月爭光，可也！」

這對文學的見解，便是了解他的作品底鑰匙——他批評屈原，實在是「夫子自道。」我們把握到這些，下面，探討他的「述往事，思來者。」的東西便更容易而有味了。

司馬遷的代表作自然是史記。關於史記的來由，太史公自序上已寫明是繼承春秋的一本書。到後來為李陵事被刑，復任中書令後，報任少卿書更暴露他著書底決心與用意，蓋鄙沒世而文采不表於後也。至於史記的背景，晁氏的話，頗有參攷的價值：「武帝之世，表章儒術而罷黜百家，宜乎大治，乃窮奢極侈，海內凋弊，反不若文景尚黃老時，人主恭儉，天下饒給，此其所以先黃老而後六經也；武帝用法刻深，羣臣一言忤旨，輒下吏誅，而當刑者得以貨免。遷遭李陵之禍，家貧無財賄自贖，交游莫救而卒陷腐刑，其序游俠者，蓋嘆時無朱家郭解之倫，不能脫己于禍；故曰士窮窘得委命，此豈非人所謂賢豪者耶。其述貨殖者，蓋自傷特以貧故，不能自免于刑戮，故曰千金之子不死于市，非空言也。遷特感當世之所失，憤其身之所遭，寓之於書，有激而為此言耳。」李方叔師友讀書志說：「司馬遷作史記，大抵譏漢武帝所短者多。〔……〕可以推求史記，其意深遠，則其言愈緩；而其事繁瑣，則其言愈簡，此詩春秋之意也。」

史記之成為中國文學上一本千古名作，自然為了司馬遷是天才作家，但也因他底生活具波濤起伏之觀，他深深地嘗味到人生的眞味，才獲這樣的結果。歐陽永叔說「文以窮而後工」，也是史記的得力處；誰不信史記是苦悶的象徵呢！至於司馬遷漫游天下，尤其是造成史記奇麗的壯觀。是的，西洋史家之王希羅多德 Herodotus 底壯大的手法正因他見聞了世界的許多而成。史記上自序說：「遷生龍門，耕牧河山之陽。年十歲則誦古文；二十而南遊江淮，上會稽，探禹穴，闚九嶷，浮沅湘，北涉汶泗，講業齊魯之都，觀夫子之遺風，鄉射鄒嶧，阨困鄱薛彭城，過梁楚以歸。於是遷仕為郎中，奉使西征巴蜀以南，南略邛笮，昆明。」所以，為了漫游四海，造成了史記奇偉的氣象；蘊藉百家，造成了史記深曲的文意；史記着實是一部波譎雲詭的傑作，不然，怎麼呂東萊肯說：「其指意之深遠，寄興之悠長，微而顯，絕而續，正而變，文見乎此而起意在彼，有若魚龍之變化，不可得此蹤跡者矣。」

至於談到史記之歷史的價值，則司馬遷亦為史家之王。史記以長江大河樣的文章，開空前的史例；它底紀事是奇趣橫生，它底風格更雄偉不可方物。司馬遷實兼有劉知幾所謂才，學，識的三長。史記，是中國史家公詡為六經之後惟有此書的。司馬遷不僅是文學家大史家，并且是有唯物思想的人；其史記中保存着無限豐富的哲學史料，而且洩漏其唯物論的觀察哩。於此，我們曉得世界文學史上有一件珍貴的史料，就是幾個作為偉大的文學家之歷史家。第一個就是希臘的希羅多德 Herodotus。約翰瑪西 John Macy 在世界文學史上說「他的歷史是用散文的，那却有廣漠的視野，戲劇底效能，以及詩趣風生的叙事詩底不少的火。因為他賦有奇偉的幻像，因為他曾見聞世界不少，所以他不會自誇。希羅多德乃是人們與國民的研究者，是以廣大的範圍和行動處理他的故事的優秀之藝術家。他不但是歷史之父，實在還是故事散文之父了。」其次就是羅馬的塔西陀 Tacitus。他是個史家的模範；他的思想深刻而又細微，他的為人正直而熱情，堅定而不流於過激。所以在他雷霆精銳的作品中，不但能分析人物的內在，使環繞他的現實生活底栩栩然的寫照表現於人們心眼之前，還能揮動他的筆鋒以呵叱先世帝王的劣跡，這是他不朽的理由。第三者為羅馬的薩拉斯特 Sallust。他是健全的史家，也是具着文體的智識和劇性的說話的天賦之藝人。他底作品，兩篇完美的羅馬帝國史中的插話，成了文學上有生命的作品了。最後要舉出的便是英國〔編按：應為羅馬〕的李維 Livy。他是奧古斯都朝的視野廣大而勤勉博學之第一流史家，也是拉丁語散文的巨匠。他有一個以「都城創設以來的歷史」一書描叙羅馬史的偉大企圖。他製作散文叙事詩，如魏琪爾 Virgil 作韵文叙事詩一般，是富有詩底色彩的。這幾個人都是作為偉大的文學家之歷史家的犖犖大者。

是的，希臘有希羅多德，羅馬有塔西陀，英國有李維，但，中國也有司馬遷足以自豪。他是足以媲美希羅多德而無遜色；試看看樂里愛 Lolieo 批評希氏的話「這個荷馬時代的史家却有其特殊的動人的風格；就以他底文字而論也別具一種優美的風味；他的文章有一種自然的聲調，如詩歌一般。他是個極能動人的史家；他紀事的方法雖簡樸異常，而觀察却十分精細；持論也非常公允而謹嚴，是以他一方面教人，一方面又能娛人。他紀叙的態度千變萬化，使讀者决無枯燥之感；他是歷史的鼻祖，因為他不但能處處引人入勝，且開闢了後代史家底途徑呢。」這一段話跟上述瑪西氏說希羅多德為散文故事之父一番意見溶化起來，不是一個精當無倫的司馬遷之評價麼？是的，史記為最雄辯之事實的証明，証明那是懸之國門，一字不易的。好，就讓我挪來讚美司馬遷罷。

馬存底論文批評司馬遷：「南浮長淮，泝大江，見狂瀾驚波，陰風怒號，逆走而橫擊，故其文奔放而浩漫；望雲夢洞庭之波，彭蠡之豬，涵混太虛，呼吸萬壑而不見介量，故其文渟蓄而淵深；見九嶷之芊綿，巫山之嵯峨，陽台朝雲，蒼梧暮烟，態度無定，靡曼綽約，春妝如濃，秋飾如薄，故其文妍媚而蔚紆；泛沅渡湘，弔大夫之魂，悼妃子之恨，竹上猶斑斑，而不知魚腹之骨，尚無恙者乎？故其文感憤而傷激；北過大梁之墟，觀楚漢之戰場，想見項羽之暗嗚，高帝之謾罵，龍跳虎躍，〔……〕故其文雄勇猛健，使人心悸而胆慄；世家龍門，念神禹之巍功，西使巴蜀，出劍閣之鳥道，上有摩雲之崖，不見斧鑿之痕，故而其文嶄絕峻拔而不可攀躋；講業齊魯之都，觀夫子之遺風，鄉射鄒嶧，彷彿乎汶陽洙泗之上，故其文典重溫雅，有似乎正人君子之容貌。凡夫天地之間，萬物之變，可驚可愕，可以娛心，使人憂，使人悲者，子長盡取而為文章，是以變化出沒，如萬象供四時而無窮。」馬存從他底生平經歷批評他的作品，不啻探驪得珠，愈顯出司馬遷的好處。讀史記的人，誰不感到萬花撩亂之趣呢？劉彥和說：子長純史而麗縟成文，亦詩人之告哀焉。

說過了司馬遷底作品之總評價，且來談談他底代表作中的代表作，藉窺這文家王都之一斑罷。史記中的代表作要算項羽本紀和李廣列傳。為了項羽李廣都是鬱鬱不得志的人，司馬遷也是鬱鬱不得志的人，這兩篇文章純是他借別人杯酒澆自己塊壘，間接地象徵了苦悶。故寫來處處留神，有聲有色，眞切動人，成了中國散文敘事詩的雙璧，是堪與荷馬 Homer 的伊里亞特 Iliad 和奧特賽 Odyssey 媲美的。

先談項羽本紀；項羽本紀的成因，前面已經說過，是惜項羽才氣過人，也是替自己澆塊壘的。竟陵鍾惺說：「遷以項羽置本紀為史記入漢第一篇文字，儼然列漢諸帝之前而無所忌，蓋深惜羽之不成也。不以成敗論英雄，是其一生立言主意。」全篇氣勢堂皇力透紙背，感傷憤慨，溢在言外，是雄勇猛健的作品。閔如霖說它「文勢如驚濤怒浪，模仿喑啞叱咤之風。」技巧方面側重正面描寫，十分酣暢，更以細枝末節的刻畫，補充主意，愈得眞切。所謂「往往大處不寫，專寫一二小事，轉覺神情欲活。」這是司馬遷本色的代表作哩。

分析起來，則一起寫項羽個性，非常活現，整個才氣過人的勇士，印人腦海。到了鉅鹿之戰，為着項羽所以成伯業的就在這裡，故司馬遷用全力替他描寫，寫得精神百倍，到如今，還使人彷彿聽到金聲，鼓聲，劍弩聲，人馬辟易聲。其間運用諸侯將作間接映襯更來得高明。不然，怎麼茅坤說「項羽最得意之戰，太史公最得意之文！」

鴻門之會一幕，無端將座次寫出，將當日張良沛公刺心刺目的心情，擺在紙上，虧司馬遷有這末細密的心思。劉辰翁評：「叙楚漢會鴻門事歷歷如目睹，無毛髮滲漉，非十分筆力，描寫不出。」其中對話的穿插巧妙，更是千古詞令的絕品哩。

自此以下，就寫鍾惺所謂「着着敗局」，「天亡我也」幾句話，看他筆墨何等抑揚，就知道司馬遷何等惋惜了！

既至垓下之圍，正像歸有光所說：「此下寫英雄末路，嗚咽悲壯，低徊欲絕，千秋絕調也。」它也寫出，「博得美人心肯死，項王此處是英雄」情境。我更可以借用王猷定描寫湯琵琶底絕技的一番話來批評這絕妙的文章：「尤得意於楚漢一曲，當兩軍決戰時，聲動天地，屋瓦若飛墜，徐而察之，有金聲，鼓聲，劍弩聲，人馬辟易聲，俄而無聲，久之，有怨而難明者為楚歌聲，淒而壯者為項王悲歌慷慨之聲，別姬聲，陷大澤有追騎聲，至烏江有項王自刎聲，餘騎蹂踐項王聲；使聞者始而奮，既而恐，終而涕淚之無從也，其感人如此！」時至今日，我們讀項羽本紀到垓下時，也還有這樣的感覺呢。

項羽本紀是不愧為司馬遷之得意作的！

至於李廣列傳，它的成因與項羽本紀無異。楊慎說：「綜叙事實以著其材畧意氣之所以然，又旁及軍吏士卒之得志，以致其畸世不平之意，讀之使人感慨。」所以，全首昂頭天外，音節悲涼，文意之淒壯，使人如聞五更之塞外胡笳呢。劉辰翁說得不錯：「縷縷可傷處，能使墮淚。」技巧和項羽本紀的正面描寫不同，注重側面描寫，趣味集中，傳神無比，千緒萬縷，四面照耀，充分地表現文章的神技。中間如射石沒羽一筆，眞是千秋絕調！它將李廣蹭蹬一生的徒然之掙扎，完全傳出，的是神來之筆，這一個剪影儘敵得住任何的正面描寫了。

作中對於李廣出奇制勝的地方，特別描摹得透澈；爍爍可愛的地方，令人讀起來滿腔都是奇特的意思。

李廣蹭蹬一生；看他幸從大將軍，又徙廣部那些話，眞是一字一淚的文章。還有，作中有一處以二百餘字將李廣的事功的性情和生平瑣事，曲曲傳出，妙在人人負氣，往往阨困，與李將軍成一絕妙的對照。這正是神妙欲到秋毫巔的作品；可從小處看出司馬遷的偉大。

李廣列傳全作以射字為機杼，所以，中間射字共十二見，而起收更見全篇主意。由此更見他的藝術手腕是如何地高明。

其實，我有點懷疑司馬遷的第一篇好文章還算這詩味湛深的李將軍列傳呢！那是中國文學作品上饒有光輝的奇兵。

若報任安書也是千古傳誦的，不過，雖然文章的氣度俱佳，但為了切身痛苦，過度興奮，章理就嫌淩亂一點了。

上述，自然是一種蠡測，但，對文學家司馬遷底作品，總窺見一斑罷，誠然，司馬遷底作品正如苧田氏說「洸洋瑋麗，無奇不備，〔……〕如遊禁禦，如歷鈞天，如夢前生，如泛重溟」一樣。司馬遷固然是黯淡的漢代文壇底空谷足音；為了它偉大無倫，史記也在那森羅肅殺的空氣中提起人的精神，也成為中國文壇上的權威作品，影響所及，四海奉為圭臬——近代桐城文派更作薪傳呢。它將如日之耀如水之流。

所以，從他底作品看來，司馬遷是一個作為偉大的文學家之史家；他是一個深澈的心靈檢查者，精細的人格描寫者；恐怖的，柔美的，精緻的，滑稽的，壯麗的，都是他底題材；他對於作中人物，用萬象的態度描繪牠，四面八方的烘托牠，神出鬼沒地穿插牠，將牠底道德與惡罪以至所有七情六慾坦白地表現出來。在暴露社會種種相（上至帝王，下至販夫走卒）一點，他是成功的人，為了蘊藉百家的素養，為了生活具波濤起伏之觀。他是中國的希羅多德呢；他兼有脩色的底司Thucydides為文名貴剛勁而雄壯和刻畫人物的大本領，與色諾芬Xenophon底純眞素淨的風味。

憑藉了他底不朽的Classic，那文家底王都之史記，大文學家司馬遷將永恆地活現於人們底腦際，耳畔，眼中！

選自一九三四年九月一日香港《紅豆》二卷二期

中國文學之虛無主義／何洪流

詩經大雅，啟迪了中國文學虛無主義的根緒，那是代表著中國多神論之作風。及至楚辭，虛無主義不但激烈發展著，而且這種發展，有成為泛濫之勢。

如離騷：

——吾會義和弭節兮，望崦嵫而勿迫。
路曼曼其修遠兮，吾將上下而求索。
飲余馬於咸池兮，總余轡乎扶桑。
折若木以拂日兮，聊逍遙以相羊。
前望舒使先驅兮，後飛廉使奔屬。
鸞皇為余先戒兮，雷師告余以未見。
……
吾令豐隆乘雲兮，求宓妃之所在。
勿吾行此流沙兮，遵赤水而容與。
麾蛟龍使梁津兮，詔西皇使涉予。

屈原不但思想神奇，其創作手法及提取之形象亦是非常怪幻的，如以羲和諭日之御，崦嵫為日之宿處，扶桑為日之止處，其他以月神之為望舒，風神之為飛廉，雷師之為豐隆，以及假設（一）帝之居於西方等等。我們不能不驚奇於屈原之想象力量的偉大，然而，如此類者，實際全楚辭均有之。

由楚辭而看到的離奇神怪，在文學上我們很難以適切之名辭名之，因之，我們暫時說為中國之虛無主義罷。關於這種虛無主義之形成，近人郭沫若有一般話是可以拿來參考的。

就卜辭看來，殷人除掉自己的祖宗和至上神的天帝之外，風雲虹霓阿岳都視為神祇，而一切大小事都是需用龜卜來請命於神鬼的……這種超現實性之思想，後來比北方的周人所遏抑了，但却在南方的豐饒的自然環境中，却得著了它的沃腴的園地。楚辭的富於超現實性，乃至南方思想家的富於超現實性，我看却是殷人宗教性質的嫡傳，是從那兒發展了得來，或則是起了脫化。屈原作品中之常有靈巫在演著重要的節目，那便是絕好的證明；而屈原始終崇拜著殷代的賢者彭成，也正明白地表示付他的超現實的思想的來歷。(見郭著屈原)

郭氏雖然未能克服關於南北思潮說之限制，但將屈原之研究與殷人思想，配合在一起，即是相當聰明的。

殷人之居住近於東方，面臨著偉大的海洋，有人更謂那係東方夷族之分枝，雖然未免失之武斷，但因為是居於海濱，其生活特徵當然有異於居於大陸者，大抵海居者生活偏於漁，陸居者多偏於畜牧或農。因之海洋之接觸未免太多了，而海洋風雲水波之變的，又是最能逗引一個人之思想的。殷人之所以富於超現實性的思想，殷人之所以多離奇之神話，除却根源於整個中國多神論的原因外，這裏所述的亦未嘗不是一個重大的原因。後來殷人被周人所襲擊而衰亡，殷人被流亡於四方，大部分被放逐於宋，一部分被逐於南。殷人文化是否由此在南方滋長呢？我們是有道理相信那是眞的。

只有這樣，把楚民族之思想根源於殷人文化，把屈原之超現實性的思想與殷人之超現實性的思想配合來研究，則屈原甚至楚辭的特徵纔有基礎，中國初期之虛無主義之成立纔有可能。

正如郭沫若所云，屈原作品中常有靈巫在演著重要的節目，楚辭中大抵這也算是一個特徵。用靈巫來說明虛無主義的形成，那自然是不甚充分的。但靈巫如果是拿來徵象著神祇，徵象著一種古代的中國宗教之所謂「神舞」，則便可以拿來幫助理解虛無主義之特殊性了。

楚辭中之巫歌，不但美，而且是多，但巫風是十足起源於殷人的，尚書商書伊訓篇云：恆舞於宮，酣歌於室，時謂巫風。

從證明巫風起於殷人，我們更可以相信虛無主義之由來，屈原是有過偉大的成就的。楚辭時代過去之後，中國文學取得了更堅強之發展基礎。如果我們認為詩經為初期農業社會的產物，則楚辭以後之秦漢文學，便是在繁盛之中國農業生產之組織上來滋長了。

秦漢時代，距離殷周當然已經非常遼遠，但社會進化之時期，往往聯接一貫的，秦漢文學之繼承楚辭遺風，吸收了楚辭之教養，那是後來許多文學史家們所共認的。但秦漢文學與楚辭時代之分界，顯然不可能，我們憑什麼可以斷然在兩者之中間之某一點上豎一石碑呢？何況，秦漢文學思潮又是受過殷代思想之影響。所以，在形式上要求楚辭時代與秦漢文學的劃分，越成為不可能了。

如果以詩經，楚辭為中國文學虛無主義的開始，則我們可以說，秦漢文學更大大的發達了虛無主義的勢力，這是社會的意識之多神論，成為文學上之泛濫的反映。當然，這與詩經，楚辭一貫之影響，是不能分開的。

始皇帝統一中國，形式上是將中國社會提到另一時代去，其在政治上（如廢封建為郡縣），經濟上（廢井田，興水利，從事大規模之灌溉），文化上（統一中國思想，焚書坑儒，以消滅一切雜亂學說），都大大的遺棄了東周以至戰國時代之羈絆，給中國社會制度以一件新的外衣，這僅僅是一件新的外衣罷了，有秦一代，始終不能使中國農業生產脫離過去的枷鎖，依然陷於半沉潛狀況之衰落階級上。由於這種農業生產之依然不振，形成的當時社會經濟之許多弱點，秦代文化，是微薄到幾乎沒有力量，因此便成為東方的頹廢主義——多神論的唯一發展的園地了。

多神論發展至秦，可說是到達了光輝極目的階級，始皇帝雖然極力想整理當時之雜亂思潮，不惜以焚書坑儒，但戰國時代遺落之所謂「雜家」思想，道墨思潮，却反為更加繁榮，形成了有秦一代的龐大的多神論的勢力，反映到文學上來，為虛無主義開闢了新的道路。

始皇帝起始極欲整理當時的文化思潮，大概包括清算一切神仙思想之流行的，但後來却反為我們思想所征服，醉心於神仙方術，當時封建官僚者之沉迷於多神論，由此可見一斑。

史記封禪書謂：

「……自威宣燕昭使人入海求蓬萊，方丈，瀛洲，此三神山者，其傳在勃海中，去人不遠。且至則船風引而去，蓋嘗有至者，諸仙人及不死之藥在焉。其物禽獸盡白，而黃金銀為宮闕，未至，望之如雲，及到，三神山反居水下，臨之，風輒引去，終莫能至云。世主莫不甘心焉！及至秦始皇并天下，至海上，則方士言之不可勝數，始皇自以為至海上，而恐不及矣，使人乃齎童男女入海求之。」

貴族尚且如此。其影響於百姓者自不待言了。

神仙思想或多神論——虛無主義之反映於當時文學，不但是意識方面之玄妙，最主要的是，在這個時期文學上纔有小說產生，或許說，小說在這時候，有了空前的發展。

有了小說這種創作，為中國文學後來開闢了一條闊的道路；眞正能反映現實，表示一個時代社會之面目的。並且詩，歌，散文，由於其本身形式的限制性，其不及小說者多了。

張衡西京賦云：

「小說九百，本於虞初。」

漢書藝文志云：

「虞初因說九百四十三篇。」

後來史家的考證，虞初者為漢武帝時之方士，可知小說產生於秦漢時代，非謬了。秦漢小說，據魯迅的統計，達六十九種，共二千五百餘卷，其中大半載神仙故事，離奇古怪，虛無玄妙。然則虛無主義的繁榮期，亦是中國小說發展時期，這不但說明了多神論與中國文學的關係，更顯明了。中國虛無主義的發展，正為中國文學史上劃一新紀元。

虛無主義本身侵蝕著自己，但却是不絕地為自己打開生路，我們不能否認虛無主義是一種阻障，其發展越大，發生的阻力越大，其給於中國文學的打擊便越大。但沒有虛無主義之鞏固基礎，則秦漢以後光輝奪目的文學小說之發展，便成為不可能了。

中國文學之虛無主義，本身就負担著這兩重不同的作用。

選自一九四一年五月十九日、二十二日香港《南華日報・半週文藝》

存目

芸窗漫錄／克潛

選自一九四〇年七月十三日、二十九日，八月十二日，九月二十三日及十月十四日香港《南華日報．一週文藝》

中國文學之唯美主義／何洪流

選自一九四一年三月三十一日香港《南華日報．半週文藝》

世界文壇概況

「金色的田疇」——世界史詩談／編者（梁之盤）

史詩 Epic 是一國民族性精華所萃，是人類想像力最高貴的產物，是人類文明最壯觀的紀念，是時間試石下的精金美玉。讓我借用阿拉伯作家苗莎烏堤 Musa'vodee 底傑作之榮名「金色的田疇」（Golden Fields）作為它底讚辭吧，因為史詩不是頗魯塔次 Plutarch 所謂「祇能引出淫艷的音樂之纖靡的詩歌」，而是洸洋琦麗而無上的心聲，是文學之園裡一片「金色的田疇」。

這金色的田疇放射一度不朽之榮光，照耀着上下古今哩。三千年前，當愛奧尼亞底晚風送來月琴底昇奏，行吟詩人 Rhapsodist 以穆然的裝扮與動人的音調唱出阿琪列士對赫德震怒的情境時，希臘聽眾是懷有驚異的心理與深刻的印象的；但，三千年後，當我們讀史詩之王荷馬底作品，對着眼前一片 Golden Fields 時，我們何嘗沒有無限驚喜，無限崇敬，無限歡暢呢！讀荷馬底史詩雙璧正像聽悲多汶底無上的音樂——到第三交响曲和第五交响曲時，耳畔是雷霆精銳，極悲壯沉雄之致；而月光曲和第六交响曲呢，那便像冶美的月光下的一曲夜鶯歌，如怨如訴，使人陶醉在銀色的夢。——不，不但荷馬，祇要讀史詩，都有這感覺的。

人們如何看這金色的田疇呢，一般說法，史詩是一部高貴的長篇叙事詩，是以華貴的體裁描寫民族發展過程中某光榮時代的英雄們底行動的。但，誠如凱爾教授（Prof. Ker）所說「史詩是文學作品裡最廣博而錯雜之一種，它更可以包括其他如傳奇，歷史，喜劇；悲劇的，喜劇的，歷史的，田園生活的這一類字眼實在無從說出伊里阿特與奧特賽底偉大呢。」為了闡明史詩的本質，則亞里士多德 Aristotle 批評荷馬的話也是必要的——因為荷馬是史詩作家的代表，而亞氏也字字搔着癢處：「荷馬是一個懂得如何把史詩寫得恰到好處的唯一的詩人；他描述之際，他讓作中人物替他們自己說話。其他的詩人往往平鋪直叙地把故事寫下來，尤其忽畧戲劇性的叙述。荷馬却無需多大序幕，就把整個舞台留給他底作中人物，各有其個性的男人和女人們。」

關於史詩底本質，如其依據它底代表作——荷馬底史詩詳細分析起來，則有下列各個元素：

1 一首長篇叙事詩

2 風格高尚，範圍廣漠而有錯綜性的故事之叙述

3 最能表現國民性之歷史的題材底建立

4 造物底弄人的力量之顯示

5 大英雄底重要而英勇的行為之描寫

6 情感與理智底鞭策之顯示

7 一個千變萬化的叙事詩底結構

8 隨處流露的粗雜的插話（Episodes）

9 雍容華貴的韻律

10 潤色了的藝術化的雄偉體裁（Grand Style）

11 特殊的直喻與說明

12 一個沒有滲入個性的天才人的作品

史詩之花的種子就是古來讚誦的短音曲，這些 Chants 不久便演進而為有旋律而可諷誦的詩章，文學批評者所謂潛伏之史詩 Potential Epic 了。封建制度既興，樂人們常到廊廟之間誦唱長詩時，趨勢更顯然地傾向純粹的英雄史詩 Heroic Epic，如希臘盲詩人荷馬所唱之伊里亞特及奧特賽然。史詩底形式

與韻律已然介紹，萌芽既露，而古代戰役頻興，戰爭最能造英雄，英雄最能感發詩興，戰場的號角聲給予文壇以靈感，詩人們就盡量利用這發表思想感性的新工具，英雄史詩遂以粗豪的姿態隨處出現，如一道暢旺的瀑布滔滔而下了。這些史詩的性質，是以簡單的格律與整齊的音韻描寫英雄事蹟，而更替封建的貴族社會繪下一個栩栩然的寫照。

這些英雄史詩着眼的是愛國的熱情與騎士的精神，刻畫的是軍隊的戰爭或單騎的決鬥，與莊嚴的自然底或超自然底現象。待到法國羅蘭之歌 Song of Roland 底雄姿出現於十一世紀文壇，因為它是英雄史詩精製的例，它使英雄史詩踏上頂點了。

雖則藝術上未臻圓熟，這些史詩却能深入民間。因為它所描寫的眞實的活躍的人物能把民間感情全然透露哩。所以，雖然牠們闕少神出鬼沒的變化，雖然牠們祇根據一個種族一處地方的傳說編成故事，而這些英雄史詩底效力却可驚人，却能傳布得風行遐邇；而且僅頃刻工夫，已把歐洲的詩壇換了本來面目，把歐洲的文壇改變了樣子。剎那間，情感的表現上與超自然的概念上都起了一種徹底的改革。當歌人們彈起「瑙塔」（Rotta，琴名）來歌唱英雄史詩時，一般學者僧侶底乖謬的拉丁文遂噤若寒蟬了。

後來英雄史詩遲暮了，便有種種描寫戀愛瑣事的，宮闈競逐的，以及種種奇情冒險的史詩，浪漫史詩 Romantic Epic 代之而興。史詩過程便又飄來一陣西山爽氣。這種新興文學底姿態顯示着它自己是一種奇異的許多元素的混合物，內中有希伯來思潮，有東方的神秘風，有日耳曼人底奇遇，有威爾斯人底傳說；英雄史詩底痕跡日漸泯滅，亞搭爾史詩系（Arthurian Cycle）成為蓋世之雄了。這系浪漫史詩迅速轉移了歐洲人思想底態度。亞搭爾系底題材着眼在「婦女」與「戀愛」，實在將古代史詩的系統全然改變，替它灌注一種新的血液。從前對於鐵馬金戈的描畫便一變而為千變萬化的冒險故事。詩與是不像從前猛烈的，但人物描寫却較前更切近人性。浪漫史詩既四處風行，因此「戀愛底讚美」在文學上和社會上都獲得重要的地位，影响着一般人的想像；而作家底詩心也由是獲得了新鮮的情操。

餘外，也有幾部現代的史詩，像威廉・莫里斯 William Morris 底「哲孫底生涯與末日」The Life and Death of Jason。為明瞭世界史詩的大勢，讓我們看看下列的一個世界史詩表罷：〔見後頁〕

也許讀者已粗識這「金色的田疇」底眞面目罷，當一個人欣賞史詩時，如體驗金輝閃耀的繁星燦然之蒼穹，他底心是給引到無上崇高的境界。不錯，誰不崇拜伽利華那底莊嚴璀璨，誰不迷醉於西德詩底神秘之力，誰不同情羅蘭之歌底悲壯，誰不讚美貝奧烏爾夫底琦麗，又有誰不驚歎荷馬底 Wild Paradiso 之雄偉呢？！

但，這 Golden Fields 之金輝的焦點正在國民性之表現一點。是的，「最能表現國民性之歷史的題材底建立」乃史詩底重要元素。文學是國民傳統諸方法中最良善之一，而史詩更是國民性永生的標識。史詩裡的大英雄是國魂底象徵，而國民們也憑藉印在心上的史詩維持他們底 Profound Faith。十九世紀希臘底光榮革命與荷馬底詩力如秦越之無關麼？不會的！從維持或振起民族精神這一點，讓我們稱史詩作無上的宗教吧！其實，史詩作家也曾盡過懷有愛護赤子之心的老婦人底義務哩——他以柔和的撫愛慰安每個人的心坎，他以熱烈的感情鼓起各個人的勇氣，他更把散沙樣的民族中各分子底靈魂打成一片。我們如何讚美他底德恩呢，我們如何讚美他底德恩呢？

說到國民性的表現，則俺們鐵蹄下的人，當這東北是「屐痕」處處，而中原是醉生夢死，粉飾太平之候，除了學陸放翁以傷心的語調唱出「雲外華山千仞，依舊無人問」而外，衹有覺得今日中國是民氣銷沉。自從清騎度過了山海關而來，國人就懷有孜孜為利之心（Spirit for life），徒以「愛好和平」

(產生時代)	(篇名)	(作者)	(產生地)	(所屬語言)
紀元前 1100	伽利華那 (Kalevala)		芬蘭	芬蘭
850	伊里亞特 (Iliad)	荷馬 (Homer)?	希臘	希臘
850	奧特賽 (Odyssey)	荷馬 (Homer)?	希臘	希臘
300	羅摩衍那 (Ramayana)		印度	梵文
235	阿幹洛底伽 (Argonautia)	阿蒲隆尼阿斯 (Apollonius)	希臘	希臘
200	摩訶波羅多 (Mahabharata)		印度	梵文
19	伊尼易 (Aeneid)	魏琪爾 (Virgil)	羅馬	拉丁
紀元後 65	法耳薩利亞 (Pharsalia)	琉坎 (Lucan)	羅馬	拉丁
72	阿幹洛底伽 (Argonautica)	魏納萊阿斯 (Valerius)	羅馬	拉丁
85	潘力伽 (Punica)	西萊阿斯 (Silius)	羅馬	拉丁
95	綏倍特 (Thebaid)	斯退細阿斯 (Statius)	羅馬	拉丁
300	芬格爾 (Fingal)		愛爾蘭	吉勒特
600	貝奧烏爾夫 (Beowulf)		歐北(歐)	古英語
1000	諸王之書 (Shahnama)	弗爾杜撒 (Firdusi)	波斯	波斯
1080	羅蘭之歌 (Song of Roland)		法蘭西	古法語
1150	西德詩 (Poema del Cid)		西班牙	西班牙
1200	坭伯隆根歌 (Nibelungenlied)		德意志	德文
1314-17	神曲 (Divine Comedy)	但丁 (Dante)	意大利	意大利

1375	勃拉斯 (Bruce)	巴布爾 (Barbour)	蘇格蘭	古英語
1461	華里斯 (Wallace)	哈雷 (Harry)	蘇格蘭	蘇格蘭
1516	奧蘭多・佛里奧索 (Orlando Furioso)	阿里渥斯妥 (Ariosto)	意大利	意大利
1572	琉息阿德 (Lusiads)	伽摩英 (Camoens)	意大利	意大利
1575	被解放的耶路撒冷 (Jerusalem Delivered)	塔索 (Tasso)	巴勒斯坦	意大利
1589	阿魯伽那 (Araucana)	渥斯那 (de Ercilla)	西班牙	西班牙
1590-96	仙后 (Fairy Queen)	斯賓莎 (Spencer)	英吉利	英吉利
1667	失樂園 (Paradise Lost)	彌爾頓 (Milton)	英吉利	英吉利
1726	亨里德 (Henriade)	福祿特爾 (Voltaire)	法蘭西	法語
1742	亨利吉特 (Henriqueida)	麥里西 (de Menezes)	葡萄牙	葡萄牙
1748-73	救世主 (Messiah)	克洛托 (Klopstock)	巴勒斯坦	德文
1814	羅德力 (Roderick)	騷狄 (Southey)	谷德蘭	英吉利
1859-85	王的田園詩 (Idyll of the King)	丁尼生 (Tennyson)	不列顛	英吉利
1867	哲孫 (Jason)	莫里斯 (Morris)	希臘	英吉利

為掩飾的護符；利令智昏，自信力澌然盡失，黃魂至今還在無何有之鄉，雖然太陽旂是使人傷心慘目的飄揚於白山黑水之間。這，可以說中國民族沒有強烈的中心信仰，可以說中國民族沒有偉大的篇章——如史詩以維持其強烈的中心信仰吧。因此，為了要促人們注目這既倒的狂瀾，為了促人注目這將殘的火焰，使靡靡之音不致一轉而為哀思無極的亡國之音，我們，除却介紹文學，竭力想國人認識世界最偉大的作品之外，毅然地不自量力，竭盡棉薄嘗試這艱巨的工作，（是一種冒險呀！）希望這偉大的國民詩之介紹，能有微益於中華民族精神之復興。所以，介紹的盡是最能表國民性的美輪美奐的作品。

是的，當我們編世界史詩專號時，心裡覺得無限遺憾——就是，目次上闕少了「中國史詩」這一行。中國為什麼沒有史詩呢？天下事大奇，以他是東方之熊，以他是文明古國，而中國竟沒有一篇足以表現，甚至粗足以表現其古代國民性和國民生活與偉大的人物的史詩，為它底文學史之前頁生光。中國古代人物足以為史詩底題材的眞是恒河沙數，而結果僅能成為單純的編年史與簡捷的史記底本紀或列傳中的人名，終沒有一篇大史詩矗立在文壇之上，如伊里亞特，如奧特賽。誰會相信中國古代絕沒有產生過叙述大英雄的，國民代表的偉蹟豐功之簡短的民歌呢？但它所以不能把東鱗西爪化合而成一條神情雄偉的金龍，一篇宏大的史詩以遺留給我們的原因，相信是當代沒有大天才如荷馬之流作為它們之鎔鑪罷。此外，中國的大學者像孔子墨子之流衹知經世濟時，而完全忽畧了國民文學底資料之保存的重要，也是原因之一。為了「不登大雅之堂」，我們古代的文學遺產所受的損失是無從估計的。因此，我們古代的許多民間傳説，乃給時光之女神帶走，一無痕跡可尋了。中國為什麼沒有能表現國民性的大史詩，就為了這兩枝利箭。

芬蘭有伽利華那，希臘有荷馬，羅馬有伊尼易，西班牙有西德詩，法國有羅蘭之歌，英國有貝奧烏爾夫，德國有坭伯隆根歌，俄國有義葛王子出征記，甚至印度也有羅摩衍那以為天竺之榮幸；中國有什麼，有什麼作為它底國民性更生之標識呢？

當我們欣賞這金色的田疇時，我們能希望「一顆新的行星泳入眼界（A new planet swims into his ken）」麼？

選自一九三四年十一月十日香港《紅豆》二卷三期

現代美國文學專號讀後／李育中

——讀前——

誠如「現代」編輯人所說，美國文學到現代有不可侮蔑和輕視的位置。它有強調的「現代性」，甚至在金融資本主義國出現了前如辛克萊約翰李特和積克倫敦，近如高爾特和帕索斯等人的旗幟；何況還有着一九三零年諾貝爾獎金獲得者劉意士，美國悲劇作者特萊塞等作為美國文學的支柱，至少說上世界文學可忘不了她。

中國現階段文學的貧乏，無疑須要到多多吸啜世界文學的補劑，繙譯界責任必然重且大，不幸國內繙譯界是無可諱言地混亂，既得有大規模的，系統的，個別完整的繙譯；又沒有博識的，謹慎的，忠信的，超卓的譯材，致使讀者多數不歡迎譯本。（甚至有人歸罪譯品之病白話文體。）試看十年前的「小說月報」，曾做出了「俄國文學研究」和「法國文學研究」，五年前「現代世界文學專號」等值得做的介紹工作，到今半晌迄無其人。這一回「現代雜志」以特大的篇幅，輯集成一本「現代美國文學專號」，眞實是一（）勞績。他們的精神在「決不是我們興之所至，而是成為我們的責任」那兩句話裏表現着。

這專號之輯出，對於接近英美文學的我們，必然是件非常歡喜的事，自然再渴待着他英國現代文學專輯之出現。

——概論部分讀後——

（一）

「美國小說上之成長」一篇，趙家璧對於美國現代文學的智識，我們是信任的，他寫過許多新作家介紹的文章。這裏對於帕索斯他有與杜衡不同的話，他說三十年來美國讀者被德萊塞，安得生，劉易士，海敏威，福爾克奈所連續射入的悲觀失望的印象，到帕索斯出來，才見到了一綫光芒，却與杜衡之「帕索斯，質言之，是一個革命的悲觀主義者」，大相逕庭了。不過我認為趙氏是對的，但他把海敏威先先敘述為「他的人生觀就是衡（這裏的 drift 字誤植為 dritt），不相信一切的法律，習慣，他老是在人群裏衝着」，就不該後來列入悲觀主義層去了。這作者從一切的書看來，分明是樂觀無邪而袒宕的。

（二）

「現代美國的文藝批評」是一篇極出色的文章，這個異軍崛起的堅實的精闢的新評人，有他嶄新的虛懷的面目，在中國文評人才希罕中，他與韓傳桁都是專志這一科目的，（餘外之茅盾胡秋原和新近在文評上有點成績的穆木天之於詩歌方面，蘇雪林女士之於各作家方面，但不能稱他們是專志這門的，更有一個試着幹之王淑淩，還未幹出一點成績）以我來看他的材幹和細心跨過韓傳桁，（因為這是個桂冠批評家啊！）這篇的敘說，顯明了他理解文藝批評，文藝批評該如何做，更能聰穎地握着美國兩個文評主潮——人文主義表現主義，而解釋而批判——自然不須提及唯物辯証法之歷史社會的批判——

我們更能搜出以下的語句，便是作他文評的出發點，他加重地說：「文藝批評的背後是美學」；「文藝評批是印象的，表現的，社會學的，心理學的」；「美學的對象是美，美又分兩方面去看：一可以就『量』，一可以就『質』，也就是說：一是就其程度，一是就其種類」；「作家的作品是取自經驗的，在經驗的內容中，不外感覺，情緒，理性，和道德意志」；「給我們以本體的形象，而並不眞給我們以本體，寧是給我們以想像，而不是思想，或道德，才是藝術家永久的使命」；「必須把認為批評家是道德的監督者，或讚揚者的觀念，一改而為批評家乃是美學的思想家」；「想像的同情是一切文藝批評的中心。」他知道了美國十八世紀得到政治的獨立，十九世紀經濟的獨立，廿世紀文化獨立是急起直追着；他知道了愛麥遜嚮往柏拉圖，勞威爾嚮往但丁。本文他故意撇開了認眞重要的卡爾浮登和琉維松兩個，他還閃灼地帶出一個民族精神在文化上的意義問題，這個，他所說的還正待商榷。

（三）

「白璧德及其人文主義」，這文章落在白璧德東方的弟子梁實秋來寫，最是好不過了。至少，在中國這個沒有聲响的人文主義，他比較清楚。在他筆下自然然去維護他的先生，他解釋「批評家很少不是哲學家的，所以批評時常是道德的。人文主義是做人的一種態度，這態度可以應用在文學上，美術上，政治上，倫理上。人文主義沒有抽象的理論系統，所以又異於純粹的人生哲學」，「白璧德教授的人文主義便是處在中間境界的一種持中的人生觀」。（說得多末（）腫！）在純粹理想主義者看來，他是現實主義者，但是在極端的現實主義者看來，他又是一個理想主義者了。這個看來兩〔邊〕不討好，中庸的，中立的。所以在美國，現在大勢已去了。（不單只因為主將白璧德教授之死），他再又說「根本的講，人文主義的文藝論，即是古典主義的一種新的解釋」，多可怕的沒有進化觀念啊！「表現主義者以為文學就是表現，批評時只問其表現是否成功，而並不追問其所表現的東西根本是否有表現的價值。」這却擲中表現主義的要害了，再又擦傷了印象主義者，他們批評方法是側重「價值的判斷」過於「歷史的了解」。一個作家的藝術是否成功，這標準當然不能由批評家，亦不能由作家定，更又如何含混引出了一個「本來的意嚮」（Intention）。

他們排斥寫實主義作品，（因其只是一時一地之實際人生現象，並沒有把握到基礎的人性也。）和自然主義作品，（因其描寫了人生黑暗也。）這是多麼可笑地挽住滾滾的時代効吉訶德的對待大風車的蠢笨舉動。「在情感泛濫和物質主義過度發展的時代」，是否需要到你不識時務的主張「紀律和均衡的人文主義」。是良藥嗎？抑或毒劑？最後他從竭力擁護先生中反過來輕輕說一說老師的小疵，不過白璧德並不只如梁實秋所舉無關宏旨兩點缺憾，還多着呢。

（四）

顧仲彝的「現代美國的戲劇」，寫得不握要而蕪雜，混亂而沒有系統，雖然他於這門熟悉，却無補於事。美國的舞台自不及銀幔的重要，美國的劇作家更沒有多少企及英國之蕭和高爾斯華綏。切實一句，最出色的只有一個奥尼爾就够了。

（五）

邵洵美的「現代美國詩壇概況」，來得頗好，簡潔，握要，順序，尤其提供了一些各體詩的示例。這一篇是極好的素描畫（Sketch），若與顧仲彝寫的比，自會分辨這兩個「專家」，一個是如何笨拙一個是如何有慧質。

（六）

趙景深之介紹琉維松，顯得非常無力，這個出色的批評家該不要由趙景深這種人負介紹責任，他好像不十分徹底了解他，這篇文章他只隨意摭拾材料塞責，這批評家的面目，讀者可從這些知道，琉維松以為文學應該表現各個人自己的靈魂，而表現自己就是表現了社會人生的一部份。（因此有人稱他為社會主義中印象主義批評傾向自由主義的批評家）「既往的文學是藝術家個人的一種道德的學說和一種普遍的經驗的表現；近代文學是藝術家對於個人的東西和具體的東西的直接覺察」。「人們讀書決不為求教訓，乃為求熱和光，為求自己胸中正在掙扎却苦說不出的那種種新的知覺」。琉維松是竭力反對裁判批評，傾向於鑑賞批評，這點是可取的。畢竟他太傾倒和囿於個人的自由活動，雖然比白璧德高明却追不及卡爾浮登。他所見的人生是悲哀的，以為「一切眞的文學是要表現掙扎，痛苦的靈魂」。這點他近於東洋廚川白村苦悶象徵的題義，並且他也是一個Freudian（精神分析主義崇拜者）。

（七）

美國説得上最傑出的批評家便是卡爾浮登了。張夢麟的文章便是解説他的文藝批評。「新新精神」裏的「美學的革命雖是因於思想的革命，而一切思想的革命，都是當時主要的物質狀況所引起的社會組織的革命的結果。」那是何等豐富的唯物精神，那便進而決定了「藝術，宗教，科學的傾向，只不過是社會組織中互相交錯的經緯。」這美國左傾文評家多末切近俄國蒲力汗諾夫所主張的，他譏笑伍德柏里教授的審美的歷史的批評，休曼教授的倫理批評，斯賓迦的審美批評，孟肯唱鬧劇的批評。不過他太重視近來興起的精神分析學，陷在潛意識的泥沼裏，這就是他後來要主張綜合社會的〔和〕心理的批評。不過他到底是站在社會學的非個人主義的立場多過心理和個人的。他在另一篇專文——「現代歐洲文學的革命與反動」同意了「藝術要變成生活的積極的部分，而不是生活的點綴品。」藝術的衝動已經和社會生活治為一爐了。「藝術要向生活前進，而不是躲避生活，這才擴大了藝術的範圍。」

（八）

韓明威在中國實在沒有好好介紹過，在美國事實有過所謂韓明威文體的：年輕，有力，熱情，都是他的特殊處，昨年我試譯他的長篇「與武器告別」，不幸為了不好的環境親手腰斬了它。這事，心中至今慊然。我却有等待別個高明代替我想做的工作期望，然而做的都是笨虫，如葉靈鳳所指斥的黃源先生。我失望了。

這專號未出版前我在預告上獲知了韓明威介紹由葉靈鳳執筆，「適合極了！」這麼想過。及至看得到「作為短篇小說家的海敏威」，更証明了不錯不錯。他寫了他的生活和性格，他的稀少的著作，他的作為短篇小說家，他的風格人物和對話，分目所述的都適切重要。

他可與朱士（J. Joyce）對比，一個是由思緒的積體來暗示一個人的行動；而韓明威即用行動和對話來暗示他的思緒，朱士的人物老是在路上和睡牀思索，而韓的人物都始終在那裏動作，談話和喝酒，運動和打架。

在他的「與武器告別」內，講的是熱情，是肉慾，從戀愛中屏除了一切美麗幻想的成分。他的世界是個赤裸而男性的世界，沒有思索，沒有憂鬱，所有的生活只是生理的動作。人物失望和悲哀，鋪排不須用感傷的字眼，他用淒厲的氛圍完成它。靈鳳說他是記者本色，運用明快簡練的叙述傳達複雜的事實，今年春天出版之「勝者無所獲」短篇集，論者謂更能證明他有短篇小說的才幹。

靈鳳因為太看重了韓明威的「告別了武器」，所以他有「連雷馬克和路易稜的『戰爭』也不過以平庸的筆偶然騷動了讀者的創傷而已」。這是何等短見的話。

——小說部分讀後——

（一）

奧亨利的「納城紀事」，寫得極好，譯得也極好。（是個出色的譯者啊！）奧亨利說故事的天才無可比擬：有人叫他為——「美國吉卜路」，「美國莫泊桑」，「十日談模加索後繼者」，「美國最大的小說家」，「小店女的恩人」等。他無處不顯出幽默的氣氛，乾脆而輕鬆；有人說過柴霍甫的短篇是含淚的微笑，奧亨利何嘗又不是。是篇的女角是一個老沒落的大家人，會寫好文章，不幸嫁了酒鬼，自己辛苦得來的錢，輒被酒鬼搶去，一回醫病的錢都給搶去喝酒，却惱了忠僕的黑人車夫，互相鬥毆死了，還無人知道眞象。這短篇一切線索都鋪排着給讀者，每一處輕鬆大意的地方，都關聯着故事本身，暗示也多，這一切在中國即沈從文有相似之處。

（二）

積克倫敦的「全世界的公敵」，寫一個孤僻有為的學者，早歲被家庭刻薄，壯年受社會折磨，積蓄了他的仇恨，到他無辜下獄之後，默想人類不公平的事，他要發誓毀滅世界，他的仇恨心無比膨脹，他以科學的秘密放火殺人引起國際糾紛，以為報復。事發，他再度被執，這回才判了死刑。結論是這人枉了聰明走入邪途，而不替人類解放。主人公有說過：「把牠賣給你們，使你們再能够去奴使和去虐待這叫苦連天的人類嗎？」可是他只有憎沒有愛，儘地去做無益的搗亂，來發洩個人的滿腔積憤。這一篇可說是理想的科學小說，而寄以社會的問題，手法是平鋪直敘，我們只獲了個故事輪廓。

（三）

「舊世紀還在新的時候」，特萊塞只告訴了我們前一世紀是怎樣的情形，這情形裏如何發生一點羅〔曼〕斯，只這一點是特萊塞所寫出來的，再找不出什麼來了。安特生的「死」是陰鬱。韓明威的「瑞士頂禮」是零碎。

——詩的部分讀後——

「現代美國詩抄」，我愛讀「我聽過的音樂」。是〔這樣〕的：

「我和你同聽過的音樂是超乎音樂的，
我和你分食過的麵包是超乎麵包的。
現在我失去了你，一切都寂寞了，
往前曾經很美麗過的一切都消逝了。」

我愛「夜間動作——紐約」和「盛夏的鄉村」那兩方，一面寫出都市的動，一面寫出鄉村的累。

我愛黎・馬斯特斯的「沉默」把許多沉默說盡。

在惠勃的「給蝴蝶」裏的，我只歡喜最末兩句：

「但你的一瞬間的美麗，
在我看來已是永封之傑作了。」

——附錄部分讀後——

畢樹棠之「大戰後美國文藝雜志編目」，來得極好，這個人有多年接觸到美國各雜志的經驗，所列出來的眉目非常清楚，創刊與主編都有提到，不過有點頗大的遺憾，每一個雜志的重要執筆人沒有多少提到。其中已於一九二九年停版之「日規雜志」順便提及，這一點是頗重要的。這裏有兩本極流行的雜志「紐約人」「浮華世界」還沒有列入。

作家小傳上，雖然列出將近一百個，但是有許多是沒有補上如 Frank Norris, L. Hughes, Kathleen Norris, Elinor Glyn, Ambrose Bierce, James Allen, Zane Grey, M. Gole, J. Reed, Harrison, P. Buck 等等。

選自一九三四年十一月二十五日、二十六日及二十八日香港《南華日報・勁草》

編者案：本文原文與《現代》原刊頗有出入，今據一九三四年十月《現代》第五卷第六期「現代美國文學專號」逐一校正。

現代捷克斯拉夫文藝思潮略述／堅磨

（1）捷克文學的傳統

歐洲大戰的結果，使好些民族得到獨立的機會，建設了不少新興的國家。捷克斯拉夫是其中之一，是于一九一八年十一月宣佈獨立的共和國。這樣幼稚的年齡，却已能與歐洲列強並立而建設了它獨特的華美的文學了。捷克斯拉夫人本來是富于抒情的氣質的，所以一直到現在的文學，仍顯然採取抒情詩的表現。只要考察一下從捷克斯拉夫的復興期（十八世紀）到十九世紀的文藝發達的過程，便會知道的。

捷克斯拉夫復興期的開頭，便出現了 Kollár 的 Daughter of Sláva 那樣的作品，這是連續着幾百篇的十四行詩（Sonnet），為歷史，語言學和空想的交響樂，而且是表現作者的浪漫思想的著作。對語言學上特別有貢獻的是 Josef Dobrovský (1753 – 1829) 和 Josef Jungmann (1773 – 1847) 二人。Dobrovský 以語言學家而盡力于捷克斯拉夫的復興。Jungmann 則承繼他的事業編纂了捷克斯拉夫語的辭書，和著作詩形論，文學史等。又翻譯了沙多布里盎（Chateaubriand）的 Atala 和 René，米爾頓（Milton）的失樂園。其他如出版了關于捷克斯拉夫民族的古代研究的威權的著作的 P.J. Šafárik (1795 – 1861) 捷克斯拉夫國民的歷史的著者 F. Palacký (1798 – 1876) 等，都對于復興運動有不少的貢獻。

這些先驅者的努力，漸次收了效果。到十九世紀中期，捷克的文學已不是詩人學者所專有，擁有了廣大的讀書階級；也不是孤立的了，已廣受歐洲諸國的影響。當時傾動俄羅斯和波蘭的作家的拜倫熱，在捷克也產生著名的詩篇，這便是 K.H. Mácha 的 Máj (1836)。對于民謠的浪漫興味的勃興，便使斯葛德的湖上美人的譯者 F. L. Čelakovský 從事蒐集斯拉夫的民謠。一八五二年 K. J. Erben 著作了有名的 Garland，這裡收納了許多用小詩改寫的民族傳說。他又蒐集全斯拉夫國民的用散文寫的民間故事。捷克人處理其他一切斯拉夫的文學的傾向，到現在還繼續着。捷克文學的別一傾向，是社會的，政治的諷刺，在復興期當時的代表者是 Karel Havlíček，他翻譯郭哥爾的著作，又寫了反浪漫的俄羅斯旅行記，以及傳說和對奧大利政府的富以機智的不敬的諷刺詩。他又編輯 The National News, The Slav 等重要的新聞，可說是捷克斯拉夫最初的新聞記者。因此他對于捷克的政治的進步，實有不少的貢獻。但結果他却作了奧大利政府的專制政治的犧牲者，被流放于迪羅爾（Tyrol）的卜立參，一八五六年死在那裡。

約自一八六零年以來，奧大利政府的專制政治較為寬大了，這時的捷克文學是反浪漫的傾向，其代表者是 Jan Neruda (1834 – 1891)，描寫勃拉克的中產階級的生活的 Old Town Stories 是他的主要的散文著作。不拘散文或詩歌，在這時期的捷克文學都富于通俗的要素。這通俗的傳統從此賴不曾受世界的影響作家們而繼承着。他們的詩不是以民謠體來寫取材于農民生活的牧歌的主題，便是從社會的側面來處理國民的題材。歌頌對于國民的苦難的抗議的 Svatopluk Čech (1846 – 1908) 的奴隸之歌（Songs of a Slave），便是代表這傾向的名著了。

(2) 世界主義與國民主義

近代乃至現代捷克文學顯著的特色之一，是國民的傾向——即捷克民族運動與世界主義的傾向之分裂。這傾向便是現在仍經多少變形而殘存着，其結果便是政治上的保守和急進的思想。這是一八八零年以來特別惹起相反的陣營劇烈的辯論的原因。世界主義的傾向的信奉者結集于文學雜誌 Lumír，實在看來，他們也和他們的反對者的主張一樣，是不降服于外國的影響，使智的進步從德國的依附下解放出來。所以他們打算翻譯世界大作家的著作以供給捷克的國民，這計畫的大部分依了 Jaroslav Vrchlický (1853 – 1912) 的努力而實現了。他一面是詩人，寫了許多詩；一面又翻譯介紹了 Dante, Ariosto, Tasso, Sully Prudhomme, Hugo, Camoens, Goethe, Whitman 等的詩作。這些翻譯使捷克文化領土擴大，從德國的文化的影響之下解放出來，有不少的貢獻。

代表世界主義傾向的作家，除烏爾弗力琪之外還有兩位，即哲耶（Julius Zeyer, 1841 – 1901）和斯列德 (J. V. Sládek 1845 – 1912)。哲耶的詩多半是叙事詩，重技巧的，又喜歡用外來的題材，如斯干第那維亞，西班牙，東洋的傳說，乃至祖國的古代史，都被他採用了。他又廣遊各地，以所得的印像，巧妙地收入詩中。但為詩人的他的影響，是死後才顯著的。他又有一篇半自叙傳的小說 Jan Maria Plojhar。斯列德的詩則比烏爾弗力琪和哲耶的詩更為一般地所誦讀。他雖然長年住在亞美利加，但回勃拉克之後，傾全力于重新翻譯沙士比亞，共譯了三十二篇的劇本。繼他之後完成了這個翻譯事業的，是 Antonín Klášterský (1866 -)。

捷克文學界的世界主義和國民主義的鬥爭，自一八八零年以來繼續了好幾年，到一八九四年 J. S. Machar (1864 -) 發表一篇攻擊前一時代的詩人 Hálek 的論文，這爭論是達到極點了。因此使與他同派的烏爾弗力琪也與他分離。但這並不是與他意見上的衝突，却是因為他對于 Hálek 的態度不遜的理由。結果幾位青年詩人組織了一個新團體，自稱為近代主義者，于一八九五年發表宣言，主張藝術上個人表現的權利。列名的詩人主要的是麥加，索華（Antonín Sova 1894 -）和卜捷齊拿（Otakar Březina

1868 -）。他們是文學上的革命家，同時是主張捷克獨立的國民詩人。麥加初期的詩，受 Heine, Musset, Byron, Lermontoff 等的影響，近于挽歌的，感傷的抒情詩，但漸次却變為政治的宗教的諷刺詩了。他的代表詩作是 Consciousness of the Ages，散文著作則有 Rome, The Confession of a Literary Man, The Jail 等，都帶有宗教的，政治的諷刺的意味。牢獄（The Jail）是以作者自己在大戰中為奧大利政府所監禁的事件為題材的。

索華是敏感的夢想家，是抒情詩人。所以一面持有適于主觀的，內省的詩作的傾向，一面又被植以類型的捷克人的社會的人種的意識。他初期的詩集是叙事詩，題材採自勃拉克的街道和他的故鄉南波希米亞。但這初期的姿態，對于他的主要的全體似乎沒有多大關係，他的藝術的發展是很複雜的，但大體說來，對于自己的關係，對于同胞的關係，以及對于人類的關係，從這三方面倒也可以看得出來。他有些詩可說是用捷克語寫的最優美的抒情詩，敏感的，熱情的靈魂的苦痛，以最微妙的旋律而歌詠着。接觸了人生的實際所感到的幻滅的悲哀，驅使他逃避到自己的夢的世界去。他在美妙的夢幻的詩中用象徵的表現來處理這個題目。他的精神的不滿安排于調和的氣氛中，詩的表現也達到了圓熟的境域。

下面的兩首詩，是可以代表索華的抒情詩的。「黃色的花」是一八九七年發表的詩集的精華，茲譯其大意如下：

死的邊野暗淡地枯槁着，
大地因命運的笛聲而戰慄。
誰到來折了枝鮮花，
緊緊地押向燙熱的嘴唇。

老年人頻于死亡，
靜靜地啜着葡萄酒，
月光停留在他們的髮間，
乾枯的皮膚，低垂的胸膛。
他們還暫且流連，
也許還能分辨事事物物，
還不願走向那荒野的邊頭，
黃色的花沙沙地低語。
他們不希望死，
「不願呵！」他們這樣回答。

另一篇是千九百年發表的，題為「情趣」。

直到現在這樣不可思議。
我故鄉的森林不是騷動着的，
若果是能够這樣，
我要潸然地哭泣了罷。
薄暗中茂密的枝柯下，
有嘲笑的聲音，
夕暮像要把它的破翼
披散在地上，

那末葉蔭的笑聲是什麼呢？
那可愛的嘻嘻的笑聲是什麼呢？
我的靈魂呵，你以大的步〔伐〕將走進那裡去哩？

卜捷齊拿在現代的歐洲可說是最偉大的藝術家和思想家。他雖然不大執筆，但五卷的小詩集成了他獨特的精神發達的記錄。他的詩有豐富的思想，深刻的主題，超越時間直探人生的神秘，從全宇宙的關係上去考察人生。這裡也把求自由和寬容的捷克人的本能〔，〕特別採取人道主義的神秘主義的形式來表現着。所以與這主義相依附的是對于人類的究極的完全和世界的同胞主義的熱烈的信仰。除詩之外，他的隨筆也和他的詩一樣有獨特的風格。

(3) 社會民主主義和革命的人道主義

與近代主義者的一團有同樣的勢力的是社會民主主義的詩人的團體和革命的人道主義一派的詩人。前者的代表者是 Josef Hora, Josef Chaloupka 等，他們不單是貧窮的歌手，是普羅列塔里亞的鬥士；不單是勞動大眾的感情的反響，是其階級的意志的呼聲。後者則不是捷克人的，也不是普羅列塔里亞的，是想把民族的和普羅列塔里亞的思想綜合于人類精神的解放的形式中。參加這個團體的有 Karel Čapek, Josef Čapek, Helena Čapek 和 Petr Bezrue 等。

加萊爾且撇克雖然也寫小説，也寫詩，但甯可説他是個戲曲家，和他的哥哥約瑟夫在捷克劇壇佔很重要的地位。本來劇場是促進捷克復興的重大的要素，便是現在仍然為捷克文化運動的中心。且撇克兄弟是這運動的重要的指導者。

加萊爾是想以人道主義的理想主義來救濟個人主義生活的絕望的觀念論的浪漫思想者。他的戲曲：R. U. R. The Macropulos Secret（麥克樂普樂斯家的秘密），以及和約瑟夫合著的 And So Ad Infinitum（The Life of the Insects 虫的生活），便是以這傾向而寫的。

虫的生活是將人類的生活假托虫的世界來描寫的諷刺的喜劇。第一幕蝴蝶，第二幕爬虫界，第三幕蟻，再加上序曲和餘論。關于寫這篇戲曲的用意，作者曾說道：

「我們知道在『虫的生活』中常常把昆虫而且人類處理得不妥當。但我們是意識地寫出那幻想的事故。關于這點，恐怕我們不曾對昆虫和人類的社會可憫的大胆解釋得明白，對于人類的習性，習慣和規則，急激的，苛酷的，可惡的類似；關于這些，昆虫不過是這劇本的假托罷了。那是對于人類的諷刺畫的鏡子罷。又是把我們人類的生活顯示于別一光中，要求同樣的東西，一種巧妙的譬喻。換句話說，是享樂的利己主義，家庭和國家的自我主義的批判，人類的姿態不能這樣有效地表現出來的東西。雖然這種人類的自我主義的批判有時比作者最初的意圖更苛酷些，但若單單把我們的戲劇看做人類健全的有力的自覺，達到優良的必要的人類的幻想或夢的一種，是可以的罷——當終曲的時候我們這樣想。但眞正解放了的終曲，作者是在觀客的靈魂中預想着呢。」

至若能否照作者的抱負在「虫的生活」中抒寫出來，那是先得把它玩味一番，便可以決定作品的價值了。

貫通這戲曲全體的是捷克人特有的優秀的抒情詩，此外是平穩的幽默。支持舞台效果的，恐怕大半是這抒情詩和幽默罷。但在這抒情詩和幽默中却顯然浮現着資本主義社會的利己主義的皮相的布爾喬亞文化的形相，作者雖然說：「享樂的利己主義，家庭和國家的自我主義的批判」，却不是深刻的批判，毋寧說是浮彫，是再現。作者又說：「若單單把我們的戲劇看做人類健全的有力的自覺，達到優良的必要的人類的幻想或夢的一種，是可以的罷」，那幻想和夢的一種，沒有什麼現實的根柢，也沒有科學的確實性。那不過是詩人的空漠的人類愛，同胞主義的幻想，夢的一種而已。所以這戲曲雖然是描寫出資本主義下的個人的利己主義的生活，却不是批判，也不是對于將來的生活有確實性的暗示。雖也可以看見對資本主義的否定，但對于將來的社會不只暗示而且要求的今日，這戲曲是否有那麼多的價值，雖很難說，但且撇克兄弟却靠了這篇戲曲成為世界著名的劇作家，在歐洲主要的大都市都被排演着，博得了非常的名譽。他們所指導的團體的演劇運動，自捷克建國以來，雖頗為世界所重視，但今後的發展却很成為問題。同時且撇克兄弟的演劇活動，照他們現在這樣，關于人類生活問題的解決，只立足于人類愛和人道主義那樣空漠的形而上學，看不見眼前的現實。能否有什麼進展也是疑問。結果他們或許也是新興普羅列塔里亞階級的同伴吧。

加萊爾于一九二七年發表一篇小說 The Absolute at Large，他的有生氣的諷刺和空想，在這裡已失了哲學的意味，變為僅只興味的要素，不過是沒落着的布爾喬亞階級的消閒品罷了。說到加萊爾的小說，即刻便會聯想起這時的其他散文文學，尤其是小說。捷克的散文比詩發達得要遲些，能與歐洲的散文並肩的作品，是在十九世紀末期以後。這也是受德國文學的影響所引起的自然主義的系統，而寫實主義傾向的作家也就出了不少，其中比較主要的是：Frána Šrámek (1877 -), K. Čapek-Chod (1860 – 1927), Vojtech Mixa, Marie Majerová, Emil Vaněk, Helena Capková 等。休拉米克 (Šrámek) 一面好似受了俄羅斯和斯干第那維亞的作家的影響，但又是有顯著的個性的作家。畢竟是抒情詩的，雖然是極現實的題材，也添以浪漫的色彩，這是他的特色。且撇克葛德和米克沙是寫實主義的代表作家。大體說來，在小說方面不論是長篇短篇，似乎都沒有什麼值得注目的東西，只不過是享樂的低級的東西流行着。

本來以上各派雖曾分爭一時，但自一九一八年捷克共和國成立後，為使捷克民族的革命和民族解放的實現，情勢不得不為之一變。團體間的思想的差異消除了，所有的詩人都以為民族革命的勝利使各團體所抱的理想都有了可能性，甚至社會在民主主義者也說勞動者的天國已在民主主義的共和國被準備好了。人道主義者也以為沒有找出對于自己形而上學的空想的現實的基礎的必要。這樣第一個團體的麥加，卜捷齊拿等，或沉默了，或進學院了，好像在歌頌着捷克民族的勝利和幸福似的。社會民主主義系的詩人也傾向于寫作取材于勞動者的生活的感傷詩。人道主義一派的詩人則走進烏托邦的文學和哲學的文學。所以現在執捷克文壇的牛耳的只是第三派，其代表者便是加萊爾。

(4) 新興普羅列塔里亞文學

因獨立的成功，民族革命的陶醉凡繼續了數年，但不久又覺醒了，尤其勞動大眾當中，便是民族的社會主義者的主張，以及政府的社會民主主義者的主張都不能預防而覺醒起來了。勞動大眾相信可靠民族革命而得到解放，事實上雖曾有一個時候這樣想過，但不久便感到這不過是被欺騙了，共和國的民主主義到底只是為布爾喬亞階級而存在的罷了。這種感情跟着便成為意識，在文學上不能不要求自己的表現和自己的形式。捷克的眞正的普羅列塔里亞文學到這個時候便發生了。

起先以前為社會民主主義的詩人代表勞動大眾的感情和意志的革命的詩人何拉（Josef Hora），哈樂武卡（Josef Chaloupka），以及劇作家德郝耶克（Antonín Dvořák）等，不得不再高舉自己的革命的歌聲，德郝耶克的「在眾人的前頭」，是歌詠捷克的勞動階級對于必將到來的第二次革命，站在一切民族的前頭的意思的熱情的詩篇。何拉，哈樂武卡，德郝耶克等已經是舊的普羅列塔里亞的革命詩人，而直接從普羅列塔里亞大眾中和普羅列塔里亞智識階級中出來的一羣，是與舊詩人的形式和內容不同，以完全新的思想感情裝進新的形式中的詩人之羣。在內容方面，他們拋棄了社會民主主義的感傷性，避免了消極的生活描寫。以思想的要素和革命的激情代替了感情的要素，努力去表現階級戰爭的震動。

這一羣中較顯著的詩人是 Jaroslav Seifert, A. M. Pisa, Jindřich Hořejší, Jiří Wolker 等。若果說沒落中的布爾喬亞的代表者是加萊爾，那末站在代表與他相反的正在抬頭的階級的革命文學的頂點的便是雪伊凡爾特。他對于普羅列塔里亞的見解和思想的單純，正如嬰孩似的素樸。這單純的素樸中却有很大的力。他自由地寫着為其他的詩人所嫌忌的文句。通常單純的普羅列塔里亞若以馬克斯主義的術語來說難免覺得不自然，但他却絕無這種毛病。他的詩是單純的沒有教養的無產大眾的素樸的要求的自然的表現。

他不只是借詩的形式來表現普羅列塔里亞的理想的僅僅革命詩人，實在是有微妙的敏感性與豐富的空想的完全的抒情詩人。所以他對于革命的理想，不是公式的表現，時常是現實的，日常生活的，而且是熱情的強力的表現。「貧窮的人」是他一向所寫的詩中最好的一篇，大意是說：

我並不反對有比現在更多的東西，但我是賢明的貧窮的人，我走過行星的軌道，所以相信共產黨宣言，我也相信滿足的日子會到來的。從此做了自己的主人，駕了飛行機高高地飛翔在上面。

這是多麼單純的普羅列塔里亞的信仰，這也就是普羅列塔里亞的要素和主題，這裡有鼓動無數無產大眾的大力罷。但他也不會為自己的革命之歌而沉醉而沉溺，他很明白對于革命的自己的位置，無產大眾詩人的位置。在「最謙讓的歌」中他便是這樣地歌着：

「立在高山之巔，向都會張開了擁抱的手。我是預言者，指示出路途，對貧窮的人宣揚未來的勝利。我是賢者，對絕望中加以忠告。在我的手中有永遠不凋落的花。我為革命發出第一鎗，但最先被擊死的也是我。」

自然，雪伊凡爾特的詩還不能說是完全的普羅列塔里亞的文學。其他詩人的作品更不用說了。他們還在實驗的時代，美好的果子不能不有待于將來。至若散文方面則比較起來差得更遠，革命文學——普羅列塔里亞文學方面的散文，可說幾乎一點力量都沒有，便是在形式方面略帶革命的，新的長篇小說，中篇小說或短篇小說，也完全沒有。

以上是將捷克文學說了個大概，總結說一句：在沒落中的布爾喬亞階級的文學則加萊爾已達到了它的頂點，內容方面是人道主義的夢已經走到窮途了，成為僅以形式的美的效果為問題的娛樂的文學。快到來的普羅列塔里亞階級的新的革命文學，則在實驗中而出現了。至若將來的發展如何，却不單是文學上的問題，同時也是社會的問題。

選自一九三六年五月十九日、二十六日及六月二日香港《工商日報・文藝週刊》

薛維爾兄妹——現代英詩人介紹／李育中

薛維爾兄妹系出於貴族之家，但提到他們的名字，却會震駭英國的流俗，因為他們是矯異不羣的，常抗拒着庸瑣的紳士，在詩壇中更被看作一羣搗亂，他們是不守法規的，年紀還輕呢，但已吸着文壇的大注視。一共是三個，兩個兄弟，一位姊妹，那等於有了三倍的力量，而三人却往往組成一氣，不能分開的；第一位奧斯勃脱（Osbert），第二位是愛秩芙（Edith），第三位是莎吉維爾（Sacheverell）。

雖然在事業上三個都是伙伴，有了相同的面貌，却未必是有十分相同的作品的。奧斯勃脱是長男，是個從男爵的承繼嗣，在衣頓學院讀過書；愛秩芙小姐全不高興各式各樣的運動，而單只愛臨流釣魚；那位年紀最小的一個莎吉維爾是很榮耀地錄名於牛津大學裡修過業。愛秩芙已經寫過許多詩，奧斯勃脱有印過短篇小説集子，那莎吉維爾却耽於十七世紀的藝術，而寫了許多關於那方面的文章。

那三個小東西是三個小叛逆，對他們的時代叛逆，對他們的國家叛逆，對他們的階級叛逆，但他們徹頭徹尾是新喬治亞朝代的撒克遜人，而且是有產的縉紳後裔，那好像百年前拜崙所玩過的一套叛逆把戲，好與他的社會敵對。

愛秩芙寫過一本蠻好的散文，叫作「蒲伯的生活」，她是了解那古典詩人的，因為她愛他的詩作，從他那裡學了些技巧的完全，歡喜他是略為超出於生活的（a little outside life），妖異而又浪漫蒂克的，她的詩有過這樣的句語：

……我們像胆怯的羚羊

走在芳菲的花叢韻樂間
生命還有些信諾，不問情由
在這冰冷中存在，
——生命最少是個生客。
我常常是略為超出於生活的——
如此的事物才可以慰我；
我愛那些可聽可見的含羞夢——
因為我愛悅一個死人，愛悅一個小鬼，
一些逡巡的流逝的寒風。（錄自她的詩集「特萊園」。）

莎吉維爾是最難用幾句話把他說得清楚的，如放開他的關於藝術及建築的作品，他便是三人中最難解說的一個了。他有一本最為現代詩人所狂喜的書，一本關於十七世紀拉丁國家的，叫作「南方修飾的藝術」，對於西班牙和納普斯有很好的風景渲染。他也寫詩，下邊的一首「鸚鵡」，曾經被人收進現代英詩選集裡：

鸚鵡吐出短促的聲音——
反對也無用——
他說了還是要反復地說的：
像餅乾一樣的乾涸故事——
他底聲音

和胸與翼的強烈顏色
是不可思憶地老了；
像老富孀穿起縐痕的羅衣
坐在房子裡
好像玻璃內的標本
貞潔地——決不肯變節，
那回憶的情緒死了；
他們夏季的熱氣
絲質的小傘下
如硫磺之撒佈
織入了食櫥。

是反省，而不是一個思想
鸚鵡搖跳在象牙的枝上——
在釘在上面的環裡
老實地翻了觔斗——
扳在空中的橋樑
日頭做出許多遊戲
我們經過三稜體

只見到下雨。

奧斯勃脫擅長於描寫的散文，於是連帶他的短篇小說也是這樣詞藻紛披的，有哲理根苗的，有音樂底旋律升降的；他們三人也同是持有這種傾向，因為他們同是愛着十七世紀的詩人，早期意大利的音樂，和古典味的建築。這麼樣，薛維爾兄弟很難說他們是脫離了傳統而是新文學的人物。在 Life and Litters 上有他一篇長詩 The Strong School of Women Novelists 仍然是很為蔑視法規而極帶有諷刺，因原詩稍長，不擬將之譯出，不然也可知道他的詩是怎樣怪誕的。

像愛秩芙一九一五年「母親及其他」的出版，最先是以傳統的情形寫着憂鬱而象徵的詩，後來慢慢帶了急進的傾向，經過韻律形式的破壞，言語表音性的極度驅使，而成為一種超現實主義的氣味了，在機械主義的世界裡便表現了非常的騷音。

她有「滑稽之家」，「特萊園」，「田園悲歌」，「田園喜歌」，及「黃金海岸風俗詩」等詩集，她自己解說她之寫詩情緒時，是努力把熱情扯低，使成為一種最裸露的表現，盡量使他簡單化，那時詩裡的情緒便有如原始人那麼簡單的原始的情緒了。她意象之詭異，她自承是因為她的感覺好像原始人一般的，她把所見的事物抑制他的元素，而提高他的重要性，顯出他的精華，而剔除它無用的瑣屑，把事事都砌成意象來表現，而不是以象徵造成一個隱比去浪費，這番話就是她和他們對於詩的主張了，別人說他們是 The Poet of Artificiality, The Poet of Childhood, The Poet of Escape，他們却極不以為然。

選自一九三六年九月八日香港《工商日報・文藝週刊》

舊書攤——義大利的黃昏／西夷

「義大利的黃昏」（Twilight in Italy），一個詩的名字，全部詩的描寫。作者勞蘭斯（D. H. Lawrence），因為他的傑作「賈泰蘭夫人的情夫」，對我們已經非常地不陌生了。

看了他的「白孔雀」，「虹」，「兒子與情人」，「賈泰蘭夫人的情人」，再展開這本充滿感情，充滿哲學思想的遊記，好像是發現了什麼奇蹟。作者在義大利留連的很久，（他一直〔到〕死〔都〕在那裏的），對義大利認識的很清楚，這本書雖然不是伊爾文式的遊記，但瑣細的叙述，也够深刻快人，使你瀏覽忘倦了。

我知道這本書的名字，還是遠在一九三〇年春間，英國批評家李察資在北大「講學」，剛由狄根斯講到杜斯退益夫斯基，突然傳來勞蘭斯逝世的消息。他很嚴肅地中止住對於「罪與罰」的批評，而從頭至尾地闡述這位「英國盧梭」（是李察資在北平導報發表過的題目）的歷史。他稱讚勞蘭斯的每一本著作，對「義大利的黃昏」曾經特別提起，只是他對於這本書所發揮的見解，已經沒印象留在我的腦海中了。

本書在一九一六年出版，已經在他同那位「教授夫人」弗麗達（Frieda）結合漫遊之後。不過他說明旅行是單身，情形相當的狼狽。在路上所結識的不是逃避兵役的流浪人便是茫茫然以四海為家的「探險者」。

「戲院」一章盡量地發揮他對於「丹麥太子」（Hamlet）的意見，極中肯。San Gaudenzio 一章我認為是全書的精華，尤其是開端關於花木培植的描寫。「充軍的義大利人」很生動，「歸程」一章中的店主，女招待，旅伴等等，都非常有風趣，這樣使全書在煙波浩渺中結束。

到處是山，到處是陰影，政治談的很少，偶然對義大利也有不愜意的微詞。義大利在黃昏中，念起來很美，有沒有更深的涵義，似乎不必管他了。

倫敦 William Heinemann 公司有搜集好了的勞蘭斯的作品，每種定價三個半先令。

二十八年四月，香港

選自一九三九年四月二十四日香港《大公報・文藝》

從未來主義到革命鬬爭——談瑪雅可夫斯基的詩／慧娜

當一八九四年瑪雅可夫斯基出獄後，他便和布爾留克、夫萊蒲尼可夫、加曼斯基及其他少年詩人和畫家等，組織了一個文學藝術團體，那（ ）是後來的「未來派」。開始了他詩人的生涯。他們在一九一二年出版了最初的書籍「打擊社會底趣味」並附載了這團體的綱領，他們宣言着：「過去是貧乏的。學院派和普式庚比古代的象形文字還難懂。」並且命令人們：要求將古典作家從「現代的輪船」中驅逐出去，承認詩人有革新用語和輕蔑以前底傳統用語底權利。

在十月革命以前，他底作品便是屬於這一類型的。他反抗有產層的藝術和暴露資本主義統治下的都市底恐怖，醜態和污穢。他作為一班都市下層的流氓無產者、失業者的擁護人和保姆，替他們大聲呼籲。所以瑪雅可夫斯基底初期的作品是帶有濃厚的都市憂鬱和厭世的氣味，他歌頌個人主義。

但是世界大戰和十月革命的大時代到來，他就轉變了，那時，擔任了□□□□□讚美革命和鼓勵革命的使命了。

在國內戰爭時代除了在高爾基所編的「紀事月刊」上寫詩外，並且在「洛斯塔通信社」擔任宣傳。在這時，他曾經作了三千幅宣傳畫和六千條標語，雖然，他還不曾完全克服了過去「未來派」小資產階級的思想。但他已經成了一個勞動大眾的詩人，他的「左翼進行曲」是宣揚鬥爭精神的詩的代表，而他的「沉湎在會議中的人們」又顯示了他是一個政治指導者；牠們都受着勞動羣眾的理解和歡迎。

他從革命最初一天起便本着不輕蔑任何勞動的態度來寫宣傳畫及標語，謳歌革命底勝利，暴露嘲笑敵人。他大膽地破壞了普通言語底秩序，更運用新創的生動語言文字來寫作，因此他底詩作的形式與內容非常廣泛和豐富，粗線條，單純而原始；但却是有力的宣傳。

現在我且節引他的「百戰百勝的武器」一詩，作為例證——

『□□□□□
□□□
□□。
□□□□□□□□
□□□□□□
□□，□□□
□□□□
□。（見編者案1）

它
正是
舊的強權。
…………
為了無情的
戰鬥，
時代在來了，
帶着歡樂，
動員

武器
和肉身。
……
為了投身在
新的信號的
戰爭，
用一切的武器
加強
（我們的）防禦。
……
我們的
武器
比嘔吐的瓦斯
更危險，
無論什麼面具
對我們（也難防禦）。
我們的武器：
各種言語底
人類的連帶性，

但是——

依着階級而同一。

世界的靜聽者，

懷着無綫電，

把耳朵和

心

貼向莫斯科。』（見蘇聯文學連叢第一輯。勞榮譯。）〔見編者案2〕

在瑪雅可夫斯基的詩作裏，我們常曾見到許多誇張的（ ）喻和奇特的很有意義的字所組成的句子，以及不連貫的章法與句之間隔；但是我們不要以為這是晦澀，這正是瑪雅可夫斯基成功的地方。在過去，曾有過許多人模仿做他的形式，可是顯然是失敗了。他沒有把握到瑪雅可夫斯基所表現的技巧的骨髓，他沒有把握到他底象徵精神的內容，所以雖然相像，但始終是貌合神離的。

抗戰以來，中國的抗戰詩歌寫得不算少，但是能够寫得成功的似乎尚少見。詩歌對於抗戰中的貢獻似乎尚嫌不够，不論在技巧或內容多半都犯了「差不多」和公式主義的毛病；因此，我覺得在這瑪雅可夫斯基十週年忌的今天，我們實應該加緊去學習他的技巧，踏着他在革命中所寫各詩歌的足跡，更完美地貢獻於抗戰詩歌園地，這纔算不辜負今天紀念他的意義。最後，我還要說完這句話：「中國的詩人們！向這位偉大的革命詩人瑪雅可夫斯基學習，學習，再學習罷！」

附註：他的生平根據的是——「蘇聯文學講話」

選自一九四〇年四月十四日香港《大公報・文藝》

編者案1：原文為：

白人的外殼
　包圍着
　　我們。
從砲廠裡噴出來的
煤煙和毒氣底
銹蝕　吞食了
　歐羅巴的
　　天。

編者案2：原文出處有誤，實為「世界文學連叢」蘇聯文學第二輯《道司基卡也夫》（上海：世界文學連叢社，一九三六年十月一日）

動亂中的世界文壇報告之一——他們在那裏？／林豐

自歐洲第二次大戰爆發以來，隨着許多國家的消滅，許多文化中心也成了廢墟。半世紀以來，統治歐洲文壇藝壇的作家，藝術家，在法西侵略戰爭的鐵蹄下，突然失去了安定的生活，有的亡命海外，有的捐軀沙場，有的關在集中營裏，有的隱名改姓，開始了文藝史上從未有過的大的流動〔。〕他們目前的行（ ）和現狀怎樣，不僅是每一個文化愛好者所關切，同時也正是今後世界文化消長的關鍵。筆者受星座編者之托，對於動亂中的世界文壇現狀將有所呈述，特在未談及各國文壇狀況之前，先將戰爭以來〔歐〕洲著名作家藝術家的行止作一總的報導。這些材料的來源，都是根據歐美報紙和文藝刊物的記載，出版家所披露的消息，以及作家自己所發表的談話和書簡彙集而成。當然，因了這些資料本身的（ ）質，完備和絕對準確是不可能的，但大體上都相當可靠，雖然因了戰時交通的阻隔，有的消息已失去了時間性，或發生了新的變化。

文藝作家

先從歐洲文壇中心巴黎說起。德軍佔領巴黎已快一年，巴黎生活已漸漸趨於安逸，許多避難外省的政治色彩不鮮明的法國作家已開始回到巴黎，這其中有不少是詩人。超現實主義詩人貝萊和愛侶亞爾（以前曾傳說他們都（ ）了俘虜，現已證實全無根據），以及于（ ）和中國所熟知的保爾·哇奈荔也在那兒。Patrice de la Tour du Pin 在戰爭開始不久就負傷被俘，目前仍是德軍的俘虜。

安得烈・馬爾洛在戰爭一開始就參加了坦克師團，去年六月間他受傷被俘，十一月底設法逃脫，目前住在未被佔領的法國境內，正在寫作一部戰事小說。小說家若望・季洛都則榮任了微犀政府的宣傳部長。當代法國大哲學家柏格森則已於（　）冬在巴黎病逝。得過諾貝爾文學獎金的馬丹・杜・加爾在尼斯，最近他的大著「泰飽爾特的世界」已被譯成英文在紐約出版。天主教大小說家莫里亞克安居在波爾多附近的家中。羅曼羅蘭則仍在瑞士。安得烈・紀德和超現實主義詩人安得烈・柏勒頓都在法國南部某地。左翼小說家路易・阿拉貢，和馬爾洛一樣，都是參加坦克師團被俘，後來又從德軍集中營裏逃了出來。他的行蹤傳說不一，有的說在葡萄牙的立斯本候輪赴美，有的說住在法國自由區從事小說寫作。「夜航」的著者聖戴克茹貝里，則已於去年年底（十二月三十日）到了美國，他的「人的地」的英譯本最近也在美國出版了，改名為「風沙與星」。萬國筆會會長茹萊・羅曼則在好久以前就到了美國。目前正在繼續大著「善意的人們」的寫作，塔布衣夫人也早到了美國，戲劇家 Henri Bernstein 也在美國，他的反納粹劇本 Elvire 在巴黎一直上演到六月六日。

得過諾貝爾文學獎金的挪威女作家恩特賽夫人，則在北歐戰爭爆發後週遊世界逃難，她先逃到瑞典，從瑞典乘飛機到莫斯科，從莫斯科到日本，從日本到舊金山，然後才到紐約。「青鳥」的著者，當代比利時詩人戲劇家梅特林克的逃難，則更成了報紙的最好新聞資料，因為梅特林克夫婦繞道從葡萄牙乘輪抵美，上岸時不僅一文不名，而且一籠心愛的青鳥還給美國海關沒收了。

義大利反法西作家，「地下火」的著者西龍仍在瑞士，西班牙哲學家奧爾德加伊加賽特到了南美阿根廷。西班牙左翼小說家山岱爾已和其他幾位義大利反法西作家都到了墨西哥。

關於旅居歐洲的美國作家，斯坦恩夫人的行蹤傳說最多，有的說仍住在法國自由區內，有的說在比利時，有的說已改名換姓在赴美途中；但有一點是確定的，她的近著（Ida）原稿已安全寄到美國，由藍頓書屋出版，據說所寫的是溫莎公爵夫人。另一位在歐洲的美國女作家凱•鮑依爾夫人，去年十月間，曾自法國的義大利佔領區內寄信返美，說是正在設法取得離境文件。久居歐洲的小說家茹連•格林則早已回到美國，正在寫作一部新小說。詩人愛茲拉•龐德本已回到美國，最近則又自美赴義大利的拉巴洛，安居從事詩的創作。

當代英國大詩人艾利奧脫在英國東南部沙利城担任防空團員，斯屈萊契仍在倫敦，斯班德和柯諾里在繼續合編「Horizon」。麥克尼斯本在美國，現在已應（　）入伍返英。代蘭•托馬斯在海岸高射砲隊服務。到中國來過的易守吳和奧登兩人都在美國，前者正在好萊塢美高梅公司工作。

德國流亡作家之羣，自大戰爆發後，即紛紛集中到英法兩國，他們滿以為可以為這次反侵略戰爭效力，可是由於聯軍對於所謂第五縱隊過份的恐懼，這些反法西的德國文化人竟不幸以國籍關係被送入集中營，使得他們有口難辯，又開始了第二次的逃難。據最近的報導，目前留在倫敦的德國流亡作家，還有批評家 Alfred Kerr，詩人 Max Hermann-Neisse，小說家 Karl Otten 等，老作家阿諾爾德•支魏格不久以前在巴力斯坦，目前也許到了美國。弗萊特里克•吳爾夫，「瑪洛克教授」的著者，本來關在法國某處集中營裏，由於蘇聯大使的援助，他已被釋放送入蘇聯。勃萊希德也由於蘇聯官方的〔協〕助，從丹麥逃入了波羅的海某小國。阿爾弗萊德•修曼在立斯本候離境文件搭輪赴美。曾經關在法國集中營裏的古斯達夫•（　）格萊，則已逃脫到了墨西哥。在英國已經住了六年之久的法蘭茲•鮑（　）諾，結果仍不免送入集中營，據說目前已經從英本國解到了澳洲。住在巴黎的德國流亡詩人海爾謨特•魏才爾，已經被德軍捕獲關入集中營。藝術批評家 Julius Meier-Graefe，不久以前在微犀逝世了。幾月以前，Rene Schickele 也在巴黎病死。左翼著名戲劇家 Walter Hasenclever 則在法國集中營裏自殺，為了免得被德國捕獲。Carol Einstein，大科學家愛因斯坦的親屬，自波爾多的集中營釋放出來，在途中投河自殺。

聲譽較隆的德國流亡作家，則大都已逃到美國。化裝婦人從法國逃到立斯本，再乘輪赴美的小說家費訖華格，他的逃難〔經〕歷最羅曼諦克。托瑪斯曼本來在美國潑林斯頓大學任德國文學教授（愛因斯坦也在該校研究院擔任教授），他的哥哥亨利曼和侄兒 Gottfried Mann（托瑪斯曼的兒子）也到了美國。斯代芬・茲魏格則在南美洲作講演旅行；萊奧那陀・法蘭克也到了美國；Hermann Kesten 則參加美國作家出版家合組的援助歐洲文化人工作委員會，正準備將未脫離虎口的作〔家〕弄到美國來。著名傳記家路德維喜住在加尼福利亞寫一部托洛斯基的傳記。小說家 Anna Seghers，「摩西山的四十日」著者法蘭茲・魏才爾也都在美國。阿爾弗萊特・多勃林和雷馬克則已經到了好萊塢。

其他的文藝家們

這裏僅選擇比較為中國藝術界所熟知的加以報導：

目前仍住在巴黎的著名畫家有：畢迦索，喬治・路奧，馬賽爾・杜相，喬治・勃拉克等人。直到去年十月為止，畢迦索本住在自由法國區內。他後來到了巴黎，想從馬賽到墨西哥去；可是因了他是西班牙人，他無法取得離開法國佔領區的護照。一說朋友勸他到美國去，他堅決拒絕離開荒涼的巴黎。他的財產全部被沒收了。（編者按：據最近消息，畢迦索已抵法國自由區馬賽）

漢斯・阿爾泊夫婦本住在巴黎附近，後來逃到法國南部，正在想法到美國去。昂德雷・德蘭也在法國自由區，馬克・沙迦爾住在阿費隆附近。瑪諦斯則仍住在尼斯的家中，據說財產也損失了，生活很窮困，而且在生病。康丁斯基在〔微〕犀。契里哥，費義〔南〕・萊易都在美國。超現實派畫家達利先謠傳關在西班牙獄中，後來在八月間終於到了美國，且證實他同西班牙政府關係甚好。同派的若望・米羅的行蹤傳說不一，有的說在微犀政府擔任宣傳工作，有的說在西班牙。

值得一提的是：Pierre Loeb 的巴黎畫廊又開幕了，雖然被德軍標明是「猶太血統」，可是生涯仍不惡。

音樂家方面，所謂現代樂壇六傑，除 Louis Durey 已停止音樂活動外，其餘五人，Francis Poulenc, George Auric 和 Germaine Tailleferre 都在法國自由區。瑞士的 Arthur Honegger 仍在瑞士，Darius Milhaud 到了美國。

大部份的歐洲音樂家都到了美國，有些更參加了好萊塢工作。隨着音樂人才的轉移，過去維也納，柏林，巴黎，布拉格的音樂出版中心也移到了紐約。

選自一九四一年四月十三日香港《星島日報・星座》

戰時日本之文化動態／林煥平

文士的防禦戰

中國的抗戰，是與作家的生存利益完全一致的，所以，除漢奸文丐外，中國作家全都積極地參加抗戰的。

日本侵略中國的戰爭，是與文學的本質，藝術的良心矛盾的，所以，除軍閥的御用文人外，日本有良心的作家們都對軍閥的統制和高壓，採取了巧妙的防禦戰。

日本文士的防禦戰術有種種，其目的，不外乎維持藝術的良心，防護文學的純潔，盡可能使文學不成為日本侵略的工具。

日本軍閥的文藝統制是殘酷無情的。日本有良心的文士們的防禦戰，因之異常艱苦。可是艱苦並非就是不敢鬥爭或沒有前途之謂。恰恰相反，愈艱苦，鬥爭戰術也愈複雜巧妙與深入廣泛。

抗戰以來，日本軍閥曾發動過兩次動員文學最直接地參加侵略戰爭的運動。其一是作家從軍部隊的派遣，其二是「文藝銃後運動」，意卽「文藝服務後方運動」，其主要工作則在動員所有作家下鄉作虛偽欺騙的演講宣傳。此外，如在組織上的「文壇一元化運動」，及「國民文學」的提倡，也是顯著的事件。

「文藝銃後運動」，最能恰到地測驗每一個作家對軍閥的侵略戰爭的態度冷熱之程度。作家對這一運動的反應如何呢？「新潮」雜誌曾招待許多作家，開一座談會，專討論這個問題。一般的表示都是消極的或反撥的感情。其中如有無政府主義傾向的新居格，說下鄉去沒有話可說，因此認為「不適任」。純文學家尾崎士郎認為「不適任是文學者全體應有的感情」。從前的左翼評論家龜井勝一郎更說「不適任這個意見我舉雙手贊成。不適任的心境是觸着了文學者的本質哩」。

這可把軍閥的鬍子氣得倒豎起來了。他要人家都下鄉去「演講報國」，人家却以「不適任」來回答。這還了得？

可是花頭還多着呢。軍閥派遣御用的「文壇部隊」到中國，回去後拚命製造一些不倫不類的「記錄聖戰文學」，令人作嘔。於是有良心的作家們底防禦戰的炮火又向這面掃射了。說也難得，這回是由明治文學三大遺老之一的正宗白鳥先生來打先鋒。他把今日的日本文學目為奢侈浪費的「實用品」，「速製粗製濫造，是最適當的形容詞」。能「不迎合時世，認眞地考察，澈底地追究人生底眞實的作家，究竟有沒有呢？」甚至多少有些法西斯主義傾向，但藝術良心仍未盡泯的作家中村武羅夫，也大罵這些「文壇部隊」作家的長篇短篇，像新聞紀事一樣，毫無藝術性可言。

這些狗文學家，回去吐了一些作品出來，被人從頭淋了幾盆冷水，倒眞有抱頭鼠竄之勢。但有良心的日本文士們還要進一步吶喊「創作自由」。他們居然喊出：

「藝術的性質是不喜歡統制的。只有在自由豐盛的時代空氣和土壤裏，才能够育成，開花，在極端統制的世界裏，藝術只有萎靡。」（見「新潮」「藝術性的貧困」）

他們對於「文壇一元化運動」採取不理的態度；對於「國民文學運動」，採取抹煞的態度。他們認為國民文學沒有理論，沒有作品，也將根本不會產生什麼像樣的作品。他們自己能够創作就創作，不能够創作就擱筆。例如名作家山本有三，數年前他寫一本小說「路旁之石」上篇，因為主人公必然要發展到社會主義去，而環境反不許他這樣寫，他乃擱筆，根本不把續篇寫下去了。

到最近，他們又大家都搖搖腿，研究起古典來了，日本的，外國的。於是就有人出來叫道：「現在的作品，完全沒有戰爭的氣息了。」但有良心的藝術家是不會需要這樣的戰爭的：

「……作家若一旦絆足於時流，那就完了。雖然生活在激烈的時流之中，却能被後世尊敬為偉大的文學者的，只有那些持有到最後都不投合時流的比重的人！」（一九四〇年十二月號「文藝」雜誌的小評「五行言」）

這是他們堅守的共通的信念了。

「大學抹煞論」

「大學抹煞論」，用中國話來說，就是「大學無用論」。日本所謂「大學抹煞論」分兩個陣容，從兩種不同的觀點出發。這句話，也許使不少人吃驚；怎麼？在軍閥極端壓制之下，日本還有兩個陣營？的確有的，這是現實，無可否認。

右翼「革新」份子，年來對日本的大學攻擊得體無完膚。他們說：耗國帑辦大學，而竟給左翼及自由主義者作為活動根據地，這還有設立的必要嗎？「抹煞論」於是乎而產生。但「抹煞論」只是他們一時的氣憤話，其實「大學肅正」，「教學刷新」，倒是他們現在積極推行的政策。他們把左翼的或自由主義的校長或教授全部解聘，甚至捉去坐牢，另外換上一批日本主義專家，在學校裏攪什麼「報國團」，內分總務部，學術研究部，心身鍛鍊部，國防訓練部，文化教養部，學生生活部等，全體師生都須參加，由教授任指導，企圖使每一個學校都成法西斯主義的統一單位。但教授們是否就甘願做法西斯的御用工具呢？絕不然。最近第四高等學校的少數法西斯學生告發四高教授大多數都是缺乏做報國團幹部的自覺(「帝國大學新聞」第八六二號)。

在左翼及自由主義的教授看來，大學是自由主義的牙城，是學術自由的堡壘。所以他們拚死來保衛這牙城，這堡壘。事實上，自九一八事變以迄今日，日本的大學，尤其是帝國大學，是民主與獨裁，自由與專制，光明與黑暗，進步與倒退的最激烈的思想鬥爭場。九一八事變當時，東京帝國大學教授橫田喜三郎用無線電廣播，痛斥侵略中國的日本帝國主義。

他在講壇上也大發反對的議論：「說到世界的文明國，當然是英美法。最近常聽到人說『日本精神之世界的優秀性』，但是日本與義大利的文化，只可與巴西的文化比擬罷了。」這兩件事引起他身邊的危險，他不得不逃到上海。

其後，特別是七七事變以後，帝大更為混亂了。瀧川問題，人民戰線教授問題，矢內原問題，河合、土方問題，小田村問題等，軍閥的高壓和內部的鬥爭：簡直達到登峯造極的狀態。河合榮治郎曾在帝大講授中大聲疾呼道：

「在以前小野塚總長(卽校長)時，絕對不許警察權伸入大學來。所以無產黨的祕密文書，放在大學研究室的抽屜裏鎖起來，是絕對安全的。其後，每次外部提出種種要求，學校都起反撥，但十之六七都被彈回來。這是被時流所壓，對外部的要求讓步，遂至於做起四大節祝典(這與我國學校曆上的各種紀念慶祝一樣——筆者)來了，國體講座等也辦起來了。所以我覺得大學已沒有用了。」

這位倔強的教授已於兩年多以前被革職了。不但被革職，還因為他的自由主義思想(僅只是自由主義思想！)牽連到治安維持法等問題，遭到刑事審判的命運，現在還在審判中。

難道這樣就可以使教授們和學生們換過一副頭腦嗎？絕對不然。

「雖然左翼學生一再被檢舉，人民陣線教授們也被檢舉了，但直至今日，分明還有許多教授用唯物史觀思想的學說對學生講授。……違背無限的皇恩，蔑視咒詛支持自己生存的國家，阻撓學生參拜明治皇宮，咒詛四大節祝典，提倡學術自由，宣傳理想主義。他們把這樣的態度叫做科學的態度，客觀的態度。這樣的思想現在還根深蒂固，正在從大學向高等學校，專門學校蔓延開去。學生因此而受處分者也有。但有些雖被處分，仍無作為皇國學徒而隨順皇詔的正確信仰，繼續着覆罩在學校的理知主義的，合理主義的反國體思想與內面的苦鬥，因此而犧牲了尊貴的生命。」（「新文化」八月號「時局的迫切與大學」）

這就是今日日本大學教育的眞實寫照。

八月十四日

日本的青年運動

青年是國家的生命；青年是國家下一代的柱石；青年是可愛可畏的。不見納粹也有青年團，法西斯也有青年團，日本文部省也有直轄的少年團少女團，連我國也有青年團嗎？不見各國政府都化不少的錢於教育事業，以納青年思想於「正軌」嗎？為的青年是國家的主人翁，現在的主人翁不能不顧慮到自己的後繼人。

為了這樣的原因，各國當局者都很注意青年運動，日本也不能例外。但青年運動和政治運動是密切不可分離的。各種政治運動都有它的青年運動。從這樣的角度，我們來考察一下現階段的日本青年運動。

日本的青年運動是多種多樣的。這是現在複雜多歧的日本政治的反映。若把它的分野主要地分開來，則如次：

一、**皇道翼贊青年聯盟**　這是沿着大政翼贊會的線路，集結青年，支持近衛的。屬於這一派的，有日本建設協會的尾崎陞，至軒寮的穗積五一，穗積七郎兄弟，三上卓，大日本青年黨的浜勇治，雨谷菊夫，誠結社的片岡駿，東方會的長谷川峻，本領信治郎等重要「青年領袖」；

二、**日本主義青年全國會議**　這是與皇道翼贊青年聯盟對立的，至少是並立的，去年十月，才正式成立。屬於這全國會議派的，有直心道場的大森一聲，大日本生產黨的白井高雄，愛國社（及愛國學生聯盟）的松木良勝，興亞青年運動的兒玉譽士夫等重要青年份子，他如皇道〔立教〕會，政教社，建國會，黑龍會，皇道會等四十四個有力團體青年份子也都參加了的。

他們自己稱「皇道翼贊青年聯盟」為「大眾派」，稱「日本主義青年全國會議」為「國粹派」或「傳統派」。這是日本主義運動內二大底流之大眾組織論與中核組織論之對立的表現。前派認為「青年的使命」是「最建設地最主體地實踐奉公翼贊任務」。後派則認為「新體制的原義必須立腳於日本精神，向堂堂皇國固有的大道邁進」。從這裏，很可以看出日本法西斯主義的兩種性質，兩種型。一般的說，「皇道翼贊青年聯盟」是以中小工商者為階級背景與經濟基礎，使他們的頭腦不至於那樣固執與保守，而可能模仿他們的軸心兄弟；「日本主義青年全國會議」則以日本特有的半封建勢力為階級背景和經濟基礎，所以他們以「萬世一系」的「日本至上主義」為法西斯主義的中心內容。在現階段，這兩派法西斯的鬥爭，差不多已成日本政治的主要矛盾了。

但是，上述二種的青年運動，還不能包括日本青年運動的全部，至少還有一種青年運動為我們所絕對不能抹煞的，那就是反戰反法西斯反軍閥的青年運動。這是不能露面的，地下的，異常艱苦但又異常普遍，可以說是最有羣眾基礎的運動。這些份子，大多數是左翼的和自由主義的進步份子。因為他們的運動是地下的，所以我們沒有辦法找到具體的事實來說明他們活動的態度，但從日本當局的措施和上層份子所透露出來的若干消息，已甚足供我們參考。我們現在舉出如次的傍證：

東京帝國大學於去年十一月，禁止與校外政治團體聯繫的學生運動，今年初，又命令解散東大精神科學研究會及其各種校內團體。文部省（教育部）也於本年一月命令禁止橫斷的學生政治運動。這種政治運動是怎麼樣的內容，雖不明確，但有一點却十分明白：假如這些學生政治運動是與日本學生協會，愛國學生聯盟，東亞學生聯盟等合法團體聯繫的，則學校當局和文部省當局恐都不會加以禁止或解散。當局不正是在各大學裏岌岌於組織「報國團」嗎？這可反證學生們正是參加着一種方向和性質都不同的青年運動。

「東亞新秩序研究會」組織部長川尻連夫氏，通過多次「薪俸生活者時局研究會」去接近青年，所得出來的結論竟是如此地驚人。以下便是他自己的述懷：

「對東亞新秩序研究會約一千五百會員——這裏面包含剛離開學校的年青職員，大公司課長級的職員，或自己獨立經營商業的人們——我第一對他們講的，而且要使他們首肯的，是如次的事：你們到底產生了怎樣的獨自的文化呢？你們以為自己是什麼都懂得了，但是，你們有的却僅是非常偏狹的知識，而且那完全是明治初年來糊裏糊塗地輸入來的舶來品，因之，你們所持有的可誇的知識，完全是外國舶來品啊。

但是，他們長期間都信奉了這種思想，是不容易覺醒的。一時代前的知識份子那樣勇敢地熱中於忽視國體的左翼思想，為什麼對於今日打開時局的救國運動倒毫無熱情呢？眞是不可思議的事。但是經過和這些人們種種接觸之後，就漸漸明白了。他們那樣地熱中的左翼思想，原來是他們無批判地吸收，而且認為它是他們所相信為正確的資本主義思想，自由主義思想的延長的。」

在這一段話裏，無可否認的，他是自供了日本薪俸階級的眞正思想傾向，是前進的，是完全與日本的老爺們的國體思想背道而馳的。

上述第一二種青年運動，徒具形式，只有最後一種的青年運動，才具有眞實內容。這是我們理解日本青年運動時所須特別注意的。

「洋書為患論」

近年以來，法西斯主義的日本主義成了日本思想界的「主潮」以後，在思想上形成了一種很奇怪的成見，這種成見，在「旁觀者清」的第三者看起來，覺得那簡直是狂妄，盲目，無知。但是在他們看起來，却還是「指導理論」。

他們認為：日本思想界之所以這樣混亂，青年思想之所以都是自由主義的，趨向左傾的，甚至日本國運之所以弄成今日這樣糟，都是因為明治維新以後，特別是大正末年及昭和初年，大量輸入「洋書」(西洋書報雜誌)，使民主主義，自由主義，社會主義，共產主義的思想得以跟着像潮水樣湧進日本來了，把日本過去原有的國粹思想壓得粉碎，遂致造成今日雖然「聖戰」四年有餘了，一般人民還是死抱住左傾思想，對「愛國運動」毫無熱意的形勢。

於是乎「洋書為患」的罪狀便「名正言順」地被判定了。

「洋書」既然「為患」，那「除患」之道，又在那裏呢?這就傷了日本軍閥的腦筋。但日本軍閥畢竟有武士道精神，松岡洋右先生也有懷着母親賜予的日本刀到日內瓦去參加國聯會議的勇氣。加以當時「超非常」的戰時，日本又是窮國，節省外匯，減少資金外流，以充軍費與製造或購買軍器之用，又是戰時財政經濟政策之所必需，於是乎一切兩斷，干干脆脆，禁止洋書入口了。

這是今年的事。日本軍閥從「國防國家建設，高度文化政策，科學振興及翻譯統制的見地」，在內閣情報局第五部內設置「圖書輸入審查協議會」，把小說，戲劇，詩歌等文藝洋書，認為「不要不急的東西」，宣佈禁止輸入；宗教，法律，神學，政治，外交，社會，財政經濟等圖書，除專門研究機關所必要者外，也禁止一般的輸入了。

換句話，藝術文學和社會科學的洋書都禁止入口了。那麼，日日夜夜靠這種海外輸入的精神食糧來維持生存的藝術家，文學家和社會科學家怎麼辦呢？

我們別以為他們在日本軍閥的劍光槍影之下，噤若寒蟬，守口如瓶。寗是相反，他們是要反抗，要爭取的。

鶴見祐輔「希望文藝家奮起」。他說：

「統制洋書進口，完全禁止一切小說，演劇，詩歌等的進口，我認為實在是遺憾萬千。」

本多顯彰「向情報局進一言」，他說：

「我看了統制洋書輸入的新聞，覺得這是異常的糟糕。我們買洋書雖然把錢流到外國去，但從買回來的洋書所得到的知識，是可以得回數倍的東西的，我們有這樣的堅固的信念。」

林髞則大唱「文化後退論」。他說：

「要是沒有相互的交流，文化的後退是當然的。歐洲文化要是窒塞了東洋文化就會後退。日本文化如果窒塞了歐美文化的東來，那也必會後退的。」

那鼎鼎大名的自由主義學者，抗戰以來挖苦過日本軍閥許多次的清澤洌，他的議論諷刺與攻擊得更妙。他說：

「從現在我國的思潮來說，一切好的東西都是國產——而且都是很古老的國產，而一切壞的東西，都是從外國輸進來的，例如，連法律也正在拚命搜尋古來法。非常時文化開拓的方法，不是橫的世界的，而是縱的國內的。

「因之，外國的書籍愈是沒有得來，愈是可以囘歸到純粹的日本精神去了。那是，從來的自由主義個人主義之所以偷運入來，成了歐美追隨主義，就是受這種橫的文字方面的影響，所以，斷絕了它，正是所謂拔本塞源的方法。況且這樣一來，在匯兑上也正是絕對必要哩。

「根據上述的理論，日本主義者不是沒有慨嘆洋書饑餓的理由嗎？諸君不是從挖掘古代日本中，發見世界文化的動態，國際政治的動向，宇宙的哲學和深奥的文學嗎？你們不是認為光照世界的大眞理，應該出自這裏嗎？

「可惜事實偏偏不是這樣，外國文學的研究和批判之譯成日文，再沒有像近來這樣熱烈了。報紙上的新書廣告的一半都是翻譯的，而且它的速效簡直是彈丸的速度似的，我們在英文的新聞雜誌看到新書的廣告時，日譯本已重版了許多了。

「有未來前途的國民，不能不求知識。在德川時代，是賭着生命去漁獵禁止的洋書的。我們對於目前的事象是失望的，但因為相信日本民族有本質的發展性，我們並不認為愚劣的獨善是會永遠繼續的。」

愚劣的獨善絕不會永遠繼續，終有一天日本人民大眾會起來把日本軍閥這一切愚劣的獨善行為掃除得一乾二淨的，而且鑒於日本人民的對於其統治者的厭惡憎恨情緒的普遍增長，我們相信這個日子是會很快的到來了。

九月十四日

「藝術浪費論」

假如曾留學過日本的中國人，假如來華作戰數年還沒有回過日本去的日本人，現在還夢想着坐在那幽雅（不是優雅）的「喫茶店」裏，欣賞掛在壁上的名畫；或者夢想着在美麗的「茶女」陪侍之下，一邊喝着啤酒，一邊傾聽着留聲機片的名曲，那恐怕是失了時代性的錯覺了。打了四年多仗的今日的日本，已經把一切藝術都認為是「奢侈」「浪費」，禁止了。

日本軍閥的一切行動本身，就是在乎文化藝術的消滅。所以聽到「禁止」云云，讀者可不必引以為驚奇。其所以到最近才引起一般人的注意，只不過是到最近，他們才更明顯地宣佈禁止罷了。

日本軍閥過去想明白禁止藝術（包括文學，演戲，音樂，美術等），似乎苦無藉口。現在情形却大不同於戰前了。打仗已打到山窮水盡，一切物資都用光了，鋼鐵也沒有，紙張也沒有，顏料也沒有，一切一切都沒有，於是乎有了最好的藉口——物資缺乏，索性把藝術禁止了。

去年頒布的「七．七禁止令」，有一部分就是關於藝術的。

說起來，在日本軍閥以為是一種國策，對於挽救他的垂危的命運有所補助的國策，在文明國人士看起來，却是一種野蠻的無文化的回復！現在日本，留聲機的製造已全然沒有了；製造留聲機片的材料，從去年起就全不發給了；樂器的製造也只不過發給「保持技術程度」的最少限度；印刷樂譜，遭受到用紙的極端限制；從去年起，各音樂關係的企業先後歇業了。鋼琴的製造，也因為需要「非常多」

的鋼鐵，已遭到完全被禁止製造了。認為文學，演劇，詩歌之類，為「不急不要」的東西，禁止這類的「洋書」進口，上期已說過。軍閥對本國這類的書，當然不會特別寬容。對於作為他們的喉舌的御用新聞，尚且要因為缺紙而裁併，則文學書籍的命運為如何，也可想而知了。

然而，日本的官老爺們，却很會說風涼話。他們說：

「我們做官吏的愛音樂也決不落人後呀。不過為了供給生產材料，為了生產軍用品，為了生產生活必需品，不能不把材料供給這方面罷了，請你們不要誤會啊……」

不過，正如堀內敬三所說，「這不外依然認為音樂是奢侈品浪費罷了。」

日本的官老爺和富翁們還有一種「高明的見解」。有一次，在某一個集會裏，有人提出打高爾夫球是運動還是單純的娛樂。經過一番「議論百出」的討論之後，到底的結論仍然是「高爾夫是適合於中老年人體育向上的運動，所以在戰時下禁止浪費時候，打打也無妨」。

他們還有一種妙巧的辯護。譬如關於鋼琴，禁止製造，禁止一般人使用了。可是貴族老爺們的千金小姐在家裏學慣鋼琴，是不是也認為是「奢侈浪費」而禁止呢？他們却認為小姐們在家裏學好鋼琴，將來要進音樂學校；學校畢業後，要做音樂教授。因此，這是一種必要，不是「奢侈浪費」，所以理合在禁止之外了。

「只准官家放火，不准百姓點燈」，古今中外，都是一樣。我們真是驚佩這種「老爺哲學」的「國際性」。

可是日本軍閥雖然「聰明」，日本的老百姓却並非都是阿斗。關於藝術是不是奢侈浪費的問題，「新潮」雜誌去年曾徵求過文學家，戲劇家，畫家，音樂家們的意見，收到的回答，計有石川達三，堀內敬三，福澤一郎，野村光一，佐藤敬，北村喜八，岡田三郎，中島健藏等，都登在該誌十月號上。大家一致反對藝術是奢侈浪費的謬見。尤以石川達三，中島健藏的意見為最強硬。

石川達三於質問「藝術無用的程度如何」之餘，用正確的理論嚴正地表示說：

「關於這個問題，只要囘答作家以什麼為目標而寫作就夠了。作家是社會的良心，在一切意義上是正義派。如果說作家墮落，作品失了良心，那與其說是作家自身的罪，毋寧說是政治的經濟的強權之罪。因為失了良心的作家不能存在，作品也沒有價值。」

於是，這以寫「未死的兵」而入獄的作家石川達三先生，最後大聲疾呼地說出他的結論道：

「沒有藝術的社會究竟是怎樣的社會呢？恐怕是百鬼夜行，道德法律，蕩然無存，友朋相鬥互噬，近乎畜生禽獸的世界罷。」

這是日本軍閥的當頭棒喝。

「防民之口，甚於防川」，日本軍閥呀，可以休矣了。

十月五日寫

莫泊桑做了統制的祭品

日本的文藝的田園，簡直要荒蕪到像嚴冬的原野了。

這是日本軍閥推行法西斯侵略主義的必然結果。

在本刊第四期，「戰時日本文化動態之三」的「洋書為患論」裏，我已經給讀者報導過禁止洋書進口了。洋書禁止了之後，進一步的行動就是嚴格統制翻譯。對文學作品的翻譯，尤為嚴格取締。於是首先，「莫泊桑選集」就做了統制的祭品了。

在日本情報局支配之下的日本出版文化協會，鑑於刻下緊迫的情勢，極度強化翻譯出版的統制。最近，以在「臨戰體勢」下不能認為是有意義的翻譯的理由，禁止了「莫泊桑選集」及其他數種翻譯作品的出版了。文學不是特效藥。讀了之後，其效果不是馬上顯現的。因此，極端說起來，在戰爭中，是不應該讀文學書的。

「在刻下我國（指日本——筆者）的『臨戰體勢』下，像莫泊桑那樣的優秀的文學作品，都不免遭難。不僅他為然，若以『臨戰體勢』的話來說，則翻譯文學的大半，都不能不喪失其現在的存在。又我國的文學書的大多數，也不得不如此了。」（永田逸郎「衰退期的法國文學」——「新文化」十月號）。

日閥為什麼禁止「莫泊桑選集」等作品出版呢？所謂「臨戰體勢」，不過是一個藉口。根本上，在莫泊桑的作品裏，有資產社會的罪惡醜態，有資產社會的無前途，有小有產者的彷徨，動搖和幻滅，有藝術的良心和正義之隱約的閃耀。一句話，在莫泊桑的作品裏，在一切好的藝術作品裏，有一種隱然不可侮的精神存在着，它是日本帝國主義的精神和行動，根本地矛盾着和對立着的。

日本軍閥的武士道的精神非常「偉大」。非但敢於在武方面，在我國大地上進行着殺人競賽，強姦競賽；更敢於在文化方面，「極端說來，在戰爭中，不應該看文學書了。」

這種威武，眞像千軍萬馬的奔騰，不可謂不兇。在這種淫威壓迫之下，就不僅是未出版的翻譯書不能出版，卽使是已出版的翻譯書，也不得已地被迫絕版了。

一個現成的例子，就是伊藤整譯了羅倫斯的「查泰萊夫人的戀人」，他通知出版家今後不要出版了。「其理由是因為在那本小說裏出現了一個在戰爭中負傷，成了下半身殘廢的人物，作者很深刻地描寫了他的內心的問題。」（伊藤整：「英語與翻譯」）

伊藤還附加幾句解譯。他說：「這是我最近聽到某種翻譯書被加以限制的話之前兩個月的事了，所以倒並不是由於檢查特別嚕囌討厭的風聞而出此〔言〕。」

這幾句話，雖說是伊藤的「先見之明」，其實也是一個小諷刺。同時可見日本文藝作家翻譯和創作的不自由的程度為如何。

對於這種無理的暴壓，日本文藝界的態度怎麼樣呢？是不是個個都有伊藤整的「先見之明」，把自己的譯作廢版呢？倒又不然。他們也依然提出積極的主張和要求。他們的意見和日本軍閥的意見剛剛針鋒相對：

「翻譯文學正像通過漢文學以使日本文化豐富一樣，是移植各國的文學，以担當培養日本文化工作之一端的，所以，翻譯文學的將來，若因懾於統制而萎靡了，反成為惡劣的結果。蓋統制一有錯誤，必變為惡果。

「不論如何練達之士，以當審查統制之衝，通讀或精通提出請求的各種書籍的內容，實屬不可能。許可與否的問題有時就成為極困難了。又對已有譯作出版的書，在如何之點上，始允許或不准其重譯呢？這些問題，都是似乎簡單而〔實〕在很困難。……」（星野愼一：「微妙的界限」）

連「新文化」雜誌的編者大島豐也說：「我們必須顯示益發從西洋吸收良好的東西的襟度。」日本文化和文學的繼續存在與發展，是需要用血去跟法西斯軍閥拚命換來的。我們以此期待日本一切有良心的正義文化人和作家。

「國學救國論」

在過去五期裏，我已連續給讀者報導過日本軍閥如何摧殘文化，窒息死文化的生命，使有良心的文化工作者，不禁慨嘆現在是日本文化的空白時代了！

這是一種破壞，對文化的破壞。

但是日本軍閥還有一種工作，就是提倡。不過請讀者留心，這種提倡，不是創造，也不是復興，而是復古！

日本文化上的復古主義，不自今日始。這是和日本的國家主義——團體主義，即法西斯主義運動分不開的。因之，也就和日本的左右翼的思想鬥爭分不開的。日本右翼份子，用以打擊民主的，進步的，科學的思想的武器，就是他們所認為日本的國粹國學，而這國粹國學，正如清澤洌所諷刺過說，越古越好，所以復古也就越來越起勁。

這種復古運動的顯著線索，最初為頭山滿所領導的玄洋社，繼着有北一輝，大川周明等所領導的「新國家主義運動」，再後就有林銑十郎，荒木貞夫等的所謂「國體明徵運動」。到今日的主流，則為平沼騏一郎，柳川平助等所倡導的日本主義了。但不管其名目如何，總有其一脈相通的傳統，一天天在完成日本式的法西斯主義。

不過有一點很值得注意：就是過去雖提倡復古，但似乎還很少有體系化的復古理論。也就是說，過去似還未有人明明白白說國學國粹就是救國之道，而到法西斯軍人已得政權的今日，却公開明白說出來了。茲試引幾句話於下面：

「國學是興起於近世的，同時代的人們認為藉此以究明古道，因之也有人稱它為古學。還有些人覺得它為什麼是究明古代的呢？實際上這種學問如獲得成果，就移之於實踐，而成為皇政復古的運動呀。

「國學是究明日本的本質的學問。乃究明是日本不是其他國家的，日本的民族，日本的國家本質的學問。

「國學的內容，從國體的本義開始，而及於日本民族的生活原理的諸問題。

「國學要之是日本的學問。是究明是日本不是其他的學問。從它裏面，自然可以發見日本的國家，日本的民族的發展的道路。」（見「文藝春秋」十月號武田祐吉：「國學的再建」）

他們怎樣展開這種復古運動呢？換言之，他們怎樣把這種復古思想灌注到國民頭腦中去呢？說到這一點，他們的辦法就多極了。他們利用了統治階級所能利用的一切工具來作復古的實踐。譬如，無線電播音，就是最普遍的。日本人用一種月賦制度，幾乎使家家戶戶都有一部收音機。每日節目中，總有一二節目是精神講話之類。其他音樂，「講談」等的內容，也幾乎都是這樣的內容。大中學裏都有「精神講座」，內容就是徹頭徹尾的日本主義。日本的教育是相當特別的。除了大中小學外，還有一種封建殘餘的「私塾」，而且它現在也還很普遍，各地都有。同時，它又是法西斯運動的牙城。過去各種右翼暴動，都和許多「塾」有關係；許多國家主義（法西斯主義）運動的領袖，都是「塾」出身，甚至是「塾」的主持人。除了「塾」之外，還有一種性質上類於「塾」，而比「塾」更為通俗化大眾化的「道場」。這些東西，平常都集中了不少的羣眾，團結在它的周圍，從事團體主義——日本主義的宣傳。這種教育形態，正是日本資本主義的半封建性的特質的特殊產物。

除此之外，日本的「愛國婦人會」，「國防婦人會」之類的婦女團體，城市鄉村（　）無不普遍存在。這些團體的指導意識，都是日本主義。日本婦女的法西斯主義運動，都是靠這些婦女團體而展開與深入的。

日本的在鄉軍人會，也是法西斯主義運動的核心組織之一。一切上中下級的退伍軍人，無不參加這種組織。它的內部活動的積極嚴密與活潑，殊足驚人。所以不妨認它為日本法西斯主義運動的大本營和中心勢力之一。

至於各種民間的法西斯小團體，不下數百個，當然也是宣傳復古，實踐日本主義的機關了。日本的復古主義，就靠上了上述的團體和工具而開展。侵略越推進，軍事獨裁越強化，而復古運動也越猛烈，日本文化的空白時代也就越長了。嗚呼哀哉。

十一月三日寫

選自一九四一年九月十六日，十月一日、十六日，十一月一日、十六日及十二月一日香港《筆談》第二至七期

存目

近代蘇俄文學的鳥瞰／少曼
選自一九三二年四月十一日至十九日香港《工商日報・文庫》

喬也斯／梁之盤
選自一九三五年六月一日香港《紅豆》三卷一期

幽默家皮藍得婁評傳／比特
選自一九三六年七月二十八日香港《工商日報・文藝週刊》

德國文藝近況鳥瞰／S.Y.
選自一九三八年七月一日香港《文藝陣地》第一卷第六期

第二次大戰與世界作家／林焕平
選自一九四〇年三月上海《文藝陣地》第四卷第十期

海敏威的路——從他的「喪鐘為誰而鳴」看過去／林豊
選自一九四一年五月二十五日香港《大公報・文藝》

附錄

和平文藝論（四）／李志文

反之，和平文藝為反抗戰文藝更勇敢的接受鬥爭，更實際，更深入更擴大，更細微曲折，將鬥爭具體化到建設新中國的任務上面，進一步的鮮明之民主革命在現階級國民革命運動的任務。和平文藝決不會放棄他的領導責任，而且反為更加擴大更廣泛的使目前的民主革命，成為這個戰鬥性的主潮，從而使到不分階級，不分黨派，以統一的民族團結來負起和平建國的責任，這是和平文藝運動一貫的鬥爭目標和任務。

但是為了打擊反革命勢力的成長，和平文藝決不會放過「抗戰文藝」，而是要給「抗戰文藝」以迎頭痛擊的！我們並不是否認「抗戰文藝」不是現代中國文藝思潮上面一個主流；但現實的發展是極其迅速多變的！到目前為止，「抗戰文藝」已經成了文藝史上的名詞了，它已經沒有了發展之現實基礎，如果依然有人去支持「抗戰文藝」活動，則「抗戰文藝」今天便成為阻礙實現發展的勢力，成為反革命惡勢力。這在革命的目的和任務上，反革命的惡勢力，當然是要澈底清除的，所以，反「抗戰文藝」成為和平文藝一個有力的鮮明鬥爭目標了。

在執行革命的過程中，和平文藝除了為完成必須政治任務之外，它一方面要為中國文化的前途而工作，為提高中國民眾的教育水準而工作，為建設自己本身的前途而工作，為大東亞保衛的勝利而工作，這些更是為和平文藝一種必須的，而且又是異常艱鉅的任務。

和平文藝為爭取一切任務的完成，它應該和政治革命一樣要有一定的戰略，我們只要運用這機動的戰略，則我們的工作纔能有顯著的效能。當前和平文藝的戰略的工作，是要包括下列幾點：

（一）爭取實際的政治綱領的建立。

（二）要求全國文藝作家，在不分主義，不分黨派，絕對信奉三民主義坦白誠意的立場上來一個空前的永久的廣泛的團結，而以各種健全形式，使這團結馬上實現。

（三）確立中華民族的，而又合乎東亞潮流的，大眾化的，充實的，活潑的，正確的文學理論；同時，更要提供新型的，有力的之創作方法；這就是要迅速完成三民主義現實主義的理論研究工作。

（四）提高中國文藝工作者一般的文化水準，於是，我們要特別強調作家自我練習，努力研究的精神。

今後和平文藝運動工作的開展，一定憑藉著這種正確的戰略的指示，而得到偉大的良好成績，但我們不要忘記現實是瞬息萬變，而我們的戰略，只能在於現實中長成起來，纔能配合著現實發展，我們每一個和平文藝的工作者，是決不能避免眞實的戰鬥生活的啊！

選自一九四二年二月七日香港《南華日報・前鋒》

圓寶盒的神話／徐遲

評「十年詩草」（明日社版）定價八元。重慶售價十五元。

卞之琳的詩總集「十年詩草」，包含「音塵集」，「音塵外集」，「裝飾集」與「慰勞信集」，並有附錄的三篇散文。

我們彷彿在聽詩人訴說他的小小的哲理。也許、說「小小的哲理」不如說這一些詩是詩人的「感情的思想」。這些「感情的思想」必須化而為詩，就因為詩人有一個「圓寶盒」。這圓寶盒有點來歷不明，我們只感覺到它，彷彿來自一道河流——它是從一個泉源流來的！裏面「裝的是幾顆珍珠」：

一顆晶瑩的水銀
掩有全世界的色相，

卞之琳就因為他讀到過這樣的水銀似的詩，不論是蘭波的，梵樂希的，里爾克的，克洛黛爾（？）的，他就也企圖了這樣的水銀（消息傳遞的希臘神）底創造。

一顆金黃的燈火
籠罩有一場華宴，

這兩行說得更具體了。可是一顆晶瑩的水銀中的全世界色相與一顆金黃的燈火下一場華宴，是「一而二」却並非「二而一」的。後者——華宴的色相早已包含在前者——晶瑩的水銀中；而前者却不包含在後者之中。但前者若沒有後者的具體化，是不够具體化，或竟是抽象的。

全世界的色相中，有每一個色，每一個相，無數的華宴，請想想黃昏以後，重慶有多少的館子，裏面有多少桌的小吃和大宴；貴陽、桂林、昆明、倫敦、紐約又有多少？而晶瑩的水銀却只有一顆，老實説，它也是根本不存在的。它是「幻想」的，也只有詩人和大藝術家才幻想，不僅幻想，彷彿還已經見得，還只有一伸手之間隔，彷彿一索即得。

可是這粒水銀到了詩人的手裏還會從指縫裏漏掉。卞之琳如果歌詠一場華宴，甚至于在一場華宴上歌詠，情形一定不同。在「慰勞信集」以前的作品中，他不！他想把一場華宴抹去而追求金黃的燈火，以貯藏在圓寶盒裏，他想把全世界的色相踢開而抓住一顆晶瑩的水銀，以貯藏在圓寶盒裏。

用什麼方面呢？「心得」、「道」、「知」、「悟」、或「杜撰的名目"Beauty of Intelligence"」（頁二一三）：感情追的「思想」。追溯起來，柏拉圖（Plato）早有這個發覺，影響到雪萊（Shelley）頌讚了 Intellectual Beauty。古依沃尼（Ionian）與中世紀的翡冷翠人都有一種把官能的感受還元為知性的特殊天賦。其實，莎士比亞、但丁與「物性篇」的作者同是一些善思索的詩人，但他們與善思索的哲人到底不同。思想的詩人所思想的是感情，正如思想的哲人所思想的是思想。艾略忒（T.S. Eliot）論莎翁時把感情分為明確的與迷茫的兩種，Precise 與 Vague 即斯賓諾莎稱為 Adequate 與 Inadequate 的。能把感情明確起來，這便是提鍊知性的美。而卞之琳十年來就作了這樣的企圖。可是在「音塵」與「裝飾」集中他華宴也沒有得到，而水銀也沒有得到；他不要華宴，而水銀是得不到的。

水銀是沒有得到，却得到了好比，獻給一個安徽女郎的「魚化石」（頁九十三），這一片「魚化石」中「懷抱」着並且照出了全世界的各時代的戀；這一首詩應得讀者的銘謝。並且縱然沒有得到水銀，却得到了「魚化石」，以貯藏在圓寶盒中，已經是彌足珍貴，況且也彷彿沒有其他的更足珍貴的珠寶了。

不論戀愛過的人，沒有戀愛過的人，主子和奴才；黑人白人和黃人；都一樣：

我要有你的懷抱的形狀，
我往往溶化于水的線條。
你眞像鏡子一樣的愛我呢。
你我都遠了乃有了魚化石。

這一首四行詩，是何等溫暖，何等不朽的戀，生命的永生的感覺。除了「魚化石」，我只記得戴望舒有一首四行的「無題」（「我思想，故我是蝴蝶」的那首）眞是水銀似的晶化的境界。這種境界自然難能可貴。但「像一個天文家離開了望遠鏡」（頁八十四）那四行就是依舊迷茫的感情；同樣的是，「距離的組織」（頁八十五）。在詩人撈到圓寶盒的時候，他想不到有一天會裝進比「魚化石」更珍貴的一束「慰勞信」的。雖然，他却早說過了。

雖然你們的握手
是橋、是橋、可是橋
也搭在我的圓寶盒裏。

「橋」，據卞之琳說，即「感情的結合」，但在「圓寶盒」一詩中應用「橋」作的譬喻，却不過是一句空話，一顆水銀或一個水銀的化學程式而已，雖然美麗，却一定要在「慰勞信」中，才看到感情結合的正式兌現，才看到感情結合的「明確」的表情。

音塵與裝飾的時候之後出現的是「抗戰」的慰勞信。卞之琳除了這二十封信之外，還寫了一部「七七二團在太行山」（明日社在香港出版的）。這兩部詩與散文，如果一起讀，就出現了一個有趣的情形。很明顯的，「七七二團」是華宴，而「慰勞信」却是燈火，色相的 Shade；七七二團是一個世界色相的「言傳」，而慰勞信却是晶瑩的水銀的「意會」。卞之琳覺得詩必須「意會」，若能「言傳」，則大抵是散文而非詩（見頁二一六第二行）。可是，當初若沒有這點兒散文，何來這點兒詩呢？此中就包含着一個彆扭。必須在華宴底下，才能感受燈火之下的色與相，詩人必須生活在一個特殊的社會中對了特殊的人與物，才能抉發永恒的人性。沒有「特殊」，何來「一般」？「一般」並不存在于無條件的「一般」中（頁二一四）。卞之琳說了，「要知道狹義也可代表廣義的。」這話應作這樣講，「廣義」一定是通過「狹義」來解出的，却只有一個「狹義」代表整個「廣義」。「十年詩章」代表了兩個生命。一種是：

> 世界是空的
> 因為是有用的
> 因為它容了你的款步。（頁一一六）

另一個生命是（像一幅但丁的畫）：

> 小雛兒從蛋裏啄殼。羣星忐忑。
> 似向我電告你們忍受的苦厄。（頁一六一）

兩個生命，詩人筆觸之下是同樣地美，但到底是後者，寄煤礦工人的信中間所寫的生命是眞。而小雛兒從蛋中啄殼，掩有了全世界的色相。

離開了民族革命，這與時代還有什麼「存在」呢？離開了這樣的「狹」的觀點，世界還有什麼色相是值得注意的呢？但這「狹」的觀點，需要何等「廣」的心腸。站在「華宴」之中，才有燈火下的感受。「七七二團」中生活的詩人才有「慰勞信」。

不要說詩人撈到了圓寶盒，便是任何人都有一個圓寶盒的，但是很「狹」的一個。有一點是可以斷言的，人類將日益地觀點更「狹」，心腸更「廣」，人類將「橋」似的握手，而一些讀者的圓寶盒中的貯藏，曾經是「魚化石」，現在是把「魚化石」取了出來，以便裝入「慰勞信」，不久可能見一封封慰勞信退讓地方出來，以便裝入更晶瑩的水銀，只要卞之琳或任何詩人能提鍊出來。那末這一點也是可以斷言的，詩人必須歌詠華宴，並且在華宴上歌詠了。

選自一九四三年五月十五日重慶《抗戰文藝》第八卷第四期

詩論零札／戴望舒

竹頭木屑，牛溲馬勃，運用法得，可成為詩，否則仍是一堆棄之不足惜的廢物。羅綺錦繡，貝玉金珠，運用得法，亦可成為詩，否則還是一些徒炫眼目的不成器的雜碎。

詩的存在在於牠的組織。在這裏，竹頭木屑，牛溲馬勃，和羅綺錦繡，貝玉金珠，其價值是同等的。

批評別人的詩說「如七寶樓台，炫人眼目，折碎下來，不成片段」，是一種不成理之論。問題不是在於折碎下來成不成片段，却是在搭起來是不是一座七寶樓台。

＊＊＊

西子捧心，人皆曰美，東施效顰，見者掩面。西子之所以美，東施之所以醜的，並不是捧心或眉顰，而是他們本質上美醜。本質上美的，荊釵布裙不能掩，本質上醜的，珠衫翠袖不能飾。

詩也是如此，牠的佳劣不在形式而在內容。有「詩」的詩，雖以佶屈聱牙的文字寫來也是詩；沒有「詩」的詩，雖韻律齊整音節鏗鏘，仍然不是詩。祇有鄉愚纔會把穿了綵衣的醜婦當作美人。

＊＊＊

說「詩不能翻譯」是一個通常的錯誤。祇有壞詩一經翻譯纔失去一切，因為實際牠並沒有「詩」包涵在內，而祇是字眼和聲音的炫弄，祇是渣滓。眞正的詩在任何語言的翻譯中都永遠保持着牠的價值。而這價值，不但是地域，就是時間也不能損壞的。

翻譯可以說是詩的試金石，詩的濾羅。

不用說，我是指並不歪曲原作的翻譯。

＊＊＊

韻律齊整論者說：有了好的內容而加上「完整的」形式，詩始達於完美之境。

此說聽上去好像有點道理，仔細想想，就覺得大謬。詩情是千變萬化的，不是僅僅幾套形式和韻律的制服所能衣蔽。以為思想應該穿衣裳已經是專斷之論了（梵樂希：「文學」），何況主張不論肥瘦高矮，都應該一律穿上一定尺寸的制服？

所謂「完整」並不應該就是「與其他相同」。每一首詩應該有牠自己固有的「完整」，即不能移植的牠自己固有的形式，固有的韻律。

＊＊＊

米爾頓說，韻是野蠻人的創造；但是，一般意義的「韻律」，也不過是半開化人的產物而已。僅僅非難韻實乃五十步笑百步之見。

詩的韻律不應祇有浮淺的存在。牠不應存在於文字的音韻抑揚這表面，而應存在於詩情的抑揚頓挫這內裏。

在這一方面，昂德萊，紀德提出過這更正確的意見：「語辭的韻律不應是表面的，矯飾的，祇在於鏗鏘的語言的繼承；牠應該隨着那由一種微妙的起承轉合所按拍着的，思想的曲線而波動着。」

＊＊＊

定理：

音樂：以音和時間來表現的情緒的和諧。

繪畫：以線條和色彩來表現的情緒的和諧。

舞蹈：以動作來表現的情緒的和諧。

詩：以文字來表現的情緒的和諧。

對於我，音樂，繪畫，舞蹈等等，都是同義字，因為牠們所要表現的是同一的東西。

＊＊＊

把不是「詩」的成份從詩裏放逐出去。所謂不是「詩」的成份，我的意思是說，在組織起來時對於詩並非必需的東西。例如通常認為美麗的詞藻，鏗鏘的音韻等等。

並不是反對這些詞藻，音韻本身。祇當牠們對於「詩」並非必需，或妨礙「詩」的時候，纔應該驅除牠們。

選自一九四四年二月六日香港《華僑日報‧文藝週刊》

從一個人看他的作品

侶倫著：「黑麗拉」•「無盡的愛」•「夜岸」／冬青

侶倫出生在一個憂患之家：父親是一個終年漂泊在大洋上的海員，他把香港當作一個岸站，定時靠泊在這裏，匆匆的上岸，又匆匆的離去，家務掌在一個罕有的身心都非常堅強的客家菜農——侶倫的母親的手上。他有一個姊姊，六個弟妹，在中國的舊家庭中，他無可避免的接受了「長兄為父，長嫂為母」的傳統地位和責任，因此在不應該負荷家庭責任的少年時代，他就已經背起了那個沉重的十字架了。

他沒有修完小學的課程。他從教師的人格教育和同學們的影響中獲得的教益，比從課本中所得到的還多。在大革命的湧潮中，他以一個十四歲小孩子的身份演着傳奇的角色。他在華人行的天台上散發「聖經」；他的住居被搜查，他給警員帶上「大館」；自由之後，他被捲進了反帝反封建的軍隊中去，作一些「喚起民眾」的宣傳工作。他的性格裏有着他工人父親那一份勇敢的和農民母親那一份堅毅的品質。照理他很可以在隊伍中長久受鍛鍊下去，或者長成得更勇猛。或者在戰地倒下來。可是那個家庭的十字架把他拖了下來，使他這個十六七歲的孩子不能自由飛翔，他的少年的夢想幻滅了。他不能和那群勇士們一道為真理而獻身。

從此，侶倫便一面負着家庭的十字架，一面把他的心靈奉獻給文學的女神。這是一種很自然的發展。在魯迅先生過香港到青年會演講的前後，香港的新文藝已接受着上海的影響，萌了新的苗芽。當時大光報的文藝副刊「燈塔」，便是一面旗幟，和那些「死人寫翻生」的各報文言連載小說對壘，侶倫那時就開始寫短篇小說，那時他不過十七八歲，令人驚異的並不是他開始得早，而是直到今天將近二十年，他仍然沒有放棄了文學，不像有些人當作寧神劑或靈魂的搖籃暫時利用一下。他並不。他堅貞的守着他的營壘，依然和那些照舊是「死人寫翻生」的連載小說對抗着，他從那些失望於上述小說的羣眾中獲得了他的讀者，尤其是比較純潔的學生們和知識青年們。

香港的文壇是一片荒地，這話一點不錯。「詩云子曰」的皇家教育和報章上的「諧部」（香港老報人叫副刊作「諧部」）結了親家，寫新小說的人變了孤軍作戰，有些退下來甚至棄筆投降。侶倫的寂寞是可以想像的。他衹能從偶然經過這裏的流浪者，獲得了一點鼓勵。可是這些過路客並不生根在香港，他們喘息一下又各奔前程去了。侶倫又得在充塞街巷的低級色情下流的貨色包圍中製作他的雖不能說完全健康却是非常清潔的作品。

觀察和批評這個小島的新文藝的人們，對於差不多二十年來侶倫在這裏苦耕的精神和成果，應該給予他適當的評價和他值得享受的一份敬重。

第二個巨浪衝擊到香港，民族解放戰爭爆發了，侶倫的弟弟演着他當年的脚色，侶倫担着十字架留守，他寫下「我的弟弟」的短篇，唱出對他弟弟的讚許和他自己的歡欣，另一使他快活的事是大批內地的文化先進雲集香港，使香港和桂林、重慶成為自由中國的三個文化中心，他不再嘆叫寂寞了。但這衹是一個畸形的短命的繁榮（，）終給敵人的炸彈炸得一乾二淨。侶倫帶着一家大小，流亡到東江紫金縣屬的一個小村中，做一個「全能」教師，和百多個農家小學生渡過了整整三年又五個月。戰後他又重返香港，依然是寫寫寫，大概終他有生的一日，他是不會放下他的筆的了。

這樣一個堅貞的小說作者的健鬥精神，令人佩慰，正因此，我們不能不對他寄予更高的期望。

他的作品大部是小說，小說中多數是短篇。他僅印出了很少的幾本集子。他說過：「我的筆幾乎是為忘記痛苦而提起來的。」（「黑麗拉」序）一個詩人的痛苦，來自生活的困頓與來自心靈的寂寞是有着同等的機會的，在侶倫，他兩者都俱備着，生活的重壓，使他和一些可以親近的友人隔離着。使他喪失了大部分可利用的時間。

這是一個扼殺作者的社會，他面對着飢餓的威脅，他懂得這吃人社會的罪惡，但他還少一柄剖驗這社會的裏層的利刃，因而他的憎恨心和愛心反映在小說上就不够分明，執着和堅定。他感覺多於觀察，他研讀世界名著多於研讀本國人民的歷史。他幻想多於行動，這些，都會使他的作品缺少了應有的營養，使有些篇章失掉了健康的血色。

在另一方面，心靈的寂寞苦惱着他，他渴望得到滿足。於是他就在作品中去尋找他的知己，創造他的知己。他寫出多彩多樣的故事，崇高的，英勇的，傷感的，可憐的……人物，跟他們一同悲喜。在這個世界裏，作者是「自由」了，他的被抑困的心靈獲得了解放，然而這樣的「自由」對作者也不盡有益，他好像是在作虛無的探險，越深入他的「文學的王國」去，離他所站立的土地越遠了。

他所獲得的是一種有限度的自由，他「事實上自己還得靠現成的發表機會來補助生活。便祇能在不致過於浪費筆墨的限度下，寫些還不致遭拒絕的題材。因此自己計劃中的作品沒有能够寫出來，而寫出來的却往往不是自己預備寫的東西。」（「無盡的愛」序）市塲的定單要求「香艷」，「過癮」……作者打了對折又對折，他寫生死戀（「黑旗袍的太太」），寫異國情調的戀愛與友愛（「黑麗拉」「無盡的愛」），寫自殺者（「夜岸」）……看者交相稱「好」的一篇，偏是作者認為「空虛」的一篇（「永久之歌」），作者既苦惱而又困惑。這種境遇是很難忍受的。但他捱下去，在不「失節」的原則下活下來。他終於寫出了他比較稱心的幾篇作品——「銀霧」「傻福不傻了」「短刀」「無盡的愛」「秀叔這個人」……（按：除「銀霧」及「無盡的愛」外，餘均收在題名「夜岸」一書中。）

侶倫小說的多彩多樣，恰似這個五方雜處的香港一樣：從著作家，明星，女侍，葡萄牙人，日本人，偵探，教師，西班牙人，新聞記者，到警察，人物是相當複雜的。可是奇怪得很，他却很少寫到同他父親同階層的工人和他母親同階層的農人，以至於和他共事過的軍人。在他文學的王國裏，看不見他所比較熟悉的角色。我問過作者，他答道：「認真說起來，我還正在開步走哩，假如生活不是這樣磨難我，我還要完成許多未了的雄願。」

一個新的浪潮的潮音作者是在傾聽着。過去的時間曾作過他的証明。他「悄悄地脫下帽子」致敬的人已走到他的面前，其中有着他雙親的同伴和他早年的師友，也有着他弟弟的更年輕的一代少年們。時間在前進。藝術家的良心，混和着勞動人民的兒子的血液〔，〕我相信將驅策侶倫躍前一步，衝出他自己謙虛地圈定給自己留守的小圈子，去傾聽這個大時代的脈搏，傾聽人民的心靈，把他的彩筆，同自己的生命，獻了出來，作忠誠的服務。

選自一九四七年十二月二十一日香港《華僑日報・文藝週刊》

作者簡介

羅澧銘（1903-1968）

名祉皆，號吉菴。商人、作家、報人。廣東東莞人。筆名有蘿月、憶釵生、三羅後人、禮記、塘西舊侶等。曾就讀於聖士提反英文學堂。十九歲出版四六駢文小說《胭脂紅淚》；一九二三年從商；一九二四年《小說星期刊》創刊，職主任，發表大量小說、隨筆等作品，一九二八年八月與孫壽康合辦《骨子》三日刊。一九七〇年代初，於《星島晚報》以塘西舊侶筆名連載〈塘西花月痕〉，後分上下冊出版。

觀微

生平資料不詳，一九二七年於香港《華僑日報・香海濤聲》發表文章。

探秘

生平資料不詳，一九二七年於香港《華僑日報・香海濤聲》發表文章。

張詩正

生平資料不詳。一九二七至二八年任香港衛之英文學校藝術研究團出版物《藝潮》撰述員。

周　洪

生平資料不詳，一九三〇年於香港《非非畫報》發表評論。

吳灞陵（1904-1976）

原名吳延陵，筆名雲夢生、吳雲夢、看月樓主、銷魂、白蓮、解鈴、差利、百勞、馬迴、鰲洋客、行者、土行者、萬報樓主人等。作家、報人、報刊收藏家。廣東南海人。一九二三年投入報界，歷任《香江晚報》、《大光報》、《中華民報》、《香港南中報》、《南強日報》編輯、戰後版《循環日報》總編輯，三〇年代加入《華僑日報》，任編輯、港聞版主任逾四十年，曾主編副刊「香海濤聲」。二〇年代任《小說星期刊》特聘撰述員、《墨花》撰述員，勤於筆耕，新舊文學俱涉獵，小說、散文、隨筆甚夥，惜未見成書。一九三二年創辦本地旅遊組織「庸社行友」，著有《香港風光》、《九龍風光》、《新界風光》、《離島風光》、《今日南丫》等，俱由《華僑日報》出版。編有《廣東之新聞事業》，《港澳尊孔運動全貌》。

許夢留

生平資料不詳，一九二四至二五年間於香港《小說星期刊》發表文學評論、新詩和小說。

吳光生

生平資料不詳，一九三〇年於香港《非非畫報》發表評論。

杜若

疑即為杜其章，參「其章」條。

灞陵

參「吳灞陵」條。

何禹笙

生平資料不詳。其弟子編有《何禹笙先生文集》（廣州：登雲閣，一九三七），父何屏山（字炳堃）為九江先生朱次琦弟子，何禹笙則師事梁杭雪，長於駢儷。

何惠貽

生平資料不詳。何禹笙學生，署名良溪何惠貽，料原籍廣東江門良溪。又自號蟄廬室主。

勞夢廬（1874-1958）

原名勞世選，字緯孟，號夢廬，筆名今夢生。廣東鶴山人。清末來港任《廣東日報》、《有所謂報》等報編輯，後返廣州任廣東臨時省議會代議士。民國元年，返港任職《世界公益報》，後任《華字日報》總編輯。潛社、南社、北山詩社社員，能詩詞。曾口述歷史文學，編成《五十年人海滄桑錄》。他醉心粵曲和南音，對瞽師鍾德的歌藝猶其折服，收集及抄錄所唱《紅樓夢》南音，刊行《今夢曲》一書，後增版為《增刻今夢曲》（香港：聚珍書樓，一九二〇），是研究南音的重要原始文獻。

其章（1891-1942）

原名杜其章，字煥文，別號小浣草堂主人。福建泉州人，前清秀才。少年參加反清革命，民國建立後來港經商於裕茂行，擔任香港東華醫院總理、保良局總理、福建義學主席、中華學術會顧問。為當時書畫文藝界領袖，海內外書畫名家如高劍父、黃賓虹、徐悲鴻、劉海粟、馬萬里、黃璞庵、孫福熙、陳天嘯等到香港籌開畫展，必先訪謁。一九二七年與友人創辦香港書畫文學社、《非非畫報》，擔任社長。一九三七年抗日戰爭爆發，在香港、澳門、廣州等地開書畫展覽會，籌募善款，賑濟災民。又成立香港中華藝術協進會，宣傳抗敵救國，被推為主席。一九四二年香港淪陷，有報導指杜一家入桂被俘，從此失蹤。

雲仙

生平資料不詳，一九二八前後就讀於香港大學，於《香港大學雜誌》發表評論。

冷紅

生平資料不詳，一九三〇年於香港《非非畫報》發表評論。

冰蠶

生平資料不詳，一九二八年於香港《伴侶》雜誌發表評論和隨筆。

稚　子（1903-1956）

原名張稚廬，筆名張稚子、畫眉等。廣東中山人。早年曾由廣州到香港英文書院唸書，及後回中山辦輔仁學社，自任校長。一九二八年短暫來港編輯《伴侶》。雜誌停刊後，到上海辦鳳凰書店。一九三二年回中山辦《仁言日報》。中日戰爭，中山淪陷後，遷居香港；香港淪陷後遷到廣州。戰後於香港定居，當過雞鴨欄帳房，開過文具店。在報上專欄撰寫典故小品，以白居不易之筆名寫打油詩，及王戲之的筆名撰寫對聯，一九五六年食道癌病逝，終年五十三歲。作品見於二、三〇年代香港刊物《伴侶》、《時代風景》；上海《現代文學評論》、《南風月刊》；中山《仁言日報》；廣州《東方文藝》等。三〇年代於上海出版小說集《獻醜之夜》、《床頭幽事》。

謝晨光

本名謝維楚，另有筆名星河。中學就讀於香港孔聖會中學、英皇書院。一九二九年與侶倫、張吻冰、岑卓雲、黃谷柳、陳靈谷等組織「島上社」，同年赴日就讀早稻田大學。曾任香港《朝野公論》總編輯，戰時任《南華日報》、《華字日報》駐重慶特派員，擔任韶關廣東省臨時省政府秘書，戰後回港，後移民美加。二、三〇年代作品見於香港《大光報》、《墨花》雜誌、《大同日報》、《伴侶》及《鐵馬》雜誌；上海《幻洲》、《現代小說》等雜誌。著有短篇小說集《貞彌》、《勝利的悲哀》。

自　强

生平資料不詳，一九二八年於香港《非非畫報》發表評論。

杜格靈（?-1992）

原名陳廷，又名陳小蘋，另有筆名羅蜜波，孟津等。一九三〇年於廣州出版散文集《秋之草紙》。三〇年代在香港《珠江日報》工作，並於香港《工商日報》、《朝野公論》、《今日詩歌》、上海《婦人畫報》等刊物發表小說、散文及新詩。一九三四年與侶倫主編《南華日報》副刊「新地」。一九三六年與劉火子、李育中等組織「香港文藝協會」。一九四五年以後，曾在香港開設慎記印刷公司。一九九二年於加拿大逝世。

袁振英（1894-1979）

筆名震瀛、震寰道人。廣東東莞人，先祖為抗清名將袁崇煥。一九〇五年來港，先後畢業於英皇書院及皇仁書院，在校鼓吹革命及無政府主義。一九一五年進北京大學英國文學門，組織實社，曾在《新青年》發表〈易卜生傳〉，是其最有影響力的文章。畢業後曾任教員，後投身報界，一九二〇年協助陳獨秀組織中國共產黨及中國社會主義青年團，一九二一年秋赴法國里昂大學博士院留學。一九二四年回國後曾任教於廣東大學、中央軍事政治學校、暨南大學、山東大學、廣東勷勤大學等。一九三七年遷居香港，香港淪陷後回到廣州，一直從事教育工作。一九四九年後出任廣東省文物保管委員會委員，廣東省政協列席委員。一九七九年於廣州病故，終年八十五歲。

譯作有《牧師與魔鬼》、《革命與進化》、《社會主義與個人主義》、《高曼女士文集》、《罪與罰》；著作有《易卜生傳》、《性的危機》等。曾在香港多份報刊擔任記者或編輯，包括《香江晨報》、《大光報》、《循環日報》、《朝野公論》，一九三〇至三一年主編香港《工商日報・文庫》，是水平相當高的文學副刊。

葉觀棪（?-1971）

廣東南海人。畢業於香港大學教育系，一九二八年任《香港大學雜誌》編輯部營業主任，戰前歷任大同學校、英皇書院及政府夜中學等教席。一九五六年入教育司署，任視學處教育官，一九六四年任滿退休，受聘為八達書院副校長。積極參與推廣香港體育運動，任香港華人游泳會副總幹事、香港體育協進會會員，一九三六年經全國體育協進會選派出席德國柏林奧運。曾祖父葉廷瑛（茗生）之兄葉瑞伯據說為著名南音《客途秋恨》作者。父葉茗孫為名儒、報人，曾助勞夢廬（緯孟）編《今夢曲》，長兄觀盛為名書法家。

靈谷（1909-1990）

本名陳振樞，又名陳仙泉，另有筆名仙泉、白水、陳白、陳默之、陳季子、葛雷夫、胡為等，靈谷為常用的筆名之一。一九二〇年代中曾任共青團海陸豐地委宣傳部長，一九二七年「大革命失敗」後到香港，三〇年代參與香港島上社的文藝活動，參與《島上》和《鐵馬》的創辦。曾任香港《大光報》副刊編輯，一九三二年參加十九路軍淞滬抗戰，擔任戰地宣傳工作，編印《血潮》日刊。淞滬抗戰結束後回香港，與丘東平合編《血潮彙刊》在香港出版。一九四九年後在中國內地生活和工作。

佐勳

生平資料不詳，一九三〇至三一年於香港《工商日報・文庫》發表評論文章。

石不爛（1910-1947）

原名石辟瀾，乳名爾平，又名海清、鳴球，筆名石不爛，一九四二年起化名余清。廣東潮州人。中共黨員。三三年加入左翼文化總同盟廣州分盟，三四年轉移到香港，擔任《大眾日報》特約評論員，以筆名石不爛在粵港滬多份報刊發表文章。三五年十二月「香港抗日救國會」成立，石辟瀾為該會負責人之一。三八年在韶關創辦中共廣東省委機關刊物《新華南》，四〇年任中共粵南省委宣傳部長，四六年後任南樂縣委副書記、鄂豫皖區地委副書記等職。一九四七年被武裝土匪殺害。

楊春柳

生平資料不詳，一九三三年於香港《大光報．大觀園》發表評論。

水　人

生平資料不詳，一九三三年於香港《大光報．大觀園》發表評論。

森　蘭

生平資料不詳，一九四〇年於香港《大公報．文藝》、《大公報．文協》、《立報．文協》、《星島日報．星座》等發表散文及評論。

許　菲

生平資料不詳，一九四〇年於香港《國民日報・新壘》發表評論。

貝　茜（1911-1988）

本名李林風，筆名侶倫、林風、林下風、貝茜、李霖等。廣東惠陽人，生於香港。一九二六年已於《大光報》發表詩作。一九二八年在香港最早的文學雜誌之一《伴侶》發表小說。一九二九年與謝晨光等組織島上社，出版《鐵馬》、《島上》雜誌。一九三一年任香港體育協進會書記，並在《南華日報》擔任編輯工作，曾主編文藝副刊「勁草」，與杜格靈合編「新地」。三五年與易椿年、張任濤等合編《時代風景》，三六年與劉火子、李育中、杜格靈等組織「香港文藝協會」。一九三八年任職於香港南洋影片公司，曾擔任編劇及宣傳工作，編撰多種電影劇本。香港淪陷期間流亡廣東，任職小學教師，戰後返港，主編《華僑日報・文藝週刊》，五五年創辦采風通訊社，七八年加入中國作家協會廣東省分會。三、四〇年代在香港《大光報》、《紅豆》、《南華日報・勁草》、《工商日報・文藝週刊》、《華僑日報・文藝週刊》等刊物發表評論、新詩、小說、散文。

簡又文（1896-1978）

筆名大華烈士，廣東新會人。小時就讀西關述善小學，曾師從當時的國畫教員高劍父。一九一七年畢業於嶺南學堂，赴美留學，獲歐柏林大學文學士學位，芝加哥大學宗教教育科碩士學位。一九二四年受聘為燕京大學宗教學院副教授，後經孫科保薦投身軍政界，官至國民政府立法院立法委員，曾創辦《人間世》、《逸經》。抗戰期間在港創辦《大風》旬刊，任國民黨中央黨部港澳總支部執行委員，並組織中國文化協進會。香港淪陷後至桂林擔任省政府顧問，戰後任廣東省文獻委員會主任委員兼館主任。一九四九年定居香港，獲聘為香港大學東方文化研究院名譽研究員，活躍於港台歷史學術界。著有《太平天國全史》、《西北從軍記》。

華　胥（1899-1991）

本名吳夢龍，後改名吳華胥，另有筆名一夢、阮迪新、若滄、勉為、望榆、渚青、黃粱、勵予等。廣東惠來人。一九二六年加入中國共產黨。一九二七年從汕頭到香港，一個月後回汕頭。一九二八年再到香港，轉赴泰國，從事教育工作。一九三一年被驅逐出境，再到香港，任職小學，並在《大光報》、《工商日報》等發表作品。一九三六、三七年分別參與創辦「香港文藝協會」及「香港中華藝術協進會」。一九三七年與李育中同任《大眾日報》主筆。一九三八年返回內地參加抗戰。一九四六年重來香港。一九四九年返回內地。

王訪秋

生平資料不詳，一九三六年於香港《朝野公論》發表評論。

李育中（1911-2013）

筆名李燕、白廬、李爾、方皇、李航、李遠、馬葵生、韋舵等。廣東新會人，生於香港，童年在澳門生活，一九二二年到香港讀英文。一九二五年因省港大罷工而被迫回到內地，幾年後重回香港。一九二九年在香港《大光報》開始發表作品。一九三三年在《天南日報》連載所譯海明威小說《訣別武器》（*A Farewell to Arms*），為中國最早譯本。一九三四年與張弓合編

《詩頁》。一九三六年與劉火子、吳華胥、杜格靈等組織「香港文藝協會」，並加入中國共產黨，後來退黨。一九三七年與魯衡合編《南風》雜誌，與吳華胥為《大眾日報》主筆。一九三八年回內地工作，曾隨軍入緬，擔任英文秘書兼戰地記者，並於內地報刊發表戰地通訊。戰後在廣州從事教育工作，任教於華南師範大學中文系。三、四〇年代在香港《大光報》、《天南日報》、《南強日報》、《南華日報》、《工商日報》、《華僑日報》、《立報》、《星島日報》、《大公報》、《今日詩歌》、《紅豆》、《時代風景》、《南風》；廣州《烽火》、《文藝陣地》；桂林《野草》、《詩創作》、《文學批評》等刊物發表評論、新詩、散文、小說和翻譯。

施蟄存（1905-2003）

本名施德普，另有筆名安華、施青萍、李萬鶴等。浙江杭州人。一九二二年考入杭州之江大學，後轉上海大學，一九二六年再轉震旦大學，同年與戴望舒、杜衡創辦《瓔珞》旬刊，並加入共青團。一九二九年起，在上海參與《無軌列車》、《新文藝》、《現代》等雜誌編務。抗戰開始後，多次來香港。停留較長的一次是一九四〇年四月至九月，居於香港島薄扶林學士台，並任「全國文藝界抗敵協會香港分會」屬下「宣傳部」負責人、「研究部」附設「文藝研究班」負責人，又在香港天主教會「公教進行社」的「出版部」翻譯法文書籍。一九三〇、四〇年代在香港發表的作品及翻譯見於《大公報》、《星島日報》、《大風》雜誌等。一九五二年起任華東師範大學教授。著述甚豐。

林煥平（1911-2000）

筆名方東旭、石仲子、望月等。廣東台山人。一九三〇年就讀上海中國公學大學部，加入「中國左翼作家聯盟」，翌年轉到暨南大學繼續學業。一九三三年赴日本留學，任左聯東京支盟書記，機關刊物《東流》主編、《雜文》（第四號起易名《質文》）編委。一九三七年五月底被驅逐回國。抗戰爆發後來港，曾任文協香港分會理事，並在廣州、香港、桂林、重慶、上海等地，從事新聞、教育工作。香港淪陷後，赴廣西、貴州。一九四七年再度來港，續任《文匯報》社論委員，並創辦南方學院，任院長。一九五一年香港政府下令關閉南方學院，返回桂林，先後擔任廣西大學中文系主任、廣西師院中文系主任等。三、四〇年代在香港《星島日報・星座》、《立報・言林》、《大公報・文藝》、《大眾日報》、《天文台半週評論》、《時代批評》、《大風》、《文藝陣地》、《文藝青年》、《筆談》、《華商報》等刊物發表詩、散文、評論、譯作等，著有《抗戰文藝評論集》、《活的文學》、《茅盾在香港和桂林的文學成就》等書。

杜埃（1914-1993）

本名曹傳美，又名曹芥茹、曹芥如、曹家裕，另有筆名杜洛兒、拜士、T.A等。廣東大埔人。一九三〇年到廣州，投稿廣州《國民日報》和香港的報紙，最初的作品在香港刊出。一九三二年因在廣州出版左翼文藝刊物《天皇星》而被追捕，暫居香港，期間與樓棲等協助蒲特（饒彰風）主編《天南日報・水門汀》週刊。一九三三年就讀於廣州中山大學，參加「中國左翼作家聯盟廣州分盟」活動。一九三六年加入中國共產黨，獲任命為「中共香港工委」代理宣傳部長，兼港九文化支部書記，曾任香港南方書院教師，為香港《大眾日報》撰寫社論、主編文藝副刊「文化堡壘」，並任「中華藝術協進會」文藝組負責人。其後調往「八路軍駐香港辦事處」，負責統一戰線聯絡工作，在香港各種報刊撰寫政論、文藝理論等，並在《立報・言林》、《文藝陣地》發表作品。一九三九年受命回到東江。一九四〇年初赴菲律賓建立抗日宣傳基地。一九四七年重來香港，先後負責出版《華商報》和《群眾周刊》。一九四九年十月返回內地。

黃　繩（1914-1998）

又名黃承燊。廣東廣州人。一九三七年來港，任中學教師。一九三九年參與組織「中華全國文藝界抗敵協會香港分會」。翌年出任該會理事，兼「組織部」及「組織部」附設「文藝通訊部」負責人。香港淪陷後，轉往桂林。一九四八年回港，任香島中學校長。一九三〇、四〇年代在香港發表的作品見於《大公報》、《大眾日報》、《立報》、《星島日報》、雜誌《人世間》、《文藝生活》、《文藝青年》、《文藝陣地》、《詩創作》等。

娜　馬

生平資料不詳。一九四〇年在香港《南華日報》發表散文、戲劇、評論。一九八二年十一月十四日《華僑日報》李文（即主筆馮連均，另名李志文）〈抗戰文藝之「民族形式」論戰——悼念吾友馮明之先生〉提到，廣州淪陷後，馮明之（即曾潔孺）抵港，與茅盾、李素、成舍我、黃繩、戴望舒、李馳、李子誦、馬鑑教授、源克平、林擒、袁水拍、葉靈鳳、吳其敏、林煥平、平可、高雄、望雲、吳娜馬諸位先生遊，共同致力推進海外抗戰文藝運動。據此娜馬或姓吳。

李漢人

生平資料不詳。一九四〇年在香港《南華日報》發表散文、評論。

楊　剛（1905-1957）

原名楊季徵，後名楊繽。湖北沔陽人。一九三二年畢業於燕京大學，曾參加上海左聯。

一九三八至四一年在香港主編《大公報・文藝》，四〇年任文協香港分會理事，三九至四一年間擔任文協香港分會所屬文藝通訊部的導師，在香港《星島日報・星座》、《大公報・文藝》、《文藝青年》、《華商報・熱風》等刊物發表詩作、散文、小說、評論，並參與四〇年末的「反新式風花雪月」論戰。四二年至桂林，任桂林《大公報・文藝》主編及文協桂林分會理事，四三年到重慶，四四年以《大公報》特派記者身份赴美國，在哈佛大學進修，四八年秋回國，先抵香港《大公報》工作，四九年返內地，五五年任《人民日報》副總編輯。一九五七年在反右運動中自殺。

松　針

生平資料不詳。一九三八至四一年在香港《立報》、《文藝青年》發表散文、評論。

葉靈鳳（1905-1957）

本名葉蘊璞，另有筆名任訶、佐木華、柿堂、雨品巫、秋生、秋朗、亞靈、南村、秦靜聞、葉林豐、燕樓、鳳軒、霜崖、臨風、曇華、靈鳳、L.F. 等。江蘇南京人。上海美術專門學校肄業。一九二五年加入「創造社」，開始寫作，期間與周全平合編《洪水》半月刊。一九二六年組織文學團體「幻社」，與潘漢年合編《幻洲》半月刊。一九三〇年加入「中國左翼作家聯盟」。一九三七年參加《救亡日報》工作，後隨該報遷到廣州。一九三八年廣州失陷，轉到香港定居，此後歷任香港《立報・言林》，《星島日報》的「星座」、「香港史地」、「藝苑」等副刊編輯，並參與《大同雜誌》、《大眾週報》、《新東亞》、《萬人週刊》等刊物的編務。三〇年代於上海出版小說集《女媧氏之遺孽》、《時代姑娘》。一九四〇年在香港出版散文集《忘憂草》。

艾秋（1905-1988）

本名薩音泰，筆名薩空了、了了、小記者、艾秋飆。蒙古族人，生於四川成都。一九二七年在北京開始從事新聞工作。一九三五年九月，受邀往上海主編《立報・小茶館》，以「了了」筆名撰寫時事短評。一九三六年任總編輯兼經理。一九三七年十一月初，日軍攻陷上海，月底《立報》宣佈停刊，薩空了南下香港。翌年四月一日在香港復刊《立報》，再任總編輯及總經理，仍主編「小茶館」及發表短評。一九三九年赴新疆，任《新疆日報》第一副社長。翌年轉往重慶，任《新蜀報》總經理。一九四一年初受鄒韜奮、廖承志邀請出任新辦香港《光明報》總經理。香港淪陷後回到內地，一九四五年重到香港，出任《華商報》總經理。一九四九年六月再返回內地。

潔孺（1919-1982）

原名曾潔孺，後更名馮明之，又名馮式，字英偉。筆名南山燕、智侶。廣東鶴山人。青年時肄業於鶴山縣立師範學校，課餘為廣州各報撰稿。一九三八年赴香港，與戲劇家胡春冰、黎覺奔、作家茅盾、周鋼鳴、成舍我等致力於海外抗戰文藝運動，一九三八至四一年在《大公報》、《立報》、《大眾日報》、《申報》、《國民日報》發表評論、小説、散文作品。一九三九年與梁儼然、唐英偉、陳子殷、盧衡、梁月清等組織「十月詩社」。戰後返廣州任《中山日報》主筆。一九四八年定居香港，曾以筆名南山燕在《新生晚報》寫歷史小説。六〇年代創辦香港編譯社及高速函授學校，自任校長。曾主持電視節目「古往今來」，講解中華文化、歷史、文學。從事中學中英文教科書編著，銷東南亞各地。一九六七年獲選為英國語文學院院士。編著有《中國文學家辭典》、《國學的基礎知識》、《中國文學史話》、《中國文學史教程》、《中國文學史提綱》、《中國文學的流派》、《中國戲劇史》、《中國民間文學講話》、《中國歷史提綱》

等多種教材，亦以中英雙語撰寫中西比較文學論文，收錄於《文學三題》。報上發表的隨筆收錄於《歷史的奇趣》。以筆名南山燕出版歷史小說《李師師》、《綠珠傳》、《南明遺恨》、《桃山宮末日記》、《夜盜紅綃記》；又以筆名智侶出版文藝小說《第一夢》、《太平洋之戀》、《亂世風情》。

揚帆

楊州人，其他生平資料不詳。一九四〇年在香港《南華日報》發表散文、新詩、小說及評論。

隱郎（1907-1985）

又名戴隱郎、戴英浪，亦曾用戴逸浪、戴旭峰、殷沫、馬康、疾流等名。詩人、木刻家、水彩畫家、劇作家。吉隆坡出生，原籍廣東惠州，在怡保南洋美術研究所學習美術，當過報紙編輯和美術教員。曾在上海藝術大學攻讀，後轉上海藝術專科學校。三〇年代居港，任教於南粵中學，三四年與劉火子等創辦《今日詩歌》，發表論文〈論象徵主義詩歌〉及詩作〈黃昏裏的歸隊〉，三五年與溫濤、劉火子組織「深刻木刻研究會」，詩作和評論見於《南華日報・勁草》、《時代風景》等報刊。太平洋戰爭爆發前自港回馬，曾在怡保居住。一九三七年參加華僑各界抗敵後援會，擔任總務。其間主編《南洋商報》副刊「獅聲」、「南洋文藝」、「文漫界」，並組織了後來成為抗敵後援會重要宣傳工具的「星洲業餘話劇社」。一九三八年加入馬來亞共產黨，八月成為抗援會最高負責人，積極投身抗日。同年參加英國皇家畫家學會展，獲銀質獎章。一九四〇年二月被英殖民當局逮捕，五月被強制遣送出境，輾轉到達上海。四一年二月任「魯迅藝術學院華中分院」教務科副科長兼美術系教員，轉為中共黨員。四七年八月，應台灣第二屆全省美展邀請赴台交流，曾擔任台北師範學校教師，四八年在台灣參加第十一屆台陽美展，同年底離台赴香港。五七年反右派鬥爭中，戴隱郎與中央美術學院華東分院的其他教師被劃為反黨反社會主義的「資產階級右派分子」，文革期間受盡折磨，後獲平反，在浙江美術學院任教，一九八五年杭州病逝。

黎覺奔（1916-1992）

字國斌，又名盧基，廣東東莞人。上海中華藝術大學文學系畢業。與侶倫、梁之盤、謝晨光等屬一九三六年創立之香港文藝協會成員之一，一九三九年與曾潔孺、汪罡主編戰時刊物《通訊網》。又與馬鑑、胡春冰在香港成立中英學會中文戲劇組、戲劇藝術社。曾為香港大學、香港中文大學戲劇社導演。歷任華僑書院教授兼戲劇學系主任，香港音樂專科學校教授，香港戲劇藝術學會主席，市政局香港話劇團導演。又出任多年香港校際音樂節評判，校際朗誦節評判，大專學生戲劇節評判。小說、隨筆見於《國民日報．新壘》、評論見於《時代風景》、《抗戰戲劇》、《文化展望》等刊。著有劇本《紅樓夢》、《趙氏孤兒》、《木蘭從軍》等凡二十餘種。

李南桌（1913-1938）

湖南湘潭人（一說長沙）。現代文學評論家，茅盾主編《文藝陣地》主要撰稿人之一。三〇年代初就讀北平志成中學，高中畢業後考上師大英文系，與中學同窗臧雲遠等合辦文藝刊物《曉聲》。一九三八年二月茅盾在長沙舉行公開講演，李南桌會後拜訪，四月茅盾主編的《文藝陣地》創刊，李南桌陸續發表〈廣現實主義〉、〈關於「文藝大眾化」〉、〈評曹禺的「原野」〉、〈論「差不多」和「差得多」〉、〈抗戰與戲劇〉、〈再廣現實主義〉、〈論典型——個性．類型．人性〉、〈關於魯迅先生〉八篇評論。同年七月長沙屢受轟炸後李南桌赴香港，在中學任國文教員，十月十三日因盲腸炎未及時治療而病逝九龍。茅盾對於他的論文有很高的評價，又幫他的夫人編成《李南桌文藝評論集》，一九三九年八月由香港生活書店出版。

朱伽

生平資料不詳。一九四〇至四一年在香港《南華日報・半週文藝》，發表評論、小說、散文、新詩。

林離

生平資料不詳。一九三三年於香港《南強日報・電流》發表評論。

鷗外鷗（1911-1995）

本名李宗大，字繩武，筆名葉沃若、司徒越、江水煥、李自潔、李自清、林木茂、李淺野、鷗外鷗等。詩人，兒童文學家。廣東東莞虎門人，出生地不詳。自小隨父母居於香港跑馬地，就讀育才書院，十四歲離港赴廣州。三〇年代曾參加荔枝社、廣州詩壇社、詩場社、中國詩壇社等文學團體，開始詩歌創作。三六年重返香港，在香港《大地畫報》發表詩作，一九三七年主編《詩群眾》月刊並任《中國詩壇》編委，三八年在香港主編《中學知識》月刊，並在香江中學任教，後任國際印刷廠總經理，三九年出席中華全國文藝界抗敵協會香港分會成立大會。日軍佔港後，四二年前往桂林，任《詩》月刊編委，並任大地出版社編輯室主任。四六至四七年間在香港《新兒童》月刊發表兒童詩。一九四九年後，在國民大學、華南聯合大學、華南師範學院等校任教。一九五三年調中華書局廣州編輯室任總編輯，後獲選為作協廣州分會理事。一九九一年移居美國紐約，九五年辭世。著有《鷗外詩集》（一九四四）、《鷗外鷗之詩》（一九八五）及多種兒童讀物。

何玄

生平資料不詳。一九三七年在香港《華僑日報·文藝》發表評論。

唐瑯

參「徐遲」條。

徐遲（1914-1996）

本名徐商壽，另有筆名史綱、余犀、唐瑯、袁望雲、龍八等。原籍浙江吳興。一九三一年考入蘇州東吳大學文學院。一九三三年開始發表文學創作，一九三六年與戴望舒、路易士、卞之琳等在上海創辦《新詩》月刊。一九三八年五月從上海到香港，為香港《立報》、《星報》等翻譯外國電訊消息。一九三九年與戴望舒、葉君健等主編《中國作家》，四〇年任文協香港分會理事，一九三九至四一年擔任「中華全國文藝界抗敵協會香港分會」屬下「文藝通訊部」的導師。三、四〇年代在香港《南華日報·勁草》、《星島日報·星座》、《華商報》、《大公報·文藝》、《頂點》等刊物發表詩作、譯詩、散文、小說及評論。一九四二年初離開香港，四九年任英文《人民中國》編輯，一九五七年至六一年任《詩刊》副主編。曾任文聯委員、作協理事等職。

王烙（1921-1999）

原名王深泉，另有筆名王烙、舒巷城、秦西寧、邱江海、方維、尤加多、王思暢等。祖籍廣東惠陽。生於香港，曾就讀於育才書社及華仁書院。十六、七歲，中日戰爭時開始創作。一九四一年以前，與友人出版詩集《三人集》，已散佚。一九四二年赴桂林，戰後流離於越南、台灣、上海、東北、南京等地，一九四八年返港。五〇年代開始出版包括小説、詩歌、散文，著作甚豐。一九七七年應邀赴美參加愛荷華大學「國際寫作計劃」的文學活動，為期三個月。三〇年代末以筆名王烙發表的評論、小説、散文、新詩見於《立報・言林》、《申報・自由談》。

木　下（1914-1998）

本名劉慕霞，一名劉孟，筆名柳木下、馬御風、馬臨風、婁木。原籍廣東梅縣，一説廣東興寧。一九三二至三六年入讀上海復旦大學（一説上海大夏大學），畢業後赴日本深造。一九三八年返回故鄉，任教中學。一九三〇年代後期至四〇年代初曾居香港。一九四〇年秋因精神病被送入高街精神病院，同年返回內地，一九四一年夏再到香港，同年秋轉赴上海工作。一九四八年再定居香港，參加香港「中國新詩工作者協會」。四九年與黃慶雲、胡明樹等在香港《新兒童》聯署〈一九四九年兒童節日兒童文化工作者宣言〉。三、四〇年代在香港《紅豆》、《星島日報・星座》、《國民日報・文萃》、《大公報・文藝》、《華僑日報・文藝》等刊物發表詩作、譯詩、散文、評論。著有詩集《海天集》。

路易士（1913-2013）

原名路逾，字越公，筆名路易士、紀弦、章容、青空律等。中國現代詩人。陝西省扶風縣盩厔人，生於河北省清苑縣，後遷居江蘇揚州。蘇州美術專科學校畢業。曾任安徽省立中學、上海聖芳濟中學教師。一九二九年以路易士筆名開始寫現代詩，三〇年代初出版《易士詩集》、《行過之生命》，創辦《火山》詩刊，與杜衡合編《今代文藝》。一九三六年前往東渡日本，同年與戴望舒、徐遲、卞之琳等在上海創辦《新詩》月刊。三八年經武漢、長沙、昆明去香港，與戴望舒、杜衡會合，三九年返滬整理舊作，出版詩集《愛雲的奇人》、《煩哀的日子》、《不朽的肖像》。四〇年再赴港，主編《國民日報》副刊「文萃」、「新壘」，後在國際通訊社擔任日文翻譯工作，香港淪陷次年全家返滬，四四年創辦詩刊《詩領土》。抗戰勝利後續為各大報寫稿，開始用紀弦筆名，先後出版詩集《三十前集》、《上海飄流記》、《夏天》。一九四八年遷居台灣，曾任教於成功中學，五三年創辦《現代詩》季刊，五六年發起組織「現代派」，在台灣詩壇產生深遠影響。一九七六年赴美定居，二〇一三年病卒。

彭耀芬（1923-1942）

廣東東莞人。三九至四一年間參與中華全國文藝界抗敵協會香港分會所屬的文藝通訊部（簡稱「文通」）的工作，曾任理事，並籌辦該會機關刊物《文藝青年》半月刊，同時在《國民日報・青年作家》、《星島日報・星座》、《大公報・文藝》、《文藝青年》等刊物發表新詩。一九四一年三月，在新加坡發表的詩作〈香港百年祭〉，被指「犯有不利本港之文字嫌疑」，於四月二十三日被港府逮捕，至五月下旬遞解出境。先抵澳門，日軍侵佔香港後，返回新界參加東江游擊隊港九大隊，不久病逝於新界紅石門工作崗位上。

文博

生平資料不詳。一九三四年於香港《工商日報・文藝週刊》發表評論。

王幽谷

通俗小說家王香琴（另有筆名幽草）胞弟。一九三九年於香港《國民日報・新壘》發表評論、翻譯。

陳丹楓

生平資料不詳。一九四一年於香港《立報》、《時代批評》發表電影、戲劇及時事評論。

劉　京

生平資料不詳。一九三六年於香港《工商日報・文藝週刊》發表評論。

陳　白

參「靈谷」條。

李　燕

參「李育中」條。

劉　憮

別名也愧，一九三六年寓居日本，曾於杭州《晨光周刊》、香港《紅豆》發表小說及散文，一九三七年於香港《朝野公論》發表評論，曾撰小說《戀的峯》。

陳殘雲（1914-2002）

本名陳福才，另有筆名方遠、準風月客等。廣東廣州人。一九三〇年輟學，來香港當店員，對新文學發生興趣。一九三三年，第一篇作品發表於香港《大光報》。三五年回廣州就讀於廣州大學，結識溫流、黃寧嬰、陳蘆荻等詩人，加入廣州藝術工作者協會（廣州藝協）詩歌組，參與《詩場》、《今日詩歌》、《廣州詩壇》等刊物的編務。一九三九年在香港參與「中華全國文藝界抗敵協會香港分會」活動，與黃寧嬰復刊《中國詩壇》。抗戰期間在粵北、桂林工作。四一年赴新加坡任教師，未到任，太平洋戰爭爆發，輾轉返國。四五年回廣州，與司馬文森合編《文藝生活》。四六年《文藝生活》被封，轉而來港出版，並任教於香島中學。其後任職南國影業公司編導室，著有電影劇本《珠江淚》，積極參與香港文藝活動。四八至四九年任文協香港分會理事。一九五〇年回廣州，曾任華南文學藝術學院秘書長、廣東省文學藝術聯合會副主席、中國作家協會廣東分會副主席等職。三〇、四〇年代在香港《大光報》、《星島日報・星座》、《大公報・文藝》、《文藝生活》、《中國詩壇》、《華商報》、《文匯報》、《香港學生》等刊物發表詩作、散文、小說及評論。

袁水拍（1916-1982）

原名袁光楣，筆名馬凡陀、望諸。江蘇吳縣人。一九三五年就讀於上海滬江大學，畢業後初任中國銀行練習生，抗戰開始，調到香港分行信託部。三九年春，在戴望舒和艾青合編的《頂點》詩刊上開始以袁水拍為筆名，同年出席中華全國文藝界抗敵協會香港分會成立大會，任《文協》週刊編輯委員，四〇年任文協香港分會理事，並於三九至四一年間擔任文協香港分會所屬文藝通訊部的導師。一九三九至四一年在香港《星島日報・星座》、《大公報・文藝》、《立報》、《頂點》詩刊等刊物發表詩作、散文、評論及譯詩。四一年到桂林，翌年加入中國共產黨。四四至四八年在上海任《新民報》、《大公報》編輯。一九四六至四九年在香港《華商報》、《星島日報‧文藝》、《文匯報‧文藝週刊》、《中國詩壇》發表詩作及翻譯。四九年後返回內地，在《人民日報》文藝部工作，兼任《人民文學》、《詩刊》編委。

殊倫

李殊倫，戲劇及電影工作者。一九三九年出席「中華全國文藝界抗敵協會香港分會」成立大會。一九三九至四一年在香港《大眾日報》、《立報》、《華商報》、《電影與戲劇》發表戲劇評論，一九四二年離開香港撤退至桂林。著有獨幕話劇《生死之間》（南方出版社，一九四〇年五月）。

劉火子（1911-1990）

原名劉培燊，筆名火子、劉寧、劉朗等。廣東台山人，香港出生。一九二三年曾入讀廣州第三小學，二六年回港，二九年就讀於香港華胄英文書院夜校補習英文，當過雜工、中小學教師。一九三四年與戴隱郎等組織「同社」，創辦《今日詩歌》。一九三六年與友人葉錦田等創設「香港新生兒童學園」，同年與李育中、杜格靈等成立「香港文藝協會」。一九三八年加入《大眾日報》，同年以《珠江日報》戰地記者身份在前線採訪。一九四二年至四六年於桂林、重慶、上海等地報社工作。一九四七年因上海《文匯報》被查封，逃亡香港，五月進《新生晚報》工作，四八年參與創辦香港《文匯報》，五〇年開始擔任總編輯，五一年到上海《文匯報》任副總編輯。三、四〇年代發表於香港的詩歌、散文及小說見《天南日報》、《大眾日報》、《南華日報》、《星島日報》、《大公報》、《華僑日報》等，出版詩集《不死的榮譽》（香港微光出版社，一九四〇）。

白盧

參「李育中」條。

蕭明

生平資料不詳。一九四〇、四一年在香港《南華日報》發表散文、小說、新詩、評論。

黎明起（1919-1951）

原名黃魯，另有筆名孔武。三〇年代中在廣州參加廣州藝術工作者協會詩歌組及廣州詩壇社的活動，其後廣州詩壇社改組為中國詩壇社，出版《中國詩壇》，黃魯也是當中的主要成員，稍後再和陳殘雲、黃寧嬰、鷗外鷗等合辦《詩場》，出版詩場叢書，著有詩集《赤道線上》。抗戰期間從廣州來港，在《星島日報・星座》、《大公報・文藝》、《國民日報・文萃》、《華僑日報・華嶽》發表評論、詩作及散文，香港淪陷後留居香港，四二年一度遭日軍拘禁，後曾與戴望舒在中環合營「懷舊齋」舊書店。四四年至四五年間在《華僑日報》副刊「文藝週刊」及《香島日報》副刊「日曜文藝」發表散文。戰後仍居香港，一九五〇年在《華僑日報》發表〈回憶望舒〉一文，五一年病逝。

巡禮人

生平資料不詳。一九四〇年在香港《國民日報・文協》、《立報・文協》、《星島日報・文協》、《立報・言林》等發表評論文章。

杜文慧

生平資料不詳。一九三九年出席「中華全國文藝界抗敵協會香港分會」成立大會。一九三八至四一年於香港《立報・言林》、《星島日報・星座》、《華僑日報・華嶽》、《大公報・文藝》發表翻譯、評論、散文；四七年作品見於《華僑日報・文藝週刊》。著有散文集《海的記憶》（香港：文偉書店，一九五六）。

何厭（?-1938）

原名何乃容，字洪緒，號松石，又名何容。廣東南海人。前衛戲劇作者同盟成員，一九三二年成立一般藝術社，任教於父親何紹莊（號直孟）一九三二年一月創辦之九龍模範中學（後來易名民範中學），職教導主任。一九三四年參演歐陽予倩導演的《油漆未乾》。曾任香港華僑教育會研究部長，發起電影清潔運動。作品散見三〇年代刊物《萬人雜誌》、《紅豆》、報章《南華日報・勁草》，與兄何礎合著劇作集《界》（廣州：泰山書店，一九三一）。一九三八年四月三十日病逝於九龍亞皆老街住所。

明之

參「潔孺」條。

夢白

生平資料不詳。一九三八至四一年在香港《華僑日報・華嶽》、《大公報・文藝》發表評論、散文。

寒星女士

生平資料不詳。一九四一年在香港《國民日報・新壘》發表評論。

馮亦代（1913-2005）

原名貽德，筆名樓風、馮之安、冽凜、馬谷、公孫仲子等。作家、翻譯家、出版家。浙江杭州人。一九三六年畢業於上海滬江大學工商管理系。三八年上海淪陷後到香港，偶識戴望舒，確定從事翻譯的發展方向。三九年參加國際新聞社及全國文藝界抗敵協會香港分會，與戴望舒、葉君健、徐遲等創辦英文刊物《中國作家》，並參加香港業餘聯誼社，四〇年與郁風等出版《耕耘》雜誌，與沈鏞出版《電影與戲劇》，任主編，被選為中國青年記者協會香港分會理事會候補理事。四一年到重慶，四二年與沈鏞、徐遲辦美學出版社。四三年組建中國業餘劇社，任副社長，茅盾任社長。四五年回上海，任職報刊，翌年加入民盟。四九年後到北京，歷任國際新聞局秘書長、外文出版社出版部主任、英文《中國文學》編輯部副主任。二〇〇五年病逝於北京。著有多種散文集及譯作。

萊　哈

生平資料不詳。《字紙簏》主要撰稿人之一。

豹　翁（1894-1935）

原名蘇偉明，字守潔，號豹翁，報人、作家。治學私淑林紓，尤好曾國藩、韓愈、司馬遷之文，曾設館授國學；又曾任南方軍閥龍濟光秘書，後於台山一中任國文老師。一九二〇年代入廣州報界，主理《新國華報》「黑豹副刊」，「黑」即「黑旋風」李健兒；「豹」即「豹子頭」蘇守潔。一九三一年來港，任《探海燈》編輯，從事撰述。一九三三年任職《工商日報》和《中興報》。一九三五年七月赴穗後失蹤，後證實遇害，死因難考；一云於《探海燈》筆耕時，文風甚辣，大揭廣州政壇黑暗，得罪當道。著有《黃鶴樓感舊記》、《五年前之空箱女屍案》、《文豹一覵》等。

任穎輝（1914-1972）

廣東惠陽人。畢業於日本中央大學與廬山中央訓練團黨政高級訓練班，一九三〇年任職香港《天南日報》編輯主任，編輯副刊「明燈」，及後擔任《新聞早報》總編輯，七七事變後回國抗戰，任各級軍官，廣東省文化運動委員會專任主任，兼重慶《中央日報》、《世界日報》兵役專欄主筆。一九四五年退役，先後任惠陽及化縣縣長。一九四八年移居香港，為沙田中學創辦人之一，聯合書院教授，兼職各報編輯。著有小説集《夜香港》、《好事多磨》、《婚後》等。

李金髮（1910-1976）

又名淑良，字遇安，筆名金髮、華林。中國第一個象徵主義詩人、雕塑家。廣東梅縣人。小學畢業後在香港譚衛芝補習學校攻英語，後就讀聖約瑟中學。一九一九年留學法國，在巴黎國立美術學校學習雕塑，是中國雕塑史上第一個留學西洋和第一個引進西洋雕塑的人。一九二〇年開始新詩創作，二五年回國後於上海美術專科學校、武昌大學美專任教，二八年任國立西湖藝術院雕塑系主任，創辦《美育》雜誌，三一年到廣東美術學校工作。抗戰期間曾被國民黨外交部派往越南任中國駐越南使館文化參贊，後到韶關主編《中山日報》副刊。四一年到重慶國民黨政府外交部任職，四四年往伊朗任中國駐伊朗大使館代理大使，後調任駐伊拉克代理公使。五一年赴美。著有詩集《微雨》、《食客與兇年》、《為幸福而歌》等，回憶錄《飄零閑筆》，編有客家情歌《嶺東戀歌》。

胡春冰（1906-1960）

浙江紹興人，畢業於北京大學，曾加入中國左翼作家聯盟。一九二九年從上海經香港到廣州，創辦戲劇研究所，曾任知用中學、越山中學、廣州市立第一中學國文教員，廣州中山大學外文系教授，同期在廣州新華戲院工作，又創辦第一劇團。一九三五年出任西北區綏靖區參議，一九三七年任《中央日報》總編輯，戰後任社長，後返回廣州任《中山日報》社長。一九四九年來港，在樂聲戲院主持宣傳部工作，業餘從事劇藝工作，亦是中英學會及藝術節的發起人及創辦人之一。作品包括劇作《愛的革命》、《狂歡的插曲》、《情人四萬萬》、《紅樓夢》、《美人計》、《李太白》、《錦扇緣》、《愛國男女》等等。

風　痕

生平資料不詳。一九三三至三五年在香港《紅豆》雜誌發表評論、翻譯、新詩、散文及小說。《紅豆》創刊號的〈代創刊語：紅豆〉（詩）是其作品。

梁之盤（1915-1942）

又名梁銘（一說梁銘新），廣東南海人。梁國英藥局少東，曾在廣州中山大學旁聽。一九三三年與其兄梁晃（又名梁之晃）創辦《紅豆》雜誌，刊登新文學創作、外國文學作品中譯、文學論文、中西畫作、攝影、漫畫、雕刻等。《紅豆》創刊之初，梁之盤擔任督印及編輯，並發表評論、翻譯、散文及小說，一九三四年出任主編。一九三六年「香港文藝協會」成立，加入成為會員。香港淪陷期間，位於莊士敦道的梁國英藥局遭日軍封舖，一家移居澳門，未幾病逝。妻為報人黃冷觀六女、畫家黃苗子妹妹黃寶群，育有子梁狄剛及女梁愛詩。

何洪流

生平資料不詳。一九四〇至四一年在香港《南華日報・半週文藝》發表評論和散文。

克潛

沈克潛，生平資料不詳。一九四〇年於香港《南華日報・一週文藝》發表評論。

堅磨

李堅磨，生平資料不詳。一九三〇年代初新詩、小說、評論見於南京國民黨官辦刊物《文藝月刊》；南京《創作與批評》、《橄欖月刊》；廣州《文化評論》等。一九三六至三七年於香港《工商日報・文藝週刊》發表評論、翻譯、小說及散文。四一年曾於廣州汪精衞宣傳刊物《南星月刊》發表小說。

西夷

生平資料不詳。一九三〇、四〇年代在香港發表的作品見於《大公報》，以介紹外文書籍為主。

慧娜

生平資料不詳。一九三八至四一年在香港《立報・言林》、《申報・自由談》、《工商日報・市聲》、《大公報・文藝》、《華僑日報・華嶽》發表翻譯及評論。

林豐

參「葉靈鳳」條。

少曼

生平資料不詳。一九三二年於香港《工商日報・文庫》發表評論。

比特

生平資料不詳。一九三五至三六年於香港《工商日報》副刊「文藝週刊」及「文學週刊」發表評論、翻譯。

S.Y.（1905-2001）

疑為樓適夷，本名樓錫春，筆名樓建南、適夷等。原籍浙江餘姚。一九一九年到上海，開始寫作，最初發表於「創造社」的《創造日》、《洪水》等刊物。一九二七年後從事地下工作及文學活動。一九二九年赴日本，三一年回上海，參加「中國左翼作家聯盟」。抗戰開始，先後到過廣州、香港。在香港協助茅盾編輯《文藝陣地》雜誌，茅盾離職後接任主編，其後到上海。

一九四七年重來香港，與周而復等創辦《小説》月刊。一九四九返回內地。一九三〇、四〇年代在香港發表的作品見於《大公報》、《立報》、《星島日報》、《筆談》雜誌等。

李志文

生平資料不詳。一九四〇至一九四五年間在香港《南華日報》副刊發表散文、新詩和文學評論。

戴望舒（1905-1950）

本名戴朝寀，筆名戴夢鷗、信芳、望舒、郎芳、江近思、艾生、陳御月、艾昂甫、苗秀、陳藝圃、張白銜、達士、林泉居士等。江蘇南京人，杭州出生，一九二三年考入上海大學中文系，二五年轉入震旦大學，二六年與施蟄存、杜衡合編《瓔珞》、二八年與施蟄存等合編《文學工場》、二九年與施蟄存、劉吶鷗、徐霞村合編《新文藝》。三二年赴法國留學，三五年回國，三六年與徐遲、路易士、卞之琳等在上海創辦《新詩》月刊。三八年自上海到香港，擔任《星島日報・星座》主編，三九年任「中華全國文藝界抗敵協會香港分會」幹事，並任「中國文化協進會」理事，同年與艾青合編《頂點》詩刊，四一年在《星島日報》創設「俗文學」週刊。四二年被日軍逮捕，四四至四五年間先後擔任《華僑日報・文藝週刊》、《香港日報・香港藝文》、《香島日報・日曜文藝》的編輯工作。戰後主編《新生日報・新語》。三、四〇年代在香港《星島日報・星座》、《頂點》詩刊、《星島日報・文藝》、《香島日報・日曜文藝》、《新生日報・新語》、《華僑日報・文藝週刊》、《大眾日報》、《華僑晚報》等刊物發表詩作、小説、散文及翻譯等。四六年返回上海，四八年夏來港，四九年離港赴北京工作，一九五〇年病逝。

冬　青（1908-1977）

原名黃顯襄，筆名黃谷柳、黃襄、丁冬等。一九〇八年生於越南，一九二七年來港，入新聞學社修讀新聞學，後進《循環日報》任校對，開始文學創作，在《循環日報》發表第一篇小說〈換票〉。一九三七年隨軍回國參加抗日工作。一九四六年舉家重回香港，居於九龍城。代表作《蝦球傳》於一九四七年十月至一九四八年十二月在夏衍主編的《華商報》副刊發表，由三個既有關聯又能獨立成篇的小說組成，分別為《春風秋雨》、《白雲珠海》和《山長水遠》，一九四八年，由新民主出版社在香港出版第一部和第二部單行本，一九四九年出版第三部單行本。一九四九年六月，黃谷柳回國參軍，後定居國內，先後擔任廣州南方書店《文藝小叢書》編輯、《南方日報》記者、中國作家協會理事等。

《香港文學大系一九一九—一九四九》編輯委員會鳴謝
以下人士及單位，資助本計劃之研究及編纂經費：

李律仁先生

·

香港藝術發展局

·

香港教育學院 中國文學文化研究中心

香港藝術發展局
Hong Kong Arts Development Council

藝發局邀約計劃
香港藝術發展局全力支持藝術表達自由，
本計劃內容並不反映本局意見。

The Hong Kong Institute of Education
香港教育學院